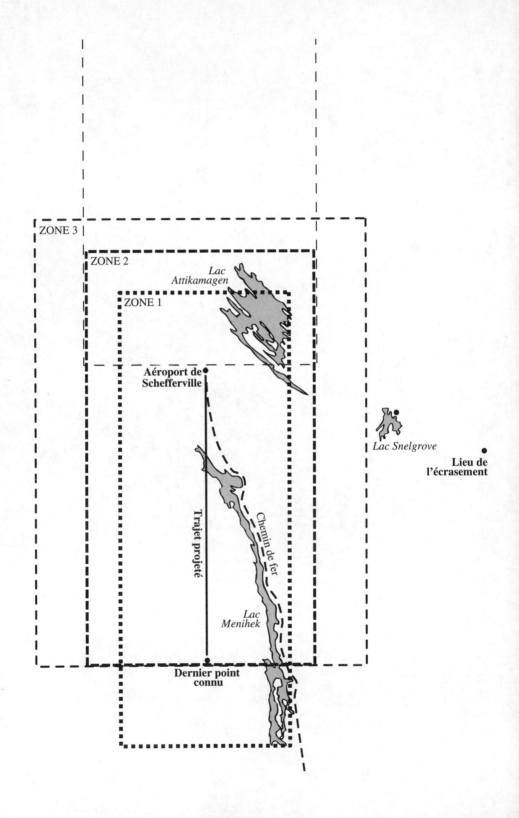

ZONE 3

ZONE 2

ZONE 1

Lac Attikamagen

Aéroport de Schefferville

Lac Snelgrove

Lieu de l'écrasement

Trajet projeté

Chemin de fer

Lac Menihek

Dernier point connu

Le Grand
Blanc

ÉDITION DU CLUB QUÉBEC LOISIRS INC.
© Avec l'autorisation des Éditions Libre Expression
© Éditions Libre Expression, 1993
Dépôt légal — Bibliothèque nationale du Québec, 1994
ISBN 2-89430-116-2
(publié précédemment sous ISBN 2-89111-590-2)

Francine Ouellette

Le Grand Blanc

À Gaston Maillé, pilote de brousse, sans qui ce roman n'aurait pu être ce qu'il est.

Avertissement au lecteur

Toute ressemblance avec des personnes existantes ou ayant existé ne serait que pure coïncidence.

PRÉFACE

Parce que c'est un métier à peu près inconnu, l'auteur m'a demandé de renseigner le lecteur sur l'aviation de brousse.

Ce magnifique roman traduit avec exactitude l'esprit de fraternité et de solidarité existant dans la grande famille des pilotes. Bien que les personnages et les faits qui y sont décrits soient fictifs, ce livre est vrai.

Le pilote de ligne et le pilote de brousse suivent un entraînement de base identique dans une école approuvée par le gouvernement. Après l'obtention du brevet professionnel, l'un se dirige vers l'aviation des gros transporteurs de passagers (la ligne), avec sa réglementation très stricte et ses horaires fixes, tandis que l'autre se dirige vers l'aviation de brousse, avec sa réglementation adaptée aux horaires souples et au monde libre et aventurier de ce type de vol.

L'avion de brousse est un appareil muni de skis, de flotteurs ou d'énormes pneus spéciaux, qui opère à partir d'un lac ou d'un terrain hors piste telle la toundra.

Généralement, les bases d'opérations sont fixées à proximité d'étendues sauvages inaccessibles par la route. Ces vastes territoires sont fréquentés, dans le sud du Québec, par les chasseurs et les pêcheurs, et, dans le Nord, par des sociétés de prospection ou d'hydroélectricité, par différents groupes de chercheurs étudiant les Amérindiens, la faune, la flore, le sol ou les vestiges archéologiques, ainsi que par des pourvoyeurs. C'est d'ailleurs en grande partie grâce à l'aviation de brousse que le complexe hydroélectrique La Grande a été rendu possible.

Tout comme les avions de ligne, les appareils de brousse sont soumis à une réglementation sévère du ministère des Transports en ce qui a trait à l'entretien et au bon état de la mécanique et de la structure. Les inspections périodiques et les réparations sont effectuées par des mécaniciens spécialisés approuvés par ce même ministère.

Mais une multitude de responsabilités pèsent sur les épaules du pilote de brousse; il est le seul responsable de la charge de son appareil, de la quantité d'essence requise pour la durée du vol, des informations météorologiques, du choix de l'aire d'atterrissage en région sauvage ainsi que du retour prévu de ses clients. La journée de travail de huit heures lui est inconnue. Il est en devoir du lever au coucher du soleil, mais il ne s'en plaint pas car il adore ce métier qui lui permet de visiter des sites fabuleux et de connaître des gens extraordinaires. Il est le roi du Nord.

Gaston Maillé.

Remerciements d'un ti-pit

Je suis pilote, il est vrai, mais je me sens un bien petit oiseau dans l'univers des gens de l'air. Disons que, dans l'a b c de l'aviation, j'en suis encore à la lettre *a*. Cependant, j'ai eu la chance inespérée, durant l'été 1975, de travailler en tant que copilote, communément appelé «ti-pit» dans le jargon du métier. Mon capitaine n'était nul autre que mon compagnon de vie et nous étions affectés à un Otter à la base d'opérations située au lac de la Squaw, près de Schefferville.

Imaginez ce que cela représentait pour un oiseau de mon acabit d'évoluer parmi des aigles et des outardes ! Je crois que ce fut là une des plus belles périodes de ma vie. Nous étions pauvres et pourtant si riches de cette fraternité qui régnait parmi nous. Fraternité qui s'est manifestée de nouveau quand vint le temps d'effectuer des recherches pour l'élaboration de ce roman.

Comment remercier tous ceux et celles qui ont contribué à nourrir cette œuvre de leurs expériences et de leurs connaissances ? Par qui commencer quand l'apport de chaque personne a été, pour moi, unique et précieux ? Il m'a semblé qu'il serait pertinent de procéder chronologiquement. De vous raconter un peu le cheminement de mes recherches.

J'ai d'abord eu recours à M. Roger Deroy, qui a cumulé, tout comme le personnage d'Émile, les fonctions de chef pilote et de commandant de bord d'un DC-3 à Schefferville. Aujourd'hui pilote de ligne pour Inter-Canadien, il m'a mise en contact avec M. Donald Tremblay, gérant de district pour Sept-Îles et la basse Côte-Nord de cette compagnie, afin que je puisse bénéficier de la gracieuseté d'un voyage à la réserve amérindienne de Maliotenam. C'est donc grâce aux ailes d'Inter-Canadien que j'ai pu rencontrer Mme Christine N'Tshukuss Vollant ainsi que sa fille Jeannette, qui m'ont fait communier avec la spiritualité du peuple montagnais et m'ont fait connaître son mode de vie ancestral et ses coutumes. Je les remercie toutes deux de m'avoir enseigné tout ce qui ne se trouve pas dans les livres mais seulement dans le cœur des êtres humains, ou Innu.

Pour ce qui est justement de tout ce qui se trouve dans les livres, je ne peux que souligner la disponibilité et la générosité du docteur Michel Massé, omnipraticien de Mont-Laurier, qui a vérifié et aussi mis au point avec moi l'aspect médical de cette histoire.

Finalement, le petit oiseau que je suis est allé se poser dans le nid des Oiseaux-Sauveteurs des forces armées canadiennes, et c'est à bras... pardon... à ailes ouvertes qu'il a été accueilli au Centre de Coordination de Recherches et de Sauvetage de Halifax. Un grand merci au caporal-chef Pierre Beauchamp, contrôleur assistant du Centre, ainsi qu'au major Bill McDonald, qui m'ont fait découvrir la compétence et l'abnégation de ces hommes qui œuvrent à sauver des vies.

Merci enfin à vous tous et à vous toutes, pilotes et gens de l'air, d'être ce que vous êtes et d'avoir écrit une page de notre histoire contemporaine dans les cieux du Grand Nord québécois.

Bonne envolée !

Francine Ouellette.

1

Nouveau départ

Début septembre 1975.

Le traversier *Sieur d'Amour* accoste habilement à la jetée de Matane.

Sous des nuées de goélands criant famine, un groupe de personnes observent silencieusement les manœuvres, le regard perdu dans les vagues courtes et régulières qui assaillent le flanc du navire.

Un malaise flotte parmi le groupe, dû à la présence sur la jetée de deux énormes valises annonçant un voyage de longue durée.

— Pourquoi tu pars, ma tante Sophie? demande une fillette de cinq ans en tentant de retenir sa jupe soulevée par un coup de vent.

— J'vais revenir, Gaétane; promis, répond une femme d'un âge indéfinissable en s'accroupissant à sa hauteur et en l'enserrant de manière à lui prêter main-forte contre ce vent espiègle qui s'amuse à dévoiler les petites cuisses bronzées par tout un été passé en maillot de bain.

— T'es pas obligée. Y'est encore temps de changer d'idée, renchérit un homme au visage osseux et buriné par les intempéries.

— Ah! Papa! S'il vous plaît... Rendez pas les choses plus difficiles.

— Serveuse aux tables, après tout..., poursuit le frère aîné sans plus élaborer.

De nouveau un silence entre eux. Immensément grave. À peine éraflé par les cris hystériques des goélands. Un silence monolithique qu'on ne peut plus tailler. Qu'on ne peut plus rogner car il n'y a plus rien à dire. Plus rien à expliquer. Plus rien à demander. La décision est prise. La supplique spontanée de l'enfant ayant échoué, plus rien ne retiendra la femme d'un âge indéfinissable, qui réajuste son chignon dérangé par les effusions de la petite.

— Ma tante va penser à toi, fort, fort, fort.

— Tu pourras pas être ma maîtresse d'école l'année prochaine.

— On verra ça l'année prochaine. Tu sais que j'serai pas loin du pôle Nord, où travaillent le Père Noël et les lutins...

— Tu vas les voir?

— Peut-être... Je t'écrirai tout cela.

Aussitôt les amarres attachées, les véhicules montent la rampe d'embarquement et disparaissent un à un dans le ventre du traversier.

— Bon, j'ferais mieux d'embarquer.

— Tu f'ras attention à toi, ma fille. C'est froid, là-bas. Tu as tes bas de laine? Tes chandails? Ton manteau d'hiver? demande son père en se chargeant des bagages.

— Oui, papa, j'ai tout ça.

— Ouais, j'viens de m'en rendre compte. Sont pesantes pas pour rire, ces valises-là. Tu s'ras jamais capable de trimballer ça, p'tite comme t'es !

Elle rit, amusée par cet homme de petite taille à qui elle ressemble, et elle le regarde aller d'un pas soudain décidé comme si c'était lui qui entreprenait ce long voyage. Elle s'attarde au cou crevassé, au dos voûté à force de tirer les filets de l'eau, aux mains noueuses qui ont assuré leur subsistance, et le rire fait place à l'émotion qui, tel un boa constricteur, l'étrangle dans ses replis. Elle doute qu'elle puisse parvenir à quitter cet homme. Et pourquoi le quitter ? Pourquoi partir ? Serveuse aux tables, après tout... Elle ne pensait pas avoir si mal.

Elle ralentit l'allure alors que son père s'engage résolument sur la passerelle. Que de fois il a rêvé, lui, de partir pour Schefferville ! Que de fois il lui a parlé des payes mirobolantes et régulières des mineurs alors qu'il tirait de maigres et imprévisibles profits de la mer !

Il dépose les bagages et l'attend, signifiant ainsi qu'il désire s'entretenir avec elle.

Une dernière effusion de sa nièce qui met de nouveau en péril l'équilibre de sa coiffure, une poignée de main et un bécot de son frère et la voilà sur la passerelle, retenant sa jupe sous les audaces du vent.

— Faut pas en vouloir à ta mère.

— Non... Je lui en veux pas. Elle a ses raisons. Pour elle, c'est... c'est presque une honte, non ?

— Dans un sens... T'sais, t'étais institutrice pis tout ça, pis tu pars pour être serveuse... Ici, ça va jaser... Le monde jase toujours, tu connais ça.

— Oui.

— A s'inquiète ben gros pour toi. J'pense que dans l'fond, a pensait que tu changerais d'idée, en venant pas te reconduire.

— Moi aussi, j'pense ça.

— Moi, j'savais que ça servait à rien. Vas-y. Va voir, ma fille, mais fais attention à toi. C'est d'ma faute. J'aurais jamais dû te parler de c'te ville-là.

— Non, papa, c'est pas de votre faute. J'étouffe, ici. J'serais partie de toute façon.

— C'est sûr que pour toi... c'est rendu difficile de vivre ici. J'comprends ça.

D'un naturel peu expansif, son père se dandine devant elle comme un écolier cachant des fleurs derrière son dos. Il y a soudain tant à dire alors qu'on s'apprête à détacher les amarres et à lever la rampe d'embarquement. Tant à dire sur tout ce qui les unit et les désunit. Mais ni l'un ni l'autre n'ont l'habitude de ces situations où la vibration de l'âme cherche à s'écouler par les mots et les gestes. Ils ne savent comment procéder et demeurent muets, se contentant de noyer l'un dans l'autre leurs regards trop intenses.

— Bonne chance, ma fille.

Est-ce lui qui a ouvert les bras ou elle qui s'est avancée ? Elle ne sait plus et presse contre elle ce corps mince mais vigoureux que le travail a patiemment déformé. La main noueuse et maladroite fait basculer le chignon pour de bon et caresse timidement les cheveux hérissés d'épingles.

— Fais ben attention à toi, ma p'tite.

C'est de loin la plus grande marque d'affection que son père lui ait jamais manifestée et cela les ébranle tous deux, rendant leur séparation pathétique et difficile. Déjà la souffrance s'infiltre dans le cœur, dans le regard, dans les doigts qui tremblent. Il ne faut pas. Non, il ne faut pas s'arrêter maintenant à tout ce qui les unit et les désunit. Il faut partir. Serrer les mâchoires. S'emparer fermement des valises et s'éloigner avant de changer d'idée.

Ce qu'elle fait, marchant résolument vers le pont inférieur où les véhicules sans âme et sans maître sont alignés les uns derrière les autres. Elle frissonne. Trouve l'endroit impersonnel et froid. Il n'a rien du ventre chaud d'une baleine dans lequel elle pourrait élaborer sa nouvelle personnalité. Elle grimpe l'escalier menant à la salle, pestant contre la rampe qui entrave le passage des valises. Elle connaît ce traversier pour l'avoir pris maintes fois quand elle allait magasiner à Baie-Comeau, et elle se rend directement à la fenêtre, d'où elle peut voir les siens sur la jetée.

Aussitôt, elle retrouve les yeux de son père fixés aux siens. Gauchement, il ébauche un geste de la main qui trahit son amour et son inquiétude. Le bateau s'ébranle. Gaétane lui lance des bises à tour de bras, faisant fi du vent polisson qui lui colle maintenant la jupe au menton.

Enfin, ils disparaissent de son champ de vision. Matane s'enfonce dans son décor tranquille. Quelque part dans une de ces petites cuisines ayant vue sur le fleuve, sa mère est là qui regarde le traversier s'éloigner. Là, avec ses peurs et ses pleurs. Avec ses soupirs et ses souvenirs, les doigts tremblants et désœuvrés d'avoir tant glissé sur les broches à tricoter devant l'imminence et l'évidence de son départ. Sa mère est là, qui n'a su la retenir. Qui n'a pu la retenir, même en exprimant son désaccord jusqu'à la dernière minute. Là, à regarder s'éloigner le bateau qui emporte celle qui était destinée à être le «bâton de vieillesse». «Désolée, maman.»

La présence chaude et inusitée des cheveux sur sa nuque l'incite à se rendre aux toilettes des dames afin de rectifier sa coiffure. Elle doit avoir l'air d'une vraie dévergondée avec sa longue chevelure brune lui couvrant les épaules. Pourtant non, affirme la glace qui lui renvoie l'image d'une femme aux yeux tristes, sans désir de plaire. Une femme sans fard, qui a renoncé à séduire.

Elle extirpe les épingles de la masse soyeuse et d'un vigoureux coup de brosse étale la toison autour de son petit visage anguleux. Petit visage de clown triste, à la bouche un peu grande et au nez un peu long, qu'elle aurait volontiers échangé contre celui de sa sœur Hélène, la beauté du village. Visage sans éclat qui brunit au moindre rayon de soleil, accentuant ainsi la sévérité des arêtes osseuses.

Non, cette femme-là n'a rien d'une dévergondée, au contraire. Elle a plutôt l'air de ce qu'elle est, une vieille fille, en dépit de cette saine et épaisse chevelure de sirène.

Maladroitement, Sophie entreprend de reconstruire son chignon. Elle n'a jamais réussi à se coiffer convenablement selon la mode du jour. Ni selon celle des temps révolus. Faudrait pourtant qu'elle se résolve à adopter une coupe seyant à son âge. Porter les cheveux longs à vingt-sept ans l'oblige à porter chignon inévitablement. Mais elle a eu beau feuilleter les revues au salon de coiffure de sa cousine, elle n'a rien trouvé qui s'harmonisait à ce visage sans attrait. Sans attrait, vraiment ? Pourquoi demeure-t-elle si impitoyable envers elle-même ? N'avait-elle pas pris la résolution, avec l'aide de son psychologue, de cesser de se dénigrer de la sorte ? Pourquoi ne voit-elle de nouveau que les éléments négatifs ? Pourquoi n'insiste-t-elle que sur ce nez un peu long et cette bouche un peu grande, au détriment des yeux magnifiques qui illuminent sa figure ? D'un gris très pâle contrastant avec la couleur de sa peau, grands et légèrement allongés, ils ont une expression douce et triste à la fois. On dirait des yeux d'enfant. Des yeux propres et purs, sans aucune méchanceté, et que des cils très noirs et très fournis ombragent. «De vrais bijoux», disait son père. Elle s'approche de la glace, regarde de près ces bijoux qu'aucun homme n'a encore convoités, cette bouche qu'aucun n'a embrassée. C'est à croire qu'ils n'ont tous vu que la bouche un peu grande et le nez un peu long. À croire qu'elle ne sait pas mettre en valeur les bijoux que la nature lui a donnés.

À quoi bon s'attarder plus longtemps à son image? Elle enfonce la dernière épingle et se rend au restaurant. Histoire de meubler le temps.

Elle choisit la table la plus retirée car elle déteste manger seule en public. C'est comme si elle affichait ouvertement sa solitude et son manque de séduction. Comme si elle symbolisait le biscuit sec et brûlé resté sur le plateau. Elle a l'impression que tout le monde la regarde et elle se réfugie habituellement dans un livre. Mais voilà, présentement, elle n'a aucune lecture à se mettre sous les yeux et elle se rabat sur les annonces publicitaires du napperon de papier, qu'elle a vite fait de connaître par cœur. Ennuyée, elle commence à plier machinalement un coin du napperon. Que fait donc la serveuse? Qu'attend-elle pour lui présenter le menu? Il faudra qu'elle évite de telles lenteurs lorsqu'elle aura à servir un client esseulé. Voilà déjà la moitié de son napperon transformé en accordéon qu'elle ouvre et referme distraitement, observant les annonces publicitaires qui s'étendent et rapetissent. Cela lui fait penser un peu à sa vie. Routinière. Avec des souffles égaux comme des marées. Des souffles qui s'amplifient et diminuent au jour le jour. Sa «petite vie», comme elle l'appelle. Sa «petite vie de tic-tac d'horloge» que rien ne semblait pouvoir dérégler. Et pourtant... il y eut l'arrêt. Le détraquement du mécanisme... La dépression nerveuse, la tentative de suicide, et le départ... tout neuf, différent. Animal.

— J'peux m'asseoir?

Un homme est là, debout, désignant la place libre en face d'elle.

— Vu que vous êtes seule, vous aussi, explique-t-il sans attendre l'autorisation de se joindre à elle, considérant sans doute que le napperon-accordéon souhaitait sa présence.

Elle sourit par politesse à l'intrus et remarque de prime abord qu'il porte une alliance. C'est devenu un réflexe conditionné chez elle, dès qu'elle rencontre un homme, de s'assurer qu'il est célibataire. Lui ne l'est pas. Elle lui sait gré de ne pas avoir enlevé cette alliance pour l'aborder, comme plusieurs font, au dire de sa mère.

La regardant défroisser le napperon du plat de la main, l'homme claque des doigts en interpellant la serveuse.

— Hé! Lucette! Tu nous oublies ou quoi?

Celle-ci accourt, l'air désolé.

— Excuse-moi, Paul, j't'avais pas vu. Pâté au saumon comme d'habitude?

— Oui.

— Et pour madame? Est-ce que je mets ça sur la même facture?

— Non! Non! Des factures différentes! s'empresse de préciser Sophie d'un ton catégorique. Ce sera du pâté au saumon pour moi aussi.

Les hanches bien moulées dans sa jupe courte ornée d'un tablier bordé de dentelle, Lucette disparaît aux cuisines. Elle est jeune, jolie, sexy, contrairement à elle. Comment parviendra-t-elle à faire pardonner ses erreurs avec ses hanches minces et sa poitrine plate? Le regard éloquent de son vis-à-vis en dit long sur les fondements de sa clémence.

— C't'une brave fille dans l'fond, explique-t-il, se sentant pris en flagrant délit d'avoir porté un regard rayons X sur la jeune personne.

Elle sourit.

— C'est toujours mieux de manger ; ça évite le mal de mer.

— Oui, je sais. Mon père est pêcheur.

— Ah bon ! Vous êtes d'la région ?

— Matane.

— Votre nom, c'est quoi ?

— Sophie Galant.

— Galant ? Ah oui ! J'connais des Galant. Vous allez magasiner à Baie-Comeau ?

— Non. J'vais à Sept-Îles, et de là j'me rends à Schefferville.

— Schefferville ? C'est pas à la porte, ça. Vous allez rejoindre votre mari ?

De toute évidence, l'homme n'a pas vérifié son annulaire et s'est joint à elle avec des intentions strictement sociales.

— Non... J'vais travailler là-bas.

— Comme secrétaire, infirmière ?

— Comme... comme serveuse aux tables.

— Ah oui ? Vous êtes pas du genre, j'trouve.

Dite sans aucune malice, cette phrase pénètre en elle comme une flèche en plein cœur du problème, sectionnant quelques-uns des minutieux et patients points de suture qu'elle et son psychologue se sont employés à pratiquer. Elle n'est pas du genre. Elle n'a pas le physique, donc, elle n'est pas jolie. Pourquoi en arriver à cette déduction plutôt qu'à une autre ? Ne l'a-t-il pas crue suffisamment attrayante pour être mariée ? Elle se ressaisit.

— J'suis du genre à quoi ?

— Ben, j'vous voyais professeur, secrétaire ou quelque chose comme ça.

— J'ai été enseignante pendant sept ans.

— Pis vous avez laissé tomber ça pour être serveuse ?

— Euh... oui.

— Ben, vous êtes pas peureuse, vous. Pis pas frileuse non plus. Là-bas, c'est pas froid, c'est fret. Fret en maudit. Moi, j'aurais jamais laissé une bonne job comme l'enseignement. C'est ben payé, avec une pension pis des garanties, sans compter les deux mois de vacances.

Elle le sait trop. Tous ces arguments, on les lui sert depuis qu'elle a accepté le poste de serveuse aux tables offert par le centre d'emploi. Il est évident qu'elle aurait préféré un poste dans l'enseignement, mais comme rien n'était disponible à Schefferville, elle s'est contentée de cet emploi pour lequel elle n'a aucune expérience, attirée par la ville la plus septentrionale du Québec. Elle insiste beaucoup sur cette particularité géographique qui devrait éclipser une des raisons fondamentales qui motivent cette expatriation. Raison qu'elle réfute d'ailleurs malgré l'insistance de son thérapeute en ce sens, à savoir qu'il se trouve là-bas une plus grande proportion d'hommes que de femmes et que, par conséquent, ses chances de trouver un ami de cœur s'en voient augmentées. Sans compter que là-bas personne ne la connaît. Elle ne sera pas la petite dernière des Galant qui fait l'école du village. La sœur de l'autre, trop belle pour les gars de la place. Non, là-bas, personne ne connaîtra son histoire. Elle sera libre. Enfin libre.

— C'est rendu que ça coûte cher, l'école. J'ai mes deux jeunes qui ont recommencé. Faut les habiller, acheter les classiques pis tout ça.

— En quelle année sont-ils?

— Troisième pis cinquième. Allez pas penser que j'suis contre les études, là. Oh non! Moi, j'ai juste une cinquième pis j'suis livreur de pain. C'est pas que c'est dégradant comme métier, mais y a plus payant. J'fais toute la basse Côte-Nord. J'vous dis que le traversier, j'le connais. Pis l'pâté au saumon aussi. Goûtez-moi ça. C'est le meilleur d'la région.

Lucette dépose les plats devant eux et retourne à son comptoir. La présence de cet étranger l'indispose. L'embête. Surtout lorsqu'il cesse de parler pour manger. Le piètre silence, entrecoupé de bruits de mastication, de déglutition et d'ustensiles raclant l'assiette, l'agace énormément. Elle ne sait qu'en faire et se contente d'avaler de petites bouchées sans appétit. Elle s'applique consciencieusement à cette tâche jusqu'à ce que Lucette l'en délivre en apposant ses initiales au bas de l'addition.

— Veuillez m'excuser.

Sortie réussie, tout en douceur, aussitôt que la serveuse aborde le sujet des prévisions météorologiques avec le livreur de pain. La revoilà dans la salle, face à ses valises bourrées de vêtements chauds. Prête à affronter ce vent du nord que son père humait avec respect à la proue de sa goélette. «Avoir du courage, j'irais voir là-bas, disait-il. Mais ta mère voudra jamais, tu la connais. N'empêche... Paraît qu'y a des bons gages à faire dans la mine.»

Lui a-t-il transmis son désir et ses regrets? Schefferville a toujours habité son subconscient, bien avant qu'elle soit en âge de penser sérieusement aux garçons. Son thérapeute se méprend lourdement en supposant que c'est la grande proportion de mâles qui l'y attire. Cette ville a toujours été pour elle synonyme de liberté. De travail. De renouveau.

Elle a toujours été présente dans les conversations et le silence de son père comme une planche de salut au cas où les choses iraient mal. Mais invariablement interdite par sa mère. Évoquée comme une ville de perdition. Ce n'est qu'à la suite de sa dépression nerveuse que cette notion de ville de perdition a gagné de l'importance, canalisant tout vers cette proportion inégale des représentants des deux sexes et cristallisant autour de sa virginité ses moindres décisions. Oui, ce n'est qu'à partir du vingt-cinq novembre dernier que son hymen est devenu, selon son psychologue, le centre de contrôle où tout aboutissait et d'où tout émanait.

Quelques points de suture cèdent encore. Preuve qu'ils n'étaient guère solides. Il est grand temps de balancer par-dessus bord ce psychologue et ses théories farfelues. Foutaise que cet hymen! prétendait-il. Que ce voile de la virginité qui ne rime à rien de nos jours. Pourquoi l'avoir conservé si longtemps? Pour faire plaisir à maman? Pour obéir? Être une fille bien? Une fille sage? Il n'a rien compris. Vraiment rien compris à son histoire. Elle ne l'a pas conservé, ce fichu hymen, mais elle est restée prise avec. Personne n'en a voulu. Voilà la vérité.

Bien sûr qu'adolescente elle avait pris, à l'exemple de toutes celles de sa génération, la décision de le conserver pour son époux et de le lui donner le soir de ses noces avec la bénédiction du prêtre. Cadeau royal à l'époque, la virginité garantissait de surcroît l'avenir et la réussite du couple. Aujourd'hui, il n'est qu'un trésor périmé prouvant ses échecs amoureux. Qu'un boulet qu'elle traîne honteusement. Dieu seul sait comme elle aurait aimé s'en départir! Comme elle espérait, le soir, sur la banquette de la Peugeot, que Claude se décide à l'embrasser passionnément, la main fouinant sous son chemisier. Dieu seul sait les scénarios érotiques osés qu'elle imaginait, seule dans son lit, avec pour toute amorce de cette orgie de pensées impures le chaste baiser de son prétendant sur la joue! Dieu seul sait, et, probablement parce qu'Il sait, Il a appelé celui pour qui elle languissait d'amour. Non pas dans un accident tragique qui l'aurait laissée avec le souvenir d'un prétendant timide et puceau. Non, Il l'a appelé dans l'ordre des moines bénédictins après plus d'un an de fréquentations assidues et platoniques. Somme toute, elle aurait préféré qu'il meure. C'est cruel de penser ainsi mais cela aurait été plus sain comme douleur. Plus facile de s'en sortir. Il lui aurait suffi de pleurer longuement, longtemps. D'avoir les yeux bouffis et la gorge serrée pendant des mois. De porter le deuil face à la société et de laisser entendre qu'ils étaient sur le point d'unir leurs destinées. Mais il a choisi d'entrer en religion. Il a préféré les dalles froides d'un monastère à son corps de vierge chaude, les prières de l'aube aux plaintes amoureuses de la nuit. Et ce malgré une société en pleine évolution. En pleine révolution. En plein courant de l'amour libre, de la contraception et de l'augmentation du taux de divorces. En plein dans le vent des expressions nouvelles qu'on retrouvait sur toutes les lèvres : «french kiss», «maîtresse», «amant», «accoté», «faites l'amour et non la guerre», «pilule» et le reste. Le vent des chansons langoureuses qui osaient répéter «Je vais et je viens entre tes reins», au rythme du raccourcissement des jupes.

Alors que toutes celles de sa génération se débarrassaient de leur virginité et des principes inculqués par leur mère, elle se voyait condamnée à les garder. Aucun homme n'avait voulu d'elle. Le soupirant pour qui elle avait déménagé à Rivière-du-Loup lui avait préféré les moines. Même pas une autre femme. Depuis, elle se sent comme une pièce de musée. Une authentique vieille fille, affublée d'un hymen désuet et inutile, preuve incontestable de son manque de charme. Hymen qu'elle a d'ailleurs pensé à perforer elle-même. Mais à quoi bon se leurrer? Elle n'y tromperait personne. Ses gaucheries et maladresses la trahiraient. Elle n'a jamais embrassé. Jamais «frenché» sauf avec son oreiller qui lui asséchait la langue. Personne ne doit savoir cela et elle regrette de l'avoir dit à son psychologue. Faut-il qu'elle soit délaissée pour en être rendue à s'exercer avec un oreiller! Pour imaginer des scénarios de voyageur blessé qu'elle trouverait sur la plage et cacherait dans une grotte. C'est absurde parce qu'il n'y a même pas de grotte le long du fleuve à proximité de chez elle. Faut dire qu'il n'y a pas davantage de voyageur blessé, apporté par les vagues et abandonné à ses pieds, inconscient et ensanglanté. De voyageur qu'elle soigne patiemment, amoureusement, à l'insu de tous. Qu'elle lave, qu'elle panse, qu'elle nourrit et abreuve, lui soutenant la tête pour humecter ses lèvres. Un peu comme dans les films. Et, alors qu'il dort, elle l'embrasse et le dénude. Elle le caresse et s'apprivoise à la vue d'un pénis. Alors qu'il dort, elle se dévêt et s'étend contre lui. Et puis il guérit. Lui devant la vie, il en tombe amoureux. Au début, il lui joue dans les cheveux et l'attire doucement pour l'embrasser. Puis, peu à peu, les forces lui revenant, il ose des caresses de plus en plus passionnées, jusqu'au jour où il veut la prendre. Alors là, elle résiste un peu pour la forme mais finit par se donner tout entière et frémissante. Et tous les jours, toutes les nuits, elle revient à la grotte, à l'insu de tous. Personne ne connaît l'existence de cet homme qui lui fait l'amour. Tout le monde croit encore qu'elle est demeurée la même vieille fille qui a la manie de faire des promenades sur la grève. Tout le monde ne voit qu'elle avec ses bottes de caoutchouc. Personne ne sait. Personne ne doit connaître l'existence de cet homme dans cette grotte qui n'existe pas. De cet homme qui n'existe pas. Car il n'y a pas d'homme pour elle. Il n'y a pas de couvercle au chaudron de fonte qu'elle est. Petit chaudron noirci et démodé, à demi enfoncé dans le sable de la plage qu'aucune marée ne coiffera du couvercle approprié.

Pourtant, elle a cru une fois, deux fois, avoir trouvé.

Deux fois de trop qui lui ont crevé le cœur et ont miné sa confiance.

La première, alors qu'elle avait servi de marche d'escalier pour accéder à sa sœur mille fois plus jolie qu'elle. Naïve et inexpérimentée, elle s'employait à ne pas voir la manœuvre du prétendant qui multipliait les sorties en couples et ne cessait de se valoriser aux yeux de son aînée, jusqu'au jour où celle-ci choisit d'épouser un professeur de Rivière-du-Loup rencontré au hasard d'une réunion syndicale. D'un bond, faux bond, il abandonna la marche d'escalier, refusant de l'accompagner aux noces, et écoula son amertume par des propos calomnieux à l'égard de celle qu'il avait aimée secrètement.

La deuxième fois, ce fut avec Claude, devenu le père Claude.

Claude qui discutait, philosophait des heures de temps sur le canapé pendant qu'elle désirait sa bouche, sa langue, ses mains. Claude l'instruit, l'érudit parlant de saint Thomas d'Aquin et fréquentant les boîtes à chansons. Claude l'indécis, l'incrédule après la lecture de Sartre. Claude le chaste, le respectueux, qui trouvait en elle une sœur. Une confidente. Une amie. Alors qu'elle attendait de lui une caresse, une faiblesse. Un péché commis sur la banquette de sa Peugeot.

Claude pour qui elle avait déménagé chez sa sœur à Rivière-du-Loup, où elle pourrait poursuivre ses études en vue de perfectionner son brevet d'enseignement. Pour qui elle avait laissé son poste de titulaire des classes du premier cycle de son village en échange de celui de suppléante pour la commission scolaire de Rivière-du-Loup. Pour qui elle était prête à tout sacrifier. Tout donner, virginité et le reste inclus.

Claude qui, un soir, l'a informée de la grave décision qu'il mûrissait depuis longtemps et qu'involontairement elle avait contribué à lui faire prendre, lui apprenant par la même occasion qu'elle n'avait été qu'une amie, une sœur, une confidente. Que jamais il n'avait envisagé autre chose. Que jamais elle ne lui avait inspiré autre chose.

Ainsi, il la consacrait définitivement «vieille fille» aux yeux de la société. L'enchaînait de telle sorte à son hymen que, le jour de la Sainte-Catherine, elle éclata en sanglots en pleine classe.

Cher Claude qui l'avait détruite en lui préférant la vie monastique et qui ne l'avait jamais considérée comme une femme pouvant être amoureuse de lui.

Baie-Comeau se profile. À quoi bon ressasser tout cela? Ne commence-t-elle pas une nouvelle vie? Avec un métier et des gens différents? Dans une ville synonyme de liberté où personne ne connaît ses malheurs? Ces fameux malheurs de Sophie qui faisaient soupirer les vieilles derrière leurs rideaux. «Pauvre p'tite fille!» Qui faisaient rire les jeunes fumant en cachette. «Hé! La vieille fille!» Les malheurs de Sophie revenue dans son village sur les instances de sa mère. De Sophie se promenant des heures de temps sur la plage. Oui, à quoi bon regarder derrière? Baie-Comeau est là, devant, qui s'élève sur la mer, avec ses montagnes de pitounes et ses tuyaux entortillés, laissant monter de ses entrailles grouillantes une épaisse fumée blanche.

Il lui faut abandonner sur la plage de Matane cette «vieille fille» qui fait l'amour à un fantôme. Elle doit se départir de son passé, se récurer l'âme de tout ce qui a collé au fond du chaudron sans couvercle sous le feu d'une passion à sens unique. Elle doit plier, ranger dans ses armoires son voile de mariée enveloppé dans du papier de soie et garder à portée de la main les vêtements de laine tricotés par sa mère. Elle doit laisser derrière elle son pupitre et ses préparations de cours pour enfiler un petit tablier bordé de dentelle. Baie-Comeau est là qui l'attend. Là qui se précise et s'impose.

Elle pue. Elle sue, cette ville. Des déchets s'amoncellent autour d'elle. Elle crache sur le ciel, la montagne, la mer. Elle émiette les arbres, les mâche, les écrase. Baie-Comeau va vite. La forêt s'engouffre dans son ventre et se transforme au contact de ses forts acides. Elle digère tout. Tout et tout le temps. Elle travaille et hurle pendant que les bateaux suivent les marées au port. Avec leur cale vide ou prête à vider. Avec leurs canots de sauvetage, leurs mâts, leurs hublots, leurs antennes. Et le mystère de leur long parcours sur les eaux salées.

Le traversier aborde le quai devant le *Valparaiso*. Elle observe les marins travaillant sur le pont du transatlantique et éprouve alors une certaine nostalgie au souvenir de la rentrée scolaire lui amenant les petits de la première, tout craintifs et enthousiastes. Les petits tout neufs qui collaient à sa jupe comme des canetons au croupion de leur mère. Qui la suivaient, dociles, avec des yeux confiants et se laissaient guider par elle dans l'univers des craies, des brosses à tableau et de l'alphabct.

Elle se sent comme eux dans la cour de l'école le premier matin. Le cœur battant et le souffle ému devant la porte d'entrée, serrant la poignée d'un premier sac d'école tout neuf.

Elle regarde flotter le pavillon au mât du bateau étranger et se sent soudain l'âme légère et forte. Une nouvelle vie est là qui l'attend. Elle doit être à la hauteur du courage de tous ces petits qui ont franchi pour la première fois aujourd'hui les portes d'une école, abandonnant la cuisine où travaillait maman.

Elle empoigne ses valises vigoureusement et se retrouve bientôt sur la passerelle. Là, elle s'arrête, consciente qu'elle franchit le dernier lien entre son ancienne vie et la nouvelle. Entre l'institutrice et la serveuse aux tables. Brûlera-t-elle ce dernier pont? Bannira-t-elle cette vieille fille et son psychologue qui n'a finalement rien compris? Pourquoi pas? Il lui faut des cahiers neufs, des crayons neufs. Rien d'usé ou d'usagé. De sali ou de déchiré. Elle repart de zéro. Et zéro, c'est rien. Et rien, ça s'obtient en soustrayant tout. En jetant tout ce qui fait mal, tout ce qui remue, tout ce qui dérange. Ploc, ploc, ploc, comme des pierres dans l'eau sombre et sale du port de Baie-Comeau.

Elle met pied à terre. Sur l'autre rive du fleuve. Sur la Côte-Nord. Elle va d'un pas décidé, trimballant ses énormes valises et sentant de nouveau glisser sur sa nuque son chignon défait.

*   *
*

Gare ferroviaire de Sept-Îles exceptionnellement bourdonnante d'activité en cette période de chasse au caribou. Des groupes d'hommes vêtus de costumes kaki ou à carreaux rouges et noirs attendent fébrilement l'arrivée du train qui les conduira à Schefferville. Des rires, des interpellations fusent de partout. Blagues et histoires de chasse circulent sur les lèvres pendant qu'armes et bagages roulent vers les wagons de fret. Billet en main depuis belle lurette, vêtue d'un tailleur gris et le chignon impeccablement épinglé, Sophie regarde par la fenêtre de la salle d'attente. En avance par peur d'être en retard, elle se sent la cible de tous ces chasseurs. Maigre gibier incongru et non indigène, elle est rapidement dépistée, traquée, visée. Abattue finalement dans le subconscient de ces hommes venus donner libre cours à leurs fantasmes.

Bang! À bas la vieille fille genre secrétaire–maîtresse d'école qui dépare le tableau. Qu'on élimine cette tache grise asexuée. Elle ternit l'image. Elle refroidit l'atmosphère. Elle nuit au renom de licence et de luxure qu'on attribue dans l'imagination populaire aux villes devenues subitement prospères par la découverte d'une mine ou l'implantation d'une industrie. Que fait-elle là à les freiner par sa simple présence, leur rappelant sans doute les obligations qu'ils ont momentanément fuies?

Ce qu'elle aimerait être ailleurs! Être une autre! Avoir une poitrine invitante et des jambes excitantes qui feraient de sa vue un beau souvenir de voyage. «Te rappelles-tu la belle fille à la gare de Sept-Îles?» Mais, au lieu de cela, on se souviendra de la vieille fille qui reluquait les deux locomotives anciennes exposées sur la pelouse.

Devenus monuments historiques, les mastodontes d'acier de la Gulf Pulp and Paper rappellent les temps bénis et florissants de Clark City, quand l'usine produisait des milliers de tonnes de pâte à papier à destination de l'Angleterre.

Sophie communie avec ces hommes et femmes venus s'établir sur la Côte-Nord bien avant l'arrivée des chasseurs. La côte aride, rocheuse, couverte de denses forêts d'épinettes noires qu'Américains et Canadiens anglais de Toronto ont exploitées. Leur esprit n'erre-t-il pas dans cette salle d'attente? Autour de ces locomotives? Ne mêle-t-elle pas ses pas d'ancienne institutrice à destination d'un poste de serveuse aux tables aux pas de ces hommes ayant troqué la charrue contre la hache, la goélette contre l'usine? Que d'espoirs, que d'appréhensions, que de doutes ont détrempé ici les billets dans des mains anxieuses! Que de souliers usés, que de bottes trouées ont arpenté le quai avec angoisse et impatience! Elle se sent unie à ces gens et trouve du courage en regardant ces locomotives qui ont trimballé leurs espoirs et le produit de leur travail. Ces fantômes lui donnent le droit d'être ici. Lui donnent raison d'être ici.

Une famille amérindienne fait irruption dans la salle d'attente et erre un moment, comme désemparée, en regardant les murs. Finalement, un homme se détache du groupe et s'avance vers le guichet de la billetterie. Les autres se resserrent, faisant face aux nombreux regards qui les fusillent.

Elle remarque une vieille, très vieille squaw toute ridée avec de longs cheveux gris maintenus par un foulard de soie. Affublée d'une veste de laine aux coudes élimés et d'une large jupe noire tombant sur des bottes de caoutchouc, elle fume lentement la pipe.

Cet accoutrement la surprend. Où sont donc les mocassins et les vêtements de caribou? Où sont les colliers de petites perles colorées? Ne serait-ce là que de la marchandise pour Blancs? Aucun d'entre eux n'arbore le moindre habillement amérindien.

Le chef du clan revient avec les billets, les montre aux autres et les range dans sa poche d'un air important. Puis il leur fait signe de sortir et ils quittent la place comme s'ils n'avaient pas le droit d'y être.

La vue de ces Amérindiens l'affecte, la dérange, la remue. Elle les imaginait autrement, les désirait autrement. Fiers et sûrs d'eux. Ce quelque chose de vaincu, de déchu, d'inadapté qu'ils dégagent la fait se sentir coupable. Coupable de quoi, elle ne saurait le dire. Coupable d'être en mesure de profiter du meilleur de la civilisation? Coupable d'admirer les locomotives qui ont drainé les matières premières de leur territoire? Coupable d'en avoir fait des assistés sociaux? Comment savoir d'où provient cette responsabilité qu'elle ressent envers eux?

L'affluence des voyageurs l'incite à sortir. Vite, de l'air. Elle inspire profondément pour nettoyer ses poumons de la fumée de cigarette et se débarrasser de l'impression malsaine que lui ont laissée ces hommes grivois et morbides qui jurent et parient sur têtes et panaches de bêtes.

Elle arpente le quai, remarque deux jeunes Amérindiens qui grimpent agilement sur une des locomotives et s'amusent à malmener le «cheval de métal» qui a pénétré leurs terres. Nonchalamment, la vieille, très vieille squaw les rappelle à l'ordre sans s'offusquer de leur indifférence à lui obéir. Vraisemblablement, elle n'est intervenue que pour la forme. Parce qu'elle est en milieu blanc et que les Blancs réprimandent leurs enfants. Eux, pas. Eux, jamais. Les enfants sont traités en rois et maîtres, considérés dès leur naissance comme ceux qui perpétueront la race et garantiront leurs vieux jours.

Elle croise une femme à l'allure bohème flanquée d'un homme et d'une fillette. Vêtue d'un jean délavé et d'une veste à carreaux, cette femme n'affiche pas le désir de séduire et cela établit une affinité entre elles, de sorte qu'elle s'en approche tout naturellement lorsque le train de l'Iron Ore Company se présente pour l'embarquement des voyageurs. Elle monte à la suite de la petite famille et s'installe juste derrière.

Le train recule, avance, recule encore et s'élance tout doucement vers Schefferville. Tout doucement, accélérant à peine à la sortie de la ville. Cette lenteur l'inquiète et elle se renseigne auprès du contrôleur sur la durée du voyage. «Entre douze et quatorze heures, madame.» Quelle éternité! C'est l'équivalent de soixante-douze à quatre-vingt-quatre récréations. Comment occupera-t-elle toutes ces heures de solitude flagrante accentuée par les trois places vides la cernant? Tout ce temps à rencontrer des regards d'hommes qui la lapident de ne pas être une Marie-Madeleine l'accable. Elle y voit plus d'une demi-journée à subir leur défoulement et cela l'incite à se réfugier dans le paysage merveilleusement accidenté de la rivière Moisie qui bouillonne, devient torrent puis s'engouffre entre des parois rocailleuses. À se réfugier dans les montagnes abruptes, hachurées par les maigres et agressives silhouettes des épinettes, où se dressent des caps vertigineux. C'est d'une beauté sauvage, rude, austère. Une beauté où la main de l'homme n'a heureusement rien retouché. Tout, ici, est comme c'était avant, exception faite de ces rails longeant l'impétueuse rivière à saumons. Elle prend quelques photos-souvenirs pour son père, croyant se donner par la même occasion l'apparence d'une touriste.

— Pourquoi de l'eau? demande la fillette assise en avant d'elle, le nez aplati contre la fenêtre.

— Pour que les poissons puissent nager.

— Pourquoi nager?

Pourquoi ceci? Pourquoi cela? Pourquoi parce que? Patiente, la mère répond, explique, prévient que le voyage sera très, très long. Puis elle raconte des histoires en dessinant des bonshommes dans la buée produite par l'haleine de l'enfant sur la vitre.

«Pourquoi tu pars?», demandait sa nièce Gaétane. Pourquoi au juste? Elle trouve de quoi regretter sa décision parmi ces hommes qui ont ouvert leur bouteille de gros gin et sorti leur jeu de cartes.

Heureusement qu'il y a cette famille juste en avant. Cette petite avec ses innombrables pourquoi et la candeur de son sourire chaque fois qu'elle l'aperçoit. Cette petite qui la console de la médiocrité des adultes.

Le temps passe. La distance diminue petit à petit, avec des arrêts en cours de route pour céder le passage aux convois de minerai de fer à destination du port de Sept-Îles. Peu à peu, les monts rapetissent, s'espacent et se raréfient. La plaine empiète de plus en plus, offrant ses bouquets d'épinettes et de mélèzes jaunis.

Une nuée de lagopèdes blancs s'élèvent au passage. «Des oiseaux, maman!», s'exclame la fillette ravie. Mais maman converse avec papa. Alors, le regard de l'enfant bifurque vers elle et le petit doigt glisse sur la vitre. «Des oiseaux, là.»

Sophie acquiesce d'un hochement de tête et sourit à la jeune voyageuse.

— Pourquoi des oiseaux?

Comment répondre à cette question? Lui dire que Dieu les a créés, ce serait s'exposer à une série de pourquoi embêtants.

— Pour montrer à papa comment voler, répond la mère.

— Pourquoi voler?

— Assis-toi ici. Laisse la madame tranquille.

— Oh! Elle ne me dérange pas.

Il n'en faut pas plus pour faire connaissance. En un rien de temps, mère et enfant prennent place à ses côtés, de sorte qu'à l'heure du dîner ils se rendent tous ensemble au wagon-restaurant. Le mari est chaleureux, expressif, ses grands yeux globuleux toujours posés amoureusement sur sa femme ou sa fille. Il est pilote mais elle a peine à le croire tant son habillement est modeste et ordinaire. Cet homme ne correspond vraiment pas à l'image qu'elle se fait d'un pilote et le doute est à son comble quand sa femme déclare choisir le repas en fonction du prix. Non, vraiment, là, il y a quelque chose qui cloche. La femme d'un pilote ne devrait pas être réduite à cela.

— Il est pilote de brousse, pas pilote de ligne, rectifie cette dernière avec un sourire.

— Ah bon! Il y a une différence?

— Énorme. Surtout dans le salaire.

— Ah! Je ne savais pas... C'est quoi au juste, pilote de brousse?

L'homme prend la parole.

— C'est le plus beau métier du monde... mais le plus difficile. La brousse, c'est partout où il n'y a pas de piste d'atterrissage. Partout où on atterrit sur flotteurs, sur skis ou sur pneus ballons. Des fois, on va atterrir sur des pistes, mais elles sont en plein bois ou le long de la côte chez les Inuit, pis, en fait de pistes, c'est pas fameux. Faut être un peu fou, j'pense, pour choisir la brousse. C'est une question de goût. Moi, par exemple, j'ai passé tous les examens théoriques de pilote de ligne, mais j'ai pas envie de me réveiller sur des lignes intercontinentales ou inter-cités comme Montréal-Toronto ou des choses du genre. Non. Ça, c'est pas pour moi... Y m'faut un peu d'aventure, de défi...

— Et que transportez-vous à bord de vos appareils?

— Tout. Nourriture, médicaments, malades, équipement, essence, biologistes, prospecteurs, ingénieurs, chasseurs.... Sans les avions de brousse, le projet de la Baie-James ne serait pas aussi avancé.

— Ah oui?

— Jamais d'la vie. Tous les camps ont d'abord été ravitaillés par des avions de brousse.

— Et pourquoi c'est si difficile?

Le regard de l'homme, jusqu'ici illuminé d'une passion peu commune, s'éteint brusquement.

— Parce qu'on nous exploite. Piloter, c'est comme une drogue, pis ça, les patrons le savent. Y'en profitent en Christ.

Tombe le juron plein d'amertume. Se crispe soudain le poing sur la fourchette. Un silence encore accroché aux basques du désespoir témoigne de la véracité de ces aveux.

— Maudite aviation!

Vraisemblablement, cet homme aimerait être désintoxiqué. Libéré de ce désir incessant de piloter qui maintient sa petite famille dans la misère.

— Ah! Jo! Peut-être que cette fois-ci c'est la bonne.

— Ouais... peut-être. C'est facile de faire des promesses au téléphone.

Il n'en dit pas plus et invite affectueusement sa petite à demeurer sage.

Le métier de cet homme la fascine. La fait rêver aux grands espaces vierges, aux igloos sur la neige, au complexe électrique de la Baie-James. «Si tu savais comme on s'ennuie à la Manic, à la Manicouagan», chante Georges Dor en sourdine, lui rappelant que dans ce cas-ci c'est la femme qui s'ennuie. Qui reste au quai avec tous les pourquoi de l'enfant. Avec l'inquiétude et le mince budget à gérer.

Ce couple maintenant la fascine. Si uni, si fort pour faire face à l'adversité. Si riche dans tout son dénuement. Si ouvert, si profondément humain.

Elle se sent en confiance avec eux. Elle leur apprend que, pour elle, l'aventure se résume à un poste de serveuse aux tables. Ils la comprennent, s'entretiennent avec elle de l'attrait de l'inconnu. De la peur de l'inconnu.

— Tu sais où tu vas loger?

— Non.

— Nous autres, paraît que le chef pilote nous a réservé un appartement. Ce serait bien la première fois qu'on nous traite comme du monde. Habituellement, on nous traite comme des chiens. T'sais qu'un logement, ç'a déjà été une tente de toile?

Et d'aventure en aventure, du wagon-restaurant aux banquettes où l'on s'installe tous ensemble, d'anecdotes en réponses aux questions de l'enfant, le temps s'écoule. En fin d'après-midi, soudain, le train s'arrête. Qu'est-ce donc? Un convoi de minerai?

Non. L'engin ne cède pas le passage mais s'arrête tout simplement comme un grosse bête noire trop essoufflée pour continuer. Elle regarde dehors, découvre une tente de toile à l'abri d'un vallon et des gens qui s'avancent. Des Amérindiens. Elle remarque une fillette qui marche en tête. Âgée d'une dizaine d'années, elle porte une robe de coton sans manches et des sandales de plastique. Que fait-elle dans cet accoutrement, au milieu de nulle part? Pourquoi n'est-elle pas à l'école? Qu'apprendra-t-elle ici, dans ce logis rudimentaire?

— Des Montagnais, indique Jo.

— Mais qu'est-ce qu'ils font ici?

— La chasse, la trappe.

— Mais cette fillette est d'âge scolaire.

— Crains pas, elle va apprendre ici tout c'qui s'apprend pas dans les livres.

La jeune Montagnaise presse le pas, accourt joyeusement vers la vieille, très vieille squaw. Sa grand-mère probablement. Tête haute, les chefs de famille se rencontrent et semblent prendre des dispositions pour l'établissement d'un deuxième campement.

Le train s'ébranle et les laisse là. Entre chien et loup. Entre des épinettes et des mélèzes, au beau milieu de nulle part. Là, dans la toundra écrasée sous un ciel gris et bas.

— Pourquoi le monde, là-bas? demande l'enfant.

Que répondre? Parce qu'ils sont chez eux? Dans leur élément? Parce qu'ils sont tout un monde en marge de leur société, tout un monde à côté de leur monde de Blancs.

Tout un monde différent par la mentalité et des coutumes que le folklore a vite fait de figer en stéréotypes. Qu'est-ce qu'un Amérindien ? Elle-même, ce matin, n'était-elle pas déçue de l'absence d'habillement typique ? Ne recherchait-elle pas des colliers de petites perles colorées au cou des femmes et des mocassins aux pieds des hommes ? Qu'attend-elle de ce peuple ? Qu'espère-t-elle d'eux ? Que doivent-ils conserver ? Les vêtements de caribou ou la chasse au caribou ? Leurs colifichets ou leur langue ? Comment peuvent-ils adopter notre mode de vie sans toutefois abandonner le leur ? Cette enfant qui aura appris à survivre dans la toundra se trouvera incapable de lire convenablement et, sitôt retournée à la réserve de Maliotenam, elle aura des difficultés à fonctionner dans le monde des Blancs. Quel emploi pourra-t-elle obtenir avec les connaissances acquises ici ? Quel avenir se prépare-t-elle dans leur civilisation qui se détache indéniablement des mamelles nourricières de la nature ? Outre l'assistance sociale, quelles possibilités s'offriront à elle ?

Elle frissonne devant la fragilité du campement. Devant l'immensité que le vent balaie à son gré sans rencontrer d'obstacles. Devant l'aisance et la sûreté avec laquelle ces gens, désemparés à la gare, ont mis pied dans cette toundra intraitable. Tout comme si, en débarquant ainsi au milieu de nulle part, ils recouvraient leur dignité, leur valeur. Leur grandeur d'humains capables de faire face aux éléments.

— Pourquoi le monde, là-bas ?

— Parce qu'ils sont rendus à la maison, répond Jo.

— Où, la maison ?

— La p'tite maison blanche.

— Une maison, ça ?

— Oui, une maison.

Une maison. Le petit mot, la grande chose. Un petit mot qui n'a l'air de rien mais qui est tout plein de signification. Qu'elle soit de paille, de neige, de toile, de bois, de pierres ou de briques, la maison signifie la sécurité. Qu'elle sente bon les ragoûts mijotés et les draps frais lavés ou la viande fumée et la couche d'épinettes, elle nous protège, nous réunit autour de notre pain quotidien et assure notre repos.

Sophie prend soudain conscience qu'elle n'a plus de maison. Que l'inquiétude non identifiée qui croît en elle est causée par le fait qu'elle cherche un abri, un lieu où reposer sa tête. Où dormira-t-elle ce soir? Où dormiront Jo et sa famille? Elle regarde l'homme assis en face d'elle, tout à coup songeur et silencieux, faisant un nid de ses bras pour le sommeil de sa petite. L'anxiété se lit sur son visage, dans ses grands yeux bruns que sa barbiche noire tachetée de touffes grises met en évidence.

Un sourire fugace passe sur son visage jusqu'à maintenant empreint de bonhommie, et sa main, tendrement, distraitement, cajole les cheveux de la fillette endormie tandis qu'il incline la tête vers celle de sa femme blottie contre son épaule. Qu'est-ce qui les attend là-bas? Auront-ils une maison? Pourra-t-il subvenir à leurs besoins tout en vivant sa passion pour l'aviation?

Elle se sent unie à cet homme. À cette famille. À ce courage et à ce désespoir qui les poussent vers l'inconnu.

Le soir descend. Quelques gouttes de pluie dans la fenêtre lui font regretter d'avoir oublié son parapluie. Privée de ce léger toit portatif pour se protéger, elle se sent encore plus démunie.

Maintenant il fait noir dehors et la pluie tombe, régulière, inlassable, zébrant les fenêtres où il n'y a plus rien à voir. Une lumière blafarde crée une ambiance de lassitude, d'ennui mortel, d'écœurement. Assommés par l'alcool, leur excitation soudain à plat, plusieurs chasseurs dorment, affalés n'importe comment sur leur banquette, la casquette sur le nez et les bottes sur les cuisses du voisin.

De ci de là, on perçoit un ronflement ou une exclamation. «*Shit*! Y mouille! Christ que t'as une belle trente-zéro-six!»

Un contrôleur passe, aussitôt happé par leurs questions. «Dans combien de temps on arrive? — Une heure ou deux.»

Elle soupire. Jo aussi. C'est le «ou» qui les désespère. S'il avait dit «dans une heure», ils sauraient où commencer le compte à rebours, mais il a dit «dans une heure ou deux». Alors, ils ne peuvent pas calculer le temps sur les aiguilles de leur montre.

En prenant garde de ne pas éveiller sa femme et sa fille, Jo s'allume une autre cigarette. Il fume beaucoup. Avec nervosité, anxiété. Quelquefois avec rage.

— J'ai hâte pis j'ai pas hâte, dit-il enfin d'une voix toute proche des confidences.

— Moi aussi. J'sais vraiment pas à quoi m'attendre.

— Moi non plus.

Elle trouve singulier qu'un pilote et une future serveuse de restaurant partagent ce point commun.

— J'me suis tellement fait avoir. Y'a rien qui m'dit que ce chef pilote-là est mieux qu'un autre. C'est sûr qu'au téléphone y'a l'air ben sympathique. Des promesses grosses comme le bras, en veux-tu? en v'là! Mais... j'sais même pas ce qui m'attend.

— Moi non plus, j'le sais pas. C'est le centre d'emploi qui m'envoie.

— Une fois, j'étais monté à Chibougamau. Paraît que j'aurais gagné cinq cents dollars par semaine. T'imagines!

J'me voyais déjà payer les dettes de mon cours. Un coup rendu, j'ai appris que j'étais payé à l'heure, pas à la semaine, pis vu que les affaires de la compagnie marchaient pas fort, j'restais à la base la plupart du temps, obligé de faire un tas de jobines pour réussir à vivre.

— Les pilotes n'ont pas de garanties ? Pas de syndicat ?

— Jamais de la vie ! C'est pour ça qu'on se fait barouetter d'un bord à l'autre. Notre base de salaire, c'est le gîte et le couvert. C'est plein de jeunes qui sont prêts à le faire pour ramasser des heures. Ce qu'il y a de pire, c'est que j'ai même pas assez d'argent pour m'en retourner si ça marche pas.

Un silence grave. Jo couve d'un regard paternel la petite endormie sur ses genoux puis déclare, d'une voix solennelle :

— C'est ma dernière chance... Si ça marche pas cette fois-ci, j'abandonne l'aviation. J'ai pas le droit de leur faire subir ça. Parles-en pas à ma femme, elle le sait pas. Elle veut tellement que j'réussisse qu'elle est prête à faire tous les sacrifices... mais moi, j'veux pas qu'elle le fasse. C'est à moi de prendre soin de ma famille.

Il se tait. Tète voracement le filtre de sa cigarette qui s'allume rouge. Comme un signal d'urgence. Feu rouge. Attention ! On arrête. Danger. Pour la femme, la fillette. Danger de sombrer dans la pauvreté. La désillusion. Le désespoir.

— J'souhaite que ça marche pour vous autres.

— Pour toi aussi, j'souhaite que ça marche, Sophie.

— Moi, c'est moins grave. C'est pas ma dernière chance.

Beaucoup moins grave, en effet. Ce qu'elle a pu faire de nombrilisme depuis sa dépression nerveuse, gardant son nez collé sur son bobo ! S'analysant. Se confessant. Se pardonnant. Qu'elle se faisait donc pitié ! Il lui semblait qu'elle seule avait le monopole de la douleur. Qu'elle seule avait le cœur serré et le souffle oppressé.

Elle s'en veut de s'être accordé tant d'importance, de s'être consacré tant de temps, et elle apprécie le hasard qui lui a fait découvrir cet homme. Cette famille. Cette enfant aux innombrables pourquoi qui a favorisé leur rencontre.

Elle apprécie cette nuit noire de pluie, ces lueurs blafardes de misère et d'ennui, ces corps d'hommes avachis, ce temps insaisissable qu'on ne peut mesurer à cause d'un «ou» élastique étiré entre les heures, et ce feu rouge au bout d'une cigarette, qui lui ont fait reconnaître un frère. Une âme semblable à la sienne qui veille et s'interroge alors que l'on dort ou somnole. Une âme qui a traversé les barrières de sa solitude sans avoir recours à la séduction. Une âme inquiète et sensible qui communie avec la sienne. Dans le même wagon anonyme. Sur la même trajectoire de rails posés sur le lichen.

Jo s'est tu. Il attend. Les dés de la dernière chance sont jetés. C'est maintenant au chef pilote inconnu à se manifester.

Soudain, des lumières vacillent, tremblotent au loin. Fragiles, prêtes à mourir dans ce noir d'encre. Prêtes à s'éteindre sous la pluie continue.

Ces lueurs sur la toundra lui rappellent la lumière des phares sur la mer. Signalant la présence de l'homme. La science de l'homme pour contrer les éléments et jalonner l'immensité.

Cependant, ici plus qu'en mer, ces lumières ont quelque chose d'inespéré, d'incroyable, de merveilleux. Elles ont surgi comme des diamants précieux dans l'écrin de la nuit, donnant une dimension à cette démesure, à cet espace illimité. Mettant un terme au temps élastique. Concrétisant l'abstraction de cette ville, la plus septentrionale du Québec, située à cinq cent douze kilomètres au nord de Sept-Îles.

«Enfin arrivés! Y'est temps», s'exclament les chasseurs, bâillant et s'étirant comme des chats paresseux, recouvrant peu à peu leur esprit troublé par l'alcool.

Jo lui sourit et croise les doigts en signe de chance, puis il éveille sa femme et sa fille.

Terminus! C'est ici que se lancent les dés. Que s'ébauchent les avenirs. Que tout aboutit et que tout commence. Et recommence.

Bruyants, pressés, les chasseurs se ruent vers les sorties et encombrent rapidement le quai, réclamant aussitôt leurs bagages et réquisitionnant les taxis. C'est la cohue, le déferlement anarchique, l'agitation. Vite, ils veulent être les premiers rendus aux bases marines des compagnies d'aviation pour être les premiers à partir à l'aube.

Jo ne s'étonne pas de ce comportement et attend calmement que le wagon se vide. Elle fait de même, calquant son attitude sur celle de ce pilote qui a côtoyé maints chasseurs. Elle le suit sagement et se réjouit d'entendre une voix d'homme venu accueillir la petite famille. Quel soulagement elle perçoit chez Jo! Et quelle émotion elle éprouve lorsqu'elle l'entend dire : «On est avec une amie qui doit se rendre à l'hôtel.» La voix aussitôt répond : «Pas de problème. Allez vous installer dans le camion, mesdames. Restez pas sous la pluie... Nous autres, on va aller chercher les bagages.»

Le temps d'apercevoir un homme de grande taille derrière lequel Jo semble courir, de préciser qu'elle a deux valises au nom de Sophie Galant, et la voilà dans la cabine où règne une douce chaleur, aux côtés de la femme et de la fillette qui ne demande qu'à retourner à ses rêves.

— C'est la première fois qu'on est accueillis comme ça... J'en reviens pas, lui confie la compagne de Jo, transportée de joie.

— C'est le chef pilote?

— En personne. J'souhaite que ça marche, cette fois-ci. Y'aime tellement ça, piloter, pis y'a fait tant de sacrifices pour obtenir sa licence IFR[1].

Pas le temps d'élaborer sur le sujet. Les hommes reviennent sous la pluie et déposent les bagages dans la boîte de la camionnette.

Jo se glisse derrière la banquette principale et prend place sur un des bancs réservés à l'équipage.

Une odeur de cuir mouillé et de lotion après-rasage émane du conducteur, qui déclenche les essuie-glaces en disant :

— Maudite pluie! Fait pas chaud, en plus.

— C'est pas mal plus froid qu'en bas. Ça fait longtemps que t'attends?

— Une heure ou deux.

Cette réponse les déride, les rapproche par la même imprécision de l'attente.

Sophie tente d'apercevoir celui qui les conduit vers la ville mais elle n'y parvient pas. Il faudrait pour cela qu'elle se penche plus vers l'avant, bien au-delà de la tête de l'enfant. Elle est si heureuse pour Jo. Si reconnaissante envers leur conducteur. Si désireuse d'associer une physionomie à cette voix chaude.

— Ça doit pas voler ben fort pour que tu viennes me chercher à la gare à cette heure-là.

---

1. IFR. : *Instrument Flight Rules*, règles de vol aux instruments.

— Si j'suis venu, c'est parce que j'ai besoin de toi demain matin à six heures.

— Pas vrai !

— Ça te déçoit ?

— Tabarnac non ! J'ai assez envie de voler ! Compte sur moi, j'vais être là.

— J'ai pas pris d'chance ; tu te trouves à être mon voisin... C'est une maison avec un mur mitoyen.

— Une maison ?... C'est parfait.

Du rêve dans l'expression de Jo. Une légère pression du coude de sa femme. Sophie communie avec leur joie et oublie momentanément qu'on la déposera à l'hôtel avant de se rendre à cette maison. Elle tente de s'imaginer ce que cela peut représenter pour ce couple qui a trimballé ses pénates et ses espoirs dans les coins les plus reculés de la province. Enfin, une maison. Un toit. Un lieu bien à eux pour regarder grandir l'enfant.

— Quel âge elle a, ta petite ?

— Trois ans et demi.

— J'la pensais plus vieille.

— Ça dérange ?

— Non, non, pas du tout. C'est plutôt mon garçon que ça va déranger. Il croyait qu'elle était de son âge. Il se voyait déjà en train de jouer avec sa voisine. Il a dix ans. J'sais pas pourquoi je l'imaginais de l'âge de Martin. J'pense qu'il suffit qu'on ait un enfant de dix ans pour croire que tous les enfants ont cet âge-là.

Cet homme incarne la stabilité. La sécurité. La solidité. Il fait bon être dans sa camionnette «Crew Cab», bercée par le va-et-vient des essuie-glace. Il inspire confiance. Ce rôle de père combiné à celui de chef pilote donne à son autorité une dimension de sagesse. De compréhension. C'est sans doute parce qu'il est également père qu'il est venu les accueillir ainsi et qu'il a préparé leur venue.

— Voilà l'hôtel.

Jo s'empresse de descendre pour transporter les valises jusqu'à la porte de l'établissement. Vainement, elle a tenté une dernière fois de voir le conducteur à la lumière de la cabine mais celui-ci lui tournait le dos... comme s'il ne voulait pas la voir ou être vu.

Dommage. Elle aurait tant aimé pouvoir associer un visage à cette voix. À ce geste. Elle possède si peu d'indices sur sa personne qu'elle ne pourra le reconnaître si jamais il vient se restaurer. Tout ce qu'elle a pu entrevoir, c'est sa silhouette ; il est très grand, il a de larges épaules et il porte une veste de cuir style aviateur ainsi qu'une casquette inclinée sur l'oreille droite. C'est bien peu pour se faire une image. Pour doter cette ville d'un visage accueillant.

Un vent froid, sournois, se faufile sous sa jupe et la glace, lui faisant regretter la douce chaleur qu'elle vient de quitter. Vite, elle se réfugie dans le hall de l'hôtel, sentant s'écrouler son chignon qui vient d'établir un record d'endurance.

2

Tête d'Oiseau

D'un blanc éclatant, presque éblouissant, un Otter[1] baptisé *Grand Blanc* profile son incomparable silhouette à une altitude de quatre mille pieds. Conçu pour le transport de passagers et de marchandise, sa robustesse et sa puissance en font un roi dans les cieux du Grand Nord. En provenance d'un camp de la SEBJ[2], il se dirige vers la base marine du lac Squaw, à Schefferville.

Sous lui, très loin en bas, de denses troupeaux de nuages immaculés. Dos blancs de laine moutonneuse l'un contre l'autre serrés, ils stagnent, parqués immobiles, entre lui et la terre.

De la lumière partout sur ses ailes et son fuselage où s'évaporent des gouttelettes. Partout dans la cabine où oscille son exacte réplique en bois suspendue au pare-brise. Partout dans la barbe blonde et bien taillée de son pilote qui songe. Qui célèbre. Seul. En plein ciel. En plein silence.

---

1. Otter : plus gros hydravion monomoteur de brousse.
2. SEBJ : Société d'Énergie de la Baie-James.

Sans personne pour applaudir ou désapprouver. Personne pour entendre son chant de liberté et l'hymne victorieusement harmonieux des neufs pistons de son engin.

Seul et libre, il vit un moment ultime. Un temps béni qui échappe aux rouages des horloges et qui sera homologué dans son carnet de vol. Sa millième heure.

Sa millième heure pour lui tout seul, à déguster à la coupe des vainqueurs.

Il regarde en bas, regarde en haut, regarde autour. Il n'est qu'un point dans l'espace. Qu'une poussière dans le ciel. Qu'un rien de matière suspendue au-dessus des bêtes vaporeuses, les unes contre les autres endormies, formant des prés de neige.

À l'instant présent, il est. Un tout et un rien à la fois. Un accomplissement et un commencement. Un passé et un futur.

Il est. Pleinement. Solennellement. Religieusement. Comme une prière et une malédiction. Après l'avoir longtemps rêvé et longtemps espéré, il est pilote. Il est ce qu'il a projeté avec force et désespoir depuis un cachot infect. Il est son propre rêve. Sa propre victoire. Le phénix qui a su renaître de ses propres cendres.

Il est, pour l'instant présent et à tout jamais, pilote et père de sa millième heure.

Il plane. Il vole. Libre et seul. Mille fois libre et seul. Mille fois rien. Mille fois tout dans l'espace et le temps incommensurable.

Pour s'amuser, il chavire sur une aile et sur l'autre. Il fait basculer l'horizon baigné de blanche lumière. Il monte et descend dans l'air, soudainement encombré du rien de matière qui le maintient en vol.

Il rêve maintenant du jour où il parviendra à oublier ce rien de matière et cette obligatoire combustion d'essence dans le ventre de son moteur. Du jour où il se sentira vraiment un oiseau, faisant corps avec cette matière. Se moulant à la cellule de métal, son cœur devenant piston et son sang essence. Ne faisant plus qu'un avec ce rien de matière.

Accomplissement et commencement. Tout n'est que fin d'une métamorphose pour en commencer une nouvelle. De chenille, il est devenu papillon, et voilà que battent ses ailes de mille heures d'expérience. Ses ailes encore neuves, à peine séchées, qu'il mène vers une autre transcendance.

Lui seul sait cela. Lui seul sait qu'il perfectionne ce qu'il est devenu. Qu'il s'épure les ailes. Qu'il les polit. Les renforce.

Lui seul sait qu'il ne s'arrête pas à cette millième heure. En bas, sous les nuages, on croit qu'il s'est assis dessus. Qu'il a fermé la porte aux connaissances et à la perfection. En bas, sous les nuages, on le nomme Tête d'Oiseau parce qu'il s'obstine à conserver l'horizon comme instrument. Parce qu'il se refuse à remplacer monts et rivières par vecteurs et radiophares et qu'il n'ambitionne pas d'obtenir l'endossement de vol aux instruments.

En bas, on ne le connaît pas. On ne sait pas ce qu'il vit présentement en haut. Ce qu'il est, en haut.

Plus personne ne le connaît maintenant. Plus personne ne sait qu'il continue de grandir à chaque heure de vol. Qu'il continue d'apprendre sans livre et sans simulateur. Qu'il poursuit sa mutation d'animal terrestre en animal céleste pour en arriver un jour à piloter par pur instinct. Avec tout ce qu'il est de chair et d'esprit.

Il se souvient de son premier vol en tant que commandant de bord du DHC-2 Beaver. De ce décollage forcé par l'orgueil qu'il avait effectué ce matin-là afin de répondre aux désirs des chasseurs. De cette fierté et de ce sentiment confus de culpabilité entre lesquels il oscillait à son retour.

Il se souvient que la peur, l'obligation de réussir, la responsabilité de la vie des passagers et du bon état de l'appareil l'avaient poussé à se dépasser et à faire éclater le cadre restreint des limites imposées. Ce faisant, il avait accédé à un niveau de connaissance et d'expérience que ne justifiait pas le nombre d'heures homologuées dans son carnet de vol mais qui correspondait à toutes ces heures effectuées sur simulateur au fond d'un cachot. Ces heures où il avait étudié, analysé, mémorisé la carte aéronautique de la région.

Il se souvient de cette impression de déjà vu, déjà vécu, alors qu'il progressait d'un point de repère à l'autre, et il comprend aujourd'hui que c'était tout simplement l'abstraction qui devenait réalité. La deuxième dimension qui passait à la troisième. Les taches bleues qui se transformaient en étendues d'eau, les contours qui devenaient reliefs, les taches rosées qui se dressaient en monts et plateaux rocailleux. Ses yeux d'oiseau interprétaient les dessins d'homme qu'il connaissait par cœur. Ses yeux d'oiseau les ajustaient aux formes, aux couleurs, aux profondeurs, et enregistraient les lieux et l'aspect des conditions atmosphériques de manière à s'en souvenir toujours autant qu'on se souvient d'un visage, quel que soit le nombre d'années passées sans l'avoir vu. Ses yeux d'oiseau découvraient les immenses possibilités du vol à vue et de la mémoire visuelle.

Immenses possibilités qu'il veut toutes connaître. Qu'il veut perfectionner. Au maximum. Il lui reste tant à apprendre de ce que ses yeux d'oiseau lui transmettent. De ce que son instinct lui dicte. Tant à apprendre de ce qui, dans les couches nuageuses, cloue les appareils au sol.

Mais en bas, plus personne ne pense cela. Surtout pas Émile, le chef pilote. Plus personne ne sait qu'il fête sa millième heure dans le silence et la lumière. Sous l'œil exigeant de la solitude qui le pousse toujours plus loin et plus haut vers ce lui-même qu'il doit devenir. Cette solitude au visage austère qui, après l'avoir torturé dans sa cellule, l'a appelé au fin fond du ciel pour en faire son disciple.

Personne ne sait qu'il fête sa millième heure tout seul. Personne ne sait qu'il aurait aimé la fêter avec le grand aigle. Le grand prêtre initiateur qui brillait dans l'ombre. Personne ne sait qu'à l'instant où il chante cette millième heure il pleure ce plus grand que lui venu cueillir son cœur de petit moineau enfoui sous les cendres.

Ces cendres d'où il est ressuscité pour s'élever jusqu'ici. Jusqu'au banc de commandant de bord du *Grand Blanc* que lui a destiné la main mutilée d'Émile. Ces cendres devenues froides comme cette même main qui ne se pose plus sur son épaule. Froide comme le regard de ceux qui jugent. Ces cendres où il doit retourner, sous les nuages. Cendres de rêves calcinés et d'amours impossibles qui fument encore des cœurs éclatés. Cendres de poussière de mine et de travail. De rouge poussière de fer sur les toits et les casques de sécurité. Cendres qui reposent comme poussière d'homme. Qui salissent. Qui s'élèvent sous le vent et étouffent.

Oui, il doit retourner en bas maintenant. En dessous des nuages. Là où il pleut. Où c'est sombre et petit. Où rampent les hommes vers leur pain quotidien et où ils s'affairent comme des fourmis dans les immenses cratères de leur mine.

Oui, c'est le temps de descendre. D'après le temps. D'après ce changement presque imperceptible dans la ligne des nuages. Ce léger déplacement d'un des moutons qui lui indique où percer.

Réduction de régime : il perd de l'altitude. De la saine solitude. À raison de cinq cents pieds à la minute, il revient vers les hommes, s'aligne sur cette mince trouée effilochée. Il retourne en bas, en dessous. Là où la pluie maintient les hydravions attachés au quai et d'où il n'aurait jamais dû décoller pour aller mener deux rouleaux de broche pour la construction de la piste du lac Pau. Rien n'urgeait dans ce voyage et, de plus, il avait conscience qu'il œuvrait contre lui-même et contre l'aviation de brousse en contribuant à la construction de cette piste, car, dès la mise en service de cette dernière, on remplacera Otter et Beaver par de gros transporteurs sur roues et les hydravions n'auront plus raison d'y opérer. L'âge d'or de l'aviation de brousse tire à sa fin. À moins que ne surgisse une deuxième Baie-James.

Ce qu'il aurait aimé naître un peu plus tôt et vivre ce que les pionniers ont vécu! Ce qu'il a pu rêver aux aventures incroyables des anciens à bord de leur Norseman. Les Jean-Marie Pitre, Fecteau, Phil Larivière et autres qui s'envolaient avec pour toute aide à la navigation un dessin imprécis sur un bout de papier, les conseils d'un Amérindien et une boussole souvent affolée et affolante. Qui se posaient en cours de route sur les lacs et les rivières, forcés par le mauvais temps ou par la nuit. Qui pêchaient et chassaient pour se nourrir, dormaient sous la tente et se mesuraient aux tempêtes.

Ah! ce qu'il aurait aimé être de ceux qui ont ouvert les chemins dans le ciel du Grand Nord! Être de ceux qui ont exploré ces vastes contrées où la technique et la science n'avaient pas pénétré!

Ce qu'il aurait aimé être la paire d'ailes glissant dans un ciel vierge et faisant lever les têtes béates d'admiration!

Il est né trop tard car il a le cœur de ces hommes dans la poitrine. Le cerveau de ces hommes dans sa tête d'oiseau.

Tantôt, lorsque ses ailes glisseront au-dessus de la ville, il sait qu'il fera quand même lever les têtes d'admiration et qu'on reconnaîtra le *Grand Blanc* et son pilote. Il sait aussi que ses confrères, eux, hocheront la tête en signe de désapprobation parce qu'il s'est dissocié d'eux et n'a pas fait preuve d'esprit d'équipe.

Il n'aurait jamais dû décoller, ce matin. Choucroute, le pilote d'origine allemande, ancien capitaine du *Grand Blanc*, était allé voir à bord de son Otter et avait déclaré que «ça ne passait pas». Le chef pilote en avait fait son vérificateur officiel et tous les pilotes devaient accepter son jugement.

Mais lui, ce matin, à cause de cette millième heure à célébrer, il s'est envolé avec la broche qui servira à combler le marécage de l'emplacement de la future piste. Apparemment décidé en plein hiver par un cadre qui n'avait fait aucune étude des sols, le choix de cet emplacement était maintenu à la fonte des neiges lorsque apparut le marécage. Aucun pilote ni aucun chef de camp, ouvrier, gars de quai ou Montagnais ne comprenait l'entêtement à maintenir un choix si peu judicieux qui coûtait les yeux de la tête et retardait la mise en service de la piste. Mais cela faisait vendre de la broche, travailler les hommes et les avions, et nul doute que, quelque part dans le grand livre de comptabilité de la SEBJ, ce choix s'avérait rentable.

Deux mille cinq cent cinquante pieds à l'altimètre. Il pénètre dans la couche nuageuse là où elle semble le plus mince et se fie dès lors à ses instruments pour la traverser. Pour l'instant, ce sont eux qui remplacent ses yeux. Ne dirait-on pas que l'avion est incliné? Non, révèle l'indicateur de virage. C'est une fausse sensation occasionnée par la perte de points de repère visuels. L'avion est en descente régulière. De lui-même, il maintient son assiette et son cap. Voilà une autre chose que lui a apprise son premier vol en tant que capitaine fraîchement promu aux commandes du Beaver. «L'avion vole tout seul», prônait le chef pilote. Suffisait d'en faire l'expérience, jambes flageolantes et yeux fermés.

Des gouttelettes se forment rapidement sur le pare-brise. La cabine s'assombrit. Dire qu'en haut c'est d'une clarté éblouissante. Pourquoi lui faut-il retourner dans cette soupe ? Dans cette merde. Cette cendre d'en bas. Cette poussière de mine qu'il aperçoit sous le dernier voile des nuages. Rouge de fer partout sur les roches, les épinettes et le lichen. Rouge de fer sur la ville.

Il rapporte sa position à la radio de Schefferville. À cent vingt kilomètres au sud de Fort-Chimo, le chef pilote lui crachote son mécontentement sur les ondes.

— Confirme ta position. Quelle est ta provenance ?

— En final pour la base de Squaw Lake en provenance du lac Pau.

— Est-ce que c'est un voyage d'urgence ?

— Négatif.

— Pas un voyage de broche, au moins !

— Affirmatif... Un voyage de broche.

— À quelle altitude, ton plafond ?

— Sept cents pieds sol.

— On s'en reparlera. *Over.*

Hélas ! il ne pourra échapper aux semonces d'Émile. Ni à sa colère qu'il sentait poindre dans sa voix. Lui avouer que c'était sa façon de fêter sa millième heure n'atténuera en rien la tension entre eux. Émile n'est plus abordable. Tout ce qu'il verra, c'est qu'il a désobéi aux ordres. Ces fameux ordres de chef pilote qualifié et expérimenté dans le vol aux instruments. D'autant plus qu'il a pris la peine de venir en personne, ce matin, confirmer le pouvoir décisionnel de Choucroute. Traînant dans son sillage son nouveau copilote à la barbiche bariolée noir et gris, il a recommandé la plus grande prudence et une résistance farouche aux instances des nombreux chasseurs encombrant le quai. Si Choucroute passait, tout le monde passait. Sinon, tout le monde devait rester au sol. Pourquoi avoir choisi Choucroute? «Parce que c'est le plus prudent, expliquait Émile. Choucroute dépasse jamais ses capacités. La compagnie préfère un pilote prudent à celui qui risque ses appareils et la vie de ses clients.»

Lui, Tête d'Oiseau, il doutait de cela puisque le propriétaire de la compagnie semblait l'avoir en admiration, comme presque tout le monde d'ailleurs. À l'exception d'Émile, bien sûr. «Tu prouves rien, Tête d'Oiseau, à voler dans la merde comme tu le fais. — Tu le faisais bien, toé, quand j'ai été ton copilote. — C'était pour te montrer comment t'en sortir. — Tu le faisais avant aussi. — Oui, je l'ai fait avant. C'était pas intelligent. J'étais dangereux, avant. J'me pensais bon mais j'l'étais pas. Un bon pilote, c'est celui qui a rien à raconter.»

Cette définition d'un bon pilote ne cadre pas avec la sienne. Un bon pilote, c'est... ah! c'est ça... Sentiment de puissance et d'exaltation indéfinissable. Il vient de toucher l'eau avec une telle virtuosité qu'il en éprouve une jouissance extrêmement profonde. Il échappe un souffle de satisfaction capable d'éteindre les mille bougies de sa millième heure. C'est ça, un bon pilote. C'est un vainqueur.

La pluie inonde le pare-brise et l'oblige à regarder par la vitre de sa portière. Sur le quai, Georges enjambe bagages, caisses de bière et chasseurs pour le guider vers sa place entre deux autres Otter. Il est en confiance avec ce Montagnais : nul n'a son pareil pour saisir un avion, quelles que soient la direction et la vélocité du vent.

Aussitôt accosté, aussitôt entouré par des chasseurs qui ne lui laissent pas le temps de descendre de son échelle.

— Hé! Toi, t'es bon! T'es pas un peureux comme les autres. Tu vas nous faire entrer dans le bois.

Il pleut à verse sur sa tête, ses épaules.

— Vous voyez pas qu'y mouille?

— C'pas grave; tu viens juste d'atterrir. Toi, t'as du cran.

Ces commentaires l'affligent. Quel tort il vient de causer à Choucroute et aux autres! À Choucroute surtout qui, tête basse sous les quolibets, s'éloigne du quai.

— Hé! Choucroute, attends-moé une minute!

L'homme s'arrête. Se retourne vers lui avec lenteur, du plomb plein les ailes. Plomb des chasseurs impatients qui, à défaut de caribous, lui ont tiré dedans avec leurs sarcasmes. Il hausse les épaules et s'éloigne des acclamations qu'on réserve à Tête d'Oiseau perché en haut de son échelle.

— Toi, t'es bon. Toi, t'es un vrai. Raconte-nous ça.

Tête d'Oiseau se tait et regarde aller le vrai bon pilote selon la définition d'Émile. Celui qui n'a rien à raconter. Qui a mené efficacement passagers et cargaison du point A au point B sans risquer sa peau ni celle des autres. Celui qui n'a pas cédé à la tentation de collectionner les exploits, ni cédé à la pression des clients. Il le regarde aller, si lourd, si lent. Comme en voie de paralysie. Souffrant d'un peu d'embonpoint, il a maintenant l'air d'un boulet qui ne parvient pas à remonter la côte.

Il se sent fautif, en haut de son échelle. Au-dessus de ceux qui en font un héros et l'applaudissent. Peu à peu, les cendres qu'il vient de soulever avec le souffle de son hélice retombent en lui et l'empêchent de savourer son triomphe. Le geste de Choucroute qui enlève tristement sa casquette aux couleurs de la compagnie comme s'il n'en était plus digne ne fait qu'augmenter son sentiment de culpabilité.

— T'as un pourboire de cinquante dollars si tu nous fais entrer aujourd'hui.

— De cent! renchérit-on.

On se l'arrache. On se le réserve. On mise sur lui comme dans un encan.

— J'regrette, les gars, mais ça n'passe pas. C'est lui qui a raison.

Il désigne Choucroute essoufflé en haut de la côte.

— Lui, c'est un peureux. Y connaît rien. Cent cinquante si tu nous fais entrer aujourd'hui.

— C'est pas un peureux. Y'en sait plus long que moé. C'est moé qui est un niaiseux d'avoir essayé. Y pleut à boire debout.

Tantôt, il boira. Tout seul au comptoir en essuyant la buée sur sa bouteille de bière et Choucroute boira avec les autres sans savoir qu'il vient de le défendre. Sans savoir qu'il regrette son geste. Un froid s'installera entre eux et les communications se limiteront au style radiophonique. «Ça va? — Ça va. *Over.*» C'est tout ce qu'il restera de la relation entre lui et son ancien capitaine. Ah! ce qu'il a pu apprendre à ses côtés! Ce qu'il a pu rire avec cet Obélix aviateur! Être son copilote n'avait rien de stressant et se révélait plutôt une partie de plaisir. Choucroute s'arrangeait toujours pour ne pas dépasser ses limites, sans toutefois les restreindre. Il l'a vu traverser des tempêtes avec un calme absolu parce qu'il était de taille à les affronter. Il l'a vu en contourner d'autres parce qu'il avait l'humilité de reconnaî- tre qu'elles recelaient quelque chose de plus fort que lui. Non, Choucroute n'est pas un peureux et répond parfaite- ment aux critères du bon pilote. C'est lui, Tête d'Oiseau, qui est fantasque, audacieux, tête folle. Lui qui se fait peur en s'enfonçant dans le ventre des orages. Lui qui s'acharne à grandir en se mesurant sans cesse à ce qui le dépasse. Lui qui est la fidèle reproduction d'Émile à ses débuts dans la brousse. Celui-ci a beau jouer au chef pilote compétent et réfléchi, il connaît, lui, étant son ancien élève, les folies et les exploits de sa jeunesse. Si un bon pilote n'a rien à raconter, alors Émile n'est bon à rien en tant que pilote pour l'avoir entretenu durant tout un hiver avec le récit de ses aventures. En fait, Émile s'est établi des critères pour lui-même et il exige que tous s'y soumettent. Fantasque, audacieux, tête folle à ses débuts, le voilà modeste, prudent, sérieux depuis qu'il est chef pilote. Il a vieilli, s'est ramolli, s'est affaibli, et il ne jure maintenant que par le vol aux instruments. Limité, il veut limiter les autres et n'y parvient que par l'importance de son poste. Ne reste que lui, Tête d'Oiseau, pour lui résister. Pour s'insurger. Désobéir. Se frotter encore et toujours au danger, au risque d'attirer ses foudres.

Ne reste que lui, en haut de son échelle, qui ne parvient pas à savourer son triomphe.

— Si t'as passé, tu peux repasser. Ça vole puisque tu viens de voler.

Il ne parvient pas à faire entendre raison à ces hommes qui n'ont qu'une obsession, entrer au plus vite dans le bois, et il se rappelle la raison invoquée par Émile pour expliquer l'ordre de rester au sol. «Si un gars de quatre mille heures voit un blanc-bec comme toi passer dans le mauvais temps, il va se sentir obligé de faire pareil et c'est là qu'il va finir par se river le nez. Quand tu forces dans la météo, t'obliges les autres à forcer, sans compter que tu les mets dans le pétrin face aux clients et à la compagnie.»

Il ne reste que lui, juché sur son barreau. Lui, le jeune blanc-bec fautif qui, un jour, sera peut-être responsable de l'écrasement de Choucroute allant à contrecœur au-devant de la tempête capable de faire éclater ses limites.

Lui qui ne mérite pas honneurs et louanges et qui soudain désire subir le blâme d'Émile, comme si cela pouvait réparer le tort causé à Choucroute et aux autres.

Le mal est fait et se répand sur le quai comme traînée de poudre. «Ça vole.» De groupe en groupe, on s'agite, réclamant la préséance. Sans attendre l'autorisation, des hommes s'emparent déjà de la balance pour peser leurs bagages, bien décidés à tricher. La charge permise d'un Otter étant de mille kilogrammes, ils tenteront par tous les moyens de s'y conformer officiellement, au risque de surcharger l'appareil en cachant des paquets ou en glissant des pourboires.

«La compagnie va en entendre parler. On peut ben aller ailleurs. De l'autre côté.»

Les flatteries ayant échoué, on utilise maintenant la menace du patron et de la compétition.

« Vas-y, de l'autre côté. Ça vole pas plus qu'ici.»

Heureusement, songe Tête d'Oiseau en descendant de son échelle. Heureusement que là-bas il n'y avait pas un jeune blanc-bec pour fêter sa millième heure. Quel remous il a dû provoquer au quai de la compagnie rivale lorsqu'il a amerri! Ce n'est pas seulement à ses confrères qu'il nuit mais à tous ceux qui pratiquent le même métier que lui. Ce qu'ils peuvent être liés, au sol! Noués malgré eux. Il était si libre, en vol. Si béatement seul, au-dessus des nuages.

— Cent cinquante si tu nous fais entrer, plus dix piastres par caribou tué, pilote.

— Tu vois pas qu'y pleut?

— Y pleuvait quand t'as amerri.

— Mais là, c'est pris pour de bon. C'est bouché partout. Regarde comme c'est noir. C'était pas comme ça quand j'ai amerri, justement.

Il laisse les chasseurs étudier les sombres replis des nuages, se rappelant combien c'est clair et lumineux au-dessus. L'humidité traverse la flanelle de sa chemise et imbibe sa combinaison. Il réprime un frisson. Il n'aurait jamais dû revenir ici, en dessous. Ici où ça grouille d'hommes qui se pilent sur les pieds, s'enfoncent la tête et jouent des coudes. Ici où la mesquinerie et la petitesse moisissent sur les âmes et où il se sent lui-même coupable envers les siens. Il était si bien, là-haut. Et pourtant si seul. En manque du grand aigle. Lui dira-t-il qu'il a fêté sa millième heure ? À quoi bon ? Le grand aigle n'est plus. Ni là-haut ni sous les nuages. Il s'est éclipsé à l'arrivée du chef pilote. Un temps cependant, il a subsisté et il a rencontré ses yeux au retour de son premier voyage. Ses yeux qui le semonçaient tout en lui disant : « Je suis fier de toi.» Puis plus rien de lui, sauf durant les deux semaines où il a remplacé Choucroute et où le grand aigle s'est dévoilé devant la puissance des éléments. Depuis, plus rien de lui. Aucun signe de vie.

Rien que de la paperasse à remplir et des ordres à suivre. Rien que de la merde sous les nuages et de la félicité au-dessus. Rien que de la difficulté à choisir entre les obligations qui le lient aux autres ici-bas et l'ivresse du vol là-haut.

— Hé ! Pilote ! Où tu t'en vas comme ça ?

— J'rentre chez nous. Ça vole pas.

Tête d'Oiseau traverse les groupes d'hommes qui se serrent autour de lui. Le retiennent. Le supplient. Prisonnier de leur admiration et de leurs exigences, il regrette de s'être envolé pour aller boire à la coupe des vainqueurs dans une ivresse totale. Une liberté totale. Il ne le fera plus. Ne désobéira plus jamais à cet ordre-là. À cause de Choucroute qui, peut-être un jour, s'écrasera par sa faute. À cause des autres pilotes, dénigrés par les clients et par leur compagnie. À cause de la solidarité. Il a compris.

Les réprimandes du chef pilote seront inutiles et il se contentera de la colère qu'Émile maîtrise mal dans sa voix. De sa colère contre lui, Tête d'Oiseau.

3

L'homme de sa plage

Le restaurant de l'hôtel est enfin libéré du siège infernal des chasseurs traqués par le mauvais temps. Un siège de quarante-huit heures où le mécontentement et l'impatience se sont manifestés d'un côté comme de l'autre de l'établissement, l'excès de boisson alternant avec la cure de café.

Ayant survécu à l'assaut de ces hommes que la pluie maintenait de force soit dans la civilisation, soit dans la brousse, deux serveuses s'entretiennent devant un café. Le premier qu'elles ont l'occasion de prendre ensemble. Le premier de la journée après le départ du train, ce matin, et celui du BAC-111 de Québecair, à quatorze heures.

— C'est tranquille à comparer avec la fin de semaine, dit Myriam en tirant voluptueusement sur le filtre de sa cigarette qu'elle tache de rouge à lèvres.

— Oui, ça fait du bien, répond la nouvelle, sidérée par l'abondance de rouge sur les lèvres de sa compagne. Celle-ci sourit candidement de ses petites dents inégales qui lui donnent du charme.

— C'est bon pour les pourboires, par exemple. De l'autre côté, j'ai fait fortune.

De l'autre côté, c'est le bar-salon, lieu de défoulement collectif. On y crie, on y rit, on y multiplie bières et pourboires. C'est là que Myriam excelle avec son visage ingénu et son corps de mannequin qu'elle promène d'une table à l'autre ou dont elle exhibe la naissance des seins en se penchant innocemment derrière le comptoir.

— T'as dû en faire pas mal, toi aussi, de ce bord-ci.

Ce bord-ci, c'est le restaurant. Là où l'on se dégrise et où l'on économise. D'habitude on y aboutit avec le visage aspergé d'eau et l'intention de se ressaisir après avoir fait une halte aux toilettes. C'est là que Sophie a fait ses premières armes, déplaçant son corps malingre d'une table à l'autre avec panique et offrant des yeux désolés à ces hommes qui cherchaient une quelconque forme dans son corsage.

— J'sais pas. Je n'suis pas tellement habituée.

— T'as eu à t'habituer vite. J'aurais aimé ça avoir plus de temps pour te montrer. On t'attendait pour avant la chasse.

— Ah! Ça doit être une erreur du centre d'emploi.

— C'est dans l'temps d'la chasse qu'on a besoin d'un surplus de personnel.

— Mais... mais l'offre d'emploi précisait que c'était à l'année.

— Bien sûr, mais c'est pour toi; tu feras pas beaucoup de pourboires quand les chasseurs vont être partis. De l'autre côté, c'est beaucoup mieux. Remarque que j'suis ben contente que tu soies là : y'a longtemps que j'voulais être barmaid.

Sophie examine la jeune femme qui écrase méthodiquement son mégot dans le cendrier. Incontestablement, elle est du genre à servir de la bière plutôt que du café. Du genre à habiter les fantasmes érotiques des hommes et à les concrétiser à l'occasion dans le lit de sa chambre au troisième étage. Dotée d'une frimousse espiègle aux expressions enfantines, de lèvres sensuelles qu'elle barbouille à outrance d'un rouge vif, ainsi que d'un corps superbe juché sur de longues jambes, elles-mêmes juchées sur de hauts talons aiguilles, elle charme par sa fraîcheur et sa candeur, sa spontanéité et sa transparence. On dirait une fillette atriquée en racoleuse. Quel contraste entre elles! Si sa mère voyait ça, elle crierait sûrement au scandale: une ancienne institutrice prenant un café avec une barmaid encline à des avenues plus lucratives.

— Comment c'est, ta roulotte?

— Oh! Ça peut aller.

— Moi, j'aime mieux rester à l'hôtel. C'est p'tit mais j'ai pas à marcher. C'est pas à la porte, les roulottes.

Sophie n'ose avouer qu'elle n'a pas eu le choix. Dès son arrivée, après un coup d'œil insatisfait à sa petite personne en tailleur gris, la patronne a décrété que Fabien irait la reconduire immédiatement à sa roulotte, les chambres étant réservées aux chasseurs. Elle fit donc la connaissance de Fabien, un Montagnais taciturne qui l'a laissée trimballer ses énormes valises tandis qu'il se chargeait de la clé et s'acquittait de sa tâche en ouvrant la porte sur son «home sweet home» qui sentait le moisi et le renfermé.

Elle y traîna ses lourds bagages, reçut la clé de son château dans sa main transie et se retrouva dans une pièce sordide et délabrée, le chignon complètement effondré et le corps glacé de part en part. Elle se mit à pleurer, se jeta sur le matelas nu et suspect, attribua son découragement à la fatigue et s'endormit en pensant à l'accueil chaleureux dont Jo avait bénéficié.

Le lendemain, à pied sous la pluie glaciale, elle dut découvrir le trajet jusqu'à l'hôtel et eut la conviction de s'être condamnée aux travaux forcés dès qu'elle enfila le tablier de serveuse aux tables.

— T'as dû trouver ça long, en train.

— Oui. Heureusement que j'ai eu de la compagnie.

— Qui?

— Un pilote et sa famille. Jo... Jo... C'est bête, j'me souviens plus de son nom de famille.

— C'est pas grave. Si y'est accepté par les gars, dans quelque temps, tu t'souviendras plus de son prénom.

— Pourquoi?

— Y s'donnent tous des surnoms. Y'a Tête d'Oiseau, lui, c'est Luc Maltais. J'ai pas de mérite à m'en rappeler parce que c'est mon *chum*... Ben... façon de parler... C'est avec moi qu'y sort le plus souvent, disons. Ensuite, y'a Choucroute, lui, y'est un peu baquais; paraît qu'y a de l'Allemand. Y'a le Zèbe, parce qu'y vient du rang Saint-Eusèbe. Qui d'autre? T'as De Rien, Grisou, Rhino, eux sont saisonniers : y vont repartir aussitôt la chasse finie. T'as aussi Castor pis Ti-Ken dans l'autre compagnie. Ah oui! T'as le Grand aussi, le chef pilote.

— Il est venu chercher Jo à la gare. C'est vrai qu'il est grand.

— Tu l'as vu?

— J'ai pu voir qu'il était grand, c'est tout.

— Ah! Pour être grand, y'est grand. Si c'est tout ce que t'as remarqué, c'est que t'as pas vu le reste.

— Quel reste?

— Ben, y'a la moitié du visage brûlé... C'est pas trop joli, j'te dis. J'étais presque toute seule avec lui dans le train quand j'suis montée ici, y'a six ans. Y m'faisait assez peur!

Voilà pourquoi cet homme avait détourné la tête quand la lumière de la cabine s'était allumée. Ce geste lui avait paru anormal, insolite, et contrastait avec ses manières amicales et la gentillesse de sa voix.

— Pauvre homme!

— Oui, c'est d'valeur parce qu'y est ben fin. Les gars l'aiment bien... à part Tête d'Oiseau, mais lui, c'est pas pareil; y'est rendu *bush*[1].

— *Bush*? Qu'est-ce que ça veut dire, ça?

— Ça veut dire que ça fait trop longtemps qu'il a pas descendu dans le Sud. À force de vivre ici, tu finis par devenir irritable, impatient... C'est comme s'il te manquait quelque chose. Tu vas rire, hein, mais moi, j'm'ennuie des arbres qui ont des feuilles. Des grands arbres, pas des p'tites maudites épinettes qui te dépassent même pas. À chaque printemps, j'vais voir en bas[2]. J'me paye une semaine à Montréal. Ça fait du bien. J'passe tous mes après-midi au parc LaFontaine. Luc a jamais voulu venir avec moi. Ça va faire deux ans et quelques mois qu'il est arrivé. C'est rendu qu'y est plus du monde. Le Grand va finir par se choquer.

— Il a l'air d'un homme patient.

— C'est ben doux, ce grand-là. C'est d'valeur qu'y soit amanché comme ça. Tu comprends ben qu'y a pas une femme qui veut de lui.

— J'le croyais marié. J'ai cru comprendre qu'il avait un fils.

— Ah! Martin. Sa mère est morte en lui donnant naissance. Ç'a dû être une femme spéciale pour...

---

1. *Bush* : brousse.
2. En bas : dans le sud du Québec.

Myriam se tait. Elle demeure un instant lunatique, comme accrochée à un souvenir, puis sort posément une cigarette de son paquet. Ce geste semble chasser des pensées agaçantes.

Sophie l'observe, s'interrogeant sur le nombre de cigarettes que nécessiterait l'absorption intégrale du rouge sur les lèvres, puis, insidieusement, sa curiosité verse du mauvais bord malgré elle. Du côté de cette clôture que l'on semble sauter allégrement ici... et elle se demande si ces lèvres-là, moyennant rétribution, n'auraient pas comblé les besoins de cet homme. Si ce corps-là ne s'était pas fait payer pour... C'est grotesque comme réflexion. Inhabituel chez elle. L'averse récente de blagues grivoises ou à double sens a-t-elle suffi à inonder sa sèche petite platebande de convenances? Voyons! Ce n'est pas son genre d'avoir de telles pensées. Méthodiquement, elle consolide les pinces de son chignon pour se ramener dans le rigide chemin de la décence.

— J'ai vu que t'avais d'la misère avec ton chignon. T'as jamais pensé à te couper les cheveux?

— Euh...oui.

— La patronne aime pas ça, les cheveux longs. Elle a dû te le dire. Paraît que c'est pas convenable quand on sert de la nourriture.

— Oui, elle me l'a dit... mais, remonté comme ça, c'est propre, c'est acceptable.

Et avec quelle dureté elle lui a fait savoir que sa grise petite personne ne convenait pas. Qu'il fallait couper les cheveux, faire des pinces dans le costume au niveau de la poitrine et des hanches, et raccourcir la jupe. Avec quelle méchanceté, presque, on a suggéré sa démission. Elle soupçonne maintenant cette fille à l'air angélique d'être de connivence avec la patronne. Quoi! Faudrait-il qu'elle ait les cheveux courts et bouclés comme cette fille de joie pour continuer à servir aux tables? Ce n'était pas mentionné dans l'offre d'emploi.

Myriam sourit gentiment, la tête inclinée de côté.

— Remarque que ça te donne un genre, ton chignon. Tu me fais penser à ma maîtresse de deuxième année. Je l'aimais assez, Mlle Guimond!

La fille de joie se transforme en petite fille de deuxième avec une tête auréolée de cheveux châtain clair et un sourire sincère. Sophie s'en veut d'avoir sali cette fillette qui surgit dans l'âge adulte pour rétablir le lien entre deux personnalités diamétralement opposées.

— J'lui dois beaucoup, à Mlle Guimond. C'est elle qui m'a sauvée.

— Sauvée?

— De mes parents... Les autres maîtresses voyaient bien que j'étais battue, mais elles faisaient rien. Elle... elle est venue jusque chez moi affronter mon père. J'm'en rappelle comme si c'était hier... J'la trouvais assez courageuse! J'avais peur que mon père la frappe parce qu'il était saoul comme d'habitude, mais y'a pas osé. Le service social m'a prise en charge pis m'a placée dans des foyers. C'est avec Mlle Guimond que j'aurais aimé vivre, mais j'pouvais pas parce qu'elle était pas mariée.

Sophie s'imagine cette fillette rouée de coups souriant sagement à son pupitre et son cœur s'attendrit. Le lien se forge entre ces deux femmes qui n'ont rien en commun sauf une relation maître-élève vécue de part et d'autre.

— J'imagine que t'as dû être heureuse dans ton foyer nourricier.

— Jusqu'à douze ans, oui. J'étais traitée en princesse. Mais quand j'ai commencé à devenir une femme, ça s'est gâté. Le monsieur a commencé à me trouver de son goût, et vu que sa femme travaillait de nuit, ben... tu peux imaginer le reste. À partir de là, j'ai fait bien des foyers, pis j'ai sacré mon camp à vingt ans pour venir ici.

— Et ça fait six ans que t'es ici? T'as pas vingt-six ans!

— Oui. J'sais que j'ai l'air plus jeune.

— On t'en donne dix-huit au plus.

— J'sais. Quand le Grand est venu s'asseoir avec moi dans le train, la première chose qu'il m'a dite, c'est: «Qu'est-ce qu'une p'tite fille comme toi fait toute seule dans un train comme ça?» À partir de là, y m'a toujours appelée la P'tite, pis tout l'monde a fait pareil.

— J'ai vu ça. J'te trouvais pas petite du tout. J'comprenais pas. Moi, j'suis plutôt petite. J'parie que c'est de ton costume que j'ai hérité.

— Oui.

— On a dû le raccourcir et reprendre des coutures partout pour que j'puisse le porter.

— Mlle Guimond était pas tellement grande non plus. Tu m'fais beaucoup penser à elle. Qu'est-ce que tu faisais avant?

— Maîtresse d'école.

— J'aurais pu le jurer.

Elles rient. Toutes deux détendues. Toutes deux heureuses de se rencontrer en dehors des convenances.

Soudain, des voix d'hommes dans le hall d'entrée.

— Tiens! En v'là d'autres qui viennent de sortir du bois. Ça va pas tarder à se remplir, prédit Myriam en vidant sa tasse.

— Ah! Mon Dieu! C'est pas long comme récréation.

— Dans le temps d'la chasse, non, c'est pas long. Vois-tu, ceux-là, ils viennent de sortir. Ils vont fêter leurs caribous, s'acheter des souvenirs indiens, coucher ici à soir, pis demain, tu les reconnaîtras pas, tout rasés et bien habillés pour prendre l'avion. T'as ceux qui sortent du bois pis ceux qui veulent entrer dans le bois. Avec le temps, tu vas finir par faire la différence entre eux. Bon, j'te laisse. Bye!

Aguichante, provocante, la jeune femme se dirige vers le bar-salon, la laissant à son comptoir de restaurant.

Des hommes s'installent aux tables, bruyants et tapageurs comme des adolescents. Poignards à la ceinture, le corps bardé de munitions, les joues ombragées de barbe et portant d'une manière fort désinvolte tuque et casquette, ils parlent haut et fort d'une table à l'autre, relatant leurs exploits qui semblent les gonfler à bloc d'une confiance excessive en leurs capacités de prédateurs. «En plein dans l'cou! En plein dans le cœur! Un panache grand comme ça! Paf! Tombé raide mort.» Et ils s'exclament et en remettent, épiant ses réactions du coin de l'œil. Réactions qui devraient être on ne peut plus admiratives et qui ne sont que bêtement désemparées face à ces Radisson, Daniel Boone et Davy Crockett qui ont envahi le restaurant. Demain, paraît-il, elle pourra reconnaître en eux médecins, avocats, hommes d'affaires ou autres, capables de se payer cette chasse coûteuse. Présentement, ils réclament de la monnaie pour alimenter le juke-box et déjà elle s'affaire à gauche et à droite, napperons et menus en main, ne notant aucune différence de comportement entre les hommes sortis du bois et ceux qui vont y entrer. Elle retrouve les mêmes regards désappointés qui glissent sur sa plate poitrine, les mêmes sourires en coin. Qu'est-ce qu'elle fait ici? Quelle idée de s'expatrier ainsi! Pourquoi a-t-elle troqué l'univers sécurisant des pupitres où elle déambulait avec autorité et aisance contre celui des tables de restaurant où elle trotte comme une souris traquée ? Oui, pourquoi avoir troqué l'ordre, l'obéissance et l'attachement profond des enfants contre cette anarchie et ce désordre fortement gouvernés par l'instinct et le sexe ? Pourquoi voulait-elle absolument sortir de son petit monde réglé par le calendrier scolaire ? Pourquoi se sentait-elle poussée vers ces autres réalités ? Vers cette vie en dehors des murs d'une institution d'enseignement ? Cette vie qui possède des lois beaucoup plus dures, des leçons beaucoup plus grandes, des devoirs beaucoup plus exigeants. Cette vie où les turbulents réussissent plus souvent à s'en sortir que ceux qui ont toujours porté la médaille du mérite et où les petites filles battues par un père alcoolique deviennent des femmes servant de la boisson à des pères en vacances. Cette vie qui l'effraie. Qui la broie. Et qui pourtant lui enseigne tout ce qu'on avait omis de lui apprendre ou choisi de lui cacher pour la ménager.

Elle a grandi en vase clos, vieilli en vase clos. À l'abri de tout ce qui perturbe et scandalise. Elle s'est fait les dents sur les yogourts de sa collation et le pâté chinois de sa mère. Elle s'est fait les muscles à lever la craie et à transporter les cahiers à feuilles lignées. Elle s'est fait respecter en fronçant les sourcils et en haussant le ton. Tout cela lui est bien inutile aujourd'hui, et, récoltant les maigres pourboires qui lui sont donnés, elle songe déjà à rendre son tablier. À quoi bon continuer ? Qu'apprendra-t-elle de plus sur elle-même et sur les autres ? N'était-elle pas venue chercher confirmation de cette réalité qu'elle flairait au dehors de son vase clos ? Vingt-cinq, cinquante, soixante, quatre-vingt-cinq sous. Elle additionne mentalement ses pourboires. Que penseraient ses anciens élèves de la voir ainsi vêtue d'un court costume orange à tablier rond et blanc, réduite à compter ses sous ?

Bref moment d'accalmie. Elle boit une gorgée de café froid et remarque alors un client seul à une table. Depuis combien de temps est-il là à lire ?

Elle s'empresse d'aller le servir, se sentant des affinités avec lui, d'abord parce qu'il est seul et ensuite parce qu'il lit en attendant, comme elle le fait toujours.

Plus elle s'approche, plus elle porte attention à cet homme et plus elle a l'impression de le connaître. Quelque chose en elle s'éveille et elle l'examine, cherchant un indice dans l'épaisse chevelure noire où tranche le gris de la tempe, dans le nez droit, les lèvres fermes et sensuelles, les larges épaules moulées dans une chemise à carreaux bleus et noirs. Il n'a pas l'air d'un chasseur malgré cet habillement. Elle poursuit l'investigation et cherche à voir le titre du livre qu'il tient entre ses mains. Un livre qui semble avoir été lu et relu plusieurs fois, d'après l'état lamentable des pages. Quelle n'est pas sa surprise de reconnaître un dessin du *Petit Prince* de Saint-Exupéry! Qui peut bien être cet homme absorbé par la lecture de ce chef-d'œuvre qu'elle a toujours mis à son programme d'enseignement? Autre affinité qui ne fait qu'amplifier sa gêne alors qu'elle doit le déranger pour disposer napperon et ustensiles.

— Excusez-moi.

— Y'a pas de quoi.

Elle reconnaît cette voix et rencontre alors les yeux de l'homme levés vers elle. Des yeux si bleus, si lumineux, qu'elle reste prise dedans. Déjà éprise. Déjà mal prise. Déjà conquise. C'est lui. C'est le chef pilote, confirment les cicatrices du côté droit qui veulent faire dévier son regard de ces yeux-là.

— C'est vous qui étiez avec Jo l'autre soir. J'me souviens plus de votre nom.

— Sophie. Sophie Galant.

— Ah oui! Faut m'excuser. J'ai pas la mémoire des noms, Sophie.

Il sourit. Des yeux plus que de la bouche. De ces yeux-là qui la pénètrent jusqu'au fond de son âme. Jusqu'au fond de son ventre. De ces yeux-là qui ont déjà tant d'emprise sur elle.

Elle étouffe. Ses jambes flageolent. Elle va sûrement s'effondrer. Qu'est-ce qui lui arrive en dehors de son vase clos ? Quel est ce trouble qui l'envahit ? Pourquoi savoure-t-elle chacune des syllabes qui commandent un ragoût de boulettes ? Pourquoi ces épaules-là déclenchent-elles une réaction physiologique qui lui donne envie de s'y blottir ? Pourquoi ce regard-là la pénètre-t-il sans rencontrer aucune résistance, comblant aussitôt un vide en elle ? Pourquoi les cicatrices ne réussissent-elles pas à l'attirer hors de ces prunelles dangereusement captivantes ? Pourquoi éprouve-t-elle du regret à s'en détacher pour aller commander à la cuisine ?

Tout ce qui lui arrive si subitement lui est étranger : l'accélération de ses pulsations cardiaques, cette presque douleur dans la poitrine se mariant à une presque jouissance, ce presque bonheur se confondant à un presque malheur, cette attirance qui donne envie de fuir. Qu'est-ce qui lui arrive ? Est-ce cela, le coup de foudre ? Oui, c'est cela... Elle est foudroyée, ne tenant debout que par miracle, toutes fibres enflammées par l'étincelle de ce regard.

Mais voyons, ce n'est pas possible ! Ça ne peut pas lui arriver à elle ! Pas comme ça, sans crier gare, alors qu'elle songeait à rendre son tablier ! C'est sûrement la fatigue qui lui joue des tours. Qui lui masque le côté hideux de ce visage. Elle se sent tellement démunie, tellement désemparée, que la voilà prête à se réfugier dans les bras de cet homme pour y trouver la chaleur de l'accueil qu'il a réservé à Jo.

Ce doit sûrement être la fatigue qui lui a troublé la vision. Qui lui a fait accroire qu'elle était cette femme spéciale, capable de faire abstraction du côté droit. Capable d'aimer l'essentiel qui est invisible pour les yeux.

Les a-t-elle seulement bien regardées, ces cicatrices? Non. Elle n'a pas voulu les voir, préférant rester prise dans le regard. Créant ainsi l'illusion de la beauté sur ce visage.

Est-ce à cause de la fatigue? Est-ce par peur d'être déçue ou d'être indiscrète qu'elle s'est contentée de laisser s'enfoncer en elle ce regard trop bleu? Elle ne le sait pas mais elle décide d'en avoir le cœur net en allant porter son plat. Elle ne veut pas être harponnée par un mirage, foudroyée par une illusion.

Froidement, elle examine les cheveux éclaircis autour de l'oreille sans lobe, la peau rouge, luisante et plissée du cou, de la joue et de la main droite où manquent les phalangettes du majeur et de l'annulaire. Et voilà que, d'une manière irrationnelle et tout à fait inattendue, cet homme échoue sur la plage de ses fantasmes. Poussé par la marée de l'horreur qu'il inspire, il roule à ses pieds, inconscient et couvert de blessures, la tête à moitié brûlée et la main droite calcinée. Voilà qu'elle s'agenouille, qu'elle le recueille. Le soigne, le panse. Le cache dans une grotte invisible. Une grotte où elle va le trouver pour goûter à ses lèvres indemnes et caresser son épaisse chevelure du côté gauche. Une grotte où elle va poser la tête sur ses épaules robustes et dormir contre lui. Une grotte où elle se permet de l'aimer en dehors de toute logique. Une grotte où ses yeux ne voient que cet essentiel invisible. Où ses yeux ne voient que ces yeux-là, bleus et lumineux, qui s'emparent d'elle tout entière encore une fois en recevant son ragoût de boulettes.

— Merci, Sophie.

Elle lui sourit. Le reconnaît. C'est lui. C'est l'homme de sa plage. Celui qui l'habite depuis toujours et qu'elle aime depuis toujours en cachette dans sa grotte imaginaire.

Celui que la mer devait rejeter à ses pieds, blessé et inconscient, afin qu'elle puisse l'apprivoiser, le soigner et l'aimer.

C'est lui qu'elle s'est réservé. Lui, avec ses blessures qui le rendent différent des autres. Avec ses blessures qui le rendent accessible et l'incitent à lire *Le Petit Prince* de Saint-Exupéry.

C'est lui, l'homme à la mesure de sa démesure. De sa déraison. À la mesure de cet amour qui jaillit en elle comme une source généreuse.

4

Le renard apprivoisé

Somme toute, elle a bien fait de tenir bon. De garder noué à sa taille le tablier de serveuse aux tables. L'avoir rendu aux premiers petits accrocs, elle n'aurait jamais goûté à cette satisfaction. Cette paix. Cette joie toute délicate des modestes victoires.

Elle doit convenir cependant que, sans l'aide de Myriam, les accrocs auraient vite fait de s'agrandir et de réduire le tablier en lambeaux. «Il te manque un sourire, Sophie. Tout ce que les gars veulent, c'est de la bonne nourriture servie rapidement avec un sourire.» Alors, elle s'est armée d'un sourire pour s'apercevoir qu'on lui ripostait généralement avec la même arme. C'est toute son attitude qu'il lui fallait changer car elle n'était plus dans son vase clos et ses manières d'institutrice nuisaient aux relations avec les clients plutôt que de les favoriser.

Devenir serveuse aux tables ne se limitait pas à enfiler le costume, comme elle l'avait d'abord cru. Cela nécessitait des changements en profondeur dans sa manière de considérer les chasseurs. Elle ne devait plus les voir comme des gamins à qui elle avait le devoir de reprocher leur conduite, mais comme des hommes en vacances, libérés momentanément de leurs obligations et de leurs tracas. Elle se devait de changer de mentalité. Et vite. Surtout ici, à Schefferville, cette ville minière peuplée de gens venus de différentes régions du Québec et de Terre-Neuve et où l'on ne se formalise pas, où l'on ne juge pas, ne condamne pas. Tel magistrat s'est-il enivré à outrance? Oui, et après? «Scandale», imprimerait-on à la une des journaux du Sud, avec une photo de «son honneur» à quatre pattes. Ici, à mille deux cents kilomètres de Montréal, il n'est qu'un chasseur comme les autres. Et c'est ce que bon nombre d'entre eux recherchent, outre l'excitation d'abattre du gibier et de vivre dans la toundra. Cet anonymat, cette liberté d'action. Ce droit d'être déraisonnable. Et, en un sens, c'est aussi ce qu'elle recherche. Ce droit d'être autre chose qu'une institutrice. Ce droit de vivre à l'extérieur du vase clos. Ce droit d'apprécier la jeune femme aux lèvres barbouillées de rouge. De l'accepter pour ce qu'elle est, sans la juger. Le droit d'aimer converser avec elle devant un café. Le droit de suivre ses conseils et de rire des blagues osées des hommes au lieu de s'en offusquer. Le droit de préférer la thérapie de Myriam à celle de son psychologue. Thérapie qui lui réussit mieux, d'ailleurs, et lui apprend à baisser les barrières autour d'elle avec un sourire. Thérapie qui, ce soir, s'avère efficace. Quel calme! Quelle sereine atmosphère où règne l'arôme de la pizza inscrite au menu du jour!

Sophie promène un regard satisfait sur la salle à manger. De table en table, elle s'assure que rien ne manque, disposée à aller au-devant des désirs des clients. La salle est comble depuis qu'un groupe de quatre chasseurs s'est installé à la dernière table libre. Arrivés à l'heure où les avions ne volent plus, ces hommes semblaient fourbus. Complètement vidés. Ils parlaient peu et consommaient beaucoup de bière en consultant le menu, les joues ombragées de barbe. C'est ainsi qu'elle parvient à faire la différence entre ceux récemment sortis du bois et les autres. Mais, en ce qui concerne ce groupe, elle n'a même pas eu à vérifier puisque les pilotes de la table voisine les ont interrogés avant même qu'ils n'aient eu le temps d'enlever leur veste à carreaux.

«Hé! Êtes-vous le groupe du lac Brisson? — Ouais. — C'est Tête d'Oiseau qui vous a sortis? Le Otter blanc? — Oui, c'est lui. — Comme ça, vous v'nez juste d'arriver. — C'est ça, on a atterri à la noirceur.»

Les pilotes semblaient contrariés et avaient baissé le ton, ce qu'elle déplore car elle aimait les entendre parler. Les entendre rire. Elle aimait entendre Jo, hilare et bon enfant, raconter qu'il avait surpris le Grand à dormir à ses côtés alors qu'ils revenaient de Fort-Chimo. Et Choucroute, aussi hilare et bon enfant que Jo, confessait qu'il lui était déjà arrivé de somnoler aux commandes de l'appareil, hypnotisé par le bruit régulier du moteur. «Y'a pas de danger; le moteur a juste à changer de son que ça nous réveille. Vous auriez dû voir la face de Tête d'Oiseau la première fois qu'il a vu le Grand dormir aux commandes du Otter. C'est ben simple, c'est comme s'il venait de découvrir que le Grand avait commis un crime. "Y'a dormi, Choucroute, vrai comme j'te vois. Y'a dormi dans l'avion", qu'il disait. Y'a rien là; moi aussi, ça m'arrive de dormir... On peut ben dormir, avec des saisons de même, hein? Pas facile, celle-là. J'la trouve longue.» Et Choucroute de lever son verre à l'«aviature», persuadé qu'ils avaient clos la journée avec un seul retard : le groupe du lac Brisson. Mais voilà qu'il fronce les sourcils et parle à voix basse depuis que ce groupe a fait son apparition.

Et voilà qu'elle doit lire sur les lèvres et analyser les expressions pour deviner de quoi ils parlent. De qui ils parlent surtout. Un seul sujet l'intéresse, à vrai dire, et motive sa curiosité : le Grand. Comme l'écureuil amassant des noix à l'automne, elle glane sur lui nombre d'informations qu'elle va porter dans sa grotte imaginaire. Tantôt, lorsqu'elle assurait le service à la table des pilotes, elle a pris note des commandes tout en façonnant un oreiller pour la tête de cet homme fatigué. Ce qu'elle aimerait prendre soin de lui! Le voir dormir à ses côtés. C'est fou ce qu'il a vite fait de combler ses pensées. De couvrir les murs nus de sa grotte. C'est fou ce qu'elle a pu recueillir de renseignements sur son compte! Continuellement à l'affût, elle en récolte de ci de là, tantôt de la bouche de Myriam, tantôt de celle des pilotes ou des clients. Elle ne perd pas une occasion, se contentant d'une bribe de conversation, d'un silence, d'un regard. À raison de brindilles, elle tapisse le plancher humide de sa grotte. Et, à l'instar de la pie voleuse, elle s'empare du moindre débris de verre comme d'un diamant à déposer dans son coffre aux trésors.

Ainsi, elle sait de lui qu'il a tenu parole face à Jo. C'est Monique qui le lui a appris cet après-midi, le cœur soulagé de voir son homme enfin respecté. Elle sait aussi qu'il vit avec sa mère, une Irlandaise, et que son fils, qui ne lui ressemble pas du tout, est très gentil et amuse la «petite demandeuse pourquoi» au retour de l'école. Elle sait qu'il pilote un DC-3 bleu et blanc et à quelle heure il décolle habituellement, ce qui lui fait apprécier d'habiter face à la piste. Depuis, sa minable roulotte ne lui inspire ni dégoût ni aversion. Que sait-elle d'autre? Qu'il fume la pipe, travaille énormément et prend son rôle de chef pilote très au sérieux, respectant ses hommes, qui le lui rendent bien. Et là, elle vient d'apprendre qu'il est très fatigué puisqu'il s'est endormi alors que Jo avait la responsabilité du vol. Alors, cette nuit, en se glissant sous les draps glacés, elle s'imaginera pénétrer dans la grotte sur la pointe des pieds pendant qu'il dort, et, tout doucement, elle s'étendra auprès de lui et volera un baiser à ses lèvres. Puis elle chuchotera «Bonne nuit!» à son oreille mutilée pour s'habituer à son aspect repoussant et l'aimer entièrement avec ce qu'il a de beau et de laid. Au lieu de prières, elle se récitera des prénoms pouvant être le sien. Pierre, Jean, Paul, Guy, Gaston... Comment s'appelle-t-il? C'est bien sympathique, cette histoire de surnoms chez les pilotes, mais ce n'est guère sentimental. Elle comprend la joie de Jo, désormais appelé Barbiche, mais se désole d'être incapable d'inscrire ses initiales et celles du Grand dans un cœur transpercé d'une flèche. Banal, ce besoin de graver ses sentiments sur les bancs des parcs, l'écorce des arbres ou les casiers d'étudiant? Très banal et populaire, jugeait-elle dans son vase clos en effaçant promptement le moindre graffiti du genre à l'école. Banal et grossier, pestait-elle aux toilettes des dames. Banal et polluant. Quelle folie poussait ainsi les gens à inscrire leur amour quelque part? L'inscrire pour qui? N'importe qui. L'inscrire pourquoi? Pour l'enregistrer tout simplement quelque part sur cette terre et prouver son existence. Prouver qu'il a eu lieu. Qu'il a habité deux cœurs et a été l'événement de deux vies à un moment donné, quelles qu'en soient la durée et la légitimité.

En est-elle rendue là? Presque. Un rien de bonnes manières retiendrait encore sa main si elle connaissait le prénom de cet homme. Un rien de bon sens l'empêcherait de graver leurs initiales dans un cœur avec le fol espoir de concrétiser ce que cela représente. Le fol espoir de changer la citrouille en carrosse doré et la vieille fille en jolie princesse.

Un rien de tout ce qu'elle a été de logique et de bienséant la maintient encore à sa place. À lui faire l'amour dans l'ombre et à n'oser demander son nom à Myriam, de peur de rougir et de dévoiler ainsi ses sentiments. De dévoiler tout ce qu'elle pense de lui. Tout ce qu'elle fait de lui dans son subconscient. Dans cette grotte connue d'elle seule et où il lui appartient. Où, dépendant et faible, il se soumet à ses désirs.

Ah! qu'elle aimerait connaître son prénom! Pour se le dire et se le redire. Se l'écrire et se le réécrire. Se le chanter. Se le chuchoter. Doucement. Amoureusement. Langoureusement. Comme une musique. Un poème. Comme la plus intime des marques d'identification, solennellement prononcée par un prêtre sur son front puis tendrement répétée par sa mère au-dessus du berceau. Ah! qu'elle aimerait connaître son prénom!

Voyant Jocelyne, sa consœur, faire la tournée du deuxième café dans son secteur, elle décide d'en faire autant dans le sien, ce qui lui permet de porter attention à la conversation des pilotes.

«Y'exagère, Tête d'Oiseau. C'pas une heure pour rentrer. — C'est le Grand qui s'ra pas content. Déjà qu'ils ont eu une prise de bec, l'autre fois, quand il a décollé dans la merde pour aller porter d'la broche au lac Pau. — C'est un maudit bon pilote, Tête d'Oiseau, mais il joue avec le feu. Il serait temps qu'il descende dans le Sud; y'est rendu *bush* comme ça s'peut pas.»

Elle revient avec sa cafetière vide, le cœur plein de rage à l'égard de Tête d'Oiseau qui donne du fil à retordre au Grand sans se soucier de sa fatigue. Quel comportement d'adolescent il a envers son chef pilote! Tout le monde s'accorde pour dire qu'il n'en fait qu'à sa tête, Myriam la première. Cela le lui rend antipathique. Nettement et franchement antipathique. Il a quelque chose d'asocial. Si c'est cela, être *bush*, elle souhaite qu'on l'avertisse dès les premiers symptômes si jamais elle devait être atteinte de cette maladie. L'autre soir, Myriam le lui a présenté. Façon de parler. «Tu vois le beau blond avec la barbe? C'est lui, Tête d'Oiseau», qu'elle lui a dit. Il était seul au comptoir du bar. Avec de sombres pensées, semblait-il, d'après l'expression tendue de son visage. Il la glaçait. Pour rien au monde, elle n'aurait souhaité le servir et rencontrer son regard de bel homme qui faisait tomber les filles en pâmoison. Il y avait chez lui quelque chose qui l'effrayait. Qui la repoussait vers ses tranchées. Quelque chose qui s'opposait à tout ce qu'elle était et qui menaçait tout ce qu'elle voulait devenir. Quelque chose qui la ramenait au pied du mur qu'elle avait réussi à gravir.

Tout en réfléchissant à cela, elle règle les factures des clients, et se félicite d'avoir appris la routine si rapidement et d'avoir mis en pratique le conseil de Myriam. Cette soirée est si calme.

Soudain, une voix en colère attire son attention. Elle aperçoit alors Tête d'Oiseau gesticulant et criant à la table des derniers arrivés.

— Donne-moé mon avion, le frisé, ou j'te pète la gueule.

— Quel avion ?

— Tu sais lequel.

— Non, j'sais pas.

— Celui que tu voulais m'acheter.

— Ah ! Celui qui était pendu devant ton pare-brise. Je l'ai pas vu. Y'a dû tomber à terre.

— J'ai regardé à terre.

— À la noirceur qu'y faisait ?

— Justement, à la noirceur qu'y faisait. C'est à cause de vous autres qu'on est rentrés tard.

— T'as eu ton pourboire ; t'as pas à chialer.

— Le v'là, ton pourboire. C'est mon avion que j'veux.

Des billets de vingt dollars volent au visage d'un homme arborant une coupe de cheveux afro. Ça suffit. Elle n'admet pas que ce grand délinquant vienne faire le désordre dans sa salle à manger. Passe encore qu'il s'insurge contre son chef pilote, mais elle n'admet pas qu'il vienne faire la loi ici. Les clients qu'il insulte sont sous sa responsabilité. Ils sont venus ici pour se restaurer et se reposer, et non pour manger une poignée de bêtises.

— Maudit voleur !

— Surveille tes paroles, le pilote.

Retrouvant son expression autoritaire d'institutrice, elle s'interpose entre l'offenseur et les offensés. Fait bravement face à un homme dont l'haleine alcoolisée la prévient qu'elle n'a plus affaire à un enfant d'école. Que fera-t-il ? Lèvera-t-il la main sur elle ? Qu'est-ce qui lui prend, maigre petite femme, de se porter à la défense de quatre chasseurs ?

— Veuillez laisser manger mes clients en paix.

D'un geste de la main, Tête d'Oiseau la tasse. La range de côté comme une poussière indésirable. Quoi ! Il ose ! Elle s'interpose de nouveau et, d'un ton catégorique, le somme de quitter les lieux.

— Dehors, Tête d'Oiseau ! Va réfléchir dehors !

Le bel homme blond lui décoche un regard méchant, fielleux. Un regard de haine et de vengeance.

— Toé, ma maudite vieille fille, mêle-toé de ce qui te regarde.

Il la pousse, attrape l'homme à la coupe afro par le collet de sa chemise et lui assène aussitôt un coup de poing à la figure.

Elle éclate en sanglots d'être si brutalement déchue au rang de vieille fille, et assiste, impuissante, à l'algarade entre la table des chasseurs et celle des pilotes tandis que Myriam tente de raisonner Tête d'Oiseau. On se bouscule, on crie, on accuse, on réplique. D'un côté, on portera plainte à cette maudite compagnie de fous ; de l'autre, on soutient qu'un pilote ne remet pas son pourboire sans avoir de sérieuses raisons de le faire.

On s'affronte, poings serrés, tête baissée, et les bras de Myriam retiennent à grand-peine ceux de Tête d'Oiseau qui hurle que c'est pas une maudite vieille fille qui va l'empêcher de ravoir son avion.

Et elle pleure à gros sanglots. Abattue par cette colère, déchirée par cette violence, agressée par toutes ces injures, tous ces sacres et blasphèmes qui volent de part et d'autre. Rien de cela ne lui serait arrivé si elle était restée dans une classe d'élèves. Ce qui explose ici risque de la réduire en miettes. De faire éclater les mille morceaux de son moi qu'elle tente de reconstituer. Les mille morceaux partout dispersés sur le plancher du restaurant. Partout piétinés.

Le patron accourt. S'empresse auprès des clients. Également propriétaire de la compagnie d'aviation rivale, il glisse sa carte d'affaires en invitant les chasseurs à passer dans la salle voisine, où on leur assurera un service de courtoisie. Tête d'Oiseau déguerpit et les pilotes se rassoient en bloc, penauds et désemparés. Inquiets des répercussions de leur solidarité avec un des leurs.

— J'suis sûr que Tête d'Oiseau a raison. Sans ça, y'aurait jamais remis son pourboire.

— Ouais... Qu'est-ce qu'on fait, à c't'heure?

— On appelle le Grand.

* *
*

Elle a à peine le temps de se réfugier à la réception afin d'y éponger ses larmes que le chef pilote se retrouve devant elle, à présenter des excuses.

— Mes gars sont fatigués en fin de saison. J'suis désolé que Tête d'Oiseau ait pu vous blesser. C'est pas un mauvais gars, mais... enfin... Il n'a pas l'habitude d'être impoli envers les dames.

Les dames! Quel terme désuet et délicat pour désigner les vieilles filles. Elle se sent dénudée, traînée de force hors de sa grotte avec son chignon complètement défait, ses yeux rougis et son menton tremblant. Pourquoi faut-il qu'il la voie dans cet état? Pourquoi? Cela fait une semaine qu'elle espère le servir avec son plus beau sourire et voilà qu'il surgit à l'instant même où le carrosse est redevenu citrouille et la princesse, vieille fille.

Cela fait une semaine qu'elle se remémore le client esseulé lisant *Le Petit Prince* et voilà qu'elle se retrouve devant un homme dont elle ne se souvenait pas qu'il était si grand et si imposant. Une telle puissance se dégage de lui qu'elle en frémit et se rend à l'évidence qu'elle l'a drôlement rapetissé pour l'introduire dans sa grotte. Tel un lainage plongé dans l'eau bouillante où trempaient sans problème les fibres synthétiques des hommes qu'elle a connus auparavant, il a sérieusement rétréci pour correspondre aux proportions d'un intellectuel fumant la pipe.

Mais là, elle ne peut faire autrement que de se sentir écrasée. Étrangère à ce mâle qui la dépasse de plus de trente centimètres. Étrangère à ces épaules robustes, au bruissement du cuir usé de sa veste d'aviateur, à l'odeur de sa lotion après-rasage. Ce n'est pas à lui qu'elle fait l'amour dans la grotte mais à un autre qui est faible et dépendant. Lui, il est si grand, si fort. Si indéniablement viril qu'elle se sent toute menue, toute fragile. Toute craintive et désolée de constater que sa grotte est trop petite pour lui et que, tel quel, il est impensable de l'y séquestrer.

Cela fait une semaine qu'elle récolte, qu'elle engrange des informations sur le client esseulé lisant *Le Petit Prince*, et voilà qu'elle trouve sa grotte vide et son tapis de brindilles inondé de larmes, lesquelles jaillissent de nouveau.

— Pleurez pas pour ça, Sophie. Ça n'en vaut pas la peine.

Qu'en sait-il ? Le petit nid douillet n'est plus qu'un grand trou dans un rocher. Un grand trou froid et désert.

Elle se cache le visage dans les mains. Ne veut plus qu'il la voie. Ne veut plus le voir tripoter sa casquette avec embarras.

— Voyons ! Voyons ! dit-il enfin après un long silence, ne sachant comment la consoler. Faut m'excuser, j'ai pas l'habitude avec les femmes, confesse-t-il. Je n'sais pas quoi vous dire. Surtout que j'sais pas comment ça s'est passé au juste. J'ai pensé que vous pouviez m'aider. Voyez-vous, les clients ont déjà porté plainte à la compagnie, et c'est un bon pilote... Un peu tête brûlée, je l'admets, mais c'est un bon pilote... J'en ai besoin.

Cette voix chaude et douce la calme. C'est celle de l'homme venu accueillir Jo. Celle qu'elle connaît et reconnaît. Celle qui lui rappelle que cet homme n'est pas complètement un étranger. Qu'il y a entre eux un lien qu'elle a tissé patiemment, formant ses fils de soie à même son ventre, à même son cœur.

Cette voix qui lui donne soudain soif des yeux bleus et lumineux penchés vers sa petite personne en souffrance. Soif des cicatrices qui lui rendent cet homme plus accessible et soif du regard qui cherche constamment à en détourner l'attention.

— Pouvez-vous me raconter comment ça s'est passé ?

— Oui. Voilà, monsieur... euh...

— Émile. Je m'appelle Émile Simard.

Elle se rue dans la grotte avec ce nom. Avec ces initiales à graver quelque part dans un cœur. Avec ce nom comme musique. À chanter. À dire et à redire. «Émile», à faire rimer avec «tranquille». Avec «idylle».

«Émile», à répéter inlassablement dans la nudité de sa grotte jusqu'à ce qu'il revienne l'habiter de lui-même. Jusqu'à ce qu'il baisse la tête et penche ses épaules massives pour accéder à ce lieu.

Ces épaules qui lui donnent le vertige et provoquent des troubles délicieux et terrifiants à la fois. Des réactions dont elle n'est pas maîtresse. Physiologiquement, elle sent que ces épaules-là lui creusent le ventre en faisant éclore les désirs charnels. Oh! comme elle aimerait les mordre de jouissance absolue! Les embrasser de soumission amoureuse!

Il attend ses explications, ignorant jusqu'à quel point il la trouble dans sa chair et dans tout son être. Il cherche à comprendre. À équilibrer les plateaux de la Justice, où le pilote récalcitrant ne fait pas le poids contre les quatre chasseurs offusqués.

Elle s'efforce d'être objective dans son compte rendu. De demeurer impartiale, intègre. C'est difficile car, hors de son vase clos, elle ignore les limites de l'acceptable. Ce qui constituait une grossière impolitesse dans sa classe est à peine une offense dans ce restaurant. Et puis elle ne veut pas donner de l'importance à ce qui a déclenché ses sanglots, car, ce faisant, elle démasquerait la vieille fille. La mettrait à jour sous les yeux bleus et lumineux.

— Vous êtes certaine qu'il leur a lancé son pourboire?

— Oui.

— Bon. J'vais aller le voir.

Oh non! Elle ne veut pas qu'il aille vérifier les faits chez Tête d'Oiseau. Qu'il aille s'asseoir avec cet homme et partager ses opinions au sujet de la nouvelle serveuse qui a l'air d'une authentique vieille fille. Que diront-ils d'elle? Elle les imagine en train de rire à gorge déployée, vulgairement, en prenant une bière. S'amuser de son chagrin. De cette insulte de rien du tout qui a provoqué un torrent de larmes. De ce qui n'est qu'insignifiance à leurs yeux tout en étant douleur profonde aux siens.

Il remet sa casquette en l'inclinant fortement du côté droit et ce geste semble lui redonner la contenance qu'il avait perdue en se découvrant.

Elle regarde les épaules d'homme qui la surplombent. Ce sont celles d'un mâle indifférent et insensible au chagrin d'une vieille fille, et, malgré elle, son menton tremble, signe avant-coureur qu'elle va pleurer sous peu.

— Ça serait bête qu'il perde sa job pour ça, conclut le chef pilote en ouvrant sa veste pour fouiller à l'intérieur.

Elle remarque alors le coin des pages cornées d'un livre dépassant de la pochette d'où il tire sa pipe et son tabac. Ce livre, c'est *Le Petit Prince*. Alors, son regard s'empresse de fuir les épaules qui assaillent sa chair, pour se réfugier dans les yeux qui ont tant de fois lu qu'«on ne voit bien qu'avec le cœur».

— Je vous remercie, Sophie. J'vais essayer d'y voir clair.

*   *
*

Y voir clair... Ce qu'il aimerait y voir clair! Mais, complètement aveuglé par la colère, il est contraint de stationner sa camionnette. Il ne peut arriver dans cet état chez Tête d'Oiseau, où la moindre étincelle provoquera une déflagration. Le moindre accroc, une rupture complète. Leur relation est devenue si tendue, si dangereusement explosive. Tout le monde l'a remarqué. Jusqu'à Jo, fraîchement baptisé Barbiche. «Pourquoi y t'en veut comme ça, Tête d'Oiseau? — J'sais pas.»

Jamais il n'aurait cru en arriver là avec lui. Jamais. Quel gâchis! Il se sent responsable. C'est lui qui l'a engagé. Qui a fait des pieds et des mains pour lui réserver son banc de capitaine de Otter, allant jusqu'à signer pour lui lors de sa libération conditionnelle.

C'est lui qui a couru après le «trouble», comme on dit. Dire qu'il aurait pu tout simplement choisir dans son classeur d'espérances où les C.V. des pilotes désireux d'être embauchés s'accumulent, tel celui de Jo, qu'il a retenu à cause de ses mille cinq cents heures d'instruction et de sa vaste expérience dans la brousse.

Il y en a tant, des p'tits gars pleins de bonne volonté prêts à travailler pour rien. Il y en a tant, des pilotes d'expérience à avoir travaillé pour rien. Pourquoi avoir choisi Luc? Pourquoi avoir tenu la promesse faite sur un lit d'hôpital?

Le voilà payé de retour. Cela lui apprendra à user de favoritisme. Ce mot est-il exact? Est-ce par favoritisme qu'il a réservé la place de Tête d'Oiseau? Il aimerait tant y voir clair et il ne sait plus. Ni que faire, ni que penser de ce pilote qui vient encore une fois de lui désobéir. Et qui, encore une fois, vient de démontrer son adresse. Il revoit un jeune homme blond assis dans l'herbe, regardant évoluer les appareils de l'école avec des yeux pleins d'espoir et de désespoir confondus. Ce jeune homme blond, c'est lui qui l'a cueilli, qui l'a formé, parachevé. C'est lui qui a décelé sa vocation et fait en sorte qu'elle se réalise. C'est lui qui est responsable de l'avoir cueilli dans l'herbe pour lui faire connaître l'ivresse du vol. N'avoir rien fait, le jeune homme blond aurait continué d'abattre des arbres pour gagner sa pitance. Il se serait noyé dans la masse anonyme des rampants et ne l'embêterait pas aujourd'hui.

Mais pouvait-il ne rien faire? Pouvait-il ignorer ce garçon venu gauchement lui prêter main-forte un jour de bruine? Pouvait-il faire abstraction du désir évident qui lui rongeait l'âme? Pouvait-il ne pas établir de parallèle avec l'adolescent d'un quartier défavorisé qu'il avait été, rôdant autour des avions avec la même envie, la même obsession? Non. Il ne le pouvait pas. Pas après qu'un aviateur eut donné sa chance à l'adolescent qu'il avait été. Il avait une dette envers le monde de l'aviation et il s'était promis de rendre un jour la pareille lorsqu'il reconnaîtrait ses propres espoirs et désespoirs confondus dans les yeux d'un autre.

Et cet autre, c'était Luc. C'était son «p'tit frère», et tout semblait limpide entre eux. Maintenant, cet autre, c'est Tête d'Oiseau, et tout est confus, emmêlé, indéchiffrable.

Tout n'est que colère en lui. Une colère sourde et nocive qui lui donne des insomnies et fait trembler ses mains sur le volant. Il est fatigué. Tellement fatigué qu'il aurait envie de pleurer comme la nouvelle serveuse. Pauvre petite femme! Ce qu'elle semblait chagrinée et ce qu'il peut en vouloir à Tête d'Oiseau d'avoir fait pleurer de si jolis yeux!

Le jeune pilote lui donne là un autre motif de colère, en plus d'avoir provoqué un esclandre et d'avoir amerri en pleine obscurité. Cette dernière infraction aux règlements du vol à vue le met hors de lui. Si un accident était arrivé, et lui et la compagnie auraient été dans le pétrin. Lui parce qu'il est responsable de ses hommes, la compagnie parce que les assurances deviennent caduques en cas d'infraction au code des lois aéronautiques.

Pourquoi Tête d'Oiseau joue-t-il avec son poste, avec l'avenir de la compagnie et celui des autres pilotes? Il est devenu impossible de lui parler et personne ne semble en mesure de lui faire entendre raison. Même pas Myriam, qui le retrouve régulièrement dans son lit. Et surtout pas lui, qui n'a qu'à apparaître pour qu'il se hérisse comme un animal sur la défensive.

Que va-t-il lui dire? Comment va-t-il lui faire savoir qu'il désire avant tout et plus que tout établir la vérité? Régler cette histoire d'agression contre un client qui risque d'entacher son dossier d'employé jusqu'à maintenant fort apprécié? Il n'y parviendra pas sans avoir d'abord écoulé cette colère qui bouillonne en lui. Sans l'avoir identifiée, classée. En mettant à part la rancune qu'il nourrit contre Tête d'Oiseau depuis sa première désobéissance l'an dernier. Comme il s'en veut d'avoir tenté d'intégrer une pièce défectueuse dans le mécanisme de la compagnie! D'avoir fait le mauvais choix au détriment de tant d'autres qui se seraient révélés plus judicieux, comme celui de Jo.

Comme il en veut au pénitencier qui a complètement détraqué le jeune homme blond assis dans l'herbe! Après cinq ans d'incarcération, l'élève qui présentait des qualités exceptionnelles de pilote avait éclaté en sanglots aux commandes d'un avion d'entraînement, incapable de le démarrer.

Comme il en veut aux clients qui harcèlent! Qui promettent pourboire et admiration et qui ont soumis à la tentation de devenir un dieu celui qui n'était qu'un numéro dans une cellule. Cette tentation à laquelle il est déjà difficile de résister et à laquelle il a maintes fois succombé avant d'avoir accumulé suffisamment d'heures pour n'avoir plus rien à prouver à qui que ce soit.

Et comme il en veut à celui qui aurait subtilisé cette réplique porte-bonheur suspendue au pare-brise du *Grand Blanc*! Cette miniature qu'il a lui-même sculptée pour son protégé en détention. Pour ce jeune homme qu'il a apprivoisé comme le renard du *Petit Prince* et dont il est responsable. Aujourd'hui et pour toujours, d'avoir peu à peu et patiemment «créé des liens. Tu es responsable pour toujours de ce que tu as apprivoisé». Quelle implacable vérité qui ne fait qu'alourdir le fardeau sur ses épaules de chef pilote!

Heureusement qu'il y a les autres. Qu'il y a la solidarité. Qu'il y a Choucroute, tout à fait indigné par le comportement des chasseurs bien que Tête d'Oiseau ait rudement malmené son amour-propre dernièrement. Heureusement qu'il y a Barbiche, qui, à peine arrivé, s'est soudé à l'équipe et s'est porté à la défense d'un des leurs. Heureusement qu'il les sent avec lui. Derrière lui. Dans leur petit monde de pilotes que les compagnies aériennes exploitent souvent. Heureusement qu'ils sont là. Solidaires dans l'épreuve au sol comme dans l'épreuve en vol. Solidaires de lui, qui remet le contact et se dirige vers la roulotte de Tête d'Oiseau.

Quel as, tout de même, d'avoir amerri en pleine noirceur! Quel fou aussi! Mais quel virtuose d'avoir posé l'appareil sans lumières de piste! Quel talent si dangereusement et si mal exploité!

La roulotte du pilote apparaît dans le rayon des phares. Petite, négligée, avec la pelle à neige de l'hiver dernier encore appuyée contre le coin de la galerie.

Ses mains ne tremblent plus. Il peut, maintenant, le rencontrer et il souhaite que Tête d'Oiseau ne soit pas trop en état d'ébriété.

Il frappe. Nulle réponse. Il frappe de nouveau, plus énergiquement, encouragé par la lumière qui s'échappe des rideaux tirés.

— Entrez.

Le ton est blasé. L'articulation déjà molle. L'homme est attablé devant sa bière.

— Tiens! Si c'est pas le Grand! s'exclame Tête d'Oiseau avec ironie. Je t'offrirais bien une bière, mais j'sais que tu bois plus... T'es rendu presque parfait, non? Assistoé.

— J'serai pas longtemps.

— J'sais : juste le temps de m'engueuler parce que j'suis rentré de nuit... T'as raison, j'aurais pas dû... J'sais pas c'qui m'a pris... J'm'étais ben juré de plus faire ça, à cause de Choucroute pis des autres. Donne-moé d'la marde si tu veux. T'as raison, que j'te dis. L'autre fois, c'était pas pareil : j'fêtais ma millième heure. Mais à soir, j'ai pas d'excuse.

— Mille heures ? Déjà ? Pourquoi tu me l'as pas dit ?

— Ça aurait changé quoi que je te le dise ?

L'agressivité pointe dans la voix, le regard, le geste provocateur de cette tête blonde qu'il a apprivoisée. Est-il responsable de cette rancœur ? Que ferait le petit prince si son renard se mettait à gronder en le voyant ? Si son renard menaçait de le mordre ?

Il s'assoit finalement. Comme on s'accroupit à quelques pas d'une bête farouche.

— Tes derniers clients ont porté plainte à la compagnie.

— Parce que j'suis rentré de nuit ? Ça prend bien des chiens sales : c'est eux autres qui m'ont forcé à le faire parce qu'y fallait absolument qu'y prennent le train demain pis qu'y avaient même pas démonté leur tente quand j'suis arrivé.

— Non, pas parce que t'es rentré de nuit. Tu dois avoir une p'tite idée pourquoi...

— Ouais ! C'est eux autres qui m'ont volé, pis, si tu veux savoir, j'regrette pas d'y avoir mis mon poing sur la gueule.

— C'est lequel qui t'a volé ?

— Le frisé. Y m'avait offert cinquante piastres pour l'avoir en souvenir. J'lui ai dit que c'était pas à vendre pis qu'il devrait aller à la boutique des Montagnais comme tout le monde pour avoir des souvenirs. Quand on est arrivés, y se sont dépêchés à prendre le taxi après m'avoir donné mon *tip*. J'les trouvais louches mais j'me disais qu'y étaient pas de bonne humeur parce qu'y avaient pas tué leur caribou. J'ai pensé à mon p'tit avion. J'suis allé voir; la corde était coupée.

— C'est flatteur pour celui qui l'a fait.

Il doit rappeler à ce renard qu'il s'est déjà laissé approcher. Lui rappeler la main qui a fabriqué cet objet auquel il tient tant.

— Qu'est-ce qu'ils ont raconté à la compagnie, ces baveux-là?

— Qu'elle devrait se débarrasser d'un fou dangereux comme toi, et qu'à l'avenir ils feraient affaire avec d'autres transporteurs.

— Est-ce... est-ce qu'ils ont porté plainte à la police?

— J'pense pas.

— J'ai peur...

Tête d'Oiseau s'appuie le front sur ses poings fermés. Il respire péniblement, comme si cet aveu avait exigé un effort surhumain.

— J'ai peur de retourner en d'dans à cause de ça. Y m'reste une vingtaine de jours avant la fin de ma sentence. S'il fallait qu'y portent plainte à la police, j'suis fait. J'veux pas retourner en d'dans. J'veux plus r'vivre ça.

— S'ils t'ont volé, ils porteront pas plainte à la police.

— Ouais, mais j'suis sûr que s'ils apprenaient que j'ai fait de la prison pis que j'suis en libération conditionnelle, y porteraient plainte.

— Personne est au courant de ça à part moi pis le boss.

— J'ai peur... J'veux pas retourner en d'dans.

Affligé, Émile regarde trembler Luc que l'emprisonnement a rendu méfiant, solitaire et amer. Il regrette tant ce renard, lentement et patiemment apprivoisé. Ce jeune homme blond venu lui prêter main-forte un jour de bruine.

— J'vais essayer d'arranger ça. J'voulais avoir ta version.

— Tu y crois ?

— Oui. J'suis avec toi. Les autres aussi.

Un brusque mouvement d'épaules de Tête d'Oiseau lui indique la portée de cette phrase. De cet appui des autres pilotes.

— J'sais, répond-il dans un souffle. J'ai vu Choucroute... pis... l'nouveau... J'ai... y m'ont défendu... Je.... Surtout Choucroute... J'ai pas été correct avec lui... Même à soir, je...

Tête d'Oiseau parle par jets saccadés, la voix chargée d'émotion.

— J'vais essayer d'arranger ça.

Il lui vient l'envie de poser la main sur l'épaule du renard effrayé mais il craint de provoquer ainsi sa fuite ou de s'attirer une morsure. Alors, il ne fait rien.

— Tâche de pas trop boire. La saison est pas finie... Tu voles demain.

— Oui, chef.

La bête dévoile un croc. Elle tient à lui rappeler qu'une cage l'a dénaturée.

*   *

*

Tête d'Oiseau écoute les pas s'éloigner sur la galerie, puis le bruit de la portière et du moteur mis en marche. Ensuite, il observe le passage de la lumière crue des phares sur les rideaux et échappe un soupir de soulagement. Ça y est, il est parti. Il n'en pouvait plus de se mordiller les lèvres pour ne pas pleurer, mais voilà qu'il ne pleure pas. Ça ne vient pas. Qu'est-ce qui lui arrive? Il vient de déployer tant d'efforts pour se retenir. Se contenir. Pour refouler ces larmes qui refusent maintenant d'écouler ce mal qui le tenaille. Cette crainte et cette douleur.

Il a tout mis en œuvre, tantôt, pour résister à cet homme. Pour éviter le contact de sa main qui, inévitablement, aurait voulu le consoler. Et, ce faisant, il s'est privé des gestes dont il a terriblement besoin. Terriblement envie.

Pourquoi agit-il de la sorte? Il ne se comprend pas. Ce n'est pas le chef pilote qui est venu le voir mais un pilote tout court. Solidaire des autres. Solidaire de lui bien qu'il fasse bande à part. Cet homme qui vient de lui offrir son aide représentait la confréric des pilotes, et lui il l'a traité comme un simple supérieur exigeant. Pourquoi agit-il de la sorte? Pourquoi cherche-t-il toujours à faire naître la colère en cet homme? Comme si cette colère lui garantissait d'être inscrit dans ses registres. Pourquoi a-t-il été si décontenancé quand il n'a trouvé qu'une grande lassitude chez celui qui aurait dû le semoncer vertement? Pourquoi regrette-t-il d'avoir avoué sa peur de retourner au pénitencier? D'avoir abordé ce côté non professionnel avec lui? D'avoir failli céder sous le coup de l'émotivité? Et pourquoi est-il si remué, si ému de voir qu'on est venu le chercher dans le corridor? Lui qu'une autre Mlle Massicotte vient de chasser encore une fois. Lui, la pomme pourrie. Il voit encore cette maigre petite femme se dresser devant lui avec son maigre petit bras autoritaire indiquant la sortie. «Dehors, Tête d'Oiseau! Va réfléchir dehors!» Sors de mon panier de belles pommes. Sors de mon restaurant. Tu n'as pas à gangrener les autres.

C'est comme s'il était subitement retourné en troisième année. Comme si, de nouveau, l'institutrice l'isolait du reste de la classe, notant déjà qu'il présentait un risque de contamination pour la société. Dehors, qu'elle a dit. Il a été dehors pendant près de cinq ans, du temps qu'il était en dedans. Il a été dehors, dans le corridor. En marge de la société. Dans l'ombre où grouille la vermine. Plus personne ne le mettra dehors. C'est fini. Il n'admet pas que cette vieille fille surgisse et brandisse de nouveau son code d'étiquette et de moralité.

Putain de vie! Pourquoi faut-il que tout ne soit qu'un éternel recommencement? Que nos pas retombent toujours dans les mêmes traces qu'on croirait coulées dans le ciment? Mais s'agit-il vraiment des mêmes traces? Y avait-il quelqu'un pour venir le rejoindre dans le corridor de l'école et lui donner son appui? Non. Mais, dans l'ombre où grouillait la vermine, il y a eu quelqu'un. Et ce quelqu'un, il vient de partir. Et ce quelqu'un, lui, il vient de le blesser un peu, de nouveau. De le piquer. De faire tressauter son âme afin qu'elle ne l'oublie pas.

Et ce quelqu'un vient de lui faire savoir qu'il n'est pas seul. Qu'il y a avec lui le massif Choucroute, son ancien capitaine qu'il a humilié en fêtant ses mille heures. Qu'il y a le Zèbe, si jeune et si enthousiaste, contrastant avec De Rien, un saisonnier endurci qui fait de la taxidermie en hiver. Qu'il y a le nouveau, ce dénommé Jo. Qu'ils sont tous là, dans le corridor, avec lui. Avec lui qui a envie de pleurer mais qui n'y parvient pas.

Ah! il doit apprendre à se ressaisir. À se maîtriser. Pour cela, il doit endormir le mal qui le tenaille. La douleur mêlée de crainte. Il doit s'engourdir le cerveau et arrêter ses pensées au temps présent. Aux choses simples. Aux questions faciles.

Pour cela, il n'a qu'à décapsuler une autre bouteille.

* *

*

«Une autre bière, qu'il a demandé, le frisé. J'suis sûre que c'est lui qui a fait le coup. J'te dis qu'il en mène pas large avec le Grand», rapporte Myriam entre deux services. Faisant mine d'être intéressée par les déboires de Tête d'Oiseau, Sophie suit, étape par étape, l'intervention du chef pilote. Son cœur bat fort chaque fois que Myriam apparaît dans le petit couloir séparant le restaurant du bar-salon. Elle a appris tant de choses intéressantes sur cet homme. D'abord, qu'il ne boit jamais d'alcool. «J'lui ai servi une vodka jus d'orange sans vodka comme d'habitude, pis les autres ont pris du fort. Ce qui fait que dans pas grand temps les autres seront saouls pis lui ben à jeun.» Ensuite, qu'il ne s'est jamais battu, malgré son physique d'athlète. Pas à la connaissance de Myriam, du moins. «Y'aura pas de bataille, j'suis certaine. Y'a beau être fort, je l'ai jamais vu s'battre, le Grand.» Et, finalement, qu'il sait user de diplomatie et de finesse d'esprit, pour conserver la confiance de la compagnie et mériter celle des pilotes. «J'voudrais pas être à sa place. C'est pas facile d'être pris entre la compagnie pis les gars. T'as toujours des comptes à rendre à l'un pis à l'autre. Mais y'est ben juste. Si les chasseurs ont volé Tête d'Oiseau, y va prendre pour lui même s'il lui fait des misères. J'pense même qu'y donnerait sa démission si la compagnie voulait le congédier. — Est-ce qu'il irait jusque-là? — J'en suis sûre.»

Quelle noble nature! Elle n'en finit plus de remplir de nouveau la grotte que l'impressionnante stature avait vidé d'un coup sec.

«J'pense que c'est dans la poche. Le Grand est parti pis le frisé pleure sur la table. J'viens d'entendre les autres lui dire en le niaisant que l'chef pilote avait raison de dire qu'y ramenait un œil au beurre noir comme souvenir. — Tant mieux si les choses se sont arrangées», conclut Sophie, désolée qu'il soit parti sans qu'elle l'ait vu. Sans qu'elle ait pu ajuster les dimensions de sa grotte à celles de cet homme.

* *
*

Cet homme ivre, endormi la tête sur la table de la cuisine. Cette tête blonde jadis apprivoisée, immobilisée entre les bouteilles de bière comme une boule entre des quilles abattues. Boule de misère et de chagrin comme cette terre qui roule sous leurs ailes. Il n'ose le réveiller et il pense à déposer tout simplement la réplique du Grand Blanc près de la main qui demain, à l'aube, devra reprendre les commandes du modèle grandeur nature.

Il devrait le réveiller et le reconduire à son lit, mais il n'ose pas et il reste là à regarder dormir son renard, réprimant la tentation de l'approcher dans son sommeil.

Il y a si longtemps. Il est si loin de lui. Tout est à refaire et il n'est pas sûr de vouloir le refaire. Pas sûr du tout. Tout est là, entre eux, choses inertes et vides comme ces bouteilles de bière entre lesquelles roulent leurs têtes d'espoir et de désespoir confondus. Tout est là, entre eux, brisés, émiettés en débris de verre qui grincent sous leurs pas de pilote et de chef pilote. Tout est là, pêle-mêle, imbibé d'alcool et de larmes puis noyé d'un grand silence plein d'incompréhension. Un silence qui creuse à grands coups de pelle un fossé entre eux. Large de tout ce qu'ils ne se sont jamais dit. Vaste comme la toundra qu'ils survolent.

Il est trop tard. Trop tôt. Trop tard pour s'asseoir de nouveau loin de lui, dans l'herbe. Trop tôt pour le guider chez les hommes. Trop tard, trop tôt. Tout est une question de temps. Du temps qu'il a fait dans une cage. Du temps qu'il fera dans les cieux en mouvance.

Ce qu'il aimerait dormir! Tomber comme une roche dans son lit et s'étirer au matin comme un chat repu de sommeil. Il est si fatigué. Si épuisé de surveiller son renard. De réparer ses dégâts et de maquiller les cicatrices de son séjour en captivité. Faudrait peut-être qu'il le laisse filer, une poule entre les dents, et qu'il s'en remette au fermier pour lui régler son compte. Faudrait peut-être qu'il le laisse s'habituer aux pièges, même s'il risque d'y perdre une patte. Il ne sait plus. N'y voit plus clair du tout.

Il dépose l'objet, déplace une bouteille par inadvertance. *Ting*! L'homme s'éveille, marmonne, se frotte les yeux, prend un certain temps à revenir habiter son visage. À reprendre contact avec la réalité.

— Qu'est-ce que tu fais là?

— J't'ai ramené ton avion.

Tête d'Oiseau ouvre des yeux incrédules et s'empare de l'objet pour le tourner et retourner entre ses doigts.

— Pas vrai! Y'est pas cassé, à part ça! C'était le frisé, hein?

— Oui.

— J'en reviens pas... Tu peux pas savoir c'que ça représente pour moé.

— Oui, j'peux... J'peux imaginer.

— T'auras jamais assez d'imagination pour ça, le Grand. Tu comprendras jamais rien... D'ailleurs, t'as jamais rien compris. Jamais.

Tête d'Oiseau échappe un rire douloureux puis son regard trouble échoue sur l'avion.

— C'est pas grand-chose, c'est rien qu'une bébelle de bois... Rien qu'une bébelle... J'me demande... si c'était pas mieux de la leur laisser, après tout. J'aurais peut-être fini par oublier, hein ? J'aurais peut-être fini par oublier, le Grand. Tu penses pas ?

Émile se tait, accablé.

— Qu'est-ce que t'en dis, le Grand ? Tu penses que j'aurais fini par oublier ? Réponds.

— Oublier quoi ?

— Que... que... j'me suis prostitué pour ça. Pour une bébelle de bois... J'me suis prostitué, moi... J'me suis laissé... J'me suis...

— Tais-toi. Va te coucher. Demain, tu voles.

— Tu veux pas l'savoir, hein ? Tu veux pas savoir que j'me suis laissé enculer à cause de ta maudite bébelle de bois ! lui hurle Tête d'Oiseau avant d'éclater en sanglots, balayant dans un geste rageur les bouteilles qui tombent et roulent par terre.

Instinctivement, il pose la main sur l'épaule secouée de spasmes.

— Touche-moé pas ! Touche-moé plus ! Va-t'en ! Fiche-moé la paix ! T'entends ? Va jouer au bon chef pilote. Va te coucher. Tu voles demain.

Demain, Tête d'Oiseau ne se souviendra probablement plus de lui avoir dit ça, mais lui, il ne pourra l'oublier.

Il quitte l'homme qui pleure à chaudes larmes et il s'engouffre dans la camionnette, la tête et les bras appuyés contre le volant, une phrase lui battant le cerveau, lui martelant l'âme. « J'me suis laissé enculer à cause de ta maudite bébelle de bois ! » Cette part de responsabilité qu'il aurait eue dans cette prostitution masculine jette l'effroi dans son âme.

Comment a-t-il donc été perçu par son renard? Que lui a-t-il inspiré? Comment en sont-ils arrivés à la perspective sexuelle? Elle n'y était pas au point de départ. Elle n'y a jamais été ou, du moins, n'a jamais été mentionnée tout au long du sombre tunnel de l'incarcération. Ensemble, à tâtons, ils se dirigeaient vers la sortie, et soudain ils ont débouché sur une avenue où les hommes se faisaient l'amour. Voilà qu'une main s'était glissée sous son slip. Voilà que le jeune homme blond était prêt à se sacrifier, à se marginaliser parce qu'il faisait tellement pitié, tout seul dans son lit, réduit à se masturber ou à payer des putains.

Et lui qui n'avait connu du pénitencier que l'attente hors de l'enceinte, il avait eu peur de cette main à laquelle il s'était abandonné dans son demi-sommeil. Il croyait que Luc était en train de profiter de sa première nuit d'homme libre dans le lit de la danseuse et il avait eu peur de sa propre réaction physiologique, son corps ayant apprécié ce toucher. Peur d'en être réduit à assouvir un désir sexuel purement instinctif. Main d'homme ou de femme, qu'importe pourvu que ce ne soit plus la sienne. Et il avait eu mal, si mal d'inspirer tant de pitié. Il s'était brusquement arraché à cette main et, le voyant si bouleversé, Luc avait prétendu être devenu comme ça au pénitencier.

Il avait voulu y croire. Il devait y croire pour son équilibre. Cette explication mettait un terme à ses angoisses. À ses interrogations. Elle fermait la porte donnant sur l'avenue rose des gays qui l'abasourdissait. Le pétrifiait. Le dérangeait d'être tout à coup tracée entre lui et un homme. L'avenue rose des quartiers bannis. Des quartiers interdits où les sentiments dérogeaient aux lois immuables de l'identité sexuelle et où les sentiments devenaient anarchiques, sans roi ni maître. Affranchis de l'esclavage de la normalité. De ces quartiers où il aurait peut-être rencontré l'amour sans identité sexuelle, sans visage et sans âge. L'amour à fleur de peau. Cet amour qu'il lui était arrivé d'approcher dans le lit de Myriam, chambre du troisième étage. C'était plus qu'un simple rapport sexuel qu'ils avaient. Plus qu'une contribution au plus vieux métier du monde. Comment expliquer cette union étrange d'un homme sans visage et d'une femme sans pudeur? À raison de deux ou trois fois par année, il se la réservait, tard dans la nuit, et elle le recevait, toutes lumières éteintes, avec pour seule interdiction celle de toucher sa tête ou son visage. Il n'était alors qu'un homme et elle qu'une femme, et, lorsque sa peau se fusionnait à cette autre peau chaude dans le noir, il s'isolait du monde avec elle. De ce monde froid et plein de préjugés où l'on lapide encore les prostituées et où l'on s'apitoie sur les personnes défigurées. Il lui faisait l'amour comme il l'aurait fait à la femme qu'un accident bête lui avait ravie. Elle ne le repoussait pas, ne se raidissait pas dans ses bras comme les autres et s'accrochait à ses épaules, rencontrant en lui le père qu'elle n'avait jamais eu. Rencontrant l'homme capable de la protéger et de l'aimer. Et tous deux puisaient à pleine bouche et à pleines mains dans les coffres de l'amour, prenant ce qui leur était essentiel, jusqu'au jour où Luc est arrivé. Où, dans le but de le réhabiliter auprès de la femme, il a renoncé à Myriam. Où il a remarqué l'amour dans les yeux de celle-ci. Alors, il s'est retiré. Il n'est plus jamais monté à la chambre du troisième, afin de permettre à Luc de s'échapper de l'avenue perturbatrice. Mais il n'y était plus depuis longtemps et il doute aujourd'hui qu'il ne l'ait jamais fréquentée sérieusement, cette avenue. Il y a été parachuté. Y a débouché par une erreur de correspondance à la sortie du tunnel avec lui à ses côtés. Rodé aux gestes de la prostitution, il était prêt à tout pour accéder au siège de capitaine de Otter. Ne vient-il pas d'admettre qu'il s'est laissé sodomiser pour une bébelle de bois? À quoi était-il donc résigné pour obtenir la responsabilité d'un appareil pesant près de quatre tonnes et déployant des ailes de dix-huit mètres d'envergure? Jusqu'où était-il décidé à aller avec ce chef pilote rejeté par les femmes? Comment comptait-il payer cette place réservée au sein de la compagnie et qui était peut-être la place d'un autre plus compétent, demeuré inconnu dans le classeur d'espérances?

Que de pitié il a dû inspirer à ce garçon pour l'inciter à croire qu'il pouvait rembourser de cette façon les faveurs obtenues! Que de dégoût également! Pourtant, la main était si douce sur son thorax. Si vraisemblablement aimante dans cette caresse qui effleurait son corps. Question d'expérience, sans doute. De détermination.

Le comportement de Luc prouve qu'il n'a jamais fréquenté l'avenue rose de son plein gré et qu'il y a été dirigé par la privation, comme bon nombre de détenus. Sa réputation de coureur de jupons le prouve amplement et incite Myriam à garder ouverte la porte de la chambre du troisième. Oui, son comportement prouve qu'il a eu pitié de lui. Énormément pitié de lui qui avait l'air d'être à la recherche d'une compensation sexuelle. À la recherche d'une peau, d'une bouche, d'une main, d'un corps capable d'assouvir ses instincts. Énormément pitié de lui que les femmes avaient abandonné sur cette avenue avec dégoût.

Et ce geste dans la nuit l'a grandement perturbé, l'obligeant à se remettre en question. Jamais cette perspective sexuelle n'avait fait partie des données de son amitié. Jamais elle n'avait compté dans le sentiment profond qui l'unissait à Luc. Il aimait ce garçon. Oui, il l'aimait, comme il avait aimé son jeune frère trisomique. Était-ce de l'homosexualité latente?

Il aimait toucher son épaule, frotter sa tignasse, le serrer contre lui. Était-ce de l'homosexualité?

Il aimait aussi les hommes. Ses hommes. Il était à l'aise d'évoluer dans ce monde sans femmes. Avec eux, il se sentait libéré de son apparence. Était-ce par homosexualité qu'il a été si gêné en présence de la serveuse en larmes ? Si elle avait été un homme, il lui aurait pétri affectueusement l'épaule, mais c'était une femme et il ne savait que faire.

Ah oui ! ce geste dans la nuit a dérangé tant de choses ! Cette caresse lui a labouré les chairs jusqu'à l'âme, le divisant à jamais en deux entités. Une partie de son être reprochant à l'autre d'être source de méprise et de doute. D'horreur et de pitié. Une partie de son être rejetant et détestant l'autre.

Une partie de son être tenant l'autre responsable de ce qu'il soit considéré comme un chien pitoyablement solitaire. Comme quelqu'un qui irait jusqu'à lécher la lie aux coupes du festin où l'Amour a convié hommes et femmes. Jusqu'à lécher la main sous la table, n'importe laquelle, d'homme ou de femme, qui daignerait se poser sur sa carcasse.

Une partie de son être accablant l'autre de remords pour avoir apprécié ce contact dans son demi-sommeil et lui reprochant de préférer la compagnie des hommes à celle des femmes qui se raidissent toujours dans ses bras. Des femmes qui détournent la tête et évitent son regard. Sauf cette nouvelle serveuse qui est tombée dans ses yeux, tout naturellement, semble-t-il, comme si la notion de séduction n'existait pas. Curieuse tout de même, cette petite femme.

Émile lève la tête vers le ciel piqué d'étoiles. «Quand tu regarderas le ciel, la nuit, disait le petit prince, puisque j'habiterai dans l'une d'elles, puisque je rirai dans l'une d'elles, alors ce sera pour toi comme si riaient toutes les étoiles.»

Elles ne rient pas pour lui, les étoiles. Elles ne sont pour lui que des points de repère pour le vol de nuit. Quelle ironie qu'il puisse se déplacer si aisément avec son avion dans l'obscurité et les nuages alors qu'il s'égare dans le noir et la confusion ici-bas ! Il aimerait tant avoir un cap, une fréquence de radiophare omnidirectionnel pour se guider.

Mais il n'a rien. Rien du tout. Rien qu'un renard qui lui montre les crocs et personne dans les étoiles qui les lui fasse tinter comme des grelots.

5

Piste d'envol

«Quel ordre parfait ici!», pense Jo, impressionné par tout ce qu'il découvre dans l'atelier d'aviation de la compagnie qui l'a embauché. Tout est parfait. Ou semble l'être. Il y a anguille sous roche... Probablement une très grosse et vilaine anguille, enroulée sur elle-même. Immobile sous la belle roche où s'échafaudent les carrières des hommes. Elle attend. Surgira à l'improviste pour gober l'imprudent qui s'y sera installé. Est-ce que ce sera lui? N'a-t-il pas envie de s'installer ici, à Schefferville? D'accorder sa confiance à ce chef pilote qui lui destine le siège de capitaine aux commandes du DC-3?

«C'est trop beau pour être vrai, pense-t-il encore. Je dois rêver.» Comme il rêvait quand il avait vu opérer cet appareil à Matagami. Comme il rêvait, petit garçon, devant le livre de guerre caché au grenier et où apparaissait le célèbre bimoteur de transport Douglas DC-3, dit Dakota. Comme il rêvait quand il dessinait des avions partout, jusque sous le tapis. Rêve inavoué de garçon pauvre. Rêve caché sous le tapis râpé par les pas d'un père besogneux et d'une mère aussi bonne que courageuse. Le tapis où s'étaient traînés les dix autres enfants, la couche aux fesses. «C'est trop beau pour être vrai. Je dois rêver», se répète-t-il sans cesse, émerveillé par ce qu'il entrevoit devant lui, méfiant à cause de ce qu'il voit derrière. À cause de ce rêve demeuré caché sous le tapis jusqu'à l'âge de vingt-neuf ans. Ce rêve dont la réalisation lui avait été interdite par les conditions modestes de sa famille. «Pour être pilote, il faut aller à l'université», disait son père. Et d'université, point. Pour aucun d'entre eux. Sauf celle de la vie, à laquelle ils avaient tous accédé très tôt.

Boulot démotivant et salaire minable eurent tôt fait de lui procurer des petites joies mais elles ne parvenaient pas à enfoncer la tête du rêve, qui a finalement percé le tapis le jour où il a appris qu'il n'avait pas besoin de l'université pour devenir pilote.

Et voilà que bientôt il héritera des commandes de cet appareil qui l'a fait rêver pendant tout ce temps, avec sa belle tête de dauphin intelligent et ses lignes harmonieuses. Celui qui représente à ses yeux un aboutissement. Celui qui, à lui seul, a motivé l'étude du vol aux instruments, qu'il a perfectionné jusqu'à l'obtention du brevet de pilote de ligne. Il doit rêver ; c'est trop beau pour être vrai !

Pourtant, il est bel et bien présent à la réunion convoquée par le chef pilote. Bel et bien rassuré par l'ordre qui règne dans cet atelier. Son regard ne cesse de se promener du grand tableau quadrillé indiquant les inspections de chacun des avions aux manuels d'opération et carnets techniques, bien alignés sur la tablette du haut. Tout est à sa place, des plus gros outils jusqu'aux plus petites vis. Lulu, le chef ingénieur, a toutes les raisons du monde d'être fier de son apprenti, Christian. «Un vrai mécanicien, celui-là. Pas un pilote qui est ici en attendant, mais un vrai de vrai», répète-t-il à qui veut l'entendre. Et, à qui a le malheur de lui être présenté en tant que pilote, il déclare invariablement, d'un ton bougon : «Pas un autre pour casser *mes* avions ! — Non, un autre pour piloter tes avions», rectifie toujours le Grand, amusé de cette guerre amicale que lui livre l'ingénieur. «Ce sont tes pilotes qui cassent *mes* avions, prétend Lulu. — Ce sont mes hommes qui pilotent tes avions, riposte le Grand. Sans *mes* hommes, tes avions resteraient au sol. — Sans *mes* avions, tes pilotes aussi.» C'était amusant, distrayant, complètement inoffensif de les voir se relancer, et, quoique Lulu eût toujours l'air d'être d'une humeur massacrante, il était aimé d'emblée. Respecté, apprécié pour le travail prodigieux qu'il accomplissait. Ses avions, il les connaissait tous par cœur. C'étaient ses enfants. Il connaissait leur moindre bobo, décelait les symptômes les plus anodins et prévoyait même l'échéance de leurs inspections. Rien ne lui échappait. Il veillait constamment sur ses protégés, les soignait, les dorlotait. Il se choquait contre le pilote qui exigeait trop de l'un d'eux ou négligeait de lui signaler une défaillance quelconque. «Comme ça, c'est toi qui vas piloter *mon* DC-3? T'es mieux d'apprendre le manuel d'opération par cœur, petit.» Il appelait tout le monde «petit», lui qui n'était guère grand. Ni guère vieux. Cinquante ans à peine, le visage plissé et maussade, auréolé de cheveux gris en broussaille. En désordre sur cette tête pointue où tout était rangé, classé, régulièrement vérifié.

«C'est vraiment trop beau pour être vrai», continue de penser Jo, assis sur une caisse de bois, en compagnie de Choucroute et du Zèbe qui ont pris place sur des bidons. Debout près de la porte, le chef pilote essuie un coin du carreau embué par où il guette l'arrivée de Tête d'Oiseau.

— Y'a dû oublier, le Grand. Y doit être en train de prendre une bière à l'hôtel, dit Choucroute sans méchanceté.

— Ouais, t'as probablement raison, répond Émile en abandonnant son poste d'observation pour s'asseoir carrément sur l'établi.

— Une chance que Lulu te voit pas assis là, continue Choucroute. J'le vois d'ici te dire : «Descends de *mon* établi.» C'est encore surprenant qu'il ait voulu qu'on se réunisse dans *son* garage.

— J'lui ai dit que c'était pour le bien de *ses* avions.

Un rire les unit. Les rapproche les uns des autres. Ils apprécient d'être ensemble après l'effervescence de la saison de la chasse au caribou. Toute la ville, d'ailleurs, apprécie ce répit. La visite partie, on se retrouve en famille. Ouf! On respire, on enfile les pantoufles.

— Ça sera pas long, dit le chef pilote. Juste le temps de faire le point. De voir où on en est. Les saisonniers sont partis, pis nous autres, on doit passer l'hiver ensemble. J'veux que les choses soient claires entre nous. Que personne ait l'impression de prendre la place d'un autre.

Fait-il allusion à la récente conversation qu'ils ont eue dans l'intimité du cockpit? C'est tout comme. L'attitude hostile de Tête d'Oiseau envers lui, le nouveau venu, l'incitait à croire qu'il usurpait la place de ce pilote qui avait plus d'ancienneté au sein de la compagnie. Alors, il s'en est ouvert au chef pilote et celui-ci l'a rassuré, confirmant qu'il ne prenait la place de personne et qu'il était accepté par les autres depuis l'octroi du surmom de Barbiche. Hélas, Tête d'Oiseau demeurait froid à son égard et persistait à le regarder de travers chaque fois qu'il l'apercevait en compagnie du chef pilote. Et ce regard chargé de mépris et de reproche lui donnait l'impression d'être un lécheur, un profiteur.

— Vous savez tous que la compagnie est en voie d'acheter un Twin Otter et que ça va changer bien des choses. Si y'en a qui ont des crottes sur le cœur, j'pense que c'est le temps d'les dire.

— Bah! Moi, j'ai plus de crotte, répond Choucroute. Ça s'est réglé avec Tête d'Oiseau, l'autre fois. Y'a ben apprécié ça, qu'on prenne sa part contre les chasseurs.

Tête d'Oiseau sait-il que lui, Barbiche, était l'un de ceux qui gueulaient le plus fort pour le défendre? Pourquoi s'est-il réconcilié avec les autres et pas encore avec lui? Que lui reproche-t-il?

— C'est la première année que j'suis pas saisonnier, poursuit Choucroute. J'ai envie de faire le saut. J'y ai ben pensé avant. Passer de capitaine à ti-pit[1], ça fait réfléchir. Mais j'vous regarde aller pis j'ai la piqûre. Depuis que j'ai commencé mon IFR, j'aime ça à mort. Ça m'ferait rien d'être ti-pit avec un de vous deux.

C'est lui, un des deux. Jo, désormais Barbiche. Lui, le futur capitaine du DC-3. Il n'en revient pas. C'est trop beau pour être vrai. Le fait que ce soit connu et accepté par les pilotes présents le touche grandement.

— Moi, j'aimerais mieux être sur le Twin, avoue spontanément le Zèbe avec toute la fougue et l'enthousiasme qui caractérisent son jeune âge.

Soudain, la porte s'ouvre brusquement, laissant entrer une rafale d'air froid qui court sur le plancher de ciment. Tête d'Oiseau apparaît, le col de son coupe-vent relevé jusqu'aux oreilles.

— J'avais oublié, dit-il simplement d'un air contrit.

Le Grand l'invite à prendre place sur l'établi. Après une faible hésitation, Tête d'Oiseau y consent en disant : «Lulu aimerait pas trop ça de nous voir sur *son* établi.»

Nouveau rire qui intègre le retardataire. Celui-là même qu'on prétend devenu grognon comme Lulu pour avoir trop longtemps travaillé sous ses ordres.

Barbiche éprouve un curieux malaise à le voir rigoler auprès du chef pilote. C'est la première fois qu'il les voit

---

1. Ti-pit : copilote, dans le jargon des pilotes de brousse.

côte à côte plutôt que face à face. Est-ce l'intervention du Grand dans l'affaire de la miniature volée qui a incité Tête d'Oiseau à changer d'attitude? Est-ce pour prouver au Grand sa reconnaissance parce qu'il a convaincu les clients de retirer leur plainte que Tête d'Oiseau se montre aujourd'hui sociable, coopératif, blagueur? Il y a quelque chose de faux dans tout ça. Quelque chose de fragile et d'éphémère qui ne tiendra pas le coup sous la formidable tension qui existe entre ces deux hommes. Quelque chose d'accusateur qui persiste dans le regard que Tête d'Oiseau décoche au membre récemment admis qu'il est dans cette équipe.

— On parlait d'IFR, Tête d'Oiseau. Du Twin Otter qui s'en vient. Est-ce que, oui ou non, ça te dit quelque chose, les instruments?

— Non, ça m'intéresse pas.

— Sauf pour passer dans la merde avec des rouleaux de broche, taquine Choucroute en lissant sa grosse moustache roussâtre.

Tête d'Oiseau sourit à son ancien capitaine.

— Ouais, sauf dans ces cas-là. Pour me dépanner seulement. Le vol aux instruments, j'vous laisse ça. Moé, j'ai pas changé. J'vous l'ai dit que j'avais une cervelle d'oiseau.

— Cré Tête d'Oiseau, va! s'exclame Choucroute avec affection et nostalgie.

Choucroute regrette vraisemblablement le bon temps qu'ils ont eu ensemble. Après le Grand, il est celui qui connaît le plus ce confrère, pour lui avoir enseigné les trucs du métier au début de la saison estivale. Une complicité demeure entre eux. Les heures de vol qu'ils ont partagées les ont unis. Les tempêtes, la fatigue, l'espoir, la félicité d'un vol parfait ont créé des liens indissolubles. Des liens père-fils, où le plus expérimenté communique son savoir tout en veillant et prévoyant. Où le plus expérimenté éprouve une fierté inexprimable devant les exploits de son élève tout en les condamnant. Tout en s'inquiétant. Et ce lien père-fils est d'autant plus renforcé entre eux que c'est à Choucroute que revient la paternité du surnom de Tête d'Oiseau. Surnom qui exprime avec justesse la personnalité de ce pilote réfractaire au vol où les instruments jouent un rôle primordial comparativement au vol à vue.

Voilà au moins une chose établie : Tête d'Oiseau ne lui en veut pas à cause du siège de capitaine qu'il occupera sous peu, songe Barbiche. Mais pourquoi donc alors ?

— Bon, si on mettait Barbiche et Choucroute sur le DC-3 pis le Zèbe et moi sur le Twin Otter, est-ce qu'il y aurait des objections ? demande le chef pilote.

Aucune. Cette décision semble faire l'unanimité et pourtant le visage de Tête d'Oiseau s'est rembruni. Fugitivement, une douleur a crispé ses traits alors qu'il a intercepté le regard déjà complice qu'il vient d'échanger avec Choucroute. C'est ça ! Tête d'Oiseau est jaloux du lien qu'il y aura inévitablement entre eux. Jaloux de l'euphorie du vol que lui, le nouveau venu, il partagera avec son ancien capitaine.

Tête d'Oiseau se sent délaissé. Seul dc son espèce.

— Si c'est juste pour parler de vol aux instruments, j'ai pas d'affaire ici, moé, dit-il en sautant de l'établi.

— Non ! Reste. Le reste te concerne.

— Bon. Si ça m'concerne, j'peux ben rester. C'est toé l'chef.

Le ton est ironique. Blessant pour le Grand, qui accuse le coup comme un pingouin sur son œuf qu'aucun blizzard ne lui fera abandonner. Et l'œuf, c'est cette équipe qu'il tente de mettre sur pied. Cette harmonie qu'il désire obtenir. Cette transparence qu'il n'a vue nulle part ailleurs dans les compagnies d'aviation. Pourquoi Tête d'Oiseau ne reconnaît-il pas les efforts du chef pilote en ce sens ? Ne sait-il pas qu'ailleurs on tente constamment de diviser les hommes ? Qu'ailleurs la main du patron qui se pose sur l'épaule de l'un d'eux a pour but de le dissocier des autres sous prétexte qu'il leur est supérieur et, ce faisant, de découdre le manteau de la solidarité ? D'en faire des pièces détachées. Qui une manche, qui une poche, n'ayant plus la valeur d'un manteau. Ne sait-il pas qu'ailleurs on abuse, on leurre, on triche, en faisant miroiter des avantages qui s'avèrent n'être que des mirages une fois rendu sur place ? Ne sait-il pas qu'ailleurs on exploite leur amour du métier, leur passion ? Qu'ailleurs on rémunère souvent les drogués qu'ils sont avec leur dose quotidienne d'heures de vol plus le gîte et le couvert ?

— J'ai fait le tour des boîtes de secours, explique le chef pilote, pis j'ai trouvé qu'il manquait des choses. J'veux qu'on les vérifie toutes et qu'on les complète. Ça, c'est une job pour toi, Tête d'Oiseau. Vu qu'on est tous ensemble, j'ai pensé qu'on pourrait faire une liste de ce qu'on juge nécessaire pour la survie. Plusieurs têtes valent mieux qu'une, non ?

— Ouais, j'veux ben m'en occuper. Donne-moé du papier pis un crayon, j'vais prendre vos idées en note.

— Tiens, ici, t'as la liste de ce que j'ai répertorié dans les boîtes. On va voir c'qu'on peut ajouter. J'pense à des médicaments contre la douleur, par exemple... J'sais pas, faudrait se renseigner auprès d'un médecin.

— Vu qu'on parle de sécurité, le Grand, moi, y'a un point que j'veux soulever : c'est la couleur des avions, interrompt Choucroute. Prends le *Grand Blanc*, par exemple. Vu d'en haut, tout ce qu'on voit de lui, c'est du blanc. As-tu pensé que s'il crashait[2] dans la neige, on le perdrait dans le décor ?

---

2. Crashait : s'écrasait.

— Ouais, mais ça dérange pas le ELT[3], ça, argumente Tête d'Oiseau.

— Non, mais ça fait défaut, des fois, un ELT. C'est quand on aura juste nos yeux pour chercher un avion blanc dans la neige qu'on va avoir l'air fin. On pourrait simplement peinturer une bande de couleur sur les ailes pis le fuselage, ça suffirait. Ça coûte pas les yeux d'la tête pis ça peut sauver la vie d'un gars. J'peux ben l'dire, à c't'heure : j'aimais pas trop ça, piloter le *Grand Blanc* quand y'avait de la neige.

— T'as raison, Choucroute, approuve le chef pilote. Moi aussi, j'y pensais quand j'le pilotais en hiver. On pourra faire la suggestion à la compagnie. De toute façon, pour le *Grand Blanc*, y'est trop tard : Lulu m'a dit qu'on pensait à le changer.

— Quoi! s'exclame Tête d'Oiseau, ébranlé par cette nouvelle.

Échange de regards embarrassés devant la réaction de l'homme qui se lève subitement comme si la proximité du chef pilote lui était soudain intolérable.

— Paraît que Lulu a trouvé un Otter qui performe encore mieux.

— Mieux que le *Grand Blanc*? Ça m'surprendrait. Non, mais y sont malades ou quoi?

— Y'a fait pas mal son temps, c't'avion-là.

— Y'est encore bon! défend Tête d'Oiseau, démontrant un attachement peu commun pour cet appareil et la souffrance que la perspective de sa perte provoque en lui. Ne dirait-on pas que le chef pilote vient de lui apprendre qu'on aura à l'amputer sous peu? En sera-t-il ainsi de lui,

---

3. ELT : *Emergency Locator Transmitter*, radiophare de secours.

Barbiche, quand il aura apprivoisé le DC-3? Quand il le connaîtra par cœur, le sentira-t-il comme une partie de lui-même? Sera-t-il attaché à cet appareil en particulier d'une façon sentimentale et déraisonnable? Que peut bien représenter le Grand Blanc pour Tête d'Oiseau, qui s'est battu afin d'en ravoir la miniature de bois, au risque d'être congédié?

— Faut te faire à l'idée, Tête d'Oiseau. Le *Grand Blanc* est fatigué, intervient la voix persuasive et compatissante de Choucroute.

La voix d'un père apprenant à son fils que l'oiseau sauvé des griffes du chat ne survivra pas.

— Pas si fatigué que ça! C'est toé, le Grand, qui veut t'en débarrasser, hein? Tu l'as de travers, cet avion-là, accuse Tête d'Oiseau en fichant son regard dans les yeux du chef pilote.

— Moi, j'm'occupe des hommes. C'est Lulu le responsable des avions.

— J'vais y parler, moé, à Lulu. J'le croirai quand c'est lui qui va m'le dire.

Silence. Malaise. Zip! Zip! Zip! Le Zèbe s'amuse avec la fermeture éclair de son coupe-vent, l'air embêté et ennuyé comme un enfant assistant à une querelle de parents. Choucroute renifle à sec, par nervosité, le regard logé dans une mince fissure du plancher. Ils connaissent l'affinité qui existe entre Lulu et Tête d'Oiseau. Cette parenté d'esprit et de comportement relativement aux avions et aux hommes. Ils savent que le chef ingénieur et l'ancien apprenti sont adeptes de la religion des êtres inanimés et de la vie mécanique. Cette vie si fondamentalement simple, liée à une question de leviers et d'engrenages, de bielles et de pistons. Cette vie facile à comprendre, facile à réparer. Où toujours existe une solution.

Cette vie mécanique des grands oiseaux de métal dont ils ont ouvert les cœurs d'aluminium, à qui ils ont fait des greffes de pièces et des transfusions d'huile. Cette vie qui ne meurt jamais totalement. «Tête d'Oiseau est le seul pilote qui a de l'allure», clame Lulu. Le seul à partager sa foi. À considérer la machine comme un être drôlement plus intéressant que les hommes, ces mécaniques complexes, obscures, régies par des lois illogiques. Ces mécaniques incompréhensibles et irréparables où des rouages sophistiqués s'emboîtent dans le mystère de l'âme.

Et pourtant, ce soir, Tête d'Oiseau vient de déroger au concept de la froide mécanique. De la froide logique qui veut qu'on remplace le *Grand Blanc*. Il vient de démontrer qu'il est lui-même une mécanique incompréhensible. Que les rouages du sentiment ont fait monter la pression de ses pistons. L'ont fait de nouveau se dresser avec hargne devant le chef pilote.

— C'est ça, demandes-y ; tu verras bien.

— Si c'est de même, veux-tu ben me dire c'que j'fais ici ?

— J'te retiens pas, réplique le chef pilote, excédé.

La porte claque aussitôt. L'air froid et humide glisse de nouveau sur le plancher. Nouveau silence. Nouveau malaise. Zip ! Zip ! Zip ! du côté du Zèbe.

— Ça s'peut-tu, être *bush* de même ! commente Choucroute en reniflant de nouveau à sec, par nervosité. Veux-tu ben m'dire pourquoi y s'en va pas dans le Sud pour un temps ?

— Ça le tente pas, répond le Grand en reprenant la liste abandonnée sur l'établi.

— Ça nous ferait du bien, en tout cas, mais s'il veut pas, on peut pas le forcer. On peut rien faire pour lui...

C'est drôle comment y peut être attaché à cet avion-là. Comprends-tu ça, le Grand? Te rappelles-tu quand tu lui as fait passer son test en vol après que je l'ai entraîné? Bon Dieu! j'pensais qu'il était pour partir à pleurer comme un bébé. Pis quand, le lendemain, y'a accroché le p'tit avion que tu lui avais fait, t'aurais dû le voir : c'était touchant.

Choucroute ramène les choses à l'ordre. Là où elles sont dans les cœurs des drogués qu'ils sont. Des fous qu'ils sont de rêver d'appareils et de nuages. Ils se reconnaissent tous quelque part en Tête d'Oiseau. Quelque part dans cet attachement sans borne et sans raison apparente pour une bête mécanique.

Une bête froide et logiquement conçue à qui ils ont fait don de leur propre âme. En qui ils ont investi temps, argent, espoirs. Avec qui ils sont devenus intimes, avec qui ils ont fait corps, devenant la pièce pensante de l'ensemble. Devenant l'étincelle de cette vie mécanique, le cerveau de cet être fabuleux capable de s'arracher du sol.

Oui, Barbiche se reconnaît quelque part en Tête d'Oiseau aujourd'hui écorché. L'âme à vif de s'être trop donné à son rêve. À ce *Grand Blanc* qui, chez lui, s'appelle DC-3. Qui, chez le Grand et le Zèbe, porte le nom de Twin Otter. Il le comprend. Il lui pardonne d'avoir de nouveau mis la patience du chef pilote à rude épreuve et, simultanément, il éprouve énormément de sympathie pour cet homme qui subit les ratés des mécaniques humaines, si complexes et si obscures.

Pour cet homme à qui il résiste depuis l'accueil à la gare sous la pluie, le jugeant trop beau pour être vrai. Il ne lui est jamais arrivé d'éprouver de la sympathie envers un de ses supérieurs, croyant qu'il se devait d'être neutre à leur endroit pour être solidaire des autres. Mais, avec le Grand, c'est différent. Il a été tout de suite attiré par ce grand bonhomme tout simple et charmant qui avait préparé sa venue et lui avait fait sentir qu'il était important. Non pas de cette importance qui fait dérouler le tapis rouge, mais de celle qui fait installer la carpette devant la porte d'entrée.

Au début, il se méfiait. Se culpabilisait. Se remettait en question. Cet homme ne représentait-il pas sa dernière chance et, de ce fait, ne lui était-il pas plus profitable de l'aimer? Le sentiment qu'il éprouvait pour lui n'était-il pas né du désespoir? Ne l'aimait-il donc pas comme on aime le sauveteur qui nous tend une perche?

Pourtant, c'était si naturel de glisser vers lui, de rechercher sa présence et son approbation lors de l'entraînement en vol, d'aimer sa main qui félicitait ou encourageait sur son épaule, de rire des blagues qu'il faisait.

À bien y penser, c'est Tête d'Oiseau qui lui donne l'impression d'être un profiteur. Et cette façon qu'il a de le regarder de travers. Comme s'il l'accusait d'être un lécheur continucllement pendu aux basques de son chef.

Le Grand se pince le nez à la hauteur des sourcils, signe familier de fatigue chez lui. Il se donne tant, cet homme. Trop, même. «Des fois, j'ai envie de tout laisser tomber», lui a-t-il confié. Des fois comme ce soir, où on l'accuse à tort, où on le blesse, où on le provoque. Où la formidable tension entre lui et Tête d'Oiseau grimpe encore d'un cran.

Barbiche devine qu'en cet instant précis cet homme a envie de tout abandonner et de redevenir un simple pilote sans responsabilités. Qu'il a envie d'abandonner son œuf car il doute qu'il soit viable. Ne couve-t-il pas une simple coquille vide? N'endure-t-il pas les morsures du froid et du vent pour un œuf stérile?

Oui, le Grand a envie de tout lâcher, ce soir, et une immense lassitude semble sur le point de terrasser ce colosse.

Il ne faut pas. Qui le remplacera? Qui poursuivra son œuvre? Qui demeurera fidèle à ses convictions? Qui maintiendra le cap dans l'obscurité et la tempête des sentiments? Qui entendra encore la voix de la conscience sur les ondes brouillées du pouvoir? Et, surtout, qui fera en sorte qu'il poursuive son ascension vers le banc de capitaine du célèbre bimoteur Douglas DC-3, dit Dakota? Qui fera en sorte que se réalise entièrement le rêve caché sous le tapis?

Non, il ne faut pas qu'il abandonne. Pas tout de suite. Pas avant qu'il n'ait consolidé ses positions. C'est égoïste de sa part, il le sait, mais si le sauveteur n'est plus là pour tendre la perche, il va se noyer. Retourner travailler dans une fonderie ou un atelier de soudure. Et ça, il ne le veut pas.

— Bon, j'pense que la réunion est finie, dit le Grand en chiffonnant la liste.

— Pourquoi? On est capables de la faire, cette liste-là. Pas besoin de Tête d'Oiseau pour ça. On a tous touché au Otter ou au Beaver. On sait de quoi on parle.

Choucroute et le Zèbe le regardent avec soulagement et consternation comme s'il venait de trouver une solution simple à un problème compliqué, déchargeant avec facilité le fardeau qui écrasait leur chef. Cela fait trop longtemps que la situation pourrit autour d'eux et que les rapports tendus entre Tête d'Oiseau et le Grand les gardent sur le qui-vive.

— T'as raison, mon Barbiche. Tiens, c'est toi qui vas prendre en note, dit le chef pilote en défroissant le papier du plat de la main.

Il reprend le stylo et rencontre une telle reconnaissance dans les yeux du Grand qu'il en éprouve de la gêne en même temps que de l'affection. Qui est le sauveteur de qui, finalement? Qui tend une perche à qui? Ne sont-ils pas tous liés, enchevêtrés comme les racines d'un même arbre? Comme les branches d'une même famille, celle des pilotes? Ne sont-ils pas tous responsables de cet œuf à couver, à protéger? Ne peuvent-ils pas se relayer? Oui, il vient de le prouver. De le comprendre. Il vient de se laisser aller au sentiment qui le poussait vers cet homme seul sur son œuf. Cet homme qui symbolise la droiture. Qui symbolise le mortier qui unit les pierres pour en faire un mur contre le vent.

Cela est sain et salutaire d'aimer cet homme qui a ramassé les pierres. Choisi les pierres pour tenter d'en faire un mur. D'en faire une œuvre. Chaque pierre composant l'ensemble. Chacune d'elles consciente de la trouée qu'elle peut faire en se détachant du mur mais consciente de sa responsabilité de demeurer en place malgré la brèche.

Il doit demeurer dans cet ensemble et se laisser enrober de mortier sans se culpabiliser à cause de la pierre tombée par terre. Celle sur qui le mortier n'a pas réussi à durcir.

Il vient d'accepter le sentiment profond qui l'unit à ce supérieur à l'égard de qui il a tenté de rester neutre. Dénué de tout attachement. C'est l'homme qu'il aime. L'homme qui travaille à une œuvre et tente de saisir la mécanique complexe et sophistiquée de la machine humaine. L'homme qui voit loin, qui voit grand, qui voit beau. L'homme qui ne se contente pas de son salaire ni des honneurs mais recherche toujours plus.

C'est l'homme qu'il aime, avec sa fatigue d'homme qui s'endort en vol. Avec sa chaleur d'homme qui accueille à la gare.

C'est l'homme. C'est le frère qu'il aime. Avec les mêmes errances, les mêmes croyances. La même intoxication.

C'est le frère qu'il aime. Celui qui complète les boîtes de secours pour ses autres frères qui auront le malheur de tomber du ciel. Celui qui, dans le confort et la sécurité, pense à ceux qui seront en détresse un jour et à ce mur de pierres qu'il doit prolonger jusqu'à eux dans la toundra.

— Du fil de laiton pour les collets à lièvre, suggère le Zèbe.

Barbiche écrit, assis sur l'établi, près du chef pilote. Près de l'homme. Près de son frère du ciel. Tout doucement, il se laisse remplir à ras bord d'un sentiment merveilleux. Tout doucement, il laisse durcir le mortier autour de lui. Qui l'unit à Choucroute, au Zèbe, à celui qui chutera peut-être et à qui il tend déjà la main.

Sans remords, sans rancune, il déplore la trouée faite dans le mur et souhaite que la pierre tombée reprenne sa place et laisse le mortier agir sur elle.

Tout doucement, tout doucement, il se laisse envelopper, entourer, serrer par les autres pierres.

Et lentement, très lentement, se roule le tapis usé dévoilant le rêve d'un garçon pauvre, pour que se déroule la piste d'envol du célèbre Douglas DC-3, dit Dakota.

«Ce n'est pas trop beau pour être vrai, c'est vrai», pense Jo, alias Barbiche.

6

Libération ?

Personne ne sait qu'il est ici, sur la «côte du radar». À cette heure du jour et en ce temps de l'année, cette élévation qui surplombe la ville et cette partie du Grand Nord est peu fréquentée. Par beau temps, on vient flâner au pied des antennes d'aide à la navigation aérienne que les gens du commun désignent, à tort, sous le terme de radar. La première fois qu'il y est venu, c'était avec Émile, à l'époque où il le suivait partout avec l'âme chargée d'émotion, de remords et d'espoir. On ne l'appelait pas Tête d'Oiseau alors mais simplement Luc et il travaillait sous les ordres de Lulu à l'atelier. En ce temps-là, son cœur de moineau palpitait encore dans la main du chef pilote. Cette main qui, d'un geste large, lui avait offert l'immensité de ce pays. «Regarde. À partir d'ici, tu peux étudier le temps. Regarde vers le nord, le nord-est surtout. Étudie le plafond, les nuages, les vents, les fronts : tu verras si ça passe ou pas.» Et lui, ébahi, il contemplait cette immensité. Celle des terres et des eaux. Immensité inhabitée et inculte. Vierge et intraitable. «Ça, c'est le lac Attikamagen», disait Émile en désignant la gigantesque nappe d'eau située au nord-est. Lui, il faisait mine d'apprendre, tellement le silence entre eux était devenu insupportable, mais, intérieurement, il complétait les explications, sachant que derrière cette presque mer c'était le plateau du lac Retty avec une élévation de deux mille trois cent quarante-neuf pieds. Il connaissait la carte de cette région par cœur pour l'avoir étudiée à longueur de jour dans sa cellule mais ce qu'il voyait dépassait tout ce qu'il avait pu imaginer. C'était beaucoup plus vaste, beaucoup plus beau, beaucoup plus pur. À lui en couper le souffle. D'un coup, il passait d'un horizon limité à quatre murs à celui, illimité, des quatre points cardinaux. Et il se sentait si petit devant tout cela. Si petit derrière Émile. À rougir dès que le silence les figeait, dès que le regard d'un bleu métallique glissait sur lui comme la lame d'une guillotine, exécutant l'être pervers qui s'était faufilé dans son lit. Mentalement décapité, il se contentait de ramasser cette tête dont la croissance de la barbe et des cheveux devait rectifier l'apparence, incapable d'expliquer à cet homme comment il en était arrivé là. Incapable de se l'expliquer à lui-même. «Suis-je homosexuel?», s'interrogeait-il alors. Quel imprévisible revirement de situation, «Émile est-il homosexuel?» ayant été la grande, l'unique et troublante question posée tout au long de son incarcération. Des fois, il lui semblait que oui. D'autres fois, il était persuadé du contraire. Jusqu'au jour où Jack a fait pencher définitivement la balance du côté du oui. Quoi? Non! Pas son grand aigle! Cela le rendait triste et déçu mais tout de même reconnaissant envers son mentor qui ne l'avait jamais importuné. Et puis, insidieusement, la pitié a fait son chemin en lui, drainée par le sentiment très fort et très beau qu'il éprouvait pour Émile. Ensuite, il est sorti du pénitencier, se sentant sale et sali, fautif et redevable, plein de bonne volonté pour s'amender. Émile était là qui semblait attendre qu'un pas vienne le délivrer de la geôle de la solitude où il croupissait depuis l'accident qui l'avait défiguré. Il était là qui ne demandait rien et offrait tout, avec son sourire sympathique mais un peu triste pour qui le connaissait.

Alors s'est produit ce qui n'aurait jamais dû se produire. Qu'il a honte! Qu'est-ce qui lui a pris? Dans quel état était-il donc pour se glisser nu dans le lit d'un homme? Pour... pour... Rien que d'y penser le mortifie. Comment a-t-il pu en arriver à ce geste? Ce que tout devait être mêlé dans sa tête et dans son cœur pour qu'il caresse Émile et n'éprouve toujours que ce sentiment très fort et très beau! À moins qu'il ne fût, lui, homosexuel? Est-ce maintenant la grande, la troublante et l'unique question qu'il devrait se poser? «J'suis devenu comme ça au pen», avait-il donné en guise d'explication pour calmer l'indignation d'Émile. Et si c'était vrai? Si vraiment il était devenu comme ça? Chose certaine, sa sexualité n'est plus ce qu'elle était au temps de sa belle lionne alors qu'il se sentait comme un bel oiseau blanc venu la cueillir pour l'emmener au septième ciel. Sa sexualité est devenue malsaine et superficielle. Il multiplie les conquêtes, multiplie les vagins où il ne rencontre qu'un grand vide meublé du dégoût de lui-même. Les femmes le trouvent beau, mais lui ne s'aime tellement pas qu'il se regarde rarement dans la glace.

Personne ne sait qu'il est ici, sur la côte du radar. Ni pourquoi il est ici, à contempler l'immensité. Personne ne le voit se caresser la barbe distraitement. Personne ne le voit se renverser légèrement la tête jusqu'à ce que ses cheveux lui chatouillent l'épaule. Qu'il aime cela! Qu'il aime toucher ses cheveux et sa barbe! Qu'il aime les doigts des femmes qui y plongent, y coulent sensuellement en le lavant de tout ce qu'il a été. Les doigts des femmes qui remettent cette tête en place, là, sur les épaules robustes qu'elles mordillent en haletant. Là d'où elle n'aurait jamais dû tomber sous le tranchant du regard bleu.

Personne ne sait qu'il est ici à célébrer la fin de sa sentence. De toute façon, personne ne serait en mesure de comprendre ce qui l'habite. Et ce qui le déserte en cet instant. Personne ne sait qu'il devait se rapporter tous les mois aux agents de police de Schefferville, qui avaient un contrat de surveillance avec le Service correctionnel du Canada. Personne sauf... Émile. Tantôt, il a voulu l'en informer, mais il était occupé à donner des conseils à Barbiche. Alors, il est monté jusqu'ici pour retrouver sa tête rasée de bagnard et la lancer au loin comme un caillou jusqu'à l'Attikamagen afin qu'elle s'y noie.

Il est monté jusqu'ici avec l'intention de crier cette nouvelle vie à pleins poumons. Mais il se tait, captif d'un sentiment informe et gris. Libre! Je suis libre! voulait-il hurler jusqu'au bout de l'horizon. Mais il vient de comprendre qu'il n'est libéré que d'une obligation : celle de se rapporter tous les mois et de décliner les invitations de Myriam. «Viens donc à Montréal avec moi. — Ça m'tente pas.» Faux. À l'époque, il aurait aimé se promener en touriste avec elle sous les grands arbres des parcs. Aujourd'hui, il le peut mais il n'en a plus le goût. Elle lui tombe sur les nerfs et plus elle insiste, plus il résiste. «Ça va t'changer les idées. On ira au cinéma, on logera dans un bel hôtel. — Trop cher; ça coûte trop cher et puis c'est pas le temps. — Oui, c'est le temps, t'es rendu *bush*.»

Choucroute aussi pense cela. «Va chez les tiens, une secousse.» Comment lui dire qu'il n'en a plus, des siens? Que la rafale a dispersé les poussins partout dans l'herbe, les ronces et les ruelles? Qu'il est celui qui a fait tomber le nid de la branche? Comment lui faire savoir qu'il est désormais seul au monde? Seul comme dans sa cellule. Seul comme il l'est présentement parmi les roches et les cailloux qu'une faible neige tente de recouvrir, en face de cette immensité qui l'étreint et l'écartèle. En face de la réalité. Il n'est pas libre mais seulement libéré. Et il ne s'est libéré d'un gouffre que pour se retrouver dans un autre. Il n'a que changé le masque de la solitude et l'uniforme du détenu. Aujourd'hui, officiellement, il ne fait plus partie du panier de pommes pourries. On l'en a retiré. Cependant, il ne fait pas encore partie du panier de belles pommes. La vieille fille du restaurant le lui a clairement fait comprendre avec son bras maigre qui le chassait. «Dehors, Tête d'Oiseau. Va réfléchir dehors.»

Dehors, il est seul à réfléchir sur la côte du radar. Seul avec ce qui aurait dû être une joie débordante mais qui s'affaisse comme pâte à pain sous un courant d'air glacé. Il y manque de la chaleur. Il y manque des mains pour la pétrir. Des mains qui ont choisi d'autres épaules à couver. D'autre pâte de bonheur à faire lever doucement dans les cœurs.

Dehors, il est seul à jouer à pile ou face avec la solitude. En dessous des nuages, il perd toujours et se retrouve immanquablement isolé et banalement libéré de certaines obligations, tandis que là-haut, dans la lumière, il est libre et seul. De cette liberté et de cette solitude qui font grandir.

Qu'il se sent léger à se frotter aux nuages! Et si lourd au sol, à regarder pendre leur ventre gris de tempêtes. Si lourd et déprimé à l'approche de l'hiver aux heures de vol restreintes. Pile ou face? Au sol, il perd toujours. Pourtant, aujourd'hui, il a cru qu'exceptionnellement il aurait gagné parce que quelqu'un serait monté avec lui sur la côte du radar. Quelqu'un qui sait, qui l'a vu et entendu manifester sa peur de retourner en dedans. Qui l'a vu et entendu exprimer sa honte au parloir du pénitencier. Mais il était occupé à prodiguer des conseils. Pile ou face? Au sol, il perd toujours et se retrouve seul, dehors, à utiliser la raison pour se forger une joie. Seul à recenser les éléments positifs et à les aligner comme des bibelots sur une tablette. Seul à prendre dans ses mains engourdies de froid les fragiles faïences du souvenir, au risque de les échapper et de les briser sur le sol rocailleux de ce pays. N'a-t-il pas refusé de transporter des stupéfiants au camp du lac Pau pour une somme substantielle et un risque minime? Il lui aurait suffi de remettre tout simplement une grande enveloppe à son destinataire et le tour était joué. «Si c'est pas toi, ce sera un autre.» Ce fut un autre. Qui? Il ne veut pas savoir. L'essentiel, c'est que ce ne fut pas lui. C'est fini. Plus jamais ses connaissances en aéronautique ne lui serviront à transporter ces substances maléfiques. Celles qui ont permis qu'un certain soir de fête des Mères un garçon tranquille comme Ronald, son voisin de cellule, se transforme en pyromane. Non, plus jamais ces substances ne souilleront la pureté de ses vols.

Ce qu'il peut être fier de lui! Personne n'en a jamais rien su. Ni Émile, ni les agents qui assuraient sa surveillance obligatoire. Et il ne pouvait en parler à aucun autre pilote, de peur que celui à qui il se confierait fût l'autre qui aurait accepté.

Ce qu'il aurait aimé le dire à quelqu'un! N'importe qui. Myriam ou n'importe laquelle de ses blondes. Mais il ne le pouvait pas et il laissait errer leurs lèvres sur sa peau, scellant les siennes sur cette victoire qui voulait éclater. Claironner très haut et très fort qu'il était guéri. Qu'il pouvait battre vigoureusement des ailes. Ces ailes qu'on avait dégagées des plâtres. Ces ailes qu'il a eu tant de difficulté à rééduquer parce qu'elles étaient trop longtemps demeurées inactives après l'écrasement. Faibles, malhabiles et sans coordination, elles lui ont maintes fois inspiré de plutôt se spécialiser en ingénierie aéronautique. Il avait peur d'endommager l'hydravion qu'il avait loué à un ami d'Émile pour se refaire la main et accumuler des heures. Il avait peur de l'erreur ou de l'oubli et revoyait constamment le beau Cessna 170B orange et blanc de Papillon échoué au faîte des arbres, craignant bêtement que le drame ne se reproduise. Il tremblait intérieurement, avait des papillons plein l'estomac et les mains moites. Il tremblait comme un novice qui, à la veille de prononcer ses vœux, ne se souvient plus de ses prières en présence du grand prêtre et envisage de retourner chez les profanes. Et le grand prêtre était là qui savait tout de lui.

Tout de son passé et de son péché. Là, avec son regard trop bleu qui le condamnait. Le guillotinait. Et sa tête avait à peine le temps de tomber que des mains de femme s'en emparaient et la remettaient en place en fouinant dans sa belle chevelure blonde. Et le regard bleu venait le décapiter encore, chaque fois qu'il le croisait dans une intimité quelconque. Et les femmes venaient tout de suite le réhabiliter. Se l'arrachant. Se le disputant. Se jalousant les unes les autres. N'a-t-il pas assez solidement établi sa réputation de don Juan pour être désormais à l'abri de ce regard ? Que lui faut-il de plus, à ce grand prêtre, pour comprendre qu'un accident de parcours ne fait pas de lui un homosexuel ? Est-il persuadé de cela ? Qu'en serait-il de lui et d'Émile aujourd'hui si ce dernier avait répondu à ses avances ? Il n'ose y penser et le fait qu'il se réjouisse du refus d'Émile le rassure. N'est-ce pas la preuve que, dans le fin fond de son âme, il souhaitait ce refus ? Et, le souhaitant, n'a-t-il pas établi la certitude qu'il n'est pas homosexuel ? Alors, comment a-t-il pu en arriver à se coucher dans le lit d'Émile et à... glisser la main sous son slip ? Qu'est-ce qui lui a pris ? Était-il confus à ce point ? Quelle sorte d'homme le pénitencier avait-il vomi sur le trottoir ensoleillé le matin du 6 juin 1973 ? Que restait-il de l'identité de Luc Maltais, incarcéré le 8 octobre 1968 ? Qu'en restait-il après que la machine pénitentiaire en eut extrait le jus, la pulpe, l'essence et le cœur ? Que restait-il de lui, outre son grand rêve d'espace ? Bon Dieu ! Il avait failli pleurer quand il avait vu une femme avec une poussette de bébé lui sourire. C'était comme si elle lui avait offert le monde entier. Ce qu'il était pauvre et affamé d'affection ! Il se serait jeté dans n'importe quels bras de femme pour un peu de tendresse. Pour des doigts caressant simplement ses cheveux. Mais l'ordre des choses établi à l'extérieur exigeait qu'il se défoule d'abord sexuellement. Qu'il se réhabilite au plus vite dans un vagin, ce qu'il avait fait avec la danseuse aux tables, furieux qu'elle ait dénigré Émile. Ce n'était pas à lui de le délivrer de la solitude, pas à lui, mais aucune d'elles ne voulait le faire. Alors, en ce soir du 6 juin 1973, il a pénétré dans la chambre où dormait Émile... et après il y a eu toutes ces femmes. Que lui faut-il de plus pour que son regard cesse de le trancher net et que sa main revienne se poser sur son épaule? Que lui faut-il de plus pour que le surnom de p'tit frère recouvre ses droits? C'est à croire qu'il a une maladie contagieuse. Qu'il est en quarantaine, privé de toutes les attentions qui nourrissaient jadis son bonheur. À croire qu'il leur est arrivé un grand malheur quand, en réalité, rien n'a été consommé, concrétisé. Pourquoi Émile ne veut-il pas oublier l'homme amaigri qui a tenté de le séduire? Pourquoi ne veut-il pas comprendre que ce n'était pas le vice qui motivait son geste mais un sentiment puissant et pur? Pourquoi ne veut-il pas comprendre qu'il.. l'aimait? Oui, il l'aimait, à l'époque. Jusqu'à l'absurdité. Il était prêt à tout lui sacrifier. Tout. Virilité et équilibre mental inclus. Prêt à se renier. À se damner pourvu qu'il lui fasse savoir que quelqu'un l'aimait en dépit de... et au-delà de... Pourquoi Émile l'a-t-il accusé d'avoir pitié de lui? Pourquoi n'a-t-il vu que cette pitié parasitaire de l'amour, pas plus grosse qu'une verrue sur la peau blanche et frissonnante de l'ex-détenu? Bien sûr, il y a eu de la pitié. Elle était là, forcément. Vraiment là. À moins que ce ne soit l'amour qui ait été parasitaire de la pitié et pas plus gros qu'une verrue sur la peau d'un brûlé? Il ne sait plus les proportions. Ne veut plus les savoir. Elles inquiètent trop et varient trop souvent. Chaque fois que le regard d'un bleu métallique l'exécute ou que la lassitude du chef pilote lui donne envie de caresser cette tête que personne, outre sa mère, n'a caressée. La caresser tout simplement comme il aurait aimé qu'on caresse la sienne à sa sortie du pénitencier. Avec toute la tendresse du monde coulant au bout des doigts.

Tour à tour, la pitié et l'amour lui font lever un bouclier d'insubordination ou encore le désarment. Il ne sait vraiment plus le rôle de l'une ou de l'autre dans cette tentative d'établir une relation qui aurait pu être autre chose que désastreuse. Pourtant, il a cherché à comprendre. À faire comprendre. Cherché à se détacher de lui. À s'en rapprocher. Cherché surtout à oublier que ces yeux-là, dans lesquels il était resté accroché la première fois, l'ont vu tout nu, pris en flagrant délit, la main dans le slip, si on peut dire. Que ces yeux-là n'ont de cesse de lui rappeler qu'ils ont tout vu. Et que les oreilles ont tout entendu de la confession. «J'ai fait un mois de trou parce que j'ai été pris sur le fait avec un gars. Je crois que là-bas j'suis devenu comme ça.» Quel témoin gênant! Qu'il aimerait l'éliminer! Non pas maintenant par une quelconque tentative d'assassinat mais au moment même où sa main s'apprêtait à commettre la gaffe monumentale de sa vie. L'éliminer d'une façon douce en le maintenant dans un sommeil de plomb. Mais il a fallu qu'Émile se réveille et bondisse d'indignation. «J'suis pas du genre... Tu vois c'que j'veux dire.» Oh! il le voyait nettement, ce qu'il voulait dire... Aussi nettement qu'il voit aujourd'hui ce qu'il aimerait lui dire. Quelque chose qui ressemble à : «T'as beau jouer au don Juan, j't'ai vu la main dans mon slip.» C'était clair comme de l'eau de roche, surtout quand il promenait son regard de lame de guillotine dans le vestiaire des jeunes joueurs. Un vrai regard de directeur de pénitencier qui vous tranche la tête d'un coup sec. Merde! Il n'était pas un pédéraste. Pourquoi ce regard l'épiait-il? Pourquoi ce regard le délogeait-il de cette place qu'il croyait s'être faite au sein de la société en devenant entraîneur comme lui et avec lui? Il n'y faisait rien de mal, d'abject ou d'anormal, sauf peut-être d'accorder trop d'attention à Martin. Mais comment faire autrement? Il se sentait lié au fils d'Émile avec qui il partageait une commune admiration pour l'homme qui leur avait sculpté des figurines, et il le considérait à son tour comme son p'tit frère. Ça lui paraissait tout à fait légitime de préférer sa compagnie à celle des autres gamins. De la rechercher, même. Mais son père a eu vite fait de brandir la lame de son regard bleu pour le protéger, et lui, pour se défendre, il a riposté avec la même arme. Celle sournoise et redoutable du regard.

La cible n'était-elle pas toute désignée autour de l'oreille rognée ? Il suffisait de viser dedans pour neutraliser l'adversaire. Il suffisait d'injecter un virus à la verrue de la pitié afin qu'elle atteigne des proportions démesurées et se gonfle au point de cacher la peau blanche et frissonnante de l'ex-détenu. C'était facile. Il n'avait qu'à délaisser Myriam et à multiplier les conquêtes amoureuses pour démontrer que lui non plus n'était pas du genre à... Hélas, au lieu de riposter, le regard trop bleu s'était muni d'une gaine d'indifférence, le privant de toute possibilité de faire éclater le moule du silence durci autour de ce geste accompli dans la nuit. Alors, pour faire réagir Émile, il est devenu insubordonné. Révolté. Récalcitrant.

Il est devenu ce qu'il est aujourd'hui, seul sur la côte du radar. À se laisser empoisonner par sa rage. Par sa haine pour cet homme. Pour Barbiche et pour la vieille fille du restaurant. À se laisser engourdir de sa propre indifférence à l'égard de Myriam à qui il revient toujours quand on exige des promesses d'avenir ou des explications sur son passé. Myriam la clémente, la généreuse, avec sa porte ouverte au troisième, sa discrétion et sa naïve ambition de devenir riche. Il est devenu ce qu'il est aujourd'hui, à haïr férocement le nouveau copilote de DC-3 sans savoir pourquoi. Sans même le vouloir. Il devrait l'aimer ou à tout le moins l'apprécier mais il s'en voit incapable. Il a bien tenté de lui sourire le lendemain de la prise de position des pilotes contre les chasseurs, mais, quand il l'a aperçu, son aversion s'est décuplée. Que faisait-il là, avec ses yeux brillants d'espoir dans l'ombre du chef pilote ? Que fait-il là, à suivre partout celui qui sait tout de son passé et de ses faiblesses ? Que fait-il là, ce Barbiche avec sa physionomie sympathique qui a peut-être favorisé les confidences de son capitaine? Pourquoi existe-t-il? Pourquoi aboutit-il entre eux avec tant de reconnaissance à prouver?

Mais qu'est-ce que ça peut bien lui faire qu'il soit là? Il n'est pas le premier à servir de copilote à Émile. Pas le premier à avoir été choisi parmi de nombreux aspirants ayant d'impressionnant C.V., contrairement à lui. Quelle menace représente-t-il donc? Pourquoi le déteste-t-il à ce point?

Grand silence autour de lui. Au loin règne le majestueux lac Attikamagen où il a lancé sa tête rasée de bagnard. Distraitement, il se caresse la barbe, une douleur lancinante dans l'âme. Elle porte la réponse à sa question. Il le déteste parce qu'il est là, en bas, à bénéficier de sa main chaude sur l'épaule alors que lui il est ici, tout seul, à célébrer sa libération totale.

Il le déteste parce qu'il est en voie de devenir l'ami de celui qu'il a eu l'indécence et la faiblesse d'aimer. En voie d'approcher cet homme pour qui il était prêt à tout sacrifier. Il le déteste parce qu'il va réussir là où il a si lamentablement échoué.

Avec son sourire engageant, ses histoires drôles, son expérience de la vie et sa simplicité, Barbiche va établir un climat de confiance et parvenir à une certaine intimité avec Émile. Cet Émile que lui, Luc, a longtemps considéré comme son sauveur et qui n'est finalement qu'un chef pilote astucieux. En effet, accorder une chance au paria en liberté surveillée qu'il était garantissait à la compagnie un employé prêt à se vouer corps et âme.

C'était bien calculé. Bien pensé. Longuement mûri de s'assurer la servitude de ce déchet de la société qu'on pouvait rejeter à la poubelle s'il ne donnait pas satisfaction. Dieu qu'il s'est tué à l'ouvrage sous les ordres de Lulu! «T'as pas peur du travail, petit.» Il y était habitué. Il y avait été rôdé pendant près de cinq ans. Pour lui, c'était une continuation de ce qu'il avait connu au pénitencier, d'autant plus que l'ingénieur bougon lui rappelait Alfred, le prisonnier qui remplissait le rôle de contremaître dans l'atelier de mécanique et qui s'était suicidé avant Noël. Il ne comptait pas ses heures supplémentaires et se voyait récompensé par la simple satisfaction de Lulu. «Bon travail, petit.» Il ne lui en fallait pas plus pour se remettre à l'ouvrage avec acharnement.

Oh oui! C'était bien pensé. Bien calculé. Et lui, il est tombé dans le panneau. Pas parce qu'il a travaillé avec acharnement, mais parce qu'il a naïvement cru à quelque chose de très beau. Parce qu'il s'est forgé un grand aigle qui n'était en réalité qu'un vil marchand d'espoirs. Parce qu'il a investi tous les trésors de son âme en celui qui monnayait sa reconnaissance. Parce qu'il a rêvé de devenir son ami et n'a été retenu que pour être un employé au rendement plus que satisfaisant.

Un vent d'est pousse la neige contre son visage et des flocons s'accrochent à sa barbe, y fondant lentement. Très lentement. Il songe à demeurer immobile sur la côte du radar jusqu'à ce que le gel le pétrifie en statue devant l'Attikamagen. Ainsi, il deviendrait l'obélisque de sa victoire dans le ciel et la stèle funéraire de sa défaite au sol. Mais à quoi bon? Personne ne sait qu'il est ici. Ils sont tous là-bas, dans la ville, à mener leur vie honnête. À avoir effectué les démarches officielles et satisfait aux conditions usuelles d'admissibilité. Tous là, à avoir été choisis. À avoir des chances de se lier d'amitié. Et lui, il est ici. Tout seul. À avoir été ramassé à la porte du pénitencier il y a vingt-huit mois. À avoir travaillé comme un forçat parce qu'il était encore un forçat. Mais aujourd'hui il ne l'est plus. Aujourd'hui, il ne doit plus rien à la société. Il a payé sa dette et prouvé qu'il était complètement réhabilité. Jamais plus ses connaissances ne serviront à transporter ces substances qui ont jeté un jeune homme dans la cellule en face de la sienne. Ce jeune homme qui lui a volé la réplique du *Grand Blanc* et l'a ainsi amené à se prostituer pour la ravoir. Pourquoi pense-t-il à cela en ce jour? Pourquoi en rêve-t-il depuis que le Grand lui a remis cette réplique? Pourquoi a-t-il mal et honte maintenant lorsqu'il la regarde osciller devant le pare-brise? Pourquoi ce regard trop bleu revient-il soudain à la charge? Qu'a-t-il dit sous l'effet de l'alcool? Il ne se souvient plus. Que se disent-elles, en bas, les belles pommes sans meurtrissure? Que se confient-elles sur les désordres infects des vermines entrelacées dans l'ombre? «Dehors, Tête d'Oiseau. Va réfléchir dehors.»

«Voilà, mademoiselle Massicotte. Je suis dehors. Sur la côte du radar et la noirceur tombe rapidement. J'ai froid. Mes mains sont engourdies et j'échappe les fragiles faïences du souvenir. J'ai fini ma punition et je peux rentrer chez moi mais je n'ai plus de chez-moi car j'ai fait tomber le nid de la branche. J'ai payé ma dette. Je ne vous dois plus rien mais je suis condamné à être seul. Ni dans un panier ni dans l'autre. Savez-vous, mademoiselle la parfaite, que dans le panier des rognures il faisait moins froid qu'ici, sur la côte du radar? Oh! c'était une chaleur à odeur de pourriture, mais c'était tout de même une chaleur capable de faire lever une pâte de bonheur pétrie à deux dans une cage de ciment.

«Je reste dehors, n'ayez pas peur. Je n'irai plus contaminer les clients de votre beau restaurant. Je ne ferai plus intervenir cet homme si respectable, ce chef pilote si exemplaire avec son regard condamnatoire. À lui aussi, bientôt, je ne devrai plus rien. Plus un sou. Je lui remettrai la somme qu'il m'a prêtée. Avec intérêt. Et je resterai dehors, à voir se tisser l'amitié entre lui et Barbiche. À voir comment vous faites si bien lever la pâte du bonheur. Je resterai dehors, à la porte de vos fourneaux, à humer le parfum qui monte jusqu'à moi. Loin du regard qui me décapite. Loin des femmes qui me réhabilitent.

Je resterai ici, les doigts engourdis sur mes souvenirs, à tenter de les réchauffer de mon haleine et à souffler sur les tisons qui doivent enflammer les bûches que j'ai placées dans le four. À souffler sans jamais me décourager pour que renaisse le grand feu orange et blanc d'un Cessna 170B que je suis à reconstruire pour cet ami que j'ai trahi.

« Vous devez être contente, brave mademoiselle, d'avoir protégé la société de la contamination. Et toi, le Grand, tu dois l'être aussi d'avoir écrasé la limace qui s'était collée à toi sur ta couche d'homme solitaire après avoir rampé pendant quatre ans et huit mois dans les égouts de l'humanité, le ventre encore plein d'obscénités et la bouche exhalant encore l'haleine du vice. Que t'ai-je dit pour que la lame de ton regard rutile de nouveau et m'exécute chaque fois qu'elle en a l'occasion ? Quelle position confortable tu as maintenant, toi qui as accès aux classeurs de la compagnie et qui sais pertinemment que mon nom n'y a jamais figuré ! Bientôt, je te rendrai ton argent. Celui-là même que tu avais économisé en ne buvant plus. À Noël, je te le rendrai et te conseillerai de te remettre à boire. Ça te va beaucoup mieux. Tu sais que, perché sur ton piédestal de chef pilote, tu as l'air d'une mère poule ? Avant, tu étais un aigle et je te regardais planer. Aujourd'hui, je te regarde picorer les honneurs dans la basse-cour. Je te vois déceler mes erreurs et les piquer de ton bec acéré et parfaitement honnête. Parfaitement autoritaire. Avant, tu étais grand à mes yeux. Grand comme mon grand frère. Comme mon grand-prêtre, et je t'appelais Émile. Tu ne sauras jamais à quel point tu as diminué en devenant le Grand. Tu ne sauras jamais d'où tu as chuté. De toute façon, tu n'as jamais compris et je m'en veux d'avoir tant investi en toi. Je m'en veux d'avoir cru que tu pourrais monter avec moi sur la côte du radar. Combien j'ai été naïf d'avoir espéré ton amitié ! De ne pas m'être aperçu plus tôt que je n'en étais plus digne depuis que j'avais été empalé dans le péché contre nature.

«C'est toi qui n'es pas digne de tout ce que j'avais misé en toi. De tout ce que j'avais cru de toi. C'est toi qui es tombé. Qui as diminué.

«Tu me déçois. Tu me dégoûtes avec ta parfaite indifférence. Ta parfaite supériorité d'être normal. Monsieur n'est pas du genre, j'ai bien vu. Moi, je ne sais pas et j'ai honte. Pourtant, ce que j'aurais fait avec toi, ce n'était pas de la cochonnerie. C'est toi qui me juges et me condamnes.

«Toi sur qui je crache du haut de la côte du radar où personne ne me voit, face à l'Attikamagen que la nuit absorbe. Toi sur qui je vomis parce que tu es resté en bas, ta fale de mère poule couvant l'oisillon nouvellement arrivé. Toi qui n'étais ni assez grand ni assez fort pour planer dans les abîmes avec moi.

«Toi qui n'es qu'un vil marchand aux froides combinaisons et à qui je ne dois plus rien aujourd'hui car ma sentence est terminée. Je peux partir. Aller ailleurs introduire mon nom dans un classeur d'embauche et offrir au-delà de mille heures d'expérience. Rien ne me retient ici. Ni femme ni maison. J'ai fait en sorte de vivre sans racine comme le lichen sur la roche. Quand le temps sera venu, je me libérerai totalement de toi. J'acquitterai définitivement ma dette et ferai éclater la fragile faïence de ton souvenir.

«D'ici là, j'apprends à te haïr. À te maudire. J'apprends à me libérer de toi et de la basse-cour. J'apprends à me laisser porter par les grands vents au-dessus de vos nids si impeccablement tissés.»

7

Initiation

Ce début de novembre, dans cette région voisinant le cinquante-cinquième parallèle de latitude Nord, ressemble fort à une fin de décembre à Matane, avec cette sévère chute de neige qui a pris la ville d'assaut et qui s'est aussitôt vue manipulée, pelotonnée, roulée en boules et métarmorphosée en bonshommes souriants par les enfants.

Plus tôt que prévu, Sophie a enfilé vêtements de laine et bottes d'hiver et s'est acheté une pelle pour déblayer le perron. Elle a dû même avoir recours déjà au taxi pour se rendre au travail quand le vent soufflait trop fort. À lui arracher le souffle de la bouche et lui glacer le cœur d'inquiétude, lorsqu'elle apercevait le DC-3 d'Émile le bravant sur la piste d'envol.

Plus tôt que prévu, elle a vu les jours rapetisser au profit des nuits. La lumière décliner au profit de l'obscurité. Tout devient sombre si vite à Schefferville. À trois heures de l'après-midi, déjà, la nuit et les hommes commencent à tirer leurs rideaux, l'une faisant naître ses étoiles, les autres, leurs lumières artificielles. À sa grande surprise, elle s'est vue dépaysée dans le temps avec des airs de Noël en tête, s'attendant à voir surgir un sapin illuminé quelque part.

Plus tôt que prévu, elle a adapté sa grotte à la largeur des épaules du chef pilote, prenant discrètement les mesures lors de ses conversations avec Myriam ou avec Monique et Jo lorsqu'elle va chez eux garder la petite demandeuse de pourquoi. Elle l'y a rejoint à l'insu de tous, s'accordant toutes les libertés et toutes les audaces. Ne retenant de l'incident avec Tête d'Oiseau que le geste qui lui avait permis de voir le livre du *Petit Prince* dans la pochette intérieure de la veste d'aviateur.

Plus tôt que prévu et tout en étant dépaysée par le climat, elle a atteint le stade des limbes bienheureux où rien encore n'a été défini, avoué, consacré. C'est comme si elle se retrouvait dans le vestibule d'un château, à bénéficier de la chaleur qui y règne, après avoir eu si froid dehors. Quêteuse d'amour admise depuis peu, elle hume les bonnes odeurs provenant de la cuisine et profite du bien-être sans oser aller à la rencontre du bonheur régnant dans toutes les pièces. Elle est bien à rester là, au chaud, à l'abri. Gardant secrète l'entrée de cette grotte où elle a enfoui le trésor périmé de sa virginité.

Ayant fini de remplir ses sucriers, Sophie s'appuie au comptoir et observe les flocons de neige aux fenêtres du restaurant. Qui vont, viennent. Qui montent, descendent. Désorientés et démotivés, semble-t-il, tels des déserteurs qui craignent d'être matés au sol.

Elle aime cette fin de journée. Cette obscurité qui engourdit lentement la ville mais échoue cependant à modérer l'activité de trois jeunes Montagnais accompagnant leur mère. Grimpant aux banquettes ou jouant à la cachette entre les tables, ces enfants la maintiennent en état d'alerte. Doit-elle sévir? Laisser faire? Il n'y a personne d'autre, après tout, et les femmes achèvent de prendre leur thé. Aussi bien fermer les yeux et tendre l'oreille à cette langue qui la dépayse plus que tout. Qui la ramène à des temps immémoriaux. Près d'un feu de bois au centre d'un tipi. Elle la croyait morte, cette langue. Utilisée seulement comme élément folklorique lors des célébrations. Elle ne s'attendait vraiment pas à ce qu'on la parle couramment, recourant à un français rudimentaire uniquement pour les rapports avec les Blancs. Cette langue, plus que le froid, plus que les journées courtes, plus que le paysage austère, lui fait réaliser qu'elle est ailleurs. Très loin de tout ce qu'elle a connu. De tout ce qu'elle est.

Cette langue lui fait découvrir l'existence d'un peuple.

Soudain, des éclats de voix et des rires se mêlent aux accents gutturaux du montagnais et quatre hommes font une entrée triomphale dans le restaurant en portant Jo sur leurs épaules. Quatre hommes dont un qui fait battre son cœur d'émotion. Quatre hommes qui rient, s'exclament, parlent tous en même temps en promenant un Jo aux yeux arrondis d'excitation. D'emblée, les jeunes Montagnais leur font escorte.

— Ça y est Sophie! J'suis capitaine. Yahou! s'exclame Jo, bringuebalant sur les épaules de ses pairs qui le mènent au petit trot vers le bar-salon et réapparaissent par la porte d'entrée, les jeunes Amérindiens communiant spontanément avec leur exubérance. «Bon. Un peu de calme, les gars», entend-elle avec soulagement. Il était temps que quelqu'un ramène à l'ordre ces grands gamins turbulents qui n'ont pas entendu sonner la fin de la récréation, chassant du même coup son naturel d'institutrice qui revenait au galop. Au grand galop, même. Instinctivement, elle porte un regard reconnaissant au chef du groupe. Au meneur qui s'est taillé une place dans son cœur. Ce grand chouchou qui commande de déposer le capitaine Barbiche. «*Roger*[1]!», répondent

---

1. *Roger!* : «Reçu et compris!», en code radio anglophone.

en chœur Choucroute et le Zèbe en s'écartant d'un commun accord, laissant ainsi choir le nouveau gradé.

— Tabarnac, les gars! Laissez-moi pas tomber.

Trop tard. Jo, alias Barbiche, se retrouve les fesses sur une table et s'esclaffe aussitôt. Ce qui incite les enfants à en faire autant.

Découragée par l'agitation occasionnée par ces hommes supposément matures, Sophie s'empresse d'installer les napperons de papier, leur assignant des places qu'elle espère voir prendre convenablement.

Elle craint que tout cela ne dégénère en désordre. Craint de perdre le contrôle de la situation. D'être encore une fois obligée de reprendre ses airs et ses manières d'institutrice si elle ne veut pas s'attirer le mécontentement du patron. Avec consternation, elle aperçoit les jeunes Montagnais qui s'apprêtent à jucher un des leurs sur leurs épaules pour le promener partout dans la salle. «Bon. *Over*[2]! les gars», dit calmement mais fermement le chef pilote en invitant auprès de lui les enfants pour leur parler et leur distribuer de la monnaie.

Son cœur défaille lorsqu'elle l'entend s'exprimer dans cette langue. Elle aimerait tellement comprendre ce qu'il leur dit pour qu'ils s'assagissent si rapidement.

— J'savais pas que tu parlais indien, le Grand, s'exclame Barbiche.

— Oh! J'parle un peu... mais ça les fait toujours rire. J'ai pas l'accent, d'après Georges.

— C'est lui qui t'a montré?

— Oui.

— Ça fait longtemps que tu l'connais?

---

2. *Over!* : «C'est fini!»; «À vous!», en code radio anglophone.

— Oui. J'l'ai connu y'a une quinzaine d'années dans le bout de Sept-Îles. J'commençais comme pilote de brousse. Ce sera un thé, Sophie, dit-il en la voyant disposée à prendre les commandes. Un *nìpìshàpui* en montagnais, ajoute-t-il comme s'il avait deviné son désir de connaître cette langue.

Sa main tremble parce qu'il est là, tout près. Parce qu'elle voit ses épaules et constate avec quelle rapidité elles se sont complètement adaptées aux dimensions de sa grotte. Parce qu'elle peut même humer le parfum de sa lotion après-rasage.

Il fouille dans sa veste à la recherche de sa pipe et de son tabac et répond posément aux questions des hommes, agissant comme un élément modérateur. Comme un tapis de mailles de fer sur une roche à dynamiter. Sans lui, la joie des pilotes aurait explosé dans toutes les directions. Celle de Jo surtout, qui parle et jure sans arrêt. Quel contraste avec l'homme du train s'accordant une dernière chance !

— Deux cafés, Sophie. Mets tout ça sur mon compte. J'ai hâte d'le dire à Monique. Oh ! Peux-tu venir garder ce soir ? J'ai envie de fêter ça avec ma femme. J'ai passé mon PPC[3] ! J'en reviens pas, tabarnac ! J'ai passé mon PPC !

Avec quelle joie elle ira garder chez Jo, qui occupe un logement attenant à celui du chef pilote ! Elle pourra épier les moindres sons provenant du logis contigu et chercher des traits de ressemblance chez Martin, le fils d'Émile, qui amuse souvent la fillette de Jo jusqu'à l'heure du dodo. Ce garçon charmant, gentil comme un lutin avec ses taches de rousseur et ses petites lunettes rondes, lui fait découvrir une autre facette de cet homme : celle d'un père attentif et doux. Que d'admiration, que de vénération ce garçon éprouve pour son père ! «Le meilleur pilote du monde. Le plus grand.

----

3. PPC : *Pilot Proficiency Check*, examen de compétence sur un appareil donné.

Le plus fort. L'entraîneur le plus sympa.» Il en est touchant de candeur tellement il contraste avec son idole. Lui si petit, si menu, qui ambitionne de tenir un crayon d'architecte plus tard.

«Est-ce que c'est confirmé, le Grand, que la compagnie a acheté le Twin Otter? Quand est-ce qu'on est censés le recevoir? Est-ce qu'ils ont eu les contrats?» Les questions affluent toutes en même temps et patiemment le chef pilote y répond tandis qu'elle prépare thé et cafés, apaisée à son tour par le comportement de cet homme. Il est si calme. Si rassurant. Si pondéré. Elle aime le voir fumer tranquillement la pipe, comme s'il savourait, encensait cette fraternité qui règne autour de la table.

De sentir les volutes de fumée effleurer son visage lorsqu'elle sert les consommations lui donne l'impression de baigner dans son aura et de partager avec lui un moment privilégié qui la rapproche de ces hommes et aussi de ces jeunes Amérindiens incapables d'arrêter leur choix sur les friandises exposées derrière la vitre du comptoir. Décontractée, elle regarde trois index indécis se promener entre les tablettes de chocolat et les paquets de gomme à mâcher, sous l'œil placide des mères qui attendent pour régler l'addition. Elles partent finalement en jasant, les marmots à leurs trousses.

Qu'elle se sent bien dans ses limbes bienheureux à entrevoir les pièces du château par le trou de la serrure! Elle n'en demande pas plus et se contente d'écouter la conversation animée des hommes.

Accoudée au comptoir, elle fait mine de lire le quotidien reçu par l'avion de quatorze heures et sursaute lorsqu'il s'accoude en face d'elle et lui fait signe gentiment de s'approcher. Ses jambes se dérobent. Qu'est-ce qui lui arrive? Elle va s'écrouler, c'est sûr. Jamais encore elle ne l'a vu de si près. Jamais encore elle n'a été si troublée par le parfum de sa lotion après-rasage. Si éprise par le profil indemne qu'il lui présente et par les poils argentés qu'elle voit briller dans l'ébène de sa chevelure. Cette tempe grisonnante lui confère tellement de dignité, de noblesse. Voilà qu'il approche son visage du sien. Pourquoi le châtelain vient-il la chercher dans le vestibule ? Elle n'est pas prête. Pas en état. Son chignon de pauvresse est encore tout de travers. Elle n'en demandait pas tant. Seulement de rester au chaud et à l'abri, mais la voilà interdite, les joues et les oreilles brûlantes, ne comprenant pas ce qu'il lui chuchote. Que veut-il donc ? Il répète :

— Donnez-moi un œuf cru, s'il vous plaît.

— Cru ?

— Oui, cru, s'il vous plaît.

Tant d'émotions pour un œuf cru ! Pourquoi tout ce mystère autour de cette demande inusitée ? Il n'y a pas de honte à vouloir gober un œuf cru, bien que cette façon primitive de manger lui ait toujours inspiré un certain dédain. Outre les corneilles et les ratons laveurs, elle ne connaît qu'un certain cousin du côté paternel pour le faire.

Va pour l'œuf. Elle se rend à la cuisine d'un pas ferme, ses forces étant revenues d'un coup sec dans ses jambes dès que le châtelain eut exprimé ce souhait qui, loin de l'inviter dans ses appartements, l'a plutôt expédiée au poulailler. Dire qu'elle était en train de défaillir à cause d'un œuf cru. Quelle sotte elle est !

Lentement, le châtelain retourne vers ses amis tandis qu'elle regagne le vestibule des limbes bienheureux, admirant la démarche calme de l'homme et le balancement de ses épaules sécurisantes. Admirant sa pondération, sa maturité et l'ascendant indéniable qu'il exerce sur ses hommes maintenant assagis. Surprenant qu'il aime ainsi bouffer des œufs crus. Il faudra en ajouter sur la liste des choses à emporter dans la grotte pour son voyageur blessé.

Arrivé à proximité de Jo, le châtelain, d'un geste autoritaire, enlève la casquette du nouveau capitaine. Enfin quelqu'un qui prend l'initiative d'enlever cette satanée casquette qu'on dirait vissée-collée sur la tête. Aucun vent jusqu'à maintenant n'y a réussi, ni aucune politesse à rendre, ni aucun intérieur d'habitation. C'était à se demander si Jo ne dormait pas avec elle et ne cachait pas là une calvitie avancée. La surprise est donc générale de voir apparaître un crâne à peine dégarni et une démarcation dans la chevelure trahissant l'emplacement du couvre-chef.

— Félicitations, capitaine !

Avec flegme et sang-froid, le châtelain écrase l'œuf sur ce crâne, puis il remet tout bonnement la casquette en place et se rassoit.

A-t-elle une hallucination ? Ce n'est pas possible ! Il ne peut pas avoir commis une telle extravagance ! Une telle grossièreté ! Pas lui qui est si...

Elle n'a pas d'hallucination. La gluante réalité coule sur le front, suit le contour des sourcils et va se coller à la barbiche grisonnante. Les yeux ronds de surprise derrière ses lunettes éclaboussées de jaune, Jo demeure saisi. Que va-t-il faire ? S'emporter ? S'indigner ? Se révolter ?

Qu'est-ce qui lui a pris, à ce châtelain, d'agir comme un garçon d'écurie ? Quelle honte ! Elle était si fière de lui. Si reconnaissante d'avoir apaisé l'atmosphère. Si contente de satisfaire ses goûts primitifs. Et voilà qu'il...

Un rire sain et sonore retentit alors.

— J'suis assez content, tabarnac, que tu pourrais m'en péter toute une douzaine !

Bref échange de regards entre Choucroute et le Zèbe qui se lèvent en même temps, s'approchent ensemble du comptoir comme s'ils formaient un seul être à quatre pattes et quatre bras commandés par un seul cerveau. Guidées par une seule idée, leurs deux bouches articulent la même phrase :

— Une douzaine d'œufs, s'il vous plaît.

Elle hésite devant l'intention machiavélique qui brille dans les quatre yeux mais se rend à l'évidence que ce serait peine perdue de tenter de les dissuader.

C'est donc avec beaucoup de réticence qu'elle remet dans leurs mains inconséquentes une douzaine de bombes d'albumine qui ne tardent pas à éclater sur la tête du nouveau gradé.

Et de un ! Et de deux ! Et de trois ! Ça pète. Ça vole. Ça gicle, coule, dégoutte et glisse. Et de quatre ! Et de cinq ! Et de six ! On rit, on s'exclame. On jure. On s'excite. Et de sept ! Et de huit ! Et de neuf ! C'est la métamorphose d'un homme en omelette géante. En omelette gluante qui coule sur la table, la chaise, le plancher. Et de dix ! Et de onze ! Et de douze ! Tadam ! Ploc ! Le dernier œuf, tel un glacier, dévale lentement le crâne incliné, charriant des débris de coquille. Dans un silence aussi subit qu'attentif, il se fraie un passage entre les cheveux englués, demeure un instant en suspens au sommet du front, puis chute et tombe dans la tasse à café avec un bruit de gargouillis.

— Tabarnac ! s'écrie l'omelette géante secouée de rire.

«Enfin fini», pense-t-elle. Quel dégât ! Elle n'ose ni rire ni sévir et demeure prostrée devant la chose vaguement humaine. Devant ce crâne aux cheveux lustrés d'albumine qui n'est pas sans rappeler celui d'un nouveau-né.

Elle demeure prostrée dans le vestibule, écoutant la belle voix du châtelain moduler un rire communicatif. Quel grand enfant il est ! Adieu, tempe grisonnante de la maturité et manière pondérée de fumer la pipe ! Tout cela n'est que fausse apparence. Elle déchante un peu. Se demande s'il n'est pas préférable de retourner à sa grotte quand le châtelain s'amuse ainsi avec ses amis. Ils ne sont pas du même monde, après tout.

— Hé! les gars, si j'compte bien, ça fait treize œufs, dit alors la chose visqueuse.

— Ouep.

— Y m'en faut un autre. J'suis superstitieux. J'aime pas le chiffre treize. J'pilote jamais avec treize piastres ou treize sous dans mes poches. Y m'en faut un autre... J'veux pas commencer comme capitaine de DC-3 avec treize œufs.

— Parfait. Sophie, s'il vous plaît, un autre œuf, demande le chef pilote.

Elle hésite encore. S'interroge. Un de plus ou un de moins, cela ne l'incriminera pas davantage. C'est le premier œuf qui est responsable de tout et c'est elle qui est coupable d'avoir fourni le détonateur.

— Ne vous inquiétez pas, nous allons tout nettoyer, promet celui qui l'a amorcé. Le patron est habitué : ça fait partie de nos traditions. Il n'y a personne d'autre que nous dans le restaurant. Allez.

Elle se rend à ce désir de garnement. Elle cède, elle l'ancienne institutrice. Elle la femme sage et bien rangée. Si sa mère la voyait! Oh là là! Et le directeur de l'école! Et les commissaires! «J'ai peine à croire que Mlle Galant ait pu satisfaire une telle demande.» Elle aussi, elle a peine à croire qu'elle est de retour avec la petite bombe qui explosera à retardement des treize autres. Elle a peine à croire que sa main complice la dépose sciemment dans la main mutilée.

— J'veux que ça soit toi, Sophie, qui me le pète, demande Jo dont elle n'aperçoit que les grands yeux bruns légèrement globuleux qu'il vient de dégager avec une serviette de table.

— J'serai jamais capable, voyons!

— Ben oui! Ben oui! Pète-moi-le. Pour la chance..., ma dernière chance, supplie-t-il, le ton de sa voix passant du badin au sérieux.

Elle sait ce qu'il lui demande. Comprend ce à quoi il fait allusion. Pour lui, c'est important, primordial, essentiel. C'est l'homme du train qui l'implore de conjurer le mauvais sort par cette pratique aussi douteuse que puérile.

— Ça va être votre initiation en même temps, ajoute le chef pilote en se levant. La p'tite nous l'a fait.

— La p'tite?

— Myriam. Elle nous a tous pété un œuf sur la tête quand ç'a été le temps. C'est votre tour maintenant.

— C'est que... je... enfin... je n'ai pas l'habitude.

— Je vais vous aider.

Il lui prend la main, y dépose l'œuf à immoler, puis il la place directement au-dessus de la tête. Elle regarde cette grande main qui enveloppe la sienne. La main gauche qui est belle, puissante et si chaude. Si troublante qu'elle sent la sienne comme une petite motte de neige en train de fondre.

— Prête?

Il vient la prendre avec ses yeux. La piéger tout entière dans son regard. Elle se laisse aller vers lui. Se laisse entraîner par ce garnement dans la ruelle des mauvais coups. Voilà qu'elle va faire partie de leur gang par ce geste initiatique. Qu'elle va trahir sa classe, son rang, son passé d'enfant sage. Entacher son dossier d'institutrice irréprochable. Voilà qu'avec lui elle va se déplacer, descendre de son socle de respectabilité, enfreindre le code de la bienséance. Avec lui et pour cet homme qui attend d'être délivré du mauvais sort.

Ploc !

— Quatorze ! Amen ! prononce le Grand.

Leurs mains communient par la même matière visqueuse fuyant entre leurs doigts. Par la même tête libérée et consacrée. L'une sur l'autre posées, responsables du même geste, elles contribuent à ce que d'autres mains prennent les commandes d'un appareil en toute confiance.

Mlle Galant a définitivement fermé la porte de sa classe. Sortie du côté des cuisines avec des œufs, elle a rejoint cette bande d'oiseaux fous dans la ruelle. D'oiseaux tapageurs pratiquant des rites et conservant des traditions sans logique apparente. Sans lien aucun avec tout ce qu'elle a enseigné sur son tableau noir et tout ce qu'elle a pratiqué sous les yeux approbateurs du curé.

Mlle Galant a commis des actes qu'aucun de ses élèves n'a eu l'indécence ni l'audace de commettre. Des actes qu'elle aurait condamnés et punis sévèrement. Des actes qui auraient fait lever la chair de toute bonne poule couveuse d'écoliers. Pire, elle s'est jointe à cette bande d'oiseaux fous, excités et piailleurs qui s'amusent à qui mieux mieux dans un déluge d'albumine et de coquilles. Ayant subi l'influence de ce chef au plumage noir affublé de cicatrices, elle rit de bon cœur avec eux.

« J'ai peine à croire que Mlle Galant fait désormais partie de ces gens. »

Eh oui ! Elle fait désormais partie de ces gens de l'air. De ce petit monde bien spécial régi par la passion et le sentiment. Ce petit monde qui défie les lois de l'attraction terrestre et les règles de ceux qui y sont soumis. Ce petit monde d'oiseaux fous, serrés, collés les uns aux autres, pris en un pain solide quand l'albumine de leur folie se coagule sous l'effet de la chaleur, formant un tout avec leurs ailes et les mains qui ont fourni les œufs.

Non, Mlle Galant n'est plus dans sa classe. N'y sera plus jamais. Elle n'est pas non plus dans sa grotte pour l'instant... ni dans le vestibule des limbes bienheureux. Elle est dans la ruelle, à fêter avec une bande d'oiseaux fous.

8

La tempête

De la fenêtre de sa roulotte, Élisa observe le roulement au sol du BAC-111 qu'un fort vent du sud semble pousser. L'avion s'immobilise en bout de piste, pivote et affronte le vent tenace. On dirait une grosse bête calme mesurant les risques avant de s'élancer.

Elle aime ce moment d'attente. Ces minutes de dernières vérifications. Cette pause avant l'exécution, semblable à celle de l'artiste avant d'entrer en scène. Il y a quelque chose de religieux dans cette concentration qui tend vers la perfection.

Les moteurs à réaction grondent puissamment, donnant l'impression que le jet en est tout secoué. Voilà qu'il s'élance, prend de la vitesse, défie le vent qui lance des lassos de neige poudreuse dans ses roues. Le nez de l'appareil se soulève et, tout à coup, le mastodonte s'arrache du sol.

Décollage réussi. Destination Wabush, Sept-Îles, Québec et Montréal.

Elle l'observe jusqu'à ce qu'il disparaisse, puis elle reste là, la gorge nouée et les yeux perdus dans ce ciel gris de neige. Là, comme un corps inerte, abandonné de son âme. Abandonné de son esprit à destination de Wabush, Sept-Îles, Québec et Montréal.

Elle reste là, à imaginer les jus et cafés servis à bord, les sourires professionnels des hôtesses, les arpents de neige et d'épinettes qui défilent sous les ailes, puis, enfin, le fleuve Saint-Laurent, symbole de la civilisation. Le fleuve par où tout a commencé en ce pays et où tout aboutit. Là, à imaginer le chapelet d'agglomérations tout au long de l'eau jusqu'à Montréal la grande, la magnifique, la dynamique. Jusqu'à l'aéroport de Dorval et ses longs couloirs menant à la salle où sont acheminés les bagages. Jusqu'au trottoir où, valises en mains, elle s'arrête désemparée. Où irait-elle? Elle ne peut tout de même pas retourner chez ses parents dans cette belle résidence de bourgeois sur le boulevard Gouin. Où alors? Chez sa sœur, qui a probablement épousé en bonne et due forme son étudiant en droit? Sa sœur jumelle dont elle est sans nouvelles depuis onze mois. Chère Fédora. Si sage et si raisonnable Fédora. Si déconcertante image d'elle-même. Où aller? Chez des amis? Elle n'en a pas. Chez des connaissances? Ça ne se fait pas. Où loger? Pas dans un hôtel, elle n'a pas d'argent. Où aller? Partir, oui. Pour Montréal, oui. Mais pour aller où, à Montréal? Cette question fait avorter le rêve. Détourne l'avion qui revient à Schefferville et la parachute dans sa roulotte.

La jeune femme soupire. Elle aimerait mourir tout simplement. Perdre une fois pour toutes ce souffle qui parvient à soulever ce poids dans sa poitrine. Ce poids des amours mortes qu'on ne peut ressusciter. Ce cadavre qui pourrit et l'empoisonne au jour le jour.

Dix-neuf ans seulement et la voilà coincée dans une roulotte. Avec l'envie de partir. De mourir. Rien ne la destinait à cela. Elle s'est trompée et a gâché son existence, qui aurait pu se dérouler convenablement comme celle de sa jumelle. Quelle belle vie elle doit mener, cette chère Fédora en qui ses parents ont mis toute leur complaisance! Quel charmant petit couple elle doit former avec Charles, qui projetait de l'épouser sitôt ses études terminées! Que de cadeaux de noces elle a dû recevoir de la famille! Rien ne lui manque, c'est sûr, contrairement à elle qui se retrouve piégée dans cette roulotte minable. Cette boîte à humains ressemblant à une boîte à souliers géante. Pourquoi a-t-elle obéi à la force qui l'éloignait de Fédora, la séparait de cette copie conforme à qui tout réussissait? Pourquoi a-t-elle cru qu'elle devait s'amputer de sa jumelle pour vivre? Elle n'y a même pas survécu et elle se ramasse ici avec le cadavre de ses amours sur le cœur pendant que sa sœur est à Montréal dans un douillet petit nid d'amour. «Fais donc comme Fédora. Prends exemple sur Fédora», répétait sa mère à chaque bulletin.

Toute son enfance, elle a tenté de prendre exemple sur Fédora, son aînée de quelques secondes mais ayant plusieurs longueurs d'avance dans l'acquisition de la maturité et des connaissances académiques. Toujours première de classe, surdouée en maths, Fédora était partout citée en exemple. «Quelle enfant charmante!», s'exclamait-on dans les réunions familiales. Alors, comme elles étaient identiques et qu'on les confondait, elle s'accordait les louanges destinées à l'autre. Mais chaque fin de mois lui rappelait amèrement qu'elle échouait en maths et se trouvait, non pas à la queue, ce qui eût été un paradoxe d'affirmation, mais à mi-chemin dans sa tentative de ressembler à l'autre.

Pourquoi est-ce ainsi? Pourquoi leurs visages aux traits identiques cachent-ils des âmes si différentes et complémentaires? Pourquoi l'une sans l'autre est-elle en déséquilibre, comme incomplète? Pourquoi est-elle si perdue sans la logique de Fédora qui, dès la tendre enfance, solutionnait la plupart de ses chagrins? N'est-ce pas Fédora qui éliminait les monstres cachés sous le lit en lui prouvant leur inexistence, rompant dans la même envolée lucide le charme de Noël, désormais dépourvu du gros bonhomme dans la cheminée? N'est-ce pas Fédora qui collectionnait les papillons, les épinglait froidement et les classait, alors qu'elle pleurait de leur lente agonie?

Si Fédora était ici, elle saurait lui dire où aller et que faire. Mais elle n'y est pas et cela la déboussole complètement.

Sans Fédora, elle ne parvient pas à démêler ses sentiments et à repérer la bouée de sauvetage. Sans Fédora, elle n'est qu'une âme sans tête. Qu'un «vaisseau taillé dans l'or massif[1]» qui risque de se perdre sans gouvernail. Et le gouvernail, c'est la raison. La logique. Le bon sens. Les conventions. Les sacrements. C'est tout ce qui guide, construit, édifie, multiplie. Ce qui dresse de somptueuses résidences sur le boulevard Gouin et gonfle le compte en banque. Ce qui fait prendre des arrangements, des précautions, des assurances. C'est tout ce qui lui manque dans le partage des dons. C'est la part qu'elle n'a pas eu dans l'héritage génétique et qui a été remplacé par un indéniable talent musical. Par une âme d'artiste hypersensible et émotive.

Fédora lui manque et pourtant c'est elle qui s'en est éloignée. Qui s'en est amputée comme d'une partie d'elle-même dans son désir d'être. Fédora n'est qu'une petite-bourgeoise superficielle alors qu'elle est une artiste. Une bohème.

Oui, elle aurait fort bien pu s'accommoder d'un croûton de pain, pourvu que son grand amour lui nourrisse l'âme. Mais il est mort. Bel et bien mort, et, depuis, cette roulotte la dégoûte. Depuis, cette ville l'emprisonne. Elle n'a pas vu le piège caché sous les promesses. Fédora, elle, l'aurait vu. Hélas, dans son désir d'identification, elle s'est séparée de

---

1. Tiré du poème *Le Vaisseau d'or*, d'Émile Nelligan.

Fédora au mauvais moment. Alors que Christian glissait le piège sous cette phrase : «Tu es la seule femme de ma vie.» Évidemment puisqu'il la cocufiait avec un homme. La belle affaire que d'être devenue par le fait même la seule femme de sa vie! En réalité, elle a été la seule femme assez naïve pour accepter de servir de couverture, croyant démontrer par là à quel point elle était évoluée. Différente de sa jumelle. À quel point elle s'était libérée de son passé de petite-bourgeoise.

Et surtout, par-dessus tout, à quel point elle l'aimait. Car il fallait l'aimer pour abandonner ses études à Vincent-d'Indy et le suivre jusqu'ici afin qu'il puisse compléter son stage d'ingénieur en aéronautique. Il fallait l'aimer pour désobéir à ses parents et partir vivre en concubinage avec cet homme de huit ans son aîné. Pour partir de la belle résidence du boulevard Gouin avec sa guitare, sous les cris hystériques de sa mère, le silence réprobateur de son père et les opinions de sa sœur. «Il n'est pas pour toi. Il n'est pas de ta classe.»

C'est cette équation simplette qui la choquait : «pas de ta classe» égale «pas pour toi». C'était aussi froid et cruel que d'épingler un papillon vivant. Et Fédora, le petit génie en mathématiques, y excellait. Scientifiquement, elle avait classé la créature de rêve dans l'ordre des choses communes sans particularité remarquable. Quel intérêt pouvait bien présenter ce mécanicien issu des classes laborieuses? Des classes besogneuses aux odeurs de transpiration et de parfum de mauvaise qualité et qui se piétinent dans les autobus? Aucun. Il avait été classifié, rangé, écarté, et Fédora ne prêtait pas plus d'attention à l'émerveillement et à l'enchantement qu'il suscitait qu'elle n'avait prêté d'attention, dans leur enfance, à ses cris d'admiration devant les ailes colorées des papillons communs. Elle avait beau répéter qu'il était différent et cultivé, qu'elle l'avait rencontré à la Place des Arts, qu'il parlait de musique, de peinture et de littérature avec autant d'aisance qu'il parlait de mécanique. Beau dire qu'il se gardait les mains et les ongles très propres et que, malgré sa combinaison de mécanicien, il se distinguait par ses manières raffinées, par sa tête rappelant celle du jeune poète Émile Nelligan, par son doux regard et cette noblesse qui émanait de tout son être. Elle avait beau dire et redire, c'était parfaitement inutile. Christian était épinglé. Rangé définitivement dans une classe inférieure à la sienne. Il ne lui restait plus qu'à sécher à sa place. Pas question de le classifier avec eux. Si elle tenait absolument à vivre à ses côtés, elle devait se résigner à sécher parmi les bestioles du peuple. Pas question d'avoir un mariage en blanc, avec réception et orchestre. Pas question d'avoir des sommes d'argent ni même la bénédiction des parents. Fallait qu'elle subisse la dégringolade. Qu'elle la sente dans ses reins et sur ses mains qui n'étaient pas habituées à laver un plancher. Tout cela lui était parfaitement égal, pourvu qu'il rentre le soir et l'enlace tendrement. Mais voilà, depuis un mois, il rentre avec son cousin. Depuis un mois, elle est devenue la seule femme de sa vie mais à titre d'intruse dans ce couple assorti depuis l'adolescence. Pourquoi n'a-t-elle pas réagi avant? Pendant qu'il était encore temps? Du temps où son comportement soulevait des doutes? Pourquoi a-t-elle cru qu'elle pouvait le changer? Que son amour était assez fort pour le ramener dans la voie de l'hétérosexualité? Bien sûr, elle se doutait de quelque chose, mais elle ne voulait pas le voir dans les regards échangés entre ces deux hommes. Ce quelque chose mettait en péril l'infini sentiment qu'elle portait en elle. Bien sûr, elle faisait l'autruche et tentait de se convaincre qu'être la seule femme était un rare privilège qui lui était accordé puisque jamais elle n'aurait à craindre la rivalité d'une autre. Bien sûr, elle s'est laissé endoctriner par lui tant qu'elle l'a aimé. Tant qu'elle s'est abreuvée de lui. Mais aujourd'hui elle n'a plus soif de lui et veut partir.

Heureusement qu'ils n'ont pas eu d'enfant! Elle qui pensait arranger les choses avec un bébé, croyant qu'en faisant de lui un père elle en ferait automatiquement un mari. Mais il savait, lui, que c'était peine perdue. Que l'expérience avait échoué. Que l'effort vers l'hétérosexualité avait été vain.

Il savait, lui, qu'il ne parvenait pas à oublier les relations avec son cousin, pour qui il avait déniché un emploi à la Société d'Énergie de la Baie-James, et que, dès l'instant où celui-ci viendrait le rejoindre, il n'aurait plus besoin d'elle. «Voici l'argent de ton billet. Tu peux t'en retourner à Montréal. C'est mieux comme ça.» Pour lui, oui, cela lui convient parfaitement. Elle n'a qu'à retourner où il l'a prise. Elle ne fait pas l'affaire. N'a pas réussi à le faire débander des hommes. C'est cru et cruel, mais c'est comme ça. Elle a l'argent du billet pour Montréal mais, rendue là-bas, elle ne sait pas où elle ira. Ses parents n'ont jamais répondu à ses lettres et il lui reste encore trop d'orgueil pour reconnaître devant eux qu'ils avaient raison. Que Fédora avait raison avec son équation simplette et son tableau de classification des éléments humains. Il lui reste encore trop d'orgueil pour confesser l'erreur grotesque qu'elle a commise. L'échec cuisant de ses amours. «Ah! Fédora! Dis-moi donc que faire! Où aller! Je n'en peux plus de rester ici, avec le poids des amours mortes sur le cœur. Avec mon âme de femme déchirée et humiliée. Mon âme bafouée qui agonise et s'autopunit de s'être trompée. Ah! Connaître quelqu'un à qui confier ce chagrin! À qui dire que je veux partir mais que je ne sais où aller. À qui demander conseil.»

Le souvenir d'un homme s'impose à elle. Pourquoi lui? Elle ne l'a vu qu'une fois, lors de la fête qu'il a donnée chez lui à l'occasion de Noël. Pourquoi le souvenir de cet homme la hante-t-il depuis que le désespoir la séquestre dans sa roulotte? Est-ce parce qu'il porte également la marque du désespoir sur la moitié de son visage? Ou parce qu'avec ses quelques cheveux gris il lui a semblé avoir une attitude toute paternelle à son égard? «Pauvre petite fille! Tu dois t'ennuyer dans un coin perdu avec des fous comme nous autres», lui a-t-il dit lorsque Christian la lui a présentée. Elle n'a su que répondre, à cause des cicatrices qui la gênaient et aussi parce qu'à l'époque l'ennui n'avait pas de prise sur elle tellement elle avait confiance en l'avenir. Encore animée de la force qui lui avait permis de quitter les siens, elle se félicitait d'avoir soustrait Christian à l'influence de son cousin et comptait bien bâtir leur nouvelle vie sur des bases plus solides et régulières. Cependant, cet homme avait produit un effet chez elle. Elle se sentait attirée par lui, non pas comme une femme l'est normalement par un homme, mais comme une petite fille l'est par son père. Elle aimait l'entendre parler à son fils et à ses hommes. Aimait le timbre chaleureux de sa voix grave, la carrure et la solidité de ses épaules capables d'assurer la protection et d'offrir la consolation.

Elle aimait cette sagesse en lui, qui, contrairement à celle que Fédora avait acquise par de froides équations logiques, semblait avoir émergé d'un cataclysme. C'était la sagesse d'un homme qui avait beaucoup vu, beaucoup entendu et sans doute beaucoup souffert. Oui, la souffrance avait pétri et façonné cet homme, laissant des vestiges de tristesse dans son regard. Des vestiges que personne ne semblait remarquer. C'est d'ailleurs tout ce qu'elle retient de ce visage : cette profonde tristesse qu'elle avait captée à l'insu de tous.

Lui, il comprendrait. Il communierait avec sa détresse. Comme elle aimerait se réfugier contre son épaule et pleurer! Pleurer tout son saoul. Toute sa douleur. Pleurer sous sa main lui flattant les cheveux. Ce qu'elle aimerait pouvoir lui dire tout ce qu'elle endure ici! Tout ce qu'elle vit d'humiliation et de désarroi! Lui dire qu'elle s'est trompée et qu'on l'a trompée. Qu'elle passe ses nuits sur le divan, à entendre les ébats de Christian et de l'autre dans le lit conjugal. Lui dire qu'elle ne puise aucune consolation à être la seule femme de sa vie mais connaît seulement une humiliation grandissante. Cuisante. Celle de la défaite de son corps, de son sexe qui n'éveille plus aucun désir chez celui qu'elle aime. Ou plutôt qu'elle a aimé. À moins qu'elle ne l'aime encore, pour tant souffrir d'être abandonnée de lui. Délaissée comme un jouet ennuyeux.

Lui, il comprendrait. Un temps, elle a pensé s'en ouvrir à Lulu, l'ingénieur en chef, mais il démontre tant de satisfaction devant les compétences de Christian qu'il ne la croirait pas et la prendrait pour une folle. Pour une fille à papa blasée qui s'invente des drames par désœuvrement. Une musicienne émotive qui entretient des névroses à défaut de plantes vertes. Mais lui, il comprendrait. Lui, il saurait l'aider. Il a une telle expérience de la vie et des hommes. Qui sait ? Il pourrait même lui offrir l'hospitalité de sa parenté à Pointe-Saint-Charles. C'est de là qu'il vient : Griffintown, ce quartier défavorisé où la porte donne directement accès au trottoir. Peu importe qu'il n'ait pas la vaste culture de Christian et qu'il préfère les chansons de Roy Orbison à la musique classique, dont il ne connaît que la pièce des *Jeux interdits*. Peu importe qu'il se permette d'écraser des œufs sur la tête de ses hommes ou de déchirer leurs vêtements. Elle n'a que faire de ce que Christian pense d'eux. De lui. «Des vrais sauvages ! Des grands bébés ! Toujours à se déchirer le linge sur le dos. Et ce grand singe de chef pilote qui est le pire ; toujours le premier à partir le bal.» Christian ne raffole pas des pilotes, qu'il juge grossiers, vulgaires, infantiles. Il méprise souverainement leur coutume de s'octroyer des surnoms et considère son stage comme un purgatoire nécessaire. Probablement qu'en son for intérieur il méprise également Lulu, avec ses gros sourcils broussailleux, sa tête pointue et ses cheveux hirsutes, mais il ne le fait pas paraître et exploite avantageusement le filon de l'attachement quasi paternel de l'ingénieur pour ses appareils. En un mot, il méprise tous ceux au-dessus desquels il s'est hissé par sa culture et son instruction. Ceux dont il est issu et dont il s'est marginalisé par son orientation sexuelle. Ceux qui, comme son propre père, ne savent pas comment composer avec l'homosexualité. Qui ne la comprennent pas et, foncièrement, ne l'acceptent pas. Et, plus que tout, curieusement, il méprise ce grand singe de chef pilote.

Au début, elle le croyait jaloux, car le court entretien qu'elle eut avec leur hôte semblait l'irriter. Elle était heureuse de cette réaction et voyait d'un bon œil les sourcils froncés de Christian lorsqu'il interceptait son regard en direction du chef pilote. Ce n'était pas de la jalousie, hélas, mais plutôt une forte intuition que cet homme pourrait un jour attirer ses confidences et le démasquer. Le dénoncer comme homosexuel dans un milieu où la chose surprenait encore et scandalisait toujours. Avec quelle bassesse il s'est employé à dénigrer cet homme, allant même jusqu'à le traiter de singe en raison de son duvet noir et abondant. «Poilu comme ça, il illustre parfaitement la théorie de Darwin qui veut que l'homme descende du singe.» Dans cette œuvre de destruction, il s'est trouvé un allié en la personne de Tête d'Oiseau, qui ne se gênait pas pour dénoncer les abus d'autorité de son chef. Tout cela, évidemment, lui était rapporté à l'heure du souper et elle devait se faire une opinion de ces hommes qu'elle n'avait vus qu'une fois. Elle devait surtout rayer de la liste des confidents possibles le nom de ce grand singe qui exerçait une autorité contestable et pratiquait des rites débiles d'initiation et de promotion. Mais elle ne l'a jamais rayé. N'a jamais oublié son adresse et a même trouvé son numéro de téléphone dans le bottin. Plusieurs fois, elle lui a téléphoné et n'a su que pleurer silencieusement au son de sa voix. Comment lui dire qu'elle avait besoin de lui et qu'elle ne connaissait personne d'autre? Qu'elle était piégée dans cette ville et ne savait comment s'en sortir? Que, séparée de la logique Fédora, elle manquait de rationalité et n'était plus qu'un sentiment à fleur de peau, qu'une plaie vive, qu'un «vaisseau taillé dans l'or massif» qui tourne en rond, sans son gouvernail, risquant d'être éventré par les écueils à fleur d'eau, à fleur de peau? Comment lui dire qu'elle a besoin du père qui est en lui? De celui qui console et conseille. «Allô. Qui parle?», demandait-il. Se souviendrait-il seulement d'elle? En onze mois, il l'a sûrement oubliée, et, s'il ne l'a pas oubliée, elle craint qu'il ne soit tombé amoureux d'elle comme il tombe apparemment amoureux de toutes les femmes. Du moins, c'est ce que Christian affirmait après l'avoir vu prendre la défense de Myriam, une prétendue prostituée. S'il fallait qu'il se méprenne sur ses sentiments! Il y a déjà une telle tristesse dans son regard. Une telle vulnérabilité camouflée par l'imposante stature. Elle ne veut pas le faire souffrir. L'entraîner avec elle dans les remous. Le noyer avec elle. Et pourtant elle a tellement besoin de lui. Et pourtant il est là, à portée de sa main crispée d'angoisse. Elle n'a qu'à s'agripper à lui.

Des fois, elle pense à quel point ce serait facile d'en faire son chevalier servant en exploitant son handicap. Elle n'aurait qu'à fermer les yeux sur la moitié de son visage et le double de son âge jusqu'à ce qu'il la sorte du pétrin. Et là, au revoir et merci, monsieur. Prise au piège, Fédora le ferait. Logiquement. Froidement. Odieusement. Elle sacrifierait ce papillon pour s'évader du bourbier. Qu'il crève ensuite, les ailes fracassées dans un dernier chatoiement de couleurs chaudes et passionnées, ne troublerait nullement sa conscience. Ne dérangerait en rien le cap maintenu par le gouvernail. Mais elle, elle ne pourrait se pardonner ce crime. Elle connaît trop la souffrance de l'âme pour l'infliger à un autre. Elle connaît trop la fosse du désespoir pour y précipiter celui qui vient à peine d'en sortir. Si au moins elle avait une amie. Un ami. Mais elle n'a que sa guitare.

Avec des gestes respectueux, Élisa s'empare de l'instrument à côté d'elle et abandonne la fenêtre avec vue sur la piste. Ce qui n'était qu'une habitude de curiosité au début de sa vie conjugale est devenu un rite troublant et, chaque jour à quatorze heures trente, elle observe le décollage de l'avion assurant la liaison Schefferville – Montréal. Et chaque jour, ensuite, elle se replie sur sa guitare et s'évade par la musique, sa seule compagne. Sa seule libératrice. Ses doigts fins courent sur les touches comme s'ils étaient directement reliés à son âme et n'avaient aucun ordre à recevoir du cerveau. Elle joue pour être. Pour oublier. Pour s'évader. Se consoler. Vaisseau sans gouvernail taillé dans l'or massif, elle joue, les yeux clos, l'âme ouverte, saignant sa douleur.

Et, le temps qu'elle joue, elle se soustrait aux morsures du piège.

Ce soir, elle donnera des leçons de musique à Mélanie, la fille d'une institutrice. Des leçons de musique qui n'ont rien à voir avec la musique qui s'écoule de son être présentement. Des leçons qui rapporteront un peu d'argent à économiser pour son départ et lui permettront de rencontrer des gens. De converser avec eux. D'être autre chose, pendant une heure, qu'une marchandise retournée à l'envoyeur à cause d'une erreur de sexe estampillé sur la boîte.

* *
*

Un froid sec l'étreint impitoyablement dans sa grande main glacée. Quel temps! Quel pays! Elle marche vite pour se réchauffer. Mélanie ne peut hélas suivre son cours de flûte à cause d'une bronchite, ce qui l'oblige à retourner chez elle. «Chez eux» serait plus juste, car elle n'a plus sa place dans cette roulotte. Ni dans ce lit, ni à ces fourneaux.

Le cousin l'y a remplacée et l'a reléguée au divan, symboliquement placé près de la porte. Tout comme il l'a reléguée au lavage de la vaisselle, se réservant l'élaboration de repas de plus en plus sophistiqués et coûteux.

Elle n'a vraiment aucune envie de retourner dans cette roulotte mais ne peut faire autrement. Comment leur expliquera-t-elle ce retour prématuré ? Arrivera-t-elle à un moment inopportun ? Elle sait qu'ils profitent habituellement de son absence pour donner libre cours à leurs ébats, d'autant plus que, ce soir, ils fêtaient un événement connu d'eux seuls. Ce soir, le vin a coulé à flots et ils n'ont cessé de noyer leurs regards en choquant leurs coupes de cristal, s'il vous plaît. Oh oui ! de cristal pour le cousin qui prétend que le vin y a meilleur goût. Il n'y va pas avec le dos de la cuillère pour les dépenses. La cuillère d'argent, de surcroît. Mets fins, porcelaine, chandeliers, il aime le luxe, et le repas de ce soir a facilement englouti la moitié d'une semaine de salaire.

Avec quelle indignation ils l'ont regardée lorsqu'elle a soulevé le côté mercantile de la nappe brodée des grandes occasions ! Comment ! De quoi osait-elle se mêler ? Ne voyait-elle pas que ce qu'ils fêtaient était au-dessus de ces futilités pécuniaires ? Bien sûr que non. Eux seuls savaient. Eux seuls se partageaient cet événement secret. Eux seuls festoyaient tandis qu'en bout de table elle ravalait sa défaite.

Oh ! Elle n'a vraiment pas envie de retourner chez eux mais ce froid l'y contraint. Elle est trop légèrement vêtue pour ce vent qui a subitement passé du sud au nord, faisant chuter rapidement la température sous le point de congélation. Elle a beau s'exercer à des accords au fond de ses poches, ses doigts lui font mal. Dans sa hâte de partir, elle a oublié chapeau et chandail, n'enfilant que de légers gants de chevreau. Et eux, dans leur impatience de retrouver leur intimité, ils lui ont fortement suggéré de prendre son temps. «Tu prendras un café, non, deux, chez Mélanie.» Mais Mélanie toussait à faire courir sa mère avec l'humidificateur et le sirop expectorant. L'heure n'était pas au bavardage devant un café, mais tolérait seulement un bécot de prompt rétablissement sur le front brûlant. «Je reviendrai pour ton cours de musique quand tu seras guérie. Fais un beau dodo.» Qu'elle était chaude, la petite main qui a joué *Marie a un petit mouton* sur son avant-bras comme sur une flûte! Qu'elle était touchante, cette fillette qui tenait à lui montrer qu'elle avait appris son morceau! Elle aurait aimé rester à son chevet pour en prendre soin et partager l'inquiétude de la maman et du papa, mais elle se sentait de trop là aussi. Alors, la voilà de retour. Dos à ce vent qui lui colle le nez à cette porte barrée. Elle toque. Rien. Elle frappe avec insistance. Encore rien. Pourquoi ont-ils fermé à clé, cette fois? «Christian», appelle-t-elle. Le vent, pour toute réponse, lui poignarde le dos, lui brûle les poumons. «Christian!» Elle hausse la voix pour le tirer hors de ce lit. Peu lui importe, maintenant, de se rouler en boule sur le divan, les oreilles bouchées, pourvu qu'elle n'ait plus froid.

— Qu'est-ce que tu veux? Qu'est-ce que tu fais là? interroge une voix mécontente et enivrée. Fiche-nous la paix. Sacre ton camp. Tu comprends pas qu'on veut être seuls?

— Laisse-moi entrer.

— Quand est-ce que tu vas comprendre que j'veux plus de toi?

La musique de Tchaïkovski enterre ses suppliques et les lumières s'éteignent dans la roulotte. Dans ce qu'elle croyait être le piège.

Elle se tourne face au vent. Il est là, le piège. Là, venu du nord avec son haleine glaciale et qui lui lèche le corps de sa grande langue de froidure avant de la mordre. Il est dans ce pays. Dans cette ville au bout du monde civilisé. Au bout des rails. En bout de ligne des vols aériens.

Il est là, le piège. Devant elle. Autour d'elle. Là, à la serrer dans son étau. À se refermer sur elle. À mordre ses doigts dans ses poches. Là, dans ce vent furieux échappé du nord. Dans cette ville où elle n'a pas d'amis et où son amour est mort.

Il est là, le piège, qui se ferme avec la sûreté de la glace immobilisant un vaisseau sans gouvernail.

* *
*

Martin s'applique à coller la miniature d'une tour de contrôle sur leur maquette d'aéroport. Avec ses petites lunettes rondes, ses taches de rousseur et ses cheveux raides et roux, il pourrait jouer le rôle d'un lutin du Père Noël. Celui qui, crayon sur l'oreille, calcule et dresse des plans.

— Tu crois qu'on va recevoir nos avions pour Noël, Émile ?

— Croise tes doigts.

Il aime laisser son fils espérer. Noël, c'est fait pour ça. Son charme consiste en quatre-vingt-dix pour cent d'espoirs et jamais, au grand jamais, il ne lui dira qu'il a reçu tous les modèles à échelle réduite commandés au magasin La Baie.

— En tout cas, notre aéroport s'en vient bien. À Noël, ça va être prêt, c'est sûr. Tu changes pas d'idée pour les bonshommes ?

Son fils revient à la charge avec cette demande de sculpter des personnages de bois.

— Non. Faut être inspiré pour ça, Martin, et te sculpter des bonshommes, ça m'inspire pas.

— T'aimes mieux chercher l'âme de tes pierres, hein? le taquine l'enfant en lui donnant un petit coup de coude sur la hanche.

Ce qu'il peut être petit pour son âge! Mais futé! Il a vite compris l'attrait qu'exerçaient sur lui ces pierres dans lesquelles dormaient des sculptures. C'est un vieil Inuit qui l'a initié à cet art, lui racontant que ses ancêtres nomades emportaient leur petite pierre partout avec eux et attendaient des semaines, voire des mois, avant de la sculpter. Ils la regardaient, la tournaient, retournaient entre leurs mains, jusqu'à ce qu'ils discernent la forme qui y logeait. Et là, tout ce qui restait à faire, c'était de dégager cette forme de la masse informe en enlevant le surplus autour.

— Est-ce que tu l'as vue, ton âme? interroge Martin avec un sourire moqueur.

— Non. Tout c'que j'vois, c'est un gros orteil maintenant.

Ils s'esclaffent tous deux au souvenir de cette fameuse pierre qui refuse de lui livrer une âme potable. Depuis le temps qu'il la trimballe au fond de sa poche, elle n'a réussi qu'à inspirer un gros orteil à Martin, et, depuis, il a de la difficulté à y voir autre chose.

— Pourquoi t'en prends pas une autre?

— J'sais pas. Peut-être parce que c'est un défi... Ça doit être une très belle âme.

— C'est une âme de gros orteil. Pourquoi tu sculptes pas un gros orteil?

— Parce qu'il y a plus que ça dedans, j'en suis sûr. Seulement, j'le vois pas.

— Pourquoi tu l'vois pas?

— J'sais pas.

Il le sait, dans un sens, mais c'est trop difficile à expliquer. C'est qu'il se sent vide. Tellement vide depuis quelque temps. On ne va rejoindre dans la pierre que la projection de sa propre âme. L'Inuit tapi dans son igloo éclairé par une mèche trempée dans l'huile animale apercevait des âmes de phoque, d'ours, de baleine, de chasseur. Il projetait dans la pierre ce qu'il était. Ce qu'il vivait. Ce qu'il croyait. Mais lui, depuis quelque temps, il ne projette qu'un grand vide. Qu'une grande confusion, et la petite pierre pèse lourd dans sa poche. Et parce qu'elle pèse lourd, il s'entête à la garder avec lui. Comme une alarme qui l'empêche de fermer les yeux sur le désordre qui règne en lui. L'empêche de se scléroser.

— Est-ce que ça t'a pris du temps à voir ton renard?

— Non.

— C'est pas une question de temps, d'abord, si l'âme est belle ou non.

La logique de Martin le déconcerte. Le gêne aussi. Ce petit bonhomme le fouille, le sonde avec ses questions apparemment anodines.

— Non, c'est pas une question de temps.

Le petit renard est, de loin, sa pièce la mieux réussie. Sculptée il y a déjà près de trois ans, il en avait découvert l'âme à l'instant même où il avait ramassé la pierre.

— C'est une question de quoi, d'abord?

— C'est une question que tu poses autant de questions qu'Alexandra, dit-il pour détourner le sujet de la conversation.

— Elle voulait pas se coucher ce soir, répond Martin en vérifiant la solidité de la tour de contrôle, bifurquant volontiers vers les caprices de sa jeune voisine. Sophie a été obligée de lui raconter une histoire.

Ce nom évoque les yeux gris perle qu'il a cueillis lorsqu'il a écrasé avec elle le quatorzième œuf sur la tête de Barbiche. Des yeux qui ont pénétré ce vide qu'il y a en lui et qui y ont aggravé la confusion. Des yeux dont il aimerait entendre parler.

— Est-ce qu'elle a mis ses lunettes?

— Ben voyons! On n'a pas besoin de bernicles pour raconter une histoire.

Quelle question idiote qui, loin d'attirer l'attention sur ces yeux-là comme il l'escomptait, ravive plutôt l'horreur que le port de verres correcteurs inspire à Martin.

— Est-ce qu'on t'agace encore à l'école à propos de tes lunettes?

— Oui. Maudites bernicles! Pourquoi est-ce qu'y faut que j'en porte, hein? Pourquoi est-ce que j'suis p'tit?

— Parce que ta mère était petite.

— Comme Sophie?

— Oui, à peu près.

C'est ça. Revenons à cette petite femme qui a vraisemblablement rougi quand il lui a pris la main.

— J'aurais pas pu être grand comme toi? Pourquoi est-ce qu'y faut que je lui ressemble, à elle? C'est toujours la même chose. Le monde reste tout surpris quand ils apprennent que t'es mon père. «Ah? Ça paraît pas... Tu lui ressembles pas», qu'ils disent.

— Sophie, est-ce qu'elle t'a dit ça?

— Oui, elle l'a dit.

La réaction de Martin l'empêche de savourer le contentement d'apprendre qu'elle a parlé de lui. Ce gamin le désole. Le chagrine à tant vouloir être grand et costaud. Il sait qu'il l'a en admiration et qu'il tente désespérément de s'identifier à lui. Mais comment le peut-il avec sa constitution délicate et cette hypermétropie décelée dès sa première année scolaire? Et, de toute façon, comment pourrait-il afficher des traits héréditaires puisque ce qui les rattache l'un à l'autre ne réside que dans le cœur? Lui dira-t-il un jour qu'il l'a adopté? Peut-être. S'il le juge utile. Si le bien de l'enfant en dépend. Personne, sauf Luc, n'est au courant de ce fait. Même pas sa mère, qui trouve des ressemblances entre Martin et son ancêtre Patrick Thompson, un Irlandais roux et courageux arrivé au Canada par un des bateaux frappés du typhus.

— Tu leur diras que c'est à ta mère que tu ressembles.

— T'as même pas de photo d'elle.

— Non, mais ça t'empêche pas de lui ressembler.

— À mon arrière-arrière-arrière-grand-père aussi, je ressemble.

Martin a besoin de se rattacher à sa famille plus qu'à cette femme dont le court passage ici-bas lui a donné vie. Instinctivement, il se range dans le clan irlandais, y trouvant la sécurité, la fidélité et la solidité des liens.

— Il serait fier de toi, Patrick Thompson, de voir tout ça.

— Ah oui?

Les yeux de Martin s'illuminent d'une joie profonde alors qu'ils parcourent l'aéroport à échelle réduite que le père et le fils ont bricolé ensemble. À juste titre, le fils est fier d'avoir dessiné tous les plans. D'avoir tout calculé, tout pensé, n'ayant eu recours à son père que pour les conseils techniques lors de la fabrication des maquettes.

— Moi aussi, j'suis fier de toi, fiston.

Gros soupir de satisfaction dans cette frêle cage thoracique. Éclat de lumière dans les verres correcteurs qui éclipsent le regard, projetant la physionomie d'un architecte courbé sur la planche à dessin. Fierté légitime dans le sourire du gamin qui se sent grandir devant l'œuvre accomplie. Respect émouvant de son doigt effleurant l'aérogare, le garage, les hangars, la tour de contrôle, les entrepôts, les postes de ravitaillement en carburant.

— Luc va pouvoir le voir à Noël?

— Sans doute.

— Il va m'trouver bon.

— Il en croira pas ses yeux.

Luc représente beaucoup pour son fils, qui s'en est fait un ami dès l'arrivée de celui-ci, ce qui a déclenché de vives inquiétudes dans son âme de père. La nouvelle orientation sexuelle que Luc lui avait péniblement confessée rendait suspecte cette amitié instantanée entre un homme et un garçon de huit ans et cela le tracassait de voir Martin s'attacher à lui. Et de voir Luc acquérir une telle importance pour son fils. Mais, se taxant de jalousie, il s'est contenté de surveiller discrètement cette amitié, jusqu'au jour où Luc a été dépassé dans son rôle d'entraîneur par une bagarre au vestiaire des jeunes joueurs. Il a dû lui prêter main-forte pour calmer les esprits et a été sérieusement secoué de voir son fils traité de tapette. Apparemment, l'insulte faisait suite au désir avoué de Martin de suivre des cours de patinage artistique. Trop petit pour son âge, il devait à son adresse et à sa vitesse de demeurer dans son équipe. «C'est rien que les tapettes qui font du patin de fantaisie. Tu comptes des buts parce que t'es le chouchou de Luc», prétendait l'offenseur. Qu'est-ce que cela supposait, d'être le chouchou de Luc? Il avait justement décidé de transférer Martin dans l'équipe de

Luc pour éviter les accusations de favoritisme. Qu'est-ce que cela supposait, d'être son chouchou? Dès lors, il s'est mis à les surveiller étroitement et à faire en sorte qu'ils n'aient pas de moments d'intimité.

Il paniquait. Pensait que, à défaut d'avoir séduit le père, Luc tenterait sa chance auprès du fils.

Si la main qui s'était glissée sous son slip durant la nuit l'avait dérangé, il n'osait imaginer les ravages qu'elle pourrait provoquer dans l'âme d'un enfant.

Il ne les lâchait pas d'une semelle. Il veillait en tout temps sur son petit. Partout et en tout lieu.

— Sophie dit qu'elle aimerait voir notre maquette.

Est-ce vraiment le temps de ramener cette femme dans la conversation alors qu'il surveille Luc dans le vestiaire des joueurs? Alors que son regard le somme de ficher la paix à son fils? Oui, c'est le temps d'abandonner la douleur-rancœur qu'exprime l'œil de son renard pour se concentrer sur la douceur de ces prunelles gris perle.

— Ah oui? Tu lui en as parlé?

— Oui. Ben, c'est à cause de l'histoire qu'elle a racontée.

— C'était une histoire de quoi?

— De Lilliputiens...

— Connais pas, celle-là.

— C'est des gens qui mesuraient six pouces à peu près et qui vivaient dans une île nommée Lilliput. Gulliver y avait abouti pendant une tempête. J'ai dit à Sophie que ça me faisait penser à notre maquette, que Gulliver devait se sentir à peu près comme moi en regardant les petites maisons et le petit château.

Comme il apprécie cette femme qui vient de faire un géant de son fils! Et comme, simultanément, il se sent fautif d'avoir mentalement couché avec elle. Il se sent indigne et minable. Elle ne mérite sûrement pas qu'un obsédé de son genre l'utilise dans ses fantasmes sexuels.

— Est-ce qu'elle raconte bien?

— Oh oui! T'sais qu'elle était maîtresse d'école avant?

— Non, j'savais pas.

Mais il n'en doute pas. Cette distinction qu'elle a, ce maintien, ces manières, cette façon de s'exprimer. Que fait-elle ici, à servir des repas aux mal-dégrossis qu'ils sont? Et dire qu'il l'a épinglée au tableau fictif de ses conquêtes parce qu'elle lui a livré son regard en toute innocence lorsqu'ils ont cassé le quatorzième œuf. Ce qu'il peut être déçu de lui-même! Déçu d'en être réduit à perpétrer des actes de chair par son esprit. Bonté! Il n'y a pas un seul de ses hommes qu'il n'ait cocufié mentalement.

— Elle m'a demandé si je connaissais des histoires.

— Et qu'est-ce que tu lui as dit?

— Ben, que j'connaissais *Le Petit Prince*. Tu me l'as assez racontée.

— Elle, est-ce qu'elle la connaissait?

— Oui.

Évidemment, elle est institutrice. Ce sont les gens d'une certaine classe, d'un certain statut, qui s'adonnent à de telles lectures, et, n'eût été le chirurgien qui lui a donné ce livre lors de son accident, il n'aurait jamais connu *Le Petit Prince*. D'ailleurs, à la première lecture, il a cru qu'on s'était moqué de lui.

Le prenait-on pour un enfant? Il avait beau venir d'un quartier défavorisé et avoir un frère souffrant de mongolisme, il n'était pas un imbécile pour autant. Ne possédait-il pas son brevet de pilote? Le livre a échoué au fond d'un tiroir, mais le nom d'Antoine de Saint-Exupéry, aviateur, traçait son chemin en lui. Il s'est procuré sa biographie, puis *Courrier-Sud* et *Pilote de guerre* et *Vol de nuit*. C'était là de la lecture pour adultes. Mais, inexplicablement, ces œuvres le guidaient, page par page, mot par mot, jusqu'au *Petit Prince*. Finalement, il a compris que c'était une lecture pour tous les enfants de la terre, de tous âges et de toutes nationalités, et il était reconnaissant, à retardement, envers l'homme qui non seulement lui avait sauvé la main de l'amputation mais avait sauvé l'âme qui l'habite. L'âme qui ferme les doigts sur l'outil et glisse la paume sur l'être aimé. Son âme, aujourd'hui vide et confuse, incapable de projeter quoi que ce soit dans la pierre.

Son âme comme un désert brûlé et brûlant où souffle le vent aride et torride de ses pulsions. Vent qui use, érode, charrie des milliards de grains de sable en lui dans l'espoir de combler le vide. Vent qui tournoie, souffle, soulève, emporte de-ci de-là, creusant des vallons et des sillons. Modifiant sans cesse l'aspect de ce vide. Et lui il erre, assoiffé, à la recherche d'un puits. Assoiffé d'une bouche de femme. Il erre, à la recherche du puits qui est dans le ventre de la femme. Puits qu'il a vainement foré dans le ventre de Suzie, la mère de Martin, à la recherche d'une goutte de tendresse. Il erre, il court vers les mirages qu'il s'invente, se donnant l'illusion de la réalité. Possédant les femmes dans un lit imaginaire où il finit toujours par mordre la poussière. Finit toujours par se réveiller, les dents pleines de sable, avec le vent inlassable qui lui use le dos.

Alors, il se remet en marche à la recherche du petit prince, lisant et relisant ce qu'il croyait être un conte pour enfants et qui est devenu sa petite bible.

— J'ai raconté l'épisode de l'allumeur de réverbères. C'est vrai, hein, qu'ici il commencerait à travailler plus tôt qu'à Montréal ?

— Oui, c'est vrai.

— Sophie trouve que les journées sont pas mal courtes, ici.

— Oui, elles sont courtes. Elle doit trouver cela froid aussi.

— Oui. Surtout à soir. Tu crois qu'il va neiger ?

— C'est ce qu'on prévoit pour demain soir. La température a beaucoup baissé à cause du vent.

Voilà pourquoi il n'a pas hésité une seconde à prêter la camionnette de la compagnie à Barbiche. Pas question de laisser venir à pied la gardienne par ce temps.

— Ça te tentait pas d'aller au cinéma avec Barbiche ? Paraît qu'on passe *La tour infernale*.

— Tu sais, moi, les histoires de feu... J'aime mieux finir la maquette avec toi. Noël s'en vient. Faut que ça soit prêt. T'as pensé à un nom pour ta compagnie d'aviation ?

— Les Goélands du Nord. J'vais peinturer les appareils tout en blanc.

— Hum ! C'est pas sécuritaire ; c'est dur à trouver, un avion blanc dans la neige.

— Ah oui ! C'est vrai. Comme ça, le *Grand Blanc* de Luc est dangereux ?

— Dans ce sens-là, oui.

— Est-ce que vous allez changer la couleur ?

— Non, on va changer d'avion.

— Quand ?

— Après les fêtes.

— Ah! Luc sera pas content.

— Non. J'le sais. Mais j'peux rien faire.

Comme cette phrase résume bien son impuissance! Il ne peut rien faire pour Luc. Ni pour lui. Ni pour ce puits à trouver pour étancher sa soif. Ni pour cette forme à projeter dans la pierre.

Tout ce qu'il peut faire, c'est consacrer du temps à Martin comme le petit prince en consacrait à sa rose, la rendant ainsi unique au monde.

Tout ce qu'il peut faire, c'est être à son poste de chef pilote comme l'allumeur de réverbères.

— Émile!

Sa mère l'appelle du haut de l'escalier reliant le sous-sol au rez-de-chaussée. Que se passe-t-il donc pour que le ton soit si pressant?

— Quand ta grand-mère a ce ton-là, faut lui obéir tout de suite, conseille-t-il avant de laisser Martin à une inspection en règle de la maquette en vue des derniers ajustements à apporter.

— C'est pour toi.

Pour lui, cette jeune femme tremblant dans le vestibule? Qui est-ce? Elle claque tellement des dents qu'il ne comprend rien à ce qu'elle dit.

A-t-on idée de se vêtir si légèrement par un vent pareil! Il s'approche pour l'examiner de plus près et la reçoit en pleine poitrine. Elle s'accroche à lui en sanglotant, bredouillant des choses incompréhensibles. Il l'enserre dans ses bras, la presse contre lui et frissonne au contact de ce corps frigorifié.

— Qu'est-ce que tu fais dehors par un temps pareil, toi ? demande-t-il en lui frottant le dos pour la calmer.

«Christian... Christian», parvient-il à comprendre à travers les hoquets. Mais oui ! Christian, le mécanicien. Comment se fait-il qu'il n'ait pas reconnu sa femme ? Aurait-il donc réussi à l'oublier tel que souhaité ? Il a déployé tellement d'efforts en ce sens pour enterrer le regard de cette très jeune femme. Regard que sa raison enfouissait dans le désert et que le vent de ses pulsions mettait continuellement à jour. Non, elle ne pouvait pas être attirée par lui... et pourtant, ce regard constamment posé sur lui... Elle aurait pu être sa fille... et pourtant, en lui, de puissants désirs charnels... Désirs incestueux, presque. La cueillir, elle si délicate, si jeune, si douce. Boire à ses lèvres. S'abreuver à sa peau fraîche. Ce qu'il a pu être mentalement libertin envers elle !

Elle se blottit contre lui. Lui donne l'impression de vouloir lui entrer dans le corps. De vouloir s'insérer sous sa peau. Il la sent comme le soc gelé d'une charrue, labourant ses entrailles où il a enfoui le regard de femme posé sur lui. Elle bredouille son nom en versant des larmes sur la poche de sa chemise de flanelle. Il l'étreint contre lui. Très fort. Dans l'espoir déraisonnable que le soc de charrue exhume le regard troublant.

Elle tremble dans ses bras comme elle tremblait lorsqu'il l'enlaçait dans son imagination.

— Aidez-moi.

Elle glisse, fuit, s'échappe soudain de son étreinte. Il la rattrape, la porte jusqu'au divan où il l'étend.

Sans qu'il l'ait demandé, sa mère accourt avec des couvertures, extrayant ce soc gelé de charrue qui obstruait sa raison. Il réagit aussitôt, constate l'hypothermie et s'empresse de dérouler le sac de couchage en duvet que tout pilote de brousse expérimenté garde auprès de lui.

— Enlève-lui son linge avant, demande-t-il à sa mère en se détournant. Je vais aller faire chauffer de l'eau.

Est-ce par pudeur qu'il quitte précipitamment la pièce ? Pourquoi refuse-t-il de dévêtir cette victime du froid qu'il a si souvent dévêtue dans le feu de sa passion imaginaire ? De quoi a-t-il peur ? De ses réactions d'homme ? Oui. Il a peur d'être encore grandement déçu de lui-même. Peur d'être devenu un monstre de frustration.

Faire bouillir de l'eau. Infuser le thé. Trouver du miel. Sortir la grosse tasse thermos. Il se raisonne, se dicte les gestes à poser. Se rappelle à l'urgence de la situation, craignant que le vent aride et torride de ses pulsions s'élève et ne chamboule le désert.

Il revient au salon, examine la pile de vêtements humides et froids sur le plancher et se sent soulagé. Mission accomplie. Il faut maintenant lui faire avaler cette infusion chaude. Avec l'aide de sa mère, il parvient à l'asseoir tant bien que mal.

— Tiens, bois, ça va te réchauffer.

Le liquide coule sur le menton de la jeune fille aux lèvres engourdies. C'est peine perdue. Elle ne parvient pas à avaler. Ni à retenir sa tête qui tombe mollement vers l'avant, trempant le bout du nez dans le thé.

— Fais venir l'ambulance, m'man. Vite !

Sa mère se dirige aussitôt vers la cuisine pour y téléphoner. L'année dernière, un Montagnais est mort gelé sur le lac Knob. Ivre, il s'était endormi sur le sol pour ne plus jamais se réveiller. «C'est rien qu'un rond-de-poêle[2]», concluaient les langues méchantes et racistes. Comment pouvait-on être si imperméable aux souffrances d'une autre race ? D'un autre peuple ? De ce «rien qu'un rond-de-poêle»

---

2. Rond-de-poêle : terme péjoratif pour désigner les Amérindiens.

qui était le frère de Georges, l'homme à tout faire de la compagnie; l'ami silencieux et fidèle, issu d'un singulier combat entre eux. Georges qui déplorait de n'avoir pu transmettre sa propre chaleur à son frère en se couchant sur lui, peau contre peau. Comme s'ils eussent été de simples bêtes dans un trou de neige, entretenant la flamme animale de la Vie.

La jeune femme glisse dangereusement vers l'inconscience. Il ne faut pas. Pas avec un chagrin capable de sectionner les racines de la vie.

Il enlève chemise et camisole, se faufile dans le sac de couchage, se colle contre elle et souffle son haleine sur le fin cou blanc, chuchotant des questions à son oreille pour la maintenir en éveil.

— C'est quoi ton nom, déjà, hum?

— É... li... sa.

— Oui, c'est ça, Élisa. J'ai pas la mémoire des noms. Tu étais ici, à Noël dernier. Tu te souviens?

— Oui... oui. Ici... à Noël.

— Tu joues du violon, hein?

— On... on...

— Oui, c'est ça, du violon.

Il sait très bien que c'est de la guitare et veut la faire réagir. Elle roule la tête.

— On... on... uitare.

— Oh oui! de la guitare. C'est vrai. Tu viens de Québec, c'est ça?

— On... on...

Il sait encore que, tout comme lui, elle vient de Montréal, mais d'un quartier nettement mieux coté.

— Tu viens pas de Québec ?

— On... réal.

— Ah oui ! Montréal ! Ah oui, oui ! de Westmount. Une fille riche, toi.

— On... on...

— Ben oui, t'es riche. Moi, j'suis un crotté de Griffin-town.

Il doit la maintenir éveillée. L'empêcher de filer vers le néant.

— Oui, j'suis juste un crotté. C'est ça que t'as dit.

— On... on...

Elle s'objecte. Lui entoure soudain le cou de ses bras raidis, l'attirant vers elle. Vers son visage. Qu'il aimerait lui transmettre sa chaleur ! Pénétrer une à une les pores envahis de cristaux et transférer son sang bouillant dans ces veines bleues apparaissant au niveau des tempes. Qu'il aimerait pouvoir diriger sur ce jeune corps menacé le souffle torride du désert qui le consume !

Elle relâche la pression de ses bras autour de son cou. Non, il ne faut pas qu'elle s'endorme. Il ne faut pas qu'elle sombre. Il doit la piquer, la fouetter, au risque de la blesser. De se blesser.

— C'est à cause que j'suis laid, hein, que t'arrêtais pas de me regarder ? À cause de mes cicatrices... ? Ça t'écœure, hein ?

Il verse ces atrocités directement dans cette oreille habituée à l'harmonie. Réagira-t-elle à ces notes criardes ?

— Oh oui ! ça t'écœure. T'avais jamais vu ça, hein ? Ça vous écœure toutes.

— On... on...

Elle nie de la tête. Cela l'encourage et il continue de l'aiguillonner avec cette réalité à double tranchant.

— Dis pas non. J'sais que c'est vrai. T'arrêtais pas de me regarder, hein, la p'tite demoiselle de Westmount. Toi pis ton beau Christian, vous avez dû en parler après. C'que ça peut être écœurant rien qu'un peu! Comment est-ce qu'y fait pour se présenter en public?

— On... on...

Une légère pression des bras autour de son cou récompense la torture qu'il s'impose.

— Ah non? Ça t'écœure pas? On va voir. Tiens, qu'est-ce que ça te fait, ça?

Il appuie sa joue droite contre celle d'Élisa. La presse comme si le feu qui l'a ravagée l'habitait encore et parvenait à la réchauffer.

— Qu'est-ce que ça te fait, hein, d'avoir mon mognon d'oreille dans ta belle oreille à toi?

Elle l'étreint soudain avec tant de force, en niant toujours, qu'il ne peut faire autrement que de la croire.

Il renonce alors à se blesser davantage et s'étend de tout son long sur elle, conservant l'étreinte de ces bras gourds à son cou et laissant l'oreille mutilée captive du pavillon où ont abouti de grandes et belles musiques.

Ne dirait-on pas qu'il va lui faire l'amour? Il sent la pointe des seins fouiner dans le poil couvrant ses pectoraux, et son moignon d'oreille bien blotti dans le pavillon comme dans un nid... Et cette chaleur qu'il a à donner... Et cette soif... Et ce puits à portée de bouche... Et ces bras qui l'attirent au lieu de le repousser. Et ce corps de femme sous le sien... Et, dans son corps à lui, la réaction physique de la bête du désert, que la sirène d'ambulance interrompt abruptement.

Il s'arrache à elle. Enfile camisole et chemise avant que les brancardiers ne sonnent à la porte et que Martin n'arrive en trombe, attiré par tout ce remue-ménage. Qu'il a honte! Mais honte!

— C'est le meilleur moyen d'la réchauffer, se défend-il devant sa mère qu'il avait complètement oubliée.

Elle lui semble perplexe.

— C'est Georges qui m'a appris ça.

Est-il convaincant? Il en doute. Il faudrait d'abord qu'il soit convaincu de n'avoir pas abusé de la situation.

— Je donnerai des nouvelles.

Est-ce par désir de s'amender qu'il l'accompagne à l'hôpital ou parce qu'il se sent responsable d'elle?

Le médecin de garde est tout jeune. Arrivé depuis peu dans la région, saura-t-il soigner convenablement ce cas d'hypothermie?

— Combien de temps est-elle restée exposée au froid?

— J'sais pas au juste... J'sais pas c'qui s'est passé... J'peux pas savoir.

Son ignorance le frappe. Il ne sait rien de ce qui a amené cette pauvre enfant à sa porte.

— C'est votre fille?

— Non.

Ça, ça le frappe encore plus brutalement. Elle pourrait être sa fille. Quel être immonde il est d'avoir eu cette réaction tantôt!

L'omnipraticien fronce les sourcils.

— Bon, j'comprends. Vous vous êtes disputés?

Que sous-entend ce jeune blanc-bec? Croit-il qu'une querelle d'amoureux a jeté Élisa sur le trottoir et qu'il la lui ramène dans cet état? Ce médecin l'irrite et cela l'agace de le voir s'occuper d'Élisa. Et il est si jeune qu'il ne lui inspire guère confiance.

— Non, j'pense pas que vous comprenez, docteur, réplique-t-il d'un ton cinglant. Vous êtes nouveau, ici. Vous ne me connaissez pas, pour supposer de telles choses.

L'omnipraticien réchauffe le stéthoscope avant d'ausculter la patiente sous les couvertures. Que supposera-t-il alors en constatant qu'elle est nue? Qu'il n'est qu'un pauvre infirme sexuellement frustré? Cela l'humilie et l'enrage d'être exposé à un tel jugement.

— Depuis combien de temps est-elle inconsciente?

— Comme ça? En arrivant ici.

— Et dans un état semi-conscient?

— Vingt minutes environ. J'ai voulu lui faire boire du thé chaud mais c'était pas possible. J'ai fait venir l'ambulance tout de suite.

— Vous avez tenté de la réchauffer par contact corporel?

Posée sur un ton professionnel, cette question ne l'incrimine aucunement.

— Comment était sa peau?

Il ne sait que répondre pour décrire cette peau capable d'éveiller malgré tout ses instincts de bête.

— Froide et dure?

— Oui, c'est ça. C'était froid.

Le médecin examine maintenant les mains.

— Elle présente des engelures. Tiens, elle est guitariste.

— Oui. Comment vous savez ça?

— La corne au bout des doigts. On a tous ça.

— Vous êtes guitariste aussi?

— À mes heures... J'suis nouveau, on voit que vous ne me connaissez pas. Faudrait m'excuser de pas avoir l'honneur de vous connaître.

La fine ironie des propos du médecin lui fait réaliser l'inconvenance de son comportement.

— J'suis pilote. Elle, c'est la femme du mécanicien d'la compagnie. En fait, j'suis chef pilote. Je l'avais vue seulement une fois, à Noël dernier, et j'sais pas pourquoi ni comment elle s'est ramassée chez moi. Je m'excuse pour tantôt. C'est que vous avez l'air si jeune... pis que vous sembliez penser que c'était d'ma faute.

— Effectivement, j'ai pensé que c'était de votre faute. Je m'en excuse. Ça... ça m'affecte beaucoup de voir cette jeune femme dans cet état. Je viens d'arriver ici et je ne suis pas au courant des manières de procéder. Vous m'avez dit être chef pilote. Est-ce que je m'adresse à vous pour les évacuations d'urgence?

— Oui.

— Est-ce que ce soir ce serait possible?

— Oui... Il vente beaucoup mais c'est possible.

— Pouvez-vous attendre dans le corridor et vous tenir disponible?

— Bien sûr.

Attendre dans un corridor d'hôpital : quoi de plus pénible?

Le voilà écrasé d'impuissance sur une chaise inconfortable, condamné à compter les motifs du plancher. D'autres réciteraient leur chapelet pour refouler l'inquiétude et enfoncer la tête de la peur qui émerge d'un tombeau.

Élisa est maintenant entre les mains du jeune médecin. D'autres diraient entre celles de Dieu. Peut-être que tout à l'heure elle sera entre les siennes quand il décollera vers Québec ou Montréal.

Une infirmière sort de la salle d'urgence. Il la fixe aussitôt avec anxiété mais elle l'ignore totalement alors qu'elle passe devant lui. Dépité, il se rabat alors sur les souliers blancs à gros talons. Ce qu'il peut les détester! Ils n'ont rien de séduisant. Au contraire. Ils semblent être expressément conçus pour décourager la moindre réaction dans le membre viril des malades. Bonté! Pourquoi penser à cela dans un moment pareil? Élisa vient peut-être de mourir et lui il médite sur les souliers des infirmières! Mieux vaut qu'il s'applique à compter les motifs. Combien y avait-il de cercles dans ce carreau? Il ne se souvient plus et recommence. Un, deux, trois. D'autres diraient «Je vous salue, Marie...» Quatre, cinq, six. Ah! Seigneur, faites qu'elle vive! Croit-il en Dieu pour implorer son aide? Jamais il ne lui parle, jamais il ne le prie. «J'vous achale pas souvent mais faites qu'elle vive.» Dieu comprendra qu'il ne veut pas le déranger pour des futilités. Voilà une manière déguisée d'avouer qu'il pense à Lui en dernier recours. Dieu est sûrement né au chevet d'un mourant pour ressusciter avec tant de facilité dans les corridors d'hôpitaux.

Ce qu'il fait chaud ici! Il suffoque sous sa parka et pense que derrière cette porte Élisa est peut-être en train de mourir de froid. Cela lui semble injuste et cruel. Pourquoi ne peut-il pas partager sa chaleur avec elle? Pourquoi ne peuvent-ils pas, tels des vases communicants, lui se refroidir d'elle et elle se réchauffer de lui?

Il sent glisser la sueur le long de ses côtes. Revoit couler le thé chaud sur le menton tremblotant et décide, contre toute logique, de conserver sa parka, comme si la chaleur que dégageait son corps pouvait traverser cette porte et la rejoindre.

Machinalement, il plonge la main dans sa poche à la rencontre de la petite pierre. Depuis qu'il porte sa parka d'hiver, elle a remplacé le livre du *Petit Prince*, demeuré dans la poche intérieure de sa veste de cuir. Il s'en empare. La tourne et retourne à la recherche de cette forme qu'elle recèle. Hélas, il n'y voit qu'un gros orteil, ce qui lui fait penser à Martin. À la maquette. À la conversation qu'ils ont eue ce soir. Et, inévitablement, à Suzie. Il ressent une constriction au niveau de la poitrine, comme si une main géante tentait de l'écrabouiller. Malgré lui, il revit le drame. Il entend encore crier cette femme à travers le bruit des moteurs qu'il poussait à plein régime. Il revoit l'ambulance attendant sur le tarmac et sent la main désolée du médecin presser son épaule. «Il n'y a plus d'urgence... Le bébé est correct.» Trop tard! Il arrivait quelques minutes trop tard parce qu'à l'époque il n'était qu'un ivrogne qui buvait pour oublier. Dieu lui offre-t-il l'occasion de se racheter avec Élisa? Aujourd'hui, il est prêt... On n'aura pas à le chercher partout et à le trouver en prison avec des Amérindiens ivres.

Aujourd'hui, il est un allumeur de réverbères, fidèle au poste. Un allumeur de réverbères qui organise son plan de vol et prévoit tous les gestes à poser. D'abord, aller chercher Barbiche au cinéma. C'est de loin le pilote le plus compétent pour le seconder. Pourquoi diable lui a-t-il prêté le véhicule de la compagnie? Ah oui! ce froid, ce vent, cette gardienne à pied. Bon, il prendra un taxi.

Il ne faudra pas qu'il oublie de récupérer son sac de couchage. Il le demandera à l'infirmière dès qu'elle reviendra et il le roulera ici, sur le plancher, pour gagner du temps. Pas question de décoller sans ce sac en duvet d'eider spécialement conçu pour les températures subarctiques. Il fera un saut en vitesse chez lui pour l'insérer dans son enveloppe avec le nécessaire à raser. Ces articles ne le quittent jamais. Avant, il lui arrivait parfois d'oublier volontairement ce fameux sac qu'il trouvait encombrant, mais, depuis la mort du frère de Georges, il a pris la décision de ne plus l'oublier. Pour ce faire, il n'a eu qu'à y joindre son nécessaire à raser.

D'un geste nerveux, il se frotte la joue gauche et se désespère de la trouver râpeuse. Ce qu'elle peut pousser vite, cette barbe! Demi-barbe. Elle doit déjà présenter cette ombre qui accentue ainsi la teinte rouge violacé de l'autre joue. C'est sans doute pour cette raison que le regard de l'infirmière lui est passé nettement au-dessus de la tête, comme si elle ne voulait pas le voir. Oui, c'est ça. Il lui a fait pitié avec ce demi-visage de monstre et elle a préféré l'ignorer. Il n'aura pas le temps de se faire la barbe avant le décollage. Tant pis! Barbiche et Monique le verront dans cet état et il se rasera dès qu'il pourra laisser les commandes au copilote.

Assez! Il doit se ressaisir. Arrêter de penser à ce détail et planifier l'évacuation d'urgence en bon allumeur de réverbères.

Il ne tourne plus la petite pierre mais la passe d'une main à l'autre, chacune d'elles héritant à tour de rôle de la responsabilité d'y découvrir autre chose qu'un gros orteil. Le contact de cette masse tiède et dure dans une paume puis dans l'autre le calme et le raisonne. À quoi cela lui sert-il de paniquer au sujet de futilités quand derrière cette porte se jouent les dés de la Vie et de la Mort? Quand un degré de moins peut entraîner cette belle jeune femme dans l'éternité. Quel monstre il est, non pas d'avoir une demi-barbe mais de s'être arrêté à son apparence alors qu'Élisa risque de mourir.

Il entend le bruit des gros talons dans le corridor. C'est l'infirmière qui revient. Il l'interpelle. Elle le regarde, accuse une certaine répulsion vite dissimulée sous le sourire professionnel. Du moins, le croit-il.

— J'aurais besoin du sac de couchage s'il faut faire une évacuation d'urgence.

Elle semble trouver sa demande insolite, voire déplacée.

— Bon, j'vais voir c'que j'peux faire. Restez ici.

Il aurait aimé lui dire que, en allumeur de réverbères consciencieux, il travaille à économiser du temps. De ces précieuses minutes qu'il a perdues quand il n'était qu'un ivrogne. Il le lui expliquera lorsqu'elle reviendra.

La porte s'ouvre et le médecin apparaît. Va-t-il lui donner une petite tape sur l'épaule en disant que plus rien ne presse? La pierre lui échappe et tombe par terre. Il la regarde, hébété, tout comme si c'était là son propre cœur. Pourquoi diable offre-t-elle toujours la forme banale d'un gros orteil alors que son âme projette une telle angoisse?

— Nous n'aurons pas recours à l'évacuation d'urgence pour l'instant. Son état s'est stabilisé. La baisse de température semble s'être arrêtée.

Soulagé, il ramasse vitement la pierre et l'enfouit dans sa poche. Puis il sent une bouffée de chaleur épouvantable lorsque l'infirmière lui remet son sac de couchage, lui rappelant cette demi-barbe. Ce demi-monstre qui subsiste, une fois le dénouement fatal écarté. Il baisse la tête et fixe les souliers disgracieux. Ce qu'il peut les détester! Ce qu'ils peuvent le narguer! On n'aurait qu'à les enlever pour dévoiler des pieds normaux, capables d'exciter les sens en se posant, tout ruisselants, sur une moquette près d'une douche, mais lui, il ne peut s'arracher ce masque hideux de la figure. Masque qu'il a appuyé contre la joue froidement douce d'Élisa. Pourvu qu'elle ne se rappelle pas! Qu'elle ait oublié cette horreur d'oreille qu'il a fourrée dans la sienne!

La garde s'éloigne d'un pas rapide, emmenant cette tension et ce malaise que la présence des femmes suscite depuis quelque temps chez lui.

— Bon. Il ne me reste plus qu'à rouler tout ça, dit-il en se levant et en s'étirant.

— Elle n'est pas hors de danger pour autant. Laissez-moi vos coordonnées afin que je puisse vous rejoindre si jamais...

— Bien sûr... Je vous donne aussi celles de l'autre compagnie car nous avons un horaire de vol à respecter. Y'a aussi celles du service d'urgence de la Province et du BAC-111 de Québecair.

— Nous n'y aurons recours qu'en cas d'amputation.

Ce mot lui fauche littéralement les jambes.

— Il est trop tôt pour savoir si la gangrène a gagné les mains.

Les siennes se serrent de rage. D'impuissance.

— C'est terrible! Elle est musicienne, balbutie-t-il, reconnaissant sa propre révolte dans l'œil de l'omnipraticien.

— Peut-être faudra-t-il n'amputer que le bout des doigts.

— Ouais... Les phalangettes, comme vous dites. Ça joue mal de la guitare sans ça.

Il lui présente sa main droite pour montrer qu'il sait de quoi il parle. Le médecin hoche la tête devant le majeur et l'auriculaire amputés de leur phalangette.

— J'suis pas musicien, moi, pis ça m'manque. Imaginez pour elle... C'est pas possible!

— Si nous amputons, ce sera vraiment en dernier recours... pour lui sauver la vie. Vous pouvez compter sur moi. Est-ce que vous voulez la voir?

— Euh... oui... enfin, est-ce qu'elle dort?... J'veux pas la déranger.

— Elle est à demi consciente, à vrai dire. Tantôt, elle m'a semblé incohérente... Un genre de délire... Elle... Oh! c'est sûrement de l'incohérence.

— Quoi?

— Elle m'a parlé de son mari. Vous le connaissez, je crois.

— Comme ça, oui. C'est un excellent mécanicien. Pourquoi?

— Elle prétend qu'il est homosexuel et qu'il lui a barré la porte au nez pour avoir l'intimité avec son cousin. Est-ce que c'est possible?

— Euh... ça doit... De nos jours.

Myriam avait raison. «Pas normal, ce gars-là, d'la manière dont il me regarde.» Habituée à détecter chez les hommes la flamme du désir, si petite ou refoulée soit-elle, elle n'avait rencontré chez Christian qu'une indifférence totale.

— À bien y penser, c'est possible.

— Si c'est possible, c'est terrible pour elle et difficile pour moi de la soigner. Est-ce que vous croyez qu'elle tient à la vie?

— J'sais pas... Elle pleurait beaucoup.

— Allez-y. Je vais rouler votre sac en attendant.

Il pénètre dans la salle d'urgence, si blanche de lumière crue, et il la voit, étendue immobile sous le respirateur.

Il avale sa salive avec difficulté, sentant monter la pomme d'Adam dans sa gorge, et exécute quelques pas de somnambule vers la table où elle repose. C'est comme s'il marchait sur des nuages. Arrivé à proximité, son pied bute contre le support de la bouteille de soluté et il frémit à la vue du tube.

Il avale encore sa salive, sa pomme d'Adam coincée, collée, sur le point de l'étouffer. Il se sent soudain tellement fragile de la savoir si fragile.

Il la regarde, trouve qu'elle ressemble à un ange endormi avec ce sourire ineffable sur ses lèvres blanches. «T'en va pas, p'tite fille. Pas comme ça.» Comme quoi, alors? Qu'elle s'en aille après des années de frustration de n'avoir plus jamais été en mesure de jouer de son instrument? S'il était mort lors de la grave infection qui avait résulté de ses brûlures, il ne souffrirait pas aujourd'hui. Ne se sentirait pas indigne près d'elle et de la femme. Il ne haïrait pas les gros souliers blancs d'infirmière. Ne parcourerait pas le désert à la recherche d'un puits. Sa mère et son frère l'auraient pleuré, conservant de lui l'image du beau garçon de dix-huit ans. Il serait entré dans l'éternité avec le visage qui faisait battre le cœur des filles. Mais sa mère a prié à son chevet pour qu'il survive, et, au lieu de voir sa beauté immortalisée dans une photo qu'elle aurait montrée avec fierté et douleur, il a vu la laideur le stigmatiser et l'isoler.

«T'en va pas, p'tite fille», supplie-t-il. Elle, ce n'est pas pareil. Elle est jolie. Très jolie, même. Les circonstances lui permettent de la contempler en toute quiétude sans risquer d'être vu. Elle lui fait penser au petit prince... Pourtant, elle n'est pas blonde mais brune. C'est peut-être cette coiffure de jeune page qui lui donne un air si sage, si mystérieux. Cette fragilité qui lui rappelle l'épisode de la marche dans le désert avec le petit prince endormi dans les bras. Elle était si légère, tantôt, dans les siens. «J'étais ému. Il me semblait porter un trésor fragile. Il me semblait qu'il n'y eût rien de plus fragile sur terre[3].»

---

3. Antoine de Saint-Exupéry, *Le Petit Prince.*

Lui aussi, il est ému. Lui aussi, il lui semble qu'il n'y a rien de plus fragile sur terre que cette vie. Quel serpent a donc mordu la cheville? Celui du sexe? Cette histoire d'homosexualité le confond et le scandalise. Comment peut-on jeter sur le trottoir cette belle jeune femme pour se livrer à des ébats avec un homme? Va pour les prisonniers. Va pour les prêtres, à la rigueur, et pour les infirmes. Mais il n'admet pas, ne comprend pas qu'on puisse gaspiller un tel trésor. Que n'aurait-il fait, lui, pour avoir le simple privilège de prendre une petite, toute petite pièce de ce trésor? Il est tellement dépourvu, tellement à sec dans son désert, qu'il a eu de navrantes réactions physiques à son contact.

Qu'il a honte! Qu'il se sent indigne près de cette jeune femme au sourire ineffable d'ange. Lui, minable et lourd de ses pensées d'homme. De ses désirs d'homme. Lui, sans cesse torturé par les faiblesses humaines liées aux reins, au ventre, aux lèvres. Lui, recelant dans sa chair la bête mâle à l'affût de la bête femelle. Pourquoi est-ce ainsi? Pourquoi ploie-t-il encore sous la lourde cotte de mailles de ses désirs? Pourquoi ne parvient-il pas à se libérer de sa chair?

Cette chair périssable et passible de mort. Qui se brûle et se congèle. Se refroidit et pourrit. Cette chair de sang et de lait, condamnée à mort dès le premier souffle et pourtant destinée à transmettre la vie. Cette chair vulnérable, exposée aux morsures du vent ou à celle des serpents du désert.

Il avale sa salive. Il sent sa pomme d'Adam comme si c'était un éléphant dans le ventre d'un boa et demeure immobile, près d'elle. N'osant rien dire, rien faire. Est-ce ainsi que se sentait sa mère en le voyant couvert de pansements? Ah! si par miracle il pouvait voyager dans le temps, il fusionnerait ce corps glacé avec le sien brûlant de fièvre à ce moment-là, dans l'espoir de le réchauffer. De le sauver. Quand bien même il n'aurait survécu que pour lui porter secours. Que pour prier à son chevet, à sa manière, comme sa mère priait au sien.

Que sont-ils, au juste? Et aux yeux de qui sont-ils?

Créatures de matière périssable, ils errent sans défense dans leur désert ou sur les trottoirs glacés d'une ville, à la recherche d'un puits ou d'un abri. Sont-ils autre chose qu'une poignée de boue dotée du souffle de la Vie? Du souffle de l'Être? Sont-ils autre chose que chair torturée par l'esprit et esprit souillé de chair? Autre chose que de fragiles et vulnérables enveloppes d'âmes?

Qu'est-il, lui, debout, vivant, près d'elle, étendue entre la vie et la mort? Entre l'esprit et la chair? Lui, fait de tant de boue. De tant de grains de sable à former un désert. Lui, aux désirs rampant autour de la cheville déjà mordue par le serpent. Ces désirs incontrôlables auxquels son corps a succombé lorsqu'il s'est allongé au-dessus d'elle.

Sa pomme d'Adam monte et descend difficilement comme boule de honte. Boule de boue humaine veillant, surveillant le souffle de l'Être.

Pourquoi lui debout, elle couchée? Pourquoi n'est-ce pas le contraire? Elle est si jeune qu'elle pourrait être née de ses désirs alors que le feu n'avait pas encore atteint sa chair. Alors qu'il gaspillait l'eau du puits, ignorant que le désert cerne l'oasis.

Pourquoi, lui debout à son chevet? Être indigne, composé de tant de boue et de chair brûlée. Pourquoi en lui ce souffle puissant? En elle ce souffle menacé entretenu par le respirateur?

Respectueusement, il effleure des doigts la peau lisse et douce de la joue contre laquelle il a appuyé la sienne. Cette peau de matière périssable, sujette au vieillissement et à la flétrissure. Cette peau jeune, avec des rides infiniment petites au coin des yeux et ce sourire infiniment serein. A-t-elle atteint ce coin d'Absolue Vérité? D'Absolu Amour libéré de la chair? Serait-elle le petit prince venu d'un astéroïde pour lui apprendre à dépasser sa chair comme on dépasse le mur du son? Pourquoi a-t-elle atterri sur sa planète d'allumeur de réverbères qui se contente de suivre les consignes? Pourquoi semble-t-elle en instance de départ vers les étoiles? «C'est trop loin. Je ne peux pas emporter ce corps-là. C'est trop lourd[4].» Que veut-elle lui apprendre dans son immobilité? Quelle musique veut-elle lui faire entendre dans son silence?

«Va-t'en pas, p'tite fille. Pas comme ça.» Il lui caresse le front comme il caresse celui de Martin. Quel drame a-t-elle vécu dans sa roulotte sans que personne le sache? Est-ce elle qui téléphonait parfois sans rien dire? Il lui a semblé entendre pleurer. Jamais il ne se serait douté... C'est fou, ce qu'ils peuvent tous être des étrangers, chacun dans sa prison de chair. Chacun fermé aux autres. Caché sous son toit. Qui sait si Sophie ne vit pas un drame dans sa roulotte alors qu'il s'arroge le droit de cueillir les perles grises de ses yeux? Ne sait-il pas que le vent de ses désirs peut sabler leur nacre jusqu'à leur cœur de sable? Ne vaudrait-il pas mieux qu'il remette ces perles dans l'écrin gélatineux de l'huître?

Il ne doit pas confondre la chair et l'esprit car la chair est exposée aux morsures du vent et des serpents. Qu'est venue lui faire comprendre cette femme au pâle visage d'enfant qu'il caresse? Cette femme qu'il a cherchée partout, vers qui il a couru dans ses délires et qu'il s'est inventée durant l'acte solitaire. Cette femme qui n'a pas à payer pour la destruction de sa chair. Qui n'a pas à compenser sa frustration. Cette femme qu'il a détestée de ne pas le regarder. De ne pas l'aimer.

«Va-t'en pas, p'tite fille», chuchote-t-il en se penchant pour lui embrasser le front.

---

4. Antoine de Saint-Exupéry, *Le Petit Prince*.

* *
*

Six heures trente du matin. «Voyons, Barbiche, arrive!», marmonne-t-il en tapotant le volant. Pourquoi s'impatiente-t-il ainsi?

L'apparition cocasse de son copilote, courant vers le véhicule dans son habit de motoneige à moitié enfilé, le déride. D'ici, il l'entend invoquer le nom de tous les sacrements et des objets sacrés du culte. La casquette de travers sur la tête, son fidèle thermos de café dans une main et sa sacoche de cartes aéronautiques dans l'autre, il maintient serré avec ses coudes le sac de couchage et les manches de l'habit.

— Qu'est-ce qui s'passe? J'suis pas en retard? C'est un médivac[5]? s'enquiert-il en s'engouffrant dans le véhicule avec son fourbi.

— Non... C'est que j'ai affaire avant.

Suit la litanie typique de Barbiche servant d'entrée en matière ou de conclusion et qui remet en question le bien-fondé de l'éducation religieuse au Québec.

— Tu veux faire un bond à l'hôpital?

— Non. J'ai téléphoné tantôt.

— Pis?

— Pas de médivac pour l'instant. J'aime autant ça.

— Moi aussi. On va à Chimo, comme ça?

— Oui. Comme d'habitude. Le vent a reculé dans la nuit; y'est rendu ouest. T'as eu le bulletin météorologique?

---

5. Médivac : évacuation médicale d'urgence.

— Oui... Y devrait pas y avoir de problèmes... Du moins, pas avant midi.

Enfin, Barbiche se tait et s'occupe à mettre de l'ordre dans ses affaires, ce qui lui permet de se remémorer l'entretien téléphonique de ce matin avec le jeune médecin. Paraît qu'Élisa a prononcé souvent son nom durant la nuit et qu'elle ne cesse de répéter cette histoire d'homosexualité. Bonté ! Est-ce possible ? Il doit en avoir le cœur net et se dirige vers l'atelier dans l'espoir d'y trouver Christian. Apercevant de la lumière par le carreau givré, il immobilise le véhicule au pied du DC-3.

— J'te laisse ici. Ce sera pas long. Commence à préparer tout ça.

— *Roger*[6] ! Euh... est-ce qu'il sait, pour sa femme ?

— Non.

— Faut pas avoir de cœur. À tantôt.

Non, Christian ne sait pas, pour sa femme, tout comme Barbiche ne sait pas au sujet de l'homosexualité probable de Christian. Seuls l'omnipraticien et lui sont au courant de cette supposition et elle lui a trotté dans la tête toute la nuit. Comment peut-on ? Comment est-ce possible de saccager le puits de l'oasis ? Il n'est pas en mesure de comprendre un tel gaspillage, lui qui avalerait le sable où la source s'est répandue, tellement il a soif.

Il frappe, pénètre sans attendre l'autorisation d'entrer et aperçoit Christian déjà au travail. Il est seul.

— Lulu est pas ici ?

Occupé à desserrer un boulon, Christian ne porte pas attention à lui.

— Non. Qu'est-ce que tu lui veux ?

---

6. *Roger!* : «Reçu et compris !», en code radio anglophone.

— Rien. C'est toi que j'suis venu voir.

— Fais vite, j'suis occupé. Ton avion a un problème ?

— C'est plutôt ta femme qui a un problème.

Le mécanicien échappe son outil puis abandonne l'ouvrage pour s'avancer vers lui en s'essuyant les doigts avec un chiffon.

— Ma femme a un problème ?

— T'as pas idée où elle a passé la nuit ?

— Viens pas me dire que c'est chez toi ! Avec toi ? Non, mais t'as pas honte ? Tu pourrais être son père.

— Et toi, t'as pas honte de lui avoir fermé la porte au nez, espèce de... tapette ?

Il empoigne le mécanicien par le devant de sa combinaison de travail.

— Ça, ça te regarde pas, maudit grand singe ! Lâche-moi !

— Oui, ça me regarde, figure-toi donc. Ta femme a passé la nuit à l'hôpital, pas avec moi.

— C'est d'sa faute. On lui a ouvert la porte après, mais elle était déjà partie. C'était juste pour lui faire comprendre.

— Combien de temps après ?

— J'en sais rien, moi.

— Sais-tu quelle température il faisait, hier, avec le facteur éolien ?

— Non...

— Ah non ? Il faisait quarante au-dessous de zéro. Combien de temps penses-tu qu'on puisse résister à ça, habillée comme elle l'était ?

— C'était à elle de s'habiller comme du monde, aussi... C'est pas d'ma faute si elle était pressée d'aller coucher avec toi.

Le raz-de-marée de la colère déferle, incontrôlable, lui engourdissant bras et nuque, lui creusant un trou dans l'estomac et lui asséchant la bouche.

Devant lui, le vandale qui a saccagé le puits et répandu l'eau dans la rue, où elle a gelé. Le vandale qui nie ses torts et l'accuse d'avoir profité du puits.

— Ferme-la, commande-t-il d'une voix sourde et rauque.

Il tord la combinaison dans son poing rageur.

— Toi, ç'a dû te contenter, tu prendrais n'importe quoi... Mais comme performance au lit, Élisa a de quoi décourager un homme des femmes.

— Salaud!

Instinctivement, le poing s'abat sur le nez de Christian, faisant gicler le sang. Puis une série de coups rapides ne laissent aucunement le temps de réagir au mécanicien qui s'écroule.

Emporté, devenu lui-même incontrôlable, il ramasse le corps étendu à ses pieds, le relève et frappe de nouveau, jouissant du son mat et des plaintes de sa victime. Il frappe comme il a appris à frapper tout jeune. Il frappe pour défendre et protéger. Il frappe pour venger. Tout jeune dans les ruelles de Pointe-Saint-Charles, il frappait pour défendre son frère trisomique.

Et là il frappe pour venger Élisa et punir cet homme. Le faire souffrir. Le meurtrir dans sa chair comme elle a été meurtrie dans la sienne.

Il va frapper jusqu'à ce qu'il ne bouge plus à son tour sur le plancher du garage. Jusqu'à ce qu'il demeure étendu immobile sur le ciment comme elle est étendue immobile sur un lit d'hôpital.

Soudain, une main lui retient le bras. Il tente de s'en défaire mais se voit immobilisé dans l'étreinte qui lui casse les reins. Il reconnaît cette force et cesse de se débattre dans les bras de Georges. Avec consternation, il entend alors son souffle précipité et les plaintes de Christian à ses pieds. Dieu soit loué! Il ne l'a pas tué. Qu'est-ce qui lui a pris? Cela fait des années qu'il ne s'est pas battu et jamais encore il ne s'est rué si sauvagement sur quelqu'un qui n'est pas de son calibre. Dans une arène, on aurait vite crié au scandale de voir un poids lourd se ruer sur un poids plume.

Georges l'abandonne et s'agenouille près du mécanicien pour constater les blessures.

— Tape fort à matin, toi. Pas bonne humeur.

Ce qu'il peut aimer cet Amérindien qu'il a connu il y a une quinzaine d'années dans un hôtel minable de Sept-Îles! Surnommé Tomahawk à l'époque, Georges se battait pour des paris. Doté d'une force herculéenne qui était invariablement décuplée par l'alcool, il défiait tout Blanc présentant une stature imposante. Leur combat avait été long et ce qu'il avait appris sur les rings de boxe ne lui avait guère servi contre les prises inattendues du Montagnais. Match nul, avait-on déclaré lorsqu'ils s'étaient écroulés l'un par-dessus l'autre, complètement épuisés.

Ainsi était née, dans les vapeurs d'alcool, les cris des parieurs, la sueur et le sang, une amitié saine et solide. Sans bavures ni complications.

Georges aide le mécanicien à s'asseoir sur un tabouret.

— Ça va t'coûter cher, ça, mon maudit grand singe! menace Christian en essuyant le sang sous son nez du revers de sa manche.

— Pas sa faute si toi tomber, dit Georges d'un ton placide en essuyant l'arcade sourcilière avec le chiffon trouvé par terre.

— J'suis pas tombé ! C'est lui, c'est lui qui m'a tombé dessus.

— Toi tomber, répète Georges, imperturbable. Mener à l'hôpital.

— J'vais dire la vérité au médecin... On verra bien s'il trouve que j'me suis fait ça en tombant.

— Par la même occasion, tu lui demanderas si on doit amputer les doigts d'Élisa.

— Amputer ?

Christian est ahuri. Visiblement et grandement affecté.

— Oui, la gangrène... J'crois qu'il sera charmé de faire ta connaissance.

— Amputer ? Pas ses doigts ! J'ai jamais voulu ça... J'pensais pas... J'voulais pas... On avait bu, hier... Elle était partie quand on a ouvert.... Non ! Oh non ! Pas ses doigts ! Pas l'amputation !

Cet homme lui fait pitié, à balbutier ces phrases d'un air égaré comme s'il venait tout juste de mesurer la gravité du geste posé la veille. Tout juste de mesurer l'étendue des dégâts dans la chair d'Élisa.

Il lui fait pitié et horreur à chambranler sur son tabouret, avec son arcade sourcilière fendue et le sang qui lui dégoutte au bout du nez.

Ce n'est pas ce qu'il recherchait en venant ici. Il voulait tirer l'histoire au clair et voilà qu'il a fait du bourreau un être pitoyable et contrit. Un être qui pleurniche.

Il s'en détourne avec mépris. Avec fureur. Il s'en veut de s'être abaissé à l'assaillir si brutalement. D'avoir perdu le contrôle. Sans l'intervention de Georges, cette histoire se serait terminée sur une note tragique.

Il sent la main réconfortante de l'Amérindien sur son épaule.

— Va dans l'avion. Moi occuper de lui. Dire à personne.

— Merci.

Non, lui ne le dira à personne. Officiellement, Christian sera tombé. Mais il craint qu'il n'y ait des fuites. Il se passe si peu de choses dans cette ville isolée que le moindre incident prend des proportions inimaginables.

Il entend démarrer le moteur de droite du DC-3, puis celui de gauche, et se presse vers l'appareil. Prestement, il grimpe l'échelle, reste stupéfait devant l'équipe de biologistes se rendant à Fort-Chimo, et se dirige vers le poste de pilotage. Assis au banc du capitaine, Barbiche termine les vérifications d'usage. D'un geste, il lui fait comprendre de s'asseoir à droite.

Ce vol-ci, c'est pour lui. Il éprouve l'urgent besoin d'être commandant de bord aujourd'hui, car qui sait si demain il en aura encore l'occasion? Qui sait si la correction qu'il a administrée ne se rendra pas aux oreilles de la compagnie? On ne sait jamais, dans ce pays.

$$* \quad *$$
$$*$$

La tempête balaie la ville. Par les fenêtres du restaurant, Sophie observe la neige oblique et les gens qui vont, pressés et courbés sous les bourrasques.

En elle aussi, il neige. Tant et tellement que bientôt elle perdra toute trace du chemin qui mène à sa grotte. Mais tient-elle toujours à aller rejoindre cette brute qui défraie la chronique depuis ce matin? Cette brute pour qui elle s'est inquiétée hier, en entendant la sirène de l'ambulance. «Pourvu que ce ne soit pas pour lui. Ni pour sa mère, ni pour son fils.» Pour qui, alors? Pour cette jeune femme dont on prétend qu'il est automatiquement tombé amoureux? Cette jeune femme pour qui il se serait battu ou plutôt dont il a corrigé le mari? Quelle brute! Le nombre de points de suture ne cesse d'augmenter depuis que Myriam a eu vent de la chose par un homme dont la femme connaît quelqu'un qui connaît une infirmière qui... Bref, ça s'est su et ça s'est répandu plus vite que la tempête. Déjà, à l'heure du dîner, on ne parlait que de la chute malencontreuse du mécanicien et des poings ravageurs du chef pilote. Pauvre elle qui a frémi quand il lui a pris la main pour écraser l'œuf sur la tête de Barbiche! Avec quelle innocence elle a senti la sienne comme une petite motte de neige prête à fondre! Était-ce là la main d'une brute? Quelle déception! Mais ce qui l'agace le plus ct la déprime grandement, c'est d'avoir cru partager une émotion avec lui alors qu'en réalité il s'éprend facilement de n'importe quelle femme. «Tu comprends, le Grand, y'a dû voir ça comme un vrai gaspillage que Christian ait laissé sa femme dehors par un froid pareil. Lui, j'te jure, il ne ferait pas de mal à une femme. Y'est pas capricieux, non plus», racontait Myriam, ignorant qu'elle la blessait. Pas capricieux. Était-ce parce qu'il n'était pas capricieux qu'il l'avait prise tout entière dans son regard? Se contentait-il de la serveuse maigrichonne à défaut de mieux?

Choucroute, le Zèbe et Tête d'Oiseau font une entrée bruyante, comme d'habitude, mais, cette fois-ci, l'irruption de cette ménagerie dans la salle du restaurant la dérange. Elle sait de quoi ils vont parler. De qui, surtout. Et elle sait qu'elle sera blessée et qu'il neigera de plus en plus sur sa grotte, au point peut-être de l'ensevelir.

Ils choisissent une table à proximité du comptoir.

— J'ai des remords. T'es sûr qu'il essayera pas de rentrer?

— Le Grand? Rentrer par une tempête? Y'a longtemps qu'il a pas fait ça. Tu dis que c'est en bas des minimums IFR[7]?

— D'après moi, oui.

— Le Grand rentrera pas en bas des minimums, assure Tête d'Oiseau en caressant sa barbe perlée de cristaux de neige fondue.

Elle s'approche. C'est à peine si Choucroute lui prête attention lorsqu'elle glisse le napperon littéralement sous ses coudes.

— Ouais... mais y'a la p'tite Élisa à l'hôpital. Tu sais qu'il a demandé d'ses nouvelles par la radio?

Elle fait mine de rien, attend patiemment de prendre note des commandes. Pourtant, en elle, il neige des myriades de flocons qui tissent un linceul blanc sur sa grotte.

Elle a mal d'apprendre qu'il s'inquiète pour une autre alors qu'elle a cru défaillir, hier, à l'arrivée de l'ambulance.

— C'est pas Élisa qui va le faire forcer dans une tempête, assure Tête d'Oiseau pour qui elle éprouve soudain un vague sentiment de sympathie et de reconnaissance.

Café, café, chocolat chaud et gâteau pour le Zèbe jusqu'ici silencieux.

— Si jamais ils arrivent, ils vont avoir l'air fin, sans camion.

— Énerve-toé pas, Choucroute. J'le connais, le Grand. On a bien fait de prendre le camion.

---

7. IFR : *Instrument Flight Rules*, règles de vol aux instruments.

— Est-ce que c'est vrai qu'il a fait d'la boxe, déjà? s'enquiert le Zèbe, démontrant un vif intérêt pour tout ce qui concerne son futur capitaine.

Tête d'Oiseau semble hésiter à corroborer les affirmations qui circulent depuis qu'un homme dont la femme connaît quelqu'un qui connaît une infirmière...

— Oui, c'est vrai. Mais ça fait longtemps. Ben longtemps. Y'a lâché à dix-sept, dix-huit ans, quelque chose comme ça.

Qu'il est dur pour elle de découvrir que celui qui lisait *Le Petit Prince* s'est amusé à frapper ses congénères durant sa jeunesse!

— Y'a peut-être arrêté jeune, mais y'a continué son entraînement certain, pour être en forme comme ça, poursuit le Zèbe.

— Bah! Y'a toujours fait de l'entraînement.

— C'est vrai, ça. Barbiche m'a dit qu'il fait ses *push-ups* et de la corde à danser tous les soirs, renchérit Choucroute. J'aurais pas aimé ça être à la place de Christian.

— Pourquoi? Parce qu'il s'est enfargé? ironise le Zèbe.

Les trois hommes s'esclaffent, dissimulant mal cette pointe d'admiration pour leur chef et la bénédiction qu'ils lui ont déjà accordée. Comment peuvent-ils cautionner un comportement si brutal? Si animal?

— Paraît qu'il l'a pas manqué. Hé! Ça se peut bien que le Grand revienne pour avoir des nouvelles de Christian. On aurait dû attendre plus longtemps.

— Énerve-toé donc pas, Choucroute. Le Grand risquera certainement pas de s'casser la gueule pour ça.

Cette phrase lui fait prendre conscience du danger et, malgré elle, l'inquiétude surgit. Elle imagine l'avion malmené par le vent et la neige et elle pense à Barbiche. À Monique, à la petite. S'il fallait qu'un accident bête... Mon Dieu! Faites qu'il reste à Fort-Chimo.

— Hé! gang de Christ! Pourquoi vous avez pris le camion?

Interloqués, les trois pilotes se tournent vers Barbiche et le considèrent un long moment sans mot dire comme si un fantôme venait de leur apparaître.

— On a marché un Christ de bout avant d'avoir un taxi!

— Le Grand est pas avec toi?

— Il s'en vient. Fallait qu'il téléphone à l'hôpital. Deux cafés pour moi, Sophie. Un thé pour lui. Ouf! Quel voyage!

— Vous étiez en bas des minimums, me semble, avance Choucroute dans le but de se disculper.

— Me semble aussi, mais c'est pas moi qui pilotais. J'te dis qu'il connaît ça, le Grand. Hé! Tout aux instruments, mes vieux. On est arrivés dret en final. Jamais vu ça. 'Cou'donc, avez-vous idée, vous autres, de ce qui s'est passé avec Christian? Ç'a l'air qu'il s'est fait mal?

— Il est tombé en pleine face à terre.

— Ben... c'est ce que le Grand m'a dit, mais j'vous dis qu'il était bizarre aujourd'hui. Lui avez-vous vu la main?

— Ça, apparemment, c'est parce qu'il aurait aidé Christian à tomber. Chut! Le v'là.

Elle le regarde s'approcher d'un pas fatigué. Elle note que ses traits sont tirés et que son expression est triste. Il n'a pas l'air victorieux d'un boxeur dont l'arbitre lève le bras de champion, ni celui particulièrement fier d'un pilote ayant réussi à dompter une tempête. Il s'écrase plus qu'il ne s'assoit. Elle vole alors vers lui avec le thé bien chaud, prête à lui accorder le bénéfice du doute. Prête à protéger sa grotte de l'avalanche de commérages. Pourquoi porterait-elle foi à ces racontars?

Elle dépose tasse et théière devant lui. Aperçoit avec consternation les jointures enflées de la main droite lorsqu'il se pince le nez à la hauteur des sourcils et elle souffre de se voir remerciée sans plus. Sans le moindre regard.

— Ça me l'disait, aussi, qu'on n'aurait pas dû prendre le camion.

— T'as ben fait, Choucroute. Tu pouvais pas savoir.

— Paraît que vous vous êtes pratiqués aux instruments? Raconte-nous donc ça, le Grand.

— Ça serait trop long à raconter.

— Me semblait qu'un bon pilote avait rien à raconter, décoche Tête d'Oiseau avec aigreur.

Silence. On attend de lui, le chef pilote, une réponse percutante, une réplique foudroyante tel un uppercut bien placé au menton, mais elle ne vient pas.

Pour se donner contenance, il plonge la main dans sa poche à la recherche de sa pipe et de son tabac et touche la petite pierre dans laquelle il est incapable de projeter son âme. Il regarde Luc, aujourd'hui comme un juge qui l'a pris en défaut, hier un petit renard caché dans la pierre. Lentement, il bourre sa pipe, craque l'allumette, tire trois bonnes bouffées. Il n'y aura pas de réplique uppercut pour sauver la face.

— T'as raison. C'était stupide de voler dans cette merde, surtout qu'on était en bas des minimums. J'suis pas fier de moi, parce que j'ai pas été un bon pilote.

— Pas bon? Bon en Christ! le défend Barbiche. Pis on n'était pas tant que ça en bas des minimums.

— Essaye pas, Barbiche. C'était stupide de ma part de vouloir rentrer à tout prix.

«Irraisonné» serait plus précis. Cela lui fait du bien de reconnaître ses torts et il apprécie maintenant que Luc ait provoqué cette confession. Ce dernier semble être le seul qui ait conservé un peu de lucidité aujourd'hui. Le seul à ne pas le dévisager avec curiosité. Que se passe-t-il donc pour qu'ils soient tous suspendus à ses moindres gestes et paroles?

— Qu'est-ce que vous avez à me regarder comme ça?

— Ben... euh... rien. On se demandait à propos d'Élisa, explique Barbiche. Qu'est-ce qu'ils t'ont dit, à l'hôpital?

— Qu'elle était hors de danger mais qu'on ne savait pas encore pour l'amputation.

— Tu vas la voir ce soir?

— Oui.

— Ben... tu lui diras... que ça nous fait ben d'la peine pis qu'on souhaite qu'il n'y ait pas d'amputation.

«Pas d'amputation de la main sauf pour les phalangettes du majeur et de l'auriculaire», lui avait appris le chirurgien dès qu'il avait repris conscience dans la salle postopératoire. Était-ce pour qu'elle frappe sauvagement un homme que cette main avait été sauvée? Toute la journée, elle lui a fait mal. Qu'est-ce qui lui a pris? Ah! si son oncle James apprenait qu'il s'est servi de sa force et de son adresse contre un plus petit que lui, il serait grandement déçu de son poulain. «Tu te battras dans le ring, à c't'heure. Que je ne te voie plus te battre dans la cour de l'école. C'est promis? J'veux plus que tu fasses honte à ta mère.» Il avait promis, n'avait plus jamais été expulsé de l'école et avait appris à libérer son agressivité dans un ring. Son oncle James l'avait inscrit dès l'âge de douze ans à une école de boxe et fondait de grands espoirs en lui depuis qu'il l'avait vu prendre la défense de son frère dans la ruelle contre des garçons beaucoup plus grands et plus vieux. «C'est bien. Défends-toi, défends ton frère, défends ta mère. Un Irlandais ne recule devant rien. Mais ne t'attaque pas à de plus petits que toi.» Ce matin, il a failli à sa promesse et se sent fautif, d'autant plus qu'il a décelé des reproches dans la voix du jeune médecin, qui a eu à recoudre une arcade sourcilière à l'urgence.

Des reproches qui lui ont fait prendre conscience de son lourd fardeau héréditaire. Son père n'était-il pas un lutteur-boxeur de foire? Un bagarreur de rue et de paris, tout comme Georges l'avait été dans un hôtel minable de Sept-Îles? Son père n'avait-il pas préféré les entrepôts et les fonds de cour, où tous les coups étaient permis, au ring des combats réglementés? Son père n'avait-il pas préféré la dive bouteille à sa femme? À ses fils?

Serait-il à l'image de cet homme qu'il déteste profondément?

— C'est bête, le froid, dit pensivement Barbiche en enlevant sa casquette qu'il dépose avec solennité sur la table avant de pousser un long soupir de résignation. Faut que j'me fasse à l'idée. Fais trop fret pour la porter.

— T'sais, si on t'amputait la tête, ça ferait pas une ben grosse différence, le taquine le Zèbe.

Cherchant désespérément un moyen d'échapper à la gravité du moment, ses hommes profitent de l'heureuse initiative de Barbiche pour échanger des propos légers et joyeux. Il s'empresse de se joindre à eux, fuyant ces pensées qui l'engluent à des souvenirs douloureux et étouffant la voix de sa conscience.

* *

*

Tant qu'il a été avec ses hommes, cette voix, il ne l'a presque pas entendue. Mais maintenant qu'il attend, seul, dans la cabine du camion, elle se fait plus insistante, émergeant du silence à chaque douleur qui l'élance aux jointures.

Les essuie-glaces balaient la neige qui tombe en rafales, ne dégageant qu'un espace de plus en plus restreint par où il surveille la porte de l'hôtel. «Dans cinq minutes, si elle n'est pas arrivée, je m'en vais», décide-t-il, sachant très bien qu'il ajoutera cinq autres minutes si Sophie n'apparaît pas. «Ça n'a pas de bon sens de la laisser marcher dans cette tempête», se répète-t-il pour se convaincre de ses bonnes intentions. Tantôt, en reconduisant ses hommes, il a pensé à lui offrir ses services, mais maintenant il se sent un peu ridicule de l'attendre sans l'en avoir informée. De quoi aurait-il l'air si elle faisait venir un taxi? Que lui dira-t-il au juste? Son geste n'est-il pas déplacé? Après tout, ils ne sont pas du même milieu et il sent l'écart social agrandi par les souvenirs d'enfance. Ne s'est-il pas de nouveau battu dans la cour de l'école? Ne lui a-t-elle pas adressé un regard désapprobateur au restaurant? La maîtresse d'école qu'elle a été l'intimide. Que de fois ses institutrices lui ont tiré l'oreille en le traitant de grand niaiseux! C'est peut-être ce qu'elle pense de lui. Il ferait mieux de retourner chez lui. De toute façon, elle va sûrement prendre un taxi. Trop tard, la voilà, tenant sa tuque bien enfoncée sur la tête. Il descend aussitôt et l'aborde.

— Venez. Je vais vous reconduire.

Ah! ces sourcils froncés d'institutrice le considérant avec surprise.

— Vite, montez!

Il lui ouvre la portière et elle prend place sur la banquette.

— Comme c'est chaud, ici!

— La chaufferette est au maximum.

— Ça fait du bien.

— Vous restez aux roulottes, je crois?

— Oui. J'allais prendre un taxi.

— J'ai affaire par là, de toute façon.

Il se demande s'il ment bien. S'il a feint juste assez de détachement pour montrer que ce n'est que simple politesse de sa part. Le bruit régulier des essuie-glaces lui porte sur les nerfs tout à coup et il cherche à amorcer la conversation. L'évocation du blizzard qui a paralysé et isolé la ville durant trois jours l'an dernier y suffit amplement et l'alimente en carburant verbal jusqu'au parc des roulottes.

— C'est au bout de cette rue-ci?

— Presque au bout. C'est une roulotte verte... Je vous avertirai.

Le regard de la femme qu'il devine sur ses cicatrices lui fait grandement regretter son geste. Somme toute, il aurait été préférable pour elle d'avoir sous les yeux la nuque anonyme d'un chauffeur de taxi plutôt que cette horreur de joue et d'oreille. «Vous pourriez pas me la tirer, hein, mademoiselle, cette oreille-là? Cherchez pas, y'a pas de lobe», pense-t-il bêtement.

Ce qu'il aimerait pouvoir conduire à droite comme en Angleterre!

— C'est ici.

— Bon. Vous voilà rendue, Sophie.

— Merci.

Elle s'apprête à sortir.

— Attendez! Je... je veux vous parlez. Vous... Il me semble... C'est difficile à dire... mais...

Bonté! Qu'est-ce qui lui prend? Pourquoi la retient-il? Avoir su que de toute façon il en viendrait à cela, il n'aurait pas perdu de temps à parler de ce satané blizzard. Et puis ils ne sont pas du même rang social. Ni de la même étoffe, il en est persuadé. Si elle savait qu'il l'a déjà utilisée dans ses fantasmes sexuels! Sûrement qu'une ancienne institutrice n'est pas obsédée par ces choses-là.

— Fais trop chaud maintenant, dit-il en baissant le régime de la chaufferette.

Éliminons la sexualité. Ce n'est pas de ça qu'il veut lui parler, mais de ce regard qu'elle a eu. Nettement désapprobateur.

— Vous... Pourquoi m'avez-vous regardé de travers?

— Je vous ai regardé de travers?

Méthodiques, les essuie-glaces se promènent de gauche à droite. De lui à elle. Comme des métronomes devant régulariser le rythme de la conversation. Mais elle a répondu à sa question par une autre question et cela l'a complètement désarçonné. Il se sent comme le grand nigaud retenu après la classe, seul avec la titulaire devant lui arracher sa confession. «Alors?» Tic-tac faisait l'horloge au-dessus de Mlle Généreux qui attendait. Au-dessus du grand Simard qui se sentait tout petit. Tout rougissant d'avoir imaginé maintes fois ses seins sous la blouse.

— J'ai battu un homme, ce matin.

«Tu l'sais que c'est défendu de se battre dans la cour de l'école», répétait la demoiselle en lui tirant l'oreille. «Mais il n'y a plus de lobe aujourd'hui, mademoiselle, et je sais que ça vous dégoûte d'y toucher.» Curieusement, cette demoiselle Généreux qui lui avait tiré les oreilles plus que toute autre avait assisté une fois à l'un de ses combats et, lorsque l'arbitre l'avait déclaré vainqueur, il s'était emparé du regard de cette femme dans la foule. Du regard qui le félicitait et l'encourageait. Regard qu'il ne saurait trouver aujourd'hui.

— Je savais.

— Ah oui ? Qui vous l'a dit ?

— Myriam. C'est quelqu'un qui connaît quelqu'un qui connaît une infirmière...

— Comme ça, tout le monde est au courant ?

— On en parlait à l'heure du midi.

— Manquait plus que ça !

Il comprend maintenant pourquoi on le dévisageait si étrangement. Pourquoi ses hommes l'examinaient à la dérobée avec des sourires d'approbation.

— Est-ce qu'on disait pourquoi j'ai fait ça ?

— À cause d'Élisa, c'est bien ça ? Il y aurait eu une dispute avec son mari.

— Il lui a fermé la porte au nez, hier. Vous imaginez, avec le froid qu'il faisait ? Si vous l'aviez vue... Si vous l'aviez sentie trembler dans vos bras...

Il cherche à s'expliquer. À se disculper.

— Pourquoi me dites-vous tout ça ? demande-t-elle d'un ton un peu brusque en jouant nerveusement avec la lanière de son sac à main.

Pourquoi, au fait ? Il ne sait pas. Peut-être parce que les perles grises de ses yeux ont échoué sur le sable de son désert et qu'il a décidé de les retourner à leur écrin pour les mettre à l'abri du vent abrasif.

Peut-être parce qu'il n'est encore qu'un grand nigaud qui se cherche et qui a besoin d'une maîtresse d'école pour lui tirer l'oreille.

Tchic, tchac, tchic, tchac, font les essuie-glaces, chronométrant le silence entre eux. Elle attend une réponse. Il ne peut tout de même pas lui avouer que c'est parce qu'il aime ses yeux. Encore moins que c'est parce qu'il a mentalement couché avec elle mais désire désormais une relation d'où le sexe serait exclu. Une relation propre, digne d'une institutrice. Une relation qui réhabiliterait le rejeton de bagarreur forain qu'il est.

— Parce que... parce que j'avais besoin de me confier à quelqu'un.

Et ce quelqu'un, c'est encore elle. Cette vieille fille où le soupçon de femme subsistant dans l'espèce de religieuse manquée est juste ce qu'il faut pour favoriser les confidences. Et dire qu'elle a cru qu'avec lui ce serait différent. C'était donc illusoire de sa part de croire qu'elle pouvait inspirer autre chose qu'un canapé de psychologue ou un confessionnal.

— Bon, maintenant que c'est fait, j'espère que vous vous sentez mieux. Merci pour le taxi.

Elle semble froissée, pressée de le quitter, et ouvre la portière. Il la retient.

— Ne partez pas comme ça.

Pourquoi la retient-il encore ? Ne voit-il pas qu'il vient de la blesser ? Ne sait-il pas qu'elle refuse ce rôle de confidente qui a été le lot de toute sa vie ? Elle n'a pas envie de l'entendre parler de cette femme qui a tremblé de froid dans ses bras. Ne sait-il pas que, tel un blizzard, il vient de s'abattre sur la grotte et qu'elle ne pourra plus jamais déblayer le sentier qui y mène ?

Pourquoi vient-il la prendre avec ses yeux ? Pourquoi les plonge-t-il en elle alors qu'il se nourrit de ceux d'Élisa ? Alors qu'il a trouvé mieux que la serveuse maigrichonne, lui qui n'est pourtant guère capricieux ?

— Pourquoi êtes-vous choquée?

— Je suis choquée, moi?

Pourquoi répond-elle toujours à ses questions par d'autres questions? C'est bien assez pénible pour lui de reconnaître ses fautes. Pourquoi lui faut-il souffrir en plus qu'elle parte sans les corriger? Qu'elle abandonne ainsi le grand nigaud charcuté par le tchic-tchac des essuie-glaces? Parce qu'il n'a plus de lobe d'oreille à faire saisir, sans doute.

— Oui, vous êtes choquée, et oui, vous m'avez regardé de travers. J'suis pas fier de m'être battu, imaginez-vous donc, comme j'suis pas fier d'avoir forcé dans la tempête, parce que c'est la vie de Barbiche que j'ai risquée, pas seulement la mienne. J'vois pas pourquoi vous...

Il s'arrête, détache son regard du sien, la relâche.

— Excusez-moi. Peut-être que dans l'fond j'avais besoin que quelqu'un me regarde de travers. On semble m'approuver mais j'suis pas fier de moi aujourd'hui. Non, vraiment pas fier.

Il ouvre et referme sa main droite avant de la poser fermement sur le bras de vitesse.

— C'que j'ai fait, ça changera rien de toute façon s'il doit y avoir une amputation.

Dans un élan de compassion, elle lui prend le bras, ses fibres femelles tout à coup remuées par la dureté des biceps qu'elle sent sous la parka. C'est la première fois qu'elle le touche et l'effet est dévastateur en elle. Dans tout son corps que cet autre corps émeut.

Il se tourne vers elle. Ce qui reste de sa beauté, côté gauche, est suffisamment révélateur pour lui faire savoir qu'il n'aurait jamais porté les yeux sur elle s'il n'avait pas subi cet accident. S'il n'avait pas ces cicatrices qui le rabaissent au rang des laissés-pour-compte. Au rang des vieilles filles qui s'inventent des grottes où faire l'amour à des voyageurs blessés. Des grottes qu'un rien de neige, un rien de vérité ensevelit.

— Je suis désolée pour Élisa, vraiment désolée. Je souhaite qu'on n'ait pas à en arriver là.

Cette petite main posée sur son bras fait lever le vent aride et torride du désert. Il n'a pas le droit d'y exposer le nacre de ces perles grises. Pas le droit de mêler la chair à ce qui peut exister entre eux, car la chair est passible de mort. Exposée aux morsures du vent et des serpents. Il n'est qu'une grande bête affamée et assoiffée, prête à se jeter dans un trou de boue pour y sucer l'eau. Il ne doit pas la salir de ce qu'il est devenu, ni brouiller l'eau limpide où dorment les perles dans leur maison d'écaille. Pourtant, il pose sa main sur celle de la femme. Si petite main, toute froide.

— Votre main est gelée.

— Oui... C'est... J'ai toujours les mains froides.

— Faudrait vous acheter des mitaines... Des gants, c'est bon à rien par ici.

Oui, elle est froide, sa main. De nouveau comme une petite motte de neige prête à fondre dans la sienne. Elle se surprend à envier Élisa. Que n'aurait-elle donné pour qu'il la prenne dans ses bras? Pour qu'il subisse les tourments de la honte de s'être battu pour elle? Pour qu'il brave une tempête, tenaillé par l'inquiétude? Pourquoi cette jeune femme s'est-elle glissée avant elle dans ces bras-là?

— Elle restait pas loin d'ici... Ça fait toute une trotte jusqu'à chez moi, dit-il en lui frottant les doigts. Elle n'avait que des petits gants comme ça.

C'est la main d'Élisa qu'il réchauffe et non la sienne. Et ce pli d'inquiétude sur son front est dédié tout entier à la jeune femme et non à la vieille fille qu'elle est.

— J'sais pas quelle roulotte elle habitait... C'était peut-être votre voisine pis vous le saviez pas.

Il se sert d'Élisa comme prétexte pour garder cette main dans la sienne. Que ne donnerait la grande bête du désert pour que cette main caresse son poil miteux ?

— Je ne connais pas grand monde de ma rue. Je sais seulement que Tête d'Oiseau habite pas loin.

— Oui, en effet. C'est bête que les gens ne se connaissent pas plus que ça... Si elle vous avait connue, elle n'aurait eu qu'à se rendre chez vous et tout cela aurait pu être évité.

Tout, en effet. Tout ce qui l'a forcé à avoir recours à son oreille de confidente pour réchauffer la main d'une autre par le truchement de la sienne. Tout ce qui est tombé de vérités. À regret, elle dégage sa main de l'étreinte. Elle ne doit pas s'abandonner à des mirages. C'est inutile. La tempête a effacé la grotte.

— Merci encore une fois.

Elle vient de le priver de cette main que doucement, piteusement, la bête du désert léchait de sa langue râpeuse. C'est peine perdue ; même protégée d'un gant, elle ne consentira jamais à toucher son poil miteux, poussiéreux, brûlé, clairsemé du côté droit.

S'enfonçant dans la neige jusqu'aux genoux, la demoiselle rentre chez elle. Il pense à lui pelleter un petit sentier mais se ravise. Ne l'a-t-il pas importunée en la retenant après la classe ? Il ne doit plus insister pour qu'elle lui tire l'oreille ou lui frotte le crin, car il n'y a plus d'oreille et la bête s'est tapie, sa langue pendante et sèche traînant sur le sable.

Tchic, tchac, tchic, tchac. Il n'y a plus de questions, plus de réponses à donner. Plus d'explications à fournir.

Son âme est à l'image du pare-brise que les essuie-glaces ne parviennent pas à nettoyer efficacement. Avec de plus en plus de neige et de moins en moins d'espace pour voir. Pour comprendre.

Alarmé par la violence de la tempête, il décide de se rendre directement à l'hôpital afin que l'allumeur de réverbères puisse prendre des dispositions en cas d'urgence.

*   *
*

Tantôt avare d'explications sur l'état physique d'Élisa, le jeune médecin est tout à coup volubile et fort inquiet de son état moral.

Ayant réussi à écarter presque définitivement le spectre de l'amputation, il voit sourdre la menace d'un mal qu'il ne peut soigner. Un mal qui loge dans les beaux yeux larmoyants de sa patiente.

Il y a chez lui plus qu'un simple attachement professionnel. Plus qu'une question d'éthique et de prévention. Il y a chez lui un vague sentiment de jalousie à son égard, combiné à la frustration de son impuissance.

— J'peux rien faire pour qu'elle ait le goût de se battre, le goût de vivre. Peut-être que vous, vous pourrez... De toute façon, en vous battant pour elle, vous avez pris position.

Il n'aime pas cette expression qui circule par toute la ville. Il ne s'est pas battu pour elle. C'est l'indignation qui lui a fait serrer les poings devant les propos ignobles de Christian.

— Elle vous en a parlé ?

— Non. Elle... elle pleure beaucoup, elle ne mange pas, demande souvent si vous allez venir la voir. Elle a même demandé des nouvelles de son mari. C'est désespérant, elle ne m'accorde aucune attention ! s'exclame le médecin en allant et venant, trahissant ainsi l'amour qui s'est déjà emparé de lui à son insu. On dirait qu'elle n'a pas confiance en l'équipe médicale. Qu'elle s'est fait à l'idée que vous alliez l'emmener à Montréal dans votre avion.

— Pauvre p'tite fille! Pourquoi croit-elle cela?

— Parce que c'est vous le sauveur, vous voyez pas?

Il voit surtout que ce jeune omnipraticien est indubitablement amoureux mais qu'il ne l'a pas encore diagnostiqué chez lui. Il aurait aimé être autre chose qu'une présence médicale à son éveil. Avoir à la porter dans ses bras ou à fermer les poings pour elle.

— C'est vous le sauveur, docteur, pas moi. C'que j'ai fait, n'importe qui aurait pu le faire, mais pas c'que vous avez fait.

— J'suis médecin. J'ai fait c'que je devais faire, c'est tout.

— Bien sûr. Est-ce que j'peux la voir?

— Elle vous attend.

Est-ce vraiment lui qu'elle attend, les yeux perdus dans la fenêtre où fait rage la tempête? N'est-elle pas l'image du petit prince cherchant son astéroïde? Pourquoi la déranger? Pourquoi la ramener à cette réalité faite de combats? Faite de tant de boue pour si peu de spiritualité? Et si elle se souvenait de tout ce qu'il a fait et dit pour la maintenir éveillée? De ce moignon qu'il a eu l'indécence de lui fourrer dans l'oreille? Elle sursaute en l'apercevant dans l'encadrement de la porte.

— Ah! c'est vous! Entrez! Est-ce que vous croyez que nous pourrons décoller pour Montréal?

— Je crois que ce n'est plus nécessaire.

— Ah...!

Déception apparente dans la voix. Dans toute l'attitude de la malade qui baisse la tête. Il remarque les mains pansées.

— J'suis bien content de ça... Pas toi?

Elle se mordille la lèvre inférieure.

— J'veux m'en aller, dit-elle faiblement.

Une larme roule sur la joue. L'invite à s'asseoir sur le bord du lit et à offrir son épaule à cet immense chagrin. Elle pleure maintenant à gros sanglots et doucement il lui caresse les cheveux jusqu'à ce qu'elle se calme.

— Tu t'en iras quand tu seras guérie.

— J'connais personne ici... Tout l'monde va rire de moi... J'suis désolée de vous avoir dérangé, de vous avoir mêlé à ça... J'savais pas où aller.

— Ça fait longtemps que ça durait, cette histoire avec le cousin?

— Un mois.

— C'est toi qui téléphonais sans rien dire?

— Euh...oui, c'est moi. Excusez-moi... J'sais que j'vous ai causé du tort... Les gens causent, disent toutes sortes de choses...

— Des choses comme quoi?

— ...

Elle se presse contre lui, muette.

— Les gens disent n'importe quoi... C'est pas une raison pour partir avant d'être guérie. Moi, y'a longtemps que je n'saurais plus où rester s'il avait fallu que j'parte chaque fois qu'on disait que j'étais amoureux. C'est ça qu'on dit, hein?

— On le sous-entend. D'la manière que la garde-malade m'a annoncé que vous vous étiez battu pour moi, j'avais cru...

— Les gardes-malades sont juste bonnes à porter des thermomètres pis des gros souliers laids, dit-il dans le double but de faire dévier la conversation et de l'amuser un peu.

D'instinct, il adopte une attitude paternelle et se comporte avec elle comme il le ferait avec Martin malade.

— Vous êtes spécial, vous.

— Disons que physiquement j'ai un p'tit quelque chose de pas comme tout le monde, poursuit-il d'un ton badin.

Il veut lui faire croire qu'il est au-dessus de son image. Qu'il a réussi à dépasser sa chair comme le lui enseignait le petit prince à l'article de la mort. Elle se dégage, le considère longuement. Tendrement. Il n'en est rien, il le sait, et il se surprend à rougir, sa pomme d'Adam de nouveau comme une boule de boue, une boule de honte. Et si elle se souvenait?

— Non. C'est pas à cause de ça. Vous êtes différent parce que vous comprenez, parce qu'on se sent en confiance avec vous.

— C'est pour ça que t'es venue chez moi?

— Oui.

— J'suis content d'avoir pu t'aider. Maintenant, faut que tu t'laisses soigner. Y'a le beau p'tit docteur en bas qui est tout alarmé. Tu le préoccupes beaucoup, tu sais?

— Il a l'air très gentil.

— Et il joue de la guitare aussi, tu l'savais?

— Oui... Il m'a parlé de musique.

— Fais-lui confiance et fais-moi plaisir : guéris.

— J'aurais aimé mieux mourir, avoue-t-elle. Ç'aurait réglé tous les problèmes et ça n'aurait fait de peine à personne.

Elle détourne la tête, grandement troublée.

— À moi, tu en aurais fait... Tu sais, j'avais dix-huit ans quand j'ai eu l'accident qui m'a laissé défiguré comme ça.

Il note une réaction de compassion chez elle. Ce n'est pas ce qu'il recherchait.

— J'ai failli mourir et ma mère a prié à mon chevet. Quand j'ai été hors de danger... pis qu'on a enlevé les pansements, je lui en ai longtemps voulu d'avoir prié pour que je vive. J'aurais préféré mourir, moi aussi. Mais, vois-tu, si j'étais mort, il n'y aurait eu personne pour t'ouvrir la porte quand t'avais froid... Le docteur t'a dit que c'est presque sûr qu'on n'aura pas à t'amputer? T'as toute la vie devant toi, p'tite fille. T'es belle, intelligente.

— Oh non! Pas moi. C'est Fédora qui est intelligente. Moi, j'suis douée en musique, c'est tout.

— Qui ça, Fédora?

— Ma jumelle.

— Comment? Ça existe en deux exemplaires, une belle femme comme toi?

Cette fois-ci, elle ne rit pas. Ni même ne sourit mais pousse un soupir.

— Sauf que l'autre exemplaire ne se serait pas ridiculisée comme ça... Elle ne se serait pas trompée... Elle aurait agi bien avant.

Elle se mordille de nouveau la lèvre inférieure dans un ultime effort d'empêcher une crise de larmes.

— J'pensais que je pourrais le changer. Il n'arrêtait pas de dire qu'il m'aimait, que j'étais la seule femme de sa vie.

— Il t'aime sans doute, mais pas d'la même manière que toi tu l'aimes.

— Pourquoi est-ce qu'il m'a choisie? J'ai tout laissé tomber pour lui... J'suis partie de chez moi... Mes parents n'ont jamais répondu à mes lettres... J'ai honte, tellement honte... Tout l'monde va rire de moi.

— Qu'est-ce que tu vas chercher là? Pourquoi rire de toi? Parce que tu t'es trompée? Tout l'monde s'est trompé sur le compte de Christian. Y'a bien caché son jeu.

— Oui, mais moi... ce n'est pas pareil. Ça fait un mois que... Moi, j'le savais, confesse-t-elle d'une voix éteinte avant de fermer les yeux et de laisser retomber sa tête sur l'oreiller.

Doucement, il lui caresse le front et les tempes du bout des doigts. Hier, cette peau était froide et il priait, à sa façon, pour que la chaleur de la vie revienne l'habiter. Aujourd'hui, il se sent une certaine responsabilité face à elle. Il sait que son âme de femme souffre.

— Tu l'aimais... Quand on aime, on est un peu fou et on pardonne bien des choses.

— Mais de là à accepter... ça!

— On s'accroche, on espère l'impossible. C'est beaucoup plus simple de ne pas aimer. Y'a juste les gens qui n'ont jamais aimé qui vont rire de toi, et ça, j'en connais pas.

Une larme s'échappe des paupières closes et file vers les cheveux. Il remarque le léger tremblement des lèvres. Que dirait-il au premier chagrin d'amour de sa fille? Les vieux dictons «Un de perdu, dix de retrouvés» et «Chaque chaudron a son couvercle» lui viennent automatiquement à l'esprit, mais ils sont beaucoup trop banals et simplets pour consoler ce chagrin complexe. Ce chagrin auquel ils n'ont pas été préparés ni l'un ni l'autre et pour lequel il n'existe pas de phrases préparées par les générations précédentes. Il ne connaît personne qui soit passé par là.

— J'ai peur.

— De quoi ?

— De m'tromper encore une fois... D'aimer quelqu'un et de me rendre compte... ensuite... qu'il est homosexuel.

— Il ne l'est pas.

— Qui ? De qui parlez-vous ?

— Du médecin. Il ne l'est pas.

Elle ouvre des yeux étonnés.

— Je ne parlais pas de lui. Je n'ai pas envie de tomber en amour de sitôt.

Un rien de colère colore les joues, ravive le feu.

— J'te disais ça comme ça, si jamais t'en avais envie... Y'a pas l'air à t'haïr trop trop.

— J'ai pas la tête à ça pour l'instant. J'veux plus, non, j'veux plus. C'est peut-être seulement la musique qui nous rapproche... C'est ça que Christian aimait en moi. Imaginez, j'étais musicienne ! On se pique tous de culture, dans ce milieu-là. Vous vous êtes trompé pour Christian... et là, tout d'un coup, vous affirmez. Sur quoi vous vous basez, cette fois-ci ?

— Sur... mon intuition masculine.

À volonté, il entretient le feu de cette colère qui la ramène à la vie.

— Vous êtes vraiment spécial. Franchement !

Elle se tourne sur le côté, lui présentant volontairement son dos. Elle a l'air d'une enfant alarmée de voir son secret mis au jour. Tout cela dormait si inoffensivement au fond de son cœur qu'elle avait recommencé à meubler de choses douces, telles les attentions du jeune médecin. Il comprend que pour l'instant ce cœur ne peut en contenir davantage et il craint soudain que le feu de la colère n'incendie ces choses douces. Il se ravise alors et tente d'évacuer le plus de soucis possible. Le plus de chagrin possible, pour faire de la place.

— T'es jeune. T'es belle. T'as toute la vie devant toi. Pour le moment, tu vois juste la tempête, mais ça va se calmer. Tu vois juste tes problèmes. Où tu vas rester, ce que tu vas faire, comment tu vas aller chercher tes affaires chez Christian... Laisse tomber tout ça. On va trouver une solution en temps et lieu. Y'a plein de possibilités pour toi ici, si tu veux pas t'en retourner à Montréal tout d'suite. Mais promets-moi que tu vas guérir.

— Pourquoi je guérirais ?

Cette réponse, il ne l'accepte pas. Il ne la digère pas. C'est celle d'une fille à papa qui prend plaisir à gratter son bobo. Du moins, c'est ainsi qu'il le perçoit.

Il a soudain envie d'administrer une fessée à cette jolie croupe dont les couvertures dessinent le contour. C'est tout ce qu'elle mériterait. Tout ce que son instinct paternel lui commande de faire.

— Pourquoi tu guérirais ? Pour qui, plutôt. Pour moi d'abord... parce que j'ai pas envie d'avoir survécu pour sauver quelqu'un qui a pas le courage de vivre. Tu t'es trompée ? Pis après ? Tu vas rester dans ta coquille pour ça ? Qu'est-ce que tu veux ? Qu'on pleure sur ta tombe ? Qu'on te plaigne ?

— Taisez-vous ! supplie-t-elle en enfouissant son visage dans l'oreiller.

— Ah non ! J'ai l'droit de parler, vois-tu, parce que toute la journée j'me suis inquiété. Parce que j'suis revenu dans le mauvais temps alors que j'aurais pas dû... Pis tu viens de me faire savoir que j'ai risqué ma vie pis celle de mon copilote pour un bébé gâté qui crache sur ce que la vie lui laisse. C'qui te reste, p'tite fille, après ta mésaventure, moi, j'donnerais n'importe quoi pour l'avoir. C'est pas mal plus que ce qui m'est resté après l'accident. Mais si tu veux gratter ton bobo, gratte-le toute seule. C'est pas d'ma faute si t'as été élevée dans le satin. Compte plus sur moi pour te venir en aide.

Il se lève avant d'en dire trop. Peut-être même qu'il en a déjà trop dit, à la voir prostrée. Cet acharnement à vouloir mourir à tout prix le met hors de lui et, à regret, il constate qu'il s'est lourdement mépris. Comment a-t-il pu voir le petit prince en elle? Comment a-t-il pu se laisser berner par le sourire ineffable?

Il s'en veut d'avoir tant investi dans cette cause qu'elle s'entête à vouer à l'échec. S'en veut d'avoir laissé toute cette boue remonter en lui et le salir.

Il tourne brusquement les talons et se dirige d'un pas décidé vers la porte.

— Émile! Ne partez pas!

Assise dans le lit, elle lui tend ses mains pansées en tremblant de tout son être. Il revient. Accueille de nouveau au creux de son épaule cette tête qui a pris l'habitude de s'y blottir.

— Ne partez pas... Ne me laissez pas tomber. Je ne connais personne ici à part vous.

— Tut! Tut! Tu connais le docteur... j'sais pas qui.

— Gabriel... Gabriel Langevin.

— Tiens donc! Tu te rappelles de son nom! Parle plus comme tantôt. Dis plus ça, «guérir pourquoi?». T'as le droit d'avoir d'la peine, d'avoir peur, mais pas de cracher sur la vie.

— Vous aussi, vous avez craché sur la vie.

— Moi aussi, j'ai été ramené à l'ordre.

— Par votre père?

— Non... Mon père a sacré le camp quand j'avais huit ans. Ce sont des pilotes qui m'ont secoué, ceux de l'école où je travaillais. Pis mon oncle James.

— Jamais personne ne m'a parlé comme vous l'avez fait.

— C'est rien, ça; t'as failli avoir une fessée. T'es chanceuse que j'aie eu peur des gros souliers laids d'la garde-malade.

Elle rit et il soupire de soulagement.

— Si elle nous voyait, elle penserait sûrement qu'on est amoureux, vous pensez pas?

— Elle peut bien penser ce qu'elle veut... L'important, c'est que nous autres on sache... Et puis j'aimerais bien que tu me tutoies... J'suis pas si vieux.

Élisa ferme les yeux. Se laisse bercer comme une enfant malade, meublant son cœur petit à petit. Reprenant confiance et espoir parce qu'il est là pour la protéger et la semoncer. Pour accorder le feu vert aux avances du jeune médecin et remplacer celui qui n'a pas répondu à ses lettres.

Femme ou enfant, petit prince ou fille à papa, rose ou renard, qui berce-t-il finalement dans ses bras de faible chair? Il ne cherche pas à le savoir et laisse monter une paix en lui. Une fierté qui bat des ailes d'ange au-dessus de la bête du désert. Avec ce qu'il est de boue, il a réussi à créer un lien entre leurs âmes.

Il observe la neige à la fenêtre et remarque que la tempête commence à montrer des signes de fatigue. Las d'avoir tant soufflé, le vent s'accorde un répit et laisse descendre paisiblement les flocons, lui qui, l'instant d'avant, les projetait, les mitraillait, les faisait tourbillonner pour démontrer sa puissance.

Le blizzard s'achève. Les dernières rafales tasseront et compacteront la neige, puis tout redeviendra calme.

Pendant un court laps de temps, la ville demeurera immobile. Captive. Ensevelie. Pendant un court laps de temps, on pourra croire que le maître du pays a reconquis le territoire que les hommes se sont approprié. Puis ceux-ci sortiront avec leurs pelles pour creuser patiemment leur chemin, dégager les véhicules et libérer les ailes des avions. Laborieusement, les mâchoires des souffleuses grugeront la neige compactée que les anciens Inuit taillaient en blocs pour construire leurs igloos. Lentement, sûrement, la ville se dégourdira, se dégagera du piège. Les activités reprendront. Les élèves retourneront à l'école, les pilotes à la piste, la serveuse au restaurant.

C'en sera fini de la tempête. De ce qui emporte aveuglément et puissamment. De ce qui est cruel et sans discernement. Les mains de la guitariste guériront et ceux du médecin chercheront à les conquérir. Les plaies se fermeront, les larmes sécheront. Tout redeviendra comme avant. À petits coups patients de pelle dans le marbre blanc de la neige, la ville recouvrera son aspect et ses droits. Et cela tant et aussi longtemps que les hommes employeront leur tiède haleine animale pour rendre hommage au souffle de l'esprit.

9

Le réveillon

«T'es rien qu'un bouche-trou, Sophie», lui fait savoir la femme au visage osseux reflété dans la glace. Sans doute, oui. Elle ne devrait pas se réjouir de cette invitation tardive. Et pourtant...

Pourtant, c'est la veille de Noël et Émile a promis de l'emmener à la messe de minuit sur la vieille réserve, suivie du réveillon chez lui. Pourtant, elle se fait belle... ou tente de le faire, recommençant son chignon pour la troisième fois.

Pourquoi donc a-t-elle accepté? Cette grotte n'était-elle pas définitivement ensevelie? Il n'a eu qu'à s'approcher du comptoir et à se pencher vers elle pour qu'elle consente spontanément à l'accompagner. Elle aurait pu au moins montrer des réticences, offrir une certaine résistance. Mais elle a faibli, flanché, abdiqué devant le regard bleu. En un rien de temps, elle a déblayé le sentier menant à la grotte. Il n'aurait pas fallu. C'est dangereux de l'y accepter encore une fois avec ses épaules larges qui ébranlent les assises de son éducation et ce regard qui a tant de pouvoir sur elle. C'est la dernière fois. À la fin de cette soirée, elle lui fera savoir qu'elle n'est pas dupe et qu'elle sait très bien qu'il l'a invitée par dépit, Élisa étant courtisée par le nouveau médecin.

Oh non! elle n'est pas dupe, et elle roulera elle-même une grosse pierre devant l'entrée de la grotte, scellant une fois pour toutes le trésor périmé de sa virginité. S'il savait ça! Inconsciemment, elle serre les cuisses. Accablée. Déprimée. Jamais un homme ne l'a aimée pour elle-même. Son premier soupirant la fréquentait pour se rapprocher de sa sœur et son deuxième pour avoir recours à son rôle de confidente. Jamais un homme, exception faite de son père, n'a remarqué les joyaux de ses yeux. Et ce n'est pas ce chef pilote qui va s'attarder à les découvrir ce soir. Elle sait très bien qu'il l'a invitée parce qu'il n'est guère capricieux. Élisa étant devenue inaccessible, il se rabat sur la serveuse maigrichonne. Et dire qu'elle a accepté d'emblée l'invitation! Elle aurait pu au moins... Au moins cacher son trouble, sa joie, son émotion. Hélas non! Naïvement, maladroitement, elle s'est trahie.

«Oui, j'sais, j'suis rien qu'un bouche-trou», se répète-t-elle en piquant les épingles dans les cheveux soyeux ramassés sur sa nuque, espérant crever cette joie, ce trouble, cette émotion qui se gonflent de nouveau en elle comme un ballon au fur et à mesure que l'heure avance.

Jamais elle n'a été si maladroite à se coiffer, ses doigts moites et tremblotants échouant encore une fois à assujettir le chignon au bon endroit et à faire éclater ce ridicule ballon des vaines espérances.

Quelques coups de brosse nerveux éveillent l'électricité statique dans la toison brune. Zut! Manquait plus que ça! Et l'heure qui avance... Elle consulte sa montre-bracelet. Il lui reste à peine dix minutes. Elle ne sera jamais prête à temps. Bof! Elle n'aura qu'à prétexter qu'elle est malade ou trop fatiguée. Il comprendra. Après tout, elle n'est qu'un bouche-trou. Et puis non, elle a envie d'être avec lui... Envie de le voir, de l'entendre, d'assister à la messe de minuit chez les Montagnais. Envie de s'offrir ce rêve. De vivre le bal de Cendrillon tout en sachant qu'à la fin son carrosse redeviendra citrouille et qu'elle roulera une grosse pierre à l'entrée de la grotte.

Elle s'essuie les mains sur la robe de fin lainage turquoise qui moule son corps malingre et elle tente encore une fois de réussir sa coiffure, espérant soudain qu'il ne l'a pas tout simplement oubliée.

* *

*

Et si elle avait oublié? C'est bien possible, après tout. Elle a accepté si rapidement. Peut-être n'avait-elle pas réellement saisi de quoi il s'agissait. Si Barbiche s'était mêlé de ses affaires, aussi, il n'en serait pas là, avec un diachylon sur la joue qu'il s'est coupée par nervosité en se rasant. Qu'est-ce qui lui arrive? Il ne va tout de même pas la demander en mariage. Tout ça, c'est de la faute de Barbiche. Qu'avait-il à prétendre qu'il plaisait à Sophie? Sur quoi se basait-il pour avancer une telle ineptie? «Elle te lâche pas des yeux, mon vieux, et t'as qu'à la regarder pour qu'elle devienne rouge comme une tomate. — C'est à cause de ma drôle de face. — Oh non! Pas d'la manière dont elle te regarde.»

Pas de la manière dont elle le regarde. Qu'est-ce qu'il en sait? Il est vrai que son regard s'est toujours logé en lui avec facilité. Mais de là à penser... De là à supposer qu'elle et lui...

— Chanceuse! Elle reste juste en face d'la piste, s'exclame Martin sur la banquette arrière réservée à l'équipage.

— Élisa restait pas tellement loin d'ici.

Cette précision n'intéresse que sa mère, Martin étant trop excité par l'approche de la distribution des cadeaux. C'est bien normal, à son âge. Ce qui l'est moins, c'est cette inquiétude chez un homme de son âge, cette gêne d'avoir acheté un présent pour Sophie. Quand sera-t-il séant de lui donner cette paire de mitaines en cuir de caribou? Son geste n'est-il pas déplacé? Osé? Inconvenant? Lui avouera-t-il qu'il en a commandé l'exécution dès le lendemain de leur conversation au sujet d'Élisa? À quoi a-t-il donc obéi à ce moment-là?

— Tu crois que ta blonde est prête? demande Martin alors qu'il descend du véhicule.

Interloqué, il considère ce lutin qui l'examine avec un sourire finaud.

— C'est pas ma blonde... C'est juste une amie, Martin.

Ce qu'il se répète dans le sentier glissant menant à la roulotte. Juste une amie... et pourtant.... Pourtant, en lui, ce trouble, cette nervosité. Cette conviction d'être à son désavantage alors qu'il a œuvré pour paraître à son meilleur. Ce chandail bleu royal, par exemple, qui met la couleur de ses yeux en valeur. Pourvu que ses hommes ne le lui arrachent pas de sur le dos. L'an dernier, ils s'étaient tous retrouvés avec des vêtements en lambeaux. Faut dire que c'est lui qui avait parti le bal en déchirant la chemise de Luc pour souligner son affectation sur le Beaver. Ce soir, il s'efforcera d'être sérieux pour faire honneur à l'ancienne institutrice qui daigne l'accompagner. C'est juste une amie... Et pourtant, en lui, cette fébrilité de jeune soupirant. C'était comme ça la première fois qu'il était allé chercher une fille pour l'emmener au cinéma. Moins pire que ça, tout de même, parce qu'à l'époque il avait confiance en son pouvoir de séduction, le feu ne lui ayant pas encore grugé la moitié du visage. Dès l'apparition de sa cavalière, il s'était galamment découvert. Aujourd'hui, il conservera son casque en fourrure de loup incliné sur son oreille mutilée, même si elle n'est qu'une amie.

C'était comme ça aussi, moins pire que ça, quand il toquait à la porte au même rythme que son cœur battant dans sa poitrine. Silence. Elle a oublié. Si ce n'était de sa mère et de son fils attendant dans le camion, il rebrousserait chemin. Mais c'est juste une amie, non ? Il doit le prouver à Martin et frapper de nouveau.

— Un instant.

La petite voix de «rien qu'une amie» derrière la porte lui noue la gorge. C'était comme ça. Elle apparaît, superbe chevelure brune cascadant sur ses épaules.

— Entrez. J'en ai pour un instant... Le temps de remonter mes cheveux.

Il aimerait lui dire que ce n'est pas nécessaire. Que c'est très joli ainsi. Que, surtout, ça lui plaît, mais on ne dit pas ces choses à quelqu'un qui n'est rien qu'une amie.

— Prenez votre temps, nous sommes un peu en avance.

Il observe le décor moche de la pièce et se félicite d'y soustraire Sophie en cette veille de Noël. Elle aurait sûrement eu le cafard devant ces cartes de souhaits exposées sur le dessus du réfrigérateur. Il y remarque un dessin d'enfant et se permet de lire le nom de Gaétane entouré de X symbolisant des baisers. Il se sent indiscret de fureter ainsi dans la vie de cette femme et plonge machinalement la main dans la poche de sa parka à la recherche de cette pierre. De ce grand vide en lui. De cette confusion.

— Voilà. Je suis prête.

La bête du désert imagine le corps délicat sous le fin lainage et repère l'épingle angulaire à retirer pour que s'écroule l'échafaudage de cheveux. La bête du désert renifle le parfum, note le galbe de la cuisse lorsque la femme chausse ses bottes. Ce n'est qu'une amie, bête du désert. Bête de chair assoiffée rôdant autour de l'oasis. Ne te souviens-tu pas que, même gantée, cette main n'a pas osé toucher ton crin poussiéreux ?

— Vous ne vous êtes pas acheté de mitaines ? demande-t-il en la voyant enfiler ses gants de chevreau.

— Je n'ai pas encore eu le temps.

Lui donnera-t-il celles fabriquées expressément pour elle par la femme de Georges ? Quand ? Donne-t-on ce genre de cadeau à rien qu'une amie ? N'est-ce pas compromettant ?

Elle le précède dans le chemin qu'elle a déblayé à coups de pelle. À la voir aller, à petits pas prudents, sur cette piste glacée par l'usure, il regrette de ne pas avoir accompli cette tâche lors de la dernière tempête. C'est là le genre de service qu'on peut se permettre d'offrir à une bonne amie pour pallier aux inconvénients de l'hiver. Mais offrir une paire de mitaines...

Perplexe, il lève la tête pour contempler les étoiles comme il l'a toujours fait la nuit de Noël, les trouvant plus nombreuses et plus brillantes. Et, comme toujours, il cherche à trouver celle des Mages... ou encore celle du petit prince, qui les ferait toutes rire. Elle imite son geste avant de monter.

— Les étoiles sont belles, ce soir.

— On dirait qu'elles le sont toujours à Noël.

— Oui. Vous croyez qu'il va neiger ?

— Non. Le ciel est trop clair. Assoyez-vous entre ma mère et moi. Ce sera un peu tassé mais c'est pas pour longtemps.

Dommage ! S'il savait ! Elle irait au bout du monde, tassée contre lui dans la cabine de ce camion. Au bout du monde, à le sentir tout près, à humer son parfum de lotion après-rasage et à deviner cette longue cuisse musclée près de la sienne. Prends garde, Cendrillon, de ne pas t'enferrer dans ton rêve !

— Ici, c'est l'ancienne réserve. L'église est bâtie en pierres du pays. Je vous ai dit que la messe sera chantée en langue montagnaise ?

— Oui. C'est une langue que vous parlez, je crois.

— Oh ! si peu et si mal.

Il lui offre la main pour l'aider à descendre. Martin en fait de même pour sa grand-mère. Ne dirait-on pas qu'ils forment une famille ? Attention, Cendrillon ! Tout cela redeviendra citrouille. Elle s'appuie à son bras pour gravir la faible pente, non pas de peur de glisser, mais de crainte de s'écrouler littéralement sous le poids de l'émotion.

Ils prennent place dans un banc à l'arrière, à proximité de Georges et de sa famille. Il a pris soin de s'asseoir à sa droite, lui présentant ainsi son profil indemne, ce qui lui donne la nette impression d'être en présence d'un étranger qui n'a rien à voir avec le voyageur blessé. Rien à voir avec l'homme au casque de fourrure incliné sur l'oreille mutilée. Un étranger qui ne fait que l'intimider par sa beauté et lui certifier qu'elle aura effectivement une pierre à rouler en fin de soirée.

L'odeur de cire et d'encens la ramène tout de go à l'âge où, jeune fille obéissante et vertueuse, l'Église lui a appris à associer vice et sexualité. Chair et péché. L'âge où elle s'est évertuée à priver son corps de ce que sa puberté nécessitait. Ce corps qu'elle reniait, méprisait, rejetait. Dissociait de toute quête d'idéal et de pureté. Ce corps indigne, soumis au joug du cycle menstruel et de l'enfantement dans la douleur. Ce corps faible qui, ayant induit le mâle en tentation, a fait perdre au premier couple le paradis terrestre.

C'est de lui qu'émanait la souillure et elle devait l'épier, le châtier, le frustrer. Le garder à l'abri de tout geste, de tout regard, de toute parole risquant de le faire dévier de la ligne de conduite tracée par la Vierge Marie elle-même, femme bénie entre toutes les femmes. C'est à ce corps seul qu'incombait l'écrasante responsabilité de sauvegarder la virginité jusqu'au pied de l'autel. De protéger le sceau de l'hymen, garant de la réussite du mariage, pour l'offrir à l'homme tel un trésor fabuleux. Un trésor aujourd'hui périmé, désuet. Preuve évidente, dans son cas, qu'elle a eu peu de tentations à repousser.

S'il savait cela, ce bel étranger assis à ses côtés! Ce bel étranger qui peut-être, avec Myriam, chambre du troisième... Pourquoi penser ainsi en cette nuit de Noël? Il n'est pas encore temps de rouler la pierre mais elle se sent tout à coup si loin et si seule. Loin des siens, de sa paroisse, de sa maison. De tout ce qui a fait ce qu'elle est aujourd'hui et qu'elle ne parviendra jamais à révéler à cet étranger. Pourquoi s'est-elle exilée?

Les Montagnais entonnent un cantique de leurs voix nasillardes. Ce chant de naïve piété, agrémenté de quelques fausses notes, la touche et l'isole davantage. Que fait-elle ici, parmi ces gens dont elle ne partage ni la race ni la langue? Que fait-elle aux côtés de cet inconnu?

Le curé débute son sermon d'un ton sec. Elle s'étonne de la dureté de l'articulation et de l'expression sévère du prêtre. Il semble leur raconter ce qu'on lui racontait en chaire quand elle était jeune, avec la même expression accusatrice. Et l'assemblée semble réagir comme elle réagissait, se sentant responsable de cette naissance de l'Enfant-Dieu sur la paille. N'est-ce pas pour racheter leurs péchés qu'Il est venu en ce bas monde? Mais qu'est-ce qu'un péché, finalement? Qu'est-ce qu'un péché pour ces gens? Pour elle? Pour cet homme à ses côtés? Longtemps, elle a cru qu'ils étaient des désobéissances aux commandements de Dieu et de l'Église. Puis il y a eu la dépression nerveuse, le grand chambardement d'où a surgi une nouvelle notion du péché : celle d'avoir fermé son corps à la vie. D'avoir séquestré sa féminité.

Pour ces gens, cela semble être encore une désobéissance à Dieu et à l'Église. Et, pour lui, qu'est-ce que c'est? Discrètement, elle tourne la tête dans sa direction et se voit harponnée par le regard bleu. Trop bleu. Qui la traîne sans qu'elle résiste vers cette grotte où elle fait l'amour en cachette. Ce regard chaud, qui lui brûle les joues. Attention, Cendrillon! Il se penche vers elle et lui chuchote la traduction à l'oreille. Elle ne saisit que quelques mots au hasard, les assises de son éducation étant fortement ébranlées par la pression des larges épaules contre les siennes et par cette haleine tiède sur son cou. Elle goûte tout cela, sachant très bien qu'en fin de soirée elle devra y renoncer et rouler une pierre sur le geyser de ses désirs. Elle goûte tout cela avec ferveur et respect comme on s'abreuve d'un nectar rarissime. Elle goûte de ne plus être seule, ni loin, ni bâton de vieillesse, ni maîtresse d'école, mais simplement d'être une femme au sexe palpitant près de cet homme.

* *

*

Lui! Oh non! pas lui ici! Tête d'Oiseau la glace, la congèle. Il descend d'un pas alerte l'escalier menant au sous-sol.

— Paraît que t'as quelque chose à m'montrer, Martin?

Il se fige en l'apercevant près de la maquette et lui décoche un regard hostile qui lui donne la sensation d'être une intruse. De Gulliver au pays des Lilliputiens, Martin se métamorphose en gérant d'aéroport faisant visiter la piste et les installations.

— *Wow*! C'est au bout! J'en reviens pas.

— P'pa me l'avait dit que t'en reviendrais pas.

Bien sûr qu'elle est une intruse. Ces hommes se connaissent, ayant tissé des liens entre eux. Entre leurs familles. La preuve : Tête d'Oiseau offre un présent à Martin.

— Chouette! Un Otter! P'pa m'avait dit qu'il n'y en avait pas.

— Ben moé, j'l'ai trouvé.

Témoin gênant et gênée, elle s'éclipse, dérangée par l'attachement évident de l'enfant pour celui qui lui rappelle qu'elle a coiffé Sainte-Catherine, à son grand désespoir.

Elle monte l'escalier aussi rapidement que Tête d'Oiseau l'a descendu et tombe sur Émile qui, vraisemblablement, l'attendait près de la porte.

— Venez.

Il lui entoure les épaules de son bras. La prend avant que tout ne redevienne prématurément citrouille et la présente aux invités.

— Qu'est-ce que je peux vous offrir?

— Oh!... euh... comme vous.

Il rit, lui verse un jus d'orange.

— Laisse-le pas faire, Sophie. Mets un peu de vodka dedans, suggère Myriam en passant à l'acte.

La présence de sa compagne de travail la décontracte. Bien qu'elle lui soit diamétralement opposée, elle aime Myriam et se sent en confiance avec elle. Est-ce par sa porte ouverte au troisième que celle-ci a acquis une forme de maturité et une profonde compréhension des êtres? Est-ce par l'œuvre de chair qu'elle a appris à déceler les manifestations de l'âme? Quoi qu'il en soit, elle se sent comprise et encouragée à accéder à la demande d'Émile de s'asseoir sur ses genoux pour soi-disant laisser de la place aux autres. La maîtresse d'école se serait offusquée de cette audace mais la femme qu'elle est se cale avec délices contre ce corps solide et chaud, s'enivrant du parfum de lotion après-rasage et vibrant au moindre mouvement de l'homme.

Le regard complice de Myriam lui accorde sa bénédiction et l'incite à profiter du moment. «Bois tout ton saoul, Cendrillon; bois avant que le charme ne se rompe.»

Et elle boit, bonheur et vodka jus d'orange, jusqu'à devenir toute chaude et engourdie contre lui. Jusqu'à s'abandonner aux bras qui se font téméraires et l'invitent à poser la tête contre le dur thorax, laissant les mailles de laine bleue s'imprimer sur sa joue et lui transmettre les battements vigoureux du cœur.

Par la force de la pensée, elle pénètre ce corps, imaginant le réseau sanguin qui véhicule la vie partout, jusqu'au bout des doigts qui viennent se poser timidement sur les siens. Ce cœur ne bat-il pas plus vite depuis? À moins que ce ne soit le sujet de la conversation qui ait augmenté le rythme cardiaque. Les pilotes évoquent l'accident survenu récemment dans une région du Sud lors d'une tempête. «Cré Bidou! C'était fou, ça!» C'était? Il n'est donc plus. La pompe de la vie s'est donc arrêtée dans le corps brisé. Ne reste de lui que ses bouffonneries et ses extravagances. Sa joie de vivre et son amour du vol. Le sourire insolent et sympathique s'est inscrit à tout jamais comme la plus belle épitaphe qui puisse exister dans la mémoire de ses frères du ciel. Dans la mémoire de ceux qui l'ont connu. De ceux qui ont attendu de lui le mot, la blague, le geste qui leur faisaient oublier cette grande dame en noir qui les couvre de sueurs froides, là-haut. Cette dame impitoyable et sournoise, tapie dans les nuages, dans la pièce défectueuse, dans l'erreur de pilotage.

On parle arrêt de moteur ; elle pense arrêt de cœur. On conjecture sur les causes de l'accident ; elle, sur celles du décès. On tente de reconstituer les faits pour apprendre et comprendre ; elle, de reconstituer les gestes de l'existence d'homme. Quelque part, en cette nuit de Noël, elle sait qu'il manque la musique d'un cœur à une oreille de femme. Tout lui apparaît alors tellement simple. Tellement clair. La fugacité des êtres et des choses dégage l'inutile pour ne laisser que l'essentiel. S'élimine d'elle-même la gangue des convenances et des politesses pour ne laisser que la forme lisse, épurée et fragile de la Vie. Celle qui bat à son oreille. Qui bat en chacun d'eux pour chaque oreille de femme et d'enfant. Alors, elle comprend avec quelle facilité ils font fi de cette gangue, se chamaillant et s'amusant comme les chiots d'une même portée, avec ni plus ni moins d'élégance et de retenue. Elle comprend qu'ils soient bruyants, turbulents, car là-haut, dans le silence, ils sont graves et responsables. Elle comprend qu'ils se défoulent, qu'ils osent être écervelés, excentriques, voire polissons, car là-haut la grande dame en noir peut les priver à tout instant de toutes les folies et les joies d'ici-bas.

Une olive atteint soudain Émile, ce qui le fait sursauter puis rire de bon cœur.

— Hé ! le Grand ! T'as combien d'atterrissages forcés ? demande Barbiche.

— Pas mal...

Elle craint tout à coup pour ce cœur-là qui bat contre son oreille. S'il fallait que demain tout se fige dans ce corps et que jamais il ne sache qu'elle l'aimait ? Que demain la grande dame en noir le fasse sien sans que jamais elle tente d'en faire autant ? Instinctivement, elle se blottit contre lui et goûte avec ferveur la réponse de la main qui lui presse l'épaule.

— C'est combien, ça, pas mal ?

— Compte si tu veux le savoir, répond Émile en ripostant d'un cornichon.

Il n'en faut pas plus. L'exemple peu recommandable du maître des lieux donne le ton. Fusent alors condiments et crudités. Un radis se fiche dans la monture de lunettes de Barbiche, lui faisant ainsi deux beaux nez ronds. On s'exclame. On rit. On tente de réitérer l'exploit.

Complètement estomaqués, Élisa et le jeune médecin assistent à ce défoulement collectif en se tenant les doigts, étudiant les réactions imprévisibles de la mère d'Émile. Retranchée dans un fauteuil de style vaguement victorien, la brave dame, jusqu'à présent digne et respectable, semble non seulement tolérer mais encourager une telle exubérance. Les vols d'olives, de cornichons et de radis dans l'espace aérien non contrôlé de son salon semblent la divertir grandement. Est-ce parce qu'elle côtoie elle aussi cette grande dame en noir que son fils croise aux commandes de son appareil ? Voyant le bougon Lulu entrer dans le jeu, elle laisse échapper un rire, un fou rire qu'elle retenait à grand-peine.

À court de munitions pour les avoir toutes mangées, l'imprévoyant Choucroute doit abandonner ses positions pour se ravitailler dans le plateau de Myriam, qui, rodée à ces jeux burlesques, participe sans prendre parti, lançant de gauche à droite. De-ci de-là.

Attiré par les rires, Martin surgit avec Tête d'Oiseau et vient prêter main-forte à son père bombardé de toutes parts, se reconnaissant le droit de participer à ces combats puisqu'il participe au nettoyage du champ de bataille le lendemain.

Émile a lancé douze fois. Elle a compté. «Douze? — Douze», confirme-t-il en l'enveloppant de ses bras comme pour la protéger des projectiles. Mais c'est de l'inquiétude qu'elle aimerait être protégée. De la peur. De la superstition qui a soudain prise sur elle. Le treizième est donc à venir.

Elle ferme les yeux, écoute religieusement la musique de ce cœur, parce que demain... peut-être...

*   *
*

Peut-être est-ce parce qu'elle est dans ses bras ou parce que la canonnade a eu lieu pendant qu'il était au sous-sol avec Martin qu'il est vexé, déçu, choqué. Mais que fait-elle là, cette vieille fille, à se coller à lui comme une sangsue? Cette impeccable demoiselle qui l'a chassé de son beau restaurant. Elle a bu, c'est évident, pour se comporter de la sorte. Qu'est-ce qu'Émile peut bien lui trouver? Il en semble épris et ne cesse de la couver d'un regard tendre tout comme le jeune médecin le fait d'Élisa.

Étranges, ces formations et consolidations des couples à la suite du big-bang provoqué par l'homosexualité de Christian. Voilà leur petite communauté ébranlée. Leur petit univers dérangé. Pourtant, ici, on ne se formalisait de rien. Avait beau mentir qui venait de loin et ils venaient tous de loin. La tolérance était la marque de commerce de la ville. Hommes et femmes s'accouplaient à leur guise, sans égard aux lois civiles ou religieuses, et les consciences étaient devenues passablement élastiques en ce lieu isolé, retiré, fermé sur lui-même. On griffonnait, raturait, barbouillait des rapports sexuels au hasard des rencontres dans le grand livre de la Nature et tout allait pour le mieux dans le meilleur des mondes jusqu'à ce qu'un rapport homme-homme soit inscrit avec du sang dans la marge. Du sang s'égouttant du nez de Christian. Du sang stérile à ne jamais transmettre par procréation. Big-bang. Certaines consciences ont éclaté et les autres, plus élastiques, se sont considérablement tendues. Suffit de peu, maintenant, pour qu'elles se rompent à leur tour.

Ayant fait un grand X sur les écarts dénaturés, on a vite tourné la page et recommencé. Doigts d'hommes et de femmes s'empressant de se lier, d'officialiser des liaisons normales. De restructurer leur relation et de rétablir l'hétérosexualité comme si elle avait failli être détrônée. Et les contrevenants aux lois immuables de la nature se sont vus mis à l'écart. Plus personne ne parle à Christian autrement que par affaire. Même Lulu, qui avait porté plainte contre le Grand et qui, ce soir, se trouve ici. À fêter. Avec sa femme et tous ces briseurs d'avions que Christian répare avec tant de compétence.

Tout le monde cautionne le Grand. Tout le monde approuve ses coups de poing.

Ah! ce qu'il aurait aimé être à la place du mécanicien pour se battre avec Émile et vider une fois pour toutes cette question entre eux! Pour se rouler avec lui sur le plancher de l'atelier. Faire enfin sortir le sang de cette douleur et donner une couleur à cette ecchymose de l'âme. Ah! lui parler à coups de poing, frapper cette bouche qui ne l'appelle plus «p'tit frère» et ces yeux qui l'ont suivi jusque dans le vestiaire des jeunes joueurs! Ces yeux qui l'ont vu dans sa déplorable tentative de séduction.

Ce qu'il aurait aimé être terrassé par cette force, cette puissance! Émile lui aurait brisé le nez, fendu les lèvres, car il sait donner des coups et les recevoir. Lui, pas. Première chose que Jack lui a dite : «T'sais pas t'battre.» C'est vrai, il ne sait pas, mais il désire un contact physique violent et douloureux avec cet homme qui s'est attribué la mission de châtier les contrevenants à la loi de la Nature.

Cet homme qui ne cesse de le décapiter du regard. Qui ne cesse de le condamner, comme le directeur du pénitencier.

Ce qu'il aurait aimé se ruer sur cette masse de muscles avec toute sa révolte, toute sa haine! Se ruer aveuglément contre ce corps qu'il a caressé à la faveur de l'obscurité. Ce corps qu'il a tenté de libérer de sa geôle de solitude.

Ce qu'il aurait aimé se ruer contre ce bloc monolithique de virilité infaillible et s'éventrer sur lui, laissant couler la honte de ses tripes!

À défaut, il va lui arracher cette vieille fille et le provoquer en duel. «Allez! Dis-le, c'que tu penses. Fais-le, c'que t'as envie de faire. Allez, frappe. Dis-le avec tes poings, c'que tu penses des tapettes, c'que tu penses de moé... Ça t'inquiète pas de savoir que j'ai passé plus d'une heure avec ton fils au sous-sol? Oui, ça t'inquiète. Ça se voit dans tes yeux. T'es jaloux. Tu sais que Martin m'aime. J'suppose que tu vas te dépêcher à le mettre en garde contre moé. Mais t'es mieux d'faire attention... J'pourrais bien lui dire que t'es même pas son père.»

Ah! Vomir tout ce fiel qu'il a en lui. Tout ce mal qui l'empoisonne. Toute cette haine.

Ce qu'il aimerait se libérer de tout cela! De cette sèche demoiselle avec qui Émile s'acoquine pour atteindre les normes standard du couple et le condamner du haut de sa normalité, joignant son regard à celui de l'institutrice sévère. Se libérer de la mère d'Émile, qui sait peut-être tout de lui. De Martin, qui demande pourquoi il ne vient plus à la maison. De Barbiche, qu'il devrait aimer et dont il ne supporte pas la vue. De Lulu, qui a renié Christian à cause de son orientation sexuelle. De Choucroute, son ancien capitaine, qui persiste à l'excuser chaque fois qu'il commet une bêtise. Du Zèbe, plus jeune que lui, et qui partagera l'euphorie du vol avec Émile sur le nouveau Twin Otter.

Se libérer de Myriam, qui flaire en lui une cause de désordre. «Laisse le Grand tranquille à soir.» Avec ses antennes ultrasensibles et réceptives de femelle, elle capte les ondes de son âme. Des ondes qu'elle tente de décoder, de comprendre. «Qu'est-ce que t'as contre le Grand?» Il craint qu'un jour elle ne le découvre. N'a-t-elle pas diagnostiqué les tendances de Christian dès sa première rencontre avec celui-ci?

Se libérer de l'amour naissant d'Élisa et du jeune médecin, qui lui remémore ses amours avec sa belle lionne.

Se libérer de cette compagnie qui l'a embauché alors qu'il était en liberté surveillée.

Plus rien ne le retient ici maintenant. Tantôt, Martin lui a parlé du *Grand Blanc*, destiné à une compagnie du Nouveau-Brunswick, et il a décidé de l'y suivre. De postuler en bonne et due forme comme tous les aspirants.

Plus rien ne l'engage envers Émile. Pas un sou. Il a l'argent qu'il lui doit ainsi que les intérêts. Il le lui remettra dès qu'il en aura l'occasion. Pour l'instant, il s'amuse à toiser la vieille fille. Ce qu'elle peut être mal à l'aise quand il la dévisage! Tant pis! C'était à elle de ne pas le chasser comme un fruit pourri. Il voit encore le geste de son bras maigre. «Dehors, Tête d'Oiseau!» Réalise-t-elle qu'elle n'est pas à sa place sur les genoux d'Émile? Il est trop tard maintenant pour le faire s'évader de sa geôle. Avec quoi pense-t-elle donc réussir là où il a échoué? Elle n'arrive même pas à la cheville de celle qu'il avait imaginée pour son grand aigle au pénitencier. Va-t-elle enfin comprendre qu'elle n'a pas raison de se coller contre lui, d'autant plus que ce n'est pas convenable?

Il boit, se réjouit de l'embarras de Sophie. Enfin! C'est à son tour de la décapiter d'un seul coup d'œil. Et Émile ne peut rien faire. Rien dire pour la protéger. Il ne peut qu'assister, impuissant.

Douce vengeance pour ce regard inquisiteur dont il a été l'objet dans le vestiaire. Œil pour œil. Cette tête affublée d'un chignon pour sa tête rasée de bagnard.

Le Grand l'invite d'un signe de tête à le rejoindre à la cuisine. Cela lui convient. Il en profitera pour lui remettre son argent. C'est d'ailleurs la seule raison qui motive sa présence à ce réveillon. Après, il s'en ira.

Il lui offre aussitôt l'enveloppe contenant la somme.

— Qu'est-ce que c'est ?

— C'est l'argent que j'te devais... plus les intérêts. J'te dois plus rien maintenant. J'vais aller travailler ailleurs. T'avais arrêté d'boire pour ramasser c't'argent-là; tu peux recommencer, à c't'heure. Ça doit être pas mal plate pour toé de te ramasser avec c'te vieille fille-là.

— Arrête d'la regarder comme ça ! Tu vois pas que tu la gênes ?

— Pauvre elle ! Tu vois pas, toé, qu'il va t'arriver la même chose qu'avec Élisa ?

De voir Émile blêmir subitement l'encourage à poursuivre. Quoi donc ? Le voilà déjà désarçonné, jeté à bas de sa monture ? De cette haridelle dont il s'est muni pour atteindre les normes standard du couple ? Lui, l'infaillible justicier ? Déjà et si facilement ?

— Qu'est-ce que tu veux dire par là ?

— Ça crève les yeux, non ? Elle va t'laisser tomber quand elle aura plus besoin de toé.

— C'est juste une amie.

— Toé, t'es juste un ami pour elle.

Le coup porte durement. Il souhaite qu'Émile le frappe. Que s'extériorise tout ce qui souffre et se révolte en eux. Mais cela ne se produit pas et l'homme désarçonné a de la difficulté à se relever. Quand donc va-t-il réagir ? Se défendre ?

— C'que tu peux être poire ! Tu t'aperçois pas que l'monde se sert de toé ? Penses-tu que Barbiche te lèche le cul pour tes beaux yeux ? Tu vas voir qu'il va être moins gentil après, quand il aura obtenu ce qu'il veut.

— Comme toi ?

Il se sent minable. Odieux. Tombé de sa maigre monture, Émile ne parvient pas à se relever. Jamais il n'aurait cru que cela serait si facile de lui faire si mal. Ce n'est pas ce qu'il souhaitait. Peut-il encore obtenir de cet homme un corps à corps violent et libérateur ? Jusqu'où lui faudra-t-il aller pour qu'il consente à mettre ses muscles au service de son âme agressée ?

— Ouais, comme moé. T'es payé, à c't'heure. J'te dois plus rien pis j'm'en vais travailler pour une autre compagnie au printemps. Ouais, t'as été poire de t'occuper de moé.

Émile est livide comme un mort vivant.

— Sacre ton camp d'ici ! ordonne-t-il d'une voix rauque.

— Fais-toé-z-en pas. J'suis juste venu pour te remettre l'argent. Joyeux Noël, chef !

L'argent dans sa main tremblante, il demeure immobile. Abasourdi. Que lui arrive-t-il pour qu'il n'ait plus envie de retourner au salon ? Tout cela n'est-il que comédie et mensonge comme l'a été sa relation avec Luc ? Comédie et mensonge de longue date que seule une dette d'argent empêchait de dévoiler. Mais un coup le prix du billet payé et la dette honorée, voilà que se lève le rideau sur cette pièce sordide. Il ne lui sert à rien de s'agripper à ce rideau. De s'y pendre. Il se lève d'un coup sur la scène minable, éclairée par l'enseigne lumineuse d'un motel de troisième ordre. Il se lève d'un coup sur l'ex-détenu résolu à se prostituer pour dédommager cet imbécile qui s'est porté garant de lui. Cette poire qui fait tant pitié. Sur qui même les danseuses ont craché. Cette poire qui gobe l'explication de la nouvelle orientation sexuelle et s'en voit grandement perturbée.

Myriam apparaît dans l'embrasure. Myriam qui a deviné les tendances de Christian et qui se plaint des frasques donjuanesques de Luc. Frasques qui ne font qu'étayer la théorie de la pitié. Comme il doit présentement lui en inspirer, de la pitié, pour qu'elle ait cet air compatissant! Elle s'avance vers lui, pose la main sur son épaule.

— Laisse-le pas gâcher ta soirée, le Grand. Y'est saoul.

— Oui, ben sûr.

— Tu me le promets?

Elle lui glisse la main sur le cou et l'embrasse longuement sur la bouche en guise de consolation. De compensation. Ce soir, il n'a pas à payer pour l'illusion qu'elle entretenait dans la chambre du troisième.

Tout n'est que comédie. «Tu me le promets?»

Et mensonge. «Oui, j'te le promets.»

Elle part. Il abandonne l'enveloppe sur le comptoir et il va chercher le petit renard de pierre trônant à la place d'honneur sur l'étagère où sa mère expose ses sculptures. Il le tourne, le retourne, cherche à se souvenir de la pierre dont il était captif. Comment a-t-il pu y déceler un renard quand une hyène y séjournait? Une hyène du désert qui vient de le mordre au moment où il s'y attendait le moins. Qui vient de fouiller ses chairs brûlées. «Joyeux Noël, chef!» Comment peut-il retourner à ses invités qui, un coup le prix du billet payé, deviendront les spectateurs qui prendront la pauvre poire qu'il est en pitié? Comment peut-il retourner à

Sophie? Tout n'est que comédie et mensonge. Quel sera le tarif pour la prendre encore sur ses genoux? Il a déjà payé dix dollars pour bercer une putain; combien cela lui coûtera-t-il pour une ancienne institutrice?

Il tourne, retourne la sculpture entre ses doigts. Comme il s'est trompé! Comme il s'est mépris en inventant ce renard dans la pierre! En dégageant de la masse informe ce qu'il voulait voir et croire. En est-il de même pour Barbiche et Sophie? Pourquoi s'acharne-t-il à vouloir découvrir autre chose qu'un gros orteil dans la pierre qu'il trimballe toujours dans sa poche de parka? Somme toute, il n'est peut-être que l'orteil d'un pied capable de mener loin. Qu'un orteil que Luc se permet maintenant d'écraser depuis qu'il projette d'aller ailleurs. «Joyeux Noël, chef!»

Rageusement, il lance le petit renard sur le sol et éprouve un soulagement de courte durée en voyant voler la tête aux grandes oreilles pointues. Maintenant, il lui faut retourner vers ses invités. Afficher un sourire et faire mine que le départ prématuré de Tête d'Oiseau ne l'affecte pas.

La place laissée par Myriam près de la table de service qui sert de bar le prive du prétexte de manque de place pour prendre une femme sur ses genoux. De toute façon, tout cela n'était que comédie. Il n'aura qu'à demander et à payer le prix si le cœur lui en dit. Quoique, d'après Tête d'Oiseau, c'est elle qui lui soit redevable. «Tu peux recommencer à boire», qu'il a dit. «Ça doit être pas mal plate pour toé de te ramasser avec c'te vieille fille-là.»

D'un geste machinal, il s'empare d'une bouteille et se verse un grand verre de vodka.

*   *

*

Vodka jus d'orange sans vodka, c'est toujours ce que Barbiche lui a vu boire. Mais, présentement, c'est vodka jus d'orange sans jus d'orange qu'il avale à grands traits. À ce rythme-là, il sera complètement ivre d'ici peu.

Barbiche s'inquiète. Les réactions de la mère d'Émile l'avertissent de la menace que représente ce changement de comportement. Tantôt souriante et tolérante, elle est maintenant tendue. Affectée à chaque gorgée d'alcool qu'ingurgite son fils. Que s'est-il passé dans la cuisine pour que Tête d'Oiseau les quitte si précipitamment et que le Grand leur revienne dans cet état, évitant de s'asseoir avec Sophie? Ça semblait bien marcher pour ces deux-là. Mais voilà qu'ils sont l'un en face de l'autre, lui de plus en plus absent, elle de plus en plus embarrassée. Il doit faire quelque chose pour rétablir la situation.

— Hé! le Grand! T'aurais pas oublié ton jus d'orange, par hasard?

— Pantoute! J'en ai trop bu.... J'suis écœuré du jus d'orange. J'me rattrape. Santé!

On rit. Exception faite de la mère d'Émile, de Sophie et de lui-même, personne ne semble mesurer la portée de cette nouvelle attitude du chef pilote à l'égard de l'alcool, la première réaction étant de le penser intégré davantage au groupe. Ne faisait-il pas bande à part avec son sempiternel vodka jus d'orange sans vodka? N'était-ce pas agaçant de le savoir constamment sobre alors qu'ils étaient tous sous l'influence de l'alcool?

Pourtant, il avait prouvé qu'il n'avait pas besoin d'être sous aucune influence pour lâcher son fou. Le Grand, qu'on prenait de prime abord pour un homme fort sérieux en raison de son titre de chef pilote, n'avait pas son pareil pour déclencher des situations hilarantes et s'amuser autant qu'eux tout en s'épargnant, comme il le prêchait toujours, les lendemains de la veille. C'est tout un lendemain qu'il se prépare!

Dommage! Les choses étaient si bien amorcées avec Sophie. Elle semblait si heureuse, blottie contre lui. Comment se fait-il que le Grand ne se soit pas aperçu plus tôt qu'elle en était amoureuse? C'était flagrant. Elle n'arrêtait pas de le dévorer des yeux, passant au cramoisi dès qu'il lui adressait la parole. Au restaurant, elle lui préparait même son thé avant qu'il en fasse la demande.

Pauvre petite femme délaissée! Pauvre Grand! Tout allait si bien jusqu'au moment où Tête d'Oiseau est venu s'installer en face d'eux. À les regarder, sourire ironique dans sa belle barbe blonde qu'il caressait. Tout se déroulait tel que prévu jusqu'à ce que Tête d'Oiseau ravive l'animosité. Alors, les deux hommes se sont hérissés comme des chats dans un face à face silencieux. Se sont défiés. Que se passe-t-il entre eux?

Bien qu'il se soit lié d'amitié avec le Grand, il n'a jamais pu savoir ce qui l'oppose réellement à Tête d'Oiseau. Le chef pilote demeure évasif sur le sujet, soutenant l'hypothèse d'une trop longue période de temps passée dans le Grand Nord. «Y'est rendu *bush*.» Cela devait tout expliquer. Tout ce qui existait de tension entre ces deux hommes et de mépris dans l'attitude de Tête d'Oiseau à l'égard de lui, Barbiche. Mépris qui le faisait se sentir vil et profiteur chaque fois qu'il était surpris par l'autre en compagnie de son chef. Chaque fois qu'il avait un élan de sympathie pour ce supérieur à l'égard duquel il s'était promis de demeurer neutre. Mais pouvait-il être indifférent à l'endroit de cet homme avec qui il partageait la même cabine de pilotage, la même satisfaction des belles envolées, la même peur dans le mauvais temps?

Ce qu'elle a pu les unir, cette satanée tempête! Pas un mot. Rien qu'un soupir. Ouf! Enfin atterris! Un regard qui en disait long. Un sourire fatigué, vaguement victorieux. Assurément repentant d'avoir tout risqué. Pas un mot... Une claque sur l'épaule. Un rire nerveux pour montrer qu'elle ne leur avait pas fait peur, la grande dame en noir. Fallait pas dire qu'elle leur avait tordu les boyaux. Seulement se l'avouer en silence. Avec leur regard d'homme qui avait failli se fixer sur l'éternité. Et, dans le taxi, ce bonheur, ce bien-être d'être assis l'un près de l'autre, épaule contre épaule, comme deux rescapés silencieux qui avaient vu la mort de près, qui avaient senti son haleine putride dans le souffle violent du vent et assisté à sa danse macabre dans les tourbillons de neige. Deux rescapés qui goûtaient avec délices les petites choses de la vie. L'odeur du linge mouillé, la paire de bottines de bébé qui oscillait dans le pare-brise, les doléances du chauffeur à propos du déneigement des rues. Deux rescapés qui accordaient de l'importance à des gestes anodins, coutumiers. «Faut pas que j'oublie d'acheter du lait.» Deux rescapés qui découvraient tout à coup la valeur de ces gestes. La beauté de ces petites choses. Parce qu'ils avaient failli les perdre ensemble et qu'ensemble ils les retrouvaient. Parce que ensemble ils revenaient vers les hommes. Vers le restaurant. Le thé ou le café chaud qui sentait bon, goûtait bon. Vers la mère ou la femme. Le fils ou la fille. Et entre eux, désormais, un serment silencieux plus fort que toute parole. Un lien solide, noué là-haut, avec leurs boyaux tordus de peur. Un lien précieux à protéger du fiel de Tête d'Oiseau.

Mais que s'est-il passé dans la cuisine? Par quel tour de magie noire le Grand a-t-il été métamorphosé de la sorte? D'homme sociable, joyeux et détendu, ayant eu la délicatesse de respecter sa phobie superstitieuse en évitant de mentionner qu'il en était à son douzième atterrissage forcé, ce qui forcément aurait identifié le prochain comme étant le treizième, il a été transformé en homme renfermé et silencieux. Il ne peut accepter cela. Le Grand a partagé trop de choses avec lui. Avec eux. Trop de choses pour s'isoler ainsi et s'enfoncer dans un univers qui semble le rendre profondément malheureux.

Mais comme il ne sait que faire pour venir à son secours, il fait le clown comme il l'a toujours fait dans de telles circonstances. Il raconte des blagues, abuse des vocables sacrés, rappelle des événements cocasses. Il fait rire. Il offre une diversion aux soucis, aux chagrins, aux doutes, espérant toucher cet homme seul qui se trouve parmi eux.

* *
*

Eux s'amusent, lui pas. Il hausse les épaules, hoquète, promène un regard trouble autour de lui. Pourquoi les a-t-il invités? Que font-ils là, dans son salon, à rire? Tout n'est que mensonge, ici. Il aurait mieux fait de rester avec les Montagnais, là où l'on ne parle pas pour rien dire. Là où le silence peut exister sans créer de malaise. Ce qu'on en dit, des choses parfaitement inutiles! «Fais beau. Ça va? — Oui, très bien.» Des choses d'autant plus fausses que, la veille, on a pensé à se suicider. «Ça va?» C'est un code de politesse chez les Blancs. Faut répondre: «Oui, très bien, et toi?» Ça fait partie du texte de la comédie qu'on se joue. L'individu qui répondrait «Non, ça va pas, j'ai un tel chagrin» bloquerait inévitablement la réplique suivante. Alors, les acteurs se verraient contraints d'improviser, au grand dam du metteur en scène. Mais qui est le metteur en scène, au juste? Dieu? Non, Dieu n'est pas dans les coulisses mais dans les corridors d'hôpitaux. Il le sait pour l'y avoir croisé quand Élisa...

Il la regarde. Quel imbécile il a été de se laisser retourner l'âme comme un chausson par ces mains menacées d'amputation! Quelle poire tout de même d'avoir pris un tel risque dans la tempête! D'avoir fait ce que lui-même interdit à ses hommes et qu'il a tant de fois reproché à Tête d'Oiseau. Qu'il s'en aille, celui-là! Ce n'est pas lui qui va le retenir. Son classeur d'espérances est rempli à craquer de demandes d'emploi et de curriculum vitae. Il n'aura qu'à choisir. On ne l'y reprendra plus à cautionner des détenus en liberté surveillée. Fini. Mais ce nouveau qui le remplacera jouera la comédie à son tour pour grimper l'échelle qui mène à l'appareil rêvé et il s'intégrera à tous ceux-là qui rient sans lui. Ou de lui? «Allez-vous-en donc, toute la gang!», pense-t-il à leur dire. Mais il n'en fait rien. À cause de Martin. Il ne joue pas la comédie, lui. Pas encore. À moins que Luc, au sous-sol, ne lui ait appris le mensonge : il n'est pas son vrai père. Dire qu'il a cru l'être, jusqu'à ce que le médecin affirme le contraire. Dire qu'il aurait aimé l'être, en dépit du fait que Suzie était de mœurs légères. Quelle poire, tout de même! Quel naïf! Il n'apprendra donc jamais à se méfier? À se protéger des autres? Tous ces autres qui s'amusent autour de lui pendant qu'il coule à pic, les cales inondées de boue où flottent le cadavre de Suzie et celui de son renard décapité. «Allez-vous-en donc, toute la gang! Laissez-moi seul... De toute façon, on est toujours tout seul.» Il ne dit rien... À cause de sa mère. Pourquoi a-t-elle prié à son chevet alors qu'elle savait très bien que sous les pansements se parachevait un monstre? Un demi-monstre, à demi-barbe, à raser deux ou trois fois par jour. Il a l'habitude et pourtant, ce soir, il s'est coupé... Diachylon sur sa joue indemne, qui lui donne l'allure d'un jouvenceau. Il croyait que, ce soir, il ne serait pas seul. Croyait que Barbiche avait raison de prétendre qu'il ne laissait pas Sophie indifférente. «C'est à cause de ma drôle de face. — Mais non, voyons!» Pour enferrer la poire qu'il est avec le leurre de cette fille esseulée qui ne demande pas mieux que de réveillonner en bonne compagnie. Bien oui, c'est à cause de sa drôle de face, mais, en tant qu'institutrice, elle a appris à jouer convenablement la comédie. D'ailleurs, plus on est instruit, plus on excelle dans cet art. Il en a fait l'expérience. Auprès des gens peu scolarisés, il peut lire aisément la réaction que suscite la vue de ses cicatrices. C'est clair et net, invariablement développé en trois phases.

D'abord, l'effet de surprise. «Hein?» Puis le dégoût. «Ouach!» Finalement, une tonne de pitié pour s'excuser et implorer les éventuels maîtres des destinées de leur épargner un tel sort. C'était clair et net chez Luc la première fois qu'il l'a rencontré. Encore plus clair et plus net chez Francis, son frère trisomique. Ce qu'il a pu crier et pleurer en l'apercevant à son retour de l'hôpital. Il était trop idiot pour cacher l'horreur que lui inspiraient les blessures. Et trop idiot pour réaliser la troisième phase, celle de la pitié. Surprise et dégoût d'une rare intensité ayant été finalement surmontés, Francis lui était revenu aussi attaché et attachant qu'avant l'accident, pendu à ses épaules comme un petit singe, pendu à ses yeux, la bouche bavante de béate adoration. Ce qu'il pouvait l'aimer, ce petit frère qui avait mis fin à sa solitude en venant au monde. Ce petit frère pour qui il était tout l'univers et qu'il a cru remplacer par Luc à son décès. Quelle erreur! Francis était irremplaçable car il n'attendait rien de lui. Rien d'autre qu'une petite attention pour ensoleiller son existence. Contrairement à Luc. Contrairement aux autres. «Oui, t'as été poire de t'occuper de moé», lui a avoué Luc. Joyeux Noël, chef!»

N'y a-t-il donc que les idiots et les enfants pour l'aimer? Que les Amérindiens pour le respecter? Il aurait dû partager sa nuit de Noël avec Georges, buvant du thé au coin d'une table sans craindre le silence pendant que les enfants se seraient amusés avec leurs étrennes et que les femmes auraient préparé de la bonne nourriture. Il aurait dû partager avec lui la même satisfaction de ne plus boire d'alcool, ce poison des Blancs. Mais il en boit ce soir et il se sent redevenir une loque hoquetant de désespoir. L'allumeur de réverbères a été évincé de sa petite planète par l'ivrogne qui boit pour oublier... Oublier qu'il s'est trompé sur toute la ligne... Que son renard n'était qu'une hyène... et que ces autres qui bourdonnent alentour ne lui apportent un peu de miel que pour consolider leur position dans la ruche.

Tout n'est que murmure maintenant à ses oreilles et sa tête tourne. Elle tourne comme une boussole affolée, baignant dans l'alcool. Nord, sud, est, ouest, l'aimant de son cœur cherche un cap. Un regard fidèle et lumineux tel que l'était celui de Francis, dans l'océan des mensonges, des politesses et des convenances. Dans la tempête des luttes et des manœuvres menant à la réussite. Dans la nuit où glissent les mains sur les enveloppes de chair périssables.

Sa tête tourne et l'aimant de son cœur indique Barbiche, dont le regard brillait dans l'inquiétante obscurité qui envahissait la cabine de pilotage. Barbiche, comme lui. Avec lui, dans le ventre de la tempête, les yeux rivés aux cadrans, les fesses serrées. Barbiche qu'il avait alors vu comme un phare fidèle et lumineux. Barbiche en qui il avait cru... et qui demain, peut-être, partira en lui disant : «T'as été poire de t'occuper de moi. Salut, chef!»

L'aimant de son cœur lui titille maintenant la luette et lui donne envie de vomir. Il se lève. La pièce chavire autour de lui. Il fait un pas, deux pas.

— Tu veux que j't'aide, p'pa?

Martin lui entoure la taille de ses bras. Ce qu'il peut être petit pour son âge! L'inexistence d'un lien génétique entre eux n'est-elle pas flagrante? Un jour ou l'autre, il aura des doutes, s'il n'en a pas déjà. Un jour ou l'autre, il croira qu'on lui a menti... et joué la comédie. Et peut-être qu'il boira à son tour pour oublier qu'il a été un petit prince échoué sur la planète d'une poire. Il lui ébouriffe les cheveux.

— T'es content de tes cadeaux, fiston?

— Ah oui! Sont super!

Superdifficile de grimper l'escalier menant à l'étage. Il veut s'en aller. Se réfugier là-haut, dans la salle de bains. Ne plus les entendre. Qu'ils s'amusent sans lui! Qu'ils se jouent la comédie les uns aux autres. «Ça va bien? — Oui, très bien. Et toi? — J'ai un tel chagrin... Mon renard n'était qu'une hyène. — Bon, si on racontait des blagues?» Un tel chagrin à vomir loin de vos rires. De vos regards.

Il tombe, entraînant Martin dans sa chute. Il n'est qu'un ivrogne.

— Pourquoi t'as bu, p'pa?

— Pour oublier, mon p'tit prince. Pour oublier...

Oublier qu'il a été et est toujours une poire.

Ce que Martin peut avoir la poigne solide tout à coup!

— Ça va pas, vieux?

C'est Barbiche. Pourquoi triche-t-il? Il devrait demander: «Ça va?» Et lui devrait répondre: «Très bien. Et toi?»

— C'est à cause de Tête d'Oiseau que t'as bu?

— De lui pis de tous vous autres. Vous êtes tous pareils.

Il va lui faire savoir, à ce Barbiche, que, malgré son état d'ébriété, il demeure lucide. Conscient d'être un jouet entre leurs mains avides. Un jouet qui vient de se détraquer.

— T'es saoul, tu sais pas c'que tu dis.

— Oui, j'le sais... même si j'suis saoul... J'le sais que j'suis une poire, que tout le monde me prend pour une poire... Toi comme les autres.

— T'es une poire pesante en Christ...! Aide-toi, bon Dieu! T'as pas envie d'être malade ici?

— Ris pas de ça, c'est sérieux... J'suis une poire. Lâche-moi, j'ai pas besoin de toi... J'ai besoin de personne... De personne.

Ce disant, il s'agrippe à Barbiche, la seule chose stable de cet univers qui bascule autour de lui. La seule chose solide parmi ces sables mouvants qui l'aspirent. Il ferme les yeux. Se sent descendre très loin au fond de la terre. Il va mourir. Tant mieux. Ce sera fini. Tout sera fini. Il va rendre l'âme de cette pierre calcinée que personne n'a su découvrir, qu'aucune main de femme n'a su dégager. Cette pierre où dort un gros orteil.

Mais voilà qu'il a vaguement conscience que ce n'est pas tout à fait son âme qu'il rend. Un goût âcre, fielleux, lui emplit la bouche. On l'empoigne par les cheveux pour lui maintenir la tête au-dessus de la cuvette. Quelle déchéance ! Il aurait préféré mourir. Une sueur froide lui couvre le front et il demeure haletant, affaibli, honteux entre les mains de Barbiche, un filet de bave pendu aux lèvres.

— Tiens, rince-toi la bouche.

Saloperie de boisson ! Quel exemple il donne à son fils ! Il se gargarise, crache, se gargarise de nouveau pour se débarrasser de ce goût, de cette odeur. Barbiche lui lave le visage.

— Touche pas à ça ! Touche-moi pas ! interdit-il vainement à cette débarbouillette qui passe sur les cicatrices de la joue droite.

Il émerge lentement des sables mouvants. Reprend contact avec la réalité humiliante. Cligne des yeux sous la lumière crue. Ce qui n'était qu'un tableau abstrait composé de taches blanches se précise jusqu'à former un décor de salle de bains.

— Ça va mieux ? s'informe Barbiche accroupi à ses côtés.

— Ça tourne... Saloperie de boisson... J'aurais pas dû.

— Viens-t'en avec nous autres... On va te faire un café... Ça va passer.

Qu'est-ce qui va passer ? Le malaise physique ou le mal qu'il porte en lui ?

— Non!... J'reste ici. Vous avez pas besoin de moi pour vous amuser.

— Pis Sophie?

— Sophie? Dis-y que j'suis saoul pis que j'suis écœuré de faire pitié... Elle... elle est plus obligée de faire semblant.

Va-t-il enfin rendre cette douleur comme son estomac a rendu le poison? Vomir à la face de Barbiche tout ce qu'il a sur le cœur?

— Dis pas ça, le Grand. Elle a pas pitié de toi.

Mensonge! Tout n'est que comédie et mensonge. Il se cache le visage dans les mains. Il souhaite désespérément se retrouver seul avec son chagrin. Seul avec les sanglots qui le secouent comme des spasmes, seul avec les larmes chaudes qui roulent sur ses deux joues, sur l'horrible comme sur la belle au diachylon. Pourtant, il a l'habitude de se raser.

— Voyons, le Grand! Voyons, mon vieux!

Mensonge que cette voix? Que ces mains consolatrices? Il ne sait plus. Il ne peut plus lire convenablement sur les cadrans, qu'il voit embrouillés sous l'effet de la boisson, et il retourne à ce qui a provoqué le déroutement.

— Y m'doit plus rien... Avec intérêts en plus... C'que j'ai pu être poire de m'occuper de lui...! J'apprends pas vite. Là, j'suis poire de m'occuper de toi... pis des autres.

— Non, t'es pas poire, le Grand. T'es correct. Des gars comme toi, y'en a pas beaucoup.

— T'as raison... Des infirmes comme moi, y'en a pas beaucoup.

— T'es pas un infirme. T'as pas le droit de dire qu'on te prend pour un infirme. Compare-nous pas à Tête d'Oiseau. C'est un malade, ce gars-là.

Il se calme. S'essuie hâtivement les joues. S'appuie la tête contre le mur.

— Tiens! Mouche-toi. C'est parce que t'avais envie de brailler que tu t'es assis juste en dessous du rouleau? interroge Barbiche en déroulant le papier hygiénique à la hauteur de son nez.

Cela le fait rire, lui rappelle les pitreries des pilotes venus le visiter à l'hôpital. Il les avait entendus arriver au bout du corridor, les infirmières à gros talons les exhortant à baisser le ton et à éteindre leur cigarette. Ensemble, ils étaient accourus à son chevet pour le divertir de sa souffrance et le calmer dans sa panique. Ils étaient tous là à le ramasser, d'un geste ou d'une parole, dans les cendres encore fumantes du désespoir.

Point de chocolat ni de fleurs, mais des heures de vol devant le mener au brevet d'instructeur. Ils s'étaient cotisés pour lui administrer le formidable coup de pied au postérieur qui allait le propulser vers les hauteurs silencieuses où soufflent les vents éternels. Point de jérémiades ni d'apitoiements. «Ramasse-toi, le jeune. Tu vas faire un sacré bon pilote et, chose certaine, t'oublieras plus jamais de mettre à la masse pour éliminer l'électricité statique.» Ils lui proposaient de trouver désormais son bonheur dans l'univers de l'aviation qui l'avait marqué d'un grand malheur. De régner en maître absolu là où personne ne le voyait. Là où il dominait ce monde mystifié par la Beauté éphémère, fragile et souvent trompeuse. Ce monde des rampants qui n'auraient jamais à négocier avec la Mort tapie dans les nuages. Qui n'auraient jamais à rendre hommage à la Vie qui bat partout sur la terre. Partout dans les habitations, les villes et les villages de ces Lilliputiens établis sous ses ailes.

Ils étaient tous là autour de son lit, pilotes chevronnés, instructeurs, apprentis. Tous là comme ses frères, à lui faire savoir qu'il était un des leurs malgré ses ailes novices. Tous là à lui raconter ce qui s'était passé de drôle en son absence. À déposer de petites joies dans le grand panier de l'amitié, de la fraternité. Tous là avec la douceur de leur sourire, la sincérité de leur regard. Avec leurs grossièretés pour choquer la garde de service et scandaliser les visiteuses de la chambre voisine. Tous là comme Barbiche, à chercher à le divertir.

— Je reviens. Ça sera pas long.

«Non, reste», veut-il lui dire. Il sent Barbiche comme l'un de ceux-là. Comme un frère du ciel, avec son humble don dans le grand panier de l'amitié, et il se surprend à espérer son retour avec autant de force qu'il espérait celui des pilotes dans sa chambre aseptisée.

Laissé à lui-même, il est assailli par des idées morbides. Il se lève, titube jusqu'au lavabo où il se rafraîchit et se brosse les dents. Puis il se trouve face à face avec son image dans le miroir. Avec son visage à demi défiguré qui a fait se détourner le regard de sa propre mère lorsqu'on a enlevé les pansements. Avec ce demi-monstre qui écœurait Suzie et faisait se plisser de dégoût les bouches des danseuses aux tables. Ce demi-monstre qui attire l'attention et suscite la pitié. Hein? Ouach! Pauvre lui! Ce demi-monstre qui l'a condamné à errer dans le désert à la recherche d'une oasis. Qui en a fait une bête assoiffée, suçant la boue pour mouiller sa bouche où craquent les grains de sable entre ses dents. Comme il hait cet homme qui le regarde dans la glace! Cet homme naïf qui s'est coupé en se rasant. Comment a-t-il pu croire que Sophie verrait autre chose que ce qu'il voit présentement? Autre chose qu'un monstre, qu'un demi-monstre?

Pourquoi le côté indemne persiste-t-il à le regarder ainsi? Il n'est pas à vendre. N'est pas une attraction foraine.

«Regarde ailleurs!» Il le dévisage toujours, la moitié de son être rejetant l'autre. La moitié de son être rejetée par les autres, en bas, qui s'amusent. «Regarde ailleurs! Regardez tous ailleurs! Vous avez jamais vu ça, bande de cons?»

Furieusement, violemment, il frappe ce demi-monstre dans la glace. L'image se brise, tombe en éclats. Du sang dégoutte au bout de ses doigts, coule dans le lavabo.

Interdit, il remarque la porte défoncée du cabinet et l'avalanche de fioles et de produits pharmaceutiques. Barbiche accourt, examine sa main.

— Montre. Tu t'es fait mal?

— C'est rien.

Il tente de se ressaisir. De trouver une explication à ce geste aussi dément qu'inutile. Mais Barbiche a tout deviné.

— Tu veux que j'aille chercher Gabriel?

— Non... Ça n'en vaut pas la peine... C'est rien. C'est pas grave... Juste des éraflures.

— J't'ai amené une infirmière.

Sans son consentement, Barbiche transfère alors sa main dans celle de Sophie et disparaît.

Il n'ose la regarder et concentre son attention sur les pastilles à saveur de cerise de Martin qui se sont éparpillées sur le plancher.

— C'est superficiel, dit-elle en écartant les doigts un à un.

Il sent une bouffée de chaleur l'envahir à l'idée qu'elle tient dans les siennes cette main à laquelle il manque les phalangettes du majeur et de l'auriculaire. Cette main qui a dû subir deux greffes pour approcher un tant soit peu d'une apparence normale. Ne devrait-il pas la retirer? Comme elle sait bien cacher les trois phases de sa réaction! C'est une ancienne institutrice. Probablement qu'elle a trouvé dégradant le bombardement d'olives et de condiments sans trahir son indignation. Lui qui s'était promis d'être sage. D'être à la hauteur. Mais le bonheur de la sentir appuyée contre son cœur lui a fait perdre la tête.

— Je vais désinfecter. Vous avez du peroxyde?

— Oui... Y'est rendu par terre... Les diachylons sont sur la tablette du haut. J'peux l'faire moi-même. J'veux pas vous déranger pour ça.

— Ça me dérange pas.

Menteuse! Ça doit déranger de démêler le réseau des coupures et des anciennes cicatrices, mais elle est instruite et elle a forcément l'habitude de la comédie.

— Vous pouvez vous asseoir en laissant votre main sous le robinet?

À condition de s'asseoir sur la cuvette hygiénique. Ce qu'il fait. Comme tout cela est absurde! Grotesque! Complètement raté! Jamais il ne pourra lui donner son cadeau de Noël. Il a bien trop honte. Elle doit le tenir pour un minable. Un ivrogne. Un dément qui s'en prend à sa propre image.

Comment cela est-il arrivé? Rien ne se passe comme il l'avait imaginé en se rasant.

— Excusez pour le manque de romantisme, bredouille-t-il. C'est pas de même que j'voyais ça.

— Voyais quoi?

— Ben... la soirée... J'pensais sûrement pas finir assis sur une bol de toilette pendant que vous vous occuperiez à soigner mes bobos.

Il croit rêver en l'entendant rire.

— Vous riez?

— C'est surtout drôle, convenez-en.

Et son rire coule encore comme une cascade fraîche et limpide qui dégringole sur les roches du désert.

— «Ah! Petit bonhomme... J'aime entendre ce rire», cite-t-il.

— Pardon?

— Rien... Je me rappelais un passage du *Petit Prince*. Vous connaissez?

— Oui. Je l'ai enseigné à mes élèves à chaque année. J'ai remarqué que vous le lisiez, l'autre fois.

— J'vois pas pourquoi j'le lis : j'le connais presque par cœur.

— Moi aussi, à force de l'enseigner. Si je me souviens bien, le petit prince a répondu : «Justement, ce sera mon cadeau... Toi, tu auras des étoiles comme personne n'en a... Tu auras, toi, des étoiles qui savent rire.» Est-ce exact?

— Oui, c'est ça. «Quand tu regarderas le ciel, la nuit, puisque j'habiterai dans l'une d'elles, puisque je rirai dans l'une d'elles, alors ce sera pour toi comme si riaient toutes les étoiles.»

— Voilà... C'est terminé.

Il ne veut pas que ce soit terminé. Il veut encore parler avec elle. Encore l'entendre rire en cascade dans son désert. Encore lui faire habiter une des étoiles de sa nuit afin qu'elle tinte comme un grelot longtemps après.

— Je m'excuse, dit-il piteusement.

— Mais de quoi?

— D'avoir gâché votre soirée... J'aurais pas dû boire. D'ailleurs, croyez-le ou non, ça faisait huit ans que je n'avais pas bu une seule goutte. Ça ne m'a pas fait. J'ai gâché votre soirée.

— C'est plutôt la vôtre que vous avez gâchée.

Elle accorde un regard désolé au miroir brisé puis dépose les perles grises de ses yeux sur le sol brûlant du désert. Ne sait-elle pas que le vent aride, torride, peut user leur nacre jusqu'à leur cœur de sable? Ne sait-elle pas que la bête du désert les convoite depuis longtemps? Que la bête désire sentir sa main dans son pelage miteux? Sa main à protéger des grands froids avec mitaines en cuir de caribou.

— Je... je m'sens... un peu... comme le renard quand... quand il a rencontré le petit prince, bafouille-t-il.

— Et qu'il a demandé à être apprivoisé?

— Oui, confesse-t-il dans un souffle en baissant la tête.

Se pose alors la main sur son crin poussiéreux de bête errante et fatiguée. Coulent enfin doucement les doigts de la femme dans ses cheveux. Doigts dont il s'empare et qu'il baise, un à un, de ses lèvres desséchées. Il l'attire vers lui, lui offre de nouveau ses genoux. Elle s'y niche en toute confiance. S'abandonne aux bras qui l'enveloppent puis l'étreignent.

— C'est pas romantique comme décor, dit-il pour faire tinter les étoiles de son rire.

Il retire l'épingle angulaire, voit s'écrouler le chignon et enfouit voluptueusement son visage dans la toison brune. «T'es belle de même», chuchote-t-il avant d'appuyer sa joue au diachylon contre celle de la femme, et de la bercer ainsi longuement, en cette nuit de Noël.

10

En cette nuit

Une saine odeur de fumée émane de la paire de mitaines en cuir de caribou et la convie à les prendre encore une fois pour les sentir, le nez enfoui dans la bordure en fourrure de renard. Elles ont été confectionnées expressément pour elle. Du moins, c'est ce qu'il prétend. Peut-elle avoir foi dans les paroles de cet homme ? Il la déconcerte tellement. Comment dire ? Elle ne sait plus quand au juste elle devra rouler sa pierre, ni même si elle va ou aura à la rouler. La ferme intention s'est amollie avec le temps. Avec ce cadeau offert timidement. Avec la deuxième invitation pour le repas du jour de l'An et avec le baiser échangé dans la cabine du camion. C'est surtout ce baiser qui remet en question la nécessité de boucher l'entrée de sa grotte. Pourquoi au juste se priver d'un trouble si délicieux ? Rien qu'à y penser, elle en a la chair encore toute frémissante. Depuis le temps qu'elle espérait, imaginait, s'entraînait avec un oreiller ! A-t-elle su masquer son manque d'expérience ? S'est-il aperçu qu'à vingt-huit ans elle en était à son premier vrai baiser ?

Ce baiser lui a appris tant de choses sur elle-même. Sur la femme. Sur toutes celles qui ont succombé avant le mariage, donnant ainsi naissance à de gros bébés supposément prématurés. Aurait-elle eu la force de rouler une pierre à ce moment-là? Quand, sur ses lèvres, se pressaient ces autres lèvres et que, doucement, il lui caressait la joue et les cheveux? Quand elle glissait vers lui comme elle glissait, enfant, sur les pentes enneigées sans trop savoir comment diriger son traîneau ni non plus où sa descente allait la conduire? Non, à ce moment-là, elle avait oublié cette foutue pierre. Cette foutue virginité. Il a de nouveau défait son chignon. «T'es belle de même.» Elle l'a cru. La première fois qu'il lui avait servi cette phrase, il était passablement éméché, et là c'était dans la pénombre. Comment pouvait-il dire qu'elle était belle? Ne se servait-il pas plutôt de cette phrase comme d'une clé passe-partout pour pénétrer chez elle sans forcer les serrures? N'étant guère capricieux, n'avait-il pas l'intention de grignoter ce maigre morceau qui lui tombait sous la dent au temps des fêtes? N'était-ce pas assuré d'avance que ce mâle ravirait facilement la vieille fille inexpérimentée? Il usait de tant de douceur, de tant de finesse pour la convaincre de sa beauté. Pour lui faire accroire que ce nez un peu long et cette bouche un peu grande savaient lui plaire. Et elle a cru être aimée.

Ce baiser lui a tant appris sur cet homme quand, dans un élan passionné, elle a malencontreusement touché son oreille mutilée. C'est comme si elle l'avait brûlé une deuxième fois. Brusquement, il s'est retiré. Elle l'entendait respirer d'une façon saccadée. Elle seule devait se bercer d'illusions. Pas question pour lui de tomber dans le panneau. «Excuse», a-t-elle dit dans son désarroi. «Non, c'est correct... Ça fait rien», a-t-il répondu, aussi désemparé qu'elle. N'étaient-ils pas revenus tous deux les pieds sur terre? Mais de quoi s'est-elle excusée, au juste? D'avoir répondu au désir de plonger les mains dans sa chevelure? Et qu'est-ce qui ne lui faisait rien ? D'avoir acheté une paire de mitaines avec l'intention de se payer une aventure avec elle ? Il la déconcerte tellement. Pourquoi n'a-t-il plus jamais redonné signe de vie ? Tout cela s'est passé il y a plus de deux semaines et, depuis, elle est sans nouvelles de lui.

Ne la traite-t-il pas comme ces arbres de Noël qu'on jette sur le trottoir sitôt les fêtes terminées ? Finies les folies ! Finie la magie ! Le sapin perd ses aiguilles et n'a plus de raison d'être dans le coin du salon. Vite, qu'on s'en débarrasse ! Aux ordures, vite ! On replace les meubles, on range les décorations, on passe le balai. Tout rentre dans l'ordre. On s'assure que les éboueurs ont ramassé l'arbre déchu aux branches encore enchevêtrées de glaçons artificiels. Le beau sapin, roi des forêts, n'est plus que déchet. Noël passé, on n'a plus besoin de son insolite présence dans la maison. Tout comme Émile n'a plus besoin de la serveuse maigrichonne pour lui servir de cavalière. Finie la magie ! Le carrosse est redevenu citrouille. Alors, pourquoi s'en faire à propos de cctte pierre qu'elle n'aura pas à rouler ? N'est-il pas préférable que cela se termine ainsi ? Qu'elle n'ait pas à déployer une force surhumaine que les réactions de son corps sapent dès le premier baiser ? Ne devrait-elle pas se réjouir d'y avoir gagné cette superbe paire de mitaines ?

Pourquoi a-t-elle rêvé à ces étoiles qu'elle aurait fait rire pour lui ? Pourquoi le DC-3 lui arrache-t-il un fragment de son être chaque fois qu'il s'envole ?

Trois coups à la porte la font sursauter. Qu'est-ce donc ? Elle n'attend personne. Quelle âme charitable peut bien avoir envie de visiter une vieille fille de son acabit par cette soirée d'immobile froidure ?

Elle ouvre et il est là. Grand mâle à lui couper le souffle, avec son casque de fourrure incliné sur l'oreille et sa carrure qui ébranle les fondements de son éducation. Grand mâle à lui donner envie de sa bouche, de ses bras, de son souffle tiède sur le cou.

Plus de quinze jours sans aucune nouvelle de lui, plus de quinze jours à se faire arracher des fragments d'âme chaque fois que son appareil décollait de la piste. Plus de quinze jours et il est là... comme si de rien n'était. Comme s'il venait de la laisser, la veille, après avoir excité toutes ses fibres.

Plus de quinze jours, et elle lui en veut de s'être languie de lui malgré qu'elle sache n'avoir été qu'un bouche-trou pour la période des festivités. Qu'une auditrice attentive à la récitation des passages du *Petit Prince* provoquée par l'abus d'alcool.

— Je peux entrer?

— Oui.

Vite, elle doit fermer son âme! Cacher sa grotte! Fermer les volets sur les étoiles à faire tinter! Vite, elle doit ignorer le renard rusé qui lui a croqué le cœur en prétextant se laisser apprivoiser.

Il entre. L'exiguïté du vestibule le fait paraître encore plus grand, plus imposant.

— J'étais parti à Toronto pour mon entraînement, dit-il aussitôt en se débarrassant de ses bottes et de son parka.

Parfums d'hiver et de lotion après-rasage l'assaillent. Parti à Toronto? Est-ce une excuse? Une explication? Il n'a pas de comptes à lui rendre, après tout. Pourquoi porte-t-il ce chandail bleu royal qui rend la couleur de ses yeux si exceptionnelle? Celui dont les mailles s'étaient imprimées sur sa joue pendant qu'elle écoutait battre le cœur.

Elle le précède dans l'unique pièce qui sert à la fois de cuisine, de salle à manger et de salon. Toute petite pièce d'un goût douteux, aux meubles disparates. Il demeure près de la porte et se découvre gauchement, replaçant les mèches de cheveux par-dessus ce qui lui reste d'oreille. «Excuse...

— Non... Ça fait rien. » Ce furent là leurs dernières paroles il y a plus de quinze jours.

— Ben oui, j'étais à Toronto. J'pensais pas qu'on aurait affaire à y aller tout d'suite... Me v'là capitaine de Twin Otter... C'est la compagnie De Havilland qui entraîne le premier équipage. Le Zèbe était avec moi.

— J'savais pas que pour chaque appareil il fallait un entraînement, trouve-t-elle à dire en évitant ce regard qui la cherche.

— Pour chaque nouveau type d'appareil. On a eu une semaine de cours théoriques au sol. Une semaine en vol. C'est super comme appareil. Ça décolle court pis c'est plus simple à opérer que le DC-3 en hiver. Surtout qu'avec les turbines c'est plus facile d'entretien. Plus fiable, aussi.

Que d'enthousiasme dans sa voix ! Il lui fait penser à un enfant qui vient d'hériter d'un jouet fabuleux. Elle n'ose toujours pas rencontrer ce regard qui doit briller d'excitation.

— C'est Barbiche qui pilotait le DC-3 en mon absence. T'as dû le voir décoller une couple de fois.

Une couple de fois, oui, à la réduire à sa plus simple expression, soit celle d'une vieille fille. Il aurait pu au moins l'avertir, mais prend-on cette peine pour un bouche-trou ?

Un moment de silence, de malaise. Ayant échoué à capter son regard, il tripote nerveusement son casque. Elle devrait l'inviter à s'asseoir... Lui offrir une bonne tasse de thé. Se montrer une hôtesse convenable. Mais elle s'en trouve incapable.

— J'ai à te parler, dit-il enfin en s'approchant d'elle.

Elle sait déjà. Il n'a pas besoin de tourner le fer dans la plaie.

— Là-bas, j'ai eu le temps de réfléchir.

Mais elle veut l'entendre dire qu'elle n'a été qu'une agréable compagnie d'occasion. Veut cette coupure nette entre eux qui blessera moins que la lame émoussée de l'incertitude. Elle baisse la tête.

— Là-bas... j'ai pensé à toi...

Il se tait. Le courage lui manque d'en dire plus parce que les perles grises se dérobent. Tout cela n'était-il donc qu'un rêve? Qu'une manière fort sociable de tromper l'ennui et la solitude? Elle lui a touché l'oreille par inadvertance lorsqu'il l'a embrassée. Hein? Ouach! Pauvre lui! Même protégée par des mitaines en cuir de caribou, ces mains ne se poseront probablement plus dans son crin poussiéreux. Il n'a pas cessé de penser à elle, là-bas... De se rappeler comme c'était bon de boire à sa bouche et d'entendre tinter des étoiles qui ne s'agitaient que pour lui. Comme il la trouvait belle quand tombait l'échafaudage maladroit du sévère chignon!

Le voilà figé près de la source, à avoir soif d'elle qui lui file entre les doigts. Si soif d'elle qui le fuit.

Le voilà acculé à se libérer des mots de son délire, de sa folie. Des mots qu'il a répétés, nuit après nuit, pendant que les perles s'incrustaient lentement dans sa chair et que se multipliaient et s'étendaient les ramifications de cette racine dans son ventre. Ramifications qui allaient du bout de ses doigts jusqu'aux étoiles et qui maintenant se trouvent solidement nouées dans sa gorge. Il avale difficilement... Réussira-t-il à les dire, ces mots? Si oui, ne répondra-t-elle pas «moi aussi» par pitié? La vraie réponse n'est-elle pas sur cette bouche?

Il s'approche encore, lui relève le menton de son index pour s'approprier des perles qui lui insufflent le courage de se pencher vers elle et de lui effleurer les lèvres des siennes. Il la voit fermer les yeux et prend le risque d'introduire sa langue pour boire à même la source, qui se déverse alors dans le gosier de la bête du désert.

Les poings crispés dans la laine du chandail, elle s'accroche à lui. Et glisse, glisse comme sur une pente enneigée, sans aucun contrôle sur son traîneau. De sa propre langue qui se lie à cette autre. Remuées, excitées, ses fibres abdiquent, rendent les armes dérisoires, laissent le mâle envahir et conquérir le terrain vierge. Vierge, comme elle a peu de mérite à l'être demeurée, n'ayant jamais eu à soutenir un tel siège! N'ayant jamais eu à combattre traîtres et complices dissimulés dans sa propre chair. Jamais personne ne l'a embrassée de la sorte. Elle n'est qu'une vieille boîte de conserve restée sur une tablette. Personne n'en a eu vraiment envie sauf cet homme condamné à la privation.

Une main se pose sur son sein. Petit traître qui hérisse le tétin comme un drapeau de reddition dans la paume chaude de l'homme. Des doigts se faufilent sur sa nuque, retirent une à une les épingles du chignon, dérobant ainsi la clé passe-partout pour pénétrer l'enceinte sans coup férir. «T'es belle de même», dira-t-il. Et elle voudra y croire. Et les larges épaules du mâle descendront à la cave pour ébranler les fondations et là il verra que personne avant lui n'est venu. Il verra la toile d'araignée tendue dans le vagin. Comprendra que le butin de sa victoire consiste en une vieille boîte de conserve dont personne n'a voulu. Non! Il ne faut pas! Elle ne saurait survivre à une telle humiliation. Vite! Vite! Il faut rouler cette pierre au plus vite. Pousser avec tout ce qui lui reste de forces.

Tant de femmes, dans ses bras, à se raidir et à le repousser! Il abandonne aussitôt.

Blessée à mort, la bête du désert bat en retraite, souhaitant que l'hyène ne renifle pas le sang dans ses pistes. Maudissant sa faiblesse d'avoir avalé le piège qui vient d'éclater dans son ventre. Maudissant l'oasis qui n'était qu'un mirage comme les autres. Un mirage qui lui laisse la bouche pleine de sable. Toutes ensemble, les étoiles s'éteignent et se taisent tandis que le vent de ses désirs se lève et recouvre son pelage de poussière.

— Excuse, dit la femme encore une fois.

La bête du désert halète, se refusant à répondre : «Ça ne fait rien.» Elle a trop mal pour feindre.

— J'te pensais différente des autres... Vous êtes toutes pareilles. Si t'as besoin d'mes services, t'as qu'à demander. T'es pas obligée de payer de cette façon... Y'a des filles exprès pour ça.

— Tu comprends pas...

— Ah non? Pourquoi tu me repousses, d'abord?

— C'est pas à cause de ça.

— Quoi, ça? T'as même pas le courage de dire le mot. C'est pas à cause de ces horreurs-là?

Enragée de douleur, la bête puise dans ses réserves pour vomir les éclats du piège et mordre la main qui l'a posé.

— Tiens! Touches-y! Contente-toi! Tu veux voir l'endroit des greffes, peut-être? hurle-t-il en plaquant la main de Sophie sur son oreille mutilée.

— C'est pas pour ça, pas à cause de ça, s'objecte-t-elle.

— Prends-moi pas pour un imbécile! Y'a pas d'autre raison... Y peut pas y avoir d'autre raison.

— Oui! J'suis vierge! T'es content, là?... J'suis vierge, t'as compris? Vas-y, tu peux rire.

Elle fond en larmes et s'enfuit dans la chambre. Il l'entend pleurer. Pourquoi devrait-il rire? Il ne comprend pas. La bête tourne en rond, honteuse d'avoir mordu cette main dépourvue de méchanceté.

Vierge? Est-ce possible qu'un tel présent ait été réservé pour une bête telle que lui? Qu'une telle source ait été préservée pour sa langue asséchée par sa longue errance? Pourquoi devrait-il rire? Il ne comprend pas. Il va vers elle à pas feutrés et s'arrête devant le lit où elle pleure, la tête enfouie dans l'oreiller. Il ne croyait pas avoir mordu si fort ni avoir atteint un endroit si vital. Que faire? Le piège qu'il a vomi vient d'éclater dans le puits et la source se déverse sur l'oreiller. Elle se perd dans le lit où il avait pensé la recueillir pour s'y ébattre. Quel maladroit il est!

Il s'agenouille et, timidement, caresse les cheveux épars.

— T'es belle de même, dit-il.

Ses sanglots redoublent, et elle crispe ses petits poings dans la couverture. Tantôt, c'était dans son chandail. Il ne comprend pas.

— Pourquoi je devrais rire? Parce que t'as gardé ta virginité?

— J'l'ai pas gardée. J'suis restée prise avec... Personne a voulu d'moi... J'suis pas belle, j'le sais. Essaye pas de me le faire accroire, débite-t-elle d'un trait en se recroquevillant dos à lui.

Les étoiles se rallument, éclairent faiblement le désert où gît une petite femelle, couchée sur le flanc, haletante de douleur et de désespoir. Alors, il s'approche, la renifle sur la nuque, la reconnaît comme sienne, et, doucement, très doucement, lèche les blessures qui la font souffrir. Les blessures que les hommes lui ont infligées là-bas, dans les villes et les villages.

Il la retourne vers lui. La regarde. La touche de ses doigts émus.

— Pleure pas. J'ai jamais vu de si beaux yeux... Personne a pris le temps de te regarder, c'est sûr.

— J'ai un grand nez, une grande bouche...

— Dis pas ça du nez pis de la bouche que j'aime.

Sa main mutilée effleure le visage de la femme.

— Je t'aime, Sophie.

Il embrasse ce nez un peu long, cette bouche un peu grande, éparpille les cheveux sur l'oreiller humecté de chagrin, boit les larmes sur les joues.

La petite femelle se calme au fur et à mesure qu'il la lèche, à petits coups de langue, nettoyant la blessure avec sa salive qui a la propriété de la guérir. Elle récupère, lève la tête pour rejoindre l'oreille. Il ferme les yeux, la laisse faire. Sent un frisson le couvrir tout entier sous l'effet de ce toucher qui n'a pas un but médical. Il n'a jamais permis à personne d'y toucher. À personne. Et voilà qu'elle l'embrasse, qu'elle caresse la joue et le cou de chair brûlée. Il la laisse faire, tremblant de tout son être.

— J'l'ai jamais fait avec une vierge, confesse-t-il, la pomme d'Adam de nouveau comme un éléphant dans un boa. Ce serait pour moi un grand privilège... Est-ce que tu consens?

Il va cueillir la réponse sur la bouche un peu grande.

— Aie pas peur, j'te ferai pas d'enfant, la rassure-t-il entre deux baisers.

— J'en veux un de toi, répond-elle en l'étreignant farouchement.

Un enfant d'elle et de lui pour les prolonger. La pomme d'Adam coincée par l'émotion, il contemple la petite femelle qui s'offre à développer la Vie qu'il déposera en son ventre. Qui s'offre à nourrir la chair où s'insufflera l'Esprit qui circule dans l'immense et complexe réseau reliant le bout de ses doigts aux étoiles et le cœur des étoiles à cette racine durcie par le désir.

— Laisse-moi faire... On n'est pas pressés... On a toute la nuit, murmure-t-il en apprivoisant la femme qui s'anime lentement en elle.

La femme qui s'éveille avec lui dans la grotte chaude et secrète et le voit contempler le trésor qu'elle croyait périmé. Le voit toucher les joyaux du bout des doigts avec un infini respect, une infinie tendresse. Le voit trembler des doigts tandis que remonte sa pomme d'Adam.

La femme qui entend le rythme de la respiration de l'homme changer quand tombent les vêtements. La femme qui a désir de lui.

Il ébauche le geste d'éteindre la lampe de chevet.

— Non. Laisse.

— Je l'ai toujours fait à la noirceur...

— J'veux t'voir... Voir si j'rêve pas... Voir que c'est bien toi. J't'aime tellement, Émile.

Elle l'attire vers elle. Vers sa chaleur. Sa moiteur. Vers l'antre sacré où se transmet la Vie et où s'alimente le circuit qui fait tinter les étoiles comme des grelots la nuit.

En cette nuit qui leur appartient pour faire l'amour... Faire en sorte que l'immatériel sentiment s'exprime par des gestes. En cette nuit où leurs corps deviendront les instruments de la divine musique... Où leurs corps essoufflés transmettront le Souffle... Où leurs sexes accompliront la mission confiée par l'Être de le multiplier à son image et à sa ressemblance... En cette nuit où mâle et femelle obéissent à leurs pulsions avec une grande pureté animale. En cette nuit où, tout de boue qu'ils soient, ils s'uniront spirituellement par la chair.

En cette nuit où ils sont beaux par et dans le regard de l'autre. Où ils se reconnaissent et se donnent l'un à l'autre dans une symphonie de tintements d'étoiles.

11

Serment d'amitié

Quand ils sont arrivés pour terminer la vérification des boîtes de secours, Tête d'Oiseau était à travailler sur le moteur d'un modèle Cessna 170B qu'il rafistole durant ses temps libres.

Il leur a d'abord servi son habituel regard méprisant, puis il a rangé ses outils avec brusquerie.

À peine avaient-ils enlevé leur parka qu'il enfilait la sienne et claquait la porte de l'atelier.

L'espace d'un instant, il a eu peur que cela n'affecte le Grand, mais, le voyant hausser les épaules avec indifférence, il a pu de nouveau constater l'efficacité de la couche protectrice dont l'amour a enduit le chef pilote. Désormais, les paroles corrosives de Tête d'Oiseau et son comportement agressif sont sans effet sur cet homme transfiguré par le bonheur.

— Il est chanceux. Ça fait bien quatre mois que Lulu le laisse travailler dans «son» atelier, dit le Grand en promenant un regard inquisiteur sur l'appareil démuni d'ailes. Chanceux aussi que la cellule de cet avion-là soit en parfait état. Paraît qu'il l'a eu pour une bouchée de pain. C'est un gars de la mine qui avait ça. Un gars qui prenait un coup pis qui était ben découragé par le temps pis l'argent que ça prend pour remettre ça en ordre.

— Il aurait peut-être mieux fait d'aller dans le Sud au lieu de s'acheter ce coucou-là. Il serait moins *bush*.

Le Grand incline la tête, perplexe.

— J'suis pas sûr de ça, Barbiche. Pour lui, un Cessna 170B, ça veut dire quelque chose.

Quoi au juste? Serait-ce en rapport avec ce qui les oppose? Avec ce qui rend Tête d'Oiseau de plus en plus hargneux à l'égard du chef pilote? Un Cessna 170B aurait-il joué un rôle dans ce qui a provoqué la rupture? Question d'argent, peut-être. C'est possible. Tête d'Oiseau s'est acquitté d'une dette aux fêtes en précipitant le Grand dans le sombre désespoir de l'alcool. Nul doute qu'ils se connaissent intimement, qu'ils possèdent des données l'un sur l'autre. Des données ignorées de tous et avec lesquelles ils se charcutent mutuellement. Des données qu'il aimerait connaître, tout en craignant qu'elles le déçoivent.

— Quelque chose comme quoi?

— Comme pour toi le DC-3. C'est un appareil qu'il affectionne.

Le Grand se dérobe habilement en lui lançant cette balle qu'il ne peut faire autrement qu'attraper avec enthousiasme.

— Ouais, j'comprends. Des fois, on tombe en amour avec un type d'appareil. Moi, ç'a été le DC-3, le fameux Dakota... Tu peux pas savoir... J'en rêvais... J'en rêvais... J'voyais pas le jour où j'aurais la chance de piloter ça, et puis... paf! ça s'est réalisé. J'imagine que tu dois avoir hâte en Christ que ça aboutisse pour le Twin Otter.

Aussi bien s'en tenir à ces propos superficiels. Ce n'est pas ce soir que le Grand va laisser aller des bribes de son passé. D'ailleurs, depuis l'aperçu qu'il en a eu au réveillon de Noël, il doute de vouloir réellement connaître à fond l'histoire de cet homme. Elle ne le concerne pas, après tout. Il a été suffisamment affecté de le voir sangloter et de l'entendre dire que tout le monde le tenait pour une poire. Nonobstant le fait que c'était sous l'influence de l'alcool, le Grand avait atteint une limite au-delà de laquelle il devait investir autre chose que des bouffonneries. Une limite qu'il craignait de franchir, de peur d'être déçu. D'être blessé. N'était-il pas préférable qu'il demeure à la surface de ces eaux troubles?

— Oui, j'ai pas mal hâte. Le Zèbe aussi. Plus que moi, j'ai l'impression. Une chance qu'on a pu s'arranger avec vous autres. J'sais pas c'qui s'passe au juste. Une question de contrats avec la SEBJ, paraît.

— C'était la moindre des choses qu'on se partage les heures de vol en attendant le Twin Otter.

— C'est pas tout le monde qui aurait fait ça, Barbiche. Le Zèbe pis moi, on l'apprécie beaucoup.

— J'l'aurais pas fait pour n'importe qui.

Non, pas pour n'importe qui. Mais pour lui, oui. Lui qui est venu le chercher à la gare, qui a étendu la carpette de bienvenue devant la porte et déroulé le tapis cachant le rêve du DC-3, dit Dakota. Pour lui qui ne calcule jamais les heures qu'il consacre à ses hommes et qui leur communique ainsi l'esprit de solidarité. Pour lui, oui, il a consenti à partager heures de vol et salaire. Et ce qui l'affermit dans cette décision, c'est le concours de sa femme et de Choucroute. Pas question de laisser l'équipage du Twin Otter se tourner les pouces et vivoter sur le salaire de base sous prétexte que l'appareil n'est pas encore livré. Ils n'ont qu'à se partager les envolées IFR, celles par référence visuelle étant l'apanage de Tête d'Oiseau.

Cela lui donne davantage conscience d'être un élément d'un tout, un membre d'une équipe, d'une famille. En ville, on les surnomme les trois mousquetaires, ce qui amuse grandement Choucroute qu'on compare à Portos et Le Zèbe qui se voit attribuer le rôle de d'Artagnan. Mais ce qui lui plaît dans ce surnom, c'est la perception que les autres ont d'eux. Cette perception qui rejoint et renforce son sentiment d'appartenance. Appartenance à un groupe où l'on donne et où l'on reçoit en même temps. «Un pour tous, tous pour un.» Un groupe qui resserre les liens dans l'adversité. Cet automne, il voyait le Grand réunir seul des pierres pour ériger un mur... Et cet homme était fatigué de reprendre toujours la même pierre réfractaire. Alors, il a décidé de la laisser là, toute seule dans la neige, pendant que le mortier durcissait sur les autres.

Cet automne, il voyait le Grand comme un pingouin couvant tout seul l'œuf de la solidarité. Maintenant, ils sont quatre à le couver, serrés côte à côte, en cercle sous le blizzard.

Et il se sent en sécurité, imbriqué dans cet ensemble. Dans ce mur qui a besoin de lui et dont il a besoin. Ce mur dont il est responsable et qui est responsable de lui.

Et il est reconnaissant à l'homme qui a fabriqué le mortier pour unir les pierres qu'ils sont. L'homme qui, ce soir, prolongera le mur dans le temps jusqu'au frère en détresse tombé sur la toundra.

Et il se sent attiré par cet homme mais la pierre restée seule dans la neige le met en garde. Il ne veut pas se retrouver comme elle.

Ne devrait-il pas, à l'instar de Choucroute et du Zèbe, se contenter d'être un des trois mousquetaires, sans plus ?

Pourquoi cette pierre solitaire le harcèle-t-elle avec cette ancienne relation d'amitié qui s'est soldée par de l'hostilité? Qui est cet homme capable de joindre les pierres à l'exception de la seule qu'il connaisse intimement? Qu'y a-t-il dans son mortier qui ne puisse avoir prise sur cette pierre? Qu'y a-t-il dans cette pierre qui soit réfractaire au mortier? Et à quoi cela lui servira-t-il de connaître l'élément destructeur qui effrite le mortier à la longue?

— Au travail, mon Barbiche. J'ai la liste ici. On vérifie tout ça avant que Georges mette les boîtes dans les avions demain.

— *Roger*[1]! On fait celle du *Grand Blanc* aussi?

— Ben oui, pourquoi pas?

— Y'est pas censé être vendu?

— Censé, oui, comme on est censés avoir un Twin Otter. De toute façon, que ce soit ici ou au Nouveau-Brunswick, y'a un gars qui va le piloter. Tout c'que j'souhaite, c'est qu'il n'ait jamais besoin de la boîte de secours... Ouais... Que jamais personne en ait besoin, répète le chef pilote en ouvrant une des boîtes marquées d'un croix rouge.

Méticuleusement, ils inspectent chacune des boîtes, espérant que les dix milles calories par personne d'aliments séchés n'aient jamais à servir. Pas plus que le poêle et le carburant pour les régions non boisées. Pas plus que le fil de laiton pour les collets à lièvre, le matériel de pêche, la moustiquaire, la boussole portative, les fusées pyrotechniques de détresse. Pas plus que la trousse de premiers soins que le docteur Gabriel Langevin a complétée en ajoutant des narcotiques et de la nitroglycérine. Avec quel enthousiasme ce jeune omnipraticien a répondu à la demande du chef pilote!

---

1. *Roger!* : «Reçu et compris!», en code radio anglophone.

On sent chez lui un sens du devoir et du dévouement que contredit son apparence juvénile vaguement délinquante. Et avec quelle générosité il leur a donné un cours de secourisme ! Tout le monde y était, sauf Tête d'Oiseau, évidemment. La présence des femmes avait drôlement agrémenté la soirée, chacune d'elles se prêtant volontiers à l'apprentissage des différentes techniques, au risque de s'empêtrer dans des pansements et bandages plus ou moins adroits. C'était la première fois qu'il voyait ça au sein d'une compagnie. La première fois qu'un chef pilote allait si loin en matière de sécurité. Et il se sentait de plus en plus attiré par cet homme, tout en demeurant à la surface du sentiment qui l'invitait à aller plus en profondeur. Pourquoi ne plongeait-il pas au lieu de tourner en rond avec ses blagues et sa bouteille de bière ?

Pourquoi, présentement, tente-t-il de refouler ce sentiment qui monte en lui ? Qui monte de ces profondeurs inquiétantes, de ces profondeurs où gît peut-être le cadavre de Tête d'Oiseau, les pieds enchaînés à une pierre réfractaire au mortier ? Pourquoi résiste-t-il à la portée des gestes qu'ils posent ensemble ? À la gravité du moment ? Ce soir, avec le Grand, il communie avec tous ses frères du ciel et prolonge le mur dans la nuit des temps. Et ce moment, c'est le Grand qui l'a voulu, choisi. Créé pour eux. « Barbiche et moi, on se réserve les dernières vérifications. » Celles où le respect décuple l'attention. Dernières vérifications... en espérant qu'elles ne servent jamais. Dernières vérifications accomplies avec solennité. Et, chez lui, la navrante réaction de faire diversion à ce qui monte en lui, comme quand, enfant, son père levait la main pour les bénir au jour de l'An. Chez lui, cette résistance au sentiment. Il doit demeurer en surface... Toujours en surface, avec cet homme. Tête d'Oiseau a plongé vers les intimes profondeurs et il s'est noyé.

— Christ qu'on a eu du fun dans le cours de premiers soins ! s'exclame-t-il en cochant le dernier article de la dernière boîte.

Le Grand affiche l'expression qui lui était propre quand l'avion touchait le sol après un vol enivrant. Celle d'un homme qui revient d'un autre univers. Celle qui lui donne la nostalgie de sa période d'entraînement. Nostalgie de cette complicité qui existait alors entre eux. De cette facilité à fondre leurs capacités dans le même creuset, à coordonner leurs interventions. Nostalgie de l'harmonie qui régnait dans le cockpit. Harmonie de tous les gestes exécutés au bon moment, comme s'accordent les notes de tous les instruments d'un orchestre. Nostalgie de cette perfection qu'ils tentaient d'approcher ensemble. Nostalgie de cet oubli temporaire des choses laissées au sol. Là où c'est lourd de chemins figés. Nostalgie de cette rencontre, de cette osmose dans les profondeurs limpides du ciel où aucun cadavre de la terre ne séjourne. Mais cette rencontre, cette osmose n'aurait-elle pas pu se reproduire ce soir? Ne vient-il pas délibérément de manquer le rendez-vous que le Grand lui a fixé? N'est-ce pas lui, maintenant, qui se dérobe en lui lançant une balle qu'il ne peut faire autrement qu'attraper?

— Oui.. C'était plaisant avec nos femmes.

— Ç'a l'air de bien marcher, hein, entre le p'tit docteur pis Élisa?

— Oui... Ils vont emménager bientôt ensemble.

— J'sais pas c'que Christian pense de ça.

— Il peut bien penser c'qu'il veut. Ça le regarde plus.

— Il se retrouve Gros-Jean comme devant depuis que son p'tit ami est retourné à Montréal.

— Paraît qu'il était ben mal à l'aise, ici. Il est retourné dans une communauté gay.

— Christian va probablement le rejoindre quand il aura ramassé assez de temps avec Lulu.

— J'imagine.

— Curieux que Tête d'Oiseau s'tienne avec Christian, à c't'heure.

L'inquiétude passe sur le visage du Grand, comme un coup de vent isolé sur la surface calme d'un plan d'eau. À peine et si peu de rides, mais suffisamment pour trahir une lacune dans la couche protectrice.

— C'est dans son intérêt. Christian lui donne un bon coup de main sur le Cessna 170B. C'est un fichu bon mécanicien.

— Ouais, j'sais bien... Sont gagnants tous les deux. Y'a plus grand monde pour parler à Christian. Pas comme avant, en tout cas.

— De toute façon, c'est pas de nos affaires, hein? Nous, on a fait c'qu'on avait à faire.

Au tour du Grand maintenant d'aiguiller la conversation, évitant d'être sur la même voie que Tête d'Oiseau.

— J'suis content. Ça fait longtemps que je pensais à ces boîtes-là.

— T'sais que t'es le premier chef pilote que j'vois faire ça?

— C'est peut-être parce que j'suis... j'suis...

Il hésite, sourit gauchement en chassant une mouche imaginaire d'un geste de la main.

— En tout cas, ça fait partie des règlements de la sécurité aérienne des régions inhospitalières, poursuit-il.

Il sait le mot que le Grand a failli échapper. C'est celui qu'il a vomi et qui l'a fait pleurer au réveillon. Celui qu'ils n'ont plus jamais osé prononcer l'un en présence de l'autre. Celui qui a coulé dans les profondeurs et qu'ils craignent de repêcher, de peur d'accrocher le cadavre de Tête d'Oiseau.

Moment de gêne et de silence. Le Grand l'invite à s'asseoir sur l'une des boîtes et, calmement, sort pipe et blague à tabac. Il va fumer. Ils vont fumer. Ensemble. Comme ils le faisaient auparavant dans les escales. Ils vont se réserver un moment. Se le préparer selon un rituel tacitement établi. La cigarette entre les doigts, il prévoit et savoure les préparatifs du Grand : bourrer le fourneau, tasser le tabac, refermer la blague en prenant soin de la petite pelure d'orange devant conserver saveur et humidité, piger l'allumette, et là... s'arrêter. Se regarder. Se consulter. Maintenant. *Now*. Comme pour une figure acrobatique à exécuter en duo. *Now*. Craquer l'allumette. Tirer une bouffée. La respirer jusqu'au fond des poumons avec volupté et sentir monter la douce euphorie, l'agréable complicité, la légère anesthésie. Il aime fumer avec cet homme. Il aime le temps d'arrêt, les préparatifs, le rituel, le recueillement. Il aime visualiser leur souffle dans la fumée qu'ils exhalent. Dans les volutes qui s'entrelacent, se défont, se mélangent pour former un petit nuage au-dessus de leurs têtes. Il aime, avec lui, atteindre le palier où on prend le temps d'être, tout simplement. D'être en vie. D'être ensemble. Le palier où peut exister le courage d'approcher du mot qui a le pouvoir de tourner en dérision la portée des gestes qu'ils ont posés ce soir dans le plus grand respect de l'homme. Du mot qui a le pouvoir de taxer d'aberration l'érection d'un mur. Le pouvoir de désagréger le mortier et de faire tomber les pierres une à une. Du mot capable de chasser les pingouins réunis en cercle autour de l'œuf de la solidarité à couver. Capable de transformer des frères en imbéciles naïfs.

— Comme ça, tu m'trouves pas... poire ?

Voilà. C'est dit. Le Grand vient d'accoucher de ce mot et épie maintenant sa réaction.

— Non... J't'ai jamais pris pour une poire, le Grand. C'est pas poire, c'que tu fais. C'est du respect... J'te regarde aller depuis que j'suis arrivé ici pis j'me dis que ça s'peut pas. Que c'est trop beau pour être vrai. Qu'y a sûrement anguille sous roche...

Il en dit trop, plonge la tête la première vers les profondeurs. Holà! Il ne peut s'arrêter.

— Faut pas que ça soit poire d'avoir fait c'qu'on a fait ce soir... Parce que si c'est poire, y'a plus rien de beau, plus rien de vrai dans l'aviation. Plus rien de solide entre les gars... Faut pas que ça soit poire, tu m'entends? T'as construit un mur avec nous autres...

Ne s'était-il pas juré de ne parler à personne de cette histoire de mur? Holà!

— Si tu te trouves poire d'avoir fait ça, on l'est tous. Tout est poire, dans notre affaire. Aussi bien se faire vidangeurs; c'est plus payant.

Barbiche se tait. Éberlué d'en avoir tant dit et de se retrouver dans les profondeurs de l'être avec cet homme assis en face de lui sur une boîte de rations de secours. Une boîte qu'ils espèrent tous deux ne jamais voir servir à qui que ce soit. Éberlué d'avoir réalisé l'osmose en dehors d'une cabine de pilotage. De l'avoir réalisée au sol, là où c'est lourd de chemins figés. Là où flottent des cadavres dans les eaux troubles. L'osmose à l'image de ce petit nuage de fumée au-dessus de leurs têtes. Éberlué de constater qu'il vient de cimenter au reste du mur celui qui ramassait les pierres. Qu'il vient de se presser contre le pingouin, lui touchant l'aile de la sienne.

— Sacré Barbiche! Quand bien même y'aurait juste toi pour croire en ce que j'ai fait... J'suis content de te connaître. T'es spécial.

— J'me trouve ordinaire, moi.

— Non... Fallait être spécial pour découvrir Sophie. Et ça, tu l'as fait avant moi. Elle aussi, elle te trouve spécial. Elle t'aime beaucoup et elle aime beaucoup Monique et la petite... On parle souvent de vous autres, de la manière dont vous élevez Alexandra. Ça fait qu'on a pensé à vous deux pour être parrain et marraine.

— Pas vrai ? Sophie est enceinte ? Pourquoi tu le disais pas plus tôt ?

— On l'a su ce matin... T'es le premier à qui je l'annonce, à part ma mère.

— Pourquoi moi ?

— Parce que j'ai confiance en toi. Si jamais il m'arrivait malheur, j'sais que tu prendrais soin de mon enfant, que tu serais toujours là pour épauler ma femme.

— Ta femme ? Vous allez vous marier ?

— Oui... Au début mars. Civilement.

— T'sais qu'un pilote ça gagne pas beaucoup. Tu s'rais peut-être mieux avec un vidangeur pour ton bébé.

— C'est pas ça qui est important, justement. Quand t'as parlé de ton mur, tantôt, j'étais sûr de pas me tromper. J'pense qu'on est d'la même matière, Barbiche.

La même matière à faire du mortier pour poursuivre l'œuvre de l'homme, à tâtons et à petits pas dans les voies figées et souterraines, jonchées de choses mortes, où se croisent les destinées. De la même matière à souder les wagons entraînés par la locomotive de la vie. De la même matière à préparer le baume en souhaitant qu'on n'ait jamais à l'étendre sur des blessures.

De cette pâte imparfaite, à pétrir et repétrir pour façonner l'image de l'homme avec sa laideur et sa beauté, avec sa faiblesse et sa force, sa tendresse et sa violence. De cette pâte à façonner sans cesse d'après le modèle de l'Inaccessible.

Cette pâte d'hommes un peu fous qui ne bâtiront jamais d'empire, ne feront jamais fortune, ne deviendront jamais célèbres ou illustres.

— J'comprends que tu puisses pas me donner une réponse tout de suite avant d'en parler à ta femme.

— Non, j'ai pas besoin d'en parler à Monique. J'sais qu'elle vous aime beaucoup tous les deux. Ça s'adonne que nous autres aussi, on se parle. J'accepte. Tu peux pas savoir c'que je ressens, le Grand.

— Oh oui, j'peux! J'pense qu'on ressent la même chose...

La même émotion devant la coulée des pâtes en fusion dans le moule de l'amitié préparé par eux. La même conviction de bénéficier d'un rare privilège. De goûter un moment unique.

Le Grand lui tend la main. Il la regarde, cette main qu'un chirurgien habile a reconstituée. Cette main issue des profondeurs du passé et qui lui confie maintenant les promesses de l'avenir. Celle qui l'invite au-delà des limites qu'il s'est imposées pour demeurer à la surface de tout sentiment profond et qui fait en sorte que les moindres gestes et paroles entre eux auront désormais une portée au-delà de ces limites, où l'on peut sombrer ou monter vers l'Inaccessible. Ces limites au-delà desquelles la médiocrité des valeurs matérielles n'a pas cours et où il faut être un peu fou pour être amis en dépit des risques qu'inspire le passé.

Il la saisit, cette main, et la serre chaleureusement.

12

Une dette du passé

— J'suis content que tu sois venu, Luc. Entre, entre.

Christian s'empresse de le débarrasser de sa parka et de l'inviter à prendre place sur un fauteuil de cuir fin.

— Qu'est-ce que je peux t'offrir à boire ?

— Une bière.

Il se retrouve avec une chope dans la main et cela le déconcerte un peu. Il a plutôt l'habitude de boire à même la bouteille, avec la caisse ouverte sur le coin de la table.

Vêtu d'une robe de chambre de velours noir bordée d'or, son hôte s'installe sur un divan en face de lui, une coupe de cognac entre les doigts.

Quoique de dimensions identiques, l'intérieur de cette roulotte contraste grandement avec l'intérieur de la sienne. Ici, tout est d'un goût, d'un raffinement, d'une recherche... On jurerait qu'une main féminine a disposé les fleurs séchées qui relèvent le motif des rideaux. Tout est rangé, soigné, ordonné.

— C'est pas croyable qu'on a le même genre de roulotte, dit-il en promenant son regard autour de lui.

— J'ai tout refait à mon goût depuis le départ d'Élisa. J'aime faire la décoration intérieure.

— Pas moé. J'ai laissé la roulotte telle que je l'ai prise. J'ai pas de temps à perdre avec ces niaiseries-là.

Il tient à lui faire savoir qu'ils sont différents. Qu'outre la mécanique ils n'ont rien en commun. Absolument rien.

— Gaétan non plus n'aimait pas ça.

Qu'insinue-t-il par cette comparaison avec l'ancien amant retourné à Montréal à cause de l'ostracisme qu'il subissait? Croit-il qu'il a des tendances inavouées? Cela le choque et il regrette d'avoir accepté l'invitation.

— Est-ce que j'peux voir mon *logbook*[1]?

— T'as hâte, hein?

— C'est pour ça que j'suis venu.

Officiellement, oui. Pour récupérer le livre d'homologation du Cessna 170B qu'un ingénieur en mécanique a dûment signé et retourné avec le moteur remis en état.

Officieusement, sa visite est motivée à moitié par la curiosité, à moitié par le désir de secouer le Grand de sa parfaite indifférence. Comment réagira-t-il en apprenant sa présence dans cette pièce où s'est joué le drame d'Élisa?

— Tout est parfait : j'ai vérifié. Il ne nous reste plus qu'à remonter les ailes et à remettre le moteur en place. Lulu va signer; y'a pas de problème.

— Ouais, y commence à avoir hâte qu'on libère «son» atelier.

— Toi, tu dois avoir hâte de voler.

---

1. *Logbook* : carnet de vol.

— Ouais... C'est la première fois que j'ai un avion à moé, confie-t-il en lisant et relisant la signature ainsi que l'estampille de l'ingénieur.

Il n'en revient pas et éprouve quelques scrupules. N'en a-t-il pas hérité d'une manière plus ou moins honnête, l'ancien propriétaire étant en état d'ivresse lorsqu'il le lui a vendu?

— T'as un bon avion entre les mains, Luc, tu peux me croire.

Oui, en matière d'aéronautique, il peut avoir confiance en cet homme qui sera reconnu ingénieur sous peu. Cet homme dont Lulu était si fier au début, avant qu'il ne sache... Avant que le Grand ne lui administre une raclée. «J'sais que j'suis pas correct, petit, mais j'suis pas capable de me faire à l'idée de l'homosexualité... Ça m'déçoit tellement... pis ça m'fait d'la peine, ben d'la peine... J'l'aimais ben, Christian, lui a-t-il confessé un soir. — Y'a rien qui t'interdit de l'aimer. — C'est pas pareil, Tête d'Oiseau. J'ai essayé, mais à c't'heure, quand j'le vois, j'pense rien qu'à ça.» Lulu avait les réactions d'un père et tout le monde savait qu'il avait remplacé son fils unique décédé à l'âge de dix ans par ce mécanicien doué et ambitieux que le destin lui avait confié. Christian, c'était son fils spirituel. Son œuvre. Son prolongement. Et il était dépassé par ce qui leur arrivait.

«Quand j'le vois, j'pense rien qu'à ça.» Comme lui, présentement. S'attardant à cette bouche et à ces mains qui ont assouvi une chair du même sexe. Comment peut-on en arriver à cela en dehors d'un lieu de privation? Comment cet homme a-t-il pu préférer son cousin à la charmante Élisa dont le jeune médecin est tombé follement amoureux dès le premier regard? Est-ce que son mariage avec elle était une tentative vers l'hétérosexualité qui se serait soldée par un échec? Comment devient-on homosexuel? Le devient-on ou l'est-on de naissance? Et lui, l'a-t-il été le soir du 6 juin 1973?

L'homme assis en face de lui le regarde drôlement, ou, du moins, il en a l'impression. Lui plairait-il? Qu'attend-il de lui? Pourquoi l'avoir invité? Il aurait fort bien pu lui remettre ce document cet après-midi lorsqu'ils ont reçu le moteur. Et il aurait fort bien pu refuser. Mais il a accepté. Moitié par curiosité, moitié pour piquer le Grand. En s'affichant avec Christian, ne prend-il pas position? Ne ravive-t-il pas ses doutes? Quand donc dégainera-t-il de nouveau son regard en lame de guillotine? Jusqu'où doit-il aller pour le secouer de cette léthargie bienheureuse? Comment cette vieille fille est-elle parvenue à le protéger de la sorte? Il a beau s'évertuer à le contrarier, le Grand s'échappe toujours par la porte du bonheur. Plus rien de ce qu'il dit ou fait ne parvient à l'atteindre.

L'autre soir, il est allé voir jouer Martin à la patinoire dans l'intention bien arrêtée de ranimer les craintes de son père, mais la présence de cette femme a tout fait rater, Martin ne voyant qu'elle, ne patinant que pour elle, ne comptant des buts que pour elle. Que lui trouve-t-il donc pour qu'il ne l'ait même pas remarqué dans les gradins? Même pas remarqué. C'est comme s'il n'existait plus. Ni pour le Grand ni pour Martin. Ils ont un nouveau cercle d'amis et lui il en est réduit à la compagnie de Christian, avec qui il bave du fiel et crache du venin sur le maudit grand singe.

— Est-ce que Lulu t'a dit, pour le *Grand Blanc*?

— Dis quoi?

— Que le transfert se fera dans une dizaine de jours, au début de mars.

— Non, j'savais pas.

Début mars, ce sera le mariage du Grand. Les gars n'arrêtent pas d'en parler. Paraît qu'ils lui réservent tout un enterrement de vie de garçon. Bien qu'il ait été invité à y participer, il ne se sent plus des leurs. Il ne fait pas partie des trois mousquetaires. Pas partie de leurs divertissements.

— Tu pourras peut-être pas assister au mariage du grand singe.

— J'avais pas l'intention d'y assister non plus. Ni à l'enterrement de vie de garçon.

— Ça, j'trouve ça débile. Des vrais brutes-bébés. J'en reviens pas. C'pas croyable que ce gars-là soit chef pilote. Ça manque vraiment de sérieux.

Il hausse les épaules, termine sa bière. Il devrait partir. Il n'a plus rien à faire ici et pourtant... Pourtant, il laisse de nouveau remplir sa chope pour partager avec Christian cette haine contre le Grand. Pour le démolir par les paroles. Le dénigrer. Le rabaisser.

Sur le coup, cela lui fait du bien de libérer cette agressivité. De réduire en pièces cet homme qui ne se soucie plus de lui.

— J'te dis que j'lui confierais pas un Twin Otter tout neuf. J'sais pas à quoi la compagnie pense.

— Comme pilote, on a rien à lui reprocher.

— Bah! Tu prends sa défense, maintenant, Luc?

— Non, mais comme pilote t'as rien à dire contre. Il va être à sa place sur le Twin Otter.

Il refuse de s'attaquer à la compétence de pilote du Grand. C'est sacré, pour lui. Inviolable. Christian peut le traîner dans la boue, dans la merde, dans tout ce qu'il voudra, mais il refuse qu'il entache sa vie de pilote.

— Oh! Choque-toi pas, Luc. J'pensais que t'aimais ça, parler contre lui.

— Contre lui, oui, mais pas contre le pilote.

— Bon. Compris. J'ai pas envie de me mettre en mauvais termes avec toi. De toute façon, y'est pas encore livré, ce Twin-là.

Christian vérifie la propreté de ses ongles, ce qui l'incite à caler sa bière pour déguerpir au plus tôt. Il en a assez, tout à coup. Assez dit. Assez entendu. Tout ce qui l'intéresse maintenant, c'est de retourner chez lui pour contempler le livre d'homologation du Cessna 170B et jouir du fait qu'il en est le propriétaire.

— Gaétan m'a écrit.

Qu'est-ce que ça peut bien lui faire? Il trouve cependant choquante la désinvolture avec laquelle Christian évoque son ex-amant.

— Il a trouvé le moyen de m'envoyer du stock. Du bon stock. Tu piges?

Ce disant, son hôte exhibe un petit sac de plastique de sa poche.

— C'est du hash... De bonne qualité. Pas de la cochonnerie.

Il fouille dans l'autre poche, sort du papier à rouler.

— Tu fumes?

— Non. J'm'en vais. Dérange-toi pas.

Il se lève. Christian ne bronche pas et s'applique à rouler un joint.

— Comme ça, tu prends pas de drogue... T'en as jamais pris?

— Non, jamais. Ça m'intéresse pas.

— T'aimes mieux en transporter.

— C'est pas moé qui a transporté d'la drogue au lac Pau, si tu veux savoir. J'sais pas c'est qui, pis j'pense que c'est même pas un gars de notre compagnie.

— J'parlais pas du lac Pau... J'parlais d'avant ça.

— J'vois pas c'que tu veux dire. Bon, ben, bonsoir.

Il traverse rapidement la pièce tandis que son hôte aspire profondément une bouffée de son joint.

— Et Ronald, ça te dit quelque chose ?

— Ronald ? Non... J'connais pas de Ronald.

— Y'a un Ronald qui te connaît, en tout cas. C'est lui qui fournit Gaétan.

Il revient sur ses pas en niant de la tête.

— J'connais pas de Ronald... Y doit faire erreur.

— C'était ton voisin de cellule, pourtant. Il t'a écrit une lettre. J'l'ai insérée à la fin du *logbook*... Regarde.

Il feuillette, découvre une enveloppe adressée à Luc Maltais, pilote. Il s'en empare et la remet à Christian.

— C'est une erreur. J'connais pas de Ronald. Renvoie ça à ton *chum*.

— Pourquoi ta main tremble si tu le connais pas ?

Le voilà démasqué. Mis à nu. Qu'a dévoilé Ronald sur son passé ? Il tente de contrôler le tremblement de sa main.

— C'est parce que j'suis choqué que j'tremble. J'aime pas m'faire accuser que j'ai transporté d'la drogue.

— T'aimes pas que j'sois au courant, plutôt. Aie pas peur, j'te ferai pas chanter comme le grand singe. C'est avec ça qu'il te tient, hein ?

— J'comprends pas.

— Paraît qu'il allait te visiter. Des chefs pilotes défigurés, à Schefferville, j'en connais rien qu'un... Des Luc Maltais, pilote de Otter, aussi. Ronald se rappelle de vous deux.

«Vous deux.» Comme s'ils formaient un couple. Il va s'objecter mais Christian l'interrompt.

— Garde ta lettre. T'es pas obligé d'y répondre. J'comprends que t'en n'aies pas envie... Que tu veuilles oublier que t'as fait du pen... J'te ferai pas chanter, aie pas peur. J't'apprécie trop pour ça. T'es le seul qui a de l'allure parmi les pilotes. J'comprends maintenant pourquoi t'haïs tellement le Grand. Ça prend un bel écœurant quand même pour abuser d'un gars qui sort de prison! C'est pour ça que tu travaillais comme deux.

Il ne peut nier. Ni confirmer. Et il reste debout, la tête basse, l'esprit vide, comme si la lettre qu'il tient entre ses doigts rendait toute réplique impossible. Le voyant dans cet état de prostration, Christian se lève et approche le joint de ses lèvres.

— Fume. Ça va te faire du bien.

Ce disant, il lui pose la main sur l'épaule. Une main chaude dont il se dégage d'un mouvement brusque.

— Non. J'fume pas.

— J'te condamne pas, t'sais. Ça m'dérange pas que t'aies fait du pénitencier. Ça change rien entre moi pis toi.

Qu'est-ce que ça veut dire? Qu'y a-t-il entre eux? Il réprime un mouvement de répulsion, une répulsion due à la proximité de cet homme.

— Y'a rien à changer entre moé pis toé. Tu m'as aidé à remonter mon coucou, c'est tout. Ça faisait ton affaire parce que plus personne te parle, pis ça faisait la mienne parce que tu connais ça. À c't'heure, c'est fini.

— Aie pas peur, pauvre toi. J'ai pas envie de te séduire. J'veux juste être ton ami. On peut continuer à s'aider. Après tout, on a le même ennemi, et la même idée de s'engager ailleurs. J'ai des bonnes chances de m' placer comme ingénieur à la compagnie qui a acheté le *Grand Blanc*... J'peux leur parler de toi si jamais ça te tente de suivre ton Otter.

— Suivre le *Grand Blanc*... J'y ai déjà pensé.

— Ouais. Là-bas, ils vont lui remettre un moteur tout neuf. Ça te plairait?

— Pourquoi tu ferais ça pour moi?

— Parce que ça me ferait plaisir que cette maudite grande brute-là perde son meilleur pilote de Otter. Qu'il n'ait plus la chance de te faire chanter parce que t'as fait du temps.

— Bien sûr que ça me plairait de suivre le *Grand Blanc*.

— J'vais leur en toucher un mot. Tu peux avoir confiance en moi, Luc. J'parlerai de ça à personne. J'te l'promets.

— Mais Gaétan, lui?

— Y'a pas de danger pour toi; il est à Montréal. C'est plutôt à moi de m'inquiéter de Gaétan, non?

— Comment ça?

— Paraît que Ronald lui fait de l'œil. C'est un secret pour personne qu'au pen...

Le regard de Christian l'examine des pieds à la tête et s'arrête à la hauteur de son pubis.

— ...vous vous débrouillez avec les moyens du bord.

— Ça fait pas de nous autres des tapettes.

— Non... mais ça vous rend plus compréhensifs. Pis ça, je l'apprécie. Tu m'as jamais lancé la pierre.

Il se sent paralysé d'effroi au-dessus d'une trappe qui menace de s'ouvrir sur le gouffre humide et poisseux. Une trappe qui rend intolérable la compagnie de cet homme qui

prétend vouloir son bien. Surgissent pêle-mêle doutes, hypo-
thèses et solutions. Qu'est-ce que Ronald a dévoilé sur lui?
Sur Jack? Sur Émile et la réplique du *Grand Blanc*?

— Faut que j'y aille.

— T'en fais pas. Personne va le savoir... pis j'te lance-
rai pas la pierre moi non plus. Oublie tout ça. Pense plutôt à
ton avion.

Il se retire pour rentrer chez lui. Dans cette roulotte
dont l'intérieur diffère tellement de celui de la roulotte de
Christian.

Il lance la lettre sur la table, puis décapsule une bouteille de bière qu'il vide en marchant de long en large.
Comme il marchait dans sa cellule. En comptant ses pas et
en tournant les talons au même endroit. Il a peur de savoir
ce que contient cette lettre. Ne devrait-il pas la brûler?
Non. Il doit savoir. À quoi lui sert ce théâtre? Il sait qu'il la
lira de toute façon. Il la décachète alors fébrilement.

Salut, poisson d'avril! (Cela lui rappelle les morceaux
de chocolat donnés à l'occasion de son anniversaire.) *J'ai
été bien content d'apprendre que tu pilotais l'avion qui te
faisait tant rêver. D'après Gaétan, je me suis pas mal trompé
sur le compte de ton ami qui avait le visage brûlé.* (Ils ont
donc parlé d'Émile... De tout l'attachement qu'il éprouvait
pour lui.) *J'espère qu'il ne te fait pas trop de misères. J'aimerais bien faire le tour d'avion que tu m'as promis. J'attends
de tes nouvelles. Ton ami Ronald.*

Tout ressuscite. Tout remonte en lui. La honte, l'espoir.
Ce jeune homme dans un cocon si mince qu'il en était
transparent. Les envolées imaginaires à bord de la miniature
du *Grand Blanc*. «Schefferville radio, this is Otter *Lima*

Uniform Charlie. Over!» Les attentes... Les lettres à Sylvie qu'il a déchirées en petits morceaux... L'intrusion contre son gré de l'organe mâle dans son rectum... Le dégoût... Le désespoir... Le bruit des clés, des pas, des portes de métal... L'odeur de la sueur d'homme... La verrue du traître gardien, l'intégrité de Frère Tuck qui vouvoyait les détenus.... Le regard fervent de l'aumônier sur le crucifix en bâtonnets de popsicle.

Tout ressuscite, remonte, l'emplit à ras bord. La première visite d'Émile où, par dépit, il a décoché un regard aux cicatrices, ce temps d'angoisse où il l'a cru écrasé dans la toundra avec son appareil... Les études où s'échafaudaient ses rêves sur les bases établies par cet homme... Les relations indésirées avec Jack... La cellule d'isolement... Le regard du directeur du pénitencier.

Tout le saccage, le meurtrit, le lapide. «Ton ami Ronald.» Peut-on qualifier d'amitié cette bouée à laquelle ils se sont accrochés pour ne pas sombrer? Hors de l'enceinte du pénitencier, le sentiment est-il viable? Légitime? Il ne le croit pas. Cette lettre lui semble indécente. Cette signature encore plus. «Ton ami Ronald.» Il n'a pas d'amis. N'a plus d'amis. Est imposteur celui qui prétend être son ami.

Le mot «ami» n'a plus aucun sens, ne s'applique surtout pas à ce jeune homme au mince cocon transparent dont il se sentait responsable.

Le mot «ami» ne convient maintenant qu'à celui qu'il a trahi. Qu'à ce bon gros Paul, ce Papillon débonnaire aux yeux candides, cette naïve planète qui lui avait confié l'astre autour duquel il gravitait, soit son Cessna 170B. Le mot «ami» ne s'applique qu'à cet homme déçu et muet au pied des arbres où gisait l'appareil choyé, tant de fois lavé et frotté de ses grosses pattes sans malice... devenues inertes depuis. Inutiles. Pendantes comme choses mortes le long de son corps massif. Cet homme qui ne voulait plus lui parler.

«C'est pas à cause de l'avion... C'est à cause de la confiance.» Cet homme honnête qui avait eu la franchise et le courage de faire une amputation radicale au pied des arbres où leur amitié était crucifiée. Et du bec! Et des ailes! Jusqu'à faire voler dans un dernier mouvement d'hélice des bouts de branche et des feuilles. Où leur amitié était sacrifiée par l'ambition. Jusqu'à faire s'écouler comme du sang un filet d'essence de l'aile arrachée. Où leur amitié était vendue pour quelques dollars. Jusqu'à voler en éclats dans un fracas effroyable.

Cet homme à qui il s'était promis de remettre un Cessna 170B.

Il prend le livre d'homologation, l'ouvre, fait tourner les pages devant ses yeux et réalise subitement qu'il n'en est pas le propriétaire mais seulement le tuteur. Il avait prévu de jouir un peu de ce titre avant de le transférer à cet ami trahi mais il s'en voit désormais incapable. Indigne. Tout comme Ronald est indigne du mot «ami».

Quelque chose le presse. Le pousse à s'acquitter de cette dette. Dès que les ailes seront remontées et le moteur remis en place, il fera enregistrer l'appareil au nom de Paul. Ainsi, il aura remboursé. Matériellement, du moins.

Ainsi, il pourra partir en paix.

13

Adieu à l'aigle

Un rien de clarté subsiste, modelant pauvrement les choses. Dans très peu de temps, elle sera éclipsée et la lumière artificielle fera des ombres crues et dures sur ces choses. Hangar, camionnettes, avions, pompes à essence, chariots et barils vides surgiront alors de l'obscurité comme des hallucinations en ce désert de glace.

Assis aux commandes du *Grand Blanc*, Luc observe tout cela à ses pieds avec un détachement qui le surprend. Élevée d'à peine trois mètres du sol, cette cabine lui donne la sensation d'être au-dessus de tout cela. Non pas avec suprématie et arrogance, mais simplement comme un enfant qui a grimpé sur le toit et regarde la cour où les autres poursuivent leurs jeux, tels ces deux employés de l'aéroport qui grattent vigoureusement le givre accumulé sur le pare-brise de leur véhicule. Pressés de rentrer à la maison après leur journée de travail, ils se contentent de dégager le mini-mum nécessaire à la vision et disparaissent aussitôt, aban-donnant dans l'air froid de denses nuages de gaz carbonique à la sortie des tuyaux d'échappement. Tel Lulu, vérifiant par deux fois s'il a bel et bien verrouillé son atelier avant de se diriger vers l'aérogare où sa femme vient habituellement le quérir. Lulu qui, à pas prudents de quinquagénaire, prend soin de ne pas se briser les os sur le chemin glacé par l'usage fréquent que Christian et lui en font. Tel le gérant de l'aéroport, qui, arrivant en trombe, se précipite du pas sec et nerveux de celui à qui incombent de lourdes responsabilités et disparaît par la porte de service.

L'ombre s'épaissit rapidement. Le rien de clarté s'évanouit et l'immobilité des choses ajoute une touche surréaliste à la neige que le vent du sud poursuit sur les congères dorées par la lumière artificielle. Rien ne se passe durant un moment. Comme l'enfant sur le toit, il regarde la cour déserte jonchée de jouets abandonnés puis se réjouit de l'apparition d'une silhouette singulière, celle de Georges poussant un chariot vers l'aire de stationnement du DC-3. Georges dont la démarche spécialement animale le frappe. Une démarche qui tient à la fois de celle de l'ours et de celle du gorille, puissante et patiente, façonnée dès l'enfance par le port des raquettes et l'habitude de transporter des charges à dos d'homme. Que fait-il ici, sur l'asphalte et le béton? Que fait-il dans ce décor, à besogner pour les Blancs, chipant de-ci de-là un peu d'essence d'avion pour son tacot et quelque nourriture dans les boîtes de ravitaillement des camps de la SEBJ? Se peut-il qu'il soit aussi résigné que le suggère son attitude? Cache-t-il sa colère? Sa révolte? Comment lire sur son visage imperturbable? Comment communiquer avec lui, sa connaissance de la langue française étant si rudimentaire? Pourtant, déjà, le jeune pilote inquiet qu'il était d'approcher du quai avec un vent de terre a communiqué avec cet homme calme et solide, étudiant le vent pour saisir et immobiliser l'appareil au bon moment. Les mots ne sont pas toujours essentiels, et même, souvent, ils sont source de malentendus.

Les lumières de piste s'allument. Georges lève la tête, scrute le ciel puis s'assoit sur le chariot, dos au vent qui fait voler une feuille de journal vite arrêtée par la clôture d'enceinte. Les pieds ballottant dans le vide, il observe les phares de l'avion aligné pour l'atterrissage.

La présence de cet homme confère une dimension humaine aux lieux et il se plaît à le regarder. Efficace, silencieux et fidèle, il attend de son plein gré, au cas où l'on aurait besoin de lui. Il devrait conseiller au fils d'Émile de modeler dans la plasticine une figurine dans une pose d'attente. Cela donnerait un tout autre aspect à la maquette, parfaitement mais froidement reproduite à l'échelle. Mais Martin saura-t-il comprendre de quoi il parle? Et puis il est si loin de lui maintenant et il n'a pas le temps de le rejoindre. Il n'a plus le temps.

Contrairement à ce qu'il en était auparavant, cette pensée ne l'attriste plus, comme si, du haut de cette cabine, il était vraiment détaché de ce jeune garçon qui le néglige. Détaché également de la main de son père qui vient de poser avec brio le bimoteur en douceur sur la piste. Tout cela ne l'atteint plus et il sent monter en lui la paix au fur et à mesure que la nuit descend et le soustrait aux regards.

Maintenant, personne ne peut le voir, assis aux commandes du *Grand Blanc*. Personne ne peut discerner la célèbre silhouette de Tête d'Oiseau, avec sa barbe et ses cheveux longs. Mais lui, d'ici, il les voit tous. Il les voit attendre. Les voit arriver.

D'ici, il voit Georges avancer le chariot dès que l'avion s'immobilise. S'arrête le moteur de gauche, puis celui de droite, s'ouvre la porte et s'abaisse la passerelle. D'ici, il voit sortir trois gars de Border Bacon qui reviennent à la civilisation après un contrat de six mois à cette station de météo et de radiobalisage servant d'aide à la navigation aux gros transporteurs à destination de l'Europe. L'un d'entre eux embrasse le sol à la manière du pape et les autres rigolent en regardant tout autour avec une excitation digne de voyageurs descendant à l'aéroport de New York.

D'ici, il voit le Zèbe approcher les bagages que les passagers s'empressent de faire descendre le long de la passerelle. Posément, Georges trie tout ce fatras, disposant avec ordre sacs à dos, boîtes, skis, carabines, équipement de pêche, guitare et panaches de caribou. Maintenant, il voit le Zèbe installer la rampe pour le déchargement des barils vides, et, dans la cabine encore illuminée du DC-3, le profil du chef pilote homologuant le temps de vol.

D'ici, il ne souffre pas de cette vision. Il ne se sent pas écrasé, bien que la cabine de pilotage du bimoteur soit plus élevée que celle du *Grand Blanc* qu'il occupe.

Comme c'est étrange, ce détachement! Cette trêve dans la révolte de ses sentiments! Étrange également d'être ainsi dans l'ombre derrière les commandes de son Otter et de regarder cet homme assis dans la lumière derrière les commandes de son DC-3. Ne sont-ils pas tous deux les cerveaux de ces oiseaux mécaniques? Ne sont-ils pas tous deux des maîtres, chacun à leur façon? Lui, maître du vol instinctif à bord de cet appareil robuste et sans grâce; l'autre, maître d'un vol plus cérébral à bord de ce bimoteur aux formes harmonieuses. Ne se valent-ils pas, les hommes autant que les appareils? Ce que l'un gagne en vitesse, l'autre ne le rattrape-t-il pas en puissance au décollage? Le chemin que l'un trace dans les mauvaises conditions atmosphériques avec ses ondes et ses vecteurs, l'autre ne le refait-il pas avec sa mémoire visuelle? Ne sont-ils pas finalement deux têtes d'oiseau mécanique, l'une étant plus sophistiquée que l'autre?

Vraiment étrange, cette perception qu'il a maintenant de lui et d'Émile. Et cette absence de révolte à voir rouler les barils vides sur la rampe. Pas plus tard qu'hier, la simple vue de ces barils soulevait encore sa colère et le nourrissait d'amertume parce qu'un Hercule C-130 avait hérité du contrat d'acheminer des milliers de barils d'essence au camp du lac Pau, le privant ainsi de travail. À raison de cent dix barils par voyage au lieu des quatre que pouvait transporter son Otter, le Hercule C-130 et ses trois équipages avaient mis près de deux semaines à ravitailler ce camp pour au moins un an. Et lui, condamné au sol, il rageait à chaque décollage du mastodonte, conscient que l'âge d'or du vol de brousse amorçait son déclin. Conscient que cette piste d'hiver faite de plus d'un mètre de glace annonçait la mise au rancart des appareils ayant servi à la construction des pistes permanentes. Privé de vol, il devenait agressif et amer comme un toxicomane privé de sa dose et souhaitait que l'Hercule s'écrase quelque part, sans blesser personne, pour lui permettre de voler de nouveau.

Mais maintenant, tout cela n'a plus d'importance et c'est sans rancœur qu'il observe le Zèbe aligner dix barils avant d'enlever la rampe. Tant mieux pour lui s'il peut voler. Tant mieux pour le Grand et Choucroute et Barbiche, qui se partagent les vols en attendant l'arrivée du Twin Otter, qui ne saurait tarder. Ils ne peuvent rien pour lui de toute façon et il n'est plus jaloux parce qu'ils enregistrent des heures de vol pendant qu'il vit des heures d'inaction au sol.

La lumière s'éteint dans la cabine de pilotage du DC-3. D'ici, il voit le chef pilote descendre la passerelle et enserrer amicalement l'épaule de Georges. Il voit le Zèbe acheminer les bagages vers l'aérogare où se sont engouffrés les trois passagers, puis les lumières de piste s'éteindre comme elles se sont allumées, sur demande.

Et, de nouveau, ce décor surréaliste, hallucinant, où seule la neige poudreuse courant sur les crêtes glacées semble vivante. Ce décor qui l'anesthésie, l'engourdit, le détache de cette réalité qui le fait souffrir. Demain, pour lui, ce sera son plus beau vol. Ce sera l'ultime et le dernier vol. «Hein, mon *Grand Blanc*? chuchote-t-il. Pas question de te livrer ailleurs, de continuer ailleurs.»

Pensivement, il caresse les manettes des gaz. Son esprit se projette vers ce vol ultime qu'il accomplira dans la lumière. Ce vol d'une grande pureté, complètement dégagé des choses de la terre. Ce vol de liberté, affranchi des sentiments, des convenances, des luttes et des tiraillements d'ici-bas.

Demain, à l'aube d'un jour nouveau, il poussera ces manettes et s'envolera. Pour la dernière fois, les ailes immaculées du *Grand Blanc* glisseront au-dessus de Schefferville, saluant au passage l'infirmière amoureuse de lui à l'hôpital, puis ces hommes minuscules s'activant au fond du cratère de la mine, ainsi que ces Amérindiens de la nouvelle et de la vieille réserve. Finalement, en guise d'adieu, il fera un piqué du tonnerre, frôlant de quelques mètres l'atelier de Lulu, puis il partira. Cap sud pour un temps... Nord-est par la suite pour brouiller les pistes. Personne ne le retrouvera. Même pas Émile. Nulle onde ou vecteur ne pourra trahir son parcours. Au-dessus des nuages, en pleine lumière et dans le grondement de ses neuf cylindres, il ira jusqu'à la panne sèche. Alors, à bout de carburant, le moteur s'arrêtera et, doucement, l'avion retournera au sol. Il réglera le volet compassateur en vol plané et laissera aller l'appareil, l'arrêt de l'engin signifiant le sien. Quelque part dans la toundra où personne ne pourra le retrouver. Même pas Émile. Tout chevronné qu'il soit.

«Hein, mon *Grand Blanc*?», chuchote-t-il encore en administrant une chiquenaude à la réplique suspendue dans le pare-brise. «Pas question de te livrer ailleurs.»

Il se lève, traverse le compartiment des passagers avec ses banquettes de toile relevées et attachées à la paroi. Demain, il sera seul, sans clients ni cargaison. Officiellement, il devra livrer l'appareil à des mains étrangères, mais il en a décidé autrement. Demain, lui et le *Grand Blanc* boiront ensemble jusqu'à la lie le nectar enivrant du vol dans toute sa pureté. Du vol pour lui-même. Sans but, sans destination. Ni passagers ni cargaison.

De sa lampe de poche, il éclaire maintenant le petit compartiment situé derrière celui des passagers et localise l'emplacement du radiophare de détresse. «Pas besoin de ça», marmonne-t-il en ouvrant le panneau et en déconnectant les fils. «Ni de ça», poursuit-il en soulevant le couvercle marqué d'une croix rouge, celui de la boîte de secours où il range l'émetteur.

Une dernière fois, le rayon de lumière balaie ce recoin, s'arrêtant sur le réchaud alimenté à l'essence d'avion. Aussi bien le laisser là puisqu'il volera jusqu'à la panne sèche. Ces mesures ne visent qu'à l'aider à maintenir sa décision, qu'à l'obliger à disparaître sans plus jamais demander l'aide des autres. Sans plus jamais espérer leur secours.

Péniblement, il traîne la boîte de secours jusqu'aux portes cargo, ne pouvant faire abstraction de tous les efforts qu'a déployés le chef pilote pour la rendre conforme et adéquate. Ce qu'elle peut être lourde!

Il ouvre les portes, demeure surpris en voyant le décor baigné de lumière artificielle et en entendant les lamentations que le vent pousse par intervalles. Comme s'il mettait l'humanité en garde contre une souffrance qui l'habite.

Il jette un regard inquisiteur autour de lui, s'assure que personne ne le voit et va quérir un chariot sur lequel il parvient à déposer la boîte, enviant la force herculéenne de Georges qui l'a chargée dans l'appareil.

Squick! Squick! grince une roue, faisant écho aux gémissements du vent. Squick! Squick! grince-t-elle jusque devant l'atelier de Lulu. Au moyen d'un double de la clé, il déverrouille et introduit le chariot, qu'il dirige vers un cabanon où sont remisées certaines pièces d'avions accidentés encore en bon état et pouvant servir. C'est ici qu'il cachera la boîte de ration de secours et le radiophare d'urgence. Lui, il n'en a plus besoin.

Voilà. C'est fait. Il a accompli tous les préparatifs de cet ultime et dernier voyage avec la sensation bizarre et bienheureuse à la fois d'être un autre que lui-même. D'être le double sans douleur ni peur de ce pilote qui prépare son suicide. Et toujours, en lui, cette paix étrangère qui le réconcilie avec ce monde qu'il s'apprête à quitter.

Il s'arrête un moment devant le Cessna 170B que Lulu s'est empressé de sortir de «son» atelier aussitôt la dernière couche de peinture séchée. Sous le reflet des lumières, l'orangé présente des teintes de brun et le blanc des teintes jaunâtres, mais il sait, lui, que ces couleurs sont identiques à celles de l'avion de Papillon. Il sourit en tentant d'imaginer l'expression de ce dernier apercevant son nom sur le certificat d'enregistrement qu'il a posté hier, et il demeure un long moment immobile, mains dans les poches, content d'avoir pu réparer au moins une erreur parmi toutes celles qu'il a commises.

À pas lents, il retourne chez lui. À sa roulotte négligée dont la décoration intérieure diffère catégoriquement de celle de la roulotte de Christian. Il ne lui reste qu'un geste à accomplir pour être en paix avec la famille des pilotes. Ce matin, Choucroute lui a demandé sa collaboration pour attirer le Grand à l'hôtel afin de lui faire subir son enterrement de vie de garçon. Il lui a suffi de s'esquiver chaque fois que celui-ci voulait lui remettre les papiers relatifs au transfert du *Grand Blanc*, le contraignant ainsi à le rencontrer ce soir au bar-salon, où les autres l'attendront de pied ferme.

Alors, il ne devra plus rien. À personne.

* *
*

Myriam s'affaire, préparant les boissons, rendant la monnaie, vidant les cendriers, causant avec l'un et l'autre, lavant les verres et prenant les commandes aux tables avec une telle aisance et un si beau sourire qu'il a peine à croire qu'elle accomplit là un travail. De temps à autre, elle lui réserve un regard curieux et tendre à la fois. Un regard qui cherche à détecter l'origine de cette faille dans leur relation. Et, chaque fois, il se dérobe à ce regard de femelle réceptive et sensible qui flaire le désordre chez lui. Il est trop tard maintenant pour s'inventer des liens. Comme le lichen sur la roche, il a fait en sorte de survivre sans racines. Et, pour cela, il s'est éloigné d'elle chaque fois qu'il a senti poindre un sentiment.

Mais, ce soir, il peut laisser percer ces éphémères et minces racines car demain il ne sera plus là pour souffrir de leur prolifération.

D'un geste de la main, il commande une autre bière, savourant le balancement des hanches moulées par la minijupe. Au comptoir, les gars revenus de la station de Border Bacon se sont détournés, saisissant l'occasion d'apercevoir sa petite culotte de dentelle lorsqu'elle se penche pour servir. Il la regarde et la voit : belle à faire bander. Excitante et provocante dans ses souliers à talons aiguilles.

— C'est vrai que tu vas mener le *Grand Blanc* demain ?

— Oui.

— Ça doit te faire de quoi... Tu l'aimais, c't'avion-là.

Il la regarde et découvre dans la femme sexy cette petite fille prête à s'asseoir avec lui dans un coin pour pleurer cette perte incomprise par la logique des adultes.

N'aurait-il pas dû prendre le risque de l'aimer ? Il lui retient les doigts en réglant la note.

— Oui, ça m'fait de quoi.

Elle les lui presse à son tour.

— Paraît que le Grand va y goûter, ce soir.

Il relâche son étreinte, s'empare de la bouteille de bière qui lui glace la paume.

— Paraît, oui...

— Vas-tu fêter avec eux autres ?

— J'sers seulement à l'attirer ici... J'ai pas envie de fêter à soir... Demain, j'décolle de bonne heure.

— Élisa pis la femme de Barbiche vont s'occuper de Sophie pendant c'temps-là.

— Tant mieux.

Il avale une gorgée, visiblement agacé. Somme toute, il a bien fait de ne pas prendre le risque de l'aimer puisque les innocentes racines qui auraient poussé se seraient immanquablement enchevêtrées à toutes ces autres et il n'aurait jamais été en mesure de démêler cet écheveau complexe. Jamais été en mesure d'isoler celles qui lui nouent la gorge. Entre autres, celles de cette maigre vieille fille maintenant femme fécondée et, dans deux jours, femme mariée. Quelle piètre épouse Émile s'est trouvée là ! Elle n'arrive même pas à la cheville de celle qu'il a imaginée pour lui au pénitencier.

Sourdement, dans son âme, se révèle le prélude à la douleur comme si l'anesthésie avait échoué autour d'un abcès. Est-ce à cause de cette vieille fille dont s'est muni Émile pour enfin répondre aux normes d'un homme de son âge ? Est-ce à cause du mécontentement qu'il a perçu dans la voix du chef pilote au téléphone ? À cause de Myriam ?

De Choucroute et des autres qui préparent une fête à laquelle il ne veut pas participer? Il n'aurait pas dû accepter de collaborer avec eux, car, depuis qu'il est ici, la paix lui échappe. Filant de toutes parts, par toutes les failles.

— J'peux m'asseoir? demande Christian sans attendre l'autorisation, appuyant ses coudes sur la table et s'avançant vers lui pour favoriser la confidentialité.

— Qu'est-ce que tu m'veux?

— J'vois que j'te dérange.

— J'attends le Grand.

— Ah! Ton maudit grand singe, tu veux dire?

— C'est pas mon maudit grand singe!

— J'ai reçu une réponse pour mon emploi là-bas. J'suis accepté.

— Tu commences quand?

— Dans un mois. Demain, tu vas rencontrer leur chef pilote. C'est lui qui va aller chercher le *Grand Blanc*. J'lui ai parlé de toi. Il est très intéressé. Paraît qu'ils ont beaucoup d'ouvrage pour le Otter.

— Tant mieux. Ici, ça fesse dur avec le Hercule qui fait tout le travail. J'ai presque pas volé depuis les fêtes. Quand j'pense qu'en deux voyages il en transporte autant que le Otter en cinquante-cinq.

Pourquoi doit-il renouer avec l'amertume? Avec cette révolte stérile? Pourquoi doit-il répéter son rôle de pilote frustré jusqu'à la fin du dernier acte? Il était si bien, là-haut, dans sa cabine. Il n'aurait jamais dû la quitter.

— Sans compter que tu vas continuer à piloter ton Otter. J'aimerais voir la tête du maudit grand singe quand il va se retrouver sans pilote de Otter à ce temps-ci de l'année.

La paix file hors de lui. Par toutes les failles, cédant la place à l'amertume et à la rancœur. Vite, il doit s'engourdir. Vite, il boit. Trop vite, hélant de nouveau Myriam, femme sexy cherchant à justifier la compagnie d'un homosexuel à sa table. Et plus il boit, plus se précise la région non anesthésiée. Plus s'accordent les instruments du prélude à la douleur, la plainte du vent quelque part à l'aéroport atteignant la même tonalité que le grincement de roue et les murmures d'hommes consommant de l'alcool. Le tout s'harmonisant aux ritournelles à la mode du juke-box. Il n'aurait pas dû accepter de collaborer, mais c'est Choucroute qui le lui a demandé. Choucroute à qui il se sent redevable pour l'avoir involontairement humilié cet automne devant les chasseurs. À qui il se sent lié pour avoir été son copilote et pour avoir été par lui baptisé Tête d'Oiseau. Il ne pouvait pas refuser.

Christian le lorgne bizarrement en se roulant un joint. Presque méchamment. Il lui tarde de le voir quitter sa table à l'apparition du Grand et, malgré lui, il jette de fréquents coups d'œil vers l'entrée.

— Est-ce que je t'ai dit, pour Ronald? dit-il enfin en inspirant profondément.

— Ronald?

— Celui qui prétend te connaître, qui t'aurait rencontré tu sais où.

— Dit quoi?

— Qu'il vient me visiter avec Gaétan la semaine prochaine.

— Tant mieux pour toi. Qu'est-ce que tu veux que ça m'fasse?

— J'sais pas... Ça pourrait te déranger.

— Pantoute.

Dans une semaine, il ne sera plus ici. Où sera-t-il? Personne ne le saura. On aura beau le chercher, il demeurera introuvable. On aura beau tenter de le contacter sur les ondes, il demeurera muet, ayant saccagé la radio dès que l'avion à court de carburant se sera posé au hasard sur la toundra. Ronald aura beau dire, beau prétendre, son discours n'intéressera plus personne. Et lui, il leur aura fait faux bond juste à temps. Il leur aura tiré sa révérence au moment même où se lèvera le voile sur son passé. Parti, envolé, Tête d'Oiseau. À quoi leur servirait-il de prêter attention aux racontars d'un ex-bagnard? Il deviendra une légende dans le petit monde des pilotes de brousse. On évoquera ses exploits, son habileté, la façon mystérieuse dont il est disparu. Ce qu'il a été, pendant un temps, dans un cachot n'aura plus d'importance. On ne se souviendra que de ses bons côtés, oubliant, pardonnant plutôt, sa brusquerie et son asociabilité. On le pleurera, nourrissant des sentiments de culpabilité à son égard, et le Grand ne pourra plus jamais l'oublier. Plus jamais le considérer comme un pilote quelconque ayant travaillé sous ses ordres.

— Ça m'fait rien pantoute, répète-t-il, réprimant le sourire de quelqu'un qui va jouer un tour à la société et s'en sortir blanc comme neige.

Ce disant, il porte machinalement son regard vers l'entrée et rencontre celui d'Émile en lame de guillotine qui l'exécute en le trouvant à la même table que Christian. Se ravive alors la douleur dans ses entrailles. Fulgurante et térébrante comme celle provoquée par l'instrument du dentiste sur un abcès impossible à anesthésier. Douleur qui provient de cet homme, de ce regard posé sur ses faiblesses, et qui le maintient haletant, accroché à l'hameçon d'un sentiment inavouable. Douleur qu'il ne parvient pas à masquer devant Christian.

— J'te laisse avec ton grand singe.

Il n'a pas le temps de rétorquer quoi que ce soit. Déjà le chef pilote se retrouve devant lui, l'air contrarié, s'efforçant à l'indifférence. Pressé d'en finir avec ces formalités de la transaction, il conserve sa parka et refuse le jus d'orange que Myriam offre de lui servir.

— J'ai tous les papiers et les livres là-dedans, dit-il en déposant une serviette devant lui. J'commençais à me demander quand est-ce que j'aurais la chance de te les remettre.

Il sent pointer le reproche dans la voix et ne sait s'il peut s'excuser sans paraître suspect. Toute la journée, il a joué au chat et à la souris avec lui, grâce à la complicité de Choucroute. Son opposition à la vente de cet avion étant notoire, le Grand devait supposer qu'il faisait ces enfantillages pour saboter l'affaire, et, le voyant sortir les documents avec une brusquerie mal contrôlée, il conclut à la réussite du guet-apens. «Le Grand va être choqué contre toi, mais ça doit pas trop te déranger; t'as l'habitude, toi.»

Oui, il a l'habitude d'être considéré comme un sujet récalcitrant, mais, ce soir, ça le dérange. Ça l'atteint profondément, là où le mal ne parvient pas à s'engourdir.

— Ça s'est adonné comme ça... Moé aussi, j'ai essayé de te rejoindre aujourd'hui.

— J'ai même trimballé ça jusqu'à Border Bacon au cas où tu serais là à mon retour.

Il y était, à son retour, caché dans l'ombre du poste de pilotage de son Otter, l'âme tout engourdie et quasi bienheureuse de faire ses adieux aux choses de la terre. Il y était, regardant sans honte, haine, douleur ou remords cet homme assis dans la cabine illuminée, simple cerveau comme lui d'un oiseau mécanique.

— Avoir su ça, j't'aurais attendu. J'sais que j'suis souvent de travers dans le brancard, mais à deux jours de ton mariage, j'ai pas envie de te donner du trouble.

Décontenancé par l'absence d'agressivité dans l'allusion à son mariage, le Grand pose sur lui un regard interrogateur, puis résume brièvement le contenu des documents, lui rappelant que, en dépit du fait que la compagnie n'avait pas jugé pertinent de faire réparer la radio HF, l'acheteur devait considérer qu'il concluait une bonne affaire.

— Pas de problème, le Grand. Demain, à sept heures, j'décolle.

— Côté météo, on a eu une baisse de pression en fin de journée pis le vent a reculé... Y'a quelque chose qui s'prépare mais j'pense que c'est pour la fin de l'après-midi.

— Inquiète-toé pas. Tout est prêt. J'ai fait le plein d'essence et d'huile. Il me restera juste à réchauffer l'avion.

— T'as ben raison : j'ai pas à te faire un dessin. Tu sais c'que t'as à faire.

Semblant soudain soulagé de lui refiler enfin la paperasse indispensable au transfert, le chef pilote fouille dans la poche de sa parka à la recherche de sa pipe et de son tabac. Cela l'enchante et c'est avec recueillement qu'il le voit accomplir son rituel. Bientôt, l'odeur du tabac mêlée à celle de la lotion après-rasage qu'il détecte lorsque le Grand s'avance pour jeter l'allumette dans le cendrier lui dilate les narines et lui fait mesurer la distance le séparant de cet homme. Les souvenirs affluent sous l'arôme de l'encens de cette religion à laquelle ce grand prêtre l'a initié et les instruments attaquent le mouvement principal de cette symphonie douloureuse qu'il porte en lui. Instruments tous accordés au diapason de cette odeur de tabac et de lotion après-rasage.

Bien qu'il souffre, il hume ce parfum qui le transporte aux côtés de l'instructeur lui offrant les commandes d'un avion d'entraînement. «Tiens, amuse-toi», qu'il avait dit. Et ce qu'il avait éprouvé ne correspondait nullement à un amusement quelconque mais plutôt à l'émotion que l'on ressent lorsqu'on ouvre la porte d'un temple pour la première fois. Et demain, cette porte, il la fermera derrière lui. La verrouillera en prenant soin de dissimuler la clé dans la neige de ce pays. Et ce soir, pour la dernière fois, il s'entretient avec le grand prêtre, laissant tomber les petitesses des profanes qui s'invectivent et se blessent sur le parvis du temple. Ce soir, il veut lui faire savoir qu'il partira bientôt.

— Je... j'vais faire une demande pour aller travailler au Nouveau-Brunswick.

Aucune réaction à l'annonce de cette démission qui ne parvient même pas à érafler l'armure d'indifférence dont s'est muni le chef pilote. Il poursuit, cherchant par où enfoncer les griffes de son désespoir.

— J'sais que j't'ai donné du fil à retordre mais j'vais avoir besoin de tes recommandations. On va sûrement te contacter, pis moé, j'ai besoin de savoir si... si tu considères que j'ai été un bon pilote.

Comme il aimerait qu'Émile exprime du regret, du chagrin, ou, à tout le moins, de la colère à l'annonce de son départ, au lieu de se donner des airs de paternel s'interrogeant s'il est judicieux d'aborder certaines vérités!

— Oui... Comme pilote, j'peux ben t'le dire maintenant, t'es mon meilleur. Un peu trop tête folle, mais doué... T'as toujours été doué, tu l'sais.

— Pas toujours.

Il baisse le ton et la tête, se remémorant l'accident qui a tout dévoilé de ses agissements malhonnêtes.

— C'est du passé, ça. R'garde pas en arrière, Tête d'Oiseau.

Ce qu'il aimerait qu'il regarde, lui, en arrière et l'appelle encore «p'tit frère» comme en ce temps béni où il lui enseignait le vol!

— T'auras plus d'ennuis avec moé, Émile.

Ce qu'il aimerait qu'il laisse tomber sa foutue armure de chef pilote! Ce n'est pas à lui qu'il s'adresse, ni au Grand, mais à l'homme tout simplement. À Émile.

— J'pense que t'as pris une bonne décision; c'est entre nous que ça marchait plus.

— Oui, c'est entre nous.

Qu'y a-t-il donc entre eux qui les déchire si brutalement? Qui n'a ni nom ni visage et n'est qu'un fossé d'incompréhension comblé de silence et de regards tranchants?

— Je... Au cas où j'serais pas là à ton mariage, je... j'voudrais dire... j'voudrais t'souhaiter d'être heureux avec elle.

Elle qui n'arrive pas à la cheville de celle qu'il a imaginée pour lui, forgée pour lui à même ses fibres d'homme. Elle qui est arrivée trop tard, après qu'il se fut enferré dans le sentiment inavouable en se glissant nu dans la marge du grand livre de la Nature.

— Elle te fera une bonne femme... J'crois qu'elle t'aime beaucoup et j'suis content pour vous autres d'apprendre que vous allez avoir un bébé... Vraiment content.

Ils ont l'air d'un couple qui, après avoir discuté des modalités de leur divorce, parviennent à parler de ce qui les a désunis. Cette officialisation de leur rupture l'affecte énormément et il sait être le perdant. Celui qui n'a plus d'autre solution que de fermer la porte du temple derrière lui. Alors, il boit. Goulûment.

— Fait chaud.

Émile se débarrasse de sa parka, fait comprendre à Myriam qu'il prendrait bien cette vodka jus d'orange sans vodka qu'il a refusée plus tôt.

Bien que la symphonie douloureuse lui martèle toujours l'âme, il apprécie la décision d'Émile de rester avec lui et tente de l'amener à l'appeler «p'tit frère» une dernière fois avant qu'il ne se cloître à tout jamais.

— J'sais pas si au Nouveau-Brunswick ils ont des surnoms comme nous autres.

— Ça doit.

— J'serai plus Tête d'Oiseau.

— Ça te fait d'la peine?

— Non, non... C'est normal qu'en partant d'ici Tête d'Oiseau meure.

— Tête d'Oiseau, c'est rien qu'un surnom... C'est pas toi.

— Non, c'est pas moi.

«Moi, j'suis ton p'tit frère. Celui que t'as adopté. Que t'as visité au pénitencier. Que t'as aidé», scandent en chœur toutes les voix de la souffrance en lui. «Celui qui t'a aimé jusqu'à l'absurdité. Jusqu'au reniement de son propre sexe. Celui qui avait conditionné sa chair à se soumettre à tes désirs. Moi, je suis ton p'tit frère. Ne le vois-tu pas? Ne le sais-tu pas? Ne vois-tu pas que je souffre de t'aimer encore? Que je gigote pendu à l'hameçon de ce sentiment? Que je te supplie de me décrocher et de m'appeler encore une fois "p'tit frère" et, encore une fois, de poser ta main sur mon épaule comme avant. Comme lorsque nous étions tout simplement amis sans qu'il soit question de sexe.

«Ne vois-tu pas, ne comprends-tu pas que ce ne sont pas les hommes que j'aime mais uniquement toi? Que ton regard jugeant ma maladroite tentative de te libérer de la solitude ne cesse de me condamner? De me persécuter?

«Ne sais-tu pas qu'il ne me reste plus rien pour me défendre? Plus rien pour déguiser cet amour en cette pitié capable de t'atteindre car elle est là qui te protège. Là qui t'imperméabilise et te rend beau de bonheur.

« Appelle-moi "p'tit frère" encore une fois et peut-être, oui, peut-être que demain je remettrai la boîte de rations de secours et l'émetteur d'urgence à leur place. Peut-être que je ne fermerai pas la porte définitivement derrière moi. »

— De toute façon, pour les gars ici, tu seras toujours Tête d'Oiseau.

— Et pour toé?

Son audace le surprend. Alors, il boit. Anxieusement.

— Pour moi?

Émile tourne le verre de jus d'orange entre ses doigts, le visage tout à coup empreint d'inquiétude. Il ne semble pas disposé à rebrousser chemin vers ce temps où il le protégeait de ses grandes ailes. Un pli se creuse entre ses sourcils, trahissant le faible coup porté par les griffes du désespoir sur l'armure d'indifférence jusqu'à maintenant invincible.

— Pour moi, tu seras toujours un sacré bon pilote.

Il s'en tient au côté professionnel, effaçant promptement l'égratignure sur l'armure du chef pilote.

Alors, il boit. Frénétiquement. Malgré le regard oblique décoché à sa bouteille.

— C'est ce que t'avais dit que t'étais capable de faire avec moé : un sacré bon pilote... Tu te souviens?

Il doit le ramener à ce premier cours théorique où il l'a adopté en bonne et due forme. Où, en lui posant la main sur l'épaule, il avait dit : « Maintenant, c'est toi mon p'tit frère. »

Et lui, il ne savait pas à qui il livrait son âme. À cette époque, il craignait avoir affaire à un homosexuel. Avec quelle brutalité il a appris qu'il n'en était rien. « J'suis pas du genre.» Et, dans l'attitude d'Émile, il sentait tout le rejet et la condamnation du directeur du pénitencier. «J'le pensais pas de même», était-il écrit en toutes lettres sur son front. Comme sur le front de Lulu vis-à-vis de Christian. Avec tout ce que cela comporte de déception et d'incompréhension. Et, à partir de là, plus jamais il ne l'a appelé «p'tit frère». Plus jamais il ne l'a touché. Comme s'il avait la peste.

— J'ai vu tout de suite que t'avais les qualités requises pour faire un bon pilote.

Tel un poisson, il lui file entre les mains, évitant de se retrouver dans la périphérie de cet hameçon au bout duquel il gigote.

Alors, il boit. Obligatoirement. Pour paralyser ce mal orchestrant la douloureuse symphonie.

— J'ai vu que Lulu avait sorti de «son» atelier le 170B que t'as reconstruit. Y'est pas mal beau! Tu vas pouvoir t'amuser, avec ça.

Pas lui. Légalement, cet avion ne lui appartient plus; il l'a transféré au nom de Papillon, qui devrait recevoir le certificat d'enregistrement sous peu.

— Qu'est-ce que tu penses des couleurs?

A-t-il remarqué qu'elles sont identiques à celles de l'autre 170B qu'il a fracassé sur le faîte des arbres? Si oui, il pourra alors risquer une dernière tentative pour ressusciter ce p'tit frère qui désire réparer ses erreurs.

— J'trouve que c'est un drôle de brun.

Il n'a même pas remarqué. Alors, il commande deux autres bières. À défaut d'engourdir le mal aigu, pénétrant, brûlant, c'est lui qu'il va engourdir. Lui au complet. À défaut d'exciser l'hameçon, il va assommer le poisson afin qu'il ne gigote plus.

Le chef pilote examine d'un air mécontent les deux bières que Myriam dépose.

— J'me sens coupable de t'les apporter, ces bières-là, Luc. Tu voles demain.

— J'sais c'que j'ai à faire. C'est le Grand qui vient juste d'le dire. Retourne à ton comptoir, les gars de Border Bacon t'appellent. Y m'ont l'air bandés sur toé.

Il lui en veut de s'immiscer dans ce dernier tête-à-tête et sectionne froidement les petites racines voulant l'attacher à elle. Avec regret, il accompagne d'un regard désolé cette petite fille sans malice habitant un superbe corps de femme. Ce corps monnayable qui leur a déjà servi de dénominateur commun sans parvenir à résoudre l'équation les divisant.

— Ne t'en prends pas à elle : elle a raison, tu bois trop. Faudrait que t'essaies d'en prendre moins, rendu là-bas.

— Tu penses que le chef pilote là-bas aimera pas ça?

— Ça fait pas sérieux.

— J'ai jamais manqué un vol à cause de ça. Pas un seul.

— J'sais.

— J'ai jamais endommagé un avion. Même pas une égratignure.

— J'sais ça aussi.

— J'veux que tu t'rappelles de ça, le Grand.

C'est au chef pilote qu'il s'adresse maintenant.

«J'veux que ce soit cela qu'on raconte dans ma légende. Que cela seul subsiste après ma disparition. Qu'on se souvienne du pilote et non de l'homme, car l'homme n'était qu'un raté», pense-t-il en apercevant Choucroute et Barbiche qui se faufilent en catimini derrière Émile avec la ferme intention de le prendre par surprise.

Le temps presse maintenant pour dire ces choses importantes avant le grand départ.

— J'veux que tu t'rappelles aussi que j'te voulais pas de mal même si j't'en ai fait, que j'oublierai jamais c'que t'as fait pour moé, pis que tu s'ras toujours pour moé un grand...

— Grand tabarnac, t'es pris ! Bouge pas, laisse-toi faire, s'exclame Barbiche en saisissant les bras du chef pilote pour les lui ramener dans le dos.

— Attention à ma pipe... C'était donc ça... C'était tout arrangé avec Tête d'Oiseau..., marmonne alors Émile en lui dédiant un regard déçu, désenchanté d'avoir failli croire à la sincérité des propos qu'il lui tenait.

«C'était donc ça, rien que ça», traduit l'expression de l'homme qui se laisse ligoter les poignets. Rien que du théâtre pour me piéger. Quel naïf je suis !

«Non ! C'est pas ça. Tu seras toujours pour moi un grand frère et un grand aigle», rétorque la symphonie douloureuse à grands coups d'archet sur la corde de son âme qui vibre à la vue des avions. «Tu as été tout pour moi, au pen... Tu es encore tout pour moi... Tout ce qui me fait mal.»

Il s'accroche à ce regard bleu dans lequel il était resté pris la première fois et qui, pour la dernière fois de sa vie, se pose sur lui avec la navrante conviction de s'être trompé sur son compte.

Ce n'est pas ça. Il voudrait lui expliquer que Barbiche a surgi trop tôt. Lui faire savoir tout ce qui l'attache à lui. Tout ce qui existe entre eux, de très beau et de très fort. Il voudrait lui faire comprendre le sens de sa mort prochaine. Le non-sens de sa vie où il n'est pas parvenu à expliquer ce qu'il y a entre eux d'assez beau et d'assez fort pour avoir motivé l'initiative d'aborder la dimension sexuelle.

Le voilà mal pris dans ce dernier regard posé sur lui. Qui le fait se sentir comme Judas ayant trahi d'un baiser. Quel imbécile il est d'avoir collaboré avec eux !

— Bien joué, Tête d'Oiseau ! le félicite Choucroute en passant une corde au cou d'Émile.

Qu'il se taise, mais qu'il se taise donc ! Ne voit-il pas qu'il lui ferme ce regard ? Qu'il annule les paroles de repentir et de réconciliation qu'il laissait en guise de testament ?

Chienne de vie ! On lui ravit Émile. Il appartient aux autres, maintenant. C'est terminé. Raté. Il n'aura plus jamais l'occasion d'assurer le souvenir de son amitié. Plus jamais. Dorénavant, il sera toujours indigne de confiance. Indigne d'amitié. Toujours un traître insensible, incapable d'aucun sentiment profond. Une sorte de prostitué sans principes, prêt à se vendre auprès d'un sexe ou de l'autre pourvu qu'il obtienne son prix. Non ! Ce n'est pas ça. Non ! Ça n'a jamais été ça.

« Ça » qui surprend, choque et déçoit Lulu. « Ça » qui dégoûte Émile, lui fait brandir les poings et s'accrocher au rideau de la chambre d'un motel de troisième ordre.

« Ça » qui aurait pu se produire entre eux... « Ça » qu'il a osé... et dont Émile est témoin.

Non, ce n'est pas ça. Pas ça du tout. C'est beaucoup plus.

D'ici, il entend prédominer le rire communicatif de Barbiche. Alors, il hait Barbiche et boit. Démesurément.

— Tu vas pas t'exciter avec eux autres ? demande Christian en revenant combler la place d'Émile.

— Ça m'intéresse pas, ces niaiseries-là.

Il se fait violence. Rien ne lui ferait plus plaisir que de se joindre à eux et de se livrer à leurs jeux innocents et sans conséquence. Rien ne lui ferait plus plaisir que d'aller tri-poter la joie d'Émile comme celui-ci a tripoté la sienne lors de son premier vol solo. Lui écraser des œufs sur la tête, l'arroser de mélasse pour ensuite le rouler dans les plumes présentent un attrait que seule la voix de Barbiche réussit à neutraliser. Comment pourrait-il se comporter comme un chiot exubérant à la vue de son maître en présence de cet homme qui lui a ravi la main mutilée, patiente à le dresser et à l'apprivoiser?

— Des vraies brutes combinées à des bébés. J'en re-viens pas! Un enterrement de vie de garçon... C'est quétaine au bout!

— Y'ont du fun pis ça fait de mal à personne.

— Tu donnais pas ta place, avant. J'me rappellerai tou-jours du réveillon de Noël où le grand singe nous avait invités, Élisa et moi. On venait juste d'arriver à Schefferville. Quel choc! T'arrêtais pas de lancer des olives pis de déchi-rer le linge des autres. Sans toi, j'aurais jamais pu constater que Darwin avait raison.

— Qui ça, Darwin?

— Tu connais pas?

— Non... J'suis un quétaine, moé aussi. J'connais pas Machin Truc.

— C'est le savant qui prétend que l'homme descend du singe. J'ai vu qui était le chaînon manquant, ce soir-là.

Ce qu'il peut l'embêter avec son Darwin et son chaî-non manquant! Avec sa culture et son raffinement! Et cet air de supériorité qu'il s'accorde en haussant les épaules chaque fois qu'un rire ou qu'une exclamation leur parvient.

Lui, ce soir-là, il avait frémi en dévoilant ce grand corps musclé et velu. Dans l'excitation générale et l'allé-gresse de Noël, il s'était lancé dans la mêlée, s'employant à réduire en lambeaux la chemise d'Émile. Et soudainement, en lui, sa joie avait été ombragée à la vue de ce noir duvet couvrant les pectoraux, lui rappelant qu'il y avait déjà glissé affectueusement la main pour s'introduire sous le slip. Lui rappelant la réaction imprévisible d'Émile et l'argument suicidaire qu'il avait invoqué pour rayer la part de pitié motivant son geste. «J'crois que là-bas j'suis devenu comme ça.»

Il regarde Christian occupé à se rouler un nouveau joint. S'attarde aux ongles propres combien de fois lavés et brossés après une journée de travail et les compare aux siens encore crottés de cambouis. Non, il n'est pas comme ça. Il n'a jamais été comme ça. Il n'est pas homosexuel, bien qu'il ait prétendu le contraire après s'être comporté comme tel.

Ne l'a-t-il pas assez prouvé à ce regard qui le surveillait jusqu'au vestiaire des jeunes hockeyeurs? Que lui fallait-il de plus pour comprendre? Combien d'autres femmes aurait-il fallu pour effacer ce geste effectué dans la nuit et connu d'eux seuls?

— Admets que t'haïrais pas ça être avec eux autres. C'est pas moi qui te retiens si tu veux en profiter avant de changer de compagnie. Peut-être que là-bas ils sont plus sérieux.

— D'après *ton* maudit grand singe, faudrait que j'boive moins pour faire plus sérieux, là-bas.

— T'es pas allé lui dire que tu changeais de compagnie!

— Oui.

— Moi, je l'aurais laissé tomber sans avertissement. À ce temps-ci de l'année, il aurait eu d'la misère à trouver un pilote.

— Ça, ça me regarde.

— Y'a quelque chose qui m'échappe dans ta relation avec lui.

Il n'aime pas le mot «relation» qui, dans la bouche de Christian, comporte une connotation sexuelle. Ni ce regard qui l'étudie.

— Y'a rien entre lui pis moé, se défend-il, sentant brûler ses oreilles heureusement bien dissimulées dans l'épaisse chevelure.

— Rien d'habituel, tu veux dire.

De normal, interprète-t-il, embarrassé de plus en plus comme si ce regard fouineur avait été témoin de son échec à aimer au-delà de...

— Comment ça, rien d'habituel? À quoi tu veux en venir?

— Tu trouves que c'est habituel qu'un gars s'occupe d'un autre qui sort de prison? Ronald a pas eu cette chance-là, lui.

— C'était à lui de pas se tenir avec les requins en d'dans! réplique-t-il promptement, réalisant trop tard qu'il vient ainsi de se compromettre, de se trahir.

Christian sourit malicieusement, tire une bouffée de son joint.

— J'étais sûr que t'avais fait du pen... Que Ronald mentait pas. En veux-tu?

Il lui présente le joint du ton doucereux d'un vainqueur usant de clémence envers celui qu'il vient de terrasser. Que sait-il d'autre? Qu'est-ce que Ronald lui a dévoilé sur sa vie carcérale? Sur le mois de trou qu'il a purgé pour avoir été pris en flagrant délit de relation homosexuelle? Sur l'attachement et l'admiration sans bornes qu'il vouait à Émile? Que sait-il de lui? Pourquoi le regarde-t-il comme s'ils étaient du même acabit?

Il hésite à s'emparer du joint. À poser ses lèvres là où Christian vient de poser les siennes. Question de répulsion. D'entêtement à se dissocier de lui. Mais à quoi bon? Cela ne fait qu'ajouter à sa souffrance sans convaincre qui que ce soit. Ni Émile, ni Christian, ni Myriam qui le regarde curieusement en essuyant des verres. Il a échoué sur toute la ligne, soit, mais demain il va tous leur fausser compagnie. Tous les confondre et les rendre coupables à son égard. Demain, il aura le dernier mot. Fatal et énigmatique. Demain, il posera le point final à toutes leurs phrases pleines de sous-entendus. Alors, aussi bien goûter à cette drogue qui a chamboulé toute sa vie. Aussi bien bénéficier de l'engourdissement qu'elle peut lui procurer. De cette amnésie qu'elle peut lui offrir.

Il s'empare du joint, le porte à ses lèvres et tire voracement une bouffée qu'il aspire ensuite profondément.

— Tu vas voir, c'est du bon stock.

Tout ce qu'il demande à cette substance, c'est qu'elle le gèle de bord en bord. Qu'elle le détache de ce monde et lui fasse retrouver l'état d'insensibilité qu'il connaissait en fin d'après-midi dans le poste de pilotage destiné à devenir son cercueil. Tout ce qu'il demande, c'est de ne plus entendre le rire de Barbiche et la joie des autres qui amorce la finale de la symphonie douloureuse en lui. De ne plus voir les gars de Border Bacon faire de l'œil à Myriam et prendre rendez-vous pour la chambre du troisième étage. De ne plus sentir brûler ses oreilles et ne plus se remémorer le regard de sa belle lionne qui les avait incendiées alors qu'il portait encore des cheveux courts de bûcheron. Tout ce qu'il demande à cette substance, c'est l'anesthésie précédant l'euthanasie.

— Vas-y mollo si t'en as jamais fumé, conseille Christian en voulant reprendre le joint.

— J'en ai déjà fumé, tu vois bien. Laisse-moé-z-en, j'te paierai ça à mon retour, demain.

— Ça m'aurait surpris, aussi, qu'un gars qui a déjà fait d'la tôle n'y ait jamais goûté. J'te laisse ça; j'en ai d'autre chez nous.

Christian lui glisse furtivement un petit sac de haschisch et du papier à rouler.

— On va s'payer quelque chose de bon quand Ronald va v'nir la semaine prochaine.

Il ne réagit plus au rappel de cette visite. Ni à la présence de Christian à sa table. Ni à l'exubérance des pilotes qui convient les gars de Border Bacon à leur fête. Ni à l'intonation tendrement sévère dans la voix de Myriam qui lui conseille de ne plus boire.

Immobile, le petit poisson pendu à l'hameçon d'un sentiment inavouable halète faiblement dans la pièce enfumée, perdant l'usage normal de l'ouïe, de la vue, de l'odorat, du goût et du toucher, qui, depuis quelque temps, ne lui ont transmis des données de la vie que ce qui est douleur.

Progressivement, il se détache de son corps et du décor qui l'entoure. Plus rien n'a d'importance sauf cette demi-note distincte de l'accord mineur sans cesse joué en duo sur la corde de son âme et sur celle attachée au cou d'Émile pour célébrer la fin de son célibat. Toutes deux nouées ensemble par une main glissant sur le poil noir... Si noir, tout à coup... Noir, brillant et lustré comme le corbeau de la mort qui l'accompagne vers l'ultime et dernier vol.

Qui l'accompagne vers demain où l'attend la lumière éblouissante au-dessus des nuages. Qui le soustrait déjà aux petites joies des êtres rampant vers leur pain quotidien et lui fait retrouver la paix qu'il goûtait dans la cabine de pilotage.

«Tadam!» Surgissent les joyeux pilotes promenant une poule géante sur leurs épaules. La corde au cou, la fale engluée de mélasse et de plumes, elle se laisse malmener de bon cœur, profitant des dernières extravagances de sa vie de garçon.

Alors qu'ils passent près de leur table et que Christian lève les yeux au plafond en marmonnant un «ça s'peut-tu?» tout à fait indigné et dédaigneux, il la regarde bringue-baler en riant, portée par la gent de la basse-cour, et s'esclaffe soudainement, frappé par la pertinence de la métamorphose. Que de fois il a considéré Émile comme un croisement de mère poule, surprotégeant ses pilotes, et de coq, faisant valoir son autorité! Que de fois il l'a rabaissé au rang de ce volatile domestique picorant le grain des maîtres pour ga-rantir des œufs à la compagnie d'aviation! Que de fois, dans son imagination, il a pris plaisir à le caricaturer en volaille, et voilà qu'elle lui apparaît, cette volaille, en chair et en os. Qu'elle déclenche chez lui un rire hystérique et douloureux. Un rire de profane sur le parvis du temple, qui tente de dénigrer le grand prêtre dans la foule.

Un rire de Judas reniant le regard bleu porté vers lui. Un rire qui meurt vite quand s'irise chacune des plumes collées dans la mélasse et que s'ouvrent toutes grandes des ailes majestueuses. Un rire qui pleure l'aigle caché sous la poule. Plus que jamais aigle à ses yeux. Plus que jamais celui avec qui il est monté vers l'abîme absolu. Avec qui il a effectué un vol en formation dans l'espace où régnait la solitude. Plus que jamais celui qui l'entraînait toujours plus haut, seul avec lui, et qu'il s'était conditionné à aimer au-delà de... Plus que jamais celui qui l'a précipité dans le gouffre en deçà de... En deçà de ces normes où mâle rime avec femelle, pénis avec vagin, spermatozoïde avec ovule. Ce gouffre où il se débat, multipliant les ventres de femme pour s'en sortir, et où il retombe chaque fois que le regard bleu tranche la tête qui émerge.

Ce gouffre où il pourrit, les yeux rivés à cet aigle que personne d'autre que lui ne connaît. Dont personne ne soupçonne même l'existence sous la volaille de la basse-cour.

Cet aigle qui plane dans la lumière et l'azur cristallin. Qui passe et repasse au-dessus de cette fosse d'où il va s'échapper pour le rejoindre là-haut. Là où ne subsistera qu'un sentiment très fort et très beau. Qu'un sentiment très pur, dégagé des normes et de la boue terrestres.

14

Le Grand Blanc *s'envole*

Les cheveux encore collés de mélasse, il tente vainement d'enlever cette fichue corde attachée à son cou. Quelle sorte de nœud Choucroute a-t-il bien pu faire ? Il faudrait couper mais il n'a pas de couteau à portée de la main. Il s'impatiente, panique à l'annonce de l'arrivée des voyageurs du BAC-111 en provenance de Montréal, Québec, Sept-Îles et Wabush. D'un instant à l'autre, les parents de Sophie verront à quel futur gendre ils ont affaire.

L'oncle James apparaît le premier. «It's about time you get married!», s'exclame-t-il, heureux de lui servir de père. Hélas, les parents de Sophie ne partagent pas cet avis, ayant longuement insisté au téléphone afin qu'elle reconsidère sa décision. Sans doute espèrent-ils apprendre qu'ils ne sont venus que pour des fiançailles, profitant ainsi de l'occasion pour faire connaissance avec celui qui a séduit leur benjamine. Quelle sera leur réaction en le voyant ? En apercevant les cheveux gommés autour de l'oreille mutilée, la corde attachée à son cou, les plumes engluées sur sa poitrine et les poils drus de sa demi-barbe, attirant l'attention sur les cicatrices de la joue droite ? Que penseront-ils de lui ? Quelle impression produira-t-il, accoutré de la sorte? Il n'a l'air ni très sérieux ni très attirant.

«Les voilà!», s'exclame Sophie en se jetant dans leurs bras. L'élan spontané avec lequel elle s'est précipitée vers eux le laisse perplexe. Ne dirait-on pas qu'ils viennent la délivrer d'un grand malheur? «Oh! Pauvre p'tite fille! Pauvre p'tite fille!», gémit la mère en le voyant. «Ne le marie pas», conseille le père, en retrait. Luc ricane en compagnie de Christian. «J'te l'avais dit que t'étais une poire.» Que fait-il là, lui, à fumer du *pot*? Comment se fait-il qu'il n'ait pas décollé à sept heures tel que convenu? «C'est plus toé, mon chef, mais j'vais décoller quand même.» Aussitôt le *Grand Blanc* surgit, fonçant en rase-mottes droit sur Sophie. La voilà isolée, traquée par l'avion qui la poursuit. «Jette-toi par terre! Jette-toi par terre!», veut-il crier mais Choucroute serre le nœud à son cou, lui étreignant les cordes vocales et l'empêchant de se porter à son secours. «Pauvre p'tite fille!», se lamente la mère. «Vous n'êtes qu'un minable! condamne le père. Regardez c'que vous avez fait à ma fille. Fallait ben être infirme pour la forcer au mariage en la mettant enceinte.»

Luc ricane toujours dans l'avion, Christian lui servant de copilote. «As-tu vu la poire?» Exténuée, Sophie trébuche. Se relève. «Attention au ski!», crie-t-il toujours sans qu'aucun son ne lui sorte de la bouche. Ahuri, il voit le ski prêt à l'éventrer et il se débat de toutes ses forces pour se libérer de Choucroute qui tire toujours sur la corde.

Il réussit finalement et s'éveille en sursaut, le vrombissement du *Grand Blanc* se muant en celui du DC-3. Quel affreux cauchemar! Le front couvert de sueur, il frissonne maintenant dans l'air frais de la pièce et se réfugie sous les couvertures chaudes, s'enfouissant le visage dans la chevelure de Sophie couchée à ses côtés. Mais, en lui, le cauchemar prolonge la hantise du rejet, et la blessure infligée durant le songe laisse de graves séquelles dans la réalité. Séquelles qu'il s'empresse de soigner au moyen de ces choses palpables et tangibles qui l'entourent. Le bien-être émanant de la douce chaleur qui règne sous les couvertures, par exemple; le ronronnement sécurisant de la fournaise à huile; le souffle calme et régulier de Sophie dormant à poings fermés; la lumière diffuse modelant l'épaule où cascade la chevelure jusque sur son oreiller, lui chatouillant le nez; l'odeur de la chemise de nuit en flanelle qu'elle a enfilée pudiquement pour dormir; ainsi que la proximité de ce corps qu'il presse contre le sien.

Avec acharnement, il s'emploie à absorber toutes ces parcelles de la réalité, dans l'espoir qu'elles réussiront à chasser les reliquats du cauchemar. «Elle m'aime. Tout ira bien, se répète-t-il mentalement. Elle m'aime.» Puis, soudain, il pense qu'elle n'a encore jamais vu la naissance de sa demi-barbe. Il ferait mieux de la raser avant qu'elle ne s'éveille. Aussitôt, il se ravise, déterminé à ne rien lui cacher. Il ne veut pas commencer sa vie de couple en boitant dès les premiers pas. Se raser avant son éveil équivaudrait à attacher le premier maillon d'une chaîne l'assujettissant à son image dans le miroir et il ne veut pas. Ne doit pas.

Malgré lui, du dos de la main, il frotte sa joue râpeuse. Ça paraît. Elle remarquera tout de suite l'irrégularité. Il se fait violence pour repousser la tentation de se raser. Il ne faut pas. Elle l'aime tel qu'il est. Que de fois elle le lui a répété! Elle l'aime et porte son enfant. Leur enfant. Elle l'aime et va l'épouser. Il doit lui faire confiance et se rendormir.

Il ferme les yeux, se concentre sur le moelleux confort dont il jouit en cette première journée de congé. Cela fait si longtemps qu'il n'a eu de vraies vacances, et voilà qu'à l'occasion de son mariage la compagnie lui a fait savoir qu'elle pouvait très bien se passer de ses services pour une semaine. De surcroît, en guise de cadeau de noces, elle lui a offert deux billets aller retour pour Montréal avec frais de séjour dans un hôtel de la métropole.

Ce qu'il a hâte d'apprendre tout cela à son oncle James, son presque père! Sûrement qu'il sera très fier de constater que son presque fils a comblé ses espérances. «Si tu veux devenir un pilote, deviens-en un bon», avait-il exigé pour se consoler de l'abandon d'une carrière dans la boxe. «Jusqu'à maintenant, aucun de nous n'est monté si haut», avait-il ajouté en regardant défiler les berges du fleuve Saint-Laurent sous les ailes de l'avion lors de son baptême de l'air. Et ce «nous» l'incluait dans le clan irlandais qui avait durement besogné sur les berges de ce même fleuve, et voilà que d'avoir dépassé les limites espérées ne faisait qu'affermir davantage sa volonté de réussir dans la carrière d'aviateur. Oui, sûrement que l'oncle James sera très fier de constater l'estime que la compagnie lui porte. Très fier de voir tout ce qu'il a accompli et réussi. Tout ce chemin qu'il a parcouru à partir des ruelles de Pointe-Saint-Charles. Mais les parents de Sophie, eux, le jugeront-ils à la hauteur de leur fille? Elle a tant de classe, tant de distinction, que parfois cela lui donne des complexes. Hier, par exemple, lorsqu'elle l'a vu après le traitement que ses hommes lui avaient infligé. Pourtant, elle paraissait surprise, sans plus, même si lui se sentait indigne. Le décalage culturel lui apparaissait nettement. Il avait grandi dans un milieu défavorisé, croyant se valoriser par ses poings dans la cour de l'école, alors qu'elle avait été l'enfant sage de la classe, obtenant des bourses par son application au travail. Par pur hasard, il avait fait connaissance avec *Le Petit Prince* de Saint-Exupéry et en avait fait sa bible, car cela était devenu vital pour lui de s'imprégner de l'idée maîtresse de cet essentiel invisible pour les yeux, tandis qu'elle s'était convertie d'emblée et d'elle-même à cette idée. Et, au cours des soirées passées en compagnie d'Élisa et de Gabriel, il lui arrivait de se sentir à part lorsqu'ils abordaient la musique classique, les grands peintres ou les grands penseurs, son seul sujet de conversation se limitant à l'aviation.

Il sait qu'il est devenu un bon allumeur de réverbères et il en est fier, mais cela est-il suffisant pour impressionner les parents de Sophie ? Ne détecteront-ils pas en lui l'ivrogne qu'il fut jadis et qui buvait pour oublier ? N'influenceront-ils pas Sophie, qui relève d'une dépression nerveuse et conserve certaines traces de son éducation puritaine, telle cette habitude de dormir avec sa chemise de nuit ? Il aurait tant aimé la sentir nue contre lui, cette nuit.

Et si ses parents la convainquaient de renoncer au mariage ou de le reporter à une date ultérieure ? S'ils lui faisaient part de l'essentiel que leurs yeux lucides voient, l'inspirant à répondre non à la question « Prenez-vous pour époux... ? ». Non ! Pas cet homme, voyons ! Cet homme sans culture qui s'est servi de l'œuvre de Saint-Exupéry pour faire accepter son visage à demi défiguré.

Il ne saurait survivre à ce non. Ne saurait survivre à la compassion des siens et à la sympathie de ses hommes. Et surtout pas aux sarcasmes de Luc. Si elle lui disait non, il en mourrait, c'est sûr.

La gorge serrée, il caresse avec mille précautions les cheveux de cette femme portant son enfant. Son cœur déborde d'amour pour elle et pour ce petit être en gestation, mais sa raison multiplie les craintes et les doutes, lui insinuant que ce bonheur-là est trop grand pour lui. Trop entier. N'ayant qu'un demi-visage, n'a-t-il pas droit qu'à un demi-bonheur ?

Sa main abandonne les cheveux soyeux et passe de nouveau sur sa joue râpeuse. Ça paraît. Ce serait peine perdue d'essayer de se rendormir dans ces conditions.

En prenant soin de ne point l'éveiller, il s'échappe du lit et file sur la pointe des pieds vers la salle de bains exiguë.

Il allume au-dessus du cabinet. Une lumière crue et impitoyable lui fait interroger son image dans le miroir. Que peut-elle bien aimer en toi?

N'obtenant pas de réponse, ni de sa joue cicatrisée ni de l'autre envahie de poils foncés et drus, il se consacre machinalement aux préparatifs de cet acte routinier accompli deux ou trois fois par jour, selon le besoin. En s'emparant du rasoir, il hésite soudain, assailli d'un étrange sentiment de culpabilité. Pourquoi persiste-t-il à user de fausse représentation à deux jours de son mariage? Ne fait-il pas preuve d'un manque évident de confiance en elle? De confiance en lui? Si l'amour qu'elle prétend lui porter ne peut supporter ces quelques poils sur la joue indemne, ne serait-il pas plus sage de renoncer au projet d'une vie commune? Quand se résoudra-t-il à se montrer tel qu'il est au petit matin? Pourquoi triche-t-il? Car il triche, il le sait. Avec autant de certitude qu'il sait ne pouvoir survivre à un non.

Il se regarde froidement dans la glace, non pas avec les yeux du cœur mais avec ceux de la raison, et aussitôt celle-ci commande à la main de raser. Et aussitôt la main rompue à cet exercice s'exécute, restaurant un tant soit peu son visage.

Voilà, c'est fait. Il asperge sa joue de lotion après-rasage. Ce sera pour la prochaine fois, conclut-il, honteux de s'être servi de sa fiancée pour perpétuer l'esclavage alors qu'il aurait pu lui laisser la chance de l'en affranchir. La prochaine fois qu'ils s'éveilleront ensemble, ce sera dans une chambre d'hôtel de la métropole. Après qu'elle aura dit oui. Alors, forcément, il vient de tricher.

Il regarde l'heure à sa montre-bracelet. Déjà sept heures trente. Tête d'Oiseau a-t-il décollé? Comment savoir, avec cette nuit d'insomnie? Angoissé à l'idée de lui faire subir un choc à son réveil, il a dormi par intervalles, chaque séance de repos ponctuée d'un cauchemar. Sans doute que le grondement du *Grand Blanc* a précédé celui du DC-3, le tirant ainsi d'un sommeil agité.

Oui, c'est sûrement ce qui est arrivé. Tête d'Oiseau est un employé fiable. Il n'a jamais manqué un voyage, jamais endommagé un appareil, quelle que soit la quantité d'alcool ingurgitée la veille. Cependant, hier, c'était la première fois qu'il le voyait fumer du *pot* et il s'interroge sur l'effet que cela peut avoir lorsque combiné à l'absorption d'alcool. Mais à quoi bon s'en faire? Ce n'est plus son problème. Bientôt, Tête d'Oiseau ne relèvera plus de sa compétence mais de celle d'un autre chef pilote, celui qui l'attend à Sept-Îles.

Il devrait se sentir soulagé mais se voit plutôt troublé. Tête d'Oiseau lui a paru tellement étrange hier, tellement différent, qu'il ne savait plus à qui il avait affaire. Par bribes, il retrouvait la personnalité du p'tit frère assis dans l'herbe. Celle de ce renard patiemment apprivoisé qui semblait vouloir lui revenir. Et chaque fois que sa main s'apprêtait à renouer avec cette épaule, il se rappelait avoir été cruellement mordu au réveillon de Noël et se dérobait à toute tentative de retour vers le passé.

Qu'il est idiot d'avoir laissé Tête d'Oiseau jouer encore une fois avec ses sentiments pour le garder à sa table jusqu'à ce que ses hommes s'emparent de lui! «Bien joué, Tête d'Oiseau!» Ce n'était donc qu'un jeu. Qu'un mirage. Lui qui avait cru voir, entrevoir son petit renard fuyant vers une autre compagnie d'aviation. Quel idiot il est d'avoir failli courir derrière lui pour lui frotter le crin et lui souhaiter bonne chance chez les hommes!

C'est la première fois qu'en tant que chef pilote il accepte une démission du genre. Habituellement, les pilotes sont contents de travailler sous ses ordres et il fait de son mieux pour les respecter tout en satisfaisant aux exigences de la compagnie. Mais avec Luc, cela a été un échec. Un fiasco dont il se sent responsable en partie, imputant l'autre partie de la responsabilité à cet homme qu'il connaît trop et pas assez. À cet excellent pilote qu'il a formé de A à Z et qui se détruit à petit feu par l'alcool et maintenant par la drogue. Mais à quoi bon ressasser tout cela alors qu'il pourrait tenter de récupérer une ou deux heures de sommeil auprès d'elle?

Quoique se sentant toujours fautif de s'être rasé en cachette, il goûte un bonheur indéfinissable en la retrouvant sous les couvertures et hume avec délices l'odeur de la flanelle et des cheveux recouvrant l'épaule délicate. Il l'enlace, ferme les yeux et sombre rapidement dans l'inconscience.

Soudain, le gérant de la compagnie lui manifeste son mécontentement, allant et venant dans son bureau, furieux qu'il ait accepté la démission de Luc Maltais. Eux aussi ont investi en cet ex-détenu en prenant le risque de l'engager alors qu'il était en liberté surveillée. Et voilà que, juste au moment où il commençait à être rentable, il leur balance sa démission à la figure pour se faire engager par une compagnie du Nouveau-Brunswick. Oh non! ils ne l'acceptent pas, eux, cette démission, signe évident d'ingratitude à leur égard. Surtout pas à ce temps-ci de l'année, où il est très difficile, sinon impossible, de faire miroiter quelque avantage à venir travailler pour le mince salaire résultant du nombre restreint d'heures de vol.

Mais à quoi a-t-il donc pensé en tant que chef pilote? De quoi s'est-il rendu coupable envers cet excellent pilote pour le pousser à aller travailler ailleurs? Pourquoi accepte-t-il cette démission alors qu'il les a fortement encouragés à embaucher cet ex-détenu en se portant garant de lui? S'est-il passé quelque chose entre eux? Le gérant insiste, veut savoir ce qui cloche. Veut savoir pourquoi Tête d'Oiseau n'est pas parti à sept heures tel qu'entendu. «Probablement parce qu'il a fumé du *pot* en compagnie de Christian, trouve-t-il à dire. — Celui que vous avez battu? C'est ignoble de lui reprocher son orientation sexuelle. Nous n'avons pas besoin d'une brute de votre genre pour diriger les hommes. Si vous n'êtes pas assez ouvert ni assez cultivé pour accepter que les autres soient différents de vous, vous feriez mieux de remettre votre démission tout de suite. — Non, pas tout de suite. Pas tout de suite. Après mon mariage. — Qui nous dit que ce n'est pas pour une raison d'orientation sexuelle qu'il nous quitte, Luc Maltais? Ah! vraiment, vous n'êtes pas à votre place comme chef pilote. C'est moi qui vous congédie tout de suite. — Non... Pas tout de suite. Je suis un bon allumeur de réverbères... Je ne suis que ça... Non, de grâce, pas tout de suite!», supplie-t-il en se passant la main sur la joue gauche fraîchement rasée.

— Émile, chuchote Sophie à son oreille. Réveille-toi, mon amour.

— Pas tout de suite.

— Oui, tout de suite.

Depuis quand est-elle témoin de cet entretien avec le gérant? Ça ne pouvait pas aller plus mal. Il ne veut pas qu'elle assiste à son congédiement. Il a fait tant de chemin à partir des ruelles sordides de son enfance. L'oncle James le sait, lui. Jamais aucun d'eux n'est monté si haut. Il court vers elle et s'éveille de nouveau en sursaut, rencontrant le regard gris dans lequel il se réfugie. Appuyée sur un coude, elle lui caresse tendrement la joue.

— Tu faisais un mauvais rêve?

— Oui, très mauvais... Très mauvais.

Il l'attire vers lui et l'étreint passionnément comme s'il venait de risquer de la perdre à tout jamais. Des larmes affluent à ses yeux et il se cache le visage dans l'épaisse chevelure, se sentant vulnérable comme un enfant. Sa passion tourne à la frénésie et il serre avec force ce bonheur trop grand pour lui. Trop entier.

— Calme-toi, Émile. Ce n'était qu'un mauvais rêve.

— J'ai pas arrêté d'en faire de toute la nuit. Là, le gérant vient juste de me donner d'la marde parce que Tête d'Oiseau a pas décollé à sept heures. As-tu entendu son avion, toi ?

— T'sais bien que j'connais juste le bruit de l'avion que tu pilotes. Pourquoi Tête d'Oiseau n'aurait pas décollé ? Il a l'habitude d'être à l'heure, au moins.

Cette réponse lui fait reprendre contact avec la réalité. Avec cette femme qui reconnaît le grondement de son bi-moteur parmi celui des autres appareils. Avec cette ponctualité et cette fiabilité dont Tête d'Oiseau fait preuve dans son travail.

Il relâche son étreinte possessive et s'étend sur le dos, se désaltérant de ce regard gris coulant vers lui.

— T'as raison. Il a dû décoller pendant que j'dormais. Il était tellement étrange, hier.

— Dans quel sens ?

— Peut-être que c'était juste pour me garder plus long-temps à sa table... En tout cas, il nous a souhaité du bon-heur et m'a dit que tu me ferais une bonne femme.

Du bout de l'index, il caresse le nez un peu long, la bouche un peu grande, le contour anguleux du visage, et revient aux yeux gris, intensément amoureux, qui le boivent et l'abreuvent. Ces yeux qui savent voir cet essentiel invisible et qui sont posés sur lui en toute innocence et confiance.

— J'ai rêvé aussi à tes parents... C'était terrible. Et à Tête d'Oiseau qui fonçait sur toi avec le *Grand Blanc*... Pis à Choucroute qui m'étranglait avec sa corde... C'était terrible, Sophie. Ton père voulait pas que tu m'épouses, ta mère non plus... Leur as-tu dit à quoi s'attendre ?

— Oui, j'leur ai tout dit... et surtout que je t'aimais. Faut les comprendre, Émile. Ils ont peur que j'fasse ça sur un coup de tête. Et puis, un mariage civil, ça s'est jamais vu par chez nous... Surtout que ça n'fait pas longtemps qu'on se connaît.

— Et que tu es enceinte. Leur as-tu dit que j'étais plus vieux que toi ?

— Oui.

— J'ai l'impression d'être un vieux maquereau qui a détourné une bonne jeune fille.

— Vieux ! T'as seulement dix ans de plus que moi. Ne t'en fais pas comme ça. J'crois que tu vas bien t'entendre avec mon père... Ma mère, elle, c'est autre chose... Elle est plus accaparante. J'étais censée être leur bâton de vieillesse, tu comprends ? Faut lui laisser le temps de se faire à l'idée, mais le fait qu'elle vienne pour mon mariage, c'est un grand pas.

— Tête d'Oiseau a raison : tu me feras une bonne femme. Je t'aime tellement, Sophie ! J'ai tellement besoin de toi, t'as pas idée. Viens poser ta tête sur mon épaule.

Elle obéit, se fait câline contre lui, caressant le duvet de sa poitrine.

Il ferme les yeux, ses doigts se perdant dans la chevelure.

— C'est exactement comme ça que j'imaginais commencer ma première journée de congé. C'qu'on peut être bien ensemble, en dessous des couvertures !

— Oui, souffle-t-elle en promenant un doigt autour du tétin. Pense plus à Tête d'Oiseau... ni à mes parents... ni à la compagnie... Pense rien qu'à nous deux. À nous trois, j'veux dire...

— T'as raison... Faudrait plus que j'pense. Mais... j'en reviens pas comment Tête d'Oiseau était étrange hier... Faut que j't'en parle.

Il faut qu'il se libère de ce fardeau qui l'empêche d'ouvrir toutes grandes les portes de la félicité.

— J'l'ai trouvé vraiment étrange... D'abord, qu'il dise que tu me feras une bonne femme, ça m'a surpris. Et aussi qu'il nous souhaite du bonheur... Puis il s'est excusé pour les problèmes qu'il m'occasionnait. Tu l'imagines, lui, s'excuser ? J'l'ai jamais vu repentant comme ça... Des fois, il avait presque l'air sincère.

Presque l'air de ce petit renard jadis apprivoisé.

— Et puis il m'a donné sa démission.

— Quoi ? Il s'en va ?

— Oui. À l'heure qu'il est, il a probablement fait affaire avec le chef pilote du Nouveau-Brunswick. Aïe ! Pas déjà dix heures ! s'exclame-t-il en regardant sa montre-bracelet. J'fais vraiment la grasse matinée ! Probablement même qu'il est déjà engagé. Ça m'surprendrait pas. C'est un bon pilote.

— Ça peut pas faire autrement, avec l'instructeur qu'il a eu, ajoute-t-elle avec une charmante assurance.

— Ç'a été un bon élève... Mon meilleur élève. C'est dommage que cela ait mal tourné. Jamais j'aurais cru que ce serait lui qui me donnerait sa démission. Il m'en avait touché un mot à Noël... mais... ça m'a fait drôle quand il m'a dit qu'il s'en allait. J'pensais pas qu'il le ferait pour de vrai.

— De toute façon, ça pouvait plus durer entre vous. C'est mieux de même.

— Oui, j'sais. Mais c'est tellement dommage d'en être arrivé là.

Là où ça éclate. Où ça atteint le point culminant d'un non-retour.

— J'peux pas te dire que ça m'fait d'la peine qu'il s'en aille, Émile. J'sais qu'il m'aimait pas...

— Il aime pas Barbiche non plus. Il est jaloux, j'pense.

— Jaloux?

— Oui... C'est la prison qui l'a transformé comme ça.

— La prison?

Elle se soulève, s'accoude de nouveau et le regarde avec une mine étonnée.

— À part ma mère et la compagnie, personne ne sait qu'il a fait presque cinq ans de pénitencier pour avoir transporté d'la drogue.

Cet aveu le libère. Il sent s'ouvrir petit à petit les portes qu'obstruait le fardeau de ce secret.

— C'est donc ça...

— Oui. Si tu l'avais connu avant... C'était vraiment un bon p'tit gars. J'l'avais adopté comme mon propre frère... Puis y'a eu ça, la prison. J'lui avais promis de l'aider à sa libération. D'lui trouver une job.

— C'est ce que t'as fait. Pourquoi il t'en veut comme ça? Pourquoi est-ce qu'il serait jaloux?

— Parce qu'il n'a plus toute mon attention, j'imagine.

— Il réagirait donc exactement comme un enfant qui fait des mauvais coups pour qu'on s'occupe de lui.

— Oui. Ça doit être ça, ma p'tite maîtresse d'école.

Elle incline la tête avec l'air de le gronder gentiment. Une mèche de cheveux s'échappe. Aussitôt, il s'en empare, s'amusant à la passer et repasser sur son menton.

— Il serait donc très attaché à toi. Ça arrive, des fois, qu'il se crée un lien très fort entre un élève et son professeur. J'imagine que c'est la même chose dans l'enseignement du vol.

— Oui, c'est la même chose... On a une relation très spéciale avec nos élèves. Pour eux, on est des héros, tu comprends ?

Il a l'impression de contourner la vérité avec ces propos de pédagogue. D'arrêter d'ouvrir les portes de la félicité.

— Oh oui ! je comprends très bien. C'est pas croyable, tout ce qu'on peut représenter pour un élève. Y'a des sentiments très forts et très durables qui se développent dans ces relations-là.

Il acquiesce d'un air professoral, refoulant les protestations de l'homme qui s'insurge en lui, perturbé par l'aboutissement de ces sentiments très forts sur l'avenue rose où l'on renie son propre sexe.

— Prends Myriam... C'est fou ce qu'elle est attachée à sa Mlle Guimond.

— Qui c'est, elle ?

— Celle qui s'est aperçue qu'elle était une enfant battue.

— Ah oui ! j'me souviens. Elle n'a pas eu la vie facile, notre Myriam.

Il veut faire bifurquer cette conversation qui le pousse à se rendre à l'évidence que ces sentiments très forts et très durables n'atteignent habituellement pas la dimension sexuelle. Mais l'évocation de Myriam lui rappelle la chambre du troisième où il n'était qu'un homme sans visage rencontrant une femme sans passé et lui fait remonter la filière jusqu'à la chambre éclairée de néons commerciaux où il n'était qu'un homme à qui l'on proposait de rencontrer l'amour sans identité sexuelle.

— Est-ce qu'elle sait que Tête d'Oiseau s'en va?

— Pas encore, j'pense.

— Ça m'fait d'la peine pour elle... J'pense qu'elle l'aime malgré tout.

— Malgré quoi?

— Bien qu'il la trompe... C'est elle-même qui me l'a dit. Paraît qu'il a eu une aventure avec une infirmière dernièrement. C'est un vrai coureur de jupons.

Cette phrase jette une lumière aussi crue et impitoyable que celle au-dessus du cabinet de la salle de bains, établissant la certitude que cet incorrigible don Juan n'a pu se transformer en homosexuel pendant sa détention et que, par conséquent, il était prêt à se sacrifier pour acquitter sa dette envers lui.

Que de pitié il a donc inspiré à ce garçon! Pas surprenant qu'il lui tienne rigueur, aujourd'hui, d'avoir cru plausible ce soi-disant changement d'orientation sexuelle.

Il cesse de passer et repasser la mèche de cheveux sur son menton et détourne la tête, de manière à présenter son profil intact. Si Sophie savait ça, elle répondrait sûrement non à la question «Prenez-vous pour époux...?». Si elle savait que Luc a déjà conclu qu'il en était réduit à se contenter de toute marque d'affection, que ce soit de la part d'un sexe ou de l'autre. Si elle savait qu'il a été dérangé à l'idée d'être aimé sans avoir à débourser un sou, lui qui avait payé dix dollars pour bercer une putain.

— Quand est-ce que tu t'es rasé? demande-t-elle en se frottant la joue contre la sienne.

— Vers sept heures trente... J'arrivais plus à dormir.

— J'aurais aimé ça sentir des p'tits poils piquants.

— Moi, j'aurais aimé ça te sentir toute nue contre moi.

Il regrette cette remarque déloyale envers la pudeur de Sophie, qui met pourtant les bouchées doubles pour se débarrasser des vestiges de son éducation. Croit-il se renflouer le moral en sapant le sien? Négocier l'acceptation d'une faiblesse contre une autre? Et peut-on qualifier de faiblesse cette négligeable concession aux habitudes alors que Sophie a victorieusement soutenu le siège acharné de sa mère au téléphone? De quel droit a-t-il signalé cette défaillance sur un front alors qu'il n'a eu aucun combat à livrer pour revendiquer le droit de s'unir à elle, sa famille et ses amis étant enchantés de cette décision?

Lui, ce matin, à sept heures trente, il a connu la défaite lorsqu'il a donné l'ordre à sa main d'éliminer l'invasion des poils sur sa joue. Il n'a de leçon à donner à personne. Surtout pas à elle.

— Pardonne-moi, j'voulais pas te faire de reproche... Je t'aime telle que tu es... Garde ta jaquette pour dormir aussi longtemps que tu voudras. Toute la vie si tu veux. J'veux aller trop vite.

— Non, non, c'est moi qui suis trop lente... J'ai d'la misère à m'adapter. Jamais j'aurais cru que j'me retrouverais au lit avec mon fiancé deux jours avant mon mariage. Si ma mère me voyait!

— Elle nous voit pas... Pas encore, répond-il en retroussant subtilement le vêtement de nuit.

Elle rit doucement, lui bécotant la joue, le cou, l'épaule, tandis qu'il lui effleure les cuisses et les hanches.

— Aussi bien commencer du bon pied notre journée de congé, poursuit-il en devenant plus entreprenant alors qu'il approche la région des fesses, le corps envahi de frissons provoqués par les petits coups de langue amoureux qu'elle prodigue dans le creux de sa clavicule.

Aussi bien plonger tout entier dans la réalité merveilleuse de ce ventre qui le désire. Laisser les petits coups de langue affectueux le laver de ses cauchemars et des blessures de son passé.

Il ferme les yeux sous les caresses de la femme, tremblant de bonheur, la pomme d'Adam coincée dans la gorge. Il va lui faire l'amour. Il va se perdre et se retrouver en elle, se purifier, se débarrasser de son passé gluant.

Avec les gestes gauches de l'émotion et de la hâte, il tente de faire passer la chemise de nuit par-dessus la tête, partageant le rire de Sophie qui s'y trouve enfermée.

— T'as oublié de déboutonner, mon amour...

— C'que j'peux te trouver belle de même !

Profitant du fait qu'elle se trouve prisonnière, il glisse sa joue indemne le long de ce corps délicat puis embrasse le contour des petits seins fermes, faisant se dresser la pointe qu'il taquine du bout de la langue.

— J'étouffe là-d'dans, gémit-elle en changeant le rythme de sa respiration.

— T'es prise... Tu peux plus bouger... Comme dans une camisole de force.

Il promène partout ses lèvres, partout sa langue, partout ses mains sur ce corps qui l'appelle. Un courant délicieux lui parcourt l'échine, drainant l'énergie de son être entier pour la concentrer dans la région du bas-ventre.

— J'suis folle... Folle de toi, Émile... Libère-moi.

— Tout d'suite.

Il cherche fébrilement les boutons, où se sont entortillés des cheveux, afin d'arracher ce vêtement comme on arrache le drapeau de l'ennemi. Soudain, la sonnerie du téléphone retentit.

— Zut! J'ai oublié de décrocher.

— On n'a qu'à laisser sonner.

Un coup. Deux coups. Trois coups. Il parvient à trouver le premier bouton et à le faire glisser dans la boutonnière.

— Va répondre, Émile.

— Pas question; on est en congé tous les deux.

Quatre coups. Cinq coups. Il va se donner et puiser en elle. S'enfoncer en elle, les yeux clos, le souffle précipité. Il va s'écouler dans ce ventre où déjà le miracle de la vie s'est accompli. Où elle et lui ont formé un être nouveau.

Six coups. Les deuxième et troisième boutons sautent sous la pression de ses doigts nerveux. Elle lève les bras, se laissant dévêtir comme une enfant, riant toujours doucement.

Sept coups. Huit coups. Neuf coups.

— Vas-y, Émile. J'vais m'sortir de là toute seule.

Il obéit à contrecœur et décroche. La voix de douche froide du gérant répartit différemment dans son corps l'énergie appelée à se concentrer en un seul endroit. Il regarde Sophie se défaire de la chemise de nuit tandis que son interlocuteur demande des explications sur la présence du *Grand Blanc* à l'aéroport. «Ce qu'elle peut être adorable!», pense-t-il en répondant : «I will check that, sir.»

Elle émerge à l'air libre, souriante, heureuse, écartant ses cheveux comme des rideaux de chaque côté de son visage, et se fige en le voyant raccrocher d'un air préoccupé.

— Le *Grand Blanc* est pas parti. Tête d'Oiseau a pas décollé à matin. Faut que j'aille voir... Ça répond pas chez lui.

— J'veux y aller avec toi.

Il serait peut-être plus sage de refuser, mais elle est si déterminée à l'accompagner et il a tellement besoin d'elle en ce moment qu'il se rend à ses désirs.

— O.K., viens.

*   *
*

Elle lui étreint l'avant-bras à la vue de la roulotte de Tête d'Oiseau. Son aspect négligé, les rideaux tirés, la porte demeurée entrouverte et la pelle prise dans une plaque de glace produisent une impression macabre.

— Reste ici dans le taxi.

— Fais attention à toi.

— Y'a pas de danger. Y doit être saoul ou *stoned*...ou les deux. Attends-moi.

Il s'engage résolument dans le sentier mal déblayé, encouragé par ce regard de femme qui l'accompagne. En bon allumeur de réverbères, il va vérifier pourquoi celui-ci est demeuré éteint.

Il frappe. Aucune réponse. Il pousse la porte déjà entrouverte et est aussitôt saisi par une odeur de vomi. La colère s'éveille. Contre lui, d'abord, pour s'être inquiété en imaginant le pire, et contre Tête d'Oiseau pour s'être saoulé de la sorte la veille de son départ. Quel idiot il est! Il ne se domptera donc jamais. Quelle poire il fait d'avoir toujours la faiblesse d'accorder sa confiance! D'avoir toujours la faiblesse d'être à la recherche du renard jadis apprivoisé. Comme il est facile de le leurrer! Pas plus tard qu'hier, il a cru le voir, l'entrevoir, et sa nuit en a été grandement perturbée.

Un ronflement bruyant lui fait mesurer à quel point il s'est trompé.

Il se dirige vers la chambre d'un pas décidé et met le pied dans la vomissure.

— Maudit cochon! s'exclame-t-il, hors de lui, en secouant l'être étendu tout habillé sur le lit. Réveille-toi!

Tête d'Oiseau entrouvre les paupières, le regarde un long moment en semblant ne pas le voir, puis sourit béatement.

— Tiens, si c'est pas mon chef adoré!

— J'vais t'en faire, moi, des «chef adoré». Envoye, debout!

Le saisissant par le collet, il le hisse en position assise et tente de l'y maintenir.

— *Wo*! Les nerfs, le Grand! Aïe! ma tête!

L'homme chancelle, incapable de résister au sommeil.

— Réveille-toi, Tête d'Oiseau! Y'est dix heures et demie! T'étais censé décoller à sept heures!

— Qui? Moi? Ben oui... C'est-y bête... C'est la première fois que ça m'arrive: j'ai passé tout dret. Mon cadran a pas sonné... Les nerfs! Le feu est pas pris.

— Je l'ai en quelque part, le feu, moi. T'as l'air fin, là.

— Toé, sais-tu de quoi t'avais l'air, hier, hein? D'une... d'une poule... Non, pas vraiment, mais pour tout l'monde t'avais l'air de ça. Lâche-moé, j'me lève, là. J'ai pas besoin de toé.

Tête d'Oiseau parvient à se lever, bute contre son réveille-matin.

— Maudit cadran! balbutie-t-il en lui administrant un coup de pied qui le déséquilibre.

— T'es aussi bien de te recoucher : tu pourras jamais voler dans ces conditions-là. J'vais envoyer le Zèbe.

— Personne va toucher à mon *Grand Blanc*! Le Zèbe a pas assez d'expérience pour ça. J'ai jamais refusé un voyage, jamais endommagé un avion, pis j'suis ton meilleur. C'est toé-même qui l'as dit.

— C'est pas la question. T'es pas en état. C'était à toi de pas fumer du *pot*.

— J'ai pas fumé de *pot*, moé... J'touche pas à ça.

— Essaye pas. J't'ai vu en prendre, hier, avec Christian.

— Ah! c'est ça... Tu m'as vu avec Christian... Tu penses que j'suis une tapette, hein?

Tête d'Oiseau titube lamentablement vers lui puis s'accroche à sa parka pour ne pas tomber.

— C'est ça, hein? Tu penses que j'suis une tapette, hein? Dis-le... Envoye, dis-le... Ça paraît dans ta face que tu penses ça d'moé.

Il lui souffle son haleine d'alcool et de vomissure au visage, tordant le tissu de la parka dans ses mains.

— Tu dis rien? Oh! j'sais ben, monsieur est pas du genre, lui... Mais j'ai des p'tites nouvelles pour toé... Moé non plus, j'suis pas du genre... J'suis pas comme ça, t'entends? J'suis pas comme ça. T'avais pas d'affaire à m'guetter dans le vestiaire des joueurs. J'suis pas du genre, moé non plus.

— T'as pas toujours dit ça...

— Qu'est-ce que tu voulais que j'te dise d'autre? Que tu m'faisais pitié? Hein? C'est ça que tu veux entendre? Oui! oui! tu m'faisais pitié! crie-t-il avec hargne. T'es content, là? Y'a pas une maudite femme qui voulait de toé. Même pas la danseuse aux tables.

Cette vérité le frappe de plein fouet. En plein cœur de ses images de bonheur, infligeant de sévères blessures à la bête du désert gagnée par la main de Sophie. Il n'a qu'un réflexe : rendre le mal pour le mal. Blesser à mort le petit renard jadis apprivoisé.

— Pour un gars qui est pas du genre, c'est surprenant que t'aies fait un mois de trou à cause de ça, hein? C'est pas tellement normal de se laisser enculer pour une bébelle.

— Non, c'est pas normal... T'as raison, mais toé non plus, t'es pas normal. T'arrêtais pas de m'achaler pis de brailler dans mes oreilles que les femmes étaient méchantes avec toé. Penses-tu qu'un homme normal serait venu visiter un gars comme moé au pen? Tous les gars là-bas étaient sûrs que tu t'préparais un bon serin avec moé, pis t'arrangeais pas les choses avec ta maudite farce plate du capitaine avec son pot de vaseline... De toute façon, j'aurais fait n'importe quoi pour piloter un Otter... Même ça... On s'habitue à tout, dans la vie. Le faire au pen ou avec... une poule de ton genre, y'a pas de différence... Oh non! toé non plus, t'es pas normal, le Grand... Pas normal pantoute.

La bête du désert gît quelque part à l'agonie, souillant les images du bonheur de cette plaie qui n'en finit plus de saigner. Pendu à sa parka, le petit renard halète de souffrance lui aussi. Qui portera le coup de grâce à l'autre?

Rassemblant ses dernières forces, il se dégage brusquement de Luc et d'une poussée le fait basculer dans le lit.

— Ouais, t'as raison, c'est pas normal pour un chef pilote d'endurer un gars comme toi. J'te sacre dehors... C'est pas toi qui démissionnes, c'est moi qui te congédie. Ouvre grand tes oreilles.

Avec peine, il compose le numéro de la compagnie, incapable de contrôler le tremblement de ses doigts, de son corps entier. De sa voix, blanche d'émotion.

— *Maltais is drunk, sir... Yes... I... I have just fired him... Sure, I'll do the trip.*

Son regard s'arrête sur la serviette de cuir contenant les documents sur la table.

— *Fired?* Moé, *fired?* T'as pas l'droit! s'insurge Tête d'Oiseau en bondissant de sa couche. J'suis ton meilleur... C'est toé qui l'as dit... T'as pas l'droit, maudite grosse poule! Pas moé, pas *fired*... Tu peux pas m'faire ça... Tu m'écœures, t'entends? Suzie avait raison de dire que t'écœurais.

Tête d'Oiseau hoquette puis se met à vomir copieusement après avoir rendu le coup de grâce à la bête du désert.

* *
*

Que s'est-il vraiment passé? Il lui semble que ce contretemps ne justifie en rien le bouleversement dont il fait preuve.

Blanc comme neige, il tremble des mains et de la voix. Il a des gestes brusques et une manière cavalière de demander au chauffeur de taxi d'attendre. Qu'est-ce que Tête d'Oiseau lui a fait pour qu'il lui revienne dans cet état? Qu'est-ce qu'il lui a dit pour ressusciter l'homme du réveillon de Noël qui s'était remis à boire? Comment s'est-il vengé d'avoir été congédié? Il s'est sûrement passé quelque chose qu'Émile n'ose pas lui dire. Quelque chose de grave.

— Qu'est-ce que tes parents vont penser de moi? s'exclame-t-il en allant chercher son sac de couchage dans un coin du salon–salle à manger. J'serai même pas là pour les accueillir à l'aéroport. Ça fait pas sérieux comme gendre, ça.

— Voyons, Émile, ils vont comprendre. Ne t'en fais pas, je leur expliquerai. Calme-toi, pour l'amour! Est-ce que c'est ça qui t'inquiète à ce point?

— Ça pouvait pas plus mal tomber. Y'a fait exprès pour se saouler pis fumer du *pot*. Y'a jamais voulu qu'on vende le *Grand Blanc*. Maudit que j'ai été cave de... de.... J'suis poire, maudit que j'suis poire! J'aurais dû le congédier bien avant ça.

— C'est à cause de son dossier que t'osais pas?

— J'imagine, oui.

Il dépose rudement le sac de couchage sur la table, tire prestement la fermeture éclair, y glisse la serviette de cuir puis disparaît vers la salle de bains pour revenir avec son nécessaire à raser.

Il se hâte, tente de placer convenablement le rasoir, la crème à raser, la bouteille de lotion et le miroir dans l'étui réservé à cette fin, mais ses doigts tremblent tellement qu'il n'y parvient pas. Tantôt, c'était sur les boutons de sa chemise de nuit qu'ils tremblaient, ces doigts-là. Que s'est-il vraiment passé?

— Laisse-moi faire, Émile. Je vais placer tout ça. Tu essayais de mettre ton rasoir à la place de ta lotion.

Il accepte son aide, se limitant à lui passer un à un les articles, le dernier étant le miroir, qu'il retient. Alors, elle lève les yeux vers lui et demeure affligée par le trouble qui habite ces prunelles d'un bleu exceptionnel.

— Y'est encore temps de changer d'idée, Sophie. Marie-moi pas par pitié.

— Qu'est-ce que tu vas chercher là ? Je n'ai jamais eu pitié de toi.

— Vois à quoi tu vas t'engager pour la vie.

Retenant toujours le miroir dans sa main droite, de la gauche il se débarrasse de son casque de fourrure et lève les mèches de cheveux camouflant son oreille. Que s'est-il donc passé pour le pousser à ce geste ? Elle ne l'en aurait espéré capable que bien plus tard, fortifié par l'amour et le bonheur. Mais là, il le pose en pleine détresse, le cœur perclus de doute. Plus tard, il aurait été salutaire ; maintenant, il semble suicidaire.

— C'que j'vois, c'est l'homme que j'aime.

Il serre les mâchoires.

— Pour tes parents, j'ai une photo qui en dit long... Elle a été prise du mauvais bord. Elle est dans le premier tiroir à droite de mon bureau... avec nos alliances. Tu la leur montreras pour qu'ils sachent à quoi s'attendre, eux aussi.

Le ton est cinglant. Rauque comme celui d'un animal mortellement atteint. Elle souffre de le voir dans cet état.

— Parle pas comme ça, Émile. Tu me fais mal. Demain, je serai très fière de présenter à mes parents l'homme que j'aime... C'est nous qui irons t'attendre à l'aéroport et j'aurai très hâte de te voir.

Elle lève la main vers l'oreille mise à nu, la caresse du bout de l'index, fondant son regard épris dans celui de cet homme blessé, qui lui abandonne enfin le miroir.

— Que s'est-il passé avec Tête d'Oiseau ? Je ne te reconnais plus. Tu n'es pas l'Émile que je connais.

— J'ai peur que l'Émile que tu connais ce ne soit pas moi... Y m'semble que ce bonheur-là est trop grand pour moi.

— Tais-toi, tu te fais du mal pour rien. Si tu savais à quel point je t'aime...

Il s'empare de ses doigts s'aventurant vers les cicatrices de la joue puis les enveloppe des siens encore tremblants et glacés. Cela produit chez elle une curieuse impression car il a toujours eu les mains chaudes à la faire fondre d'amour. Une curieuse impression qui est renforcée par la manière dont il se penche pour l'embrasser, comme si, tout à coup, ces épaules si puissantes lui dévoilaient toute leur vulnérabilité. Comme si l'homme lui déclarait l'immense besoin qu'il a d'elle.

Elle n'a pas assez de toutes ses lèvres, de toute sa langue, de tout son petit corps au cœur affolé pour lui livrer l'immense amour qu'elle porte en elle.

— Si tu savais comme ça m'tente pas d'le faire, ce voyage-là, confesse-t-il en la serrant contre lui.

— Le Zèbe peut pas ?

— Il a pas assez d'expérience là-dessus. C'est pas toujours rose d'être la femme d'un pilote, hein ?

— J't'attendrai.

— Jamais j'aurais cru entendre une femme me dire ça un jour.

— J't'attendrai, Émile, répète-t-elle en se blottissant contre lui.

— Prends bien soin de toi pis du bébé.

— J't'accompagne à l'aéroport.

— Non. Tu restes ici. Ce sera plus dur pour moi si tu viens, même si j'pars seulement pour un jour. Aussi bien t'habituer tout d'suite à être la femme d'un pilote.

Il lui dépose un baiser sur le front, trahit encore un trouble inquiétant en plaçant le miroir dans l'étui, et, d'un geste rapide, tire la fermeture éclair.

— Avertis ma mère, s'il te plaît. À demain.

Le taxi n'a pas encore disparu que le vide de l'absence se creuse autour d'elle. Autour de son corps qui frissonne soudain et qu'elle enveloppe de laine.

Elle s'agenouille sur le divan, les yeux rivés sur la piste, et commence à l'attendre.

* *
*

Montant les marches trois par trois, il se presse vers le centre de radiocommunication situé au deuxième étage de l'aérogare. Sans avoir les pouvoirs et les responsabilités d'une tour de contrôle, ce centre sert de service consultatif en bien des domaines, dont celui de la météorologie.

Relativement relax, les hommes qui y travaillent en équipe de deux ont établi un rapport amical avec les pilotes et c'est avec un rire jovial qu'on l'accueille.

— Tiens! Si c'est pas notre Grand! s'exclame Patrick. Paraît que tu avais l'air d'une poule, hier...

— Paraît, oui. Ça doit être Barbiche qui vous a raconté ça ce matin.

— Oui. On ne peut rien te cacher. Qu'est-ce qu'on peut faire pour toi, mon Grand?

— J'viens pour avoir les actuels et le *forecast* de Wabush et Sept-Îles.

— T'avais pas congé, toi, aujourd'hui?

— Oui, mais faut que j'aille mener le *Grand Blanc* à Sept-Îles.

— C'est pas le voyage de Tête d'Oiseau?

— Il travaille plus pour nous autres.

— Depuis quand? Hein? Tu m'fais marcher...

Hébété, Patrick le regarde d'un air incrédule tandis que son compagnon s'insurge.

— Comment ça s'fait que votre compagnie se débarrasse d'un gars comme lui?

Les deux hommes attendent des explications sur ce congédiement, ne cachant ni leur désapprobation ni leur admiration pour ce pilote qu'ils ont eu le loisir d'assister maintes fois lors de percées audacieuses.

— C'est pas la compagnie qui l'a mis à la porte, c'est moi.

Cette phrase sonne comme un glas et lui fait réaliser toute la portée du geste qu'il a posé. Geste qui laisse sidérés les hommes qui sont devant lui.

— Ah bon! Il avait pas son pareil pour passer dans le mauvais temps, mais tu dois avoir tes raisons, dit Patrick. Pour les actuels, c'est nuageux avec un plafond de trois mille cinq cents pieds, mais le *forecast* de sept heures ce matin prévoyait de la neige fondante avec risque de pluie verglaçante vers trois heures à Wabush.

Une pointe d'orgueil se manifeste à l'idée de prouver qu'il est en mesure, lui aussi, de voler par mauvais temps.

— Hum. Trois heures... J'ai le temps d'le faire, quitte à longer le front chaud. Sept-Îles va s'dégager durant ce temps-là... Si ça force trop, j'ferai une percée aux instruments.

De plus, il possède cette faculté de se déplacer sans aucune référence visuelle. Tête d'Oiseau, non.

— Ça paraît que t'as intérêt à revenir, toi. C'est demain que tu t'maries?

— Après-demain. J'm'en vais préparer l'avion. J'reviendrai pour le plan de vol.

Il lui tarde de quitter ces hommes qui contestent secrètement sa décision. À leurs yeux, Tête d'Oiseau est un héros, et ils ne comprennent pas qu'il puisse s'en défaire.

Au fur et à mesure qu'il approche du *Grand Blanc* identifié au pilote récalcitrant, il sent le doute s'immiscer en lui. A-t-il bien fait? Ayant agi sous le coup de la colère, n'a-t-il pas porté atteinte à la réputation d'un excellent pilote? A-t-il été juste? Dans quelle mesure sa blessure personnelle a-t-elle fait pencher les plateaux de la balance en faveur du congédiement? A-t-il été un bon allumeur de réverbères en condamnant cette lumière vacillante d'alcool aux ténèbres?

À la vue de Georges s'interrogeant sur la provenance d'un sac de couchage abandonné au pied du Otter, il se sent aussitôt apaisé. Fidèle et fiable, cet ami le réconforte des complications de l'existence.

— C'est toi partir à Sept-Îles?

— Oui.

— Peux aller avec toi?

Il s'y attendait. Georges ne rate jamais l'occasion de se promener en sa compagnie. Pour lui, ce voyage n'est qu'une partie de plaisir. Qu'un tour à jouer à la compagnie, qui le croira en train de besogner. Cependant, il hésite à l'emmener aujourd'hui, à cause de ce front chaud à contourner.

— Père malade à Sept-Îles, ajoute Georges, imperturbable.

— O.K. Va chercher l'Herman Nelson[1] et trouve-toi un sac de couchage. J'vais faire le plein.

— Tête d'Oiseau fait hier.

— J'vais vérifier. Avec le mauvais temps qui s'en vient, j'prends pas de chance.

— Ouais... Vent sud... Pas bon.

À pas lents, pas puissants, Georges disparaît tandis qu'il grimpe l'échelle, déverrouille prestement l'attache des gouvernes et jette son sac de couchage dans le compartiment des passagers.

La réplique du *Grand Blanc* suspendue au pare-brise attire son attention et il pense à l'arracher mais il se ravise aussitôt, de peur de commettre un sacrilège. De défier le mauvais sort comme lorsque l'on mutile une poupée vaudou.

Il vérifie alors les jauges d'essence et constate avec ahurissement que le réservoir arrière se trouve complètement vide. C'est un non-sens! Une grave imprudence! Que de fois il a recommandé à ses hommes de remplir les réservoirs à ras bord durant la saison hivernale!

Du coup, ses doutes s'envolent. Cette infraction de Tête d'Oiseau aux lois de la plus élémentaire prudence à observer en des régions inhospitalières lui fait mesurer le bien-fondé du geste qu'il a posé ce matin. En dépit du fait qu'il a agi sur le coup de la colère, il se rend à l'évidence qu'il a bien fait de licencier ce pilote qui n'a prévu que le minimum d'essence nécessaire pour se rendre à Sept-Îles, ne se gardant ainsi aucune marge de manœuvre en cas de mauvais temps. Oui, il a bien fait. Tête d'Oiseau ne peut plus travailler pour eux. Il a atteint le cap fatal des mille heures

---

1. Herman Nelson : réchauffeur portatif à air chaud conçu pour le Grand Nord et dont le moteur fonctionne à l'essence d'avion; porte le nom de son inventeur.

de vol et se croit invincible. Il a terminé son temps de liberté surveillée et se croit tout permis : alcool, drogue, négligence dans la préparation de ses vols et désobéissance aux ordres. Ce n'est pas seulement entre eux que cela allait mal mais dans la mentalité même de ce pilote qui a la présomption de croire que rien ne peut lui arriver. Avoir su cela hier, il ne lui aurait pas dit qu'il était son meilleur pilote, car même un débutant n'aurait pas commis une erreur de cette envergure.

Rassuré d'avoir agi en bon allumeur de réverbères, il s'emploie à compléter le ravitaillement pendant que Georges installe le réchauffeur. Puis il retourne au centre de radio-communication pour y remplir son plan de vol, muni de cet argument capital de l'insuffisance de ravitaillement en carburant qui lui donne raison d'avoir congédié Tête d'Oiseau. Mais l'humeur des gars est à la blague et les péripéties de son enterrement de vie de garçon monopolisent maintenant leur attention. Ils se font raconter la parade effectuée dans les différentes salles de l'hôtel, la réaction des clients, celle de Sophie, et le nettoyage de la mélasse et des plumes.

— Cré Barbiche ! C'est tout un numéro, celui-là ! conclut Patrick en lui offrant du café dans un petit verre de plastique. Dis donc, t'aimerais pas mieux attendre que le *forecast* d'une heure soit émis ? Le temps que ton avion soit réchauffé, on sera pas loin de midi. T'sais comme ça change vite dans le bout.

— Non. J'ai l'temps. Contacte donc Barbiche pour voir s'il est sur le chemin du retour. Il était à Chimo ce matin, hein ?

— Ouais. Ça t'aidera pas tellement ; il est au nord et toi tu t'en vas au sud.

— J'veux juste lui parler.

Il ne sait pourquoi il éprouve le besoin de parler à cet homme. D'entendre son rire franc sur les ondes. De communiquer avec ce frère qui est pétri de la même pâte que lui.

Patrick établit la communication et lui tend le micro.

— Salut, Barbiche. Pas trop fatigué, ce matin?

— Ça s'endure. Toi?

— J'ai fait la grasse matinée jusqu'à dix heures. Écoute, faut que j'aille mener le Otter à Sept-Îles.

— J'imagine que Tête d'Oiseau est pas en état.

— Affirmatif.

— C'est sacrant pour toi. J'peux ben le faire en arrivant si tu veux. J'serai là à une heure trente.

— Négatif, c'est trop tard... Y'a un front chaud qui s'en vient. Euh... est-ce que tu peux t'occuper de Sophie en attendant mon retour?

— Affirmatif. De ta mère pis de Martin aussi. Inquiète-toi pas. Tu reviens demain par Québecair?

— Affirmatif.

— *Roger!* À demain.

— À demain. *Over!*

Patrick remplit de nouveau son verre de plastique.

— T'as soif ce matin, mon Grand.

— J'ai pas déjeuné.

— Tiens, prends ça.

Patrick lui offre une petite masse noirâtre qu'avec un peu d'imagination on pourrait qualifier de muffin.

— C'est ma femme qui l'a fait. C'est plein de bonnes choses dedans : des bananes, des carottes, du germe de blé. Ça va te soutenir jusqu'à Sept-Îles.

— J'voudrais pas ambitionner.

— Non, non, non. Prends. Si tu savais comme ça m'fait plaisir. Ça fait presque une demi-douzaine que j'mange. Tu vas comprendre quand ta femme va s'mettre à mijoter des p'tits plats bons pour la santé.

Patrick lui fait un clin d'œil tandis qu'il rêve aux petites joies de la vie à deux. À ces petites choses que Sophie fera pour lui. Ces petites attentions qu'il aura pour elle. Quoique un peu lourd, il trouve le muffin délicieux et le mange en entier, noyant la dernière bouchée dans le reste de son café.

— Bon. Faut bien partir si j'veux revenir. Salut, les gars. J'communiquerai avec vous autres sur 122,2 pour le *forecast* d'une heure. Le HF est hors d'état.

— Parfait. Bon voyage !

* *
*

En s'installant aux commandes du *Grand Blanc*, il renoue instantanément avec l'état d'âme qu'il éprouvait en sortant de la roulotte de Tête d'Oiseau.

Tout, ici, parle de lui. À commencer par cette réplique créée de ses propres mains. Il la lorgne avec hostilité, résistant au geste impulsif de l'arracher et de la briser. N'est-elle pas un symbole du malheur, qu'il a lui-même forgé ? Car c'est bien un malheur et rien qu'un malheur, ce qui existe entre lui et Tête d'Oiseau.

Son estomac se contracte, lui ramenant un goût de muffin à la bouche et lui faisant regretter le bienfait de la trêve dont il bénéficiait dans le centre de radiocommunication. Trêve qui lui a fait momentanément oublier tout ce mal infligé de part et d'autre par lui-même et par le capitaine de cet appareil. Mais, assis sur ce siège, comment peut-il faire abstraction de cet homme?

Il démarre le moteur, se tourne vers Georges dont les yeux bridés trahissent une certaine satisfaction d'avoir déjoué le patron, et se félicite d'avoir accepté de l'emmener avec lui.

— T'es content?

Georges rigole, faisant sauter sa bedaine.

— Pas laver plancher aujourd'hui.

Il remonte la piste, longe bientôt le parc des roulottes. Vite, il repère celle de Sophie et cherche fébrilement à apercevoir quelque chose d'elle derrière la triple fenêtre givrée. Une ombre se précise, devient silhouette de femme le saluant de la main. Son cœur s'emballe, déclenche le jeu des images de bonheur qui se multiplient et varient à l'infini, chacune d'elles fragile et passagère comme celle d'un kaléidoscope. Chacune d'elles beauté éphémère sans cesse renouvelable et renouvelée par le souvenir. Sans cesse projetée vers l'avenir avec toutes les autres, en combinaisons variées. Elle aux prises avec sa chemise de nuit, elle à son fourneau, elle dans son bain, elle pendue à ses reins. Elle qui halète de jouissance à son oreille mutilée, elle avec un beau gros ventre parcouru de veines bleues et où se développe le miracle. Elle qui l'attend. Qui l'attend déjà. Comme il l'aime! À en avoir mal juste à l'idée de se séparer d'elle pour une journée. Se séparer de cette silhouette qui s'arrache à sa vue. «Je t'aime», pense-t-il avec ardeur, convaincu qu'elle l'entend derrière sa fenêtre. Qu'elle lui répond la même chose.

Il fait pivoter l'avion en bout de piste, le présente face au vent sud et enfonce les manettes des gaz, déterminé à partir au plus tôt afin de revenir le plus vite possible pour s'emparer de ce bonheur auquel il a droit.

L'avion décolle rapidement. Arrivé à hauteur de la roulotte de Sophie, il incline vigoureusement les ailes de gauche à droite pour la saluer, ce qui amuse Georges.

Cap sud. C'est parti. Midi trente à sa montre-bracelet. Altitude de trois mille cinq cents pieds, rasant le ventre lourd des nuages.

Selon son habitude, Georges s'est appuyé contre la portière pour mieux voir le pays qui défile sous leurs ailes. Le pays de ses ancêtres.

Un instant, il le regarde embrasser du regard ce territoire qu'il a parcouru à pied, ces étendues d'eau qu'il a traversées en canot, ces baies qui ont connu jadis de belles chasses et de belles pêches, ces sentiers aujourd'hui effacés et que seule sa mémoire retrace.

Il le regarde se pencher sur son pays avec un brin de nostalgie au fond des yeux et l'éclat d'une peur farouche, celle du progrès. Du progrès à cheval sur les rapides à saumons. Du progrès fouillant les entrailles ferrugineuses de la terre, polluant les lacs de cristal et inondant les terrains de trappe. Du progrès qui hurle comme les villes affolées sous les nuages noirs des usines. Du progrès qui tue la feuille et le bourgeon, et l'hiver et l'été, et le silence et l'espace. Et la terre sous le béton.

Il le regarde regarder et se sent fautif d'être le descendant de ceux qui ont dépossédé les aïeux de cet homme. D'être aux commandes de cet engin que justement le progrès a enfanté. Cet engin responsable d'avoir ouvert le Grand Nord aux prospecteurs, contracteurs, ingénieurs hydroélectriques, chasseurs et pêcheurs, tous venus ici pour prendre. Mais à quoi bon s'attarder à cela? Il ne peut rien contre le fait que Georges, dont la jeunesse s'est déroulée sur un tapis de mousse, soit aujourd'hui à la merci d'une vadrouille à passer sur un plancher de ciment coulé sur cette mousse. Il faudrait faire marche arrière et personne ne le peut.

Une forte turbulence secoue l'appareil, faisant osciller la miniature suspendue, le rappelant ainsi au chaos qui l'habite. Non, hélas, personne ne peut faire marche arrière, mais, si c'était à refaire, il n'irait pas cueillir le jeune homme assis dans l'herbe avec le regard d'espoir et de désespoir confondus. Il le laisserait là, à rêver, tout simplement. Il ne lui ferait pas goûter à l'ivresse du vol mais le laisserait dans l'état où il l'a trouvé. Comme les Blancs auraient peut-être dû laisser les Amérindiens tels qu'ils les ont trouvés, sans les rendre dépendants de leur argent et de leurs vices.

Pourquoi diable s'est-il cru en droit d'aller chercher le jeune bûcheron rêvant un impossible rêve? Et d'où détient-il celui d'aller le rasseoir dans l'herbe? Car c'est bien ce qu'il a fait ce matin en congédiant Tête d'Oiseau. Si au moins il avait invoqué un motif autre que celui de l'abus d'alcool, qui entache son dossier de pilote. Et puis non, il a bien fait. Il ne pouvait plus couvrir cet homme. La négligence, dont il a eu une preuve flagrante en vérifiant le niveau d'essence, lui donne entièrement raison. Il aurait tellement aimé ne l'avoir jamais connu. N'avoir jamais formé ce pilote de A à Z. Ne l'avoir jamais perfectionné comme son œuvre. Ne l'avoir jamais aidé et aimé comme un frère. Ne l'avoir jamais entraîné avec lui là-haut, pour le précipiter en bas, sur l'herbe écrasée par son rêve. Ne l'avoir jamais entendu dire qu'il lui faisait pitié. Qu'aucune femme ne voulait de lui, même pas une danseuse aux tables. Ne l'avoir jamais entendu dire qu'il l'écœurait et que Suzie, la mère de Martin, avait eu raison de le lui avoir crié par la tête.

Nouvelle turbulence ressemblant étrangement à celle qui éveille les vieilles blessures de son âme. Pourquoi s'est-il donc toujours donné aux êtres capables de le faire souffrir? Commet-il la même erreur avec Sophie? Lui criera-t-elle à son tour qu'il l'écœure, comme Suzie et Luc l'ont fait? Qu'est-ce qui lui garantit que la moitié défigurée de son visage n'aura pas le dernier mot, advenant une discorde? Il sait très bien qu'à tout moment elle peut brandir contre lui cette partie de lui-même qu'il rejette.

Un goût de muffin lui revient à la bouche et il tente de dévier le cours de ses pensées vers ces petits plats qu'elle mijoterait pour lui et que, même brûlés, il trouverait délicieux.

Il se remémore la silhouette de femme aperçue derrière la triple fenêtre givrée. Se la redessine sur les nuages qui se groupent, se soudent, se lient les uns aux autres. Au loin, une lueur le rassure et il vole vers elle, corrigeant son cap de cinq degrés à l'est. Les conditions *white-out*[2] lui donnent l'impression de n'être nulle part en particulier, mais d'*être*, tout simplement. Avec ce qu'il connaît de souffrance et tout ce qu'il espère de bonheur. Il n'est qu'un point humain dans un gros tampon de ouate, identifiant le sol par les masses sombres des épinettes. Un point humain que le vent et les souvenirs brassent violemment.

La neige s'abat sur le pare-brise. Aussitôt, il s'en remet aux instruments. Là-bas, il le sait, il y a cette lueur rassurante. Son esprit vogue de l'altimètre à l'anémomètre, de l'horizon artificiel au gyrocompas, du variomètre au muffin, de l'indicateur de virage à Luc qui vomissait copieusement, puis de nouveau à l'altimètre et à la si délicate Sophie qu'il a peine à imaginer avec un gros ventre. Et de l'anémomètre il saute aux boutons de la chemise de nuit auxquels sont emmêlés les longs cheveux puis à ces vols que peut-être Luc ne connaîtra plus. Il revient au gyrocompas, au muffin, au bébé, à Georges, à son enterrement de vie de garçon, aux parents de Sophie, à l'horizon artificiel, à la photo désavantageuse dans le tiroir où il a rangé les alliances, au

---

2. *White-out* : conditions de neige combinées à certaines conditions atmosphériques, qui rendent l'évaluation de l'altitude et du relief du sol pratiquement impossible.

variomètre, à Luc, à l'anémomètre, à Barbiche. Son esprit se fragmente. S'éparpille. La neige devient plus compacte et colle maintenant au capot mais il vole toujours vers cette lumière rassurante qu'il y avait là-bas. Toujours à une altitude sécuritaire.

N'ayant plus rien à voir dehors, Georges regarde danser la miniature d'avion qu'en sa qualité de commandant de bord il se doit d'ignorer. Mais voilà qu'elle le nargue, lui rappelant quelle poire il a été de l'avoir sculptée avec autant d'affection qu'il avait sculpté les figurines de Martin.

— Enlève-le. Tu le donneras à Tête d'Oiseau.

— Enlever à Sept-Îles... Peur briser dans poche.

«Peur attirer malédiction» serait plus juste. Georges, pas plus que lui, ne se résout à détacher cet objet qui est devenu un véritable fétiche. Alors, il se concentre sur les cadrans de ses instruments, mais des phrases lui reviennent en mémoire et le blessent. «J'aurais fait n'importe quoi pour piloter un Otter... Même ça... Tous les gars là-bas étaient sûrs que tu t'préparais un bon serin avec moé... Le faire au pen ou avec une poule de ton genre...» «Paraît que tu avais l'air d'une poule, hier.» Cette phrase de Patrick le ramène à la réalité. À la nouvelle émission du *forecast*. Il syntonise la fréquence du centre de radiocommunication, entend crépiter la voix de Patrick à travers les parasites.

— J'allais t'appeler, mon Grand. Le *forecast* vient de sortir. Le front s'est avancé plus vite que prévu. Il est déjà rendu à Wabush et il est plus grand que prévu aussi. As-tu rencontré de la neige?

— Affirmatif.

— On annonce de la pluie verglaçante. Je répète : de la pluie verglaçante. Wabush est bouché, zéro, zéro.

Wabush bouché égale plus de lumière rassurante au loin. Il ne lui sert à rien de s'enfoncer davantage dans le mauvais temps pour contourner ce front plus étendu que prévu. Il décide de rebrousser chemin.

— Quel est l'actuel de Schefferville?

— Des averses de neige mêlée de grésil. Est-ce que tu fais un cent quatre-vingts degrés?

— Affirmatif. Ici Otter *Alpha Bravo Charlie* de retour à la piste de Schefferville. *Over!*

— Passe pas? s'informe Georges, nullement surpris ni inquiet.

— Non, passe pas.

Soudain, de gros flocons mouillés viennent s'écraser sur le pare-brise, indiquant qu'ils traversent une inversion et qu'il doit obligatoirement perdre de l'altitude et se ranger vers la droite avant que cette neige ne colle à l'appareil.

Deux mille neuf cents pieds. Il ne peut descendre plus bas sans réduire dangereusement sa marge de manœuvre. Il oblique donc carrément vers la droite, dans l'espoir de se sortir de ce système d'inversion où la neige risque d'alourdir et de déformer l'appareil, le rendant ainsi inapte au vol.

Le changement de consistance des flocons et l'apparition du sol par intermittence lui indiquent la réussite de la manœuvre.

— Menihek! Père faire souvent en canot, le renseigne calmement Georges en désignant ce lac étiré comme un grand bras dans la direction nord-sud et longé par la voie ferrée de la Quebec North Shore and Labrador Railway.

Quelle chance! Il n'a qu'à le suivre jusqu'à Schefferville. Jusqu'aux yeux gris de Sophie et au mystère de son ventre. Par là le bonheur, indique le grand lac. Par là la femme qui l'attend. Par là le trouble exquis de son corps.

Par là, confirme la faufilure des rails qu'il suit jusqu'à la réapparition d'une neige fondante qui l'oblige à bifurquer encore vers la droite, le privant de cette référence au sol. D'emblée, il renoue avec les réflexes particuliers au vol de brousse, cherchant une lueur salvatrice et supputant les mouvements du front chaud qui semble l'avoir devancé à Schefferville.

À chaque turbulence, la miniature du *Grand Blanc* oscille et l'agace, attisant la colère qu'il déverse en imagination sur Tête d'Oiseau. Dire que rien de tout ceci ne serait arrivé si celui-ci avait décollé à sept heures, tel que prévu. Ah! il en a, des reproches à lui faire. À commencer par le ravitaillement incomplet des réservoirs de carburant. Ah oui! des motifs de licenciement, il va lui en débiter tout un chapelet!

Comme il lui en veut de se retrouver dans cette merde à sa place! D'être continuellement refoulé vers la droite par la menace de la neige fondante. Quelle poire il a été de tolérer les frasques de ce pilote! Frasques qui en ont fait un héros dans l'imagination populaire et même chez les employés du centre de radiocommunication. «Y'avait pas son pareil pour passer dans le mauvais temps.» «Pas son pareil pour se mettre les pieds dans les plats» serait plus juste. Et, présentement, c'est lui qui les a, les pieds dans les plats, à sa place.

Une accalmie lui permet d'apercevoir un essaim de lacs. Il s'oriente approximativement et étudie les sombres masses nuageuses qui se ruent sur Schefferville avec leur cortège de neige fondante et de pluie verglaçante, excluant toute possibilité de réaliser une percée aux instruments, les risques d'accumulation de glace étant trop élevés. Il devient maintenant hasardeux de longer ce front qui se déplace rapidement et qui le pousse continuellement vers l'est. Mieux vaut renoncer à rejoindre Schefferville pour l'instant. Deux solutions s'offrent à lui : se poser sur un de ces lacs et y attendre la fin de la tempête, ou bifurquer en direction de la station de radiobalisage de Border Bacon, où il trouvera gîte, essence et nourriture. Il n'hésite pas et dirige l'appareil vers cette piste située à une centaine de milles au nord-est.

— On peut pas rentrer à Schefferville... C'est trop risqué pour faire de la glace. On s'en va à Border Bacon.

— Place où t'es allé hier, ça, hein?

— Oui. J'aime mieux passer une nuit là-bas qu'ici, en bas. Pas toi?

— Oui, moins froid.

La docilité avec laquelle son passager accepte ce changement de destination le soulage et, peu à peu, il sent baisser la tension en lui. Ayant fait son deuil de Schefferville pour aujourd'hui, il apprécie chaque mille qui le rapproche de la piste de Border Bacon et se félicite d'avoir pris la bonne décision. Celle qui fera en sorte que, ce soir, son passager et lui dormiront bien au chaud à cette station de radiobalisage.

Il rencontre une averse de neige et s'en remet aux instruments pour la traverser. Subrepticement, son esprit se fragmente de nouveau et sa concentration s'éparpille, allant d'un cadran à l'autre, multipliant et variant à l'infini les images de bonheur de son kaléidoscope. Mais qu'est-ce qui lui a pris d'agir comme Tête d'Oiseau? Voulait-il vraiment prouver à Patrick et à son compagnon du centre de radio-communication que, lui aussi, il est capable de défier les éléments? Voulait-il leur démontrer qu'il est supérieur à ce pilote qu'il a congédié? Ou n'est-ce pas plutôt à lui-même qu'il voulait prouver cela? Lui qui n'est qu'un petit tas de boue pétri d'orgueil. Il n'aurait pas dû accorder tant d'importance à la blessure que Tête d'Oiseau lui a infligée, et pourtant il ne pouvait faire autrement car elle lui a fait trop mal. Mais c'est fini maintenant. Il ne doit pas s'attarder chez les morts et Luc est bel et bien mort pour lui.

«Un bon pilote, c'est celui qui n'a rien à raconter.» Alors, il n'aura rien à raconter de ce voyage qui le mène à Border Bacon, comme il n'aura rien à raconter du voyage qu'il effectuera demain à Sept-Îles puisque le front chaud sera passé. En décollant tôt le matin de Border Bacon, il aura amplement le temps de conclure la transaction et de revenir par le jet de Québecair, tel que prévu. Est-ce que Georges préférera demeurer auprès de son père malade dans la réserve de Maliotenam? Cela lui fait honteusement prendre conscience qu'il ne s'est même pas informé de l'état de santé du père de cet ami loyal. Quel égoïste petit tas de boue il est, le nez collé à sa blessure! «Père faire souvent en canot», a discrètement rappelé Georges tantôt, au-dessus du lac Menihek. Quelle image évoquait alors le mot «père» pour son ami montagnais? Celle d'un homme vigoureux pagayant sur les eaux du grand lac, ou celle d'un homme alité, à l'article de la mort?

— Au fait, qu'est-ce qu'il a, ton père, au juste?

Une baisse soudaine dans les révolutions le surprend et coupe la parole à Georges. Il tire le réchauffeur du carburateur[3]. Rien ne se produit. Baisse continue. Il repousse la manette, vérifie sa vitesse, qui diminue progressivement, et regarde aussitôt le bord d'attaque des ailes, envahi par une glace blanchâtre et bosselée. Depuis quand la neige s'est-elle transformée en pluie tournant en glace au contact de l'appareil? La vue des haubans enrobés et du pare-brise croûté lui fait réaliser que, perdu dans ses pensées, il a gardé les yeux rivés sur ses cadrans. Comment corriger la situation? Comment réussira-t-il à se débarrasser de cette glace qui alourdit et déforme l'avion?

Il n'a pas le temps d'y penser car une forte vibration secoue entièrement l'appareil, le forçant à s'agripper aux

---

3. Réchauffeur du carburateur : dispositif manuel spécial qui envoie de l'air chaud au carburateur pour prévenir la formation de glace.

commandes. Occasionné par une plaque de glace qui s'est détachée d'une pale, le poids inégal de l'hélice provoque cette terrible secousse. Il met le moteur au ralenti afin de diminuer cette vibration, tentant de maîtriser la violence des chocs qui se répercutent dans ses bras et son dos. Enfin, il voit s'émietter la glace sur le pare-brise et la vibration cesse. Les trois pales sont maintenant libérées. Ouf! Il était temps. Ses bras n'en pouvaient plus d'absorber ces coups. Il ne lui reste qu'à remettre les gaz pour arrêter la perte d'altitude. Doucement, il pousse la manette et le moteur s'étouffe. Il la retire aussitôt. Silence. Le moteur se refuse à donner le moindre signe de vie, à l'instant où les instruments, fonctionnant au moyen de la pression statique et de la pression dynamique, l'abandonnent à leur tour. Plus d'indicateur de vitesse, plus d'altimètre, plus de variomètre. Vite, il met en fonction le réchauffeur du tube de Pitot afin de dégeler la prise de pression dynamique, et accomplit les procédures pour redémarrer un moteur en vol. Parce que apprises par cœur et maintes fois simulées, ces procédures prennent automatiquement la relève en cas d'urgence, inhibant les émotions, les craintes et les doutes. Elles seules, maintenant, agissent par l'intermédiaire de sa personne. «Sélecteur d'essence sur le réservoir le plus plein... Clic! Sur celui du milieu. Mélange des gaz, riche. Hélice réglée au petit pas. Manette des gaz ouverte au tiers. Manette d'ignition sur les deux magnétos. Mise en fonction de la pompe à pression d'acheminement d'essence.» Rien ne se produit. Il retire le mélange des gaz. À son grand soulagement, l'indicateur de vitesse, l'altimètre et le variomètre lui sont revenus. Les procédures d'atterrissage avec un moteur mort interviennent. «Maintenir la vitesse de vol plané à quatre-vingt-cinq milles à l'heure. Fermeture de la valve d'urgence d'admission d'huile et d'essence. Clic! Fermeture du contrôle de sélecteur d'essence. Clic! Hélice réglée au grand pas. Mélange des gaz au ralenti. Manette des gaz fermée.»

L'aiguille de l'altimètre tourne à rebours, indiquant une descente rapide. Il sent l'avion lourd et difficile à manœuvrer, comme s'il pilotait un bloc de glace. Le vent siffle dans les haubans et autour du fuselage. Il syntonise 121,5. «Mayday! Mayday! Mayday[4]! This is Otter *Alpha Bravo Charlie*. Over!»

Sa propre voix le surprend. Le glace. Il donne sa position approximative et sa nouvelle destination, furieux contre lui-même d'avoir négligé de les transmettre lorsqu'il a pris la décision de se rendre à Border Bacon. Il n'entend aucun grésillement, aucune réponse, ses antennes givrées empêchant toute communication. Non! Ce n'est pas vrai! Ce n'est pas à lui que cela arrive! Comment un pilote de son expérience a-t-il pu se faire prendre au piège de cette glace qui scelle l'appareil?

«Mayday! Mayday! Mayday!», répète-t-il, espérant que quelqu'un, quelque part, saisisse des bribes de son message et capte sa position. Il sent le ciel entier s'anéantir sur l'avion en détresse. «Mayday! Mayday! Mayday!»

Il descend vers la terre à bord d'un lourd cercueil de glace, aux commandes d'un moteur éteint. Quand verra-t-il le sol? Où atterrira-t-il? Il guette devant et sous lui, cherchant à distinguer quelque chose de sombre qui lui indiquerait sa hauteur par rapport au sol. Pourvu qu'il ne soit pas au-dessus d'un grand lac tout blanc! Il ne peut prendre le risque de descendre plus longtemps sans avoir recours aux procédures à accomplir en vue du sol. «Manette d'ignition, fermée. Clic! Harnais de sécurité. «Attache-toi ben, Georges!» Volets hypersustentateurs en position d'atterrissage. Descente des skis. Maître-interrupteur fermé. Clic! C'est fait. Cette dernière procédure d'urgence déclenche la peur chez lui. Une peur qu'il n'est jamais parvenu à contrôler

---

4. «Mayday!» : signal de détresse.

lors des précédents atterrissages forcés : celle du feu et de l'explosion que pourrait provoquer une étincelle lors de l'impact. Ça le gagne. L'envahit tout entier. Son corps se rappelle. Sa peau se rappelle. Cette peur est imprimée dans chacun de ses pores, chacune de ses cellules, comme dans un circuit électronique. Non, il ne veut pas connaître de nouveau la morsure du feu dans sa chair. Ce feu qui gruge, perce, détruit et fait fondre. «Accroche-toi ben, Georges!», hurle-t-il, les yeux exorbités à force de fouiller tout ce blanc à la recherche d'un indice lui indiquant le sol. Il aperçoit enfin une masse sombre en dessous et guette anxieusement devant. Bientôt, il discerne une bande foncée annonçant une lisière d'épinettes. Il évalue sa hauteur à cent pieds du sol. Voilà. Il va atterrir sur ce terrain passablement plat qui s'offre à lui. Dieu merci, il pourra se poser sans grand dommage. Il accomplit son arrondi mais l'inertie du poids de la glace lui fait toucher le sol beaucoup plus durement que prévu. Un bruit de métal tordu et l'appareil rebondit, lui permettant de découvrir la présence d'un énorme rocher légèrement vers la gauche. Il appuie à fond sur le palonnier droit afin de s'en éloigner et l'appareil touche de nouveau le sol, dérapant aussitôt en direction de ce rocher, le ski gauche ayant été endommagé lors du premier impact. Les muscles de sa jambe droite bandés au maximum sur le palonnier, il se voit impuissant à contrôler l'appareil et réalise qu'il ne peut plus rien contre cette fatalité qui le projette vers le rocher. Qui le projette avec tout ce qu'il est de peur, de faiblesse, d'espoir et d'amour. Tout ce qu'il est de grand et de petit. De mal et de bien. Tout ce qu'il est de boue et d'esprit.

Un bruit de métal effroyable... Un choc violent... Puis... plus rien.

* *

*

Rien de tout le brouhaha qui entoure Sophie dans l'aérogare ne réussit à faire taire en elle la voix de l'inquiétude. Elle n'aurait pas dû le laisser partir. Mais comment aurait-elle pu le retenir au moment même où il fallait lui prouver hors de tout doute qu'elle était digne d'être la femme d'un pilote? Comment aurait-elle pu le dissuader de faire ce voyage alors qu'elle n'avait qu'un pressentiment comme argument?

«Hé! C'était-tu drôle de voir le gars, hier, avec les plumes pis la mélasse!», relate un des stagiaires de Border Bacon près d'elle. — Oui, pas mal drôle... Ils sont fous, ces pilotes, commente son compagnon. J'avais même pas remarqué que c'était lui qui nous avait sortis. Parlant de ça, j'sais pas si c'est aujourd'hui qu'on va réussir à sortir d'ici, nous autres. As-tu vu le temps?»

Les deux hommes regardent dehors, leur troisième compagnon cuvant son vin dans les escaliers où de jeunes Montagnais le prennent pour un obstacle à sauter. Ils se taisent, impressionnés par la neige oblique mêlée de grésil et de pluie qui s'est soudainement abattue sur la ville. «J'sais pas si Québecair va rentrer», soupire l'un d'eux en tripotant son billet. «On n'est pas les seuls à se poser la question», répond l'autre, sensible à la tension qui règne dans la salle bondée à craquer.

Seul lien direct et quotidien avec les grandes villes de la province, le vol de Québecair attire immanquablement quantité de gens à l'aérogare. Que ce soit pour reconduire ou attendre parents et amis, ou pour cueillir journaux, nouveautés, produits périssables, ou encore pour recevoir ou expédier des colis, le Tout-Schefferville s'y rencontre, se branchant sur le reste du monde par l'intermédiaire de ce vol. Badauds et curieux s'y rendent pour tâter le pouls politique, culturel ou économique de la province, tandis que Montagnais et Naskapis en quête d'exotisme viennent se payer la tête des voyageurs de passage avec leur tenue vestimentaire habituellement hors saison. Mais, quelle que soit la raison pour laquelle on se retrouve dans la salle de l'aérogare de Schefferville à l'heure de l'arrivée du BAC-111, l'intégration à cette foule en attente se fait instantanément. Il y a là quelque chose d'intime et de familial qui facilite le partage des émotions, et, aujourd'hui, la violence et la soudaineté de la tempête les unit tous dans les mêmes craintes et les mêmes espoirs. Sophie autant que la mère d'Émile venue accueillir son frère, autant que les trois hommes de Border Bacon impatients d'aller s'étourdir dans les villes, autant que cette mère ayant obtenu rendez-vous avec un spécialiste de l'hôpital Sainte-Justine pour son enfant, autant que l'ouvrier allant visiter les siens dans le Sud. Ils sont tous là à miser sur la compétence des pilotes de Québecair, rodés aux conditions difficiles de la région. Tous là à pousser du bout des lèvres des bouts de conversation qui ne mènent nulle part, jetant un coup d'œil dehors chaque fois que le vent rugit. Tous là à attendre debout, exception faite de la mère d'Émile, qui a trouvé à s'asseoir près du distributeur automatique de boissons gazéifiées.

Il serait sans doute plus convenable qu'elle tienne compagnie à sa future belle-mère, mais quelque chose la poussait à attendre aux premières loges, devant les fenêtres panoramiques donnant sur l'aire de stationnement ainsi que sur la piste. D'ici, elle peut tout voir, et l'évolution des conditions météorologiques et l'arrivée des appareils. Il y a à peine vingt minutes, juste avant l'averse de neige, le DC-3 de Barbiche s'est posé. «Si le DC-3 est rentré tantôt, j'vois pas pourquoi le BAC-111 pourrait pas rentrer», poursuit l'homme de Border Bacon, tripotant toujours son billet. Et elle, elle ne voit pas pourquoi le Otter ne pourrait pas revenir au bercail lui aussi. «Beaucoup de pilotes de Québecair sont des anciens pilotes de brousse; y'ont pas leur pareil pour traverser le mauvais temps», surenchérit-il pour se convaincre. Émile également n'a pas son pareil pour traverser le mauvais temps. Elle n'a qu'à se rappeler la tempête d'avant Noël. Barbiche lui-même n'en revenait pas de l'habileté et de l'expérience de son capitaine. «Hé! Tout aux instruments! qu'il disait. On est arrivés en plein sur la piste.» Et ce même Barbiche vient d'atterrir. Nul doute que son ancien capitaine saura en faire autant. Elle doit avoir confiance en ses capacités. N'est-il pas le plus expérimenté de la compagnie, avec ses onze mille heures? N'est-il pas celui qui les entraîne et les dirige? se répète-t-elle pour faire taire en elle la voix de l'inquiétude. Cette voix qui lui reproche de l'avoir laissé partir alors qu'il n'était pas en état de piloter et surtout pas de faire face aux conditions climatiques qui se sont rapidement détériorées. Elle le voit encore trembler, sent encore ses doigts glacés sur les siens, lui qui a toujours eu les mains chaudes, perçoit encore toute la vulnérabilité des épaules puissantes qui s'étaient penchées vers elle. C'est à ce moment-là qu'elle aurait dû s'accrocher à lui, se pendre à lui afin qu'il ne parte pas, quitte à faire une crise d'hystérie. Mais elle voulait lui montrer qu'elle était digne d'être la femme d'un pilote. Digne d'être sa femme. L'exemple de Monique attendant son Barbiche dans les tempêtes la stimulait. Que de fois celle-ci lui avait confessé avoir été morte de peur, incapable de dormir et de manger, jusqu'à ce qu'il lui revienne! Que de fois elle lui avait répété qu'on ne s'y habitue jamais réellement mais qu'aimer un tel homme c'était lui laisser vivre la passion de voler! Et que très souvent elle se moquait d'elle-même pour s'être rongé les sangs inutilement!

Ah! qu'elle a hâte de se moquer d'elle-même! De raconter à Émile qu'elle avait le front pratiquement collé à la fenêtre pour guetter l'apparition du *Grand Blanc*.

«Un moment d'attention, s'il vous plaît. Un moment d'attention», réclame le gérant de l'aéroport, du haut de l'escalier menant au centre de radiocommunication. «On vient de nous informer que le vol en provenance de Mont-réal, Québec et Sept-Îles a rebroussé chemin à Wabush et retourne à son point de départ.»

Pendant un instant, l'incrédulité s'empare de la foule. Le gérant répète, à l'intention de ceux qui n'ont pas compris ou n'ont pas voulu comprendre. Déception générale. Personne n'arrivera. Personne ne partira. On sert les billets, on reprend les valises. L'événement n'aura pas lieu. En un rien de temps, la salle se vide. Ne restent que la mère d'Émile, toujours assise près du distributeur automatique, les gars de Border Bacon, qui traînent vers la sortie leur compagnon somnolent qui crie à tue-tête «Comment ça, on part pas?», ainsi que Barbiche, qui vient d'arriver après avoir parqué le bimoteur.

Ce vide subit autour d'elle lui donne le vertige. Elle se sent abandonnée de tout ce monde qui espérait avec elle et elle ressent un choc lorsque la porte se ferme derrière les gars de Border Bacon, avec qui elle s'était mentalement associée dans l'attente.

Elle regarde Barbiche, saisit tout l'effort qu'il déploie à vouloir la rassurer et sent le vide se creuser maintenant en elle. Comme si on venait de lui arracher son fœtus du ventre.

— T'en fais pas pour tes parents... Ils vont revenir demain, explique-t-il.

— C'est pas ça... C'est lui.

— Ah! T'en fais pas pour le Grand. Il en a vu d'autres. J'lui ai justement parlé avant son départ.

— Ah oui? Comment était-il?

— Bien. Il pouvait pas faire autrement, après avoir fait la grasse matinée jusqu'à dix heures.

— Tu es sûr qu'il était bien?

— Oui. J'vais aller voir à la salle de radio. Ils ont sûrement eu des messages.

Comment parvient-elle à le suivre? À fausser de nouveau compagnie à la mère d'Émile venue se joindre à eux? À pénétrer dans cette salle où s'échangent les informations?

Ici, ce ne sont pas les premières loges mais les coulisses, où les principaux acteurs doivent improviser sur des textes nouveaux émis toutes les six heures. Ici, ça sent le trac, la tension, la concentration. Les mains glacées et la gorge sèche de ceux qui affrontent la grande dame en noir et doivent rivaliser de talent pour la déjouer sur la scène où elle maîtrise les nuages et le vent. Ici, les hommes qui travaillent, manches retroussées et col déboutonné, soufflent informations et conseils à ceux qui s'aventurent sur les planches. Usant toujours d'un ton calme, ils dévoilent et prévoient les déplacements de l'implacable et froide comédienne. «Elle est là, au sud... Maintenant au sud-ouest, probablement à l'ouest d'ici cinq heures. Prends garde : elle sera drapée d'un voile de brouillard. Surveille : elle compte utiliser les effets spéciaux de la neige et de la pluie. Dépêche-toi : elle a libéré le plateau à l'est.»

Ici, elle flaire la présence d'Émile. La présence de son absence. De son silence sur les ondes. «*Alpha Bravo Charlie*, ici la station de Schefferville. *Over!*», répète Patrick, visiblement dérangé par son intrusion dans les coulisses.

— Il a dû se poser quelque part, conclut Barbiche. C'est ce qu'il y a de mieux à faire. À quand remonte la dernière communication?

— À une heure. Il a demandé le *forecast* et nous a avertis qu'il rebroussait chemin.

— Il connaît ce coin-là par cœur. Ou il s'est posé, ou il va arriver d'une minute à l'autre.

«*Alpha Bravo Charlie*, ici la station de Schefferville. *Over!*»

Un silence meublé de crépitements. Patrick lui sourit avec l'air de dire que cette communication à sens unique lui apparaît normale dans les circonstances. Elle aimerait tant y croire.

— Ça donne rien d'attendre ici. On va rentrer à la maison. Tu nous appelles dès que t'as du nouveau, Patrick.

— Chez toi?

— Oui.

— *Roger!*

Elle suit Barbiche à la traîne, incapable de décider elle-même d'une direction, et se rapproche de la mère d'Émile, qu'elle devine dans un état semblable au sien. Toutes deux se retrouvent bientôt devant un café dans la cuisine de Barbiche, se raccrochant aux propos du couple, qui ravivent l'espoir chez elles. «On s'en fait toujours pour rien. Tu te rappelles, Jo, la fois où t'as été surpris par la neige au mois d'août? J'faisais un bonhomme de neige pour la petite pis j'arrêtais pas de pleurer. C'est fou, hein? — Comment l'oublier? Y'avait presque rien dans la boîte de secours. J'ai gelé comme une crotte. Une chance que c'est pas trop difficile de pêcher par là-bas. J'me suis débrouillé. J'suis pas inquiet pour le Grand, pas avec la boîte de secours qu'il a.»

— Comment ça s'fait qu'il répond pas?

— Sa radio peut faire défaut ou il peut y avoir de la glace sur les antennes. On recevait ben mal aujourd'hui.

Qu'elle aimerait se laisser convaincre entièrement par l'assurance de Barbiche! Être convaincue de tout son être que rien de grave n'est arrivé.

On semble vouloir lui suggérer que l'angoisse qu'elle vit présentement n'est qu'un avant-goût de ce qui l'attend et qu'elle ferait mieux de s'y habituer tout de suite.

Voilà que la mère d'Émile relate les anciens atterrissages forcés de son fils, et, au fur et à mesure qu'elle retient du passé ces expériences ayant eu un heureux dénouement, elle se calme et se rassure. En voilà un de plus, résume maintenant son attitude.

Elle a l'impression qu'il ne reste plus qu'elle pour espérer la sonnerie du téléphone. Plus qu'elle pour trouver sacrilège le rire des autres à l'évocation du gars de Border Bacon servant d'obstacle aux jeunes Amérindiens dans les escaliers. Plus qu'elle pour entendre en sourdine la voix de l'inquiétude.

Quatre heures et quart. De retour de l'école, Martin fait irruption parmi eux, brûlant d'impatience de retrouver son grand-oncle James, son presque grand-père. Déçu d'apprendre que le jet de Québecair ne lui a pas apporté cette visite tant attendue, il ne s'alarme pas en apprenant que son père a probablement été contraint de se poser quelque part sur la toundra. Pour lui, tout cela semble normal, voire routinier, et cette réaction la désarçonne. La choque un peu, à sa grande surprise. Elle aurait aimé qu'il montre un signe quelconque d'inquiétude ou, à tout le moins, autant de déception qu'en a provoquée l'absence de son grand-oncle James. Mais déjà il s'empare de la petite Alexandra accourue vers lui, la soulève de terre et tourne avec elle, éparpillant à la volée le rire clair de la fillette.

Aurait-il eu cette réaction si Émile était son vrai père, ne peut-elle s'empêcher de penser au souvenir de la confidence de celui-ci qu'il n'y avait aucun lien génétique entre lui et ce lutin aux taches de rousseur. Aussitôt, elle se condamne. Se juge mesquine et prétentieuse de croire que l'être qu'elle porte aurait une réaction nettement plus viscérale. L'attitude de Martin n'est-elle pas plus saine que la sienne? Ne fait-il pas plutôt preuve d'une grande confiance dans les capacités de son père? Ne devrait-elle pas prendre exemple sur lui? Sur sa grand-mère qui observe le jeu des enfants avec bienveillance? Sur Barbiche? Sur Monique?

Elle se sent tellement démunie comparativement à eux pour faire face à cette situation, car, finalement, que possède-t-elle pour exorciser sa peur? Avec quoi peut-elle étouffer la voix de l'inquiétude qui persiste en elle? Elle n'a ni expérience ni souvenir pour traverser l'épreuve de ce premier non-retour à la base. Eux, ils ont tous déjà vécu cela. Pas elle. Ils ont beau lui répéter que les choses vont bien se passer, elle ne parvient pas à le concevoir, pas plus qu'elle ne parvient à concevoir son accouchement. C'est du jamais vu, jamais vécu, jamais ressenti, et cela la différencie d'eux. Et l'isole par le fait même. Elle les sent solidaires, tous soudés par le même espoir, alors qu'en elle la voix de l'inquiétude continue à se faire entendre, insistant même pour lui rappeler combien glacés et tremblants étaient les doigts d'Émile sur les siens et combien grand était son trouble en sortant de chez Tête d'Oiseau. Elle aurait dû le retenir. Faire fi de son intention de démontrer qu'elle pouvait dès lors assumer son rôle de femme de pilote. Elle aurait dû suivre son pressentiment, quitte à subir le blâme de la compagnie. Et même celui d'Émile. Elle se sent coupable. Responsable. Au point d'omettre de leur fournir ces données qui amplifient en elle la voix de l'inquiétude.

Voix qu'elle tente d'atténuer. D'oublier, une oreille tendue vers l'appareil téléphonique désespérément muet, l'autre vers la confiance inébranlable de Barbiche dans les dispositifs d'urgence qu'il a lui-même contribué à mettre en place avec le Grand.

15

Retour du destin

Le Grand est venu ce matin... À moins que ce ne soit ce midi. Il ne sait plus. Chose certaine, il est venu. Ça, il s'en souvient.

Il est venu et ils ont échangé des propos acerbes. Quoi au juste? Il ne sait plus. Chienne de boisson! Chienne de drogue! Il a vomi partout. Tout ce dont il a le souvenir, c'est d'avoir été congédié. Ça devrait le laisser complètement indifférent, étant donné qu'il a prémédité de se suicider, mais cela le blesse, le punit, l'humilie, provoquant chez lui une réaction imprévisible : celle de survivre pour prouver sa valeur au sein d'une autre compagnie, dénonçant ainsi l'incompétence du chef pilote qui l'a remercié de ses services.

Dictée par l'orgueil, assurément, cette réaction l'oblige à remettre en question son suicide. Pourquoi s'éliminerait-il? Outre la consolation d'entrer dans la légende, que lui apporterait cette solution? N'était-il pas illusoire de croire qu'il pouvait s'inscrire dans la mémoire d'un homme qui vient de se débarrasser de lui? Que s'est-il donc passé, ce matin ou ce midi, pour qu'ils en soient arrivés là ? Qu'ont-ils bien pu se dire ?

Il se concentre en vain, amplifiant ainsi la douleur qui bat dans sa tête. Cela ne sert à rien. Son cerveau travaille à vide. Peut-être que plus tard il parviendra à reconstituer les faits, mais pas maintenant. Pour l'instant, toutes ces constatations sont aussi inconsistantes que l'écume résultant du brassage des eaux. Elles sont là qui flottent, allant et venant au gré des vagues. Sans fondement. Sans racines.

Il s'asperge le visage, se peigne sommairement les cheveux avec les doigts et avale trois cachets d'aspirine. Quelle mine épouvantable il a ! Les yeux cernés, le teint verdâtre, la bouche molle et entrouverte, il a l'air d'un mort en sursis. Ce qu'il est, d'ailleurs, ou devrait continuer d'être. Ne rendrait-il pas un bienfait à la société en la purgeant de l'être minable et misérable qu'il voit dans la glace ? Avec dégoût, il se détourne de lui-même et, d'un pas incertain, se dirige vers le salon–salle à manger, contournant les dégâts de sa propre déchéance sur le tapis poussiéreux. Il met le téléviseur en marche afin de se situer dans le temps. Reconnaissant les nouvelles télédiffusées en langue inuit, il en conclut qu'il doit être aux alentours de dix-huit heures et entrouve les rideaux de la fenêtre donnant sur la piste. Quelle tempête ! C'est bien ce qu'il pensait. Depuis quand fait-t-elle rage ? Il a le vague souvenir de s'être éveillé au cours de la journée et de s'être rendormi aussitôt en entendant souffler le vent. Ça n'vole pas, a-t-il alors pensé en se permettant de sombrer dans un sommeil de plomb. Un sommeil de brute assommée par la drogue et l'alcool.

Ah ! de quels merveilleux effets scéniques il aurait pu bénéficier pour sa dernière représentation ! Disparaître par un temps pareil aurait haussé d'un cran l'intensité dramatique de son geste. Au début, on l'aurait cru victime de la tempête, s'imaginant le *Grand Blanc* bafoué par le vent, puis, à la découverte de la boîte de secours et de l'ELT[1], on aurait compris son intention et entendu trop tard son cri de détresse.

Mais il a raté l'occasion, et maintenant il n'est plus sûr de rien. Ni de vouloir mourir ni de vouloir survivre. Autant il regrette de ne pas avoir profité de cette grandiose tempête pour disparaître, autant il s'inquiète du jugement du chef pilote à qui il devait livrer le *Grand Blanc*. Qu'est-il advenu de son transfert? Depuis quand les appareils sont-ils cloués au sol?

Réfractaire à l'idée de consulter ses confrères probablement informés de son congédiement, il décide de se rendre à l'hôtel, tour de contrôle des événements et potins. Il fait venir un taxi, découragé à la simple pensée de pelleter la neige emprisonnant son véhicule.

Sans même qu'il l'ait demandé, le chauffeur lui apprend que le BAC-111 de Québecair a rebroussé chemin à Wabush et que les averses de neige, grésil et pluie ont commencé vers treize heures. Bon, voilà déjà de précieuses informations auxquelles d'autres viendront se greffer tout naturellement.

En pénétrant dans le bar-salon, il est surpris par le calme qui y règne. Au comptoir, les gars de Border Bacon tètent placidement leur bière. Avec ni plus ni moins de ferveur qu'ils avaleraient un café, condamnés qu'ils sont à demeurer une journée de plus dans ce bled perdu. Leur tournant le dos, Myriam s'affaire à laver les verres. Il remarque les jambes bien galbées, la minijupe s'arrêtant sous la ligne des fesses, l'ombre excitante du soutien-gorge noir sous la blouse, et il se surprend des désirs charnels qui éclosent dans ce corps qu'hier il a voué à la mort.

— Salut.

---

1. ELT : *Emergency Locator Transmitter*, radiophare d'urgence.

Elle se retourne vitement et se fige en l'apercevant.

— J'sais que j'ai l'air du diable, crâne-t-il. J'viens juste de me lever.

Elle se tait, gardant sur lui des yeux rougis pleins de reproche et de gravité. On dirait qu'elle veut le disputer et le consoler à la fois. Parce qu'il a été mis à la porte, sans doute. Tout se sait si vite, dans cette ville.

— Ben quoi? Qu'est-ce que t'as à m'regarder de même? Qu'est-ce que j'ai fait, encore?

Il n'aime pas cette expression de compassion mêlée de condamnation. Qu'il ait perdu son emploi, cela ne la concerne en aucune façon. Sciemment, il n'a jamais voulu tisser un réseau de racines entre eux. Elle n'a pas à s'immiscer dans sa vie.

— Donne-moé une bière. Y'a rien de mieux pour un lendemain de veille, claironne-t-il dans l'espoir de se rallier les gars de Border Bacon, muets et amorphes comme des carpes.

— Y'a rien de mieux pour s'réveiller avec une gueule de bois. Ça t'suffit pas de pas être allé mener le *Grand Blanc*? réplique Myriam en le servant avec brusquerie.

— As-tu vu la tempête qu'il fait dehors?

— Y'en avait pas ce matin. T'aurais eu le temps en masse en décollant à sept heures.

— Aïe! J'ai pas d'ordre à recevoir de toé, Myriam. T'as pas d'affaire à m'donner d'la marde parce que j'ai perdu ma job. Arrive-moé pas avec des «j'te l'avais ben dit». J'ai assez du chef pilote pour me tomber sur la tomate. Il ira le mener, lui, si y'est si fin que ça. C'est plus de mes troubles.

— Justement; il est allé le mener.

— Bon. Tant mieux pour lui. De toute façon, ça m'tentait plus de travailler pour la compagnie.

— ...

— Ben quoi! C'est vrai. Y passait son temps à m'faire des reproches. C'était jamais correct, c'que j'faisais. Qu'il aille au diable!

— Dis pas ça, Luc. Dis pas ça, supplie-t-elle en lui saisissant soudain l'avant-bras.

Il regarde trembloter le menton ingénu de Myriam. Aussitôt, il retrouve en elle la petite fille partageant ses joies et ses secrets à l'insu de la logique du monde adulte et il regrette d'avoir été si déplaisant.

— Il est porté disparu, lui apprend-elle d'une voix éteinte.

— Quoi? Qui? Qu'est-ce que tu racontes? Qui est porté disparu?

— Le... le Grand. Il a décollé vers midi avec ton avion... Il a jamais atterri nulle part. Ni à Sept-Îles ni ici.

— Disparu? Ça s'peut pas... Pas lui. C'est rien, pour lui, une tempête de même. T'es sûre que c'est pas des racontars? Que c'est pas le Zèbe plutôt?

Elle n'a pas à répondre. Son expression suffit amplement à le convaincre de la véracité de cette nouvelle.

— Pas lui... Pas disparu... Pas dans c't'avion-là, Myriam... Pas dans c't'avion-là...

Il se cache le visage avec ses mains, anéanti par ce retour du destin qui a laissé partir Émile aux commandes de ce cercueil volant. *Son* cercueil.

C'est lui qui était censé disparaître aujourd'hui, pas Émile. C'est lui que Myriam devait pleurer. Lui qui devait défrayer la chronique.

Et c'est Émile qui devait être à sa place, écrasé par un sentiment de culpabilité, Émile qui devait organiser des recherches pour se porter à son secours, Émile qui devait enfin comprendre qu'il lui rendait la vie impossible.

— Pas dans c't'avion-là, Myriam... J'veux pas... C'était le mien... Y'avait pas d'affaire... C'était mon voyage...

— Est-ce que c'était le gars qui avait l'air d'une poule, hier? s'enquiert un des hommes près de lui.

D'un geste, Myriam a dû répondre par l'affirmative, ce qui lui fait réaliser que lui seul, hier, voyait l'aigle majestueux déguisé en poule. L'aigle magnifique qui l'avait cueilli dans la boue pour le monter jusqu'aux nues et qui gît présentement quelque part dans la toundra, sans radiophare d'urgence ni boîte de secours.

— C'était mon voyage..., mon voyage, répète-t-il. Y'avait pas d'affaire. Pas dans c't'avion-là. Ça s'peut pas! Qu'est-ce qu'ils vont dire, les autres?

— À propos de quoi?

— J'ai enlevé l'ELT pis la boîte de secours.

Il entrouvre les mains, étudie la réaction de Myriam et voit aussitôt ses beaux yeux s'embuer de larmes et simultanément se froncer ses sourcils soulignés au crayon, signe non équivoque qu'elle considère Émile comme une victime et lui comme un bourreau. Il devine que cette réaction sera celle de la majorité des gens et refuse ce rôle de bourreau pour lequel il n'est pas préparé. C'est l'inverse qu'il souhaitait. C'est Émile qui devait tenir ce rôle. Pas lui.

— Inquiète-toé pas pour lui, s'empresse-t-il d'ajouter en la voyant s'essuyer le coin des yeux pour éviter d'endommager son maquillage. J'sais que ça sera pas drôle de passer une nuit comme ça, mais j'suis sûr que demain on va l'entendre nous donner sa position. C'est pas la première fois que ça lui arrive, tu sais bien. Envoye, arrête de pleurer.

— Pour... pourquoi t'as fait... ça?

Le «ça» est escamoté par l'ampleur de la consternation. Elle renifle à deux reprises pour finalement se moucher, gardant sur lui des prunelles inquiètes.

— J'te l'ai dit : c'était mon voyage, pas le sien.

— Mais pourquoi?

— Personne m'aurait retrouvé... Même pas lui.

Elle pose sa main chaude sur son avant-bras et y exerce une légère pression, ne semblant pas réaliser qu'il vient de lui avouer avoir planifié sa propre disparition.

— Faut-y que j'te fasse un dessin? ajoute-t-il en refermant les mains sur son visage.

Il se sent mis à nu sur la place publique, montré du doigt comme un pauvre désespéré. D'homme fanfaron, volage et rebelle, il échoue au rang d'homme ayant voulu mettre fin à ses jours. Cela le mortifie. Non seulement il a raté son coup, mais il a fait en sorte que tout le monde soit mis au courant de ses intentions. «Paraît que Tête d'Oiseau voulait se suicider. — Non! — Oui. — Ben voyons! Pourquoi?» On s'accordera le droit de lui disséquer l'âme, de la lui fouiller, et même de la creuser à la recherche du motif. Son geste ayant impliqué une autre personne, c'est toute la communauté qui se croira concernée. On le prendra en pitié ou en horreur. Ou les deux à la fois. Il ne pourra plus entrer dans la légende en tant que héros populaire, mais sera considéré comme un pauvre type à la limite du désespoir.

Un peu embarrassés, les gars de Border Bacon se lèvent et s'installent à une table du fond, leur laissant ainsi plus d'intimité.

Un long silence persiste. Il se sent ridicule, coupable et penaud. Qu'en sera-t-il lorsqu'on retrouvera Émile? Car on le retrouvera, il n'en doute pas. Comment se sentira-t-il face à lui? Jusqu'où devra-t-il démonter le mécanisme de son geste afin qu'il comprenne? Jusqu'au nid écrasé dans l'herbe? Comment expliquera-t-il alors le rouage qui bloque tous les autres? Celui du geste navrant posé dans la nuit, en marge du grand livre de la Nature.

Pourquoi vit-il cela? Pourquoi vit-il? Les choses auraient pu être tout autrement s'il n'avait pas tant bu et fumé de hasch... En ce moment, il serait en escale quelque part après l'ultime et dernier vol et Myriam épongerait des larmes grises de maquillage qui lui seraient destinées.

Doucement, les doigts se glissent dans sa chevelure. Tout doucement, ils vont et viennent dans ses boucles en guise d'absolution et de consolation. Cela l'émeut. L'ébranle. Lui rappelle la main de l'aumônier qui avait ouvert la brèche dans le barrage de ses émotions lors du décès de son père. Non. Il ne veut pas pleurer. Ni sur lui-même ni sur Émile. Il serre les mâchoires, touché par la portée de cette main de femme tant de fois posée sur des corps d'hommes pour en assouvir le désir. Cette main qui le rejoint dans sa détresse en dépit du peu de racines qu'il a tolérées entre eux.

— Faut le dire aux autres... Ils sont en train de se préparer... J'peux l'faire pour toi, si tu veux.

— Non... non, merci... C'est à moé d'le faire.

— Ils sont chez Barbiche. Y'a des gars de l'autre compagnie. Des privés aussi. Ils sont en contact avec le Centre de Recherche et de Sauvetage.

— J'y vais tout d'suite.

Il se lève, regardant sa bouteille de bière avec dégoût.

— Tu prends pas le temps de finir ta bière... pour te remettre?

— Non. J'en prends plus, de la bière... C'est fini.

— J't'ai déjà entendu dire ça, me semble, relance Myriam, incrédule.

Oui, c'est vrai. Il lui a souvent tenu ce langage les lendemains de veille. Mais, cette fois-ci, ce n'est pas à cause du malaise physique qu'il aimerait s'affranchir de cette habitude mais à cause des conséquences graves qu'elle a engendrées.

Il lui sourit, ce qui la rend encore plus incrédule.

— Disons que j'en boirai plus jusqu'à ce que le Grand soit de retour.

— Alors là, j'm'inquiète plus pour lui... J'sais que tu vas tout faire pour qu'il revienne le plus vite possible.

De la voir sourire lui fait un bien immense. Il sent chez elle le besoin de dédramatiser la situation en établissant une complicité entre eux et il lui en est grandement reconnaissant. Tout à l'heure, face aux autres, il aura besoin de ce sourire et aussi de cette confiance qu'elle a en lui. Il aura besoin d'une alliée.

— J'te donnerai des nouvelles.

Dans le vestibule, en sortant, il se heurte à Christian et le saisit par le bras.

— Pis toé, que j't'entende pas dire «maudit grand singe», t'as compris?

— T'es fou! Lâche-moi! J'ai rien dit!

Un mouvement de répulsion. Il voit en cet homme tout ce qu'il ne veut pas être... Tout ce qu'il a honte d'avoir peut-être été... Tout ce qu'il rejette, bannit, maudit.

— Oublie pas que t'as du stock à m'payer.

— Tu peux ben t'le fourrer où j'pense, ton stock.

Il le repousse brutalement, conscient que c'est en fait l'atroce réalité qu'il repousse. Celle qui le rend responsable d'avoir mis la vie d'un homme en danger et qui le fera comparaître sous peu devant ceux qui se concertent pour la sauver.

* *
*

Sauver du temps. Il faut sauver du temps, ce soir, pour être prêts à collaborer demain avec les équipes de recherche et de sauvetage.

Sa cuisine étant provisoirement transformée en quartier général, Barbiche se démène à tout organiser. Café en main, cigarette au coin des lèvres, il tente d'évaluer le potentiel des pilotes réunis chez lui.

Groupés par deux ou trois autour des cartes aéronautiques étendues par terre, ceux-ci discutent de toutes les éventualités possibles.

— À mon idée, il est ici.

— C'est pas bête, mais il aurait pu aussi tenter de suivre le Menihek pis la voie ferrée.

— Ouais... à moins qu'il ait décidé de faire ça aux instruments.

— Il aurait jamais fait ça dans des conditions de glace. Que disait le *forecast*, déjà?

On suppose, on suppute, on étudie, on élabore. Personne ne cherche à avoir raison et tous travaillent à découvrir le filon qui les conduira vers leur frère en détresse.

— On va te le retrouver, ton Émile, dit Choucroute en s'emparant d'un sandwich sur le plateau de Sophie.

Elle sourit, retrempant son courage au contact de ces hommes qui se sont rassemblés spontanément pour joindre leurs efforts. Ils sont tous pilotes, qui élève, qui privé, qui de la compagnie rivale. Tous concernés et tous disposés à collaborer avec les équipes des forces armées canadiennes entraînées aux missions de sauvetage.

— Est-ce que les *Rescue*[2] ont capté quelque chose? s'informe un nouvel arrivant.

Aussitôt une ombre passe sur le visage de Sophie et aussitôt Barbiche répond à l'homme qui abandonne ses bottes au sommet d'une montagne de chaussures.

— Laisse-leur le temps... Y viennent juste de commencer.

— Comment ça?

— Ben, fallait qu'ils attendent que les six heures d'autonomie de vol soient écoulées.

— Pourquoi?

— Parce que tant qu'il a de l'essence, il peut voler jusqu'à un aéroport. Mais là, les *Rescue* sont partis depuis une demi-heure à peu près. J'pense que ça sera pas long avant qu'ils entendent le signal ELT. Ils volent assez haut que ça les dérange pas, c'te tempête-là, pis les piles des radiophares étaient toutes ben chargées. C'est le Grand pis moi qui les avions vérifiées en même temps que les boîtes de secours.

Le sourire vacille dans le petit visage bouleversé. Rassurant Barbiche. Il se sent tellement responsable de cette femme. Il se sent aussi responsable de Martin et de la mère d'Émile, mais c'est elle surtout qui l'inquiète. D'abord parce qu'elle n'a jamais vécu une telle expérience et qu'il trouve

---

2. *Rescue* : désigne familièrement les équipes de recherche et de sauvetage (*search and rescue*) des forces armées canadiennes.

déplorable que cela lui arrive deux jours avant son mariage. Et ensuite parce qu'elle est enceinte et qu'il craint que tant d'inquiétude ne vienne compliquer les choses. C'est pourquoi il a demandé à Monique de veiller sur elle en la tenant occupée et à leur ami médecin de venir faire son tour en fin de soirée. N'a-t-il pas promis au Grand de s'occuper d'elle jusqu'à son retour? Étrange, l'impression que lui a laissée cette conversation sur les ondes. Le Grand avait-il un pressentiment, pour lui demander cela? Si oui, quelle sorte de pressentiment? Il a beau afficher une grande confiance, il ne peut faire abstraction du fait que cet atterrissage forcé est le treizième. C'est bête d'être superstitieux à ce point, mais il ne cesse d'y penser, se gardant bien cependant d'en faire part à qui que ce soit. Même pas à sa femme.

Il doit donner l'impression d'être parfaitement convaincu que toutes ces mesures porteront leurs fruits demain et adopter un comportement qui ne laisse rien transpirer de ce qu'il sent ou pressent. En lui déléguant la responsabilité des siens, le chef pilote lui a automatiquement délégué celle de ses hommes. Du moins, c'est ainsi qu'il l'entend. C'est ainsi que les choses se sont organisées d'emblée, chacun d'eux aboutissant chez lui avec ses idées, ses connaissances et sa bonne volonté. Chacun d'eux ajoutant son vêtement à la pile et s'intégrant naturellement à l'équipe. «Parfait, tu peux mettre ton Cessna 180 à notre disposition. C'est quoi, son rayon d'action, déjà? Faudrait te trouver un bon navigateur; des observateurs, aussi. Plus on va être d'avions le premier jour, plus on a de chances. Les *Rescue* vont nous attribuer des secteurs.»

Avant de compiler tous leurs effectifs, il s'attarde à observer sa fillette, parfaitement concentrée à réaliser un macramé avec les lacets des chaussures amoncelées.

— Tu veux prendre soin d'la p'tite, Sophie?

— Bien sûr.

Voilà de quoi tenir cette femme occupée pour un bon moment. Après, ce sera encore la tournée du café et des sandwichs que Monique prépare.

— Ta p'tite veut pas qu'on parte d'ici, c'est sûr! s'exclame le Zèbe, favorisant un rire général, propice à faire baisser la tension.

À cet instant, la porte s'entrouvre, leur amenant sûrement une autre aide précieuse, puis Tête d'Oiseau apparaît, jetant la consternation.

Silence. Immobilité. Gestes et paroles demeurent en suspens. Une grimace tord le visage de Sophie accroupie près de la montagne de chaussures, ses maigres doigts abandonnés sur un nœud.

— J'viens d'apprendre, dit-il.

Un murmure. Quelques déplacements.

— Entre, offre Monique en s'essuyant les doigts à son tablier, réalisant à retardement l'inutilité de son invitation.

— C'était mon voyage.

Un long moment où tous échangent des regards.

«Il a bien fait de le congédier», pense Barbiche en constatant l'allure amochée de son visiteur. «Ça devait être pire ce matin. Il aurait dû le faire depuis longtemps.» Comme il lui en veut d'avoir contraint le Grand à effectuer ce voyage qu'il admet avoir été le sien. S'il avait décollé à l'heure convenue, il aurait eu le temps de se rendre à Sept-Îles. Un pilote qui n'est pas à son poste à la bonne heure ne mérite pas de travailler au sein d'une équipe. Tête d'Oiseau a toujours voulu faire bande à part. Il a toujours résisté ouvertement au chef pilote, qui travaillait à souder les hommes par le même esprit. Que fait-il ici ce soir? Il n'a pas d'affaire parmi eux. Ne se rend-il pas compte qu'il les indispose?

— J'resterai pas, dit-il à Monique en se retournant vers lui, Barbiche, à qui il a toujours réservé des regards méprisants.

Voilà qu'ils se dévisagent l'un l'autre. Que l'agressivité se cristallise sur ce coupable. Qu'avait-il à s'enivrer de la sorte, hier? C'est sa faute si son ami est dans le pétrin aujourd'hui.

Il aimerait le chasser, le soustraire à sa vue. Le rappel de toute la hargne que Tête d'Oiseau a toujours manifestée à son endroit depuis son arrivée à Schefferville fait naître sa colère. Pourquoi vient-il le relancer jusque sous son toit? Qu'il retourne se saouler. Pourquoi doit-il tolérer que s'échoue sur lui ce regard trouble d'ivrogne fautif?

— C'était mon voyage, pas le sien.

D'ivrogne qui se répète.

— On sait ça.

— C'que vous savez pas, c'est qu'y a plus d'ELT.

— Quoi? Comment ça?

— Je l'ai enlevé, hier. La boîte de secours aussi.

Silence de consternation auquel le babillage innocent d'Alexandra confère une intensité dramatique. On s'interroge mutuellement du regard pour confirmer l'horreur de cette révélation.

— Pourquoi t'as fait ça, maudit chien sale? s'exclame alors Barbiche en se ruant sur Tête d'Oiseau avec l'intention de lui faire payer cher la portée de ce geste qui met la vie de deux hommes en danger.

Il n'admet pas que tous les efforts accomplis par le Grand pour assurer la sécurité et la survie soient réduits à néant par cet inconscient. Et surtout, il ne peut concevoir sans un sentiment aigu de révolte que ce soit justement le Grand qui se retrouve dans une telle situation.

Le coupable ne bronche pas, ce qui l'oblige à s'arrêter à quelques pas de lui. Tout s'exprime alors dans le regard chargé de condamnation, de colère et de rancune qu'il lui jette.

— Il nous reste la radio pis le repérage visuel.

— Tu m'dis pas, Tête d'Oiseau !

— Blanc sur blanc, échappe Choucroute en secouant tristement la tête.

— Faudra voler bas, très bas... Guetter pour un feu, pour de la fumée.

— Essaies-tu de nous en montrer ou quoi ? On sait c'qu'on a à faire, nous autres, pis on fait c'qu'on a à faire. Y'a longtemps que le Grand aurait dû te sacrer dehors.

Tête d'Oiseau baisse la tête, visiblement résigné à subir le courroux de Barbiche.

— Des pilotes comme toi, c'est bon à rien. Ça vaut pas d'la marde. Pour avoir fait ça, mon tabarnac, tu mérites même pas de prétendre être pilote. T'es juste un chauffeur de taxi. Pas plus. Y'a pas un pilote, pas un, qui aurait fait une affaire de même.

— Pis y'a pas un pilote non plus qui aurait décollé sans avoir vérifié son avion, rétorque Tête d'Oiseau pour se disculper un tant soit peu. C'est la première chose qu'il m'a montrée.

Une bottine l'atteint en plein visage. Elle provient de Sophie, maintenant agenouillée.

— C'est de ta faute, crie-t-elle. Va-t'en ! Va-t'en !

Tête d'Oiseau regarde la bottine sur le plancher : c'est celle de Martin.

— J'peux mettre mon Cessna à votre disposition demain, dit-il à l'intention des autres, complètement ahuris.

Puis il s'en va tandis que Sophie répète, d'une voix hystérique :

— J'aurais pas dû le laisser partir. Tête d'Oiseau l'a mis tout à l'envers. C'est d'sa faute.

*　　*
*

Un jeton magnétique orné d'un point d'interrogation figure entre Schefferville et Wabush sur la grande carte murale du Centre de Coordination de Recherches et de Sauvetage de Halifax. Signifiant «aéronef porté disparu par la non-fermeture du plan de vol», il monopolise l'attention de l'équipe de jour et de celle de nuit qui vient la relayer.

«On vient d'arrêter les recherches électroniques : le gars avait pas d'ELT», explique le caporal-chef en se dirigeant vers les immenses tables de travail où une première zone de recherches a déjà été délimitée d'après une méthode fondée sur des données empiriques recueillies au moment d'incidents antérieurs. «Le gars a décollé de Schefferville à midi trente», poursuit-il en posant l'index sur le symbole de l'aéroport de la carte recouverte d'un mica. Direction Sept-Îles en passant par Wabush.» L'index suit le trajet dessiné. «Le front chaud rentrait par le sud-ouest... À treize heures, il annonce au centre de radiocommunication de Schefferville qu'il fait demi-tour et retourne à la base. Sa dernière position connue est donc ici, à 53 degrés 54 minutes de latitude et 66 degrés 50 minutes de longitude, aux alentours de Milner Lake.» Le doigt s'arrête et se fixe à l'endroit indiqué. «Son plan de vol nous apprend qu'il avait six heures d'autonomie de vol. Le MANOT[3] a été émis à dix-huit heures trente aux stations d'Halifax, Moncton, Montréal, Goose Bay, Wabush, Schefferville, Greenwood et Gander.»

---

3. MANOT : *Missing Aircraft Notice*. Avis initial de disparition d'aéronef.

— Le trajet est en deçà de cent milles marins, avance un capitaine, pilote d'hélicoptère Labrador de l'équipe de nuit. Les probabilités de succès dans cette zone-là sont plus élevées que dans toute autre zone.

— Oui, mais quand vous prendrez connaissance de la fiche d'incident, vous verrez comment les choses se compliquent, continue le caporal-chef avec un soupir qui marie la frustration et la déception.

Le doigt toujours collé sur la dernière position connue, considérée comme dernière preuve incontestable et comme point de repère pour délimiter les zones, il résume la fiche d'incident SAR[4], qu'il a lui-même remplie au fur et à mesure qu'on recevait des informations au cours de la journée.

— C'est un Otter blanc. Tout blanc avec des lettres noires. Vous imaginez ce que ça représente de chercher ça dans la neige...

— Le gars a pas d'ELT, par-dessus le marché.

— Pire que ça, il a pas de boîte de secours. Il y a un passager : un Montagnais. Ils ont chacun un sac de couchage, un réchaud, une paire de raquettes, une hache. Sa radio HF était hors d'usage.

— Hum! Ce doit être un débutant, sûrement, ou un gars qui a pas envie qu'on le retrouve, commente le pilote d'hélicoptère.

— C'est ça qui est incompréhensible. C'était le chef pilote, un gars de plus de onze mille heures d'expérience. Un pilote IFR qui pilotait un DC-3 et qui a beaucoup d'heures sur le Otter.

— Combien d'appareils dépêche-t-on ?

— Quatre. Deux Buffalo, deux Labrador. Actuellement, ils se dirigent vers Sept-Îles, et, si la météo le permet, ils

---

4. SAR : *Search and Rescue.*

essaieront de se poser à Wabush. Tout ce que nous pouvons faire pour l'instant, c'est d'approcher nos appareils le plus possible de Schefferville. Il y a un dénommé Jo Leclerc qui est en contact avec nous et qui nous garantit la collaboration de cinq appareils et de nombreux civils.

— C'est toujours ça de gagné. Plus on est de gens qui cherchent, plus on a de chances, surtout le premier jour. Sûrement qu'un gars comme ça... C'est quoi son nom, déjà ?

— Simard... Émile Simard. Il a trente-huit ans.

— Sûrement que M. Simard va signaler sa présence s'il en est capable, et même si sa radio VHF n'émet qu'en ligne droite, quelqu'un va finir par capter son «Mayday!» sur 121,5. Même cette nuit, c'est possible. Il est sur le trajet des vols intercontinentaux et, grâce à l'émission du MANOT, il y aura une écoute continue sur 121,5 de tous les aéronefs survolant la région... Curieux tout de même que personne n'ait capté de signal de détresse cet après-midi.

— Sa radio VHF l'a peut-être lâché en cours de route. En tout cas, on peut pas dire qu'il nous rend la tâche facile, conclut le caporal-chef en regardant l'empreinte de son doigt sur le mica où est dessinée cette première zone de recherche que le Centre fournira au chef des opérations à titre d'indication générale.

— J'sens que la nuit va être longue, parce qu'on peut rien faire. S'il avait eu un ELT à bord, on aurait pu chercher toute la nuit. Tout ce qu'on peut espérer, c'est que quelqu'un capte un signal sur 121,5.

16

Tombé du ciel

C'est sa faute, rappelle une violente douleur à la jambe gauche. Il a piloté comme un débutant. Non. Pire qu'un débutant. Car aucun élève pilote n'aurait décollé sans avoir vérifié son appareil au préalable. Que de fois il a répété à ses apprentis qui le tenaient pour un dieu que la routine est la pire ennemie du pilote parce qu'elle permet au hasard de s'infiltrer! Que de fois il les a mis en garde contre le relâchement de la vigilance, soulignant que leur vie et celle de leurs passagers en dépendait! Et qu'est-ce qu'il a fait, lui, chef pilote de plus de onze mille heures d'expérience? Il a décollé sans même vérifier son appareil. Sans même s'assurer du bon fonctionnement de son ELT, de la présence de la boîte de secours et de l'extincteur. C'est sa faute. Tout est sa faute, rappelle encore la douleur provoquée par la fracture du tibia et du péroné sous le genoux. Mais qu'il fait froid, ici, étendu sur le plancher de la cabine des passagers! Froid en dépit de son sac de couchage et du réchaud que Georges a installé près de lui. Il le regarde avec insistance. Pourquoi ne le réchauffe-t-il pas? On dirait une simple image. Il a beau fixer la flamme vacillant sous les courants d'air glacé, il n'arrive pas à se créer une illusion de chaleur et réprime les frissons qui lui parcourent le corps.

— Demain, faire abri, dit Georges étendu à ses côtés.

Cette simple phrase vient de le destituer de ses fonctions de commandant de bord. Ce n'est plus lui qui prend les décisions. Plus lui qui a la situation en main. Son rôle de chef vient de prendre fin. Il n'est plus qu'un homme blessé à la merci du froid et de la douleur. Un homme invalide piégé dans le cercle vicieux du mal perpétué par le froid et du froid provoqué par le mal.

C'est sa faute, uniquement sa faute, rappelle la douleur qui augmente progressivement au fur et à mesure que ses forces l'abandonnent. Finie la décharge d'adrénaline qui a fait en sorte qu'il n'a rien senti au début. Finie cette énergie incroyable qui lui a permis d'agir après l'écrasement et de ne pas ressentir l'intensité du froid.

Il ferme les yeux sur cette flamme qui ne réussit même pas à créer l'illusion d'un attiédissement et il récapitule les événements.

D'abord, au bruit effroyable a succédé un vide... Puis il y a eu un silence bizarre où lui sont apparues des taches floues, grisâtres et crème, zébrées de rouge. On aurait dit une peinture abstraite que son esprit ne parvenait pas à déchiffrer. Puis, presque subitement, les taches se sont précisées et il a vu du sang et des débris de vitre sur ses mains et sa parka. Et aussi subitement il s'est tourné vers Georges. «Vite! Faut sortir d'ici!», lui a-t-il crié en le découvrant indemne.

Quelque chose coulait sur son visage. D'un coup de langue, il a reconnu le goût du sang. Il savait qu'il était blessé mais cela n'importait pas alors. Ce qui urgeait, c'était de sortir de l'appareil, qui risquait d'exploser. La porte gauche du poste de pilotage s'étant écrasée contre le rocher, ils devaient sortir par celle de droite. En un rien de temps, Georges a sauté dehors et s'est éloigné du Otter. Dans sa tentative pour lui emboîter le pas, il s'est écroulé entre les deux bancs. S'aidant alors de ses bras, il est sorti la tête la première et a atterri le visage dans la neige. Georges est revenu vers lui et, le prenant sous les aisselles, l'a traîné à une distance sécuritaire. Et là, ils ont attendu que ça saute. Ou que ça ne saute pas.

Le spectacle qui s'offrait à lui l'anéantissait et il ne cessait de répéter : «Non, c'est pas vrai... Non, j'veux pas... Non, c'est pas vrai... Ça s'peut pas...» Encore sous le choc, il refusait d'accepter la réalité, croyant stupidement qu'un miracle pouvait le tirer de ce mauvais rêve et soustraire à sa vue ce qu'il avait tenté d'éviter tout au long de sa carrière. Mais c'était là, devant ses yeux horrifiés. Une vision cauchemardesque et pourtant réelle. Il y avait le *Grand Blanc*, le côté gauche du nez écrasé sur le rocher, la glace fracassée, les pales d'hélice tordues. Il y avait ce rocher massif soulevant l'aile déchiquetée à son extrémité, d'où pendouillait le tube de Pitot. Et il y avait la neige, dense et dure, mêlée de grésil, que le vent projetait sur cette carcasse démantibulée. Jamais il n'avait endommagé si sérieusement un appareil. Jamais non plus il ne s'était senti si coupable, car il se savait responsable. Le premier responsable. «Jambe cassée», a dit Georges en attirant son attention sur le désalignement évident de son pied.

Effectivement, sa jambe gauche était brisée, mais il ne ressentait aucune douleur.

«C'est rien, c'est rien... Dis-moi d'où vient le sang dans mon visage?

— Coupure sur front.

— C'est rien, ça aussi; ça saigne même plus. Toi, t'as rien?

— Non, rien.

— T'es sûr?

— Sûr.»

Il palpait Georges, l'examinait sous toutes les coutures, soulagé de le voir sain et sauf. Dieu merci, son passager ne présentait aucune blessure sérieuse. À peine quelques éraflures. C'était un gros fardeau de moins sur sa conscience. N'était-il pas responsable de la vie de cet homme?

Des bourrasques collaient la neige contre le fuselage et faisaient osciller le tube de Pitot. Combien de temps ont-ils attendu? Difficile à dire, cette notion ayant perdu toute consistance. Il se souvient seulement de la neige qui s'était accumulée sur la visière de la casquette de Georges quand il s'est penché pour dire, avec un calme imperturbable : «Pas pété.» «Non, pas pété», a-t-il repris, incapable de retenir un rire nerveux. Que c'était bête comme réaction! Voilà qu'ils étaient écrasés quelque part dans la toundra, en plein cœur d'une tempête, lui avec des fractures à la jambe, capitaine d'un avion qui ne pourrait jamais redécoller, et il riait. Georges, lui, souriait de ce sourire d'Amérindien énigmatique.

«Bon, faut aller vérifier les réservoirs tout de suite. Voir si ça ne coule pas.

— Réparer jambe avant.

— Non, plus tard. Ça m'fait pas mal.»

Ah! Seigneur! Comment c'était déjà de ne pas avoir mal? À l'évocation de tout ce qu'il a fait avec cette fracture non immobilisée, il est estomaqué par la puissance de la décharge d'adrénaline qui lui a permis de ramper avec l'aide de Georges jusqu'aux réservoirs d'essence situés sous le poste de pilotage et la section avant de la cabine des passagers. Avec quel soulagement il a constaté que les réservoirs étaient intacts! C'était primordial pour eux d'avoir de l'essence en quantité afin d'alimenter le réchaud et d'allumer rapidement un énorme feu pour attirer l'attention des pilotes qui ne manqueraient pas de se porter à leur secours aussitôt la tempête terminée. Rien de plus insolite, de plus visible qu'un panache de fumée sur la toundra inhabitée! «Qu'en serait-il alors d'un panache de fumée noire?», se dit-il à la vue des pneus. Son esprit calculait vite et il a évalué la quantité d'essence qui restait à un minimum de cent trente-trois gallons. Quel trésor! Le réchaud consommant deux gallons par jour, ils en avaient pour au moins soixante-cinq jours. Et jamais, au grand jamais, ils ne demeureraient si longtemps sans secours.

«Rentrons maintenant. Faut arrêter l'ELT si jamais y'est parti tout seul.»

En effet, il ne servait à rien de gaspiller inutilement l'énergie de la pile puisque le Centre de Coordination de Recherches et de Sauvetage ne serait alerté qu'après la non-fermeture de son plan de vol. «Bon, à quatre heures, je pars l'ELT, monologuait-il. Je le fais marcher une heure, je l'arrête une heure, et je le fais marcher encore une heure, jusqu'à ce que la tempête se calme. — Réparer jambe, répétait Georges, visiblement inquiet de voir s'aggraver la blessure. — J'attendrai pour partir la radio VHF, j'aime autant pas prendre de chance : c'est encore dangereux pour le feu.... J'suis sûr de rejoindre un des gros transporteurs qui passent juste au-dessus de nos têtes. Ouais, juste au-dessus de nos têtes... J'leur donnerai ma position pis j'leur demanderai de contacter le centre de radio de Schefferville pour les mettre au courant. Demain, tout sera fini, Georges. Y'a pas de problème. — Réparer jambe», insistait l'Amérindien en creusant littéralement une tranchée de son propre corps dans la neige épaisse et le prenant sous les aisselles pour le traîner vers l'avion. Se sentant un poids mort, il s'aidait de la jambe droite, combattant sa peur irraisonnée du feu qui lui interdisait de retourner dans l'appareil. «Suffit d'attendre pour partir la radio... Le moteur est encore chaud.» Il se parlait à haute voix. Georges se taisait, essoufflé par les efforts que son embonpoint et son habitude de fumer hypothéquaient grandement. Par mégarde, il avait porté son poids sur sa jambe blessée et avait ressenti quelque chose. Il ne pouvait pas dire que c'était une douleur mais plutôt un avertissement que, dans un proche avenir, il identifierait ce quelque chose comme tel. «C'est pas grave, j'ai de la codéine», pensa-t-il, reconnaissant envers le jeune médecin qui avait équipé leur trousse de secours de ce puissant analgésique. En se hissant par la force des bras dans la cabine de pilotage, il a dû solliciter sa jambe blessée une deuxième fois et a encore ressenti ce quelque chose de sourd, d'indéfini et d'inquiétant. «Demain, j'aurai un plâtre... et tout sera fini.» Il s'imaginait faisant signer ses hommes sur son plâtre. Barbiche y irait sûrement d'une blague comme lui seul savait en faire. «Prends soin de Sophie, Barbiche... Elle va s'inquiéter, pauvre elle! Faut que j'réussisse à transmettre un message au centre de radio de Schefferville. Mais arrêter l'ELT, d'abord.»

Ayant retrouvé une surface plane, il se dirigeait en sautillant sur sa jambe valide vers la queue de l'avion, où étaient rangés la boîte de secours et l'ELT. Il avait le cerveau bombardé de pensées et d'images. «Martin aussi signera... Faudra trouver un autre entraîneur de hockey pour un temps... Alexandra me dessinera un bonhomme.... J'aimerais ça avoir une belle petite fille de même... J'sais pas comment c'est de faire l'amour avec un plâtre... Aïe! J'sais pas si le pantalon de mon habit de noces va me faire avec le plâtre. Ma mère va arranger tout ça. Gabriel va peut-être me chicaner de ne pas avoir immobilisé ma jambe tout de suite. Ça valait bien la peine de m'donner des cours de premiers soins... Je m'occupe de l'ELT, pis après ça de ma jambe.» Et là, à la place du radiophare de secours, il n'a trouvé qu'un fil qui pendait et qu'un espace vide là où devait se trouver la boîte marquée d'une croix rouge. «Georges!», a-t-il hurlé. Il ne pouvait y croire et son regard cherchait partout autour de lui. À peine Georges était-il accouru qu'il lui demandait d'un ton rude : «Où t'as mis la boîte de secours? — Là... — Où ça, là? Y'a plus d'boîte, plus d'ELT. Tu les aurais pas enlevés parce qu'on a vendu l'avion? — Non, pas enlevés.»

À quatre pattes, Georges palpait le plancher et les parois, cherchant à trouver par où cette énorme boîte pouvait avoir été projetée lors de l'impact. «Quelqu'un l'a enlevée... Ça disparaît pas de même, une boîte! T'es sûr que c'est pas toi?» Pour toute réponse, Georges l'a regardé en plein dans les yeux, ce qui lui a fait prendre conscience de la panique qui s'emparait de lui et de la facilité avec laquelle il reportait sa faute sur un autre. C'était lui, le commandant de bord, pas Georges. C'était à lui de vérifier la présence de ces dispositifs d'urgence et non à Georges. Il se sentait lâche. «Excuse-moi... Ça peut pas être un autre que Tête d'Oiseau qui a fait ça. Pourquoi? Mais pourquoi?» Adieu ELT, codéine, nourriture. Ne restait dans le compartiment que le réchaud, une hache, une petite scie, une paire de raquettes, un bidon de deux gallons d'huile presque vide et de la corde. «T'en fais pas... On va s'arranger autrement. Tantôt, on va partir la radio. T'sais qu'on est en plein sur la route des transporteurs d'outre-mer.» Il devait rassurer son passager, lui faire connaître les moyens qui restaient à leur disposition. C'était son rôle de commandant de bord et il comptait bien l'assumer en dépit de la terrible découverte qu'il venait de faire. «T'sais, les gros avions qui s'en vont dans les vieux pays...» Il n'attendait pas la réponse. «Eh bien, ils passent juste au-dessus de nos têtes en direction de Border Bacon. J'vais les rejoindre sur 121,5. T'inquiète pas... Y vont savoir c'qui nous arrive. — Réparer jambe. — Oui, réparer jambe maintenant. J'pense que j'ai ce qu'il faut dans mon sac de couchage. Aide-moi à m'asseoir par terre.»

Comme il se sentait dépendant! Georges l'aida à s'installer, dos à la cloison séparant la cabine des passagers de celle des pilotes, et mit rapidement à sa disposition le sac de couchage. «Coupe deux ceintures de sécurité pis de la toile aux bancs des passagers.» Son ami s'exécutait promptement, efficacement, tandis qu'il trouvait le manuel d'utilisation de l'appareil. D'un format de catalogue, il présentait juste ce qu'il fallait de rigidité pour servir d'attelle en l'incurvant. La toile servirait de support et les ceintures d'attaches réglables. Il se félicitait d'avoir suivi des cours de premiers soins, tout en vérifiant dans son miroir la coupure à son front, dont la gravité avait été amoindrie par le casque de fourrure. «C'est rien, ça ne saigne plus, disait-il encore à haute voix. Où est passé mon casque?» Georges avait réuni le matériel demandé et s'employait à lui retirer sa botte avec mille précautions. Puis, d'une main experte, attentive à déceler la moindre irrégularité, il lui tâta longuement la jambe avant de couper le pantalon et la combinaison, exhibant une sérieuse déformation sous le genou. «Faut réduire la fracture.» Il se sentit idiot d'utiliser cette expression qu'il avait été si fier d'apprendre pour être à la hauteur de Gabriel, d'Élisa et même de Sophie. À quoi lui servait-elle en présence de Georges, qui n'y comprenait rien et qui étudiait avec son instinct et son expérience d'homme de la toundra le déplacement des os dans la chair? «Ici... brisé... Un gros..., un petit...», marmonnait-il en suivant l'arête du tibia jusqu'à la cheville.

Il sentit naître alors une grande confiance en la compétence de son ami montagnais et se tut, l'observant avec reconnaissance et émerveillement. D'où tenait-il cette science? «Un gros..., un petit...», avait-il dit. «Le tibia, le péronné», lui avait enseigné le docteur Gabriel Langevin. Ça revenait au même.

Georges nouait les ceintures, glissait la toile et le manuel d'utilisation sous la jambe. Il avait compris de lui-même comment utiliser ce matériel. Maintenant, de sa main droite, il s'emparait fermement du talon, tandis que de la gauche il maintenait le genou. Il exerça la traction pour remettre les os en place, et lui, le blessé, il ressentit de nouveau ce quelque chose qui n'était pas encore classé comme une douleur. De son pouce, Georges vérifia l'arête du tibia au niveau de la fracture, grommela et exerça une seconde traction. Et, de nouveau, il ressentit ce quelque chose d'inquiétant dans sa chair, qui le fit frissonner. « Fini. »

Georges serra les ceintures en prenant soin d'éviter que les boucles de métal n'entrent en contact avec sa jambe. Puis il le chaussa du feutre de sa botte de motoneige. « Allumer feu. — Vérifie encore comme il faut si y'a pas d'essence qui coule. Ça peut être dangereux pour... péter », lui recommanda-t-il en le voyant s'armer des raquettes pour aller remplir le réchaud. Incroyable comme cette peur du feu le tenaillait! Compréhensible, certes, mais totalement irrépressible. C'est comme si elle avait été à jamais enregistrée dans chacune de ses cellules. Toujours appuyé contre la cloison entre le poste de pilotage et la cabine des passagers, il regardait battre la porte arrière que Georges avait laissée entrouverte et mesurait la violence de la tempête par les rafales.

La vue des bancs demeurés relevés et attachés le long de la paroi lui procura une étrange impression. Jamais il n'avait vu la cabine des passagers sous cet angle. Dans cette position, elle lui paraissait longue et l'ouverture du compartiment arrière lui conférait un aspect morbide. « C'est quoi, comme grandeur, déjà? », s'enquérait sa raison. « Treize pieds à peu près. Oui, treize pieds de long sur six de large... Faudra vérifier dans le manuel d'utilisation. Impossible, il me sert d'attelle... » Il se sentait comme un animal fraîchement capturé qui se blottit dans le coin de sa cage, désemparé d'apprendre que sa subsistance ne pourra y être assurée. Ce compartiment arrière ne comportait qu'un grand vide. Un grand vide qui compromettait sa survie. Il avait été parachuté dans un monde inconnu où pourtant la majorité des données lui étaient familières. Les hublots, les prises d'air, la toile capitonnée intérieure, les anneaux servant à assujettir la cargaison, les dimensions, la couleur, l'odeur des lieux, tout cela lui était connu, mais présenté sous un tel éclairage qu'il se sentait traumatisé. L'arrivée de Georges interrompit le cours de ses pensées, et la minutie avec laquelle celui-ci se débarrassa de la neige accumulée sur ses épaules et son couvre-chef conféra une autre dimension à l'endroit : celle d'un gîte.

«Pas danger péter», dit Georges en s'assoyant près de lui après avoir allumé le réchaud, un sourire énigmatique sur les lèvres. Avait-il deviné vers quel état d'âme il glissait pour le rattraper avec cette courte phrase susceptible de le faire rire? Sans doute, puisque le sourire se mua en un rire discret qui consistait en un tressaillement d'épaules.

«On a l'air fin, là», répliqua-t-il, riant de son rire d'homme blanc, légèrement plus sonore.

Il éprouva un grand soulagement auprès de cet ami et se rappela la question à laquelle Georges n'avait pas eu le temps de répondre.

«T'as pas eu le temps de m'dire ce que ton père avait. Est-ce que c'est grave?

— Lui vieux... beaucoup.

— Ça, je sais, j'le connais. Il est à l'hôpital?

— Chez mon frère.

— C'est quoi? Son cœur?

— Non... Lui vieux... Juste vieux.

— C'est pas une maladie, ça!

— J'sais.

— T'avais envie de faire un tour d'avion, mon vieux snoreau.

Un tressaillement d'épaules pour toute réponse.

— Avoir su, t'aurais pas monté, hein?

— Avoir su, toi pas décoller non plus.»

Évidemment.

Georges avait toujours de ces réponses désarmantes. Que répliquer? N'avait-il pas commencé subtilement à se décharger du fardeau de ses responsabilités en établissant que Georges l'avait forcé à l'accepter en tant que passager avec cette histoire de père malade? Avoir eu affaire à un autre Blanc, il aurait sans doute réussi à faire partager un peu le blâme, mais là, la réponse de Georges faisait valoir qu'au point de départ ils n'étaient que deux hommes incapables de prévoir l'avenir. Cependant, celui de ces deux hommes capable d'interpréter les prévisions météorologiques et d'assurer un vol sécuritaire, c'était lui. Et c'était lui qui avait failli à la tâche. Qu'elle qu'en soit la raison. C'était lui qui avait omis d'allumer son réverbère au bon moment. Et voilà où cela les avait conduits.

«T'en fais pas... Tantôt, j'vais communiquer sur 121,5.» Suivait un chapelet de propos dans le but de rassurer Georges. Et plus il parlait, plus il se rendait compte que c'est lui qu'il tentait de rassurer. Lors de sa dernière communication avec Schefferville, il avait annoncé qu'il effectuait un cent quatre-vingts degrés, c'est-à-dire qu'il rebroussait chemin. C'était donc au sud de Schefferville que les recherches s'effectueraient, quand, en réalité, il se trouvait au sud-est. Il craignait que sa radio ne soit défectueuse puisqu'il n'avait entendu qu'un bruit de fond lorsqu'il avait lancé son appel de détresse. De tout cœur, il souhaitait que cette absence de réponse soit due à la présence de glace sur l'antenne. «On va attendre encore un peu avant de partir la radio. Passe-moi ma valise; j'veux voir où on est, sur la carte.»

Avec empressement, Georges se rendit à son désir, impatient lui aussi d'étudier la carte aéronautique.

«Là! Menihek!», s'exclama-t-il dès qu'il reconnut le grand lac que son père avait tant de fois traversé. C'était étonnant de voir avec quelle facilité ce Montagnais sans instruction était en mesure d'interpréter une carte aéronautique. Cela l'avait toujours fasciné et, chaque fois qu'il en avait eu l'occasion, il avait mis à l'épreuve les facultés de Georges dans l'interprétation de ces dessins d'une vision à vol d'oiseau somme toute abstraite.

«Où tu penses qu'on est rendus, Georges?»

Le gros doigt se promenait lentement, s'arrêtait à la grappe de lacs au-dessus desquels la décision de bifurquer vers Border Bacon fut prise. Puis le doigt cheminait, s'arrêtait, hésitait là où les références visuelles avaient manqué.

«Ici.

— Presque. Si j'me fie au cap que j'avais, c'est un peu plus à droite. Aux environs de Woods Lake. Ici. Qu'est-ce que t'en penses?

— Hmm...»

D'un signe de tête, Georges approuvait.

«Faut absolument leur communiquer notre position», poursuivait-il en fouillant dans sa poche à la recherche de sa pipe. Ses doigts touchèrent la petite pierre, ce qui lui fit penser au gros orteil que Martin y voyait captif et, par ricochet, à Martin lui-même. Il ne s'y attarda pas, récupéra la lime qui servait à libérer la forme de la pierre, la pipe et la blague à tabac.

«Tiens, j'ai une lime, ici, pis dans ma valise y'a une paire de pinces, un tournevis tout usage et une clé à molette. C'est toujours ça de pris.»

Tandis qu'il bourrait la pipe, Georges se roulait une cigarette. Ils se servirent de la flamme du réchaud pour s'allumer et se mirent à fumer en silence, écoutant les plaintes du vent s'engouffrant dans l'aile gauche déchiquetée. Aux hublots, la neige se collait, s'agglutinait.

La première bouffée l'apaisa grandement. Elle pénétra partout en lui, chaude, euphorique, relaxante, tout comme si le tuyau de sa pipe le reliait à la civilisation, à tout ce qui est ordonné, prévu, stable et confortable. Il savoura ce moment béni qu'il savait éphémère et se complut à voir s'entrelacer les volutes de fumée de sa pipe à celles de la cigarette de Georges. Que de fois il avait partagé ce plaisir en compagnie de Barbiche lors des escales! Il se rappela le soir où, ensemble, ils avaient vérifié les boîtes de secours, et, au même instant, il capta le message de la douleur dans son corps. C'était faible, lointain, mais c'était là maintenant. Défini et reconnu en tant que douleur. Il ne pourrait plus y échapper. Il réprima un premier frisson et appréhenda la souffrance qu'il aurait à subir sans le soulagement que lui aurait procuré la codéine ou même un simple cachet d'aspirine.

«Pourquoi y'a enlevé la boîte pis l'ELT? Pourquoi?

— Tête d'Oiseau vouloir mourir...

— Tu penses?

— Hmm.

— À moins qu'il ait fait exprès pour que ça soit moi qui hérite de c'te voyage-là.

— ...

— J'comprends pas... De toute façon, ça donne rien de se casser la tête, mais il va savoir ma façon de penser, tu vas voir. »

Sa pipe s'était éteinte. Le court moment d'accalmie prenait fin. Dans son corps, le signal de l'attaque avait sonné. Et il n'avait rien pour se défendre. Ni aspirine ni codéine.

Georges s'était mis à rassembler ce qui leur restait d'outils et d'objets. Il y avait la lime, les pinces, le tournevis, la clé à molette, la hache, une petite scie, de la corde, un briquet, une boîte d'allumettes, un couteau, un canif, une paire de raquettes demeurées à l'extérieur, deux sacs de couchage, un nécessaire à raser, un miroir, une serviette de cuir contenant les documents relatifs à la transaction, et sa serviette bourrée de cartes aéronautiques et de suppléments de vol. C'était peu en comparaison de tout ce dont les boîtes de secours avaient été équipées, mais, aux yeux du Montagnais, cela semblait convenable. Aux siens, c'était dérisoire.

« Il est temps d'aller nettoyer l'antenne dehors. J'vais partir la radio. »

L'attitude de Georges, qui démontrait clairement qu'il n'avait plus tellement confiance d'être secouru par les autres, le pressait, lui, le commandant de bord, d'entrer au plus tôt en communication avec ces autres. Georges abandonna ces objets dont il essayait de tirer le meilleur parti possible pour assurer leur survie, et bientôt il l'entendit travailler sur le toit du poste de pilotage.

Les averses de neige s'espaçaient graduellement et le vent perdait de sa vigueur, s'adoucissait, se contentant de ses sautes d'humeur habituelles annonçant la fin de sa colère.

Georges revint, épousseta la neige sur ses vêtements et se secoua vigoureusement les pieds. Puis il lui prêta main-forte pour se relever et lui ouvrit la porte du poste de pilotage.

Il y faisait sombre et très froid. Il ressentit un choc en apercevant une mince couche de neige recouvrant son siège de capitaine. Elle provenait de la fenêtre de gauche, fracassée lors de l'impact, et il y découvrit son casque de fourrure demeuré accroché à un éclat de vitre. Il hésita avant de prendre place sur ce siège qui n'avait pas été occupé par un bon pilote lors de ce vol. Était-il trop sévère à son égard? Il promena un regard sur le tableau de bord enneigé et givré, sur le pare-brise enseveli et sur les débris de vitre par terre, et sentit peser une immense responsabilité sur ses épaules.

L'heure était venue. Enfin, il saurait si oui ou non il pouvait entrer en contact avec ses semblables. Ses mains tremblaient alors qu'il fermait le contact de tous les commutateurs avant d'ouvrir celui du maître-interrupteur. Il craignait un court-circuit dans le réseau enchevêtré des fils et avait demandé à Georges de se tenir prêt avec l'extincteur dans le compartiment arrière. Contact. Maître-interrupteur, *on*. Il renifla, tenta de détecter une odeur de fumée. «Tu sens pas de feu?», demanda-t-il à Georges. — Non.»

Il ajusta les écouteurs, leva le commutateur de la radio VHF et pesa sur le bouton de son micro. «*Mayday! Mayday! Mayday!* Ici le Otter *Alpha Bravo Charlie*, écrasé au sud-est de Schefferville, aux environs du lac Woods, latitude 54 degrés 31 minutes, longitude 65 degrés 19 minutes, me recevez-vous? *Over!*» Il relâcha le bouton du micro et n'entendit qu'un désespérant bruit de fond. Il reprit, en anglais. «Mayday! Mayday! Mayday! This is Otter *Alpha Bravo Charlie,* crashed southeast of Schefferville, near Woods Lake, 54 degrees 31 minutes of latitude, 65 degrees 19 minutes of longitude. Do you receive me? Over!» De nouveau, le bruit de fond sans aucune réponse.

Agenouillé à ses côtés, Georges épiait son visage. Il le sentait suspendu à ses lèvres, guettant le moindre sourcillement. «Y'a peut-être pas d'avion en vol pour l'instant.

Vers quatre, cinq heures, le trafic va être plus dense, juste au-dessus de nos têtes.» Le Montagnais grommela. «*Mayday! Mayday! Mayday!* Ici le Otter *Alpha Bravo Charlie*, écrasé au sud-est de Schefferville, aux environs du lac Woods, latitude 54 degrés 31 minutes, longitude 65 degrés 19 minutes, me recevez-vous? *Over!*» Shh... «Mayday! Mayday! Mayday! This is Otter *Alpha Bravo Charlie*, crashed at southeast of Schefferville, near Woods Lake, 54 degrees 31 minutes of latitude, 65 degrees 19 minutes of longitude. Do you receive me? Over!» Shh...

Il ne sut problablement pas composer un visage rassurant car Georges hocha la tête d'une manière non équivoque : il savait. Oui, il savait que ça ne répondait pas. Et non seulement il savait mais il n'entendait pas se leurrer. «C'est peut-être juste le récepteur qui n'fonctionne plus; c'est pour ça que ça répond pas. L'émetteur peut marcher, lui. J'vais continuer à transmettre. Les avions passent juste au-dessus de nos têtes», dit-il pendant que Georges se levait. «Aller dehors. Toi veux rester ici? — Euh... Non, pas vraiment; c'est pas mal plus froid ici. J'vais brancher tout ça dans la cabine des passagers. On a justement installé des prises lors du comptage des caribous... J'vais prendre mon casque.»

Il se retrouva bientôt seul, assis dans son coin, micro en main, à répéter sans arrêt, dans les deux langues officielles, au cas où. «Mayday! Mayday! Mayday!...»

Il entendit Georges marcher sur le toit de l'avion. Que faisait-il là? Avait-il décidé de lui-même de s'assurer qu'aucune glace ne recouvrait l'antenne? Possible. Peut-être avait-il plus confiance dans les moyens des Blancs que ne le laissait paraître son imperturbable visage d'Amérindien. Il se surprit soudain à craindre pour lui. S'il fallait qu'il glisse, qu'il tombe et se blesse. Qu'il se brise une jambe, lui aussi. Cela lui fit prendre conscience avec encore plus d'effroi de son état de dépendance vis-à-vis de Georges.

«*Mayday! Mayday! Mayday!...*, poursuivait-il. Répondez! *Answer me! Over!*» Shh...

Peu à peu, l'obscurité gagna la cabine, en même temps que la douleur et le froid gagnèrent son corps. Quand Georges revint, il n'était plus qu'un être combattant la souffrance, la main crispée sur le micro, répétant sans arrêt son message de détresse. Il faisait nuit et la flamme du réchaud devint la chose la plus précieuse et la plus fragile du monde.

Georges lui montra un morceau de métal qu'il avait converti en récipient et qu'il avait rempli de neige pour la faire fondre sur cette flamme. Puis il sortit de sa poche l'antenne de la radio HF. «Uàpushnakuàn», marmonna-t-il. C'était donc ce qu'il mijotait sur le toit de l'avion : récupérer ce fin câble métallique tendu de l'aile droite à l'empennage et de l'empennage au poste de pilotage, ce qui lui donnait environ dix-huit mètres de fil pour confectionner des collets à lièvres.

«T'as pas touché à l'autre antenne, j'espère.

— Non.

— Ouf! Celle-là n'sert à rien : t'as bien fait d'la prendre. C'est une bonne idée.

— Préparer feu pour demain.

— Parfait. J'avais peur que tu tombes de l'avion...

— Moi gros mais capable.»

Georges faisait rarement allusion à son embonpoint et cette dernière réplique fut fort difficile à interpréter. Était-il fâché? Amusé? Comment lire sans erreur dans ces yeux bridés et ce fin sourire? «Quelque chose pour toi.» Il alla quérir deux troncs d'épinettes dont l'un présentait des possibilités d'être converti en béquille. Quant à l'autre, Georges s'en servit pour immobiliser complètement sa jambe, et profita de l'occasion pour garnir l'attelle avec le rembourrage des sièges des pilotes. Le voyant grelotter par intervalles, ce secouriste improvisé déroula les sacs de couchage, les jumela pour n'en former qu'un seul puis l'aida à s'y glisser, lui laissant la place près du feu.

«Mayday! Mayday! Mayday!», poursuivait-il entre les élancements douloureux dont la fréquence augmentait. «Sh...», faisait le silence des hommes. Le silence des autres, là-bas, dans leur demeure chaude, à regarder la télévision, les pieds dans des pantoufles. Comment c'était, déjà, le ronronnement de la fournaise à huile dans la roulotte de Sophie? Et l'odeur de flanelle de sa chemise de nuit et les longs cheveux sur l'oreiller qui lui chatouillaient le nez?

«Mayday! Mayday! Mayday! Répondez! Answer me!» Shh...

C'était l'heure de pointe de la circulation aérienne des transporteurs intercontinentaux qui passaient juste au-dessus de leurs têtes à destination de Paris, de Francfort ou de Londres. Il imaginait des Bœing, avec de charmantes hôtesses poussant des chariots chargés de boissons et de repas chauds et des passagers qui conversaient, riaient, mangeaient, regardaient un film pendant que trois hommes, dans le poste de pilotage, assuraient le vol. Trois hommes concentrés, responsables, attentifs, continuellement branchés sur la fréquence d'urgence. Trois hommes avec qui il se sentait un lien de parenté et dont il ne doutait pas un seul instant de la célérité avec laquelle ils achemineraient son message de détresse. Quelles que soient leur nationalité, leur fatigue ou leur humeur, dès qu'un appel ou qu'un signal était entendu sur 121,5, les pilotes du monde entier répondaient à ce devoir sacré de porter secours à l'un des leurs. C'était plus qu'un devoir, en fait, plus qu'une loi, car ce n'était pas dicté mais inhérent à la décision d'évoluer dans cet univers pour lequel les hommes n'étaient pas conçus à l'origine. «Mayday! Mayday! Mayday!», poursuivait-il, faisant appel à la solidarité de cette grande famille ayant décidé de défier les lois de l'attraction terrestre. Cette grande famille dont il faisait partie et dont il connaissait la puissance des liens. «Mayday! Mayday! Mayday!», en espérant que l'émetteur fonctionne. Qu'un pilote, quelque part, l'entende.

Georges terminait la confection de la béquille. La neige étant fondue dans le récipient improvisé, ils burent, puis Georges se glissa auprès de lui pour la nuit.

Il avait enlevé les écouteurs et fermé la radio. Les élancements douloureux s'étaient rapprochés, jusqu'à devenir continus, et, en dépit du sac de couchage et de la source de chaleur à ses côtés, le froid s'était insinué en lui, chacun des tremblements perpétuant le cycle de la douleur. Lèvres et poings serrés, il détournait la tête pour cacher à Georges sa souffrance. Il se sentait pitoyable et fautif. Humilié d'être tombé et de s'être fait si mal, lui qui avait enregistré plus de onze mille heures de vol. Il pensait que, pour une fois, Martin n'aurait pas à être fier des performances de son père et que Sophie aurait raison d'hésiter à unir sa destinée à un pilote. Quel métier de fou!

«Demain, faire abri», a dit Georges. Voilà. Il n'est plus commandant de bord mais simplement un homme blessé et grelottant tombé du ciel. Tombé de haut, lui qui était parti des ruelles sordides de Pointe-Saint-Charles. «Jamais aucun de nous n'est monté si haut», lui avait dit son oncle James, son presque père, lors de son baptême de l'air. Et lui, jeune pilote plein d'enthousiasme et de rêves, ne se doutait pas qu'un jour il tomberait si loin des hommes. Si durement au cœur de la toundra intraitable. Ne se doutait pas qu'un jour il aurait si froid, à claquer des dents.

— Demain, faire abri, répète Georges en lui enfonçant le casque de fourrure jusqu'aux oreilles et en se collant contre lui, l'enserrant de ses bras.

Il sent l'haleine tiède de son ami contre sa joue, puis peu à peu une chaleur qui émane de ce corps pressé contre le sien. Une chaleur qui le fait retourner dans son enfance, alors que son jeune frère se blottissait dans ses bras par les gros froids d'hiver dans leur logis mal chauffé et qu'ils se serraient l'un contre l'autre sous les couvertures de l'Armée du Salut. C'était lui le grand frère qui se lovait sur l'autre et faisait des ronds de chaleur avec son haleine. Maintenant, c'est Georges qui le fait. Il s'abandonne alors tout comme Francis le faisait. Se laisse envelopper par les bras de Georges, qui ont quelque chose de consolant pour son âme et d'apaisant pour sa douleur.

Ils ne sont plus que deux hommes, deux frères, deux enfants perdus. Sans distinction de race, d'âge ou de culture.

Ils ne sont que deux êtres partageant leur chaleur animale et réchauffant de leur souffle l'enveloppe commune dans laquelle ils se sont réfugiés pour passer la nuit.

17

Opération sauvetage

Blanc sur blanc, ce ne sera pas facile à retrouver, mais il ne doute pas qu'Émile fera un feu pour signaler sa présence. À moins que... Non. Non, pas Émile. Il ne peut pas s'être tué. Pas avec le *Grand Blanc*. Il a trop d'expérience sur cet appareil pour avoir atterri en catastrophe.

Crounch, crounch, crounch, fauchent les ciseaux dans sa barbe blonde. Pourquoi se dépouille-t-il ainsi? Pourquoi obéit-il au geste que lui a inspiré sa nuit d'insomnie? Pourquoi, sitôt levé, s'est-il mis à se couper les cheveux et la barbe? Croit-il pouvoir assassiner Tête d'Oiseau en détruisant ainsi son image? Pense-t-il se dissocier ainsi de celui qui a reçu la botte de Martin au visage et que Sophie tient responsable de l'état dans lequel Émile est parti hier? De celui que Barbiche a traité de chauffeur de taxi et que les pilotes ont renié? Croit-il que ce geste dérisoire pourra de quelque manière le démarquer de cet imbécile qui n'a même pas été en mesure de mener à terme son propre suicide, occasionnant un malheureux concours de circonstances qui l'a fait remplacer par Émile aux commandes de cet avion-cercueil?

Quelle ironie! Aujourd'hui, c'est lui qui devra chercher alors qu'il avait tout calculé pour n'être jamais retrouvé. Quel renversement cynique du destin!

Crounch, crounch, crounch. Les touffes de poil s'entre-mêlent aux touffes de cheveux dans le lavabo. Voilà. Il ne reste qu'à raser maintenant.

L'homme qui le regarde dans le miroir lui semble étranger. Ce n'est plus Tête d'Oiseau mais il ne sait pas trop qui il est encore. Cela faisait presque trois ans qu'il se laissait pousser la barbe et les cheveux, et cet homme qu'il vient de mettre au jour le déroute, le gêne. C'est un autre que lui et pourtant c'est lui. Quoi qu'il en soit, ce qui importe, c'est qu'il ne ressemble plus à Tête d'Oiseau.

N'ayant aucun rasoir à sa disposition, il se sert de son couteau fraîchement affûté. Scritch, scritch sur sa peau, en prenant garde de s'entailler. Dire qu'il serait à l'agonie si les choses s'étaient déroulées telles qu'il les avait plani-fiées! Mais non! Il a fallu qu'il s'enivre et fume du hasch la veille de son départ, dans le but d'engourdir sa peur et son mal. Et le grand aigle a fait luire une à une les plumes de ses ailes majestueuses, charcutant de nouveau la chair qui avait osé se glisser nue contre lui. Que s'est-il donc passé le lendemain matin? Il ne se souvient que d'une brûlure vive dans son âme. Sûrement qu'il a rendu coup sur coup, infli-geant ainsi une grave blessure à Émile. Une blessure qui lui a fait oublier de vérifier son avion avant le décollage. Com-ment diable un pilote de cette trempe a-t-il pu oublier cela? C'est la première chose qu'il lui a enseignée. Cela lui sem-ble invraisemblable qu'Émile ait commis une telle erreur. Ce qu'il a dû être bouleversé pour négliger de faire une inspection même sommaire de l'appareil! Avec quel soula-gement il a cependant appris qu'il avait complété le ravi-taillement d'essence avant de rédiger son plan de vol, ce qui élimine la possibilité que le Otter se soit écrasé à cause d'une panne sèche. Lui, pour mourir, il n'avait pas besoin de remplir les réservoirs à ras bord. Il avait projeté de voler le temps qu'il fallait pour brouiller sa piste et conserver son courage. Le dernier et ultime vol ne devait pas s'éterniser jusqu'à ce que le doute et la peur l'entachent. Mais voilà, c'est tout autrement que les choses se sont déroulées.

Scritch, scritch sur son menton. Myriam ne le reconnaîtra pas du premier coup d'œil. Que pensera-t-elle de ce geste ? Que penseront les autres de cette métamorphose ? Que penseront les pilotes qui étaient tous là hier, à planifier les recherches ? Tous ensemble, liés par la même folie de l'aviation. Ce qu'il aurait aimé s'intégrer à eux ! Pour cela, il aurait fallu que Tête d'Oiseau n'ait jamais existé. Est-il mort maintenant ? Subsiste-t-il encore dans cet homme étrange qui l'observe dans la glace ? Qui est cet homme qui aurait avantage à se présenter chez le barbier afin que ce professionnel élimine la trace des coups de ciseaux maladroits ? «Qu'est-ce que tu fais là ?», semble-t-il lui demander.

Il ne sait pas au juste ce qu'il fait là, ni pourquoi il le fait. C'est idiot car ça ne rime à rien, mais il l'a fait parce qu'il n'avait plus envie de garder plus longtemps le masque de Tête d'Oiseau. Ce masque derrière lequel l'ex-bagnard s'est abrité.

Il entend le vrombissement puissant d'un bimoteur et tend l'oreille. Non, ce n'est pas le DC-3. Ouf ! Ce n'est pas Barbiche. La simple pensée que cet homme puisse se lancer au secours d'Émile avant lui le tourmente. Un deuxième vrombissement lui permet d'identifier les appareils Buffalo CC-115 des forces armées canadiennes et le rassure complètement. «Ils sont arrivés... Les *Rescues* sont arrivés», annonce-t-il à l'homme du miroir aux sourcils froncés.

Une grande confiance, inspirée par ces hommes entraînés et expérimentés, le gagne. Ils savent, eux, ce qu'il y a de mieux à faire et quand il faut le faire. De plus, ils ne connaissent rien de leurs petites histoires et sont accourus pour Émile avec la même célérité et le même désir de porter secours que s'ils étaient accourus pour lui, Tête d'Oiseau, ou pour quiconque aurait été en danger. Sauver des vies est leur métier. Leur religion, presque. Tout l'entraînement et la formation qu'ils reçoivent ne visent que ce seul but. Alors, qu'il soit perçu, lui, Tête d'Oiseau, comme le grand responsable de cet accident ne les concerne nullement. Ils ne veulent pas savoir s'il a reçu une bottine en plein visage ou si on l'a traité de chauffeur de taxi, mais seulement connaître ses capacités de pilote et, de là, évaluer la qualité de l'aide qu'il peut apporter.

Il faut qu'il aille les rencontrer le plus tôt possible. Qui sait si Barbiche n'a pas l'intention d'omettre son nom sur la liste des volontaires? Voyons! Que va-t-il penser là? Jamais Barbiche ne ferait une chose pareille et il le sait très bien, mais il a tellement peur d'être exclu. Tellement peur qu'on découvre qu'il n'est plus propriétaire du Cessna 170B puisqu'il a déjà expédié les papiers d'enregistrement à Papillon. Chienne de vie! C'est lui qui aurait dû défrayer la chronique aujourd'hui et non Émile. C'est pour lui que les Buffalo auraient atterri à six heures par ce sombre matin et qu'on aurait déclenché le branle-bas général. Émile aurait eu la mine soucieuse et les traits tirés de ne pas avoir dormi de la nuit et il se serait senti grandement coupable en découvrant le radiophare d'urgence et la boîte de secours abandonnés dans l'atelier de Lulu. «Pourquoi? Pourquoi a-t-il fait ça?» Jamais il n'aurait eu de réponse à cette question, pas plus que lui, Luc, il n'a eu de réponse au suicide de son père. Et ce pourquoi sans réponse aurait fait en sorte que jamais on ne puisse oublier Tête d'Oiseau. En disparaissant jeune et de façon mystérieuse, il serait toujours demeuré vivant dans les esprits, sans jamais vieillir. Et quand Émile aurait été un vieillard regardant passer les avions d'un œil larmoyant, il serait redevenu dans la pensée de cet homme le «p'tit frère» qu'il n'a pas su comprendre. Mais le destin en a décidé autrement et a mis son âme au jour. Hier, à l'exception de Myriam, personne n'a semblé comprendre ce que signifiaient ses paroles : «C'était mon voyage, pas le sien.» Qu'en est-il aujourd'hui? Croit-on que son jugement puisse être faussé ou ses facultés troublées par ses intentions suicidaires? Qui sait si Barbiche n'en touchera pas mot au chef des équipes de sauvetage, le radiant ainsi de la liste des volontaires? Oui, ça, il pourrait le faire et avec les meilleures intentions du monde.

Il doit se présenter au plus tôt pour offrir lui-même ses services, au cas où. Il sait être le plus doué au vol à vue dans cette compagnie. Plus que tout autre, il a développé sa mémoire visuelle et son sens de l'observation. La moindre anomalie attirera son regard. Ah! ce qu'il aimerait trouver Émile avant les autres! Il a une bonne idée de l'endroit où le *Grand Blanc* aurait pu s'écraser. Le fait qu'aucun signal de détresse n'a été capté sur la fréquence d'urgence indique soit une défectuosité de la radio, soit un obstacle qui intercepte ces ondes qui ne voyagent qu'en ligne droite. Si on retient cette dernière hypothèse, le Otter se serait écrasé derrière une élévation et c'est donc aux alentours des élévations qu'il faudra porter une attention particulière. Et des élévations le long de la route, il en a compté neuf. Vite! Il doit en informer le chef des équipes de sauvetage et faire en sorte qu'il puisse participer aux recherches.

Quelque chose dans le regard de l'homme du miroir lui paraît familier. Est-ce cette honnêteté? Ce vestige de candeur? Il ne semble pas un si mauvais garçon malgré l'apparence de bagnard que lui donne son crâne rasé. Il ressemble... oui, c'est ça... il ressemble à cet homme qui attendait à la porte du pénitencier, clignant des yeux au soleil. Cet homme qui arpentait le trottoir en attendant qu'on vienne le chercher. Une femme avec sa poussette lui avait souri et offert le monde à rebâtir. Qu'a-t-il accompli depuis? Rien que des maladresses, des bêtises, des frasques engendrées par l'orgueil. Une Volks coccinelle rose à motifs de fleurs et de cœurs avait surgi dans le décor et s'était effrontément garée dans le terrain de stationnement du centre de détention. Le grand aigle s'en était extirpé : il était venu le chercher... Qu'il aimerait pouvoir tout recommencer à partir de là !

Maintenant, c'est le grand aigle qui est prisonnier dans la toundra et qui attend qu'il vienne le chercher. Alors, il ira. Rien ne l'arrêtera. Ni l'absence de papiers réglementaires d'enregistrement, ni la réputation que peut-être on lui fera. Il fouillera, scrutera mille par mille le paysage, ratissera chaque coin et recoin jusqu'à ce qu'il le trouve.

Rien, non, rien ne l'empêchera de libérer le grand aigle de sa prison de glace.

* *
*

D'un pas alerte, le *searchmaster*[1] dépêché par les forces armées canadiennes descend de l'appareil Buffalo et se voit aussitôt entouré d'un groupe imposant et silencieux dont Barbiche se détache avec une certaine gêne.

— *Good morning, sir. I am Jo Leclerc and we are the volunteers... euh... to help you*, dit celui-ci dans un anglais écorché.

— Enchanté, monsieur Leclerc. Je suis le major Philippe Langlois, répond l'homme en parcourant d'un regard amical ces gens qui ne cachent pas leur soulagement de le voir s'exprimer en français.

---

1. *Searchmaster* : chef des opérations de recherche et de sauvetage.

— Content de vous voir, major, reprend le porte-parole, son visage trahissant sa joie d'avoir affaire à un franco-phone. Est-ce qu'il y aura des hélicoptères tel que prévu ?

— Oui, les Labrador nous suivent. Avez-vous trouvé un endroit pour établir notre quartier général ?

— Oui. Je crois que ça fera l'affaire. C'est l'école d'aviation. C'est l'autre compagnie qui l'a mise à notre disposition. Venez. C'est par ici, à droite, au fond...

Des soldats débarquent à leur tour et font vite rouler le matériel mobile derrière leur chef.

Sous le ciel gris et figé règne une grande activité en ce lendemain de tempête. Partout les gens s'affairent à dégivrer, nettoyer, réchauffer les appareils que grésil, pluie et neige ont enrobés. Les sons portent loin en ce matin humide, et l'on entend le toussotement des moteurs, le souffle du réchauffeur portatif, les interpellations des hommes et le ronronnement incessant des pompes à essence.

«La météo est pas de notre bord pour l'instant», cons-tate le major, frappé par l'effervescence des hommes qui contraste grandement avec ce plafond gris, stationné à trois mille pieds d'altitude. En fait, il n'y a pas grand-chose qui soit de leur bord, pense-t-il avec une pointe de colère contre le pilote inconscient qui s'est envolé aux commandes d'un avion blanc dans un pays de neige, sans ELT ni boîte de secours. Pas facile pour une première mission. Il n'a pas cessé, tout au long du trajet, d'étudier la fiche de ce pilote ainsi que son plan de vol à destination de Sept-Îles. Com-ment un homme de cette compétence a-t-il pu commettre de telles erreurs ? C'est aberrant ! Incompréhensible ! Vou-lait-il mourir ou quoi ? Mettre au défi les forces armées canadiennes de le retrouver ? Il lui apparaît tout à fait in-concevable qu'un pilote de cette envergure ait pris le risque de mettre sa vie et celle de son passager en danger pour un simple vol de transfert d'appareil. Ce doit être un de ces fous de la brousse, un de ces casse-cou enclins à risquer leur peau pour épater la galerie... «Tut, tut, major. Les faits, tenez-vous-en aux faits», rappelle la voix du devoir.

— Je vois que vous êtes nombreux, dit-il alors en évaluant le groupe qui leur a emboîté le pas.

— Ils ne sont pas tous arrivés... D'ici une vingtaine de minutes, tout le monde sera là. On ne savait pas trop à quelle heure vous arriveriez.

— C'est toujours le plus tôt possible. La première journée est la plus importante. Parlez-moi de vos pilotes volontaires. Quelle expérience ont-ils?

— Sur six commandants de bord, on en a seulement deux qui ne sont pas des professionnels. Les autres travaillent soit pour notre compagnie, soit pour l'autre.

— Parfait. Et les appareils?

— Notre compagnie fournit le DC-3 et un Cessna 185. Le Otter vient de l'autre compagnie et les avions des particuliers sont un Cessna 172, un Cessna 180 et un Cessna 170B qui sera piloté par l'ex-capitaine du Otter crashé.

— J'aimerais le rencontrer, celui-là. Est-ce qu'il est ici?

— Ça ne devrait pas tarder.

— Je dois recueillir le plus d'informations possible, et sur l'appareil et sur le pilote.

— Oui, je vois. Nous voilà rendus... Est-ce que ça fera l'affaire?

La porte s'ouvre sur un local d'environ six mètres sur six, dont les murs bleu ciel sont ornés de dessins représentant le célèbre chien Snoopy costumé en aviateur. Philippe Langlois réprime un sourire à la vue des scènes amusantes de ce petit chien cocasse se prenant pour le Baron rouge.

— Oui... C'est un peu petit mais ça ira, dit-il tout en songeant que l'atmosphère joyeuse et détendue de cette pièce ne convient pas au climat de tension qui règne lorsque des vies humaines sont en danger.

— Il y a le téléphone et les fenêtres sont grandes en masse, ajoute le porte-parole en faisant valoir les côtés pratiques de l'endroit choisi. C'est un ancien dépôt d'essence converti en école. C'est bien situé. D'ici, on voit tout ce qui se déroule sur la piste. Et puis c'est chaud.

Le chef des opérations fait le tour de la pièce, notant l'emplacement des prises de courant, du comptoir où trône le téléphone, de la grande table et du tableau noir servant aux cours théoriques, ainsi que de la carte murale de la région. Quoique de dimensions modestes, ce local répond on ne peut mieux aux exigences de l'établissement d'un quartier général. C'est d'ici qu'émaneront tous les ordres et que seront acheminées toutes les informations. C'est ici que sera installé le centre névralgique des recherches. Un sentiment impossible à définir se développe en lui. Enfin, on lui confie ce poste pour lequel il postule depuis trois ans déjà, celui de chef des opérations. C'est plus qu'un honneur car pour lui cela représente la concrétisation de son rêve le plus cher : avoir la chance de sauver des vies. C'est pour cette raison qu'il s'est enrôlé dans les forces armées canadiennes et qu'il y a gravi les échelons. Pilote lui-même, ce n'est pas tant le commandement des hommes qui a motivé son ascension que le désir de porter secours à d'autres comme lui qui partagent sa passion du vol, dussent-ils compter un inconscient naufragé quelque part dans un avion blanc en hiver. Quel défi ! Il aimerait tellement le retrouver, celui-là !

«Leave the kit here... The radios will be there.» En un rien de temps, les techniciens installent les radios devant maintenir la communication avec les appareils de recherche et déploient la carte aéronautique à l'échelle de 1/500 000e où la première zone a déjà été déterminée par le Centre de Coordination de Recherches et de Sauvetage de Halifax. Présentant le plus haut taux de probabilités de succès, cette zone consiste en un rectangle s'étendant sur quinze milles marins de chaque côté du trajet, sur quinze milles marins en deçà de la dernière position connue et sur quinze milles marins au-delà de la destination. Il s'en tiendra à cette zone pour l'instant. Seules de nouvelles informations sur le pilote ou sur l'appareil ou la réception d'un signal de détresse pourraient modifier le tracé des zones et c'est à lui de recueillir ces informations.

— C'est vous qui étiez son copilote sur le DC-3? demande-t-il au porte-parole penché sur la carte.

— Oui, répond Barbiche. Je l'ai été pendant presque quatre mois; jusqu'à ce que j'passe au siège de gauche[2].

— Quel genre de pilote c'était?

— Très bon... Très calme.

— Qu'est-ce que vous croyez qui est arrivé?

— Un pépin avec l'avion, sûrement.

— Moi, j'étais pour être son ti-pit[3] sur le Twin Otter, déclare un jeune homme coiffé d'un casque où se trouve épinglé un macaron affichant le slogan «Y'a du français dans l'air». J'suis d'l'avis de Barbiche. Y'a dû avoir un pépin avec le *Grand Blanc*.

— Le *Grand Blanc*?

— Ouais, c'est comme ça qu'on appelait c't'avion-là, parce qu'il était tout blanc.

Par petits groupes de deux ou trois, les gens ne cessent d'entrer et de se masser autour de la table, obligeant les

---

2. Passer au siège de gauche : devenir commandant de l'appareil.
3. Ti-pit : copilote, dans le jargon des pilotes de brousse.

pilotes et leur navigateur désigné à jouer des coudes pour voir le tracé de cette zone sur la feuille de mica recouvrant la carte. Derrière, les observateurs s'étirent le cou, toute leur attention rivée sur le chef des opérations de secours. Loin de tirer parti de l'importance qu'on lui accorde pour flatter sa vanité, le major Langlois éprouve une certaine émotion à être considéré comme l'homme pouvant sauver la situation. Il prend soudain conscience que l'immense privilège dont il jouit s'accompagne d'une responsabilité tout aussi immense, celle d'être à la hauteur des espérances de tous ces gens.

— J'attribuerai un secteur à chaque appareil. Les conditions sont *white-out*; il sera donc très difficile d'y distinguer quelque chose. Tantôt, j'aimerais pouvoir parler aux observateurs à ce sujet. Toutes les dépenses engagées par les propriétaires d'avions civils seront couvertes par les forces armées canadiennes. Soyez assurés que nous apprécions grandement votre collaboration. J'ai rarement vu tant de volontaires. Cela augmente nos chances. Surtout qu'il n'y avait pas d'ELT.

Le major perçoit un léger malaise dans l'assemblée et s'adresse à l'homme dont le surnom de Barbiche vient d'éclipser le vrai nom.

— Comment se fait-il qu'il n'y avait pas d'ELT dans cet avion?

— C'est de sa faute! C'est lui qui l'a enlevé! accuse une voix d'enfant provenant d'à côté de la porte.

Un homme à la mine bouleversée vient d'entrer. Tous les regards se braquent sur le nouveau venu tandis que le gamin aux cheveux roux le bouscule en sortant.

— C'est le fils du pilote, explique Barbiche en accompagnant d'un regard désolé la frêle silhouette de Martin passant devant la fenêtre panoramique.

Un mouvement d'apitoiement traverse l'assemblée. On pense aux proches, à ses propres enfants. Quelle serait la réaction de ses jumeaux de neuf ans et de son fils de cinq ans s'il venait à disparaître? s'interroge le chef des opérations que ce premier contact avec l'aspect émotif de sa mission décontenance légèrement. «Tut, tut, major. Les faits, tenez-vous-en aux faits.»

— Les secteurs autour de la dernière position connue seront ratissés par nos appareils. Est-ce que vous croyez que le pilote pensera à faire un feu pour signaler sa présence?

— C'est certain, répond l'homme nouvellement arrivé en se frayant un chemin jusqu'à lui.

Bouche bée, Barbiche jette un regard accusateur à celui qui vient de répondre à sa place.

— Vous le connaissiez?

— Oui. Il a été mon instructeur, mon capitaine, puis mon chef pilote. Il signalera sa présence. Il l'a toujours fait. Ce n'est pas son premier atterrissage forcé.

— C'est vous qui étiez affecté à ce Otter?

— Oui.

— Est-ce que vous croyez que l'avion ait pu faire défaut?

— C'est possible.

— Était-il en bon état?

— Oui. Lulu l'avait signé. Y'avait seulement la radio HF qui ne marchait pas, mais... vu qu'on avait vendu l'avion, ça ne valait pas la peine de la réparer.

— Dans quel état était la radio VHF?

— En bon état... J'ai une idée pourquoi on reçoit pas de message... Il doit être derrière une élévation.

— Nous avons pensé à cette possibilité-là nous aussi. Il faudra surveiller attentivement aux alentours des élévations.

— Nous autres aussi, on y a pensé. Ça crève les yeux, rétorque Barbiche d'une voix où se devine une colère mal contenue.

D'un bref regard sur l'assemblée, Philippe Langlois constate que cette colère est partagée par bon nombre d'entre eux et il craint qu'elle ne nuise à la bonne marche des opérations. Il doit intervenir et faire en sorte qu'on mette de côté toute hostilité ou animosité qui les ferait dévier du but à atteindre.

— Il est évident que tous ceux qui sont pilotes y ont pensé, dit-il. Mais maintenant, tout le monde est au courant, tout le monde va surveiller avec encore plus d'attention. Y'a deux gars là-bas qui attendent notre aide. Ils sont là et c'est à nous de les trouver. Ils sont peut-être blessés et incapables de signaler leur présence. Pensez à ça. Pensez à eux. Observez comme vous aimeriez qu'on observe si c'était vous qui étiez en bas, dans un avion blanc sur la neige.

18

L'Innu

Silence. Tout est silence autour de lui. Silence et blancheur de neige. Silence et immobilité.

Seul son souffle bruit, condensé en petits nuages de vapeur à chacune des expirations.

Il se croirait au début des temps, alors qu'être debout sur des raquettes et posséder la science du feu faisaient de l'Innu[1] le seigneur et le souverain de ce pays.

Il happe du regard les étoiles éphémères qu'un rayon échappé des nuages vient d'allumer sur la neige. Tout cela est à lui. Ainsi que le ciel gris semblant encore lourd d'imprévisibles menaces. Ainsi que les pistes des lièvres et les lièvres eux-mêmes lorsqu'ils se prendront aux collets qu'il vient d'installer.

Il inspire profondément. Sent l'air froid gonfler ses poumons. Vivant. Il est vivant. Endolori de partout mais bel et bien vivant, et convaincu qu'il va le demeurer depuis que l'Innu s'est réveillé en lui. L'Innu, celui qui est grand d'être

---

1. Innu : être humain.

debout sur des raquettes et de posséder la science du feu. Celui qui peut lire les pistes et prendre la vie des bêtes pour assurer la sienne. Prendre leur peau pour protéger la sienne et leur sang pour nourrir le sien.

Le gros Georges, l'homme à tout faire de la compagnie, n'est plus. Au contact intime de la toundra, sa personnalité serviable s'est effritée au fur et à mesure que les dispositifs d'urgence et les moyens de communication des Blancs se sont avérés inefficaces, et l'Innu a refait surface. Bien loin de lui, maintenant, cet homme qui accomplissait de petites besognes sans éclat. Des besognes démotivantes auxquelles son peu d'instruction le contraignait. Laver les planchers, charger et décharger les appareils, les pousser au large ou les saisir à l'accostage, aider au ravitaillement et à la pesée de la cargaison n'exigeaient ni diplôme ni connaissance approfondie du français. Suffisait de connaître les mots d'usage courant et d'être disposé à travailler. Cette dernière caractéristique étant peu développée chez les Amérindiens, la compagnie se félicitait d'en compter un parmi ses employés, car elle en tirait profit en le mandatant pour les achats, bénéficiant ainsi de l'exemption de taxes réservée au statut d'Amérindien. Ce n'était pas tellement honnête ni de sa part ni de celle de la compagnie, mais cette complicité garantissait sa sécurité d'emploi. Le gérant lui dirait-il «Finie l'essence d'avion pour ta voiture» qu'il n'aurait qu'à rétorquer «Finies les p'tites commissions» afin que tout rentre dans l'ordre. Mais ce Georges qui apprenait à contourner les politiques et les systèmes n'a plus sa raison d'être ici, où l'on ne triche pas. Ici où rien n'est écrit noir sur blanc, légalisé ou codifié. Où rien ne peut être contourné, acheté, escroqué. Ici où tout se conclut avec du sang sur la neige, celui de l'homme ou des bêtes.

Silence et blancheur de neige. L'Innu regarde ce pays et le reconnaît. C'est celui de ses ancêtres, celui de son vieux père parqué à la réserve de Maliotenam. C'est le sien. Celui qu'enfant il a parcouru à pied ou en canot.

Ce pays ne lui inspire aucune peur. Intraitable, austère, dur, il est régi depuis des millénaires par la loi du plus fort, et le plus fort en ce lieu, en cet instant, c'est lui, l'homme. Lui, debout sur ses raquettes, avec le souffle de sa vie condensé en petits nuages de vapeur. Lui, l'Innu. Lui qui sait où se cache la vie dans toute cette neige. Qui sait trouver et interpréter les pistes des animaux. Construire un abri et s'orienter sans boussole.

Il se sent chez lui. Il peut, s'il le veut, retourner chez les hommes. Il n'aurait pour cela qu'à marcher vers le nord-ouest tout en chassant en cours de route pour assurer sa subsistance. Cela prendrait des jours, des semaines, mais il finirait par atteindre la ville. Son père ne servait-il pas de courrier entre Fort-Chimo et Sept-Îles à une époque où il n'y avait ni avion ni train? Il pouvait s'écouler six mois avant qu'on apprenne une naissance, un décès ou un mariage. Le trajet se faisait à pied ou en canot. Patiemment. Sûrement. Sans se hâter. À coups d'aviron ou en cousant les pas les uns à la suite des autres.

Oui, il pourrait retourner à Schefferville, où l'attendent sa femme et ses enfants. Il en a la capacité et il ne croit pas que les Blancs viendront le secourir. Mais, pour cela, il devrait voyager seul et donc abandonner Émile derrière lui. Il sait que s'il faisait cela son ami mourrait car sa blessure ne lui permettrait pas de survivre. Alors, il reste. Pas question de l'abandonner. L'Innu est là pour veiller sur eux.

Déjà, ce matin, il a tendu des collets à lièvres et étudié les lieux. Il sait comment tirer parti des caractéristiques de l'endroit. Il sait comment il construira leur abri. Il creusera d'abord la neige au pied du rocher où s'est écrasé l'avion, et cela jusqu'au lichen, aliment de survie qu'il cueillera. Ensuite, il y installera le plancher de bois de la cabine des passagers, qu'il tapissera de branches d'épinette. Puis il appuiera des perches contre le rocher, étendra par-dessus celles-ci d'autres branches d'épinette et recouvrira le tout de la toile capitonnée de la cabine des passagers. Il utilisera ensuite le capot ainsi que les morceaux de bonne grandeur de l'aile et du fuselage comme pare-vent, et emploiera la porte droite du poste de pilotage comme porte d'entrée, prenant bien soin de la situer au sud afin de ne pas offusquer Tshe Mento Tshiueten, le dieu du Nord, qui déteste qu'on écornifle dans sa direction. «S'il se choque, disait sa mère, il nous privera d'animaux et nous passerons un mauvais hiver.» Insanité. Superstition aux yeux de la civilisation. Mais, à y regarder de plus près, n'était-ce pas là le meilleur moyen de se soustraire aux vents les plus âpres? Qu'il y ait ou non un dieu, cela importe peu aujourd'hui, pourvu qu'il se souvienne d'orienter sa sortie au sud comme l'ont toujours fait les siens. Il sourit au souvenir de ce dieu à l'haleine glaciale qu'il imaginait, la nuit, dans leur cabanage[2] d'hiver. Un dieu puissant et beau, décoré de glaçons et d'étoiles de neige, qui les observait de là-bas et épargnait ceux qui lui témoignaient du respect. Et, parce que ce dieu puissant et intransigeant a ainsi habité son imaginaire par les légendes de sa mère, il observera la coutume d'aménager l'ouverture face au sud, convaincu malgré tout qu'une force inconnue et impénétrable existe au nord et qu'elle peut ravir le souffle de la vie à sa bouche.

Il reprend sa route. Écoute le froufroutement des raquettes sur la neige et se conditionne à marcher lentement. Posément. Comme le faisait son père jadis. Il ne doit ni s'épuiser ni s'échauffer. Étant obèse, il doit éviter à tout prix que cet exercice le fasse suer. Cette dernière constatation le rembrunit. Elle ne cadre pas avec l'image de l'Innu. Du moins, pas avec celle de l'Innu seigneur et souverain de ce pays. Cet Innu-là ne peut pas avoir cet excédent de poids. Cet excédent de graisse inutile qui lui vient de toutes ces

---

2. Cabanage : campement.

gourmandises qu'il bouffe : croustilles, chocolat, coca, gâteaux, arachides salées, bonbons. Ces gourmandises qu'il aime, hélas, et dont il ne peut se passer. Voilà qu'il a soudain une fringale de croustilles barbecue et que cette fringale-là lui fait honte devant l'Innu qu'il croit être encore. Pourquoi? Pourquoi est-il devenu l'esclave de ces aliments au point de s'être alourdi et handicapé de la sorte? Pourquoi maintenant, et ici, éprouve-t-il cette fringale honteuse? Ce n'est vraiment ni l'endroit ni le moment pour être harcelé par le souvenir de ces friandises alors que l'Innu s'est levé debout sur ses raquettes pour étudier ce pays. Pourquoi le gros Georges se manifeste-t-il encore? Pourquoi faut-il qu'il lui démontre une fois de plus sa dépendance à l'égard des poisons des Blancs? Dépendance qu'il avait acquise en premier lieu à l'égard de l'alcool qui le métarmophosait en Tomahawk le lutteur, une brute agressive et frustrée qui s'en prenait à tout Blanc de taille imposante afin de lui faire connaître la supériorité de l'Amérindien. En réalité, il ne faisait rien connaître d'autre que sa faiblesse vis-à-vis de l'alcool. C'est ainsi qu'il avait rencontré Émile dans un hôtel de Sept-Îles. La haute stature du pilote et l'éclat de révolte brillant dans son regard lorsqu'il avait trop bu en faisaient l'adversaire idéal. Le Blanc taillé sur mesure pour mettre en valeur la supériorité de l'Amérindien. Ils s'étaient rués l'un sur l'autre. Avec tout ce que l'un et l'autre avaient accumulé de rancœur contre le destin qui les avait façonnés. Émile se servait de ses poings, lui de ses bras et de ses jambes qui devenaient des tenailles. Il n'y avait pas eu de vainqueur et le combat s'était terminé lorsqu'ils s'étaient écroulés ensemble. «Viens, j'te paye une bière», avait dit Émile en reprenant ses sens, et ensemble ils avaient bu. Puis, un jour, Émile a dit : «J'veux plus boire, Georges. C'est pas bon pour moi. Ni pour toi.» Et, ensemble, ils ont cessé de boire. Ce fut difficile, mais à deux ils s'encourageaient. Émile avait remplacé sa vodka jus d'orange par de la vodka jus d'orange sans vodka, et lui, sa bière par du coca... Puis il la remplaça par du coca et des croustilles... puis par du coca, des croustilles, des arachides salées, des bâtonnets au fromage, des gâteaux, et ainsi de suite. Sa consommation de cigarettes augmenta au même rythme que celle des friandises, de telle sorte qu'il devint dépendant de toutes ces gourmandises. Ces poisons de Blanc, futilités et gâteries non indispensables. À son insu, sa mentalité et son mode de vie changeaient. Il glissait vers la facilité, le besoin de consommer, la passivité devant le petit écran. Il ne mangeait plus pour vivre, comme l'avaient toujours fait ses ancêtres, mais vivait pour manger. Pour flatter son palais et exciter ses papilles gustatives. Et, chose encore plus alarmante, en dépit du fait qu'il engraissait et manquait de souffle, il demeurait à la merci de ces produits de la civilisation, incapable de s'en libérer, trouvant toujours un prétexte pour en reporter le sevrage. Et voilà qu'ici, en ce moment, une fringale aussi absurde que celle de croustilles barbecue vient de se manifester alors que l'Innu est en quête de nourriture pour survivre. Quel non-sens! Quelle honte! Il n'a su prendre de l'homme blanc que ce qui peut le détruire et l'asservir. N'a su prendre que les plaisirs factices et les vilaines habitudes. Et c'est là l'exemple qu'il a donné à ses enfants, grands consommateurs de gomme «balloune» aux dents cariées et aux yeux rivés sur la télévision. Il leur montrera autre chose lorsqu'il les retrouvera. Il est encore temps de leur apprendre à exploiter à leur avantage ce que leur apporte la civilisation. Oui, il leur montrera ce qu'il réapprend, ici et maintenant. Ce que l'Innu lui dicte. Ce que l'Innu inscrit avec ses pas dans l'immensité vierge. Ce que l'Innu lui inspire dans le silence.

Lentement, posément, il gravit la dernière butte avant d'arriver au lieu de l'accident, et il s'arrête. L'avion est là, le nez écrasé contre le gros rocher, l'aile brisée, relevée vers le ciel comme une demande d'aide.

Il imagine qu'à l'intérieur Émile est encore accroché à son micro, les yeux fiévreux et le visage grimaçant de douleur. Lui, l'Innu, il ne croit pas que quelqu'un, quelque part, entende quelque chose, mais il le laisse faire. Le laisse espérer. C'est primordial pour son ami.

Tantôt, il allumera un grand feu tel qu'il le lui a demandé pour attirer l'attention des pilotes, se servant d'un pneu pour obtenir une fumée noire, et il écrira au moyen de branches d'épinette sur la neige le signe qu'il lui a montré. Cela calmera Émile tout en lui donnant l'impression d'être encore utile. Mais lui, l'Innu, il ne croit pas que quelqu'un viendra de quelque part les secourir.

Il descend la butte d'un pas égal et s'arrête de nouveau à une trentaine de mètres de l'appareil enneigé et givré. On dirait un grand oiseau blanc mort gelé, le bec soudé au rocher meurtrier. Un oiseau qui n'appartiendra jamais plus à l'espace et qui déjà se confond avec les choses de la terre. En dépit de l'aile brisée, qui, telle une supplique ultime, se tend vers le ciel, l'Innu sait que ce grand oiseau blanc mort gelé dans la toundra ne pourra pas être repéré de là-haut. Pas cet hiver, du moins. Alors, il ne lui reste qu'à construire l'abri, où ils s'installeront jusqu'à ce que son ami soit en mesure de marcher.

L'Innu regarde cet oiseau mort que les hommes civilisés ne pourront jamais retrouver dans toute cette blancheur et il sent en lui une force. Une confiance qu'il n'avait pas là-bas, dans la ville. Une voix très ancienne lui dit qu'il y trouvera, lui, la vie.

* *
*

L'expression indéchiffrable de Georges lorsqu'il pénètre dans l'appareil ravive l'inquiétude chez lui. Son compagnon aurait-il envie de s'en retourner à Schefferville par ses propres moyens? C'est là une réaction bien commune chez les survivants d'un accident. Même lui, malgré l'état dans lequel il se trouve, il ne peut nier que cette idée lui soit passée par la tête. Par tout son être, plutôt, d'une façon instinctive et impérieuse. Quitter les lieux au plus vite. Rentrer chez soi. Partir d'ici. Il lui a fallu user d'une bonne dose de rationalité pour contrer cette réaction qui s'est avérée néfaste dans la grande majorité des cas où les rescapés ont abandonné le lieu d'un accident, puisqu'il est beaucoup plus difficile, à vol d'oiseau, de repérer un homme en marche qu'un aéronef écrasé au sol.

Il craint que Georges ne soit soumis à cette tentation.

— Où t'étais parti, pour l'amour?

— *Uàpush nakuàn.*

Georges s'assoit par terre pour examiner sa jambe blessée.

— Faut jamais quitter les lieux de l'accident. C'est un avion qu'ils vont rechercher.

— Hmm.

Cette absence de réponse et le fait que Georges soit à même de constater la gravité de sa blessure lui donnent l'impression d'être un avocat retors, utilisant de faux arguments dans sa plaidoirie. «Faut pas quitter les lieux de l'accident parce que je suis blessé et que sans toi je suis condamné», serait-il plus juste? Jusqu'à quel point la sécurité de Georges prévaut-elle sur sa propre survie? Il sait très bien que, livré à lui-même, il n'en aurait pas pour longtemps. Et Georges sait aussi très bien que, même s'il en avait l'intention, il serait incapable de marcher.

Tout au long de la nuit, il a combattu la douleur, tentant de la lui cacher, mais maintenant que son compagnon s'occupe à relâcher les ceintures à cause de l'enflure considérable qui lui fait se sentir la jambe toute raide, il doit serrer les mâchoires pour ne pas crier. Hier, il croyait que ça ne pouvait être pire. Quelle méprise! Aujourd'hui, c'est partout dans son corps qu'il a mal. D'une douleur intense et tenace. Dans sa tête, dans ses reins et dans chacun de ses muscles, la palme d'or étant attribuée à cette souffrance continue au niveau de la fracture. Un tremblement convulsif lui passe de la tête aux pieds, haussant d'un cran la douleur qu'il croit toujours être à son maximum mais qui ne cesse de s'amplifier. Ah! si au moins il avait un cachet d'aspirine. Rien qu'un cachet. Lui qui avait pris soin de munir les boîtes de secours de codéine! Pourquoi Tête d'Oiseau a-t-il enlevé cette boîte? Georges prétend qu'il voulait mourir. Si c'est le cas, est-ce dans ces horribles souffrances qu'il voulait le faire?

— Maudit Christ! Luc, pourquoi tu m'fais ça? grogne-t-il les dents serrées, incapable de réprimer une série de frissons.

— Faire abri, dit Georges en refermant le sac de couchage qu'il plie en deux et serre autour de son corps grelottant.

— Allume le feu avant... pis écris le signe que je t'ai montré tantôt. C'est un code. Ça veut dire qu'on a besoin de secours. Tu t'en souviens?

Georges forme la lettre V au moyen de son index et de son majeur.

— C'est ça... Moi, j'vais attendre encore quinze minutes avant d'émettre un autre signal de détresse. C'est préférable de le faire toutes les quinze ou quarante-cinq minutes passé l'heure... C'est là qu'on écoute... et j'suis sûr que toutes les radios sont déjà branchées sur 121,5.

Il veut, il doit inspirer confiance à Georges, mais il sent qu'il n'y parvient pas.

— Ils vont chercher aujourd'hui, même s'il fait pas trop beau... Ils vont chercher un avion, un feu, un signal... Faut tout faire pour leur montrer qu'on est là.

— Hum.

Cette réponse le rend furieux. Il croit dénoter du scepticisme dans l'œil imperturbable du Montagnais. Pourquoi ne parle-t-il pas ? S'il a quelque chose à dire, qu'il le dise. Mais non ! Il se contente de ramasser la hache sans prononcer une seule parole. Ce qu'il donnerait pour être à sa place et avoir la capacité de faire des choses ! Ce qu'il donnerait pour n'être pas blessé ! Pour ne pas souffrir !

Georges disparaît par la porte de la cabine des passagers, permettant à un courant d'air glacial de ramper sur le plancher et de le faire grelotter de plus belle. Il est furieux. Furieux contre lui-même. Contre Luc. Contre Georges. Contre cette douleur qui ne cesse de l'agresser. Il est furieux et désespéré d'avoir négligé d'annoncer sa nouvelle destination au centre de radiocommunication. Ils vont chercher, oui, mais pas par ici. C'est au sud de Schefferville qu'ils vont chercher et non au sud-est.

Un élancement aigu lui arrache soudain un cri et des larmes lui montent aux yeux. Le voilà bien puni de sa distraction. S'il avait inspecté l'appareil tel qu'il se doit avant le décollage, il ne serait pas dans cette situation. Mais comment pouvait-il soupçonner qu'un pilote puisse sciemment se priver des moyens de secours et de survie qu'en sa fonction de chef pilote il avait mis tant de soin à vérifier ?

— Maudit Christ ! Luc ! Tu m'écœures... Tu m'écœures, grogne-t-il avec la rage d'un animal blessé.

19

Le facteur humain

— T'es sûre que ça va mieux, Sophie? lui demande Monique en la regardant par le rétroviseur intérieur de la voiture d'occasion récemment acquise.

— Oui, ça va. On peut y aller, répond-elle en bouclant la ceinture de sécurité d'Alexandra assise près d'elle sur la banquette arrière.

— Tu devrais t'asseoir en avant, à ma place, répète la mère d'Émile, préoccupée par les premiers malaises de grossesse de sa future bru.

— Non, ça va, madame Simard... On peut y aller.

— Où? Où? demande Alexandra.

— À l'aéroport... voir les avions, répond Monique en démarrant.

La voiture s'engage dans la petite rue menant à l'artère principale et doit bientôt ralentir considérablement derrière un camion chargé de sable. Il est déjà neuf heures trente et pourtant le ciel couvert donne l'impression d'être à l'aube ou en fin d'après-midi. Tout est sombre. Encore pétrifié dans le givre et le verglas. «Oh! C'est beau!», s'exclame la petite à la vue d'une ribambelle de glaçons suspendus aux fils électriques. Elle, elle considère qu'ils sont déprimants, ces glaçons, mais elle répond machinalement «Oui, c'est beau» à la fillette qui lui sourit. Ce qu'elle est mignonne, cette enfant qui lui fait réaliser qu'aux environs de la mi-octobre elle deviendra mère. Elle, Sophie, la vieille fille de Matane. Elle porte la vie dans son ventre. La vie qu'Émile a engendrée. Pour rien au monde elle ne voudrait nuire à ce fœtus et c'est pourquoi elle a refusé, hier, de prendre le tranquillisant prescrit par Gabriel. Elle a tellement peur que cela n'affecte le développement de son bébé. Incarné par un garçon aux bras difformes à qui elle a enseigné dans une de ses classes, le spectre de la thalidomide lui interdit toute consommation de médicaments. Elle préfère de loin vomir chaque matin et souffrir de céphalée plutôt que de courir un risque, si minime soit-il. Cependant, elle ne croyait pas être si affectée par ces malaises qui lui avaient été épargnés jusqu'à maintenant. Hier encore, elle s'était éveillée toute pimpante et pleine d'énergie, et voilà que ce matin, après une nuit passée à pleurer dans le lit d'Alexandra qui se réjouissait de sa présence, elle a tout juste eu le temps de se rendre à la salle de bains pour vomir. Et quel mal de tête elle a, amplifié par la lumière diffuse de ce jour blafard! Elle ferme les yeux, ressent un léger soulagement.

Hier... Hier encore, à la même heure, elle dormait dans les bras d'Émile. Il était là, tout en muscles et en douceur, dans son lit. C'était leur premier jour de congé à tous deux. Il avait fait un mauvais rêve, un très mauvais rêve, et il l'avait étreinte avec un immense besoin de tendresse. Ce qu'elle pouvait l'aimer dans ces moments-là où elle le sentait comme un petit garçon incertain de plaire! Son cœur débordait de tant de choses... Tant de choses belles et douces à faire couler sur la tête de cet homme qui s'abandonnait à elle. Qui se livrait tout entier avec son âme sensible, ses craintes et ses faiblesses. C'était comme si, las de tenir le rôle du mâle conquérant, il le lui refilait momentanément, ne demandant qu'à être pris, cajolé, consolé. Et de sentir tout petit, tout petit contre elle, cet homme aux larges épaules qui la dépassait d'au moins trente centimètres et faisait le double de son poids lui procurait une jouissance très profonde et lui révélait l'étendue du pouvoir qu'elle détenait. Elle savait être en mesure de l'anéantir d'une seule parole, d'un seul silence, elle, Sophie, la vieille fille de Matane. Elle savait être aimée comme jamais elle n'aurait cru être aimée, et, chaque fois qu'il se donnait ainsi, chaque fois que se blottissait contre elle ce mâle qui menait le jeu de leurs ébats sexuels, elle frémissait d'une émotion indéfinissable de sentir cette âme entre ses mains. Cette âme qu'elle chérissait et aimait passionnément et qu'il lui était offert de posséder avec la même emprise qu'il possédait son corps. Car il la possédait. Ah! mon Dieu, oui! Comme il la possédait! C'était hier encore qu'emprisonnée dans sa chemise de nuit elle jouissait de cette langue et de ces lèvres sur sa peau. Hier encore qu'elle sentait palpiter son sexe quand changea le rythme de la respiration d'Émile. Elle ne le voyait pas mais elle savait que sa pomme d'Adam trahissait son désir de lui faire l'amour. Elle ne le voyait pas mais, à la manière dont il l'embrassait partout et lui léchait la pointe des seins, elle savait qu'il allait l'amener à pousser encore un peu plus loin la frontière de sa sexualité. Et ce foutu téléphone a sonné... et lui, il ne voulait pas y répondre. Pourquoi a-t-elle insisté pour qu'il décroche ce foutu combiné? Quelle servitude que celle du téléphone! Cet appareil n'a qu'à sonner pour qu'on accoure à son service. Émile ne voulait pas... Elle, avec son complexe d'obéissance, elle n'a pu faire autrement qu'interrompre leur si passionnante activité pour l'envoyer répondre.

Des larmes filent entre ses cils et la douleur augmente dans sa tête vacillante.

— Ça va, Sophie? s'inquiète de nouveau Monique.

Elle ouvre les yeux et rencontre le regard compatissant de cette femme qui l'entoure d'attention depuis l'annonce de la disparition d'Émile.

— Oui, ça va, répond-elle à cette sœur de l'âme qui, pour comprendre tout ce qu'elle ressent, n'a qu'à imaginer la disparition de son Barbiche.

— Paraît qu'il y aura dix avions en tout. Jo m'a dit que le chef des opérations trouvait que c'était beaucoup.

— Oh! L'est gros le camion! s'exclame Alexandra lorsque la jonction avec l'artère principale permet enfin de doubler le transporteur de sable.

— *It won't be long, now*, fait la mère d'Émile que seul le mouvement nerveux des doigts sur la poignée de son sac à main trahit.

Quelle femme étrange! Non, pas tant étrange que différente. Assise toute droite et stoïque sur la banquette avant, elle donne l'impression d'être confiante que son fils reviendra de lui-même et qu'elle va tout bonnement le cueillir à l'aéroport. Cette attitude ne fait qu'augmenter la gêne qu'elle éprouve vis-à-vis de sa future belle-mère et lui fait espérer l'arrivée de ses propres parents, cet après-midi, par le vol régulier de Québecair. Ils lui manquent tellement en ce moment. C'est paradoxal mais, autant elle redoutait leur désapprobation en ce qui a trait au choix de l'homme de sa vie, autant elle a besoin présentement d'être entourée de leur amour, si souvent mal exprimé mais combien indéfectible.

— Papa! s'exclame Alexandra au premier appareil aperçu derrière l'enceinte de l'aéroport.

— Non. Celui-là, c'est pas celui de papa, rectifie Monique en quête d'un endroit où stationner sur le terrain prévu à cette fin.

— C'est vrai qu'il y a pas mal de monde. On dirait presque que c'est pour le vol de deux heures, réalise-t-elle, touchée par tous ces gens qui se sont portés volontaires pour retrouver son Émile.

Sitôt le véhicule immobilisé, elles en descendent toutes quatre avec empressement.

— Faites attention, c'est glissant par endroits, prévient Monique en prenant la menotte d'Alexandra.

Elle offre son bras à la mère d'Émile qui accepte volontiers et lui étreint affectueusement la main. Cette marque de sympathie l'émeut et la rapproche de cette dame. N'aiment-elles pas le même homme? Ne partagent-elles pas un lien de chair avec lui, l'une étant la mère et l'autre la femme fécondée?

Un avion Cessna 172 passe juste au-dessus de leurs têtes à une altitude nettement inférieure à celle autorisée dans les limites du circuit.

— Papa? Lui papa?

— Non. Celui de papa est beaucoup plus gros. Il est parti.

— Où?

— Par là-bas.

— Pourquoi?

— Il est parti chercher Émile.

— Lémile? Pourquoi?

— Parce que...

— Pourquoi parce que? insiste la fillette qui associe son père à tout aéronef et Lémile au grand bonhomme qui ne se lasse jamais de la promener sur ses épaules. Où Lémile? Où ton père? demande l'enfant en se retournant vers elle, confondant père et fiancé dans sa petite tête.

Comme elle aimerait savoir où il est et dans quel état il est! La vieille dame lui presse la main en disant «Ils vont trouver» et ensemble elles pénètrent dans le local de l'école d'aviation transformée en quartier général.

Un homme grand, mince, vêtu d'une combinaison de vol affichant des galons sur ses manches, leur accorde à peine un regard, tout occupé qu'il est dans un échange de communications à la radio.

— Oh! Le tit chien! Regarde, maman! Le tit chien! Sophie! Regarde le tit chien!

Alexandra jubile à la vue de Snoopy, alias le Baron rouge, qui voyage sur les murs de la pièce. Ici le héros de Schulz se cache derrière un nuage et là il atterrit dans le champ de baseball de Charlie Brown, faisant naître le rire clair et frais de la fillette, qui contraste avec le grésillement de la radio.

— Rapportez-vous dès que vous aurez atterri. *Over!*

Le chef des opérations se tourne vers elles. En dépit des touffes grises qui envahissent sa chevelure châtaine, il conserve une allure juvénile, due en grande partie à cette vigueur qu'on sent chez lui. Cette énergie canalisée et contrôlée par la discipline.

— Mesdames? Qu'est-ce que je peux faire pour vous?

— Madame est la mère du pilote disparu et mademoiselle est sa fiancée, déclare Monique.

— Enchanté.

Poignées de mains officielles, soutenues par un regard franc et sympathique. Nulle compassion chez lui. Nul apitoiement. Enfin quelqu'un qui ne les regarde pas comme une presque veuve ou une mère éplorée!

— Et moi, je suis la femme de Bar... de Jo Leclerc.

— Vous alliez dire «Barbiche», là. Enchanté.

Il sourit et les invite à prendre connaissance de leurs méthodes de recherches.

— Voyez. Ceci est notre première zone. Par expérience, il est établi que c'est à l'intérieur de ses limites que nous avons le plus de chances de les retrouver. Malheureusement, aujourd'hui, la visibilité est limitée... C'est pourquoi les appareils voleront à cinq cents pieds du sol. La largeur des circuits de ratissage est réduite au minimum également. Les observateurs n'auront donc qu'un demi-mille à couvrir.

Les gestes du major sont concis, ses paroles, brèves. Il semble savoir exactement ce qu'il dit et avoir confiance en ce qu'il fait. Il est de ceux qui n'ont qu'à dire «Suivez-moi» pour qu'on les suive. Ce que fait Sophie, trop bouleversée pour réagir autrement, accordant toute sa confiance à cet homme familiarisé avec le système de sauvetage où tout a été pensé, calculé et mis à l'épreuve.

— La zone a été divisée en dix secteurs, poursuit-il en indiquant ceux-ci sur la carte. Chacun des appareils a un secteur à ratisser. Le DC-3 de votre mari se trouve ici, dans le secteur SI-6, juste à côté de nos Labrador.

Sophie apprécie cette indication qui ajoute une dimension humaine aux différents rectangles composant la zone de recherche. Ainsi, elle est persuadée que le secteur SI-6 sera observé avec minutie puisque c'est celui de Barbiche.

— Qui sont les pilotes des autres secteurs? s'enquiert-elle.

— Bon. À l'ouest du dénommé... Barbiche, c'est un Otter, celui de l'autre compagnie.

— Le pilote, c'est Castor, ajoute Monique en poursuivant dans la foulée des surnoms.

— Ici, au nord de M. Barbiche, c'est le Cessna 185.

— Ça, c'est le Zèbe.

— À côté de monsieur le Zèbe, c'est un Cessna 180... Un particulier.

— Lui, y'a pas de surnom ; c'est un privé.

— Lui non plus d'abord, car c'est un jeune qui vient tout juste d'obtenir son brevet de pilote. D'ailleurs, il est de retour à bord de son Cessna 172 et devrait atterrir sous peu : c'est au-dessus de ses capacités.

— Ah ! C'est lui que nous venons de voir passer, réalise soudain Monique. Qu'est-ce qui arrive avec son secteur ?

— Un de nos Buffalo ira le ratisser. Et finalement, ici, dans le secteur SI-1, c'est un Cessna 170B.

— Tête d'Oiseau, laisse tomber Monique d'un ton froid, étudiant la réaction de Sophie dont le menton commence à trembler.

Le major Langlois qui, de connivence avec la femme du porte-parole, avait considérablement détendu l'atmosphère par l'emploi des surnoms, réalise que celui de Tête d'Oiseau perturbe les parents et amis du pilote disparu. Qui est donc cet homme étrange au crâne mal rasé que tous semblent tenir responsable de l'accident ? « Tut, tut, major, rappelle la voix. Les faits, tenez-vous-en aux faits. »

Il est primordial de reconquérir la confiance de cette petite femme au visage défait par le chagrin.

— Nos appareils sont ici, secteurs SI-7, SI-8, SI-9 et SI-10. Deux techniciens en sauvetage se trouvent à bord de chaque appareil ; ces hommes sont spécialement entraînés pour intervenir, quel que soit l'endroit où se trouvent les victimes, et ils possèdent une formation très poussée en matière de premiers soins. Dès qu'on aura signalé quelque chose, ils pourront se rendre immédiatement sur les lieux.

Du revers de la main, la fiancée essuie ses larmes et lui offre un sourire tremblotant. «Tut, tut, major. Les faits, tenez-vous-en aux faits.»

— Avez-vous des questions à poser sur la manière dont nous procédons?

— Non. Ça va, ça va, répond Sophie en inspirant profondément.

— Donnez-moi un numéro où je pourrai vous rejoindre. Vous serez les premières à être contactées, je vous le garantis.

Monique laisse les coordonnées de chacune d'elles avant de soulever Alexandra dans ses bras pour lui faire voir de près «le beau tit chien».

Imitant le geste digne de sa future belle-mère, Sophie serre de nouveau la main du chef des opérations, refoulant la troublante impression de lui confier tout ce qui, en elle, résiste au désespoir.

* *
*

Philippe Langlois éprouve une légère sensation de brûlure au creux de l'estomac. «Voilà que ça recommence», pense-t-il en fouillant dans une poche à la recherche de ses Rolaids. Il avale deux pastilles puis s'allume une cigarette.

Les hélicoptères Labrador CH-113 des forces armées canadiennes viennent tout juste de se poser. Il ne reste que le Cessna 170B du dénommé Tête d'Oiseau dans les airs. Tous les autres appareils sont revenus bredouilles. Il avait tellement confiance, ce matin, en dépit des mauvaises conditions météorologiques, car tout le monde s'entendait pour dire que ce pilote aurait tout fait pour signaler sa présence.

Mais voilà, rien n'a été vu, rien n'a été entendu sur la fréquence d'urgence. À la suite de l'insuccès du ratissage de cette première zone, habituellement fructueux, a aussitôt débuté le ratissage de la deuxième zone, chevauchant la première. D'une largeur de vingt milles marins de chaque côté du trajet, cette zone commence à la dernière position connue et s'étend sur vingt milles marins au-delà de la destination, soit Schefferville. Même résultat. Rien vu, rien entendu.

Il ne doit pas perdre de vue que la visibilité était très mauvaise aujourd'hui, ne leur allouant qu'un faible pourcentage de chances, et qu'elle a nettement diminué à partir de treize heures trente. Maintenant, la couverture nuageuse se situe à moins de mille pieds du sol.

Tantôt, juste avant le retour du Otter, le BAC-111 de la compagnie Québecair s'est posé, à la grande joie et au grand soulagement des gens de cette région éloignée et peu habitée. N'étant reliée à Sept-Îles que par la voie ferrée de la Quebec North Shore Pulp and Paper Company, qui privilégie le transport du minerai plutôt que celui des passagers, la ville de Schefferville a énormément misé sur le transport aérien. Ici, avion égale trait d'union avec le reste de la province, et, lorsque ce trait d'union est rompu, l'inquiétude naît.

Avec quelle promptitude le jeune pilote du Cessna 172 est venu lui apprendre que le BAC était rentré, comme s'il pouvait s'excuser ainsi d'avoir abandonné les recherches. Pauvre lui! C'était nettement au-dessus de ses capacités. Comment, avec son brevet fraîchement acquis, pouvait-il, sans entraînement préalable, couvrir avec exactitude le secteur attribué, et ce dans des conditions météorologiques difficiles? Encore heureux qu'il n'y ait pas eu de deuxième accident. Il le revoit, tout blanc et tremblant, venir lui donner sa démission, confus de croiser à la porte la mère et la fiancée du pilote porté disparu. Son manque d'expérience avait fait qu'il s'était égaré en effectuant les premières branches du ratissage et ce n'est que de peine et de misère qu'il avait pu retrouver son chemin. La panique s'était emparée de ses passagers et, dès l'apparition de la piste, il n'avait eu qu'une idée en tête, se poser, même si, pour ce faire, il devait contrevenir à la réglementation d'un circuit. Il voulait tellement aider, ce pilote novice, et il faisait tellement peine à voir que, en tant que chef des opérations, il s'est permis de retenir ses services pour assurer une liaison entre le monde civil et le leur. «Tut, tut, major. Gare à l'émotivité! Les faits, tenez-vous-en aux faits.»

Guère encourageants, ces faits, songe-t-il en jetant un regard sur la deuxième zone ratissée sans succès. Demain peut-être... mais c'est aujourd'hui qu'il aurait fallu, qu'il aurait été préférable de... Ils doivent sûrement être grièvement blessés, pour n'avoir pu donner le moindre signe de vie... Peut-être que le sang coule encore à l'heure qu'il est... mais demain, après une nuit où l'hypothermie aura pu accomplir ses ravages, qu'en sera-t-il?

Il inhale profondément la fumée de sa cigarette, l'exhalant par les narines. De nouveau, la sensation de brûlure au niveau de l'estomac lui rappelle le chambardement de ses habitudes alimentaires. Depuis son arrivée ce matin, il n'a consommé que des sandwichs et petits gâteaux préparés pour les équipages, le tout arrosé de maints cafés noirs. Il serait grand temps de prendre un repas équilibré, mais il ne le peut pas. Son travail n'est pas terminé. Sitôt revenus de leur mission, les pilotes et membres d'équipage des aéronefs de recherche ont pu gagner la ville pour se restaurer et se reposer, mais lui doit rester ici jusqu'à la toute fin et rédiger par la suite un rapport sur la situation.

Un groupe d'une dizaine de personnes passe soudain devant la grande baie vitrée. Il y reconnaît Barbiche, les trois femmes de ce matin, ainsi que le petit rouquin, accompagné d'un jeune Amérindien du même âge. Voilà le facteur humain qui s'amène. Deux messieurs et une dame d'une autre génération font partie de ce groupe tandis que derrière suit placidement un homme avec un journal sous le bras.

La porte s'ouvre alors que Philippe Langlois s'allume une autre cigarette au mégot de la précédente.

— Ce sont les parents de Sophie, et James Thompson, le frère de Mme Simard, dit aussitôt Barbiche. Ils viennent d'arriver par le vol de Québecair.

Le major adresse ses salutations à ces gens éprouvés et inquiets, et il se surprend de l'attitude du petit rouquin, qui fait voir les dessins affichés sur le mur à son copain montagnais, tout comme s'il avait conservé une grande confiance malgré l'insuccès de la journée. Est-ce que ses jumeaux auraient une réaction semblable en pareille occasion? «Tut, tut, major.»

De nouveau, il explique sur la carte le tracé des zones ratissées et de celles qu'il envisage de couvrir demain. Il remarque que la petite femme au visage défait par le chagrin ressemble à son père, qui démontre beaucoup de sollicitude à son égard, tandis que la mère du pilote semble puiser un réconfort dans la présence de son frère, un grand bonhomme à l'allure solide malgré la soixantaine passée.

— Quelles conclusions tirez-vous du fait qu'ils n'ont donné aucun signe de vie? demande l'homme qui suivait placidement derrière.

— Pardon? Puis-je savoir à qui j'ai l'honneur? Est-ce que vous êtes de la famille?

Négation générale du groupe, qui montre une réticence certaine à l'égard de l'individu.

— C'est un journaliste pourri! accuse le petit rouquin. C'est pas vrai que mon père a décollé dans une tempête, poursuit-il en se dirigeant droit vers l'homme, accompagné de son ami. Pis c'est pas vrai non plus que l'avion était pas en bon état. T'es rien qu'un menteur! Pis tu sauras que son père à lui, c'est Georges, pis que c'est le meilleur chasseur de la tribu. Y sont pas mal pris, comme tu l'dis.

— Martin a raison. Il avait pas d'affaire à écrire ça.

Indignation générale. Tout le monde s'objecte en même temps. Une pluie d'accusations s'abat sur le journaliste, qui demeure coi, son journal sous le bras.

— Avoir su que vous en saviez moins que nous autres, j'vous aurais jamais présenté ma fille. Laissez-la tranquille avec votre photo du pilote, s'insurge le père de Sophie en gesticulant.

— C'est bien la première fois que je vois une fiancée qui a pas de photo de son fiancé, riposte le journaliste en voulant prendre le chef des opérations à témoin.

— J'en ai pas de photo de lui!

— C'est ça... La fiancée en a pas, la mère en a pas, personne en a... C'est un fantôme. Comment voulez-vous que je fasse un article si personne veut me donner de l'information? J'suis pas venu dans ce coin perdu pour buter contre votre silence.

L'homme de presse s'emporte et, d'un geste théâtral, lance son journal sur la table de travail.

— Du calme, du calme, conseille le major Langlois en s'emparant du quotidien. J'aimerais prendre connaissance de cet article.

— Page trois, précise le journaliste.

— Nous, on l'a lu dans l'avion... Notre fille voulait nous l'apprendre de vive voix, explique le père de Sophie à Barbiche. Ça nous a fait un choc... surtout que ma femme a peur en avion.

«Pilote porté disparu dans la région de Schefferville.»

«Rien à redire sur le titre», pense Philippe Langlois en poursuivant sa lecture.

«C'est hier, durant une tempête, que le pilote Émile Simard s'est envolé à bord d'un DHC-3, appareil de brousse mieux connu sous le nom de Otter.»

Il décoche un regard sévère à l'individu occupé à replacer une longue mèche de cheveux servant à masquer sa calvitie.

— Vous n'avez sûrement pas consulté le centre de radiocommunication de Schefferville. On vous aurait effectivement appris qu'il ne faisait pas tempête lorsqu'il a décollé.

— Ça change rien à la nouvelle, ça. C'est du détail.

— Hum. Voyons voir le reste.

«Attendu à l'aéroport de Sept-Îles au cours de l'après-midi, il ne s'est jamais rendu à destination. Le dernier signe de vie du pilote...»

«Que c'est maladroit!», songe le chef des opérations, conditionné par sa formation à éviter de telles expressions, «dernier signe de vie» laissant entendre que le décès a eu lieu.

«...a donc été un message au centre de radiocommunication de Schefferville annonçant qu'il rebroussait chemin à cause des mauvaises conditions climatiques.

«Au sein de la compagnie où il faisait fonction de chef pilote, on suppose que, forcé par la tempête ou une défectuosité mécanique, il se serait posé quelque part pour la nuit. Une nuit cependant qui risque d'être fort longue dans ces régions nordiques.

«Tout porte à croire que l'appareil qu'il pilotait n'était pas dans un état satisfaisant. Une enquête est en cours à ce sujet.»

— Je ne savais pas qu'une enquête était en cours au sujet de l'appareil. Vous pouvez me donner vos sources d'information ? Cela pourrait nous aider dans notre travail.

— Bien... c'est que... j'peux pas. Ça mouillerait certaines personnes.

— Et M. Simard ? Vous n'avez pas l'impression de l'avoir un peu mouillé ?

— Non. Cet avion-là était vendu, c'est vrai.

— Alors, selon vos conceptions, on ne vend que ce qui n'est pas en bon état ?

— Écoutez : moi, j'fais ce que je peux avec ce que j'ai. Mon boulot à moi, c'est d'informer les gens.

Le chef des opérations considère longuement le journaliste, qui lui inspire de l'antipathie. Il juge qu'avec son carnet de notes et son appareil photo il s'est immiscé trop tôt parmi les acteurs de ce drame sans avoir étudié une seule ligne du scénario au préalable. Tout ce qui importe pour lui, c'est de retenir l'attention du public. Il est du genre vautour sans scrupules, probablement sans notoriété également, mais déterminé à en acquérir une grâce au reportage sensationnel qu'il prévoit de faire dans ce bled perdu où on l'a envoyé. D'ailleurs, son habillement aux allures printanières souligne magistralement ses lacunes et son manque de professionnalisme sur le plan de l'information. Il n'a même pas pris la peine de se renseigner sur le climat de cette région.

— Je vais vous donner l'information désirée, cher monsieur. Je peux vous renseigner en détail sur le travail que nous effectuons.

— Ouais. Les zones et tout ça... J'ai compris. Mais vos conclusions à vous ? Même si vous êtes un militaire, vous devez bien avoir une petite idée à vous.

Tact et circonspection s'imposent alors que Philippe Langlois refoule la tentation de mettre l'individu à la porte. «Celui-là est de la pire engeance», pense-t-il en s'efforçant au calme. Dommage qu'Émile Simard ne soit pas un politicien ou un homme important, car on aurait dépêché un spécialiste des relations publiques habitué à composer avec les médias. Malheureusement, Émile Simard n'est qu'un pilote inconnu du grand public, et lui, il est seul pour trouver une réponse qui satisferait le journaliste sans toutefois inquiéter davantage les proches des victimes. Il n'a pas le temps d'élaborer sa réponse car la porte s'ouvre sur le fameux Tête d'Oiseau, dont la mine éloquente fait comprendre qu'il n'a rien vu, rien entendu.

— Oh! Toi! Toi! s'exclame soudainement la fiancée avant de s'évanouir.

Philippe Langlois se porte immédiatement au secours de la femme inconsciente dans les bras de son père et de James Thompson, tandis que le journaliste croque aussitôt la scène avec son appareil photo.

* *
*

Glace, neige et frimas partout, tout autour de lui dans la cabine.

Assis de côté sur le siège du capitaine, il grelotte malgré les deux sacs de couchage dans lesquels Georges l'a emmailloté.

Le micro pend dans le vide. Inutile et muet, accroché à la poignée des commandes.

À ses pieds, des débris de vitre. D'un côté, le rocher sur lequel l'appareil s'est écrasé. De l'autre, le siège du copilote éventré, vidé de son rembourrage.

Il fait maintenant très sombre dans l'habitacle. Très sombre et très froid comme dans une crypte funéraire. Fortement tamisée par la croûte de verglas et de neige du pare-brise ainsi que par la vitre fleurie de givre de la portière, une lumière moribonde parvient à se glisser à l'intérieur. Tout est d'une telle désolation! D'une telle tristesse autour de lui! Il jette un regard dans la cabine des passagers et frémit de nouveau de la voir complètement démontée. Georges a arraché la toile capitonnée, la toile des bancs et finalement le plancher. Et avec quelle frénésie il l'a fait! On aurait dit qu'il assouvissait une certaine vengeance à l'endroit de l'appareil responsable de leur chute. Du moins, c'est ainsi que lui, l'homme blanc, il a interprété le comportement de l'Amérindien. Comportement qui d'ailleurs le laisse perplexe. Georges ne parle maintenant qu'en langue montagnaise. Quelque chose en lui est apparu. Quelque chose de vital et de très puissant. Quelque chose qui semble le rendre invincible. Invulnérable aux exigences de ce pays. Quelque chose que lui, l'homme blanc, n'a pas. Lui, aux os brisés que le mal et le froid torturent sans arrêt.

Une douleur plus lancinante, plus persistante, lui fait serrer les mâchoires, ce qui le force à inspirer profondément par les narines. Il n'a pas la force de crier ni de pleurer et il se voit contraint de respirer cette odeur de caoutchouc brûlé qui lui soulève le cœur. L'odeur de la lente incinération du pneu qui s'est consumé en vain tout au long de la journée. Personne n'est venu. Personne n'a répondu à ses messages de détresse et, en cette fin de journée, il prend conscience qu'il n'y avait que lui pour espérer le secours des autres.

Le mal prend de l'ampleur, ou peut-être est-ce lui qui s'affaiblit. Il ne sait plus où se situe le seuil de sa tolérance à la douleur. Ses souffrances ont-elles vraiment augmenté ou est-ce lui qui s'est épuisé à les combattre d'heure en heure, de minute en minute? Il se mord les lèvres, serre les poings dans les poches de sa parka et sent sa main droite étrangement engourdie. Toute la journée, elle a été crispée sur le micro, et les cicatrices des brûlures et des opérations qu'il a subies se sont raidies au froid. Il a l'impression de tenir encore son micro dans une main de cuir. Une main qui répond mal, ankylosée et sujette aux crampes. Une main qui échappe à son contrôle. Fébrilement, ses doigts tâtonnent à la recherche de la petite pierre. La voilà, n'éveillant ni sensation de froid ou de tiédeur quand il la presse dans sa paume. Éclatent alors les images et les pensées tel du maïs soufflé dans son cerveau. Le gros orteil de Martin, les signatures de ses hommes sur le plâtre, le bonhomme qu'Alexandra y aurait dessiné, les blagues de Barbiche, l'expression tendre de sa mère retouchant le pantalon de son habit de noces, les doigts de Sophie sur les siens, les yeux de Sophie dans les siens, les bons soins de Gabriel et des infirmières aux gros souliers laids, la présence de l'oncle James, son presque père, le bien-être de sa maison chauffée au mazout, le confort de ses pantoufles et de son lit. Comme tout cela lui manque! Et comme il est malheureux de les savoir inquiets à son sujet! Comme il aimerait pouvoir au moins leur faire savoir qu'il est vivant!

Il sait qu'aujourd'hui ils se sont tous démenés pour le retrouver et que ce soir ils sont déçus et anxieux. Mais comment pourront-ils jamais le retrouver en cherchant au sud de Schefferville alors qu'il est au sud-est?

Présente partout en lui, dans chacun de ses muscles, la douleur exerce sa suprématie sur son corps massacré et il serre maintenant la petite pierre de toutes ses forces, comme si elle pouvait lui donner du courage. Il s'accroche à elle comme il s'est accroché à son micro. Ah! mon Dieu! Quand donc cessera cette torture à laquelle il ne peut se soustraire? Depuis que Georges l'a installé ici pour défaire le plancher, c'est comme s'il était descendu aux enfers avec une jambe énorme et douloureuse, se blessant davantage à chacune des marches d'un escalier raide et étroit. Sans doute cela est-il dû à sa position assise, qui augmente la circulation sanguine au niveau du membre fracturé. Oui, bien sûr. C'était moins douloureux avant que Georges ne le déplace alors qu'il était étendu par terre. Il n'a qu'à remettre sa jambe en position horizontale. Pas facile avec l'attelle qui l'immobilise jusqu'à la cuisse. Il y parvient de peine et de misère, chaque mouvement, chaque heurt, si léger soit-il, lui donnant l'impression de débouler l'escalier abrupt menant aux enfers.

Ce n'est pas humain. Pourquoi ne s'évanouit-il pas? Ce qu'il aimerait perdre conscience! Le voilà appuyé à la portière défoncée par le rocher, la jambe étendue sur le siège du copilote, enserrant les sacs de couchage autour de lui. Les yeux clos, il halète de souffrance. Qu'est-ce qui lui a pris de bouger? Vite, qu'il s'évanouisse! Il inspire profondément et l'odeur de caoutchouc brûlé lui donne la nausée. Ses oreilles bourdonnent et son front se couvre de sueur. Il a envie de vomir et pense bêtement qu'il n'a rien dans l'estomac, le dernier aliment absorbé ayant été ce muffin cuisiné par la femme de Patrick. «Prends, prends, disait celui-ci. Tu vas comprendre quand ta femme va se mettre à mijoter des p'tits plats bons pour la santé.» Ah! ce que ces petites joies du mariage ont pu le faire rêver quand il s'est envolé de Schefferville! Demain, il se serait marié... Des cloches tintent légèrement à ses oreilles. Ce sont celles de l'église qui sonnent à toute volée. Belle et légère comme une fleur à son bras, Sophie marche à ses côtés, lui offrant le doux nacre de ses yeux. Et sonnent et bourdonnent les cloches. Et s'égrènent au fond de sa tête les grains de sable du désert où il a si longtemps erré. S'égrène le sable rude qui grince maintenant comme métal tordu. Il ouvre les yeux. Aperçoit des taches floues d'un gris sombre. Seul est précis ce bruit effroyable de torsion qui s'apparente à la douleur. Il remarque un flocon blanc flottant dans cet univers comateux.

Un flocon blanc sur lequel son regard se fixe puis se concentre. Émerge alors des limbes la silhouette d'une paire d'ailes blanches. Est-ce là l'oiseau immaculé de la mort qui vient chercher son âme? Pourquoi crie-t-il d'une si effroyable manière comme du métal qu'on plie, déplie et arrache? Non, ce n'est pas un oiseau mais la réplique du *Grand Blanc* accrochée au pare-brise. Boum! Boum! Dehors, Georges s'acharne sur un morceau de l'aile.

Peu à peu, il revient à la réalité. Son esprit réintègre son corps, sa douleur, sa fatigue. C'était si bon tantôt d'entendre voler les cloches de l'église. Mais elles ne sonneront pas demain... De toute façon, elles n'auraient pas sonné puisqu'ils se seraient mariés civilement... «Voulez-vous prendre pour époux? — Non, pas cette horreur!» «Pauvre p'tite fille! Pauvre p'tite fille... Premier tiroir à droite dans mon bureau, y'a une photo qui en dit long...» «Y'a pas une maudite femme qui voulait de toé. Même pas une danseuse aux tables... Une danseuse aux tables...» La photo à droite dans son bureau, premier tiroir, circule peut-être dans les mains de ses futurs beaux-parents. «Ouach! Pauvre lui! Marie pas ça, ma fille. Il a un métier de fou en plus...» Ouais, sacré métier de fou! Et si Sophie changeait d'idée? Après tout, il n'y a pas «une maudite femme» qui a voulu de lui, même pas une danseuse aux tables, ni une putain... «Tu m'écœures! Tu m'écœures!» Pourquoi Luc lui a-t-il dit cela? Pourquoi a-t-il enlevé l'ELT et la boîte de secours? Voulait-il vraiment mourir, tel qu'en conclut Georges, ou cherchait-il à se débarrasser de lui? A-t-il au moins eu la décence d'avertir les autres de l'absence de ces mesures d'urgence? Sinon, personne ne le retrouvera jamais.

Il fixe le Otter à échelle réduite avec hargne. Comme il s'est trompé sur le compte de Luc! Il n'aurait jamais dû aller le chercher mais aurait dû le laisser là, assis dans l'herbe, à rêver un impossible rêve. Avait-il donc tant besoin d'un «p'tit frère»? Francis avait-il laissé un si grand vide en partant? Comment ce frère trisomique avait-il pu prendre tant de place dans son cœur? Personne, à l'exception de sa mère, ne comprenait cet attachement. À part elle, personne ne savait ce que représentait ce petit frère tant espéré qu'elle avait mis au monde en Abitibi, dans une maison sordide d'un rang tout aussi sordide. Personne ne savait ce qu'avait représenté la venue d'un autre enfant dans son existence solitaire. Âgé de six ans déjà, il n'avait connu que la compagnie de ses parents dans cette maison délabrée d'un rang peu fréquenté. Nul voisin, rien que des épinettes à perte de vue sur un horizon plat. Nulle parenté, nulle visite. Ni oncle ni tante, ni cousin ni cousine. Rien que le monde terne des adultes. Le monde dur d'un couple désuni par l'alcool et la pauvreté. Rien que son père buvant accoudé sur le coin de la table et sa mère pleurant en cachette. «C'est rien, c'est rien, Émile. Va jouer.» Mais jouer avec quoi? Avec qui surtout? Un temps, ce fut avec le chien, jusqu'au jour où son père ivre lui administra un formidable coup de pied au ventre, le faisant mourir dans ses bras en chiant du sang. Jouer avec qui dehors? S'inventer quel jeu? Non, personne ne pouvait comprendre ce que l'annonce de la grossesse de sa mère a pu provoquer chez lui. C'était le plus beau cadeau qu'elle pouvait lui faire et, chaque soir en s'endormant, il rêvait de la petite sœur ou du petit frère qu'il aurait. Il rêvait à tous les jeux qu'il inventerait pour eux. À la petite main qu'il prendrait dans la sienne pour l'emmener glisser sur les dunes. Aux histoires qu'il lui raconterait, aux surprises qu'il lui ferait. Ce qu'il avait hâte! Et quand le jour tant attendu fut arrivé et qu'il s'approcha du berceau pour contempler l'être nouveau que la vie lui offrait, il fut rempli d'un grand bonheur. «Qu'il est beau!», souffla-t-il, ému. «Beau? Y'est pas beau. C'est un mongol. Y'est sûrement pas de moi», rabroua son père en sortant de la chambre à coucher où sanglotait sa mère. «Moi, j'l'trouve beau, maman. T'as vu comme ses doigts sont petits?» Et il s'amusa à caresser les doigts minuscules et sans réflexe, le cœur débordant d'amour. Enfin, il avait un petit frère bien à lui! Peu lui importait qu'il ait une petite face aplatie et des yeux bridés. C'était son petit frère et il était heureux d'en avoir un. Il ne comprenait pas la déception des adultes face à cette naissance et il redoubla d'amour pour cet être sans défense que son père avait déjà renié. «Salut, p'tit frère! T'es ben beau!» Le poupon émit un drôle de son et un filet de bave coula sur son menton. Cela le fit rire car les adultes ne font pas ce genre de choses et il sut que son enfance venait de s'enrichir d'un bien merveilleux.

Non, personne ne savait cela. Tout comme personne n'avait compris son chagrin devant le cercueil où était exposé Francis. «Salut, p'tit frère.» Peu lui avaient importé sa face aplatie, ses yeux bridés et sa bave au menton. C'était son «p'tit frère» et il emportait autant avec lui dans sa tombe qu'il lui avait donné dans son berceau.

Le jour où il avait appris son décès, il travaillait comme instructeur à Mont-Laurier, et il devait dispenser le premier cours théorique le soir même, avant son retour à Montréal pour les obsèques. Il était triste et tentait vainement de s'apprivoiser à l'idée d'être désormais privé de son petit frère. Il savait bien que la majorité des parents et amis voyaient cette mort comme un soulagement pour sa mère. C'était logique. Froid et logique. Prendre soin d'un fils atteint de mongolisme en plus d'un petit-fils devait sûrement commencer à peser à cette femme que la vie n'avait guère gâtée. Logiquement, il le comprenait. Émotivement, il ne pouvait l'accepter.

C'est donc dans cet état d'âme qu'il était arrivé légèrement en retard dans la classe d'élèves pilotes. Il remarqua Luc, assis au premier pupitre, avec le manuel *Plein vol* qu'il lui avait prêté et auquel il ne semblait pas comprendre grand-chose. Sa modeste tenue vestimentaire, son air maladroit et timide parmi les autres, visiblement plus fortunés et plus instruits, le frappèrent et lui plurent d'emblée.

«J'pense pas que j'vais rester», lui avait alors dit cet élève d'un ton découragé qui se voulait lucide. «Reste pour ce cours-ci... Après, tu verras.»

Et ce cours-là, il ne le dispensa que pour cet élève-là, simplifiant au maximum par des comparaisons à sa portée et éprouvant une grande joie chaque fois qu'il voyait l'étincelle de la compréhension dans ce visage d'espoir et de désespoir confondus tendu vers lui. À la récréation, Luc resta pour copier tous les dessins du tableau sur de vieilles feuilles dénichées dans la corbeille à papier. Dès lors, il sut que cet élève-là se donnerait corps et âme à l'obtention de son brevet de pilote et comprit que sans son aide il avait peu de chances de réussir. Alors, il l'adopta.

Il l'adopta et remplaça ainsi Francis, né vingt-quatre ans plus tôt dans une triste maison d'un rang abandonné quelque part en Abitibi. Tout l'amour protecteur qu'il vouait à ce petit frère trisomique que la nature avait dépourvu de capacités pour évoluer en société se transféra sur ce jeune homme non scolarisé, dépourvu de moyens financiers pour progresser au même rythme que les autres élèves pilotes du groupe. «Maintenant, si tu veux bien, ce sera toi mon p'tit frère.» Luc semblait surpris, mal à l'aise, dérangé par la main qu'il posait sur son épaule. «J'vais faire de toi un sacré bon pilote.» C'est tout ce qu'il avait réussi à faire de lui : un sacré bon pilote. Jamais Luc n'avait été son «p'tit frère». C'est là une illusion à laquelle il a voulu obstinément croire. Envers et contre tout, en dépit de la fourberie et des tracas qu'il a eus à la suite du transport illégal de stupéfiants par son élève. Et même en dépit de la réticence de Luc à exprimer ouvertement des sentiments d'amitié à son égard.

Quelle poire il est, tout de même, d'être incapable d'évaluer ses semblables! Que d'années il a perdues à se forger l'illusion d'avoir un frère en ce sacré bon pilote, alors que ce frère, n'est-ce pas plutôt cet homme qui l'a enlacé hier dans le sac de couchage pour lui communiquer sa chaleur? Ah! comme c'était bon, hier, d'être serré, réchauffé, soigné! Bon de se libérer progressivement des tremblements qui ne faisaient qu'empirer sa douleur.

Il enserre de nouveau les sacs de couchage autour de lui. Dieu qu'il fait froid! La peau cicatrisée de sa joue en est toute raidie et douloureuse. Il a l'impression qu'elle va fendre si jamais il sourit. Sensible aux écarts de température, cette peau aurait grandement besoin de l'application d'une pommade pour l'assouplir. Hélas, il n'en a pas et n'en a jamais gardé dans l'enveloppe de son sac de couchage, où il s'est cependant toujours assuré de la présence de son nécessaire à raser. Voilà ce qui était essentiel pour lui : éliminer l'invasion des poils sur sa joue indemne afin de ne pas attirer l'attention des autres. Mais où sont-ils, ces autres, maintenant? Hein? À quoi lui sert ce rasoir qu'il a conservé toute la journée à portée de la main au cas où un avion atterrirait? C'est fou! Il avait prévu d'avoir le temps de se raser avant qu'on ne le voie. Complètement fou! Obsessionnel. Vain et superficiel. Il se comporte en vrai complexé. Mais comment peut-il en être autrement quand même une danseuse aux tables n'a pas voulu de lui? Quand, dans le petit miroir qu'il a consulté afin de nettoyer sa blessure au front, sa propre image l'a dégoûté aujourd'hui?

Il ferme les poings, sent la pierre dans sa main droite. Cette forme où se cache un gros orteil, selon Martin. Il la palpe, cherche à retrouver l'emplacement de l'ongle pour faire diversion aux souffrances autant morales que physiques qui l'assaillent. Où voyait-il cet orteil, déjà? Était-ce ici? Ou là? Quelle est cette protubérance?

Il exhibe la pierre. Dieu que les bras lui font mal! Ce doit être à cause des formidables secousses qu'ils ont contenues quand la glace a rompu l'équilibre des pales. Il tourne et retourne la pierre dans la faible lumière, à la découverte de cette bosse qui se devait d'être éliminée afin de mettre au jour la forme du gros orteil et qui, pour cette raison, n'avait pas retenu son intérêt. Cette bosse l'intrigue. Elle présente un aspect vivant. Oui, vraiment, on dirait que quelque chose de vivant existe dans la matière. Comme si un escargot s'y était inséré et, ayant grossi, cherchait à en sortir. Il passe l'index sur cette forme légèrement patinée par ses mains en quête de l'âme de la pierre et la trouve intéressante.

Des douleurs notables émanent simultanément de sa nuque et de son sternum et l'obligent à laisser tomber les bras. Comment se fait-il qu'il n'ait jamais remarqué cette bosse ? Bien sûr, l'omniprésence du gros orteil y était pour quelque chose, mais tout de même... Il veut en avoir le cœur net et élève de nouveau la pierre. On croirait qu'elle pèse une tonne et qu'il tient le monde à bout de bras. Encore une fois, il la tourne et retourne dans la lumière moribonde. La lumière de cette fin du jour où personne n'est venu à leur secours et où probablement personne n'a entendu les messages de détresse qu'il s'est acharné à répéter.

Il la tourne lentement, craignant de l'échapper de ses mains tremblantes. Il n'y retrouve plus le gros orteil et panique comme si cela présageait qu'il ne retrouvera plus Martin. L'odeur de caoutchouc brûlé, le bruit plaintif du métal qu'on tord et la raideur de sa peau cicatrisée le précipitent dans un monde étrange et différent. Un monde parallèle à l'autre, là-bas, où, les pieds sur un pouf, on regarde une partie de hockey à la télévision. Un monde où toutes valeurs et croyances se trouvent renversées. Un monde primitif d'esprits habitant les pierres, de superstition et de contact à maintenir avec l'au-delà. Il se sent loin des autres. Hors de leur réalité et de la raison. Tout ce qu'il a appris, tout ce qu'il a compris ne lui sert à rien ici, dans ce corps blessé que la mort guette.

Il tourne la petite pierre comme si elle recélait son âme et il aperçoit une épaule de femme. Est-ce celle de Sophie où cascadent les longs cheveux bruns ? Il n'en sait trop rien et tourne, découvrant un dos, des hanches, des fesses et un ventre. Un ventre rond de femme enceinte dans cette protubérance qui semble contenir quelque chose de vivant. Oui, c'est ça. C'est une femme enceinte. Un torse de femme enceinte. Comment se fait-il qu'il ne l'ait jamais vu ? C'est flagrant maintenant. Il pose l'index sur le ventre et pense à la vie qui gonflera celui de Sophie. Cette vie qui est un peu la sienne, un peu celle de Sophie, mais qui est entièrement celle de cet être en formation.

Oui, elle est là, l'âme. C'est celle de la femme enceinte qui l'attend derrière les triples fenêtres givrées. Celle de la femme qu'il aime et vers qui il va revenir. Celle pour qui il va surmonter la douleur et combattre le désespoir car elle est là qui attend. Là, avec le fruit de leur amour dans son ventre. Oui, il va lui revenir, car elle veut qu'il lui revienne. Elle est venue le chercher dans la pierre. Venue chercher son âme qu'elle désire unir de nouveau à la sienne dans la matière.

Elle est là, la femme. Ventre rond, à l'attendre, avec la vie éclose dans la matière. Là, au bout de ses bras endoloris et vacillants. Pour lui, à atteindre. Pour lui, à rejoindre.

* *
*

Cinq mille six cent vingt milles marins carrés ont été ratissés, aujourd'hui, nécessitant au total quarante-huit heures et cinquante-cinq minutes de vol. Neuf unités de recherches y ont participé, dont quatre relevant des forces armées canadiennes. Il peut compter les volontaires à la douzaine et considère comme vraiment exceptionnelle la collaboration des deux compagnies d'aviation locales, qui ont mis de côté tout esprit de concurrence pour conjuguer leurs efforts. Il existe une telle volonté de retrouver ces hommes et tant d'efforts ont été consentis qu'il juge quasi incompréhensible l'échec de la journée. Bien sûr, le facteur météo y a grandement contribué, mais...

Le major Langlois laisse fondre la pastille de Rolaids sur sa langue. Un calme aussi subit qu'étrange règne autour de lui, dans ce local où l'on croirait entendre monologuer Snoopy à bord de son biplan. Les radios se sont tues et les gens s'en sont retournés chez eux, tristes, déçus et fatigués. On avait tant misé sur cette première journée. Il sait très bien que, dans chacun des avions en mission, chacun des membres de l'équipage se voyait déjà secourir les naufragés et les ramener à Schefferville. À cette fiancée évanouie à la vue de «Tête d'Oiseau» et que le journaliste a eu l'indécence de prendre en photo. À ce petit rouquin qui s'indignait de ne pouvoir servir d'observateur à cause de son hypermétropie, ainsi qu'à son copain montagnais qui semblait avoir une grande confiance dans les qualités de chasseur de son père. Oui, lui aussi, il s'est laissé prendre au jeu des scènes de retrouvailles qui motivent bon nombre de chercheurs, tout comme le cliché de l'alpiniste fichant le drapeau de son pays au sommet du mont conquis le pousse à se surpasser. Mais il doit faire attention de ne pas s'impliquer émotivement et veiller à demeurer pragmatique en tout temps. Il doit se considérer comme un simple témoin à qui tout sentiment est interdit. A-t-il failli à cette ligne de conduite aujourd'hui? Oui. Il flaire un tel drame chez ces gens. Il a beau être blindé contre les effets de toute démonstration émotive de la part des proches, il n'a pu faire autrement qu'être touché par tout ce qu'il a vu et entendu. Touché d'abord par la réponse massive des bénévoles et volontaires, qui comptaient dans leurs rangs quantité de parents de jeunes hockeyeurs, sport dans lequel ses jumeaux excellent.

Mais il y avait plus que l'estime habituelle qu'on voue à celui qui se dépense gratuitement auprès de nos enfants. Il y avait un esprit de solidarité exceptionnel qu'il n'a vu nulle part ailleurs. Esprit sans doute dû à l'éloignement, à l'isolement de cette ville. Dans l'adversité, les gens d'ici se regroupent, se massent, se serrent exactement comme font les caribous se réunissant en hardes pour tenir tête aux prédateurs et aux tempêtes. Pilotes, chasseurs et Amérindiens n'ont cessé, tout au long de la journée, d'offrir leur aide. Et que penser de l'apparition tragique de Tête d'Oiseau, que le fils du pilote tient responsable de l'absence du radiophare d'urgence et de la boîte de secours? Il ne peut qu'en conclure qu'un événement d'une rare gravité a eu lieu au sein de cette communauté. Cet homme apparu dans l'encadrement de la porte montrait les signes d'une grande affliction et d'une détermination sans pareille, mais un événement a eu lieu qui a fait en sorte qu'on l'a exclu. Avec l'air un peu perdu et misérable d'un caribou rejeté du troupeau, il s'est acquitté à la perfection de la tâche qu'on lui a attribuée, effectuant des recherches autour des élévations de son secteur. Il ne fait aucun doute que ce Tête d'Oiseau est un excellent pilote et que ce qui s'est passé entre lui et son chef ne relève pas de la profession mais de ces profondeurs de l'âme qui lui sont interdites car elles risquent d'écorcher sa cuirasse d'objectivité. Il n'est pas venu ici pour pleurer sur le sort de ces gens, ou sur celui de Tête d'Oiseau mis à l'écart, ni pour s'enrager contre l'intrusion du journaliste. Il est ici pour comprendre ce qui a pu se passer à bord de cet avion hier, après l'envoi du dernier message reçu par le centre de radiocommunication de Schefferville. Il est ici pour dresser le profil du pilote Émile Simard et, de là, orienter les recherches. Qui est donc cet homme qu'il tenait pour un inconscient ce matin? Il doit admettre que son opinion a grandement changé à son sujet dès qu'il a appris qu'on avait enlevé l'ELT et la boîte de secours à son insu.

C'était donc quelqu'un de responsable et non un de ces casse-cou qui risqueraient leur peau pour épater la galerie. Frisant comme lui la quarantaine, il menait une vie rangée, d'après les commentaires entendus aujourd'hui. Qui est-il donc? Curieux tout de même que personne n'ait de photo de lui. C'est assez inhabituel. Puisqu'il n'a aucun indice de son aspect physique, il en dresse un portrait à l'image de Martin et l'imagine d'aspect fragile et délicat, avec des cheveux roux et portant des lunettes. Quel sera l'impact d'éventuelles blessures chez cet homme? Si l'on se fie à la taille du fils, nettement au-dessous de la normale, il est indéniable qu'il risque de succomber à des traumatismes de plus ou moins grande importance. En plus de l'aspect physique, il doit découvrir surtout la personnalité de cet individu. Comment aurait-il réagi en tant que pilote dans telle ou telle situation? Dans quel état d'esprit se trouvait-il? Il doit absolument découvrir qui est ce gars-là, sans toutefois s'attacher à lui de quelque manière que ce soit.

Philippe Langlois termine la rédaction de son rapport, enregistré sous le code SAR-SI, le SI signifiant Simard, cet inconnu dont il aimerait percer le mystère en cette journée fatidique du 3 mars 1976. Un lien existe entre lui et cet inconnu perdu quelque part dans l'immensité qu'il sonde méthodiquement. Rationnellement. Demain, les avions ratisseront la troisième zone. Il n'y aura que huit unités de recherche puisque le DC-3 doit observer son horaire de vol. Sans doute que le petit rouquin et son ami montagnais, qui avaient trouvé place à bord de ce bimoteur, n'auront rien d'autre à faire que de traîner aux alentours, l'obligeant à côtoyer l'insondable et imprévisible facteur humain qui ne doit en rien altérer son jugement.

La sensation de brûlure au creux de l'estomac lui rappelle qu'il est temps pour lui de gagner l'hôtel où sont installés les pénates de son escadron. Sa mission est terminée pour aujourd'hui. On attend maintenant de lui qu'il prenne un bon repas, se repose et efface les traces de toute émotivité ou de tout sentiment susceptible d'amoindrir l'imperméabilité de sa cuirasse.

Demain, il se doit d'être frais, dispos et rationnel.

20

Le jour des noces

— Fais quelque chose, Georges... J'me sens plus le pied... J'vais l'perdre... J'vais perdre mon pied... Aïoye! Ma jambe! Fais quelque chose, maudit Christ! s'affole-t-il.

Il halète et tremble de tous ses membres sur la couche de branches d'épinette. Au diable l'effort de parler en montagnais. La découverte qu'il vient de faire l'épouvante et sème la panique chez lui.

— Si j'étais pas allé dehors, j'm'en serais jamais aperçu... Pourvu que la gangrène ne se soit pas mise là-dedans. Aïoye! Tu m'fais mal! Fais attention! C'est juste mon pied que j'sens pas... La jambe, elle, j'la sens... J'la sens en Christ!

Il sursaute à la moindre pression exercée afin de desserrer l'attelle sur sa jambe. Comment peut-il y avoir une partie de ce membre qui soit si douloureuse et une autre tout à fait insensible?

— Excuse-moi. Aïoye donc! J'ai peur, Georges. J'ai peur de perdre le pied... J'veux pas être amputé, tu m'entends? J'suis assez mal amanché de même... J'pourrai jamais m'marier avec Sophie si y m'manque un pied... Déjà que j'ai l'air du diable... Aïoye!

Il roule la tête, s'enfonce les doigts dans les branches qu'il sent craquer dans ses mains crispées.

— Fini... Pas peur, pas peur, ton pied correct, le rassure Georges dans son français rudimentaire en lui retirant le feutre de sa botte de motoneige.

— Y'était pas correct tantôt, quand j'me suis mis debout... C'est comme si j'avais plus de pied.

— Moi frotter.

Les mains de Georges se posent sur son pied mais il ne les sent pas. Il ferme les yeux, hanté par d'horribles visions de putréfaction de chairs occasionnée par la gangrène. Non, pas à lui! Il ne faut pas que cela lui arrive à lui! Il a déjà payé un trop lourd tribut pour avoir le privilège de piloter. C'est l'Aviation qui est en dette avec lui. Vraiment? Faudrait peut-être le lui dire car le mauvais sort continue de s'acharner sur lui, puisque les conditions ne permettent pas un vol par référence visuelle aujourd'hui.

— Ça sert à rien d'allumer le feu tout d'suite. Ça n'vole pas... Même si à Schefferville ça vole, ici c'est bouché. On gardera le pneu pour quand il fera beau. Aïoye! Maudit Christ! C'est d'ma faute, Georges. Rien que de ma faute... J'ai été un mauvais pilote... J'aurais dû m'fier soit à mes instruments, soit à mon expérience de pilote de brousse... Mais j'ai fait ni l'un... ni l'autre. Une poire sur toute la ligne. Aïe! J'sens des picotements au talon. Continue.

Patiemment, avec des gestes doux et fermes, Georges poursuit son massage et, peu à peu, il sent des picotements partout sur la plante du pied.

— Ça revient, s'exclame-t-il avec l'intonation qu'on a lorsque prend fin une interruption de courant électrique.

C'est la vie qui revient et circule de nouveau dans l'afflux de sang. Quel soulagement! Il inspire profondément. La douleur qu'il ressent dans sa jambe n'est plus qu'une question d'habitude, sans conséquence irréversible.

Il s'assoit, s'appuie sur ses coudes et examine sa jambe libérée de l'attelle. Elle est considérablement enflée, au point d'effacer le relief du genou, et sa teinte varie du bleu au mauve foncé sur une grande surface, ce qui lui permet d'évaluer la quantité de sang qui s'est répandu dans les tissus. Un frisson le parcourt aussitôt.

— Mieux pas regarder, conseille Georges.

— T'as raison. Ça fait encore plus mal quand je regarde. As-tu vu la couleur de ça?

— Normal.

— Tu trouves ça normal, toi?

— Même couleur quand tu donnes coup de poing.

Un éclair moqueur passe dans les yeux du Montagnais, bientôt suivi d'un tressautement d'épaules. Georges fait allusion au combat qui fut à l'origine de leur amitié et qui lui avait laissé les deux yeux au beurre noir.

— C'est vrai, c'est d'la même couleur que la fois où j't'avais transformé en raton laveur. Remarque que j'étais pas mieux : j'm'étais mis la main en compote pour réussir ça... T'sais comme c'est pas solide, c'te main-là... J'suis pas censé m'en servir de cette façon-là... Tu m'avais fait une de ces prises... J'étais presque plus capable de marcher le lendemain.

Il sourit puis rit tout bonnement quand il voit le tressautement des épaules se communiquer à la bedaine de son ami, indiquant que celui-ci est en état d'hilarité.

— C'qu'on était fous, dans l'temps!

— Pas changé.

— Tu trouves ? On est encore fous, tu penses ?

Signe que oui de Georges lui bougeant un à un les orteils.

— Aïe ! Ça commence à chatouiller... Ouf ! J'te jure, j'ai eu assez peur quand j'me suis mis debout pis que j'sentais plus mon pied. La jambe, elle, j'la sentais en pas pour rire... mais pas le pied. Il était tout engourdi. Arrête, tu m'chatouilles, maintenant.

Georges poursuit comme s'il n'avait rien entendu, ce qui prolonge le rire et la douce folie.

— T'as raison... Faut être fou pour rire dans un moment pareil... quand on est perdu au beau milieu d'la toundra pis que le temps permet même pas de faire des recherches. J'vois pas pourquoi j'ris... C'est aujourd'hui que j'me serais marié.

Et, aussi subitement que le rire a jailli en lui, les larmes lui montent aux yeux et le chagrin l'étrangle. Il se laisse tomber sur le dos, détourne la tête et voit s'embrouiller un rameau d'épinette à la hauteur de son nez. Il ne veut pas pleurer et tente de déguiser en rire cette douleur qui l'envahit.

— Faut être fou... pas mal.

Fou d'amour et fou d'elle, femme à atteindre. À rejoindre. Maintenant prisonnière de la pierre. «Attends-moi, Sophie. Je t'aime tant.»

Il renifle, s'emploie à replacer le rameau dans la paroi de branchages.

— Ça peut ben sentir l'épinette à plein nez, aussi. T'sais que c'est pas mal confortable comme abri... Pas mal mieux que dans l'avion. J'ai réussi à dormir, cette nuit. C'est pas de même que j'voyais ça, un *tipinuaikan*[1].

— Hmm.

La chaleur émanant des paumes de Georges sur son pied l'apaise totalement et il éprouve un vif sentiment de reconnaissance envers son compagnon. Que ferait-il sans lui? Que serait-il devenu? Il n'ose penser à ce qu'aurait été une deuxième nuit dans la cabine glaciale de l'avion et trouve tout à fait remarquable le confort de l'abri.

— C'est vrai, j'imaginais ça beaucoup plus petit, un *tipinuaikan*. C'est pas grand un peu?

— Hmm.

D'une longueur approximative de deux mètres sur une largeur d'environ un mètre et demi, l'abri a été creusé le long de la paroi du rocher, offrant ainsi des murs d'une hauteur qui permet de s'asseoir sur la couchette sans donner de la tête dans la toiture de branchages.

— Y doit plus rester beaucoup de branches aux épinettes, ajoute-t-il pour faire rire ou sourire le Montagnais qui lui enfile maintenant le bas de laine avec précaution.

— Pas vrai? Ç'a dû en prendre pas mal pour la couchette, les murs pis le toit.

Il tâte le matelas de plus de trente centimètres d'épaisseur et promène un regard sur les parois tapissées de branchages, à l'exception évidemment de celle du rocher, laissé à nu et au pied duquel Georges a installé le réchaud, permettant à la fumée de s'évacuer en longeant la paroi.

En temps normal, il s'accommode assez bien du silence de Georges, mais, depuis l'accident, ce silence l'embarrasse. À quoi pense l'Amérindien? Lui tient-il rigueur

---

1. *Tipinuaikan* : abri temporaire.

d'avoir mal piloté? Le considère-t-il comme un poids mort et inutile, ainsi qu'il se sent lui-même? Interprète-t-il comme des reproches les commentaires qu'il vient de faire sur l'abri? Comment savoir? L'expression imperturbable de l'homme qui remet le feutre de sa botte en place le laisse pantois. Peut-être n'aurait-il pas dû lui dire que cet abri ne correspond pas à l'image de précarité que le mot «tipinuaikan» éveillait chez lui. On sent bien, ici, que tout a été conçu pour un séjour prolongé. Ce n'est pas un simple trou creusé dans la neige pour attendre une accalmie, mais un gîte confortable où l'on peut se reposer, manger, travailler, faire sécher le linge aux perches de la toiture, dont les extrémités sont appuyées contre le rocher d'un côté et fichées dans la neige de l'autre. Un gîte incroyablement bien calfeutré, qu'on parvient à réchauffer, et où tout a été pensé en fonction non seulement de la survie mais du maximum de confort possible. Un gîte où il a trouvé le repos hier soir, quand, gagné par la douce chaleur, il s'est enfoncé dans l'épais matelas, les muscles de son corps entier libérés des contractions occasionnées par le froid. Un gîte faiblement éclairé par la lueur du réchaud, où il emportait dans ses songes l'image de Georges savourant une cigarette et la bonne odeur de tabac grillé intimement liée à une notion de bien-être. Un gîte sombre et tiède, habilement façonné dans cette neige qui, d'ennemie, est devenue alliée et qui, de mortelle, est devenue salvatrice. Cette neige dans laquelle ils se sont réfugiés plutôt que de la combattre, s'y creusant une matrice au lieu d'un tombeau.

— C'est pas plus petit que ça, un *tipinuaikan*?

Georges promène un regard satisfait autour de lui avant d'approuver d'un signe de tête.

— C'est parce que tu penses qu'on va rester longtemps ici que tu l'as fait grand de même, hein?

Signe que oui de nouveau. Georges se penche maintenant au-dessus de sa jambe pour remettre en place les courroies de l'attelle.

— Si j'avais donné ma position, on nous aurait retrouvés hier. Personne sait qu'on est à soixante milles à l'est de
notre route. C'est d'ma faute, Georges. Rien que de ma
faute si tu te retrouves dans l'pétrin avec moi... T'as raison
d'être fâché contre moi... J'te demande pardon.

— Pas fâché.

Il éprouve une douleur au simple contact de l'attelle et
réagit malgré lui. Georges desserre alors les courroies au
niveau du genou.

— Moi, j'suis fâché contre moi. J'me sens tellement...
inutile. Tellement encombrant... J'peux rien faire pour toi...
C'est toi qui fais tout.

— Normal.

— J'sais que tu pourrais t'en retourner à Schefferville
tout seul. Mais c'est mieux pas... J'dis pas ça parce que
j'peux pas suivre. Ç'a été prouvé. C'est plus facile de repérer un avion qu'un homme.

Georges s'emploie maintenant à faire tremper du lichen
dans le plat d'eau tiède qu'il met à leur disposition.

— Mange, lui dit-il en langue montagnaise. Les caribous
en mangent. Moi aussi, j'en ai mangé quand j'étais enfant...
Une fois, nous avions très faim. C'était en hiver. Les loups
avaient dévoré les caribous que mon père avait tués. Nous
n'avions plus de provisions... Nous étions très faibles. Trop
faibles pour creuser la neige à la recherche du lichen. Alors,
nous mangions ce qui restait dans les trous que font les
caribous. Mon père a décidé de descendre au sud, là où il y
avait une autre famille qui chassait. Cela nous épuisait de
marcher. Quand nous avons rencontré ces gens, ils nous ont

donné du bouillon car nous étions devenus trop faibles pour manger, puis ils nous ont donné de petits morceaux de banique et c'est comme ça qu'ils nous ont sauvés. C'était normal... Les Innus ont toujours fait ça. Quand nous montions vers les territoires, nous laissions toujours de la nourriture dans les arbres, au cas où nous n'en aurions plus à notre retour ou que quelqu'un en aurait besoin. Mange.

Georges lui porte une pincée de lichen à la bouche. Il y a quelque chose de sacré dans ce geste qui semble pourtant si naturel au Montagnais. Quelque chose de profond et de très grand. De très beau et de très fort, qui distingue l'Innu des bêtes qui se disputent leur nourriture. L'Innu : l'être humain. L'être animé d'un esprit supérieur à celui de l'animal. L'être qui partage et communie avec ses semblables. Quelle grande leçon d'humanité Georges vient de lui donner! Leçon d'humilité également, qui l'incite à mettre de côté l'orgueil de celui qui se froisse d'être devenu dépendant.

Il ouvre la bouche avec la ferveur de l'enfant à sa première communion et reçoit à manger de la main de l'être humain ayant survécu à ce pays depuis des millénaires. Ayant survécu au froid et aux disettes de cette contrée hostile en partageant chaleur et nourriture.

Il mastique lentement et trouve cela bon en dépit d'un léger goût amer.

— C'est un peu comme les boîtes de secours, la nourriture que vous mettiez dans les arbres.

— ...

— Quand j'pense à tout c'qu'il y avait là-d'dans. On aurait été gras dur pour des semaines.

— ...

— Qu'est-ce que t'aurais pensé de l'Innu qui aurait enlevé la nourriture que vous laissiez dans les arbres?

— Qu'il n'était pas intéressé à vivre.

— Et de celui qui aurait enlevé la nourriture des autres ?

— Qu'il était méchant... mais Tête d'Oiseau n'est pas méchant, répond Georges en lui offrant une deuxième pincée de lichen.

Le fait qu'il réponde maintenant dans sa langue maternelle aux questions posées en français donne plus de poids et de crédibilité à la dernière affirmation, comme si Georges pouvait poser un regard neuf et impartial sur les agissements des hommes blancs et dégager l'Innu de tous les artifices de leur civilisation.

— Y'est peut-être pas méchant, mais on serait moins mal pris sans lui... Le problème, pour nous autres, c'est qu'y a pas de famille qui chasse au sud... pis qu'y a pas grand *uàpush*[2].

— Non, y'en a pas beaucoup.

— Combien de temps tu crois qu'on peut tenir le coup en mangeant du lichen ?

— Assez longtemps... mais on va devenir faibles. Il nous faut de la viande.

— Quand j'pense que c'est aujourd'hui que... que... Tout était arrangé... On aurait couché dans un hôtel à Montréal, t'imagines ? Ah ! c'aurait été le grand luxe ! Pis avant de prendre l'avion, y'aurait eu la fête. On aurait eu du *fun*.

— Ma femme avait hâte. C'était la première fois qu'on était invités à un mariage de Blancs.

Cette phrase lui fait prendre conscience que, tout comme lui, Georges se voit séparé de ceux qu'il aime. De cette femme riante à qui il est marié depuis plus de vingt-cinq ans, et de ses trois enfants. Cela l'unit davantage à lui et lui

---

2. *Uàpush* : lièvre.

fait réaliser tout ce qu'ils ont en commun, outre cette nourriture et ce toit de branchages.

— Ta femme inquiète aussi d'être sans nouvelles...

C'est à son tour maintenant d'utiliser la langue de l'autre. De faire un effort pour communiquer dans cette langue qu'il maîtrise mal. À son tour de connaître la recherche des mots, la prononciation ardue et quelquefois erronée, et la difficulté de traduire fidèlement sa pensée.

— Oui. Elle doit avoir peur que j'aie été blessé... ou tué. Mes enfants aussi. Mais je sais qu'elle ne pleurera pas devant eux. Elle est forte et courageuse. Je la connais. Elle va m'attendre.

— Comme Sophie.

— Hmm.

— Tu l'as connue comment, ta femme?

— C'était en été. Ses parents étaient descendus pour vendre leurs fourrures et ils étaient venus voir la réserve de Maliotenam que le gouvernement venait de nous donner. Moi, j'aidais mon père à s'y installer. Il voulait avoir une maison en bois, comme les Blancs... Alors, je l'aidais. Elle, elle avait appris à parler français avec les sœurs et elle servait d'interprète à sa famille pour l'échange des fourrures. C'était une belle fille. Toujours de bonne humeur. Elle savait préparer les viandes et les peaux, coudre des mocassins et cuire de la bonne banique, et en plus elle avait appris des choses chez les sœurs. J'ai su qu'elle allait devenir ma femme.

— Comment?

— Parce que mon cœur battait plus fort quand je la voyais. Nous nous sommes mariés à la fin de l'été... Toute la nuit, nous avons dansé.

— Avec un tambour?

— Oui... Nous dansions beaucoup, avant, en été. C'était le temps où on descendait le long de la côte pour commercer, rire et s'amuser. Aujourd'hui, nous ne dansons plus comme avant.

— On va danser quand on va retrouver nos familles.

— Toi ? Tu vas danser comme nous autres ?

— Oui. Promis. Tu me montreras. On va danser, rire et s'amuser. Ma jambe va être guérie, non ?

— Oui. Nous allons partir quand tu pourras marcher. Nous retrouverons nos femmes, nos enfants, affirme Georges dans cette langue gutturale et chantante à la fois.

Plus que ces paroles, la détermination farouche qui brille dans les yeux du Montagnais lui donne confiance et espoir. Il adhère de tout son être à la conviction de cet homme de retrouver les siens. N'a-t-il pas l'expérience, la connaissance des lieux et la volonté qu'il faut pour mener à bonne fin l'expédition qui les ramènera à Schefferville ? En plus de tout cela, Georges n'a-t-il pas toujours eu l'intention bien arrêtée de l'emmener avec lui ? Cet abri en est la preuve, ainsi que le partage équitable de cette nourriture de survie. Quelle chance il a, dans sa malchance, de l'avoir avec lui ! Il n'ose penser à ce qui serait advenu s'il avait refusé qu'il embarque, ce matin-là.

D'ici à ce que sa jambe soit guérie, ils ont amplement le temps d'être retrouvés. Tant que l'avis de disparition d'aéronef sera en vigueur, ils ont des chances d'être repérés, car tout pilote digne de ce nom redoublera de vigilance au-dessus de ce désert. Pour leur part, ils entretiendront régulièrement la lettre V du code de signaux visuels au sol, signifiant «secours requis» ainsi qu'un feu de signalisation, pour autant que le permettront les conditions atmosphériques. Peut-être même qu'il pourra tenter de rafistoler la radio lorsqu'il ira mieux.

Une vague de reconnaissance le submerge et il laisse ses yeux s'emplir de larmes sans détourner la tête devant Georges.

— Merci, *uìtsheuàkan*[3], dit-il. Merci d'être là.

* *
*

Vrombissement du DC-3 au décollage. C'est lui qui s'envole, c'est lui... Sophie s'éveille en sursaut et se retrouve assise sur le divan-lit, sa chemise de nuit en flanelle trempée de sueur. Le grondement du bimoteur s'amplifie et elle entrouvre les rideaux juste à temps pour voir sa belle tête d'avion-dauphin s'aventurer vers un ciel nébuleux.

Son cœur se serre instantanément quand le voile des nuages estompe la silhouette de cet avion associé à Émile. Non, ce n'est pas lui... Ce n'est pas lui... C'est Barbiche... Barbiche qui doit respecter un horaire de vol aujourd'hui. Barbiche et Choucroute, le moral bas et l'âme en peine de ne pouvoir participer aux recherches de ce deuxième jour. «On va te le retrouver, ton Émile», lui promettaient-ils avant-hier... Elle n'aurait pas dû y croire. N'aurait pas dû s'accrocher à tous ces espoirs suspendus comme autant de trapèzes au-dessus du vide immense créé par la disparition d'Émile. De l'un à l'autre, hier, elle est passée, risquant la chute sans filet. Premier espoir : celui de le voir revenir de lui-même. Deuxième espoir : celui inspiré par l'attitude du major Langlois. Troisième et dernier espoir auquel elle s'était agrippée avec force et conviction : celui de voir Tête d'Oiseau le lui ramener sain et sauf. Mais voilà, Tête d'Oiseau est apparu au quartier général en affichant la mine tragique et effroyablement désespérée de l'échec. Malgré le fait qu'il

---

3. *Uìtsheuàkan* : compagnon, ami.

s'était rasé la barbe et taillé les cheveux, elle a immédiatement reconnu son regard et réalisé à quel point celui-ci exprimait sa douleur. La haine qu'elle lui vouait se teinta de cette pitié qui fait ricocher les projectiles de la rancœur. Elle savait que, de tous les hommes participant aux recherches, il était celui qui avait le plus à cœur de retrouver Émile et, d'une manière tout à fait inconsciente et inavouée, elle avait tout misé sur ce pilote rebelle passé maître dans le vol à vue. Mais il était seul. Effroyablement et tragiquement seul dans l'encadrement de la porte. Alors, elle sentit ses mains moites lâcher ce troisième trapèze et elle tomba... Lorsqu'elle revint à elle, James Thompson la soutenait et elle se laissa aller à sa déraison. À demi-consciente, elle s'agrippait au bras vigoureux de cet homme dont la haute stature rappelait sans équivoque celle d'Émile. C'était un peu son grand amour qu'elle sentait là, à ses côtés. Un peu de sa force, de son sang. On la dirigeait vers la voiture et elle gardait les yeux fermés, s'imaginant qu'elle verrait ceux tout bleus et lumineux d'Émile lorsqu'elle ouvrirait les siens.

La réalité faisait trop mal et elle ne savait plus comment s'en échapper. Elle se sentait fautive de l'avoir laissé partir alors qu'il ne lui semblait pas en état de piloter. Aurait-elle pu le retenir? S'accrocher à lui lorsqu'il s'est penché pour l'embrasser, au risque de se montrer indigne d'être la femme d'un pilote? «Regarde ce à quoi tu t'engages pour la vie», avait-il dit en soulevant les cheveux sur son oreille mutilée. Quelle confusion! Quel trouble profond elle avait senti chez lui quand il retenait le miroir. «Il est encore temps de changer d'idée, Sophie. Marie-moi pas par pitié.» Dans quel état était-il donc quand il avait balancé les ailes pour la saluer après le décollage? Elle, elle avait ressenti un choc. Une rupture. Quelque chose en elle se déchirait. Était-ce commun à toutes les femmes de pilotes? «Faut que je m'habitue», s'était-elle répété derrière la triple fenêtre givrée, mais déjà elle avait mal. Elle avait peur. Mal de le voir partir et peur qu'il ne revienne pas. Et voilà qu'il n'est pas revenu et que le ciel vide s'est écrasé sur elle avec le poids de la fatalité. Voilà qu'elle se languit de lui et qu'elle consolide dans sa mémoire ce visage qu'elle voyait avec les yeux du cœur. Comment était-il? Outre les yeux d'un bleu captivant, il lui semble que le reste commence à lui échapper, comme si le reste n'avait jamais eu l'importance que les autres lui accordent. «Comment se fait-il que personne n'ait de photo de cet homme?», ne cesse de répéter le journaliste. «C'est à croire qu'il était recherché.» Ce qu'il peut être méprisable, cet homme constamment à l'affût avec son appareil photo. Bien sûr qu'il en existait, une photo d'Émile, premier tiroir à droite de son bureau avec les alliances, mais personne ne devait en prendre connaissance. Hier, après l'avoir longuement regardée, elle l'a cachée au fond du placard par mesure de prudence. C'est la seule photo qui ait été prise après l'accident, et pour cela Émile s'était rendu dans ces cabines où s'entassent habituellement les adolescents amoureux pour conserver un souvenir de leur idylle. De la série de quatre photos pour un dollar, il n'en restait qu'une, montrant sous l'angle le plus désavantageux, l'oreille à découvert, la joue et le cou. De toute évidence, Émile voulait avoir un aperçu de ce que les autres voyaient de ce profil. C'était cru, froid, impitoyable. C'était à faire peur. À faire honte. À faire pleurer. Nul doute qu'Émile devait se sentir monstrueux chaque fois qu'il regardait cette photo, et elle comprend mieux maintenant l'attitude qu'il avait eue quand elle s'était raidie dans ses bras et l'avait repoussé. Cette photo ne lui faisait-elle pas savoir à quel point il était repoussant? Pauvre lui! Ce qu'il est demeuré fragile en dépit de ses apparences d'homme fort et combatif! Un rien peut froisser son âme sensible. Et comme elle souffrait, cette âme, lorsque Émile est parti avec le *Grand Blanc*! Il était même devenu cinglant. «Pour tes parents, j'ai une photo qui en dit long. Elle a été prise du mauvais bord... Tu la leur montreras, pour qu'ils sachent à quoi s'attendre, eux aussi.» Non, elle ne la leur montrera pas. Ni à eux ni à personne.

Elle jette un regard sur la piste déserte. Tout est immobile sous le ciel bas et gris. Seuls les vols aux instruments sont autorisés. Hélas, étant donné l'absence d'ELT, il ne sert à rien d'entreprendre une recherche électronique, et les bimoteurs et hélicoptères des forces armées canadiennes équipés pour effectuer une telle recherche se trouvent cloués au sol au même titre que n'importe quel appareil. C'est injuste! Pourquoi le mauvais temps se met-il de la partie? Contribue-t-il à ce que la fatalité du treizième atterrissage forcé s'accomplisse?

Son regard s'embue de nouveau au souvenir du battement de cœur qu'elle percevait dans la laine du chandail d'Émile alors qu'il la tenait sur ses genoux pour la première fois. Il avait lancé douze olives, une pour chacun de ses atterrissages forcés, et elle avait frémi à l'idée que ce cœur puisse s'arrêter. Une larme déborde, roule sur la joue, se ramasse à la commissure des lèvres avec son goût salé. Elle l'essuie hâtivement, mais une autre suit aussitôt, l'obligeant à renifler. Ce qu'elle fait le plus discrètement possible pour ne pas réveiller ses parents qui dorment dans le lit où, avant-hier... avec Émile... Les larmes redoublent. À court de kleenex, elle utilise le revers des manches de sa chemise de nuit pour les éponger.

Toute la nuit, elle a pleuré, et, maintenant qu'elle recommence, un mal de tête pénible revient à la charge. Exactement comme le journaliste avec sa photo et ses questions embarrassantes. Quand donc finira ce cauchemar? Quand le retrouvera-t-elle? Il lui manque tellement et elle sent avec tant d'acuité qu'il souffre quelque part. Oui, il souffre dans son corps. Il a mal, il a froid, il a faim, elle le sent dans tout son être. C'est comme si leurs âmes pouvaient encore communiquer. Comme si, par le truchement d'ondes mystérieuses tout à fait inexplicables au commun des mortels, elle pouvait capter les signaux de détresse qu'il émet. Oui, il est quelque part dans la toundra et il a mal et froid et faim. Il a besoin d'elle. Et elle ne peut rien faire. Rien faire d'autre qu'attendre.

Une nausée subite la fait courir vers la salle de bains, rencontrant le regard de sa mère qui enfile sa robe de chambre.

Elle vomit peu, finalement, et revient vers la cuisinette-salle à manger-salon, l'estomac vide, la tête lourde et le cœur encore au bord des lèvres.

— J'étais comme ça aussi les premiers mois, dit sa mère en s'affairant aux préparatifs du déjeuner.

— Ah oui ?

— Oui. Suffit de prendre trois biscuits soda avant de te lever.

— Ça marche ?

— Avec moi, ç'a marché.

— J'essayerai.

Sa voix tremble. Ses doigts également lorsqu'elle simule le geste de passer une alliance à son annulaire. C'est aujourd'hui qu'ils se seraient unis légalement. Aujourd'hui qu'ils auraient proclamé leur amour à la face du monde. Mais cela n'aura pas lieu. Monique a téléphoné, hier, pour annuler la cérémonie. Tremblent encore les larmes accrochées à ses grands cils. L'homme qui avait remarqué les bijoux de ses yeux se voit dans l'impossibilité de venir les cueillir. Tombe une larme, puis une autre sur ses doigts tremblants lorsqu'elle pense à ces trois biscuits soda qu'il lui aurait apportés chaque matin avec son sourire. Que ces inconvénients de la grossesse seraient peu de chose s'il était là !

— J'te dis que ça fait du bruit, ces avions-là, quand ça décolle, poursuit sa mère d'un ton qui veut remettre les choses en ordre.

— On s'habitue.

Elle, elle sait reconnaître le grondement du DC-3 dans ce qui n'est que du bruit aux oreilles de sa mère. Elle sait distinguer le ronronnement de ses moteurs de celui des autres. Dès la première fois où, par la fenêtre, elle a observé les manœuvres de l'appareil auquel Émile était affecté, elle a enregistré la musique particulière de ces trente-six cylindres vibrant à l'unisson. Que ce soit au décollage ou à l'atterrissage, elle comprend le langage que lui tenaient ces cœurs mécaniques régis par la main de son fiancé.

— Où tu mets ton sucre?

— Dans l'armoire de droite.

Indubitablement et gauchement, sa mère veut lui venir en aide en lui proposant de se concentrer sur ces petites tâches de la vie, croyant qu'elle finira ainsi par oublier les grandes œuvres dont la mort est capable.

— Est-ce que t'as du gruau? C'est très bon pour toi, dans ton état.

— Je n'ai pas faim, maman.

— Faut manger, ma p'tite fille, faut manger. J'peux cuire des œufs, si tu veux.

Mère poule, sa mère ouvre et ferme armoires et tiroirs à la recherche de ce qui pourrait bien lui faire oublier la triste réalité. La grosse poulette aux cheveux tout gris veut pondre un beau coco... pour sa Sophie qui va faire dodo. Qui va oublier, cesser de pleurer... et sourire aux anges.

— Maman, je n'ai pas faim... Venez vous asseoir un peu... avec moi.

La grosse poulette grise abandonne ses chaudrons, laisse tomber les bras le long de son corps et se tourne vers elle, le visage défait, les yeux rougis.

— J'voulais tellement pas qu'une chose de même t'arrive, ma p'tite fille. J'voulais pas que tu partes... J'aurais pas dû t'laisser partir... T'étais ben trop fragile encore, juste après ta dépression... C'est d'ma faute.

— Mais non, maman. Qu'est-ce que vous allez chercher là?

La grosse poulette grise s'assoit en face d'elle, pose sa main potelée et chaude sur les siennes maigres et tremblantes.

— J'avais tellement peur qu'une chose de même t'arrive... J'savais pas comment te retenir.

— Vous auriez pas pu, de toute façon. Si vous saviez quel grand bonheur j'ai connu avec lui. C'est pas disable... Il est tellement... tellement l'homme dont j'ai rêvé toute ma vie.

La main grasse et potelée qui a pétri le pain de son enfance presse doucement les siennes.

— J'comprends maintenant pourquoi vous avez pas voulu m'accompagner au traversier. Vous pensiez que j'changerais d'idée, hein?

Signe que oui. Léger effleurement des doigts qui savaient si bien et si vite natter ses cheveux pour l'école.

— C'est drôle... Moi aussi, j'me reproche de l'avoir laissé partir... J'me dis que j'aurais dû le retenir... Faire une crise, n'importe quoi. J'me sens tellement coupable.

— J'te comprends... Moi aussi, j'me sens d'même.

— C'est pas pareil, maman... Il était tellement bouleversé d'avoir dû congédier un de ses hommes... J'le sentais tellement fragile de l'intérieur.

— C'est pareil, ma fille. J'te sentais tellement fragile, après ta dépression... J'arrivais pas à oublier que t'avais déjà essayé de... de...

La main chaude qui a caressé un à un ses petits doigts de bébé naissant étreint convulsivement la sienne au souvenir de sa tentative de suicide.

— Tu vois, ma fille, même aujourd'hui j'ai d'la misère à en parler... D'la misère à comprendre que t'aies pensé à t'enlever la... la vie... C'est pareil. L'amour nous fait souvent faire des choses... On fait du mieux qu'on peut avec ce qu'on a. J'sais que j'ai été mère poule avec vous autres, que j'ai été plus sévère avec mes filles, aussi... Mais c'était pour votre bien... C'était parce que j'vous aimais.

Et cette main qui n'a cessé de rectifier les plis des tuniques des deux sœurs Galant et qui a veillé à ce qu'elles aient une conduite irréprochable caresse maintenant doucement son avant-bras. Tout imparfait qu'il soit, l'amour passe entre elles. Encore chaud malgré les froideurs et les incompréhensions des comportements, il les pénètre et fait fondre ce qui reste de reproche. Ne restent qu'une mère et sa fille. Qu'une femme ayant donné la vie à l'autre qui s'apprête à la donner à son tour. Qu'une femme ayant traversé de son mieux les rapides de la rivière avec l'embarcation que l'amour lui a donnée et cette autre femme qui manœuvre de son mieux avec une embarcation semblable sur les rapides dangereux.

— Parle-moi de lui un peu... T'as pas eu le temps, avec l'histoire de c'te maudit journaliste-là pis ta faiblesse à l'aéroport.

Ne restent qu'une mère et sa fille qui se rejoignent enfin parce qu'elles ne sont maintenant que deux femmes qui se comprennent.

Oui, elle va parler de lui à sa mère comme elle n'a encore jamais parlé de lui à personne. Elle va parler de lui parce que cette femme veut entendre parler de cet homme qu'elle aime. De cet homme qui a déposé un peu de lui-même dans ses entrailles.

— Vous savez c'que papa me disait toujours : que chaque chaudron a son couvercle...

Elle va parler de lui au présent, parce qu'il est présent en elle... et présent sur cette terre à avoir froid, faim et mal.

*   *
*

Moment d'accalmie au quartier général des opérations. Tout à l'heure, ils étaient une vingtaine à y parler, fumer et boire du café. Il fallait jouer des coudes autour de la carte où figure la troisième zone et hausser le ton pour couvrir le murmure de toutes ces voix pestant contre les averses de neige. Un nuage de fumée rampait au plafond et des flaques d'eau s'étendaient sous les semelles des bottes. Une odeur de café trop longtemps réchauffé dans le distributeur automatique, gracieuseté de l'hôtel, se mêlait aux relents d'essence et à ce parfum distinctif de l'hiver que dégagent les fibres laineuses en séchant.

Maintenant, Philippe Langlois apprécie d'être seul et il inhale longuement et profondément une bouffée de sa cigarette. Une avalanche d'informations viennent de lui tomber dessus et il doit profiter de ce rare moment de paix pour y mettre de l'ordre, le plus difficile étant d'isoler les faits en les dépouillant de toute émotivité.

Le gérant de la compagnie d'aviation pour laquelle Émile Simard travaillait vient tout juste de le quitter, le laissant perplexe. Que d'éloges ce cadre lui a débités au sujet de ce chef pilote qu'hier matin il tenait pour un inconscient! Si ce gérant était francophone, il ne lui aurait prêté qu'une oreille distraite, car c'est bien connu qu'étant de tempérament latin les Québécois sont généralement plus émotifs. Mais celui-là est anglais jusqu'au bout des doigts, froid, raide de corps, et visiblement régi par un esprit rationnel et pragmatique. Son discours est simple mais rend les choses encore plus complexes. Selon lui, Émile Simard était un pilote d'une rare compétence, qui, au cours de douze atterrissages forcés antérieurs, avait toujours fait preuve de sang-froid. Québécois par son père, Irlandais par sa mère, ce chef pilote savait gagner l'estime des hommes et la confiance de la compagnie, qui venait d'ailleurs de modifier les horaires de vol afin de pouvoir offrir les services du DC-3 pour les deux prochains jours. Il ne faisait nul doute, dans l'esprit de ce gérant, que la cause des lacunes de M. Simard aux commandes du Otter avait été d'ordre émotif puisqu'il venait de congédier le dénommé Tête d'Oiseau, un ex-détenu dont il s'était porté garant. C'est là que ça se complique. Là, autour de ce personnage intrigant. Cet ex-bagnard au regard tragique et farouche qui se démène pour retrouver le chef qui l'a congédié. C'est avec lui que l'émotivité culmine et atteint des proportions alarmantes. Chaque fois qu'il est apparu dans cette pièce, il a jeté l'émoi et la confusion. Hier, la fiancée s'est même évanouie en le voyant et Barbiche cachait mal sa rancœur. Qui est-il donc? Que s'est-il passé entre lui et son chef le matin du 3 mars, et est-ce important de le savoir pour la bonne marche des opérations? Maintenant qu'il sait que cet homme possède un dossier judiciaire, est-ce qu'il regrette de lui avoir confié le secteur SI-H de la troisième zone?

Le major jette un regard sur la carte, où la zone en question ressemble à un cadre autour de la zone deux, un cadre dont les côtés gauche et droit sont de dix milles marins, et le haut et le bas, de cinq milles marin. Le secteur SI-H se trouve au sud-est, là où se rencontrent les plus importantes élévations, allant jusqu'à trois mille quarante-neuf pieds d'altitude. Parce qu'il a pris l'initiative, hier, d'effectuer lui-même des recherches autour des élévations et que la vitesse et la manœuvrabilité de son 170B s'y prêtent à merveille, Tête d'Oiseau s'avérait tout désigné pour hériter de ce secteur. Il est, paraît-il, passé maître dans l'art du vol à vue et connaît cette région presque par cœur. De plus, il montre une telle détermination à retrouver coûte que coûte cet avion. Il semble aussi déterminé, sinon plus, que tous ceux qui le mettent à l'écart et le tiennent responsable de l'accident. Mais, au fait, est-ce son statut d'ancien prisonnier qui est cause de ce rejet et de cette condamnation? N'est-ce pas un peu facile de jeter le blâme sur quelqu'un dont le passé est déjà entaché? Et puis, c'est bien connu, l'être disparu n'est jamais fautif. «C'est pas de sa faute» est habituellement la première affirmation des parents et amis en de telles circonstances. Alors, il faut un responsable. Quelqu'un à qui imputer la cause de leur douleur et sur qui cristalliser leur révolte.

Non, il ne doit pas regretter d'avoir confié ce secteur à cet homme. Son intuition l'avertit que ce gars-là se démènerait pour sauver le chef pilote qui lui a donné une chance au sortir du pénitencier, même si ce chef vient de lui ravir cette chance en le congédiant. On lui a enseigné, durant ses cours, qu'il ne devait pas suivre aveuglément ses intuitions mais qu'il ne devait pas les rejeter totalement non plus. Dans certains cas, elles se sont avérées justes. Mais comment être certain que dans ce cas-ci...? «Tut, tut, major. Les faits, n'oubliez pas les faits.»

Philippe Langlois écrase son mégot dans le cendrier plein à ras bord et avale une gorgée d'un café tiède et amer à même un verre de plastique qu'il envoie ensuite prestement dans la poubelle. Cochonnerie de nourriture! Il peut bien avoir des brûlements d'estomac. À moins que ce ne soient ces faits décourageants qui les lui occasionnent. «Ça vole mais on ne voit pratiquement rien en bas quand il neige», ont rapporté les observateurs ayant ratissé les secteurs SI-A, SI-B, SI-C et SI-D, au nord. Cloués au sol par un plafond bas, les avions n'ont pu prendre leur envol qu'à compter de onze heures trente, et, une heure plus tard, des averses occasionnelles ont débuté, épargnant jusqu'à maintenant les secteurs SI-E, SI-F, SI-G et SI-H, situés au sud. Mais, d'après le centre de radiocommunication de Schefferville et les rapports des pilotes, ces averses de plus en plus fréquentes ne tarderont pas à rejoindre ces secteurs. Il ne lui reste qu'à espérer qu'on aura le temps de les ratisser avant.

Quatorze heures. Il regarde par la fenêtre panoramique et voit atterrir le BAC-111 de Québecair. Une neige lente et paresseuse descend tout doucement. Elle n'a rien d'une tempête capable d'interrompre le battement journalier de la civilisation au bout de l'artère septentrionale où se situe Schefferville, mais tout du traître voile brodé de millions de jolis flocons ravissant les reliefs de la toundra et l'obligeant à garder au sol les quatre appareils revenus de mission, soit les Cessna 180 et 185 ainsi que deux Buffalo des forces armées canadiennes. Ce serait une pure perte de temps, d'énergie et de carburant que d'autoriser leur décollage et il se doit de maintenir sa décision en dépit de l'impatience et de la frustration qu'il sent chez les sauveteurs et les volontaires.

Deux hommes au pas décidé se dirigent vers le quartier général. Il reconnaît facilement le Zèbe avec son casque arborant le macaron «Y'a du français dans l'air», accompagné d'un homme portant un sac à dos. Un passager du vol régulier de Québecair, sans doute.

Il ouvre grand la porte et les y attend, appuyé au chambranle. Cette bouffée d'air frais le ragaillardit et il s'attarde un instant à regarder voltiger la neige.

— Bonjour, major Langlois! Je vous apporte du renfort, s'exclame le Zèbe. Vous prenez l'air?

— Oui. Je change celui de la salle en même temps.

— C'est De Rien, un saisonnier. Il est venu de lui-même... J'ai pensé qu'il me ferait un bon navigateur.

— Enchanté, monsieur De Rien.

— C'est Sauvé, mon nom.

— Nous autres, on l'appelle De Rien. Ti-Gilles De Rien, taquine le Zèbe aux allures de jeune chien fou.

Ils rient tous trois, moitié par gêne, moitié par réaction à la gravité du moment.

— C'est pas de chance, cette neige, dit alors Philippe Langlois en les invitant à l'intérieur.

— Qu'est-ce qu'on fait demain ? Est-ce qu'on continue ?

— Bien sûr, on continue, mais je ne sais pas encore quelle sera la quatrième zone. Nous envisageons la possibilité que M. Simard soit passé tout droit à Schefferville et se soit perdu au nord. Il suffit d'une défectuosité du compas pour passer à côté de la ville.

— Ouais, le Grand a sûrement essayé de revenir aux instruments. Ça lui ressemble.

— Le Grand, c'est le surnom de M. Simard ?

— Bien sûr. Y mesurait dans les six pieds et deux.

— C'est fou, je l'imaginais très petit... comme son fils.

— Ah non ! Ils ne se ressemblent pas du tout, ces deux-là. C'est toute une pièce d'homme. Le Grand a même déjà voulu être boxeur dans sa jeunesse, poursuit le Zèbe sans cacher l'admiration qu'il voue à son capitaine.

— Comme ça, il serait capable d'encaisser des coups. J'suis content d'apprendre ça. Selon vous, est-ce qu'il aurait réagi en pilote VFR ou IFR lors de ce vol ?

— IFR. J'étais avec lui au cours du Twin Otter donné par De Havilland. Y'a passé haut la main. Y'était ben bon aux instruments, pis si y'ont fait défaut, c'est plein de bon sens, c'que vous avez dit tantôt. Il serait rendu au nord.

— J'vais vérifier auprès de M.... Barbiche, qui a été également son copilote et auprès de... de Tête d'Oiseau. D'autres questions ?

— Non... Euh... Ben, c'est à propos... de... de l'article.

— Quel article ?

— Vous auriez pas dû dire ça, major : ça sape le moral. Ça m'a donné un choc quand je l'ai lu dans l'avion, débite d'un trait le nouvel arrivant jusqu'ici silencieux, en sortant le journal d'une pochette de son sac.

— Mais dire quoi ? Qu'est-ce que j'ai dit ?

« On a peu d'espoir de les retrouver » lui apparaît soudain en gros caractères rouges au-dessus de la photo de la fiancée évanouie.

— Mais j'ai jamais dit ça ! s'exclame-t-il, ahuri.

— On mentionne votre nom dans l'article.

— Quelle honte ! Mais quelle honte d'avoir publié la photo de cette pauvre femme ! Faut vraiment pas avoir de cœur !

« Ou de photo de la victime », ne peut-il s'empêcher de penser. « Curieux, tout de même. »

— Ça nous surprenait beaucoup, aussi, que vous ayez parlé de même. J'vous le laisse. Les journaux viennent d'arriver en même temps que moi ; dans pas grand temps, ils vont être répandus partout dans la ville. J'vais aller m'installer chez le Zèbe, si vous avez pas besoin de nous autres.

— Non, pas pour l'instant. Allez-y.

Il ne peut s'empêcher de ressentir un mélange de colère et de dégoût devant l'utilisation de cette photo accompagnant la manchette du journal. Quelle sera la réaction de cette femme en la voyant ? Ne dirait-on pas qu'elle-même a perdu tout espoir ? Alors qu'elle fait preuve d'un courage exemplaire, s'employant à ravitailler les équipes des avions civils autant que militaires en sandwichs, café et petits gâteaux. Toute douce et menue, elle distribue les collations avec des gestes de maîtresse d'école, encourageant par sa simple présence les gens à se dépasser. Et quelle sera la réaction de ceux-ci quand ce torchon déferlera dans la ville ?

Il n'ose penser aux conséquences et ouvre rapidement le journal afin de prendre connaissance de l'article en question, appréciant le départ du Zèbe et de son futur navigateur. Qu'est-ce qu'il est censé avoir dit ? Ah ! c'est ici ! Il n'a pas le temps d'y accorder un seul regard car la porte s'ouvre, laissant entrer une corpulente Montagnaise. Il la salue.

— Madame, que puis-je faire pour vous ?

Elle l'examine des pieds à la tête en silence, puis s'assoit sur une des chaises le long du mur. Embarrassé, il ajoute :

— Si vous voulez du café, servez-vous... Je suis le major Langlois et je m'occupe des recherches.

— Je suis la femme de Georges, répond-elle en posant les mains sur un sac à main en imitation de peau de crocodile fendillée par le froid.

Il semble qu'elle n'ait plus rien à dire. Lui, au contraire, il a à se défendre à propos de cet article qu'elle lira, si ce n'est déjà fait. À moins qu'elle ne sache pas lire.

— Nous faisons notre possible... Ici, nous voyons la zone trois...

Comme elle ne bronche pas, il abandonne les explications qu'il donne habituellement aux proches, et voici qu'il ressent les signes annonciateurs de brûlements d'estomac. Aussitôt, une pastille de Rolaids se retrouve dans sa bouche.

— Vous venez à propos de l'article? s'aventure-t-il à demander.

Haussement d'épaules suivi d'un éloquent signe de négation.

— J'attends.

— Bon... Y'a pas de problème... Tant que vous voudrez... Il y a encore quatre avions en vol. Vers quatre heures, ils devraient tous être rentrés.

Elle opine de la tête, le libérant de l'obligation de s'occuper d'elle.

«Ce qu'elle peut être embarrassante avec son silence», songe-t-il en retournant à sa lecture.

«Après une journée d'intenses recherches», débute l'article, «on a peu d'espoir de retrouver le pilote Émile Simard, disparu lors d'une tempête le 3 mars dernier dans la région de Schefferville. En effet, celui-ci n'a donné aucun signe de vie bien que de nombreux appareils aient sillonné la région d'où a été émis son dernier message radio. Par une température chutant dangereusement sous le point de congélation et des rafales de cent kilomètres à l'heure, on doute que lui et son passager, Georges Kanatùut, un Montagnais de la réserve Matimékosh, aient pu survivre à cet accident.»

Coup d'œil furtif à l'imperturbable femme attendant le retour de ce mari dont on doute qu'il ait pu survivre à l'accident. De tout cœur, il souhaite qu'elle ne sache pas lire.

La voix de Barbiche à la radio le tire soudain de ses réflexions. Présentement en vol, le pilote du bimoteur annonce qu'au nord, les précipitations sont maintenant continues et qu'il atterrira vers quinze heures. N'ayant pu participer officiellement aux recherches, il a cependant maintenu le contact tout au long de la journée afin de suivre de près le développement des opérations.

— Dès que vous aurez atterri, j'aimerais que vous veniez me rencontrer.

— *Roger!*

Il lui tarde de s'entretenir avec cet ancien copilote et ami d'Émile Simard car les recherches sont maintenant dans une impasse. Tout dépend de la réaction qu'a eue ce dernier lors de la détérioration des conditions météorologiques. S'il a choisi de revenir à Schefferville en se fiant uniquement aux instruments, il y a de fortes chances qu'il ait passé tout droit par suite d'une défectuosité de l'un d'eux et il se trouve alors plus au nord. Par contre, s'il a utilisé une tactique de pilotage de brousse qui consiste à longer le mauvais temps avec l'intention de le contourner, il se trouve plus à l'est. La délimitation de la quatrième zone dépend donc maintenant du facteur humain. Si le pilote a choisi le vol aux instruments, cette zone sera située au nord. Sinon, elle sera à l'est. Comment savoir d'une façon certaine? Il n'a pour seul outil que l'opinion de ceux qui connaissent ou ont connu la manière de piloter du Grand.

Volontairement, il emploie ce surnom afin de déloger au plus vite la fausse image d'un homme petit, chétif et roux, portant des verres correcteurs. C'est un homme d'une solide constitution qu'il recherche. Déjà, les informations du Zèbe ont contribué à ébaucher un portrait très différent de ce qu'il avait imaginé. Plus il en saura sur cet homme, plus il sera en mesure de déterminer la prochaine zone, qui, d'après les dires du Zèbe, devrait plutôt s'orienter vers le nord. Qu'en pensera Barbiche? Et ce Tête d'Oiseau qu'il se doit de consulter également?

Ce n'est pas une sinécure que de plonger ainsi, toutes mains tendues, dans l'insondable facteur humain. Il faut tâtonner en aveugle, au risque d'éveiller blessures et colère.

Tout est affaire de sentiments, de comportements et de réactions. C'est l'âme d'Émile Simard qu'il doit explorer, sans pour autant s'impliquer émotivement. Qu'est-ce qui a bien pu arriver à ce bonhomme dans l'après-midi du 3 mars?

Il savait la chose difficile, mais pas à ce point.

— Vous connaissiez Émile Simard? demande-t-il à la visiteuse immobile soudée à sa chaise.

Signe que oui. Silence plat comme le visage de la femme. Cela le gêne et lui fait souhaiter l'arrivée de quelqu'un. N'importe qui. Où est donc passé ce petit rouquin qui n'a pas cessé de lui tourner autour de toute la matinée? Il aimerait bien avoir au moins une réponse audible à ses questions.

— Si vous voulez du café..., répète-t-il en se servant lui-même avant de poursuivre sa lecture.

«De nombreux pilotes de la région ont prêté mainforte aux forces armées canadiennes, qui n'abandonnent cependant pas les recherches. "Ils peuvent s'en sortir; on ne sait jamais. Le fait qu'on n'entende aucun signal à la radio ne veut pas nécessairement dire qu'ils soient morts. Il arrive souvent que, par suite d'un impact, une radio devienne hors d'usage", expliquait le major Philippe Langlois, chef des opérations de secours.»

Quel culot d'utiliser ainsi son nom! Jamais il n'aurait employé le mot «mort». Ni l'expression «dernier signe de vie», ni «on a peu d'espoir». Ce sont là des expressions qu'on leur apprend à éviter pour ménager la douleur des proches. Cela l'ulcère. Quelles autres insanités a pondues cet écrivassier?

«Père d'un garçon de dix ans, M. Simard habitait avec sa mère et devait unir sa destinée à Mlle Sophie Galant aujourd'hui même à l'Hôtel de Ville de Schefferville. Sur la photo de la première page, nous apercevons cette dernière qui s'est évanouie au quartier général des opérations de recherches en cette fin de journée qui s'est soldée par un échec.»

Quelle indécence d'avoir utilisé cette photo! Pourquoi diable n'en existe-t-il pas de cet homme? Il est indéniablement étrange qu'une fiancée n'en possède pas de son futur époux. Ce serait donc aujourd'hui le jour de leur mariage. Bof! S'il se fie au reste de l'article, il ne peut guère accorder de crédibilité au dernier paragraphe. Il devra se renseigner car, si tel est le cas, le Grand aurait voulu revenir à tout prix.

La voix de Tête d'Oiseau établissant le contact avec le quartier général résonne dans la pièce silencieuse et le fait sursauter. «Enfin quelqu'un à qui parler», songe-t-il en notant la placidité de la femme faisant corps avec sa chaise.

— Les averses de neige ont commencé. Cessna 170B de retour à la base. *Over!*

— *Roger!* Rapportez-vous après l'atterrissage. *Over!*

— *Roger and out!*

Il ne peut faire abstraction du fait que l'individu avec qui il vient de s'entretenir est un ex-détenu et il se demande quel fut son crime et quelle fut la durée de sa peine. Quoi qu'il en soit, il a besoin de son opinion pour délimiter la prochaine zone. Cet homme ayant été l'élève et le copilote du Grand, il ne fait nul doute à son esprit que sa collaboration sera aussi précieuse que celle de Barbiche.

Le Otter ayant la responsabilité du secteur SI-G s'annonce, bientôt suivi par les hélicoptères Labrador et le DC-3 de Barbiche. Tout ce monde qui revient au bercail en même temps lui fait vite oublier et l'obscur passé de Tête d'Oiseau et la présence encombrante de sa visiteuse.

Après avoir été momentanément suspendues dans un silence de taille, les activités reprennent de plus belle, la radio ne cessant d'annoncer le mouvement des derniers appareils en opération. Les chefs d'équipe viennent déposer leur rapport, les pilotes, leur nombre d'heures de vol. Certains observateurs frigorifiés entrent pour se réchauffer et boire du café. Des flaques de neige fondue réapparaissent sur le plancher.

Toujours muette et impassible sur sa chaise, la femme de Georges semble paralysée. Elle est là. Toute là. Éloquente par son silence. Par son attente.

Enfin, Barbiche fait son apparition, accompagné de son copilote aux allures d'Obélix surnommé Choucroute.

— Bonne nouvelle, major : nous pourrons participer aux recherches demain et après-demain.

— Oui, votre gérant m'en a informé tantôt. J'ai besoin d'avoir des informations sur la façon de piloter de... de votre Grand.

Les yeux légèrement globuleux de Barbiche expriment clairement à quel point l'emploi de ce surnom le touche.

— J'suis prêt à répondre à toutes vos questions, major.

— Voici. Pour délimiter la prochaine zone, nous devons connaître la réaction qu'a eue le Grand quand la météo s'est détériorée. Imaginons qu'il a eu recours aux instruments quand cela a commencé à se gâter. Il prend alors le cap nord. Il ne voit rien en bas et suit toujours son cap. Cet avion n'était plus neuf et nous savons que la radio HF était hors d'usage. Il suffit d'une simple défectuosité des instruments de navigation pour qu'il passe à côté de Schefferville et poursuive toujours vers le nord.

— C'est plein de bon sens, c'que vous dites là. Avec l'essence qu'il avait, il a pu faire un bon bout de chemin pour essayer de se retrouver.

— Exact. Et si c'est un écrasement en vol IFR, il s'est peut-être écrasé de plein fouet sur une élévation, ce qui expliquerait pourquoi nous n'avons entendu aucun signal.

Subitement, la femme de Georges se lève et sort en pleurant. Merde ! Il l'avait oubliée, celle-là. Ce n'est pas parce qu'elle ne parle pas qu'elle n'entend pas. Il aurait dû faire plus attention. Ne vient-il pas de dire que les occupants de cet appareil allant à l'aveuglette dans la tempête ont peut-être perdu la vie en percutant une quelconque élévation à toute vitesse ? Bon sens ! Cette femme avait fini par faire partie du décor. Quelle gaffe !

Il consulte les deux pilotes du regard et demeure stupéfait de les voir grandement affectés, comme s'ils n'avaient vraiment pas voulu envisager cette possibilité. Il s'était attendu à une réaction nettement plus réaliste de leur part.

— Il faut se rendre à l'évidence..., dit-il simplement.

D'éternelles secondes s'égrènent, intensifiant les symptômes de brûlements d'estomac.

— C'est vrai que... s'il a volé aux instruments... les risques d'entrer à toute vitesse dans une montagne sont plus grands, convient finalement Barbiche, mais pas nécessairement inévitables, ajoute-t-il à l'instant où Tête d'Oiseau pénètre dans la pièce.

D'autres éternelles secondes s'égrènent alors que les deux hommes se dévisagent sans aucunement cacher une hostilité réciproque.

— Je vous ai convoqué, monsieur Maltais, afin de pouvoir établir quelle a été la réaction... du Grand dans le mauvais temps.

— Émile l'a contourné, affirme aussitôt Tête d'Oiseau en se découvrant, exhibant son crâne mal rasé de forçat.

— Non! Il a passé au travers à l'aide des instruments. Je l'ai déjà vu faire ça dans une tempête, major. C'était avant Noël... On est arrivés en plein sur la piste.

— Ouais, mais c'était aux commandes du DC-3, rétorque Tête d'Oiseau. Y'a pas de comparaison possible avec le *Grand Blanc*. Écoutez, major, j'suis sûr qu'il est revenu à ses anciennes habitudes de brousse... Le mauvais temps venait de l'ouest, pis d'après moé il s'est laissé tasser vers l'est. Y'a piloté un Otter pendant longtemps avant d'être sur le DC-3.

— Oui, mais ça faisait déjà quatre ans qu'il pilotait le DC-3. La seule fois qu'il a été ton capitaine, c'est quand Choucroute a été malade pendant deux semaines, pis y'en a profité pour te «checker», lance Barbiche en haussant le ton.

Tête d'Oiseau baisse la tête, tournant gauchement sa tuque entre ses mains.

— Il... il était bouleversé... quand il est parti... et... et... j'suis sûr qu'il est revenu à ses habitudes de pilote de brousse, major.

— Il l'était aussi, la fois d'la tempête. Il venait de sacrer une volée à Christian pis il voulait absolument revenir à cause d'Élisa à l'hôpital. Il était pour se marier aujourd'hui, major.

Silence. Moment de recueillement unanime et spontané des civils alors que Philippe Langlois combat cette émotivité qu'interdit son statut de militaire. «Tut, tut, les faits, major. Toujours les faits.»

— Vous lui avez parlé par radio avant son départ. Est-ce qu'il vous a paru très bouleversé? s'enquiert-il auprès de Barbiche, en train d'essuyer une larme sous ses lunettes.

— J'peux pas dire... qu'il m'a paru très bouleversé, mais j'ai trouvé étrange qu'il me demande de prendre soin de sa famille et de sa fiancée... On aurait dit que... qu'il se doutait de quelque chose.

— Il vous a demandé de prendre soin d'eux durant son absence ?

— Oui... C'était pas la première fois qu'il me confiait la garde des siens, mais ça m'a donné une drôle d'impression.

— C'était quand, l'autre fois ?

— Quand on avait vérifié toutes les boîtes de secours ensemble, répond Barbiche d'un ton mordant en décochant un regard accusateur à Tête d'Oiseau.

— C'était mon voyage, pas le sien, se défend faiblement celui-ci.

— C'était à toi d'le faire. Si t'en avais assez d'la vie, t'avais juste à prendre d'autres moyens.

— Ça, ça me regarde. C'était à lui d'le vérifier, son avion.

— Mon tabarnac de chauffeur de taxi ! s'emporte Barbiche en serrant les poings.

— Messieurs, du calme ! Du calme, voyons ! Je vous ai convoqués pour essayer de comprendre ce qui aurait pu arriver et non pour vous entendre vous disputer. Vous réglerez vos différents ailleurs qu'ici, c'est compris ?

— ...

— Donc, il vous a confié la garde des siens, cette fois-là ?

— Oui... Il m'a demandé d'être le parrain du bébé.

— Sa fiancée est enceinte ?

— Oui.

Philippe Langlois aurait aimé entendre le contraire. Comment ne pas être touché? Vite, les faits.

— Vous étiez donc très amis?

— Oui, très amis.

— Moi aussi, j'ai déjà été son ami, intervient Tête d'Oiseau avec un accent de jalousie.

— Ça paraissait pas trop, grommelle Barbiche.

— Messieurs! Oubliez vos chicanes et n'essayez pas d'avoir raison. L'important, c'est d'avoir l'heure juste. Donc, selon vous, il serait revenu aux instruments?

— Affirmatif.

— En ce cas-là, vous opteriez pour délimiter la quatrième zone au nord de Schefferville?

— Affirmatif.

— Et vous?... Est-ce que vous maintenez toujours qu'il a volé à vue et qu'en tel cas il se trouverait à l'est?

— Oui... J'en suis sûr.

— Bon... Moi qui croyais faciliter ma décision en vous convoquant, j'en suis encore au même point que ce matin... Vous pouvez disposer.

— Écoutez, major, j'sais que vous allez croire Barbiche plus que moé... Mais... mais c'est vrai que j'ai déjà été son ami... C'est lui qui m'a montré à piloter. C'est vrai aussi que la seule fois que j'ai été son copilote, ça date de dix mois pis que ç'a été juste durant deux semaines, mais j'suis sûr de ce que j'dis... J'le sens.

— Moi aussi, j'le sens, imagine-toi donc! conclut Barbiche avant de quitter la pièce avec Choucroute.

Le chef des opérations se retrouve seul avec ce Tête d'Oiseau mis à l'index. Cet ex-bagnard socialement inadapté dont on prétend qu'il aurait voulu mettre fin à ses jours. Comment faire confiance au jugement d'un tel homme ?

— Il m'avait mis à la porte.

— Je sais. Le gérant m'a dit.

— Il vous a dit pourquoi ?

— Oui. Parce que vous aviez bu... Vous n'étiez pas en état.

— Il a bien fait... Je n'ai pas bu une goutte depuis... Vous pouvez m'croire.

— Je vous crois.

— Ça en fait au moins un... Personne me croit, ici.

— C'est peut-être à cause de votre passé.

— Ah... ! Le gérant vous a dit ?

— Que vous aviez fait du pénitencier, oui.

— Personne d'autre sait ça. Y'avait juste Émile pis la compagnie.

— Ah ? Je croyais que c'était connu de tout le monde. Ne vous en faites pas, ça demeurera secret. Comment expliquez-vous alors l'attitude des autres à votre égard ?

— Y'a rien que j'mérite pas. Y'ont raison de m'en vouloir. Comme Émile avait raison d'me sacrer dehors. À demain, major.

Tête d'Oiseau remet sa tuque et se dirige d'un pas lent et triste vers la sortie.

— Vous ne l'appelez pas le Grand ?

La main sur la clenche de la porte, l'homme s'arrête puis tourne vers lui un visage marqué par la douleur et le désespoir.

— J'le connais pas, *leur* Grand... J'connais juste Émile, pis j'sais qu'il est à l'est.

Plus que jamais, Philippe Langlois est déchiré par la décision à prendre. De multiples interrogations lui viennent à l'esprit. Comment peut-il demeurer pragmatique dans cette cohue de sentiments? On ne le lui a pas appris. Jusqu'où devra-t-il faire confiance à l'intuition? C'est là matière de jugement personnel. Où sont les limites de l'imprévisible facteur humain et sur quels critères se baser? Cela n'est établi nulle part.

Ainsi, la logique voudrait qu'il opte pour l'opinion de Barbiche plutôt que pour celle de Tête d'Oiseau.

Barbiche est un homme lucide et loyal. C'était l'ami sincère et son expérience de copilote auprès du Grand est beaucoup plus longue et plus récente, tandis que Tête d'Oiseau montre certains signes de névrose. N'était-il pas dépressif au point d'envisager de mettre fin à ses jours? Et tantôt, par la simple manière qu'il a dit «*leur* Grand», il a démontré combien il était dissocié du groupe de pilotes. Cela laisse supposer qu'il est également en rupture avec la réalité et qu'il a une perception faussée des événements. Sa réalité serait incompatible avec celle des autres. Pourtant, il y avait dans son intonation une telle certitude...

Qui croire? Où aller? À l'est ou au nord? C'est à lui de décider.

Philippe Langlois se sent alors écartelé entre le choix de diriger les recherches vers le nord et celui de les diriger vers l'est. Il n'a cure de donner raison ou tort à qui que ce soit. Tout ce qui lui importe, c'est de sauver la vie de ces hommes. C'est là sa mission.

21

Des voix par-delà l'espace et le temps

«Mon pays, quand il te parle, tu n'entends rien, tellement c'est loin, loin, loin», chante Claude Léveillée. «Tu n'y vois rien, tellement c'est blanc, blanc, blanc», pense Élisa penchée au hublot du DC-3 piloté par Barbiche.

Le paysage défile sous les ailes du bimoteur. Sensiblement le même depuis trois jours. Neige, rocs et touffes d'épinettes se succèdent sans relâche. Par deux fois, le mouvement de petits groupes de caribous lui a coupé le souffle. Là, ça bouge. Là, à trois heures. L'avion virait, tous les regards braqués sur l'endroit désigné pour scruter le sol à la recherche d'un indice, puis l'apparition des bêtes faisait se dégonfler d'un seul coup l'espoir qui avait envahi les poitrines. Et, de nouveau, c'était le pays des milliers d'arpents de neige et de glace. C'était l'immobilité de la toundra, qui semblait pétrifiée là depuis le passage des glaciers qui avaient creusé le lit des lacs et cours d'eau dans une orientation nord-ouest, sud-est. C'était le ronronnement régulier des moteurs, sans lequel on aurait pu croire être un oiseau préhistorique survolant ce lieu à l'aspect désertique.

Passe, passe encore sous les ailes la toundra au teint grisâtre reflété par un ciel livide. La toundra aux tons plats, sans relief.

Confortablement installée à son hublot, Élisa observe. Elle ne fait que ça. Ne se concentre que sur cette lecture du paysage, qu'elle effectue de gauche à droite. Chaque parcelle du territoire que son regard couvre doit recevoir la même attention, car Émile est là, en bas. Où exactement, c'est à elle de le découvrir, mais il est forcément quelque part en bas, peut-être juste en dessous. Peut-être même qu'il entend le bruit de leur avion mais qu'il est incapable de signaler sa présence. Alors, c'est à elle de regarder. À elle d'être à l'affût du moindre indice. Un signe sur la neige, la preuve d'un feu dans des épinettes roussies, le miroitement d'une pièce métallique ou d'une vitre, rien ne doit être négligé. Non, rien, même pas la présence des charognards. Cette dernière possibilité lui glace le sang. Elle la trouve morbide et pense que Sophie n'aurait jamais été en mesure d'entendre les directives qui furent données aux observateurs volontaires. Elle, elle les a entendues et son cœur s'est serré. Elle a bien compris, lors du briefing de ce matin, ce que voulait dire cette attention particulière à porter aux indices d'écrasement d'aéronef dont les occupants sont incapables de signaler leur présence. Cela voulait tout simplement dire qu'on les croyait morts, ces occupants, mais que pour rien au monde on aurait utilisé ce mot. Elle, elle ne veut pas les croire morts. Elle ne veut pas qu'ils le soient. Ce serait trop injuste. Vraiment trop injuste. Émile est là, en bas, quelque part, et elle, elle est à ce hublot et elle regarde. Elle observe. Elle recherche l'anomalie, le mouvement, l'ombre suspecte. Ses yeux remplacent ceux de Sophie, rougis et fatigués d'avoir trop pleuré, et son âme épouse l'âme de cette femme. Élisa bouge ses doigts dans les mitaines en cuir de caribou. Les engelures qu'elle a subies durant l'hypothermie lui ont laissé les mains extrêmement sensibles au froid.

«Tiens. C'est Émile qui me les a données pour pas que je me gèle les doigts comme toi, a dit Sophie en les lui prêtant. Mets-les : ça va lui porter chance.» Et, en les enfilant, elle s'est sentie déléguée par Sophie et aussi par la femme de Georges, qui les avait confectionnées.

Que c'est chaud, doux et confortable là-dedans ! Et comme en bas tout a l'air glacial et impitoyable ! Pourquoi faut-il que l'homme qui l'a sauvée de l'emprise du froid se trouve à son tour pris à ce piège mortel ? Elle aimerait tant pouvoir le faire bénéficier de cette chaleur que lui procurent ces mitaines. Elle aimerait tant pouvoir le réchauffer à son tour et couvrir de ses doigts qui courent de nouveau sur les cordes de la guitare ces mains qui se sont portées à son secours dans cette ville où personne n'entendait son cri.

Un rayon de soleil se faufile soudain entre les nuages. Aussitôt, la toundra s'illumine et le relief s'accentue. Enfin, voilà l'éclaircie promise par les prévisions météorologiques. Ce premier rayon de lumière qui filtre après trois jours de grisaille attise l'espoir en elle. Comme on y voit bien ! Et comme l'allure de la toundra a changé, passant de l'austérité à la sérénité. Tout est d'un calme grandiose maintenant, comme un grand champ d'ouate agrémenté de-ci de-là de paillassons d'épinettes. Rien dans ce décor ne permet de croire à la présence de charognards et elle se concentre pour adapter son regard aux ombres nettes que crée maintenant la lumière.

Il est là, son sauveur, l'homme qu'elle vénère et à qui elle doit aujourd'hui la chance d'aimer et d'être aimée. Il a besoin d'elle. Besoin qu'elle dissèque toute cette neige de son regard. Il était là quand elle a eu besoin de lui. Quand elle s'agrippait au bord d'un gouffre. Il était là pour s'occuper d'elle, la réchauffer et lui offrir son épaule pour pleurer. Sans lui, c'est elle qui ne serait pas ici. Et elle n'aurait jamais connu toute la tendresse de Gabriel.

Alors, elle observe, ses yeux remplaçant ceux de Sophie. Plus rien n'existe en dehors de ces parcelles de territoire que son regard découpe et analyse. Elle fait abstraction de tout ce qui l'entoure. Elle n'est plus dans la cabine des passagers du DC-3 mais là où son regard se rend, à vérifier l'aspect de cet ombrage ou la couleur de ces têtes d'épinettes. Les déplacements de Martin et de Réginald allant d'un hublot à l'autre ne la dérangent pas. Ces deux garçons n'existent plus. Il n'y a que cette neige à fouiller. Que ce blanc à chercher dans ce blanc. Que ces lettres d'immatriculation peintes en noir qu'on pourrait apercevoir si l'avion a pirouetté.

Elle n'est plus qu'une paire d'yeux survolant cette terre inculte et inhabitée à bord du bimoteur qui effectue des circuits de ratissage très serrés à une altitude de cinq cents pieds du sol. Aujourd'hui, neuf unités de recherche couvrent la quatrième zone, située au nord de Schefferville, et dans chacun des avions qui le permettent se trouvent au moins deux équipes d'observateurs se relayant à tour de rôle pour éviter l'hypnose et la fatigue oculaire. C'est désormais sur eux que tout repose. Ils sont les yeux de l'avion. Tels ceux d'un oiseau de proie, ils doivent détecter le plus infime mouvement, la plus légère anomalie. Ceux qui tiennent ce rôle doivent toujours être vigilants et, pour cette raison, s'allouer au moins huit heures de sommeil par nuit, ne pas consommer d'alcool et ne pas souffrir de grippe ou de malaises quelconques. C'est une question de vie ou de mort. Il suffit d'une seconde d'inattention pour manquer un détail indiquant le site d'un écrasement. Cette responsabilité s'accompagne d'une telle conscience d'être utile qu'elle ne pourrait y mettre plus de cœur et d'énergie.

Une légère pression sur son avant-bras l'avertit qu'il est temps de céder sa place. Ce qu'elle fait sans la moindre opposition. Elle note l'heure à sa montre-bracelet : quatorze heures trente. À quinze heures, elle reviendra à son poste.

Élisa reprend contact avec la réalité de cette cabine de passagers où Martin et Réginald ont le front appuyé chacun à un des nombreux hublots vacants, chacun cherchant son père. On leur a refusé l'accès à tous les aéronefs, sous prétexte qu'ils étaient des enfants et que le lien avec les victimes était beaucoup trop étroit, mais Barbiche n'a pu faire autrement que de les accepter à bord. «À condition que vous soyez tranquilles, mes p'tits Christ», a-t-il ordonné en leur frottant les cheveux. Et tranquilles, ils le sont, depuis qu'ils ont déniché le hublot offrant la visibilité souhaitée.

Que se passe-t-il dans la tête de ces gamins? Ils semblent avoir tous deux une telle confiance dans les compétences de leur père. Émile n'est-il pas le meilleur pilote du monde, et Georges, le plus grand chasseur? Dans l'esprit de ces garçons, ils ont l'immunité des dieux. Rien de fatal ne peut leur arriver. Comment réagiront-ils si on découvre la présence de loups autour d'une carlingue démantibulée? Demeureront-ils tranquilles? Et elle, comment réagira-t-elle? N'est-ce pas un peu son père qu'elle recherche? Émile n'a-t-il pas été un père pour elle dans sa détresse? Elle se souvient combien les cheveux gris sur sa tempe lui procuraient un sentiment de sécurité. C'était là le feu vert pour se réfugier dans ses bras, mais elle craignait qu'il n'établisse un lien affectif différent. À l'hôpital, tout le personnel supposait qu'il avait administré une correction à Christian par amour pour elle. Cela la troublait. La chagrinait. Tout était encore confus dans sa tête. On avait vidé les tiroirs de son cœur et fracassé le miroir du bonheur. Ne restaient qu'un nom et une adresse. Ne restait que la puissance d'un amour vague et indéfini qui l'avait conduite à la porte de cet homme dont l'immense potentiel affectif n'avait pas de femme sur qui se cristalliser. Elle eut peur qu'il ne le fît sur elle. Peur que la forme définitive qu'avait prise chez elle cet amour vague et puissant ne concorde pas avec la forme que l'amour avait prise chez Émile. Quel ne fut pas son soulagement de l'entendre dire qu'il voulait lui administrer une fessée comme à une petite fille! Bien qu'elle se doutât qu'avant d'opter pour la tangente père-fille les sentiments d'Émile avaient exploré d'autres avenues, elle n'y fit jamais allusion et lui accorda toute sa confiance.

Elle éprouve tant d'affection pour lui. Elle lui est si reconnaissante d'avoir joué en quelque sorte le rôle d'entremetteur entre elle et Gabriel. Sans lui, elle aurait eu vite fait de verrouiller la porte de son cœur de peur de commettre une deuxième méprise, mais il était là, avec sa sagesse découpée au gros couteau. Il avait beaucoup souffert, beaucoup aimé, et en lui battait un cœur d'une grande sensibilité. Oh! il ne connaissait ni Mozart, ni Monet, ni Stendhal, et il n'avait rien de cette culture dont Christian faisait étalage. Il écoutait Roy Orbison ou Buddy Holly, confessant que la seule pièce classique qu'il connaissait était le thème du film *Jeux interdits*. Candidement, il avouait être très fier de compter un médecin parmi ses amis et s'efforçait d'apprendre des termes médicaux, non pas pour épater qui que ce soit mais simplement parce que cela lui donnait l'impression de hausser le petit gars de Pointe-Saint-Charles. Il avait un complexe d'infériorité parce qu'il était né dans la misère, ce dont il ne parlait jamais, et il avait conservé certaines allures de voyou brisant les carreaux des riches. Il se taisait la plupart du temps lors des soirées, son regard épris et admiratif rivé à la personne de Sophie. Il disait ne rien connaître à part l'aviation, et pourtant il pouvait réciter par cœur *Le Petit Prince* de Saint-Exupéry et il savait sculpter des figurines dans le bois et la pierre. Il lançait cornichons et olives, écrasait des œufs crus sur la tête des pilotes et se laissait enrober de mélasse et de plumes. Christian disait toujours qu'il était le chaînon manquant de la théorie de Darwin. Il n'en était rien. Elle, elle avait deviné qu'une âme sensible d'une grande richesse et d'une grande profondeur habitait cette espèce de grand singe sans raffinement ni culture que méprisait Christian. Et cette âme, elle l'avait découverte encore plus belle et plus pure. La souffrance l'avait dégrossie, travaillée et peaufinée. N'était resté qu'un cœur d'or dans le creuset de cette existence douloureuse.

Un cœur qu'elle ne veut pas savoir arrêté, figé à tout jamais dans la main glacée de l'hiver.

Elle ravale son chagrin. Elle n'a pas le droit de pleurer. Elle se doit de ménager ses yeux. Quelque part en bas, dans toute cette neige et cette glace, Émile compte sur elle. Quelque part à Schefferville, faisant la navette entre le restaurant et les équipes de sauveteurs, Sophie compte sur elle. Ainsi que Georges, sa femme, ses enfants, la mère d'Émile et tant de gens qui l'ont tous déléguée à ce poste.

Élisa frotte ses mains l'une contre l'autre puis applique ses paumes chaudes sur ses paupières afin de se reposer les yeux.

Ces yeux qui sont devenus ceux de l'oiseau-sauveteur effleurant de ses ailes métalliques le visage fermé de la toundra à la recherche de la moindre trace de vie... ou de mort.

* *
*

Encore quelques petits coups de lime et la courbe de la hanche sera libérée de cette pierre grossière.

Émile souffle sur la poussière afin de nettoyer la forme et tend l'objet dans la faible lumière provenant de la portière d'avion installée à l'entrée de l'abri.

Le jour s'achève et il se hâte avant que cette lumière ne soit plus là pour modeler ce corps de femme enceinte à qui il donne naissance.

Encore quelques coups de lime bien précis, avec juste ce qu'il faut de pression, et elle aura définitivement pris possession de cette pierre. Georges ne pourra plus y voir cet ours qu'il voyait dormir en boule ce matin, car elle sera là, avec sa hanche clairement identifiable. Là, encore captive de la pierre mais suffisamment dégagée pour qu'aucune autre forme ne puisse désormais l'habiter. Ni l'ours ni le gros orteil de Martin. Oui, encore quelques coups de lime et elle *sera*.

Il s'exécute, sortant inconsciemment le bout de sa langue tellement il se concentre. À cet instant précis, il n'a plus faim, plus froid, plus mal. Rien n'existe en dehors de cette forme dans le rayon de lumière. Cette forme qui s'est enfin manifestée à lui et qu'il se doit de mettre au monde. De mettre à nu, avec la plénitude de son ventre et le charme encore troublant de ses fesses. Avec la pointe dressée des seins prêts à assouvir, à nourrir, et les épaules délicates où pourraient cascader des cheveux s'il y avait une tête. Mais il n'y en a pas et cela est sans importance. Cette femme n'a d'autre identité que celle de *la* femme qu'il réchappe du néant en l'introduisant sous une forme matérielle dans l'ordre cosmique. La femme en qui il se complète et revit. *Sa* femme. C'est Sophie qu'il voit en elle. Sophie aux prises avec sa chemise de nuit qui lui emprisonnait la tête. Il n'aurait jamais dû répondre au téléphone ce matin-là, mais il a répondu et tout a été chamboulé. Renversé. Bouleversé. Un vrai séisme. Il l'a fait et il se retrouve ici, dans ce gîte sombre, à caresser du bout du doigt la hanche de pierre de *la* femme.

Voilà. C'est réussi. Elle *est*. Oui, elle est là dans ses mains poussiéreuses. Il la tient. Il la possède. Elle est là, dans l'objet non utilitaire à qui il vient d'attribuer le pouvoir de matérialiser l'amour par l'existence même de cette forme extirpée de la matière. De cette forme qui vit et vivra plus longtemps que lui. Plus longtemps qu'eux. De cette forme de pierre qui pourra transmettre son message d'amour quand ses os ne seront plus que poussière. De cette forme sur laquelle se figera peut-être sa main avant qu'on ne les retrouve et qui saura dire à Sophie combien il l'a aimée jusqu'à son dernier souffle. Forme de pierre qui, de sa main à jamais pétrifiée, pourra passer à celle de sa femme et aux menottes de son enfant.

Il élève l'objet dans le dernier rayon du jour que l'abri creusé autorise et il demeure saisi d'émotion. Pourquoi ses doigts auxquels manquent deux phalangettes tremblent-ils tout à coup? Le froid sans doute, cette chaleur de l'abri n'étant que relative. Ne produit-il pas de petits nuages de vapeur condensée à chacune de ses expirations? Et pourtant non, ce n'est pas le froid, c'est autre chose. Cette autre chose qu'il a toujours portée en lui mais à laquelle il n'a jamais prêté attention. Ou voulu prêter attention. Ou encore à laquelle il n'a jamais eu le temps de prêter attention. Il n'en sait trop rien, sauf qu'auparavant tout allait vite autour de lui et qu'il ne pensait pas ce qu'il pense aujourd'hui, alors qu'il a l'impression que tout s'est arrêté, et qu'il est là, dans ce trou creusé dans la neige, à découvrir le sens sacré de ses gestes. Là, à être totalement médusé par cette femme qui habite maintenant ce qui n'était qu'une vulgaire pierre ramassée par terre. Là, saisi d'émotion devant le pouvoir du geste créateur qui a transformé la pierre en objet.

Objet qu'il tourne lentement dans ce qui reste de lumière, la courbe de la hanche s'affirmant sous tous les angles.

* *
*

Le journal est plié en deux, roulé sommairement, transformé en minibatte de baseball que Barbiche frappe contre l'établi de Lulu.

— C'est de la cochonnerie! Rien que de la cochonnerie pis du mensonge! Pourquoi t'as écrit ça? hurle-t-il au journaliste que Choucroute, le Zèbe et lui-même ont convoqué à l'atelier sous prétexte de lui fournir des informations. Hein? Réponds! Pourquoi t'as écrit ces saletés-là? répète-t-il en faisant mine de frapper l'homme avec sa minibatte de baseball.

— Parce que le public a droit à l'information.

— T'appelles ça de l'information? Tu veux que j'te la lise, ton information?

Avec des gestes brusques, Barbiche déroule et déplie le journal, exhibant le gros titre, toujours en lettres rouges, comme s'il fallait toujours l'associer au sang.

«LE PILOTE N'EN ÉTAIT PAS À SON PREMIER ACCIDENT».

— Hé! T'en as du front d'écrire ça, toi! «L'impossibilité d'obtenir des photos du pilote Émile Simard a levé le voile sur le terrible accident survenu au début de sa carrière et qui l'avait défiguré.» D'abord, c'est même pas un accident qui est arrivé en vol, pis c'est fin pour lui d'écrire ça! Aussi ben dire que c'était un monstre! Un Frankenstein!

— Non, non... J'parle d'la fille, là, qui dit qu'il avait du charme quand même.

— Ouais... «Malgré ses cicatrices, il ne manquait pas de charme, déclarait Myriam.» Si au moins t'avais arrêté là! Mais écoute bien comment t'as enchaîné ça. «Cela va de soi puisque, de dix ans son aîné, M. Simard avait réussi à séduire Mlle Sophie Galant.» Hé! Vous avez entendu ça, les gars? «Réussi à séduire...» Frankenstein a enfin réussi à s'pincer une blonde. J'sais pas comment y va aimer ton article quand il va le lire...

— Si jamais il le lit, avance le journaliste.

— Tu parles comme si y'était mort, maudit chien sale! s'exclame le Zèbe en le saisissant au collet.

— Calme-toi, le Zèbe, intervient Choucroute en l'incitant à lâcher prise.

— On devrait y péter la gueule. C'est tout ce qu'il mérite. C'est un paquet de mensonges qu'il a dit sur le Grand. Il prenait même pas d'alcool, poursuit le Zèbe en repoussant rudement le journaliste.

— C'est de l'intimidation... De l'intimidation pure et simple. Laissez-moi partir d'ici ou...

— Ou quoi? T'appelles la police? ironise Barbiche en prenant place sur l'établi à l'endroit même où le Grand était assis pour noter leurs suggestions visant à améliorer le contenu des boîtes de secours.

À la manière dont Choucroute et le Zèbe le regardent, il saisit qu'eux aussi se remémorent cette réunion. «Lulu aimerait pas trop ça de nous voir sur «son» établi», avait dit Tête d'Oiseau arrivé en retard.

L'absence du Grand est tout à coup si présente parmi eux que Barbiche descend aussitôt de l'établi et s'y appuie tout simplement, comme si le fait d'y être assis confirmait que la place est désormais vacante et peut donc être comblée. Il poursuit la lecture de l'article d'une voix qui retient mal sa colère et son dégoût.

— «Des faits nouveaux et troublants aggravent les difficultés qu'éprouvent les sauveteurs dans ces recherches. En effet, des bruits circulent indiquant que M. Simard aurait décollé à bord d'un avion non muni d'ELT, ces radiophares de secours dont doit être équipé tout appareil. Cette dérogation aux lois de l'aviation aurait été fatale au pilote. De plus, poussant plus loin l'inconscience...» Aïe! Ça, c'est fort: «poussant plus loin l'inconscience»... Comme si le Grand avait fait exprès! «...M. Simard se serait envolé sans le matériel de secours obligatoire pour tout vol effectué en région inhospitalière.» C't'un beau nono, d'la manière dont t'en parles?

— J'ai rien inventé. C'est pas ici qu'on a retrouvé la boîte de secours pis le fameux ELT? J'vois que la vérité vous choque.

— C'est ici qu'on les a toutes vérifiées, lui pis moi, les boîtes de secours. Tu m'fais chier avec ton «poussant plus loin l'inconscience». Une chance que t'en as, toi, d'la conscience... Ah! T'en as eu en maudit pour écrire le reste! «Qu'est-il donc arrivé le 3 mars pour que le pilote s'envole à destination de Sept-Îles à bord d'un appareil non muni de radiophare de secours et de rations de survie? Est-ce que, distrait par l'approche de son mariage, il aurait tout simplement oublié de vérifier l'appareil avant le décollage comme il se doit? Si tel est le cas, ne devrait-on pas également tenir les autorités de la compagnie responsables en partie de l'accident puisque, de toute évidence, le pilote ayant célébré son enterrement de vie de garçon la veille, il était plus apte à cuver son vin qu'à effectuer un vol sécuritaire?» «Plus apte à cuver son vin»... Il prenait même pas d'alcool!

Rageusement, Barbiche chiffonne la page du journal et la lance contre le grand tableau quadrillé indiquant les dates d'inspection de chacun des appareils. La boule de papier rebondit et roule sur l'établi, là où le Grand était assis.

* *
*

La flamme fragile du réchaud éclaire l'abri. C'est maintenant l'heure des ombres dansant contre la paroi rocailleuse où rampe le serpent de fumée. L'heure où Georges devrait revenir de la chasse. Dehors, c'est encore la pénombre, mais à l'intérieur de cette tanière c'est déjà la nuit.

L'odeur du deuxième pneu brûlé lui rappelle qu'une autre journée vient de se terminer sans qu'aucun aéronef ait survolé les environs. Trois jours déjà qu'ils sont tombés ici, au beau milieu de nulle part, comme le petit prince dans le désert.

Il regarde la provision de lichen déposée au pied de la couchette, et soudain les tiraillements de la faim se font sentir. De la vraie faim qui brûle l'estomac, décuple les sens et affaiblit. De celle qui élimine tout ce qui entoure la provision de lichen. Il n'y a que cela, maintenant, qui habite l'abri. Que cette nourriture rationnée et son ventre vide. Lui vient la tentation d'en manger un peu. Juste une pincée que Georges ne remarquerait même pas. Après tout, n'en consomme-t-il pas deux fois moins que son compagnon, sous prétexte qu'il dépense moins d'énergie à demeurer étendu avec sa jambe blessée? Juste une toute petite pincée dont il savourerait le goût légèrement amer le plus longtemps possible.

Avec mille précautions, il parvient à déplacer sa jambe de façon à pouvoir rejoindre le lichen formant une meule d'environ soixante centimètres de hauteur. Lui qui croyait en avoir pour longtemps quand il a vu la récolte de Georges. Illusion. Ce sont des quantités phénoménales de cet aliment à faible teneur énergétique qu'il leur faudrait quotidiennement et non les quelques pincées qu'ils s'accordent, tout juste bonnes à les maintenir en vie. Comment Georges parvient-il à se déplacer et à combattre le froid dans ces conditions? Qu'adviendra-t-il d'eux quand ce dernier sera devenu trop faible pour creuser l'épaisse carapace de neige et de glace jusqu'au sol?

Fébrilement, il s'empare d'une poignée de lichen et l'observe au creux de sa main, chacun des rameaux devenant un arbre. Ne tient-il pas là une forêt entière? Est-ce déjà le délire de la faim qui lui fait voir cette poignée de lichen comme un monde en soi qu'il survolerait? Un monde où l'algue et le champignon s'entraident pour vaincre l'aridité et l'hostilité du milieu. Un monde où s'accomplit le miracle de la symbiose et de la survie. Ce lichen, petit roi de la toundra qui s'accroche aux roches et aux moindres parcelles d'humus pour prospérer et étendre les limites de son royaume, n'est-il pas à la fois survivant et gage de vie? N'est-il pas la base de l'alimentation des caribous? Sans son humble existence, il n'y aurait pas de migrations des troupeaux et ce pays serait vraiment désert.

Le respect grandit en lui pour cet être végétal qui puise sa vie dans les maigres ressources du sol et résiste aux difficiles conditions climatiques. Cet être végétal qui se contente de si peu et permet que tant d'autres êtres survivent dans cet habitat.

Plus qu'un gage de survie, ne tient-il pas dans sa main un exemple à suivre? Un monde à copier? Une leçon à tirer? Ne doit-il pas apprendre à son estomac à se contenter de peu? Ne doit-il pas, lui, le champignon invalide et parasitaire, réaliser la symbiose avec l'algue productive que symbolise Georges? Ne doivent-ils pas s'entraider pour survivre? Et, ce faisant, n'aurait-il pas été plus séant qu'il sculpte l'ours endormi? Qui sait si, en matérialisant cette forme, il ne leur aurait pas assuré un certain pouvoir? Pouvoir encore mal défini dans sa pensée d'homme moderne mais qui serait lié au geste créateur assurant sa suprématie sur le monde animal et le mettant en relation avec des divinités obscures.

Cette pensée digne de l'homme des cavernes le surprend. Est-ce la faim qui fait ainsi régresser son esprit? Est-ce ce trou creusé dans la neige, ce rocher aux mystérieux reflets? Ce silence épais que sonde l'ouïe décuplée par la faim, à la recherche du glissement des raquettes lui annonçant le retour du chasseur rapportant la nourriture?

Pourquoi, tout à coup, s'interroge-t-il sur la pertinence d'avoir permis à la femme de prendre possession de la pierre, y chassant définitivement l'ours que Georges y voyait endormi ce matin même?

En permettant à l'animal d'*être* dans la pierre, ne s'alliaient-ils pas le pouvoir des forces occultes qui auraient guidé les pas de Georges jusqu'à la tanière de la bête en hibernation?

Sortilège? Folie? Magie? Il ne sait plus à quoi s'en tenir et remet le lichen à sa place, honteux d'avoir eu la tentation d'en manger en l'absence de Georges.

Il s'étend de nouveau, grimaçant sous la douleur provoquée par un faux mouvement, et fouille dans sa poche à la recherche de la femme de pierre. De son pouce, il en caresse la hanche et renoue aussitôt avec le sentiment de sécurité que lui procure la possession de cette forme arrêtée dans l'ordre cosmique des choses. De cette forme inscrite dans la matière. De cette création de l'homme, à la double mission de transmettre un message et de transcender le monde animal dont il fait partie intégrante, établissant ainsi le contact avec les forces surnaturelles.

Il regarde l'objet à la lueur de la flamme et ne discerne ni femme ni ours endormi. Que de déception! Il a beau le tourner dans tous les sens, ses yeux d'affamé ne voient maintenant qu'une pomme de terre. Alors, il s'empresse de le poser sur son cœur et de caresser la hanche de son pouce, les yeux fermés, s'assurant la possession de la pierre possédant la femme.

*   *

*

Barbiche se lance maintenant la boule de papier journal d'une main à l'autre. C'est l'heure des vérités. L'heure des règlements de comptes à la lumière de la vérité.

En face de lui, le journaliste montre des signes d'impatience à comparaître devant eux. L'assurance que lui procure le pouvoir de la chose écrite triomphe dans sa moue arrogante et sa désinvolture.

— Tu t'en fiches pas mal, toi, de l'effet de tes articles sur sa fiancée, sur sa mère, sur son fils. À quoi t'as pensé d'écrire en gros titre : «ON A PEU D'ESPOIR DE LES RETROUVER»?

— Ça, c'est pas moi qui ai choisi le titre, c'est mon chef de pupitre. Moi, on m'a envoyé ici pour cueillir des informations. C'est ce que j'fais.

— Bah! Si c'est vrai, c'que tu dis, il a choisi le titre en fonction de ton article. Pis la photo de Sophie quand elle a eu une faiblesse, c'est pas ton chef de pupitre qui l'a prise!

— Il nous faut des photos... C'est primordial. Le public en a besoin pour se faire une idée. C'est pas de ma faute si le journal a pas jugé bon de me faire accompagner par un photographe.

— Mais l'idée que le public se fait est fausse à cause de toi. Tout c'que tu recherches, c'est d'augmenter le tirage de ton journal avec des nouvelles à sensation. La vérité, tu t'en fous. Pourquoi t'as pas pris plus de renseignements sur l'Amérindien qui est avec lui? Le Grand n'est pas tout seul là-bas. Pourquoi tu parles pas plus de Georges, hein? As-tu peur d'enlever du piquant à ton histoire en informant les gens de ce que signifie la présence d'un Montagnais dans la toundra?

— Les Amérindiens d'aujourd'hui sont comme nous autres.

— T'as pas ben voyagé, ça s'voit. Tu connais pas les Montagnais. T'aurais pu au moins avoir la décence d'aller dans la réserve. T'aurais appris que Georges est dans la cinquantaine pis qu'y est né dans un cabanage en plein hiver. C'est le meilleur guide du bout. Y sait comment s'débrouiller, lui, dans ce pays-là.

— Y'a rien qui nous dit que votre Georges est pas mort.

* *
*

C'est comme cette fois où les loups avaient dévoré les caribous que son père avait tués. Il s'en souvient comme si c'était hier. Son ventre se souvient. Son corps se souvient. Il lui était difficile d'avancer avec ses raquettes et il se retrouvait souvent étendu sur le sol. Âgé d'une dizaine d'années, il se laissait charmer par le langage de cette neige qui l'invitait à s'endormir dans son manteau d'étoiles. Alors, sa mère venait l'encourager à se relever et à continuer. «Là-bas, disait-elle, nous allons trouver de la nourriture.» Alors, il se relevait et avançait, le regard attaché aux raquettes de sa mère, levant le pied gauche quand celle-ci levait le pied gauche et le droit quand elle levait le droit.

Où son père trouvait-il la force de tirer le toboggan? Que d'admiration il avait alors ressenti pour cet homme courbé sous le vent âpre, qui traînait ainsi leurs maigres possessions! Cet homme qui veillait à ce qu'ils aient un toit pour la nuit. Un endroit où dormir et se réchauffer.

À un moment donné, sa sœur, d'un an son aînée, s'était mise à pleurer. Elle marchait près de lui en pleurant sans arrêt. «Pourquoi tu pleures? lui avait-il demandé. — Parce que je viens de penser comment c'est bon, de la banique.» Ses yeux à lui aussi s'étaient remplis de larmes, mais, comme il ne voulait pas pleurer, il avait ramassé une poignée de neige et l'avait offerte à sa sœur. «Tiens, mange, je t'ai trouvé de la banique.»

Elle avait regardé la neige dans sa main, puis lui, puis de nouveau la neige et un sourire était né. «Elle n'est pas assez cuite mais je la mangerai quand même», avait-elle dit. Et elle avait mangé la neige-banique avec lui.

Georges s'arrête, épuisé. Il n'aurait pas dû tant s'éloigner de l'abri. Il a surestimé ses forces. Avec soulagement, il distingue la colline derrière laquelle gît le grand oiseau blanc mort gelé. Le jour s'achève. À l'ouest subsiste une raie horizontale et pourpre. Tout est immobile et silencieux autour de lui et la teinte mauve des ombres le séduit. Que ce paysage est beau ! Beau dans toute sa grandeur et son austérité. Est-ce la faim qui lui fait voir ainsi les choses ? Est-ce la faim qui donne à la silhouette des épinettes têtues une allure majestueuse ? Est-ce la faim qui fait briller l'or vieilli des sillons que le vent creuse, habillant de sombre velours le pied des collines ? Est-ce la faim qui permet que la beauté de ce monde le touche ?

Debout sur ses raquettes, l'Innu regarde. De tous les êtres de la création, il est le seul à s'arrêter pour regarder tout simplement. Pour contempler. Du haut du ciel, le faucon regarde le sol à la recherche d'une proie, et, au sol, le renard regarde trotter le lemming pour lui sauter dessus. Les animaux épient et guettent. Des images de ce monde, ils ne perçoivent que le mouvement de la proie ou celui du prédateur. Mais l'Innu, lui, est touché et troublé par la beauté et la grandeur de la création et il sent qu'il y a plus grand que lui derrière tout cela.

Qu'il aurait aimé que ce plus grand que lui le guide aujourd'hui vers la tanière de l'ours qu'il voyait endormi dans la pierre d'Émile ! C'était un bon présage que cet ours fût là et il a marché plus loin et plus longtemps que prévu, poussé par l'espoir d'une dune à l'autre. Maintenant, il revient bredouille. Le ventre vide. Il a bien vu, ici et là, quelques rares pistes de lièvre, mais rien de plus important que ce qu'il y a aux alentours de l'abri. Peut-être finalement qu'il n'y avait pas d'ours dans la pierre mais bien une femme.

L'Innu réfléchit. De tous les êtres de la création, il est le seul à avoir créé à son tour. Créé d'abord des mots pour désigner les choses, puis créé des armes, des outils, des pièges, et finalement créé des objets non utilitaires, des dessins et des formes, des décorations et symboles sur ses habits. Pourquoi? Est-ce qu'en devenant créateur à son tour il s'octroyait un pouvoir sur le monde animal? Est-ce qu'en figeant la forme de la bête dans la pierre ou en la dessinant sur l'écorce du bouleau il en devenait le possesseur? Oui... Oui, il en devenait le possesseur par son esprit et il s'approchait ainsi de ce qui est plus grand que lui. Il s'approchait de l'Esprit, du Grand Esprit, Tshe Mentho, qui le possède, lui, et possède ce monde. Et la vie et la mort. Et le mystère des étoiles et le langage des pistes.

Qui possède ce paysage s'étendant devant lui et cette neige qu'il ramasse dans sa main et porte à sa bouche. Et ce souvenir de sa sœur qui pleurait parce qu'elle avait faim.

Debout sur ses raquettes, l'Innu mange la neige que son esprit a de nouveau transformé en banique.

*   *
*

Barbiche marche nerveusement de long en large devant l'établi, tenant la boule de papier comme on tient une balle, les mains dans le dos.

— D'la manière dont t'as écrit cet article-là, c'est comme si t'étais sûr qu'il était mort... et qu'il aurait jamais à le lire... Mais le Grand va le lire un jour, ton article, tu vas voir. Il va le lire pis il se gênera pas pour te péter la gueule.

— Ah? Comme ça, c'était un homme agressif. Intéressant, très intéressant, répond le journaliste, trahissant l'intention de se servir ultérieurement de cette information.

Barbiche bondit, furieux, et se rue vers l'homme, brandissant son poing droit maintenant fermé serré sur la boule de papier.

— Non! Il était pas agressif mais il endurait ben mal les injustices pis les mensonges, si tu veux savoir. C'était un Christ de bon pilote, O.K., là? Jamais il aurait accepté que tu salisses sa réputation comme tu l'as fait.

— Était? Tu l'penses mort toi aussi, admets-le.

Mus par un sentiment de solidarité et sans qu'aucune parole ne soit prononcée, Choucroute et le Zèbe s'approchent du journaliste, l'enfermant dans un triangle presque équilatéral.

— Ouais... T'as réussi à l'faire mourir dans l'esprit des gens, l'accuse Barbiche d'une voix glacée. Les pilotes volontaires ont perdu le moral après ton article qui suppose qu'ils ont tout fait ça pour rien, et vu que Choucroute pis moi on devait respecter notre horaire, hier, y'en a qui ont pris ça pour de l'abandon. Aujourd'hui, plus personne osait dire qu'on cherchait des vivants. Pis ça, c'est de ta faute... avec ton Christ d'article pis la photo de Sophie qui semble vouloir dire que même elle, elle a perdu espoir.

*   *

*

À la manière dont il entend les fûts des raquettes s'entrechoquer, il décèle la grande fatigue de Georges s'approchant de l'abri. Enfin de retour! Le soulagement et la joie qu'il éprouve le confondent. N'est-ce pas ainsi que se sent la femme attendant que son homme revienne des champs, de la forêt ou de l'usine?

Il tend l'oreille, devine les gestes d'après les bruits. Georges enlève ses raquettes, les secoue et les accroche à une branche d'épinette. Puis il frotte la neige collée au bas de ses pantalons avant de pénétrer dans l'abri, emmenant un courant d'air glacial avec lui.

— *Coué! Coué!*

— *Coué! Coué!*

L'Amérindien se laisse tomber sur la couche, faisant bien attention à sa jambe blessée. Les coudes appuyés aux genoux, il semble à bout de souffle et demeure prostré un long moment avant d'enlever le casque de fourrure qu'il lui a prêté. Curieux comme sur la tête de Georges ce couvre-chef produit un effet tout à fait différent que sur la sienne. Enfoncé symétriquement jusqu'à la ligne des sourcils et les bords rabattus sur les oreilles, il lui donne un air d'Asiatique primitif maître des steppes et des toundras. De quoi a-t-il l'air, lui, quand il le porte incliné sur l'oreille droite ?

— Trop gros, échappe Georges dans un souffle qu'il croit être le bon, le vrai qui récupérera tous les autres.

Ouf! Point final. Le rythme respiratoire s'est rétabli. Non. Pas tout à fait.

— Maudite cigarette! dit-il encore, comme si la confession de toutes les causes de cet essoufflement lui garantissait de récupérer plus vite.

— Veux, veux pas, tu vas maigrir pis arrêter de fumer, ici.

Léger tressautement d'épaules indiquant le rire discret.

— Pas beaucoup de lièvres, ici. Pas beaucoup de pistes.

Georges parle maintenant dans sa langue maternelle, enlevant ses vêtements avec méthode et calme, les accrochant un à un aux perches pour les faire sécher.

— J'ai marché trop loin. Faudrait changer de place.

— C'est pas bon de s'éloigner de l'avion. J'suis sûr qu'ils nous cherchent.

— Il a neigé sur l'avion. On le voit plus d'en haut.

— On le voyait pas beaucoup plus avant, vu qu'il est blanc, mais ici il y a toujours un feu et le signe sur la neige... puis l'abri est confortable.

— Hmm. Pas de lièvres, pas de pistes.

À court d'arguments, il se résigne au silence, regardant danser la flamme du réchaud, tout comme Georges. Il pense soudain à invoquer la facilité de se ravitailler en essence à même les réservoirs de l'avion pour alimenter ce réchaud, mais se ravise en constatant une lueur dans le regard fatigué de son compagnon, qui vient de se rendre à la même évidence.

— Montre la pierre.

«La» pierre. Ce matin, c'était encore «la» pierre. Ce soir, c'est maintenant «sa» pierre et il se sent fautif face à Georges de se l'être appropriée en son absence.

De son pouce, il caresse encore la hanche de femme et présente l'objet à son compagnon. Celui-ci s'en empare avec respect et l'approche de la flamme pour le tourner et le retourner.

— J'vois plus l'ours. C'est... c'est une femme.

— J'pouvais pas faire autrement. C'est juste la femme que j'voyais, moi.

— C'est parce que ton ventre ne t'a pas encore assez parlé. Moi, j'aurais fait un ours, dit placidement Georges en lui remettant la pierre et en s'emparant d'une poignée de lichen qu'il mélange à l'eau du récipient improvisé.

— Pas de tête, ta femme.

— C'est sans importance... C'est elle.

Il ferme les yeux. Revoit Sophie aux prises avec sa chemise de nuit. Il n'aurait jamais dû répondre au téléphone, ce matin-là.

— L'ours était complet.

— Ça aussi, ça sera complet... même si y'a pas de tête.

Ce disant, il s'assoit, éveillant la douleur dans sa jambe à chacun de ses mouvements, puis il tend la pierre devant la lueur et retrouve avec émotion la douce courbe de la hanche se creusant vers la taille. Douce courbe déjà polie, patinée par son pouce.

* *
*

— T'as pas de cœur, toi, hein? déclare Barbiche en assénant de petits coups sous le menton du journaliste avec la boule de papier. Tout ce qui compte, pour toi, c'est le gros tirage.

— C'est pas d'ma faute si personne ne veut me parler. Y'a pas moyen de rien savoir à propos de la disparition de l'ELT et de la boîte de secours. J'le sais que vous savez ce qui est arrivé, mais vous protégez quelqu'un... Le public a le droit de savoir.

— Depuis quand, hein? s'informe Barbiche, ponctuant chaque mot d'un petit coup sec.

— Le public a droit à l'information.

— À l'information, oui. Mais la simple information, c'est pas assez pour vous autres. Il vous faut toujours plus. Du sang, du sexe, de la débauche. Il vous faut des grosses affaires pour vos gros titres. Quelque chose qui frappe, comme : «On a peu d'espoir de les retrouver.» Tu t'en fous ben, toi, que ton gros titre nous détruise le moral, pourvu que ça s'vende. Tu t'en fous ben d'avoir déjà tué le Grand pis Georges dans l'esprit de chaque personne qui a lu ton article.

* *
*

La suractivité de ses glandes salivaires provoque une tension désagréable, légèrement douloureuse au niveau des mâchoires, comme si une succion intense s'était produite autour de la petite masse spongieuse qui s'égrène sur sa langue. Il se conditionne à mastiquer lentement, calquant son attitude sur celle de Georges. Pas facile à réaliser. Il lui semble que son corps entier aspire à cette petite bouchée de nourriture imprégnée de salive. Il avale. Éprouve un creux au niveau de l'estomac. Une sorte de contraction à vide. «Une bouchée pour grand-maman, une bouchée pour papa», disait-il à Martin dont le manque constant d'appétit l'inquiétait. «Tiens, cette bouchée-là, ce sera pour Martin», pense-t-il en étreignant la pierre sur son cœur. «Désolé, fiston, il n'y a plus de gros orteil dedans.» Une bouchée pour Sophie, en réprimant la tentation de tout bouffer d'un coup. On dirait qu'il y a des milliers de bouches ou de ventouses partout en lui qui se tendent à l'extrême vers ces miettes de lichen coincées entre ses dents. Une bouchée pour sa mère, qui avait apprêté ses premiers lièvres pris au collet. «J'ai faim, m'man», disait-il dans le train parti d'Abitibi à destination de Montréal. Il croyait avoir faim parce qu'il avait sauté deux repas et, dans son for intérieur, il s'alarmait à l'idée qu'en ville il ne pourrait plus ramener de lièvres à sa mère. Il avait huit ans et se posait maintes questions sur cet oncle James qui avait envoyé l'argent des billets afin de rapatrier sa sœur abandonnée par son mari. Quelle serait sa réaction en découvrant son frère trisomique, bavant à pleine bouche, les couches toujours souillées? «J'ai faim, m'man.» En réalité, il n'avait sauté que deux repas et était plus inquiet qu'affamé.

— J'ai hâte qu'un lièvre tombe dans tes collets.

Bien qu'il ait sauté plus de deux repas, ce serait sacrilège de prononcer le mot «faim» en présence de Georges, qui s'épuise à la recherche du gibier. Voilà déjà trois jours qu'ils sont ici. Trois jours au régime du lichen et de l'eau.

Des remords l'envahissent à l'idée qu'il a failli succomber à la tentation de chiper quelques pincées pendant que Georges traînait ses raquettes. Remords qui s'amplifient quand celui-ci lui offre encore à manger.

— Non... Mange, toi. Moi, à rester étendu, j'en ai pas autant besoin que toi.

— Peut-être pour ça que tu vois encore une femme.

— J'espère qu'elle ne me pense pas mort. La tienne, tu crois qu'elle te pense mort?

— Pense pas.

— Et tes enfants?

— Sais pas.

— Je ne veux pas mourir dans son esprit... Elle, elle ne mourra jamais. Je vais la sortir de la pierre. Elle ne mourra jamais. Même quand je n'aurai plus d'esprit, elle, elle sera toujours là...

Toujours arrêtée dans ses formes, dans ce matériau qui a traversé des millénaires. Peut-être y aura-t-il un cataclysme un jour, une fin du monde où tout rouillera, pourrira, se décomposera dans les décombres, sauf cette femme de pierre qu'un archéologue de l'an 5000 découvrira. L'éminent chercheur ne saura évidemment rien d'elle sauf que quelqu'un a voulu l'inscrire dans le temps. A voulu la reproduire et la posséder dans la matière. Et ce quelqu'un, c'est lui.

Il regarde se mouvoir les formes étranges sur le mur de roc et se surprend de la rapidité avec laquelle il a assimilé l'esprit d'un homme des cavernes. N'est-il pas en train de vivre la fin de son monde à lui? Le cataclysme n'a-t-il pas eu lieu pour que l'urgence de transmettre son message à cette femme évince l'occulte pouvoir de guider les pas du chasseur vers la tanière de l'ours endormi?

Pour toute réponse, son pouce glisse de la hanche vers la taille avec la certitude que Sophie saura qu'il n'a eu de cesse de la caresser.

*   *
*

Chiffonnée, pelotonnée, portant encore l'empreinte des doigts de Barbiche qui l'a étranglée, la boule de papier roule par terre après trois petits bonds et s'immobilise près de la botte de motoneige du pilote. Celui-ci laisse tomber vers elle un regard méprisant et l'écrase en tournant son pied comme on fait d'un mégot de cigarette.

— Si tu veux pas avoir des ennuis, tu ferais mieux de partir.

Le papier coincé entre la semelle de la botte et le plancher de ciment produit un son désagréable. Un peu comme celui de l'ongle long d'une institutrice effleurant le tableau noir par mégarde.

— C'est une menace ?

— Non, un conseil. T'auras plus rien à foutre ici. La seule personne qui te parlait, c'était Myriam, au bar de l'hôtel. C'est fini. Est en beau maudit de voir comment t'as écrit ça. Ta réputation est faite, dans la ville. Plus personne va te parler.

— J'ai pas besoin de vous autres. Y'a le major Langlois.

— Y'a pas tellement apprécié c'que tu lui as fait dire.

— Il se passe des choses louches, ici. J'vais écrire que vous privez le public de l'information.

— Y'a d'autres journaux... Nous, on peut ben leur dire que t'arrêtes pas de harceler Sophie pour avoir une photo. Tu vas la laisser tranquille à c't'heure, j't'en passe un papier.

Pis j'sais pas si ton boss va être content d'apprendre que tu prends tes informations au bar de l'hôtel.

— J'suis obligé. Personne veut m'en donner.

— C'était à toi d'écrire ton premier article comme du monde. Le Grand a pas décollé dans la tempête... Il aurait jamais fait ça.

— Bon, bon, j'peux rectifier ça.

— C'est trop tard... C'est ton autre histoire que les gens ont retenue.

— Y'est pas trop tard pour parler de Tête d'Oiseau. J'sais qu'il est mêlé à l'histoire du ELT et de la boîte de secours.

— Ah oui? Es-tu sûr de ça?

— Ouais... Y'a quelque chose de louche, ce type-là.

— Tu lui as parlé?

— Il veut pas m'parler lui non plus, mais j'sais qu'il y a anguille sous roche.

Cette expression, prononcée ici dans cet atelier, ramène Barbiche à la première réunion des hommes après la chasse au caribou, alors qu'il n'osait croire au rêve qui se réalisait enfin. «Il y a anguille sous roche», pensait-il. Aujourd'hui, il constate que cette anguille n'avait aucun rapport avec son affectation au fameux DC-3, dit Dakota, mais concernait uniquement la relation existant entre le Grand et Tête d'Oiseau. Malgré toute l'antipathie que lui inspire ce confrère, il ne peut se résoudre à le livrer en pâture au journaliste avide de sensationnalisme. Bien sûr, cela exonérerait le Grand de tout blâme de publier à la une qu'il fut victime de l'inconscience du pilote qu'il venait de congédier, et Tête d'Oiseau serait facilement noirci sous la plume de ce journaliste. Il suffirait de quelques mots, quelques tournures de phrase et quelques points de suspension et d'interrogation bien placés pour réhabiliter l'image de pilote du Grand. Pour en faire un héros, même. Du coup, partout à travers le Québec, des milliers de pensées convergeraient vers ce sympathique chef pilote en péril, avec autant de remords qu'il y a eu de jugements hâtifs envers celui qui avait décollé dans une tempête et poussé plus loin l'inconscience en pilotant un appareil dépourvu d'ELT et de boîte de secours. Oui, bien sûr, il suffirait de jeter Tête d'Oiseau sous les crocs du journaliste pour que celui-ci fiche la paix à Sophie, mais quelque chose en lui s'y oppose formellement.

— Ouais, c'est sur lui que j'vais concentrer mes recherches. Rien qu'à te voir la face, on voit bien qu'il a quelque chose à voir avec cet accident-là.

— Essaye-toi... J'sais pas où tu vas puiser tes informations. Tête d'Oiseau, c'est un des nôtres. Tout ce qu'il y a à dire de lui, c'est qu'il a la chance d'avoir un avion personnel pour faire les recherches.

— Ouais... Mais le Otter blanc, c'était le sien. Comment ça se fait qu'il le pilotait pas ?

— Parce qu'il était pas en condition de piloter, tout simplement. C'est pas comme c'que t'écris dans tes articles. On est une compagnie sérieuse.

— J'verrai bien ça.

— Tu verras rien pantoute, parce que tu t'en retournes d'où tu viens. T'as plus rien à faire ici, pis t'es mieux de déguerpir au plus vite avant que la compagnie accuse le journal de libelle diffamatoire pour avoir supposé qu'elle pourrait être tenue en partie responsable de l'accident.

Le triangle équilatéral se resserre sur le journaliste que cette histoire de libelle diffamatoire inquiète soudain. Il n'est pas sans savoir que cette compagnie, dont le siège social est situé en Ontario, a amplement les moyens d'intenter un procès du genre. Attention ! Des crocs-en-jambe, ça ne se donne qu'entre Québécois, et le peu d'arguments qu'il pourrait fournir à la défense du quotidien encore au stade de l'implantation seraient facilement réduits en pièces. On le renverrait alors à la pige, ce qui n'est guère intéressant pour un homme de son âge. De toute façon, il en a marre de cette ville au bout du monde où on l'a expédié avec un maigre budget. Ce n'est décidément pas ici qu'il trouvera la matière du scoop de sa vie. On n'a même pas jugé utile de le faire accompagner d'un photographe. C'est donc dire le peu d'intérêt que la rédaction manifeste pour ce dossier.

— Si j'pars, est-ce que vous allez faire affaire avec d'autres journalistes?

— On veut plus rien savoir de vous autres. C'pas croyable, l'influence que vous avez. Vous inventez des histoires pour les gens qui vous lisent dans le métro le matin, pendant que ceux qui les lisent ici perdent confiance. Vous vous en foutez ben, de ceux qui vivent ici... C'est les autres qui comptent; ceux qui achètent. C'est toujours les plus nombreux qui comptent, hein? La vérité, ç'a jamais été payant.

C'est on ne peut plus clair. Les voilà quittes. Lui, en tant que journaliste, il ne veut plus rien savoir de ces gens qui prétendent brandir la bannière de la vérité. Pourquoi risquerait-il d'essuyer des coups pour une nouvelle qu'aucun autre quotidien n'aura l'occasion d'exploiter?

— J'ai plus rien à faire ici, de toute façon, déclare-t-il avec un rien de dédain.

*   *
*

Georges se presse contre lui, remonte la couverture de duvet pour bien couvrir ses épaules. Une douce chaleur le gagne, côté droit. Elle provient de cet homme étendu à ses côtés. Animale, pénétrante, rassurante. Ainsi doivent se sentir les chatons cordés les uns contre les autres dans la fourrure de leur maman. Le seul autre homme à s'être collé ainsi contre lui, c'est Luc. De cette aventure ou plutôt de cette mésaventure, il ne conserve que le souvenir d'un grand corps maigre et frissonnant et d'une main indécente lui soulevant le slip, le cœur, et maintes interrogations. Il y a trois jours, les réponses lui sont tombées dessus. Comme une pluie de météorites. Il faisait pitié, tant pitié que même la danseuse aux tables ne voulait pas de lui... Il a eu très mal. Dans son âme et sûrement à son orgueil. Il a commis des erreurs, graves évidemment, puisqu'il se retrouve ici, dans un autre univers. Lorsqu'il est tombé du ciel avec son engin défectueux, le monde a basculé. Le sien et celui de Georges. Ils ne sont plus maintenant que deux êtres primitifs et affamés, livrés à l'intraitable toundra. Ailleurs, il le sait, la vie continue, avec tous les gadgets de la civilisation. Ailleurs, bien au chaud, un cure-dent au coin de la bouche, certains digèrent le repas du soir devant le petit écran. D'autres se dépêchent de laver la vaisselle et font venir la gardienne pour aller au cinéma. Ou à une réunion. Ou encore pour entraîner de jeunes hockeyeurs comme il le faisait. Est-ce que Martin ira à son entraînement, ce soir? Y avait-il entraînement, au fait? Oui. C'est Barbiche qui devait le remplacer durant son voyage de noces. Y aura-t-il entraînement malgré tout? Dans son for intérieur, il souhaite qu'il n'ait pas lieu, car il ne veut pas que la vie continue trop facilement sans lui. Pourtant, s'il était resté là-bas et que cet accident était arrivé au père d'un de ses jeunes hockeyeurs, il aurait été le premier à lui servir le refrain que la vie continue quand même.

Il entend le vent qui passe, inlassable, soufflant la neige devant lui. Vers le sud. Vers les choses douces et les lumières d'hommes qui vacillent dans la nuit. Ces lumières qui, vues de son siège de pilote, orientaient ses réflexions vers la fragile grandeur des hommes. Celle qui, basée sur la science et la technologie, peut un jour leur échapper. Il suffit d'un fou, après tout, pour faire sauter la planète. Boum! Toutes les lumières s'éteignent partout en même temps, et les hommes, à tâtons dans l'obscurité, apprennent à redécouvrir le feu et la roue.

— Encore mal à ta jambe? demande Georges d'une voix prête à sombrer dans le sommeil.

— Seulement quand j'bouge... J'sors pas pour rien, j'te dis.

— Hmm.

— On n'entend pas les loups. T'sais, comme dans les films; c'est déjà ça de bon.

— Non, c'est mauvais. Quand il y a des loups, c'est signe qu'il y a du gibier... Du caribou. Moi, j'aimerais entendre les loups... Nous reste pas beaucoup de lichen.

Les accents gutturaux de la langue montagnaise donnent encore plus de crédibilité à cette affirmation. Dehors, le vent inlassable pousse la neige devant lui, remplissant les rares pistes de lièvre.

Il se soulève légèrement la tête pour voir la petite meule de lichen tassée dans le coin. C'est vrai qu'il n'en reste pas beaucoup. Puis son regard tombe sur la pierre et la lime posées près du réchaud. Il repère vite la hanche par le reflet qu'en donne déjà la partie polie par la caresse de son pouce et il reconstitue la position du corps. La femme est couchée dans sa pierre et attend patiemment qu'il l'en délivre. Ce qu'il fera à petits coups de lime dans cette matière capable de traverser des millénaires.

* *
*

Sur le plancher de l'atelier, la boule de papier aplatie, écrasée, salie, traînée sous les semelles. Une ordure, quoi. Barbiche s'en empare avec une moue dédaigneuse et la laisse choir dans la poubelle de Lulu, en plein sur un tas de chiffons graisseux. D'un geste large et rapide, il ramasse sur l'établi le journal démantibulé, le chiffonne et le pelotonne grossièrement avant de lui faire connaître le même sort. Poubelle. Puis il se frotte les mains comme lorsque l'on est satisfait du travail accompli. Voilà une bonne chose de faite. Ce journaliste-là n'embêtera plus Sophie. Le Zèbe et Choucroute sont partis le reconduire à l'hôtel et ils réserveront sa place sur le prochain vol Schefferville-Montréal directement auprès du gérant de l'aérogare.

Quoique légitime, son contentement est de courte durée. Un autre journaliste viendra peut-être, de la radio, de la télévision ou d'un autre quotidien, et il devra tout remettre en œuvre pour éviter que l'on ne brandisse un micro devant les lèvres tremblantes de Sophie. Le Grand avait-il un pressentiment lorsqu'il lui a demandé de s'occuper de sa fiancée et de sa famille si jamais il lui arrivait malheur? Comment oublier ce serment? C'était ici, il n'y a pas si longtemps. Ensemble, ils avaient vérifié le contenu des boîtes de secours en souhaitant que personne n'eût à s'en servir. Ils s'étaient serré la main, conscients tous deux d'être de la même pâte d'homme à faire du mortier pour unir les pierres. Est-ce le mortier de la solidarité qui a agi sur lui en présence du journaliste? Pourquoi n'a-t-il pas dénoncé Tête d'Oiseau? Ce n'était pas l'envie qui manquait. Sans Tête d'Oiseau, rien de tout cela ne serait arrivé. Le Grand et Sophie seraient partis en voyage de noces, et lui, il aurait entraîné l'équipe des peewees à sa place. Merde! Il a oublié d'annuler l'entraînement. Ce n'était vraiment pas de mise, ce soir. De toute façon, par respect pour Martin, ses coéquipiers n'ont pas dû se rendre. Et puis ces jeunes-là sont plus attachés au Grand qu'à un entraîneur ordinaire depuis que celui-ci les a promenés à bord du DC-3. Quelle après-midi merveilleuse cela avait été pour tout le monde ! Jamais ils n'avaient eu passagers aussi joyeux et reconnaissants. C'étaient partout des sourires et des merci. Sophie jouait le rôle d'hôtesse de l'air et Martin transpirait de bonheur et de fierté d'être le fils de... Alors, sûrement que ce soir personne ne s'est rendu... Par respect, amitié, sympathie et esprit de solidarité. Ce fameux esprit qui les a maintenus ensemble face au journaliste.

N'a-t-il pas, lui, Barbiche, ramassé en vitesse la pierre solitaire afin de l'imbriquer dans ce mur devant mettre Sophie à l'abri des regards indiscrets ? Pourquoi ? Qu'est-ce qui lui a pris ? Cela aurait été si simple d'accuser publiquement Tête d'Oiseau et de voir son nom sali dans les journaux et son histoire galvaudée de gauche à droite. Ce n'est un secret pour personne qu'il n'aime pas cet homme et qu'il lui en veut de ce qui est arrivé au Grand. «T'es rien qu'un chauffeur de taxi !», lui avait-il crié par la tête. Insulte suprême pour un pilote. «C'était mon voyage», rappelait Tête d'Oiseau. Ce n'est qu'après coup qu'il a compris le sens de cette phrase. Tête d'Oiseau voulait se suicider, preuve qu'il souffrait d'une situation devenue intolérable. Laquelle au juste ? Était-ce en rapport avec les rumeurs qui circulent selon lesquelles il serait un ex-détenu ? À lui voir l'allure avec ses cheveux et sa barbe rasés, on a un aperçu du bagnard qu'il aurait pu être jadis. Était-ce cela, le secret entre lui et le Grand ? Saura-t-il un jour ? Que restera-t-il de cette histoire quand les journaux auront brûlé dans les dépotoirs ? Que retiendront les gens du Sud ? Les gens des villes ? Que là-bas, dans le Grand Nord, un pilote défiguré mais charmant était tellement content d'avoir trouvé à se marier qu'il a piloté comme un pied le lendemain de son enterrement de vie de garçon ? Avec le temps, même cette invention du journaliste sera déformée. L'information devenue histoire deviendra légende. On ne saura plus rien. Tout

se perdra. Les médias déverseront des avalanches d'informationmations plus ou moins exactes, tous les jours. Toutes les
heures, à toutes les antennes. Avec des moyens de plus en
plus sophistiqués et rapides, les messages seront transmis
puis se perdront dans la nuit des temps.

22

À la rencontre du passé

Bon nombre de militaires s'accordent une ou deux bières au bar-salon après une journée de recherches intensives. Est-ce parce qu'ils sont revenus bredouilles qu'ils sont si raisonnables, se demande Myriam, ou est-ce parce qu'ils font partie des forces armées canadiennes et sont en grande majorité anglophones? Elle ne sait pas, l'anglais étant du chinois pour elle.

Cela fait déjà trois soirs qu'elle essaie de saisir des bribes d'informations que laisserait échapper l'un ou l'autre de ces hommes. Mais, à part «yes», «no» et «thank you», elle ne connaît pas un traître mot de la langue anglaise, pas plus qu'eux ne connaissent un traître mot de sa langue maternelle, à part «oui», «non» et «merci». Bien qu'elle soit chez elle, derrière son comptoir et dans un décor familier, elle se sent en pays étranger, particulièrement ce soir où ces hommes composent majoritairement la clientèle. Ils n'ont rien en commun avec les touristes américains facilement séduits par «her french speaking»; ils lui donnent la nette impression qu'elle n'est utile que pour apporter les verres et vider les cendriers. Rien de plus.

On n'a même pas voulu d'elle en tant qu'observatrice, sous prétexte qu'elle se couche à des heures tardives. Cela la déprime. Elle a beau travailler au ravitaillement des équipes, elle se sent d'une parfaite inutilité. Et puis cela l'a tellement frustrée d'apprendre que c'est Lise, la fameuse infirmière amoureuse de Luc, qui effectue les recherches avec lui. À sa place, autrement dit. Ce qu'elle l'a de travers, celle-là, autant qu'elle a de travers le journaliste qui a mentionné son nom.

Myriam décoche un regard hostile au journal abandonné sur le comptoir. Elle a simplement dit qu'Émile ne manquait pas de charme, mais la manière dont la chose est présentée laisse entendre que cela tient du miracle qu'il ait trouvé à se marier. Quelque chose la tracasse là-dedans et la fait se sentir fautive vis-à-vis de Sophie. C'est vrai qu'il était beau malgré tout.

La tristesse lui passe alors sur l'âme. «Bring me a beer, Myriam», hèle un homme au fond de la salle. Alors, elle va porter la bière, essuie la table, remplace le cendrier et rend la monnaie de manière à recevoir un pourboire convenable. «Thank you.» Elle sourit, revient à son comptoir, cette tristesse errant en elle, son âme pleurant une absence. A-t-elle déjà aimé le Grand? Aurait-elle pu l'aimer au vu et au su de tous? C'était tellement spécial quand il la visitait la nuit. Ils n'étaient personne; ni elle ni lui. Elle sans réputation et lui sans visage. Elle se souvient qu'un trouble inconnu l'envahissait quand elle l'entendait gratter à sa porte. Elle allait lui ouvrir, reconnaissait la marque de sa lotion après-rasage et, sans jamais se voir ni se parler, ils se rejoignaient, homme et femme, dans la clandestinité. Ce n'est que le lendemain, quand elle le voyait au grand jour, qu'elle se demandait comment elle avait pu faire cela avec lui. Et surtout comment elle avait pu aimer le faire. Et lui de comprendre et de ne pas chercher à montrer à qui que ce soit qu'il détenait un laissez-passer pour la chambre du troisième. Personne n'en a jamais rien su. Sauf Luc. Et, au moment où Luc est arrivé, Émile s'est retiré. Il avait deviné qu'elle était tombée amoureuse de ce nouveau pilote, sans que cela fût toutefois réciproque. Cet amour est demeuré à sens unique, Luc s'opposant farouchement à toute relation profonde et durable. Il multipliait les conquêtes, furetait sous maints jupons, mais lui revenait toujours quand les choses tournaient au sérieux, comme avec cette Lise qui s'était mis en tête de vivre en union libre avec lui et l'avait sommée de rendre à Luc sa liberté. Quelle farce! Elle n'avait jamais eu la mainmise sur Luc, mais l'autre ne l'entendait pas ainsi et l'avait traitée de sale putain. Venant d'une femme instruite et jolie, cette insulte l'avait blessée et humiliée. Était-ce en ces termes que Luc parlait d'elle? Était-elle vraiment devenue une vulgaire putain à ses yeux et aux yeux des autres? Cette fois-là, Émile n'y était pas pour prendre sa défense comme il l'avait fait lorsqu'un client ivre avait usé de l'insulte, à la suite du refus qu'elle lui avait opposé. «Fais tes excuses. Le gars qui paie la fille est pire qu'elle.» Et le gars de faire ses excuses, et elle d'empêcher ses larmes d'endommager son maquillage. Mais, cette fois-là, quand cette Lise lui a balancé cela à la figure, elle n'a su comment réagir. Cela faisait trop mal et elle tournait autour de cette douleur, désemparée, défaite, amoindrie. Elle les imaginait alanguis dans un lit après avoir fait l'amour et se moquant d'elle, la barmaid un peu trop généreuse de sa personne. Et c'est à ce moment qu'elle a souhaité... Quelle horreur! Elle a vraiment souhaité que Luc ait un accident d'avion, à ce moment-là. Rien de mortel, bien sûr, mais un accident tout de même. Faut-il qu'elle soit méchante! Jamais elle n'oserait avouer cela à qui que ce soit. Mais elle voulait qu'il souffre et que cette blessure lui soit infligée par la seule maîtresse qu'il eût vraiment, l'aviation. Elle voulait qu'il souffre tout comme elle souffrait.

Elle n'aurait jamais dû s'éprendre de ce gars-là, mais, dès l'instant où elle l'a vu, ce fut le coup de foudre. Il avait l'air si gentil, si timide, à suivre le Grand partout avec une sorte d'admiration béate. Tout semblait l'émerveiller et elle se demandait d'où il pouvait bien sortir avec ses cheveux rasés alors que la mode était aux cheveux longs. Comme il a été maladroit, la première fois qu'il s'est retrouvé dans son lit! Maladroit et brusque, sortant vite ses billets pour faire oublier sa piètre performance. Elle les a refusés. «Non, toi, tu ne paies pas. Reste à dormir avec moi.» Et il est resté à dormir avec elle, et elle a découvert un tel besoin de tendresse chez lui. Il la tenait serrée dans ses bras, se pressant tellement contre elle que cela l'empêchait de dormir, et, à l'aube, quand elle a touché ses cheveux en brosse en disant «Ça t'irait bien de les avoir longs», il a eu les yeux pleins de larmes et il s'est laissé caresser comme un jeune délinquant avide d'affection. «D'où tu viens? — Quelque part dans les hautes Laurentides.» Elle n'en sut jamais plus et s'imagina que, tout comme elle, il avait erré d'un foyer d'accueil à un autre, s'intégrant à différentes familles puis s'en détachant, de sorte qu'il ne pouvait finalement se déclarer d'aucune d'entre elles. C'est de ce gars-là qu'elle est tombée amoureuse et non de Tête d'Oiseau, mais, curieusement, au fur et à mesure que les cheveux s'allongeaient et que la belle barbe blonde envahissait le visage juvénile, le comportement de Luc se modifiait. Cela lui fit penser à l'histoire de Samson dans la Bible, dont la force résidait dans la longueur des cheveux. Il devenait un autre, de plus en plus sûr de lui et de plus en plus fermé. Un autre qui s'abandonnait aux mains des femmes fouinant dans son épaisse tignasse mais qui toujours lui revenait. Était-ce parce qu'elle avait été la seule à avoir caressé son crâne rasé de jeune délinquant ou parce qu'elle était connue comme une femme de mœurs légères et qu'il pouvait donc la fréquenter sans développer une relation durable, ce qui lui permettait de se consacrer ainsi entièrement à l'aviation? Car c'était elle, son unique maîtresse. Elle qui habitait ses rêves la nuit, elle qui régissait ses heures le jour. Elle qui pouvait le rendre taciturne ou fou de joie. C'était l'aviation, sa vraie maîtresse. Et par dépit, douleur et désir de vengeance, elle a alors souhaité qu'il ait un accident.

Quelle vilaine fille elle est! Qui sait si ce souhait-là... ne s'est pas réalisé avec la mauvaise personne? Non. C'est fou de penser qu'elle a attiré la malédiction sur Émile... Et pourtant, tout s'enchaîne : Tête d'Oiseau voulait se suicider et c'est Émile qui s'est retrouvé aux commandes du *Grand Blanc*. Alors, pourquoi Tête d'Oiseau voulait-il se suicider? Y a-t-il été poussé par quelque force maléfique résolue à exaucer coûte que coûte le souhait de voir le *Grand Blanc* s'écraser? Car c'est bien cet avion-là et nul autre qu'elle faisait mentalement éclater en morceaux. Ah, mon Dieu! Quelle horreur! S'il fallait qu'elle soit responsable de quelque manière de cette tragédie! Mais non, voyons! Elle déraille. C'est la fatigue. La tension. Déjà trois jours que le Grand est porté disparu. Sophie fait tant de peine à voir et pourtant elle est si admirable. Si forte en dépit de ses apparences fragiles. Il suffit de la voir aller du restaurant de l'hôtel à l'aéroport avec des provisions de toutes sortes pour être touché par son courage. Bien sûr, on la voit souvent pleurer, mais on la voit aussi stimuler les équipes de volontaires par sa simple présence. Ses parents craignent énormément une deuxième dépression nerveuse et l'entourent d'autant d'attention que d'affection. Que la vie est injuste! Cette femme ne méritait pas une telle épreuve. Pas plus que le couple Émile-Sophie ne méritait d'être séparé.

C'était si beau, si grand, ce qu'il y avait entre eux. Encore tout nouveau et chaud comme un pain sorti du fourneau. C'était à vous mettre l'eau à la bouche et à vous rendre jalouse. Elle se souvient d'un certain lundi soir en particulier. Le bar-salon était désert et, côté restaurant, Sophie achevait son quart. C'était l'heure des cafés, *grilled cheeses* et chocolats chauds. Émile était venu la chercher et s'était installé à une table d'où il pouvait la voir aller et venir tout en sirotant son thé. Il avait une bonne demi-heure d'avance et restait là à la contempler. Tapie dans l'ombre du couloir menant au bar-salon, elle enviait chacun des regards qu'Émile portait sur la petite personne de Sophie. Que n'aurait-elle donné pour un seul de ces regards d'homme qui, loin de vous déshabiller une femme, la vêtent des beaux atours d'une reine? Que n'aurait-elle donné pour un seul de ces regards d'amour intense et de pur désir? Un seul de ces regards qui vous enveloppent entièrement. Un seul, un seul de ces regards d'homme, si chauds, si chauds... à vous protéger de mille hivers. Si doux, si doux... à vous faire oublier toute douleur. Un de ces regards qui mettent le monde à vos pieds. Elle se demandait si Émile avait ce regard quand, dans la nuit, il venait la rencontrer. Il aurait fallu qu'elle fasse de la lumière pour le savoir, mais elle en aurait été bien incapable puisque le charme se rompait dans le jour quand elle voyait ce que tous voyaient. Mais Sophie, elle, ne semblait voir que ce regard intense et brûlant d'amour qui la suivait partout et la rendait resplendissante de bonheur.

Et, quand ils partirent, elle remarqua avec quelle délicatesse il lui ouvrait la porte et lui entourait les épaules de son bras protecteur et elle imagina les moments délicieux qu'ils allaient connaître durant la nuit. «Chanceuse», pensa-t-elle en revenant au bar-salon désert, soudain consciente que, de tous les regards accordés à son corps magnifique et provocant, aucun ne valait le simple regard d'Émile couvant amoureusement sa Sophie.

Et aujourd'hui elle est consciente que, de tout Schefferville, elle est la seule à savoir exactement ce que perd Sophie. La seule à connaître toute la capacité d'amour de cet homme, pour l'avoir déjà goûtée à ses lèvres à la faveur de l'obscurité et de l'anonymat.

Le major Langlois apparaît au fond de la salle et se dirige droit vers elle. Il a tant de prestance, ce militaire.

Tant de charisme. On sent chez ses hommes autant de respect que de sympathie à son égard. C'est immanquable : chaque fois qu'elle le voit, elle se sent toute drôle et se fait toujours un plaisir de lui servir une bière. Ou deux. Jamais trois.

Ce soir, il a l'air soucieux. Non, plutôt triste. Il s'assoit au comptoir pour lui faire un brin de causette comme il en a pris l'habitude, avant de se joindre aux siens. Les siens étant présentement ces autres qui portent l'uniforme et s'expriment en anglais. Ces autres que lui, un petit Québécois pure laine, commande. Cela la flatte. La revalorise d'avoir droit à l'estime du major. Ce qu'elle donnerait pour lui passer la main dans les cheveux et recevoir ses confidences en toute intimité ! Est-elle vraiment devenue une putain ou serait-elle nymphomane ? À n'en pas douter, elle aime les hommes. De préférence les pilotes ou ceux qui travaillent dans le domaine de l'aviation. Il y a généralement chez eux une absence de préjugés qui sert admirablement bien leur penchant pour la gent féminine. Ils sont sur la même longueur d'onde, elle et eux. On se plaît, on s'attire, on se retrouve peau contre peau sous les mêmes draps et on en profite... car qui sait ce qui arrivera demain ?

— C'est ici qu'a eu lieu l'enterrement de vie de garçon ? demande-t-il en fixant le quotidien déposé sur le comptoir.

— Ah ! Vous avez lu ?

Déception. Va-t-il penser qu'elle est une commère ? Elle remplit son verre.

— Oui, c'est ici. C'était drôle de le voir. Les gars l'avaient arrosé de mélasse puis roulé dans les plumes. Paraît qu'il est resté une demi-heure en dessous d'la douche pour tout enlever ça.

— Ça s'est terminé tard ?

— Ben, pas tellement. Vers minuit. Mais le Grand buvait rien que de la vodka jus d'orange sans vodka ; sauf une fois, à Noël. J'suis bien placée pour le savoir.

— Ils ont dû faire des folies... J'me souviens de mon enterrement de vie de garçon à moi. On n'était pas du monde.

— Sont fous, les pilotes... mais pas méchants. J'les aime bien.

Pourquoi a-t-elle ajouté cette dernière phrase qui la fait rougir? Il savoure une gorgée. Dieu qu'il a l'air triste et comme elle aimerait pouvoir le consoler!

— Dure journée?

— Oui... mais on a eu des éclaircies dans l'après-midi. Paraît que demain ce sera ensoleillé et qu'on aura huit avions à notre disposition... Le Otter a eu une défectuosité mécanique après-midi. Ce sont des choses qui arrivent, dans le civil.

— Vous avez jamais de défectuosités mécaniques dans l'armée?

— Oui, on en a, mais on les répare durant la nuit. Les mécaniciens nous suivent dans toutes les missions, avec tout le matériel nécessaire.

— C'est Castor qui doit être démoralisé.

— Ah? Le pilote? Paraît qu'il s'est joint à l'équipage du DC-3. Y'en a pas un qui veut rester au sol quand on fait des recherches. On a beaucoup de collaboration, ici.

— Vous croyez qu'ils sont morts? demande-t-elle en lui touchant tout naturellement l'avant-bras.

Philippe Langlois ne sait que répondre à cette jolie jeune femme qui assurait que le Grand ne manquait pas de charme. Ce qu'il croit ou craint ne doit pas transpirer hors du champ militaire. Peut-être serait-il pertinent de faire venir un spécialiste en relations publiques, car ce journaliste a vraiment foutu le bordel ici. Paraît que les pilotes s'en sont occupés. Possible. On ne le voit plus traîner aux alentours.

— Notre ami journaliste n'est pas ici ce soir?

— Il doit faire ses valises. Il part demain.

— C'est mieux comme ça... Ses articles n'aidaient pas au moral.

— Pis d'la manière dont il écrivait les choses, c'était pas... euh... j'sais pas, c'était pas...

— Pas professionnel.

— C'est ça. Pas professionnel. Vous avez pas répondu à ma question, major. Est-ce que vous croyez qu'ils sont morts?

— Je crois qu'on a encore de bonnes chances de les retrouver. Demain, nous allons refaire les zones un, deux et trois. Quand on les a faites, le temps était gris, mais demain il fera soleil. On y verra beaucoup mieux.

— C'est de valeur que j'puisse pas servir d'observatrice... J'aimerais ça être celle qui les retrouve.

— J'comprends. C'est quelque chose de sauver la vie à quelqu'un.

— Ça vous est arrivé?

— Pas à moi personnellement, mais c'est arrivé quand j'étais pilote sur le Labrador. C'est une sensation extraordinaire... Toute l'équipe la ressentait... Ça ne s'oublie pas.

La barmaid le regarde avec des yeux pleins d'admiration. Il la trouve attachante et sans détour. Il voit bien qu'il suffirait d'un rien pour la retrouver dans son lit, mais il ne le désire pas depuis qu'il a sa femme et ses enfants pour le combler d'affection. Il aime s'entretenir avec elle, mais c'est tout. Elle le fait décompresser avec sa mine ingénue et ce quelque chose d'étonnamment chaleureux et généreux émanant de sa personne.

— C'est de valeur qu'on ait écrit des faussetés sur le compte du Grand. Ça le fait passer pour un mauvais pilote.

— Oui, c'est dommage. On aurait pu au moins mentionner qu'il s'est très bien tiré de douze atterrissages forcés, au lieu de focaliser toute l'attention sur cet accident qui est arrivé au sol... C'était quoi, au juste?

— Une explosion.

La question suivante lui brûle les lèvres mais il ne se résout pas à la poser. Ce serait, il lui semble, tomber dans le panneau. N'est-ce pas ce que souhaitait ce journaliste de troisième ordre? Attiser la curiosité avec l'étrangeté de l'absence de photo. Le but est atteint car il ne cesse de s'interroger sur l'apparence de cet homme.

Il sait très bien que cela n'aura aucune incidence sur la bonne marche des opérations, mais que, par contre, il sera davantage impliqué émotivement. Et il ne veut pas, ne doit pas l'être. On attend de lui qu'il demeure froid et lucide et qu'il recueille sur le pilote disparu tout renseignement qui peut être utile. Or, ce renseignement-là ne servirait qu'à alimenter une vaine compassion.

— Bon. Servez-moi une autre bière. Je vais aller la boire avec les gars.

Pendant qu'elle s'exécute, il tripote machinalement le journal à portée de sa main.

— Oh! J'oubliais... C'est quoi, les cicatrices qu'il a? D'après le journal...

— C'est juste d'un côté... J'ai dit au journaliste qu'il a la moitié du visage brûlé. Ça part du cou pis ça va jusqu'à l'oreille... ben... ce qu'il en reste... Mais y'est tellement fin qu'on oublie vite ça.

— Merci. Bonne soirée! lui souhaite le chef des opérations de secours.

Il semble maintenant pressé de se joindre aux siens et il se heurte à un homme chétif aux allures ensommeillées qui commande un Bloody Mary en s'appuyant au comptoir. Arborant une tenue vestimentaire de style moitié hippie, moitié motard, le nouveau venu n'a rien d'un militaire. Il est blond, terne, blême et dénué de charme. Il vient sûrement d'arriver par le train. Tout comme cet autre client rond, massif et rose qui s'assoit sur le tabouret dont, elle en est persuadée, son postérieur déborde amplement. Quel contraste entre ces deux hommes! Laurel et Hardy. Un gros, un maigre, cela a toujours fait rire. Mais le petit maigre n'a rien de sympathique et c'est au gros qu'elle offre son sourire. Il le lui rend aussitôt, dévoilant ainsi l'absence de toute dent ou prothèse sur la gencive supérieure, ce qui lui donne une allure de poupon géant.

— Une bière, s'il vous plaît.

Le maigre s'allume une cigarette, ce qui l'incite à faire de même dès qu'elle les aura servis.

— Bloody Mary pour monsieur, une bière pour vous. Voilà... Merci. Vous venez d'arriver par le train? demande-t-elle machinalement en craquant l'allumette contre le carton publicitaire de l'établissement.

— Oui, s'empresse de répondre le maigre tandis que le gros se contente d'un hochement de tête.

— Il y avait beaucoup de monde, ce soir?

— Non.

— Ça vous a pris quatorze heures si vous venez juste d'arriver.

— On m'y reprendra plus, grommelle le maigre. C'est creux en maudit, ici.

Le gros dodeline de la tête, un rien de broue marquant le dessus de sa lèvre.

— J'cherche à rejoindre un type, ici. Luc Maltais, qu'il s'appelle. Tu dois le connaître, poursuit le maigre en s'allumant une deuxième cigarette au mégot de la première.

Pas croyable comme il fume! Que de nervosité dans ses gestes!

— Qu'est-ce que tu lui veux? s'enquiert-elle d'un ton froid.

— J'ai affaire à lui. J'suis un vieil ami.

— T'es pas journaliste, par hasard?

— J'ai l'air de ça?

— Non, mais y'en a un fatigant ici depuis l'accident.

— Ils l'ont pas retrouvé encore?

— Non.

Elle souffle son nuage de fumée juste au-dessus de cette tête qui ne lui revient pas. D'une manière profondément viscérale et tout à fait inexplicable rationnellement, elle éprouve de la répulsion pour l'homme qui prétend être un vieil ami de Luc. Elle ne le croit tout simplement pas et elle se tourne vers le gros bonhomme, qui suit leur conversation tout en buvant tranquillement sa bière.

— Tu sais où je peux le rejoindre?

— Si t'es un vieil ami, comment ça se fait qu'il n'est pas venu te chercher?

— J'veux lui faire une surprise.

— Y disent tous ça.

Toute une surprise qu'il aurait, Luc, de découvrir cet énergumène à sa porte. Pour rien au monde elle ne transmettrait ses coordonnées. Étant donné qu'il ne vient plus la voir, elle en a conclu qu'il ne l'a jamais prise au sérieux. Jamais considérée comme une amie. Elle n'aura été qu'une main pour assouvir ses désirs et décapsuler ses bières. Il a beau ne plus boire, ce n'est pas une raison pour la négliger de la sorte en un moment pareil. Que se passe-t-il dans la tête de cet homme qui a pensé à se suicider? Pourquoi ne s'est-il jamais confié à elle? Il n'a donc jamais compris qu'elle aurait tout fait pour lui venir en aide et qu'elle... oui... qu'elle l'aimait?

Quel choc elle a eu, en allant lui porter des sandwichs, de voir qu'il s'était coupé la barbe et les cheveux! Il y avait cette Lise qui la regardait de haut, installée à côté de lui sur le siège de l'avion qu'il a reconstruit. Elle se donnait des airs de conquérante. Pauvre conne! Personne ne peut prétendre avoir conquis Luc. Personne ne peut même prétendre connaître celui qui s'est caché derrière la façade admirablement bien élaborée et trompeuse de Tête d'Oiseau, le pilote rebelle et le coureur de jupons. Qui aurait pu se douter que derrière cette façade tremblait un homme seul ayant fait ses adieux au monde? Un homme qui ne l'a jamais considérée comme faisant partie de sa vie et que pour rien au monde elle ne dérangerait dans sa retraite?

— J'connais aussi un dénommé Christian. C'est lui qui était censé venir me chercher.

— Le v'là, justement. T'auras plus à attendre.

Le temps de caler sa consommation et d'écraser son mégot, ce client la soulage de sa présence, rouspétant d'un ton indigné :

— Aïe! C'est pas facile d'entrer en contact avec *monsieur* Maltais!

Étrange. Elle n'aurait jamais imaginé que Luc pût avoir de telles fréquentations.

— Comme ça, ils ont rien trouvé? s'informe le gros client, d'une voix triste.

— Non... Rien.

— Pauvre Émile! Ça s'peut quasiment pas qu'un gars comme lui... Il avait tellement d'expérience.

— Vous le connaissiez?

— Oui. Luc aussi, pis j'suis pas journaliste.

Le sourire de poupon géant la convainc des bonnes intentions de l'homme et de la véracité de ses dires.

— Vous êtes... pilote?

Elle regrette cette courte hésitation inspirée par la masse imposante que rien ne semble destiner au vol.

— Oui, pilote privé. Émile a donné des cours par chez nous.

— Vous venez d'la même région que Luc?

— Oui. J'l'ai connu quand il suivait son cours avec Émile.

— Sans blague! Vous les avez connus tous les deux?

— Oui, tous les deux. J'te jure, pis c'est vrai que j'suis pas journaliste. En seulement, Luc le sait pas que j'suis venu pis j'aimerais ben ça que tu lui téléphones pour lui dire que j'suis ici.

Elle hésite. Elle s'est bien juré de ne plus relancer Luc. Il pourrait penser qu'elle saisit n'importe quel prétexte pour faire les premiers pas. Et puis qui lui dit que cet homme n'est pas un journaliste plus futé, bien servi par son corps lourdaud et son visage à l'expression débonnaire?

— J'veux pas son numéro. Téléphones-y, toi. Dis-y seulement que Papillon veut le voir.

Papillon! Elle écarquille les yeux, estomaquée à l'annonce de ce surnom qui n'a rien de descriptif, tandis qu'il répète avec bonhomie :

— Eh oui ! T'as bien entendu. Papillon.

— Attendez un instant.

Elle s'empare du combiné, compose le numéro puis attend. Un coup, deux coups, trois coups. Bon, il n'est pas là... Elle devrait raccrocher... Quatre coups. Elle souhaite vraiment qu'il n'y soit pas. Par quoi va-t-elle commencer ? «Luc, y'a quelqu'un pour toi ici» ou «Je m'excuse de te déranger»? Cinq coups. Peut-être qu'il est avec son infirmière, alangui après avoir fait l'amour. Ou le faisant. Six coups. On décroche. Une voix endormie articule un «allô» bourru.

— Tu dormais ? demande-t-elle, navrée.

— Oui... C'est toi, Myriam ?

La confond-il déjà avec Lise ?

— Bien sûr que c'est moi. C'est pas que j'voulais te déranger mais y'a quelqu'un ici pour toi. Il dit qu'il s'appelle Papillon ct...

— Dis-y que j'arrive.

Clic. Il a raccroché.

Médusée, elle considère d'un autre œil le gros bonhomme vers qui Luc accourt. Il doit sûrement connaître bien des choses à son sujet. Des choses de ce passé dont Luc n'a jamais voulu parler.

— Il arrive.

Sourire de soulagement chez Papillon, montrant qu'il ne savait à quoi s'attendre au juste.

— Ça doit faire longtemps que vous l'avez pas vu, parce qu'il est jamais descendu dans le Sud depuis qu'il est ici.

— Ça fait huit ans.

— Comment il était, dans l'temps?

— Jeune... Il avait vingt ans à peu près, pis rien qu'un rêve : devenir pilote de brousse.

— Ah! Ça, y'a réussi. C'était un bon pilote.

— C'était? Il travaille plus pour la compagnie?

— Non... Ça fait quatre jours... Ben... depuis qu'Émile l'a congédié.

— Ah? Émile l'aurait congédié? Ah!...

L'homme paraît déçu. Démonté.

— J'imagine qu'il devait avoir un paquet de blondes dans le temps aussi? se hasarde-t-elle à demander devant la déconvenue de son interlocuteur.

— Des blondes? Non... Juste une... et c'était une rousse.

— Est-ce que c'était sérieux?

— Sérieux? J'pense que oui... mais à un moment donné ça marchait plus.

— Pourquoi ça marchait plus?

Ledit Papillon remue lentement son verre, observant avec embarras la rotation du liquide doré au fond. Il ne veut ou ne peut en dire davantage sur cette relation apparemment sérieuse qui, à un moment donné, ne marchait plus. Quand? Comment et pourquoi? Est-ce cette rousse ou Luc qui a rompu? Qu'est-il arrivé?

Myriam se rend à l'évidence que, ne la connaissant pas, il est normal que cet homme veuille demeurer discret et n'en pas trop dévoiler, pour ne pas nuire à Luc. Autrement dit, il ne tient pas à se mettre les pieds dans les plats en ce qui concerne les histoires de cœur.

— Vous êtes pas obligé de répondre. Je demandais ça comme ça... par habitude... Surtout qu'ici il est connu pour être un coureur de jupons... Style jamais sérieux bien long-temps avec une fille. Ça m'a fait drôle d'apprendre que Tête d'Oiseau a déjà été sérieux.

— Tête d'Oiseau?

La bouche entrouverte, le regard hébété, l'homme la fixe comme s'ils ne parlaient pas du tout du même indi-vidu. Elle diagnostique rapidement chez lui les symptômes de cette fatigue déboussolante engendrée par les quatorze heures de voyage en train, où le mortel ennui vous harasse et vous tabasse tellement les nerfs qu'il perturbe la concen-tration une fois arrivé à destination. Habituée aux réactions des voyageurs fantomatiques qui échouent invariablement au bar-salon pour se retaper, elle devine la pensée fugitive qui traverse l'œil bleu strié de veinules rouges, cette pensée étant qu'il vient d'accomplir ce harassant périple pour rien.

D'un geste tout naturel et rassurant, elle flatte la grosse patte aux doigts bien ouverts sur le comptoir.

— C'est son surnom... Presque tous les pilotes ont des surnoms, ici... Vous devez bien le savoir, Papillon.

Il rit de bon cœur.

— J'me demandais ben. Comme ça, c'est son surnom. Émile, c'était quoi?

La spontanéité de ce «était» les laisse tous deux surpris et malheureux, comme si la mort venait de proclamer son évidence à l'entracte de cette comédie de l'espoir qu'on se joue, «était» signifiant qu'il n'est plus.

— Le Grand, répond-elle en se mordillant la lèvre in-férieure. C'est pas tellement original, hein?

— Pas tellement, non.

Et la conversation tombe à plat, éventée comme le reste de bière au fond du verre, n'en donnant plus envie à per-sonne.

Un inconnu surgit, le crâne mal rasé, un coupe-vent enfilé à la hâte. C'est Luc.

— Papillon! prononce-t-il d'une voix grave et légèrement tremblotante, une voix très émue.

Le gros homme se retourne lentement, comme si, au fin fond de lui-même, il ne voulait pas réellement se retourner, et prononce un «Luc!» tout aussi ému.

Elle demeure sidérée devant ces deux hommes qui semblent aussi troublés l'un que l'autre de se retrouver au bout de huit ans.

— Faut que j't'explique, bredouille Luc. L'avion reste à toé mais j'en ai besoin pour faire les recherches.

— J'suis venu te dire d'le prendre tant que tu voudras. Faut que tu le retrouves.

Un «merci» s'étrangle dans la gorge de Luc. Elle ne l'a jamais vu si ému. Elle ne croyait même pas qu'il puisse l'être à ce point... Sauf peut-être quand il a dormi avec elle la première fois, alors qu'il la serrait si fort qu'elle pensait étouffer. Qui est cet étranger avec qui elle couche depuis bientôt trois ans? Cette question la glace et lui fait réaliser à quel point leurs rapports ont été superficiels. À qui la faute? Elle a bien tenté de le connaître, mais Luc s'est toujours dérobé, et, quand il est devenu Tête d'Oiseau avec sa belle barbe et ses longs cheveux, il avait acquis, tout comme Samson, une force capable d'ébranler les colonnes du temple qui cachait les secrets de son passé. Mais voilà que ce temple s'était écroulé sur lui également, et celui qu'elle voit maintenant devant elle, les pieds encore dans les ruines, lui va droit au cœur, sans aucun détour via la couchette, et cela est nouveau pour elle.

— J'ai quelques jours de congé... J'pourrais chercher avec toi.

— Ben sûr... Ce serait mieux que tu couches chez moi... J'reste pas loin de l'aéroport.

— Ouep.

Papillon s'apprête à partir.

— Bonsoir, Myriam.

Nouveau aussi, ce regard que Luc lui accorde en la saluant. Un regard neutre, dénué de tout désir, de toute attente ou reproche. Elle rougit à l'idée d'avoir déjà souhaité que cet homme ait un accident d'avion et pense un instant à le retenir. Mais pourquoi le retenir? Qu'y a-t-il entre eux? Ils ne sont que deux individualités qui ignorent tout l'une de l'autre. Deux inconnus ayant partagé la même couche pour un temps. Elle n'en sait pas plus sur lui qu'il n'en sait sur elle, lui voulant mourir, elle lui souhaitant un accident. Cela la confond et l'attriste. Il n'y aurait donc jamais rien eu entre eux? Rien de comparable à l'attachement profond et mutuel qui a noué d'émotion la gorge de Luc et celle de Papillon.

Machinalement, elle fait reluire le comptoir d'un coup de torchon. C'est tout ce qu'elle sait faire. Personne n'a jamais vraiment eu d'intérêt pour elle. C'est tout ce qu'elle a toujours connu. «Sois belle et tais-toi», disait le père adoptif qui abusait sexuellement d'elle quand sa femme était au travail. Et elle, elle croyait... être aimée... Enfin aimée. Elle, elle croyait que c'était ce qu'il fallait faire pour être aimée.... Enfin aimée.

23

Les leçons de la faim

Uàpush est là. À demi gelé dans une posture cocasse, la tête renversée, les yeux exorbités, les quatre pattes figées dans un dernier bond. Sur la neige, des traces de sa lutte pour se libérer du collet et une touffe de poil accrochée à une des branches disposées de façon à bloquer le sentier.

Agenouillé près de lui, Georges le caresse d'une main respectueuse. Merci, mon frère, semble-t-il lui dire, merci pour ta vie qui deviendra la mienne.

Avec calme et solennité, le Montagnais desserre le fil métallique, prenant garde de ne pas endommager la peau du cou. Puis, saisissant les pattes antérieures de la main droite et les pattes postérieures de la main gauche, il étire l'animal de tout son long, le plie en deux et l'étire de nouveau afin de redonner de la dignité au cadavre. Il ne veut pas ramener à Émile un lièvre pétrifié dans la triste posture de l'imprudent qui s'est contorsionné pour se libérer. C'est Uàpush qu'il veut ramener. Celui-là même qui a permis à son peuple de survivre quand le caribou se faisait rare. Uàpush, le modeste rongeur qu'on retrouve partout dans l'alimentation

amérindienne et que les Blancs prononcent Wabush lorsqu'ils parlent de la ville située au sud de Schefferville.

Georges contemple pendant un court instant le maître
des sous-bois étendu à ses genoux et entreprend de réinstaller
son collet. L'air froid et sec engourdit vite ses doigts, ce qui
lui donne de la difficulté à ajuster la hauteur du piège.
Chaque fois, le nœud coulant se referme de lui-même, le
laissant pantois devant un simple fil métallique dont une
des extrémités comporte un petit cercle inoffensif de la grosseur d'un pois et dont l'autre extrémité est attachée au pied
d'une épinette. Plus d'une fois, il recommence l'opération,
ses doigts s'ankylosant progressivement jusqu'à ce qu'ils
ne lui obéissent plus. Alarmé, il se glisse alors les mains
sous les aisselles pour les réchauffer. Un pincement douloureux au bout de chacun des doigts lui fait savoir qu'il est
intervenu juste à temps pour les empêcher de geler. Que ça
fait mal! Mal jusqu'au cœur. Et plus ça fait mal, plus il
serre les bras le long de son corps, sa vue s'embrouillant
sur Uàpush étendu sur la neige.

Lorsqu'il arrivera à l'abri, il criera «Uàpush» pour avertir Émile. Il ne faudra pas qu'il oublie, dans sa hâte, d'accrocher les raquettes à la branche de l'épinette avant d'entrer.
Elles sont sacrées et, pour cette raison, elles ne doivent pas
traîner par terre. Il lui tarde de voir l'expression d'Émile à
la vue de cette nourriture. Son compagnon lui a semblé très
affaibli, ce matin. Sans doute est-ce en raison de la trop
minime ration de lichen qu'il s'accorde. «Moi, étendu à
rien faire, je n'en ai pas autant besoin que toi.» Émile a
oublié que sa blessure draine toute l'énergie de son corps
pour guérir. Quel festin ils feront ensemble!

D'abord, il préparera un bon feu de branches d'épinette
sur la grosse roche plate, celle-là même où le réchaud
consume son essence. Essence qu'ils se doivent d'économiser. L'occasion s'y prête puisqu'il demeurera dans l'abri

aujourd'hui et qu'il pourra ainsi s'occuper du feu. Ce n'est pas qu'Émile en soit incapable, mais chaque mouvement qu'il ferait pour approcher les branches ou pour grouper les tisons au centre éveillerait la douleur dans sa jambe, ce qui doit être évité à tout prix. Son ami souffre assez comme cela, bien qu'il tente de le lui cacher. Ses traits tirés, ses yeux légèrement fiévreux et son sommeil agité le démontrent clairement. Un feu de bois lui fera grand bien, avec cette impression de fête et de bien-être qu'il dégage en même temps qu'une bonne chaleur enveloppante. Un feu de bois, ça sent bon, ça pétille, ça bouge. Ça vit, quoi! Oui, il fera un beau feu, un bon feu, qui aura vite fait de dégeler le lièvre.

Que ses mains lui font mal! Un à un, il bouge ses doigts raidis de froid, contemplant toujours Uàpush qu'il dépiaute mentalement. Avec quel soin il le dépouillera de sa peau, partant des pattes et allant vers la tête, découvrant petit à petit sa chair rouge foncé à laquelle adhéreront des poils blancs au cours de l'opération. Méthodiquement, méticuleusement, il tirera sur la peau comme il a vu faire sa mère. Cela lui donnera une belle peau en sac avec laquelle il pourra se confectionner des mitaines rudimentaires. Oui, ce seront des mitaines qu'il confectionnera avec cette peau, les gants d'Émile étant inaptes à le protéger des morsures du froid. Cette idée d'avoir laissé les siennes à la maison! «Emporte tes mitaines, conseillait sa femme. — Pas besoin à Sept-Îles.» Et il les a donc laissées sur le comptoir où elle les avait déposées, n'emportant que le sac de couchage pour satisfaire aux exigences d'Émile.

Georges jette un regard sévère aux gants de cuir noirs fourrés de laine. On croirait que les mains du pilote les habitent encore. Le fait d'avoir les doigts séparés les uns des autres rend le gant inefficace à conserver la chaleur. Évidemment, pour Émile, cela lui servait à manipuler les manettes et boutons de son panneau de bord.

Son attention revient au lièvre, qu'il imagine démuni de sa peau, les yeux comme deux billes glauques lui sortant du crâne et le bout des pattes comme de grosses bottes poilues qu'il aurait enfilées sur ses membres élancés. Avant de l'éventrer, il prendra soin de couper les pattes postérieures et de les suspendre à l'entrée de l'abri. Ainsi faisait sa mère en guise d'offrande au Tshe Mento de la chasse et en signe de respect pour l'animal, dont la dépouille ne doit en aucun temps être profanée. Pinçant la peau entre ses doigts à la hauteur du sexe, il y pratiquera une ouverture et tirera d'un coup sec pour mettre les tripes à jour. Il recueillera les rognons, le foie, le cœur, les poumons, et se débarrassera du reste, veillant à ce que le sang se ramasse dans la cage thoracique afin qu'Émile et lui puissent le laper. Il fera ensuite un bouillon qu'ils boiront en premier lieu pour réhabituer leur estomac à la nourriture. Puis, progressivement, ils y ajouteront de la viande et du lichen. Quel festin ce sera! Il étendra la peau au-dessus du feu pour la tanner au moyen de la fumée. Rien ne sera perdu. Uàpush ne sera pas mort en vain. Jamais ses os ne traîneront par terre, car, après en avoir extrait le suc et la moelle, il les brûlera afin qu'aucun autre animal ne les gruge ou ne les piétine. Ainsi faisait l'Innu jadis. Ainsi fera-t-il aujourd'hui, parce qu'il comprend le lien qui existe entre lui et l'animal. Le lien qui est affaire de respect envers ce qui garantit la vie.

Il sent un picotement au bout de ses doigts qu'il bouge comme s'il voulait se chatouiller lui-même les aisselles. Ça y est! Ses mains sont dégelées. Vite, il s'empresse de réinstaller son collet, puis il enfile ces gants froids convenant davantage aux mains d'un pilote qu'à celles d'un chasseur.

Demain, peut-être que le Tshe Mento des lièvres garnira encore un de ses collets.

D'un pas mesuré, il revient vers l'abri avec son trésor, ne se sentant ni plus grand ni plus fort mais seulement plus humble et reconnaissant.

* *
*

Plus il creuse avec l'arête de la lime autour des fesses, plus les masses charnues et rondes se précisent. Cela lui procure une jouissance non pas physique mais mentale. Les souvenirs de ses ébats amoureux avec Sophie émergent. Ce qu'il pouvait se sentir propre avec elle! Propre et beau. Jamais il n'avait fait l'amour à une femme comme il le lui faisait à elle, même lorsque dans la nuit il s'inventait la femme dans le corps de Myriam. La Femme avec un grand F, avec laquelle tout son être aspirait à communier. Jamais il ne s'était tant donné et n'avait tant reçu. Sophie était-elle partie de Matane pour s'offrir à lui avant qu'il ne disparaisse pour de bon? Était-elle le présent que les dieux daignaient enfin lui accorder avant son décès? Un présent qui dépassait de beaucoup toutes ses attentes. Merde! Pourquoi ces pensées macabres viennent-elles chasser les autres, sexuelles, douces et sucrées? Pourquoi, chaque fois qu'il pense à l'acte procréateur, des idées de mort prennent-elles aussitôt la relève? Sa nuit a été peuplée de cauchemars, tous plus sordides les uns que les autres. Il se voyait dans son cercueil avec l'apparence squelettique des juifs des camps de concentration nazis. Personne ne le reconnaissait dans le salon funéraire. «Il est mort de faim, disait-on. Il aurait dû manger des souris, des rats, n'importe quoi.» Puis il se voyait en compagnie de son frère Francis, tendant des souricières dans leur taudis de Pointe-Saint-Charles. Cela était devenu un jeu pour eux et c'était tout un exploit quand ils attrapaient un gros rat. Jamais cependant ils n'avaient eu l'intention de les manger, quelle que soit la façon dont sa mère aurait pu les apprêter. Ils avaient faim, mais pas à ce point. Ils étaient pauvres, sautaient quelquefois des repas, mais jamais ils n'avaient eu vraiment faim. De cette faim qu'il connaît présentement et qu'il tente d'oublier en sculptant. De cette faim associée à la peur de mourir. Que ce serait bête de crever ici, le ventre vide! Tout ça parce que Tête d'Oiseau avait envie de se suicider... À moins qu'il ait prémédité de se débarrasser de lui de cette façon. Un peu cruel comme procédé, non? Halte! Il fait fausse route; cette cruauté-là n'est pas le propre de Tête d'Oiseau. Probablement qu'il en avait assez de tout cela. Mais qu'est-ce que tout cela? Quelle part occupe-t-il, lui, le chef pilote, dans tout cela? Voilà que le tourbillon des idées l'entraîne de nouveau malgré lui vers toutes ces questions sans réponse. Il y résiste de toutes ses forces, concentrant son attention sur cette ligne ravissante indiquant la démarcation entre les fesses et les cuisses. Cette ligne excitante qu'il suivait du bout des doigts, faisant frissonner Sophie allongée sur lui. Mais une douleur au niveau du cou et des muscles deltoïdes le force soudain à laisser tomber les bras. Épuisé, il ferme les yeux et ressent un serrement au niveau des tempes en même temps que des picotements dans la blessure qu'il s'est infligée au front. «Bon signe, prétend Georges. Quand ça pique, ça guérit.» Il aimerait que la jambe lui pique, alors, car il ne sait pas si elle guérit... ou pourrit. Il ne s'habitue tout simplement pas à sa couleur bleu-mauve. Peut-être est-ce normal... Peut-être que, sous un plâtre, une fracture présente toujours cet aspect inquiétant.

«J'ai faim, m'man», disait-il dans le train, mais c'était plutôt de l'inquiétude, car la faim, c'est ce qu'il connaît présentement. Là encore, c'est relatif, si l'on compare ce qu'il ressent à ce que ressentaient les juifs des camps de concentration nazis ou les peuples du tiers-monde ou son ancêtre Patrick Thompson, chassé d'Irlande par la grande famine de 1845. Ce qu'il en a entendu parler, de celui-là! «Un Irlandais ne recule devant rien» fut la première phrase de l'oncle James venu les cueillir à la gare. Il ne se doutait pas, à l'époque, qu'elle constituait l'unique héritage de sa famille, côté maternel, et voyait dans ce grand bonhomme aux manières rudes l'intrus qui lui reprochait sa réaction d'enfant craintif et méfiant à l'égard de ce monde nouveau dans lequel il se voyait parachuté. Parti d'Abitibi où il était né et avait grandi, il se retrouvait sur un débarcadère près d'un gros train essoufflé, tenant dans ses bras son petit frère affamé qui braillait à gorge déployée et dont la couche empestait à distance. Sa mère avait éclaté en sanglots à la vue de James, à qui elle avait présenté ses fils avec cette intonation dans la voix qui suppliait de les accepter. «C'est Émile et Francis.» Au lieu de s'avancer vers l'oncle, il avait reculé d'un pas, parce que son frère puait et parce qu'il appréhendait la déception, typique des adultes, que suscitait la vue du visage légèrement aplati et des yeux bridés. «Un Irlandais ne recule devant rien.» Il ne se sentait pas du tout irlandais. Il portait un prénom français, un nom de famille fort répandu dans la région du Lac-Saint-Jean, et, quoique parlant assez bien l'anglais, il s'était toujours exprimé en français en présence de son père. Mais celui-ci avait levé le camp, un bon matin, comme ça. Ce n'était pas la première fois qu'il partait en claquant la porte et que sa mère l'attendait. Cette fois-là, elle avait attendu un jour, puis deux. Puis une semaine et deux. Puis deux mois et trois... et plus rien à manger dans les placards et plus moyen d'avoir de crédit au magasin général. Des billets de train leur étaient parvenus par le courrier et il a eu l'impression qu'ils se sauvaient en ce matin du mois de novembre quand sa mère, tendue et impatiente, passait son temps à se retourner et à guetter par la vitre sale et givrée du wagon sur laquelle il dessinait.

«J'suis pas irlandais», avait-il répliqué, furieux contre cet homme qui avait considéré son recul comme une retraite. «*You'll see*. Tu verras bien.» Il avait surtout entendu le récit maintes fois raconté de cet ancêtre héroïque et courageux. De ce Patrick Thompson parti d'Irlande à bord d'un bateau où s'entassaient les miséreux dans la cale. Miséreux qu'on jetait par-dessus bord quand le typhus les décimait. Hop! À la mer! Sans cérémonie ni perte de temps à les envelopper dans un drap ou une couverture, car il n'y avait plus de draps ni de couvertures... et les survivants étaient condamnés à regarder tournoyer les cadavres, qui semblaient agiter encore la main dans l'eau avant de sombrer vers les abysses. Patrick Thompson était de ceux-là qui restaient sur le pont, ne sachant quand son tour viendrait. Il avait vu des femmes disparaître ainsi... Des femmes dont il aurait pu tomber amoureux. Il avait vu des enfants qui auraient pu être les siens. Des hommes qui auraient pu être ses amis. Il ne pleurait pas, parce qu'il était seul de sa famille et avait déjà pleuré quand son père, sa mère, ses deux sœurs et ses deux frères étaient morts de faim en Irlande. Il était descendu à la Grosse Île avec les survivants, parmi lesquels il s'était lié d'amitié avec une femme qui venait de perdre son mari et ses trois enfants durant la traversée. Atteint du typhus à son tour, il avait failli mourir, et, à peine rétabli, il s'était uni à cette femme pour le meilleur et pour le pire. Dès lors, Patrick Thompson n'avait jamais reculé devant ce pire qui semblait être son lot. Ni devant le refus d'embaucher des Irlandais, ni devant les écriteaux orangistes «No dogs, no Irish» placardés aux portes des tavernes. Plus d'une fois, il avait poussé la porte quand même; plus d'une fois, il était revenu après avoir donné et reçu des coups. Mais jamais il n'avait reculé, acceptant des emplois de forçat pour des salaires de famine mais fonçant toujours, tête baissée, sans jamais reculer. À sa mort, plus pauvre que Job, il n'avait que cette phrase à léguer. «Un Irlandais ne recule devant rien.» Phrase qu'on ne cessait de lui répéter dans l'adversité. Venait-il de se faire brûler la moitié du visage que son presque père la lui servait afin qu'il monte plus haut qu'aucun autre membre de la famille n'était monté. «Vas-y! Tu vas l'avoir. Un Irlandais ne recule devant rien», soufflait encore l'oncle James dans le coin de l'arène durant le repos entre deux rounds. Et, serrant les dents sur le protecteur buccal, il fonçait, tête baissée, comme un digne descendant de Patrick Thompson, avec l'intention de ne jamais reculer.

Aujourd'hui, il ne peut ni reculer ni avancer et il se voit cloué à une couche de sapinage, se demandant s'il peut vraiment qualifier de faim ce qu'il ressent dans son corps. Jusqu'où peut aller l'organisme humain privé de nourriture ? Combien de repas peut-on manquer sans en mourir ? Doit-il s'alarmer de l'état de faiblesse dans lequel il se trouve ? Tantôt, la petite pierre pesait une tonne au bout de ses bras, et maintenant le serrement au niveau des tempes s'accentue.

Il réprime un frisson. Si au moins il pouvait faire autre chose qu'un peu de fièvre. Cela lui pèse tellement d'être aux crochets de Georges ! Maudite blessure qui l'immobilise ! Qui le condamne et l'emprisonne dans ce trou ! Maudite blessure qui l'empêche de chasser avec Georges ou de ramasser du bois pour économiser l'essence du réchaud ! Cette impuissance le déprime totalement. Quel fardeau il est ! Il nc s'habitue pas à sa condition de dépendance. Ne s'habitue pas à demeurer étendu sur sa couche tel un être parfaitement inutile pendant que Georges s'épuise à la recherche de gibier. Il a beau avoir réduit sa propre ration de lichen de façon drastique, il trouve que cela ne suffit pas. Il veut faire plus et il se reproche maintenant de ne pas avoir sculpté l'ours endormi dans la pierre. Georges avait raison de dire que son ventre ne lui avait pas encore assez parlé quand il y voyait une femme. Qui sait si, en extirpant la forme de l'ours, il n'aurait pas fait en sorte que Georges découvre la cache, guidé par des forces surnaturelles ? Quel délire ! Voyons ! il est un être rationnel. Il n'a pas à se faire de reproches. Toute cette histoire de forces occultes est purement insensée. Tout le monde sait ça. Ce sont les hommes des cavernes qui ont inventé de telles sornettes parce qu'ils avaient peur et ne connaissaient rien. Mais lui, il sait tant de choses, entre autres comment naviguer avec la seule aide de ses instruments. Nulle force occulte ne guide son appareil dans la nuit. Tout est histoire d'ondes et de vecteurs. Histoire de science. Bon sens! Quand les hommes des cavernes ont imaginé ce moyen de communication avec l'au-delà, il ne leur effleurait même pas l'esprit qu'un jour ils puissent voler. Et voilà que c'est chose faite depuis près d'un siècle avec Otto Lilienthal. N'est-ce pas surprenant, voire inquiétant, qu'un pilote comme lui tombe dans le panneau de ces chimères?

«C'est pour Georges... Georges y croit», dit-il à haute voix en étreignant la femme de pierre. Et lui, que croit-il? Que Sophie comprendra son message d'amour si jamais il meurt? Il ne peut cerner la vérité en lui car il n'appartient plus à la même réalité qu'autrefois. Il ne fait plus partie de ce monde qui sait tout ce qu'il réapprend ici. De ce monde qui pitonne, klaxonne, bétonne. De ce monde de technologie capable d'extraire des tonnes de minerai des entrailles de la terre. Il ne fait même pas partie du monde de Georges qui va sur ses raquettes, reniflant le vent, les oreilles aux aguets, l'œil exercé à détecter tout mouvement. Son monde à lui se résume à ce trou dans la neige, à cette flamme qui éclaire et réchauffe faiblement près de lui, aux torsades de la fumée le long de la paroi rocailleuse, à la pauvre provision de lichen et à cette pierre sur son cœur. Son monde à lui, c'est cela, et il s'y sent tout seul avec ses pensées. Et avec le silence inexorable. Le silence qu'il entend derrière la plainte du vent et qui lui fait savoir que le ciel est désert. Qu'aucun avion n'est en vue, que tout cela est sa faute et qu'il ne peut rien faire. Ni avancer ni reculer. Il ne peut que rester là, sur son grabat, à sortir cette femme de la pierre comme raison de vivre et de survivre.

Il est un oiseau tombé de haut, qui gît dans son trou avec ses os brisés et son délire. Treizième atterrissage forcé : souvenir de Barbiche qui exigeait qu'on lui écrase un quatorzième œuf sur la tête. Quelle différence entre cette superstition et la magie des forces occultes guidant le chasseur? Aucune. Du moins le pense-t-il. Et tous ces gens d'aujourd'hui qui croient à la bonne aventure et consultent la boule de cristal ou les astres. Quelle différence entre eux et l'homme vêtu de peaux qui dessine un phoque sur son harpon? Aucune, sauf l'environnement qui a changé.

Treizième atterrissage forcé. Dire qu'il était si fier d'être sorti indemne des douze autres. Il en était venu à croire que rien de sérieux ne pouvait lui arriver. Patrick Thompson devait veiller sur lui dans l'au-delà. À Noël, il n'a pas voulu prononcer le chiffre treize par respect pour Barbiche et Sophie, mais il n'a jamais craint ce treizième atterrissage forcé. Peut-être aurait-il dû. N'avait-il pas atteint, lui aussi, le stade critique d'une trop grande confiance en lui? Paraît que la paille qu'on voit dans les yeux des autres est bien souvent la poutre qu'on ignore dans son propre œil, et, ce stade critique d'une trop grande confiance en soi, il le diagnostiquait très bien dans l'œil de Tête d'Oiseau. Alors, si c'était poutre dans le sien, il n'est pas surprenant qu'il se retrouve ici.

Il a mal d'être un oiseau tombé de si haut. Mal dans son corps. Mal dans son âme. C'est plus que l'orgueil qui souffre de cette chute, il en est certain. C'est semblable au mal de l'enfant qui, tout fier de savoir conduire sa bicyclette, tombe et se blesse. C'est cette impression d'avoir atteint quelque chose d'exaltant puis de l'avoir subitement perdu et de se retrouver par terre qui fait mal. De se retrouver dans un trou de neige avec des blessures et des sortilèges pleins la tête. Et des doutes. Et des remords. Et la rage, la révolte. Et le dur apprentissage de la dépendance.

Avec l'espoir. Avec la peur. Et ce silence que son sens de l'ouïe décuplé par la faim épie sans arrêt. Ce silence qu'un son familier, à peine perceptible, altère au loin. Tsh! Tsh! Comme de minces éraflures sur la surface plane et lisse d'un bloc de granit. Tsh! Tsh! Encore un peu plus creuses les éraflures sur le monolithe du silence. Tsh! Tsh! Ce sont les raquettes de Georges qui glissent sur la neige. Tsh! Tsh! Tsh! Tsh! Que de sagesse dans ces pas de l'homme qui mesure sa dépense d'énergie! Pourquoi revient-il déjà? Cela ne fait pas tellement longtemps qu'il est parti.

«Uàpush! Uàpush!», entend-il alors crier triomphalement.

Alors, malgré lui, des larmes lui montent aux yeux et l'eau lui vient à la bouche.

* *
*

Ils sont tous partis confiants aux premiers rayons d'un soleil radieux et ils sont tous revenus défaits au crépuscule. Rien. Personne n'a rien vu malgré la visibilité exceptionnelle de cette quatrième journée de recherches.

— Nous avons entièrement ratissé de nouveau les trois premières zones, explique le chef des opérations de secours en indiquant le tracé de celles-ci.

— Et demain, que ferez-vous? demande la fiancée, le visage crispé par l'anxiété, ses mains moites adhérant au mica recouvrant la carte.

— Nous n'aurons pas autant d'appareils mais nous referons la quatrième zone.

La déception, la tristesse, l'indignation se lisent sur le visage des proches et des parents réunis autour du major Langlois, qui ressent aussitôt les désagréables symptômes de ses brûlements d'estomac. Ayant convoqué ces gens afin de les renseigner sur les dernières stratégies de recherche, il trouve l'expérience pénible. Comment annoncer à cette mère, à cette fiancée ou à ce fils que les forces armées canadiennes ont rappelé un hélicoptère Labrador et un Buffalo CC115 pour les affecter à d'autres recherches, sans qu'elles concluent à l'abandon graduel et bien planifié du service des opérations de secours? Cela en a toutes les apparences. Il aura beau leur certifier qu'un autre aéronef est porté disparu dans la région de la Mauricie, elles n'y verront qu'un processus pour les amener à se rendre à l'évidence des faits, cette évidence étant qu'ils n'ont encore rien trouvé. Après plus de cent heures de vol et de milliers de kilomètres carrés survolés, ils en sont toujours au même point. Habituellement, après trois ou quatre jours, on met fin aux recherches lorsqu'elles ont lieu en hiver dans ces régions dites inhospitalières, les chances de survie y étant presque nulles. Mais, compte tenu du facteur météorologique défavorable des premiers jours, il a suggéré au Centre de Coordination de Recherches et de Sauvetage de Halifax de repasser au peigne fin toutes les zones qui furent couvertes par temps nuageux, ce qui a été accepté.

— Demain, dit-il en adoptant un ton calme dénué de toute émotion, nous aurons à notre disposition un Buffalo, un hélicoptère Labrador, le Cessna 185 de la compagnie ainsi que le Cessna 170B de M. Maltais.

C'est volontairement qu'il omet l'emploi du surnom «Tête d'Oiseau», puisque, chaque fois qu'il l'a mentionné, il a noté des expressions très marquées de colère et de douleur chez les parents et amis. Toutefois, il constate qu'il aurait dû s'en tenir à la simple identification de l'aéronef, car le menton de la fiancée s'est mis à trembler de façon incontrôlable. Pauvre femme! «Tut, tut, major Langlois. Les faits, tenez-vous-en aux faits.»

— On prévoit du temps ensoleillé pour demain. Alors, même s'il y aura moins d'appareils, il y aura autant de chances puisqu'on pourra très bien voir.

— C'est pas juste que le DC-3 soit pas là! Barbiche me laissait embarquer, lui. Pis j'vois très bien... même si j'porte des bernicles, fait valoir Martin jusqu'ici silencieux.

— T'as de l'école demain, mon garçon, lui rappelle sa grand-mère en lui posant la main dans les cheveux.

Philippe Langlois ne peut s'empêcher d'admirer cette dame qui montre tant de dignité et de lucidité, et il décide que c'est à elle qu'il annoncera en premier la date et l'heure de la cessation des recherches. Il a la certitude que cette femme gardera le contrôle de ses émotions. Oui, elle sera la première à qui il dira : «Madame, pour telle et telle raison, nous avons décidé de mettre fin aux recherches.» Il sait qu'elle ne s'évanouira pas comme risque de le faire la fiancée aux joues maintenant mouillées de larmes, ni n'éclatera en sanglots comme l'a fait de façon si inattendue l'imperturbable Montagnaise.

Un volcan s'active dans l'estomac du major Langlois. Pas de tout repos, la confrontation avec le facteur humain. Il regarde la vieille dame au superbe maintien de femme forte et souhaite de tout cœur être le premier à lui annoncer demain : «Madame, nous avons retrouvé votre fils sain et sauf.»

*   *
*

Pourquoi le gérant l'a-t-il convoqué à son bureau? Il n'en a aucune idée, à moins que ce ne soit en rapport avec la disponibilité du DC-3 pour les recherches. Qui sait? La compagnie a peut-être pris des arrangements pour affecter un autre aéronef à leur horaire de vols.

Barbiche écrase son mégot dans le grand cendrier sur pied en fer forgé placé près de la porte. Il est nerveux. C'est la première fois qu'il rencontre le «big boss» et il veut faire bonne impression. Chaque fois qu'il s'est retrouvé devant la porte d'un patron, c'était pour apprendre qu'on le congédiait. Manque de travail, avion brisé, contrat résilié, trop ou pas assez d'expérience, les motifs n'ont jamais manqué. Mais là, il se demande quelle réaction il aura advenant le cas où on aurait l'intention de le remercier de ses services. Il a tellement investi pour devenir ce qu'il est maintenant qu'il ne répond pas de ses actes si on l'empêche de le rester. Il peut bien tout briser dans le bureau avant de partir ou tordre le nez de ce gérant; il n'en aura plus rien à foutre des courbettes à faire pour ne pas retourner parmi les rampants.

Il frappe avec fermeté. Un «come in» lancé avec autant de fermeté lui rappelle que le siège social de la compagnie est situé en Ontario et que cet anglophone n'en a peut-être rien à foutre lui non plus des courbettes d'un petit Québécois qui veut demeurer aux commandes d'un DC-3. Après tout, c'est Émile qui l'a engagé et non cet homme qui approche une chaise face à une table de travail reluisante de propreté où tout est rangé avec ordre. La pièce impeccable et froide contribue à lui rappeler sa position de subalterne. Comment diable Émile faisait-il pour composer avec cette autorité?

— C'est dur à croire... que nous avons encore rien trouvé aujourd'hui, dit le gérant, écorchant autant le français que lui, Barbiche, il écorche l'anglais.

— Demain, ils vont tout recommencer au nord.

— Le DC-3 ne peut pas toujours participer, vous savez.

— Oui, j'sais.

— La compagnie fait son possible pour les retrouver... Le 185 est toujours disponible. Nous avons fait des pressions, vous savez, pour le Twin Otter... mais il sera ici seulement samedi prochain.

— Ah bon !

— *The show must go on*, comme on dit en anglais... La compagnie doit respecter ses engagements et sa clientèle... C'est ce que M. Simard aurait fait.

— Oui, j'imagine.

— Il... il nous manque beaucoup ici, vous savez...

La voix du gérant trahit une certaine émotion et Barbiche observe avec étonnement l'homme dont les joues envahies de couperose tremblotent au niveau des pommettes. À n'en pas douter, ce sexagénaire avait développé une relation plus que strictement professionnelle avec Émile. Il se sent borné d'avoir cru qu'en tant que Québécois lui et les siens avaient le monopole du chagrin causé par la disparition d'Émile et il réalise à quel point celui-ci avait su s'allier la sympathie des employeurs comme des employés, entre lesquels il était le trait d'union.

— Il... il est important pour une compagnie comme la nôtre d'avoir un chef pilote, vous savez.

— Oui, j'imagine.

— D'ailleurs, c'est obligatoire... C'est vous qu'il a suggéré pour le remplacer durant son... voyage de noces.

Encore une fois, la voix marque un fléchissement du flegme dans le ton.

— Oui, c'est moi.

— Il avait beaucoup confiance... et vous avez prouvé durant les recherches que les hommes vous suivent. Vous êtes un meneur.

— J'ai pas eu l'impression qu'ils me suivaient. Tout le monde voulait participer.

— Vous étiez à la tête... J'ai vu.

— Peut-être.

— J'aimerais que vous deveniez officiellement le chef pilote.

Lui, chef pilote? Il devrait se réjouir de cet honneur mais il ne ressent qu'une profonde tristesse. Ne vient-on pas de lui confirmer qu'il peut définitivement prendre la place du Grand, que les cadres de la compagnie ont d'ores et déjà enterré?

— Pas question! réplique-t-il en se levant brusquement.

D'un geste de la main, le gérant l'incite à se rasseoir et à se calmer.

— Pensez-y.

— Aussi bien me dire carrément qu'il est mort.

— C'est pas la question... *The show must go on*... Je peux le remplacer *immediately. That's not a problem but...* mais... il avait confiance en vous... et vous êtes aimé des hommes.

— Lui aussi, il est aimé... Ben aimé.

— Je sais ça... Je sais. Là n'est pas la question. *The show must go on.*

La vie continue. Le gérant a raison. Une pièce manque-t-elle qu'il faut la remplacer. Il ne sert à rien de laisser la place vacante et de bloquer les rouages. Nul acteur n'est irremplaçable dans ce spectacle qui doit continuer. Et lui, il n'est qu'une pièce de rechange. Si ce n'est pas lui, ce sera le gérant, jusqu'à ce qu'il trouve quelqu'un d'autre. Ces imposants classeurs rangés le long du mur doivent foisonner de C.V. Et puis, en suggérant son nom, c'est un peu comme si c'était Émile qui le lui demandait.

— Très bien, j'accepte, mais je démissionne dès qu'il revient.

— Entendu.

Poignée de main officielle qui le consacre chef pilote. «Trop beau pour être vrai», se serait-il dit en temps normal, mais là il n'éprouve ni joie ni fierté. Rien qu'un peu de remords à prendre cette place.

— Il faudrait commencer à regarder pour trouver un remplaçant à M. Maltais.

— Très bien.

En temps normal, il aurait sûrement éprouvé quelque satisfaction à trouver le remplaçant de Tête d'Oiseau, mais là il ne ressent que du désemparement devant ce catastrophique gâchis et devant le poids de cette responsabilité nouvelle. Sur quels critères s'est basé Émile pour retenir le nom de Luc Maltais parmi des centaines d'autres ? Quelle ironie du sort ! Il a justement choisi celui par qui la fatalité du treizième atterrissage forcé devait s'accomplir et cette sélection met en doute la qualité de son jugement en tant que chef pilote. Alors, il ne tient qu'à lui, Jo Leclerc, alias Barbiche, de prouver qu'Émile a pris la bonne décision en l'engageant cet automne et en le désignant comme son successeur.

Oui, il ne tient qu'à lui, maintenant, de lui faire honneur.

* *
*

Avec une patience infinie, Georges dépouille le lièvre. Comment fait-il ? Lui, quand il a vu cette bête, il était prêt à se jeter dessus. En fait, c'était simplement de la viande enveloppée de fourrure qu'il voyait là. Mais Georges s'est d'abord employé à faire un bon feu de bois, puis, longuement, précautionneusement, il a dégelé la carcasse. Comment a-t-il fait ? N'avait-il pas de ces crampes gastriques fort douloureuses? D'où tient-il cette capacité de toujours garder le contrôle de ses impulsions et de sa dépense d'énergie? Cela est-il inscrit dans ses gènes asiatiques? Chose certaine, ce n'est pas inscrit dans ses gènes à lui car il doit continuellement repousser la tentation d'avaler au plus vite cette nourriture. Il ne cesse de saliver tel un chien devant l'os que sa chaîne ne permet pas de rejoindre. Et cette chaîne, c'est le comportement de Georges qui prépare le festin selon un rituel quasi religieux.

Il le regarde faire, fasciné par la beauté et la grandeur de ces gestes pourtant si simples. Ce n'est pas la première fois qu'il voit dépiauter un lièvre, mais, de cette façon-là, oui. Lui, il a toujours arraché la peau en lambeaux, pestant contre les poils qui lui collaient aux doigts. Comment faire autrement? C'est ainsi que son père le lui a appris, un de ces fameux soirs de saoulerie où il se rappelait qu'il avait un fils et désirait établir un contact avec lui. «Viens, mon gars, j'vais te montrer. Tu fais comme ça et comme ça, t'arraches la peau, t'ouvres le ventre avec ton doigt, tu casses la colonne vertébrale ici, tu tords, tu tires, tu gardes les cuisses et le dos pis tu jettes le reste.» À sept ans, il n'est pas parvenu à casser, à tordre et à tirer, ce qui a mis brusquement fin à la tentative de rapprochement père-fils. «Ça sert à rien, t'es aussi idiot que ton frère.» Et son père l'a abandonné dans le hangar glacial avec le lièvre à demi éventré et les intestins perforés qui se vidaient de leur contenu de petites crottes rondes et dures. Ce qu'il a travaillé pour en venir à bout, reniflant et ravalant ses larmes autant que ses haut-le-cœur! Finalement, les doigts glacés, rougis et collants de sang, il a ramené le tout à sa mère. «Merci, Émile. Je vais le cuire et ce sera très bon, tu verras.» Sans doute avait-elle deviné que l'odeur des viscères lui avait coupé l'appétit, pour ajouter que ce serait bon.

— C'est ton père qui t'a montré à arranger les lièvres?

— Ma mère... La petite chasse, c'est pour les femmes. J'ai regardé faire.

Tout comme aujourd'hui il regarde faire Georges. Incroyable comme ses gestes sont précis! Il y met juste ce qu'il faut de tension pour que la peau se détache de la chair sans l'abîmer. Un petit coup ici et un autre là, en douceur. Quel contrôle! On croirait qu'il enlève un collant à une femme avec l'intention de faire durer longtemps le plaisir de l'amour.

D'où tient-il cela? Comment était-ce dans le cabanage d'hiver quand Georges était enfant? Il imagine qu'il a grandi avec l'image de sa mère penchée sur l'ouvrage. Que jamais elle ne lui a dit : «Viens, mon gars, je vais te montrer», mais que toujours elle était là, répétant les gestes sur la peau, sur le cuir, dans la chair et les os, et qu'ainsi il apprenait.

La petite chasse, c'est pour les femmes. C'est celle du petit gibier. La grande, c'est celle du caribou. Celle des hommes. Il imagine que jamais non plus le père de Georges n'a dit : «Viens, mon gars, je vais te montrer.» L'exemple suffisait pour transmettre les connaissances.

La mère de Georges avait-elle cette expression de sérénité quand elle apprêtait le gibier? Depuis la capture de ce lièvre, une telle paix et une telle assurance émanent de son compagnon que cela le déconcerte et l'émerveille. Est-il en présence d'un nouveau Georges qui est en réalité l'ancien? Bien que le visage du Montagnais ne se laisse pas lire aisément, il décèle quelque chose dans la permanence du fin sourire et dans l'éclat du regard. Quelque chose de nouveau justement et qui a sans doute un rapport avec des choses anciennes. Très anciennes, même. Plus anciennes que l'enfance de Georges, plus anciennes que sa mère et que la mère de sa grand-mère. Ça remonte loin, comme un réseau de rhizomes à la recherche de la plante mère. Ça remonte loin, toutes tiges souterraines reliées les unes aux autres, ne formant qu'un tout avec lequel Georges vient de renouer. Oui, c'est cela. Georges vient de renouer avec ce tout qui le sécurise. Ce tout qui donne un sens sacré aux gestes.

Une lueur de satisfaction passe sur le visage de son ami lorsque se décolle le dernier bout de peau autour du museau.

Chaussé de ses bottes poilues, les yeux hors de la tête, Uàpush gît maintenant tout nu sur le sol de sapinage, dépouillé de sa petite robe de fourrure que le Montagnais enfile sur des cartes de navigation aérienne pliées en forme de support pour le séchage.

L'animal écorché paraîtrait macabre aux yeux de ses contemporains qui ont perdu la notion de bête morte lorsque celle-ci se retrouve dans leur assiette. Gigot, filet, faux-filet, rôti et cubes à bouillir ont brouillé depuis belle lurette la provenance des viandes et, fourchette en main, serviette de table au cou, l'homme moderne n'a nullement l'intention de la connaître, cette provenance. Seule compte pour lui la présentation du plat décoré d'un bouquet de persil et de julienne. Le «civet de lièvre aux champignons sautés» offert sur le menu n'aurait guère de popularité s'il fallait que le client ait un aperçu de ce cadavre rouge sang qui exhibe chacune des masses musculaires comme dans une étude anatomique. Mais, à ses yeux à lui, à ses yeux d'affamé, la simple vue de cette viande assurant sa survie fait grandir un sentiment de reconnaissance et de respect pour l'animal que Georges éventre maintenant d'un coup sec. L'odeur des viscères monte, le rejoint, ses effluves ravivant les haut-de-cœur du garçon de sept ans aux prises avec un lièvre à demi éventré. Mais cela est de courte durée, tant la dextérité des doigts retirant les entrailles le séduit.

— Bois, *uìtsheuàkan*.

Georges lui offre de boire le sang contenu dans la cage thoracique. Il n'a jamais bu de sang et il ressent une certaine répugnance inhérente à sa nature d'homme moderne. Si au moins c'était présenté dans un contenant autre que le corps même de l'animal! Il a appris dans un manuel de survie en forêt que quatre cuillerées à thé de sang frais équivalent à dix œufs en fait de vitamines, de fer et de sels minéraux. Son système a grandement besoin de cette énergie. Il se sent si faible! Tout est affaire de présentation, se convainc-t-il. Un Irlandais ne recule devant rien. Il n'aura qu'à imaginer qu'il gobe une dizaine d'œufs.

Le goût fade et tiède le surprend et provoque cette succion au niveau des maxillaires. Son être entier réclame cette nourriture et il lape, les yeux clos comme un chat au-dessus d'un bol de lait. «Ceci est mon sang.» Le sang de la bête nourrie de la sève de la plante, elle-même nourrie de l'humus, de l'eau et du soleil. Le sang de la création entière. Et toi, tu es l'homme, tu es le maillon qui se trouve au sommet, et ta vie, c'est la vie de l'animal et du végétal.

«Ceci est mon sang.» Il communie avec une autre religion : celle de la création. Simple créature au sommet de la chaîne alimentaire, il boit le sang qui est aussi sève et aussi soleil, réintégrant ainsi sa place dans le grand ensemble. Voilà. Il en a bu la moitié et il récupère les dernières gouttes aux commissures des lèvres.

Georges boit à son tour, les yeux fermés lui aussi, sa langue fouinant entre les côtes pour ne rien perdre. «Bon», dit-il, son fin sourire s'élargissant un peu plus. «Bon», disait son frère trisomique quand ils mangeaient en cachette les pommes volées au marché Atwater. Et lui, le grand frère, de rigoler quand se rapetissaient les fentes des yeux bridés dans le visage légèrement aplati. Voilà qu'il prend soudain conscience que Georges a, lui aussi, les yeux bridés et le visage légèrement aplati. Drôle de coïncidence. Sauf que chez Georges il n'y a pas cette expression qui, chez Francis, accusait un retard mental. Non, ces traits-là, chez l'Amérindien, l'enveloppent de ce mystère propre à ses ancêtres qui ont envahi l'Amérique du Nord par le détroit de Béring. Un mystère où la ruse, la méditation, la cruauté et la sagesse peuvent tour à tour faire luire les prunelles d'un visage impénétrable. Visage qu'il a pourtant l'impression de lire correctement quand le Montagnais tranche d'un coup sec les bottes poilues du lièvre pour les accrocher à l'entrée de l'abri. Visage qui se recueille. Qui implore et rend grâce.

Georges reprend sa pose accroupie près de la pierre plate et commence à tailler de fines lanières de chair. Comment fait-il pour toujours maîtriser ses impulsions? Lui, depuis qu'il a avalé du sang, il est obsédé par l'envie de se mettre autre chose sur la langue. Il sent la remise en branle de son système digestif demeuré en veilleuse depuis quatre jours. Ça bouge, ça se serre, ça se tord là-dedans. Comment Georges fait-il? On dirait qu'il veut donner à chacun de ses gestes un sens qui dépasse le simple instinct de conservation et lui faire assimiler, en même temps que la nourriture, ces leçons que la faim lui a apprises.

Le Montagnais lui offre enfin une lanière. «Mange lentement», dit-il en donnant l'exemple.

Deux lanières, trois lanières sont ainsi longuement mastiquées avant d'être avalées. C'est tout pour l'instant, et bien peu en regard du grand trou à combler dans son estomac. Georges démembre l'animal, place les morceaux dans le récipient contenant de la neige fondue et porte le tout sur le feu. Il va faire un bouillon. Il y ajoute les poumons, puis il coupe en deux portions égales le foie et le cœur, auxquels il joint chacun des rognons. Deux portions équitables de ces masses sanguinolentes gisent sur la pierre plate. «Manger plus tard.» Georges a raison : il faut se rationner et profiter au maximum des bienfaits de cette nourriture. C'est la loi de la survie.

L'Amérindien allume sa cigarette quotidienne au bout rougeoyant d'une branche. Lui, sa pipe. Puis le silence les enveloppe. Non pas le silence total, car le feu craque et, dehors, le vent se plaint dans la carcasse de l'avion, mais le silence qui est absence de paroles inutiles.

Tout est si simple, ici. Dans ce dénuement. Ils n'ont pas besoin de mots pour communiquer. Ni de poignées de mains ou de promesses pour sceller l'amitié. Tout à l'heure, Georges lui a dit : «Bois, mon ami», et il a bu la moitié du sang. C'est ça, l'amitié : un partage sans arrière-pensée. Là-bas, dans cet autre univers d'où il vient, il faut des raisons, des motifs ou des explications à l'amitié, comme si elle ne pouvait pas circuler librement d'un réseau de rhizomes à un autre sans intention aucune d'y attacher les cordons de la bourse ou les ficelles du pouvoir.

Comme il regrette d'avoir négligé Georges ces derniers temps ! Bien sûr, l'installation de sa mère à Schefferville y est pour quelque chose, ainsi que sa promotion au poste de chef pilote, mais c'est l'arrivée de Luc qui en est responsable en grande partie. Ce garçon a tellement embrouillé le circuit de ses sentiments que cela l'a rendu méfiant face au courant continu et limpide qui passait entre lui et Georges. Courant qu'il retrouve enfin en toute simplicité et toute pureté.

24

Un dur mandat

Halifax.

Relève de l'équipe de nuit. Les hommes discutent devant la grande carte murale où figure un nouveau jeton magnétique, dans la région de la Mauricie.

— Même si elles n'ont encore rien donné, j'suis sûr, les gars, que vous avez trouvé la nuit moins longue avec les recherches électroniques, blague le caporal-chef.

— Pas mal moins longue. Ça nous tient occupés et on a toujours espoir qu'un appareil capte le signal de l'ELT. On attend le Buffalo et le Labrador de Schefferville ce matin.

Les regards se portent unanimement vers l'autre jeton, entre Schefferville et Wabush, indiquant que des opérations de sauvetage y sont en cours. Hier encore, il y avait quatre jetons figurant les appareils affectés à cette mission. Aujourd'hui, il n'en reste que deux.

— Ça, c'est tout un mystère. Qu'est-ce qui a bien pu arriver à ce gars-là? Hier, il faisait beau soleil et ils ont ratissé les trois premières zones.

— Aujourd'hui aussi, on annonce beau pour la région, avec un refroidissement en fin d'après-midi. Ils vont refaire la zone au nord?

— Oui. Faut dire qu'ils ont pas eu du beau temps les premières journées.

— C'est pour ça qu'on continue les recherches. En temps normal, après trois jours dans ce bout-là, on aurait arrêté.

— S'il se fiait à ses instruments et qu'ils se sont déréglés, ce gars-là peut être rendu pas mal loin au nord. Vous vous rappelez le gars dans les Territoires du Nord-Ouest qui était rendu à six cents milles à côté de sa route? On pourrait chercher pendant des jours et des jours.

— Ouais, mais il pourrait tout aussi bien être à une trentaine de milles de Schefferville. Ça s'est déjà vu aussi.

— Ouais, on en a vu de toutes les couleurs. On va surveiller ça de près et... se croiser les doigts. Bon dodo, les gars!

* *
*

Le moteur du Cessna 170B tourne au ralenti. Ils attendent Albert, le remplaçant de Lise à qui sa profession d'infirmière ne permet pas d'agir en tant qu'observatrice en ce cinquième jour de recherches.

— Y'est mieux de pas avoir pris un coup hier, celui-là, répète Luc avec impatience, assis à la place du passager aux côtés de Papillon.

C'est d'Albert qu'il a acheté cet avion pour une bouchée de pain alors que celui-ci était ivre. Il s'en est déjà fait un cas de conscience, mais, à voir la mine comblée de

Papillon poussant la manette des gaz pour monter les révolutions à mille tours, il s'en félicite. Sans lui, Luc Maltais, cet aéronef se serait détérioré dans la cour d'Albert jusqu'à n'être plus qu'un tas de ferraille.

Il observe Papillon vérifiant chacun des instruments avec ce regard et ces gestes de bonne nounou s'assurant que le petit est en état de partir.

— Y prend aussi bien son gaz que l'autre, constate Papillon, ses gros doigts recalant l'altimètre.

L'autre, c'est celui qui fut réduit en tas de ferraille au sommet d'un arbre par la crapule qu'était alors Luc Maltais. Incroyable comme son passé est présent ! Sans le savoir, Papillon l'a traîné dans ses valises. Et hop ! le passé a surgi, telle une hydre à plusieurs têtes et plusieurs bras tentaculaires, rampant à travers bas de laine et mitaines. Et hop ! il lui est sauté dessus, s'agrippant à lui par ses innombrables ventouses. Et lui il restait là, muet et abasourdi devant Papillon qu'il avait l'impression d'avoir quitté la veille. Pour se convaincre du contraire, il s'attardait aux cheveux maintenant plus sel que poivre. Huit ans. Cela faisait déjà huit ans, dont quatre ans et huit mois derrière les barreaux. Jamais il n'aurait cru que tous ces jours, toutes ces heures, toutes ces minutes puissent fondre si rapidement ! Jamais il n'aurait cru que ce temps d'expiation dont il surestimait les vertus protectrices puisse être avalé d'une traite par l'hydre clandestine. Mais c'était ainsi, et Luc Maltais, élève pilote, revivait la belle amitié d'Émile avant que l'incarcération ne l'entache. Il revivait aussi celle, toute candide et généreuse de Papillon, ainsi que ses amours avec Sylvie. On eût dit que c'était la veille, tout ça qui était très beau et qu'il avait gâché en commettant un délit stupide. Il se disait que, sans cette gaffe, le grand aigle planerait toujours au-dessus des terres glacées, au lieu d'y gésir quelque part, blessé. Tout cela était sa faute. Sans lui, tous ces gens auraient eu des vies bien plus heureuses. Il s'en voulait et pourtant il souffrait énormément d'apprendre que Sylvie s'était offert cette vie bien plus heureuse en épousant un professeur. Elle était mère d'une jolie fillette de deux ans et elle enseignait à la polyvalente. Dieu qu'il avait rêvé de ce bonheur avec elle! Il fut obligé de fermer la porte de son cœur qu'il gardait entrouverte sur sa belle lionne, et il comprit que, aussi absurde que cela puisse être, l'espoir de la retrouver n'avait jamais lâché prise et que, pour cette raison, il ne s'était attaché à aucune autre femme.

— Voyons, Albert! s'exclame-t-il pour échapper aux bras tentaculaires du passé.

— C'est pas trop grave qu'il soit en retard... Les vitres sont pas encore dégivrées en arrière. Moi, en avant, en tant que navigateur, j'ai pas de problème.

— Ouais, ça c'est un problème que j'ai pas encore réglé. Y'a quelque chose qui marche pas avec la chaufferette. Va falloir que j'y jette un coup d'œil. Même en vol, ça prend trop de temps à s'réchauffer. T'inquiète pas, Papillon, j'vais arranger ça.

Le sourire édenté de son compagnon lui rappelle combien leur réconciliation a été, somme toute, facile. Papillon n'a jamais prononcé le mot «pardon» mais son attitude montrait clairement qu'il le lui accordait, ce qui l'a amené à s'ouvrir à lui, hier, à propos de l'orientation des zones de recherche. Il lui a avoué que, lors de la consultation avec le major Langlois, l'antipathie qu'il voue à Barbiche avait joué un rôle dont il n'avait pas idée de l'importance. Avait-il conseillé de concentrer les recherches à l'est parce que Barbiche avait conseillé de les concentrer au nord? Il ne savait plus jusqu'à quel point ses sentiments le laissaient intègre et il fut soulagé d'entendre Papillon abonder dans son sens. Selon ce dernier, Émile aurait renoué avec ses réflexes de pilote de brousse.

— Comme ça, tu me suis toujours à l'est si ça donne rien aujourd'hui ?

— Certain... mais j'espère qu'on va trouver de quoi. Ça se peut quasiment pas qu'un gars de même soit perdu. Ça m'rentre pas dans la tête. Surtout deux jours avant son mariage. Y devait être amoureux fou de c'te p'tite femme-là. Elle a l'air fin, hein ?

— Oui, elle a l'air fin...

Longtemps il a pensé qu'elle avait l'air d'une pimbêche et il ne voyait en elle que la fidèle réplique de l'institutrice lui tapant les doigts à coups de règle. Aujourd'hui, il voit la femme qui aime. La femme qui souffre et conserve espoir. Quand il la regarde aller d'un groupe à l'autre avec les provisions, il ne peut faire autrement qu'éprouver de l'admiration et du respect envers elle.

— Pis, en plus, y'a un bébé qui s'en vient, ajoute Papillon en caressant distraitement les poignées des commandes qu'il lui laissera lorsqu'ils seront en vol, étant donné que la «tête d'oiseau» qu'il est connaît la région par cœur. Émile aurait fait ben attention à lui, poursuit-il. À l'âge qu'il a, c'est fini, les folies ; t'as plus rien à prouver à personne. Et puis c'est pas comme quand t'as plus rien à attendre de la vie... Excuse, j'disais pas ça pour toi...

Papillon lui pose sa grosse patte sur l'épaule. Ils ne s'attardent pas là-dessus ni l'un ni l'autre, pas plus qu'ils ne se sont attardés sur son geste suicidaire d'enlever l'ELT et la boîte de secours.

Dehors, la femme de Georges s'entretient avec le cousin qui est observateur depuis le début. Elle lui a apporté un thermos de thé et des tranches de banique.

— J'te dis qu'il a des bons yeux, celui-là. C'était pas facile à voir, les caribous, hier, rappelle Papillon.

— Y'ont l'sens de l'observation. J'suis sûr qu'à matin la moitié d'la tribu est partie à la chasse dans ce bout-là. C'est pas ben loin d'la ville.

— J'espère qu'il regarde pas seulement pour du caribou...

— T'inquiète pas... Sont très liés... L'esprit de famille est ben développé, chez eux. Il regarde pas seulement pour du caribou.

Enfin, Albert arrive au pas de course, le visage encore chiffonné de sommeil.

Luc se porte à sa rencontre, habité d'une sourde colère. S'il fallait que cet imbécile ait pris une cuite la veille, il leur faudrait dénicher un autre observateur et cela les retarderait énormément. Est-ce dans de telles conditions qu'Émile s'est rendu à sa roulotte le matin du 3 mars? Il est facile d'imaginer la réaction qu'il a dû avoir en présence d'un Tête d'Oiseau abruti d'alcool et de drogue. Pas surprenant qu'il l'ait congédié. Mais que s'est-il passé entre eux? Que se sont-ils dit? Est-ce que la seule colère était une raison suffisante pour perturber de manière si évidente ce pilote d'expérience? Non. Il fallait bien plus que ça pour l'amener à oublier de faire un examen sommaire de l'appareil avant le décollage. Bien plus que ce genre d'exaspération que lui, Luc Maltais, il expérimente maintenant avec Albert.

— T'es en retard.

— J'm'excuse, Tête d'Oiseau, mais mon cadran a pas sonné.

— T'as pris un coup hier?

— Pas une goutte, j'te jure.

D'un rapide coup d'œil, il examine le retardataire, cherchant à déceler l'indice révélateur du contraire, mais ne trouve rien. Albert présente toutes les apparences d'un gars sobre fraîchement arraché à ses draps.

— Bon. Allons-y... Tu boiras du café.

— Faut que j'te dise que demain j'peux pas venir à cause que j'travaille...

— On verra ça demain... C'est peut-être aujourd'hui qu'on va les trouver.

Qui veut-il encourager par cette phrase ? Lui ou Albert ? Il lui manque le pouvoir de la foi en ce qui a trait aux zones de recherche situées au nord, mais il se rallie à la majorité. Il ne fera cavalier seul que si les recherches s'avèrent infructueuses aujourd'hui.

Il lui faudra alors démonter entièrement le mécanisme de la journée du 3 mars et apprendre à devenir Émile, afin de le comprendre.

* *
*

Escortée de son frère James et de Barbiche, Mary Thompson, la mère du pilote disparu, est sortie avec dignité.

Ému plus qu'il ne devrait l'être, le major Langlois pousse un long soupir, ses doigts fouinant fébrilement dans le fond de sa poche à la recherche du rouleau de pastilles Rolaids. Il vient de lui annoncer que les recherches se termineront demain, le 9 mars, à seize heures.

Que de fois il s'était mentalement répété cette date et cette heure, comme si de les clouer ainsi à grands coups dans sa tête les lui rendait incontournables. Il ne pourrait aller plus loin que cette date et cette heure. Le terme était fixé et tous les intéressés avaient été avisés à l'exception des proches. Pas moyen d'outrepasser. À la suite de ses recommandations en faveur de l'arrêt, la décision avait été prise en haut lieu. Impossible de faire marche arrière : le 9 mars, à seize heures, toutes recherches des forces armées canadiennes prendraient fin.

Ce n'est pas par mesure d'économie que cette décision fut prise mais bien parce qu'il était impossible de faire plus. Compte tenu de la région et de la saison, on aurait normalement suspendu les recherches au bout de trois jours. Demain, ils en seront au sixième jour et ils n'auront plus que trois unités de recherche au total, le dénommé Tête d'Oiseau l'ayant averti qu'il concentrerait désormais ses efforts à l'est. Ce dernier est vraiment convaincu de l'hypothèse d'un retour aux réflexes d'un pilote de brousse. Pas lui. À ses yeux de chef des opérations, c'est l'opinion de Barbiche qui lui paraît la plus plausible car il ne fait aucun doute que c'est ce pilote qui était le plus près du Grand. N'est-ce pas à lui qu'Émile Simard a confié la responsabilité de prendre soin des siens en cas de malheur? Tête d'Oiseau a déjà entretenu une relation amicale avec son chef pilote, mais, pour des motifs inconnus, cette relation s'est grandement détériorée. Contrairement à Barbiche, il ne conserve de son ancien instructeur que des données désuètes.

Il trouve les pastilles, en prend deux qu'il gobe d'un seul coup. Tout compte fait, le moment fut moins pénible qu'il ne l'appréhendait, mais cela, son estomac l'ignore totalement. Avoir su que cette dame accepterait cette décision sans broncher, il ne se serait pas fait tant de souci. Il ne croyait pas faire preuve d'un si bon jugement en la choisissant comme première personne à informer. Elle n'a posé que la question à laquelle il était le mieux préparé : «Pourquoi?» Il n'a eu qu'à débiter la liste des raisons justifiant cette décision.

Ouf! Ça s'est bien passé, finalement, le plus dur moment ayant été celui où la brave femme a dû s'appuyer contre son frère pour accuser le coup. Barbiche était là qui la surveillait avec l'affection d'un fils. Tantôt, ce sera avec celle d'un frère et d'un père qu'il avertira la fiancée et l'enfant.

Une fureur rousse fait soudain irruption entre ces murs où Snoopy s'amuse à poursuivre le Baron rouge.

— Bande de lâcheux ! Vous avez pas le droit d'arrêter ! Y'est vivant ! O.K., là ? Y peut pas s'être fait mal. Pas lui ! Pas avec un Otter ! Ça atterrit trop lentement. C'est le meilleur pilote de la compagnie, pis c'est pas d'sa faute. Vous avez pas le droit d'le laisser tomber. Vous avez pas le droit. Bande de lâcheux ! C'est même pas d'sa faute.

Le garçon se plante devant lui. Étant d'une taille inférieure à la normale, il doit lever la tête pour le regarder et le chef des opérations pense que jamais ce petit bout d'homme n'a été aussi grand qu'à cet instant où il défend son père. Il se surprend à souhaiter que ce soit là la réaction de ses fils si jamais...

Lui vient la tentation de le consoler. De lui expliquer. Mais de lui expliquer quoi, au juste ? Que les chances de survie sont presque nulles et qu'en réalité on recherche un cadavre à déclarer aux assurances ?

— Écoute...

Que dirait-il à ses fils ? Rien. Il les prendrait tout simplement dans ses bras.

Deux prunelles noisette le fixent avec intensité derrière les verres épais. Elles n'en ont rien à foutre qu'il soit militaire et qu'un général derrière un bureau ait pris la décision. Elles n'en ont rien à foutre non plus qu'il faille demeurer digne et poli dans la douleur.

— Vous êtes rien que des lâcheux ! Vous avez pas l'droit d'le laisser tomber... Y'a rien fait... C'est pas d'sa faute !

— Sûr que ce n'est pas d'sa faute... mais on n'abandonne pas tout d'suite. Il reste demain.

— Ouais ! Mais si demain vous trouvez rien, c'est fini... Lui, il va rester là... pis vous autres vous allez vous en retourner. Il peut pas s'être fait mal avec un Otter. Pas lui. Y'est trop bon.

— J'en doute pas.

— Pourquoi vous arrêtez, d'abord?

Que répondre? Tout mensonge sera aussitôt détecté. Que lui autorise sa fonction de chef des opérations de secours?

Il pose alors la main sur la jeune et fragile épaule. Que cet enfant est d'une constitution délicate! Il imagine que son colosse de père devait éprouver cette curieuse impression qu'il éprouve lui-même de toucher un lutin.

— Ôte ta main de sur moi, maudit lâcheux!

L'enfant déguerpit, laissant la porte toute grande ouverte.

Philippe Langlois court derrière lui pour... Pourquoi? Qu'est-ce que l'état-major attend de lui? Il aperçoit Barbiche qui accueille le garçon. «J'vais m'en occuper», traduit le signe de main qu'il lui fait.

Le major sent alors le froid traverser instantanément ses vêtements et il revient sur ses pas. La neige crisse sous les semelles de ses bottes et ses doigts collent légèrement au métal de la clenche. Mais de combien de degrés la température s'est-elle donc abaissée? On a prévu un refroidissement en fin de journée, mais il ne s'était pas fait à l'idée que le mercure pouvait chuter si bas. Quel pays! On a beau être au mois de mars, ici c'est encore l'hiver et pour longtemps. Au sud, on s'apprête à entailler les érables; ici, la température frôlera les quarante, cinquante degrés au-dessous de zéro. Il pense aux deux hommes qui sont à la merci du froid quelque part dans cette immensité. S'ils ne sont pas déjà morts et gelés de part et d'autre, qu'adviendra-t-il d'eux cette nuit?

25

Jour d'anniversaire

Le 9 mars 1937, Mary Thompson donnait naissance à son premier fils. Elle se souvient. Le givre rongeait encore les fenêtres de la petite chambre, et dehors c'était blanc de froid et de lumière. L'hiver avait décidé de ne pas lâcher prise.

«Ça va faire tout un homme!», s'était exclamé le médecin venu l'accoucher dans cette cabane perdue au fond de l'Abitibi. «Like his father», avait-elle ajouté avec un sourire fatigué à l'intention de son mari que cette naissance semblait avoir converti. «Plus une goutte, Mary, plus une goutte. J'te promets», répétait-il au plus fort des contractions. «Plus une goutte.» Elle l'espérait. Il le faudrait. Sinon, tout allait s'écrouler. Elle caressa l'épaisse chevelure d'ébène de cet homme qu'elle avait aimé et suivi jusqu'au bout du monde en dépit des avertissements de son frère James.

Elle avait trop d'orgueil pour revenir admettre devant son aîné qu'elle s'était trompée. Admettre qu'elle avait vraiment gâché sa vie sur un coup de tête. Un coup de cœur plutôt, car elle avait follement aimé cet homme qui pressait sa tête contre elle afin qu'elle lui pardonne encore une fois. «Je l'appellerai Émile», déclara-t-il pour montrer à quel point il était résolu à faire amende honorable, lui qui, tout au long de la grossesse, avait pris un malin plaisir à ne montrer qu'indifférence envers l'enfant qu'elle portait. «Tu l'appelleras bien comme tu voudras», répétait-il. Maintenant, il voulait le baptiser Émile. Elle, elle s'était faite à l'idée de l'appeler William, en l'honneur de William Tell, ce héros légendaire qui lui semblait allier le romantisme et l'intrépidité. Mais elle ne pouvait pas écarter du revers de la main ce premier et faible pas d'Ulysse Simard vers la reconnaissance de sa paternité. Alors, elle se résigna pour le prénom de Joseph William Émile, dans l'espoir que cet enfant puisse faire le bonheur de son père et le sien par ricochet. Elle n'attendait plus rien de l'amour et ne demandait qu'à tenir maison, élever l'enfant et satisfaire les besoins de cet Ulysse Simard pour autant que celui-ci cesserait de boire et travaillerait honnêtement. Elle ne se trouva guère exigeante. Cela devait sûrement contribuer à ce que son vœu soit exaucé. Elle ferma les yeux et écouta aboyer les chiens de traîneau du médecin, qui se comptait chanceux de pouvoir encore utiliser ce moyen de locomotion à cette période de l'année. Les bêtes avaient faim et il n'y avait pas à manger pour elles. À peine y en avait-il pour les humains, ce qui avait fait hocher de triste impuissance la tête de l'omnipraticien. Ulysse, lui, blâmait la crise économique. Elle pensa à la maison familiale de Pointe-Saint-Charles. À ce taudis où elle avait grandi et où, somme toute, elle avait été heureuse en dépit de la pauvreté. Benjamine à la fois choyée et étroitement surveillée par ses frères James et Thomas, elle avait écoulé sa jeunesse à tenter d'échapper à leur étouffant amour fraternel. Peine perdue. Elle retrouvait toujours sur son chemin ces deux gaillards qui la veillaient et la protégeaient contre quiconque aurait eu envie de porter atteinte à son honneur. L'ayant sacrée reine sur le trottoir où ils s'amusaient enfants, ils se prenaient encore, devenus adultes, pour de preux chevaliers à son service. Elle s'ennuya d'eux et se mit à pleurer doucement au souvenir de ce trottoir chaud d'été où elle avait jadis déambulé, coiffée d'une couronne de carton, une serviette de bain effilochée et trouée en guise de toge royale. Elle venait d'accoucher et pouvait se permettre ces larmes qu'Ulysse et le médecin n'auraient qu'à qualifier de larmes de joie. Elle, elle savait qu'elle pleurait sur sa vie gâchée et qu'elle pleurait d'inquiétude pour la vie de ce poupon frais lavé, au nombril noué et aseptisé, que le médecin coucha contre son flanc droit, le gauche étant occupé par la tête repentante d'Ulysse.

Mary Thompson se souvient : le poupon avait automatiquement porté son regard sur elle. Un regard d'un bleu si particulier qu'elle souhaita aussitôt que cette couleur-là ne perde pas de son éclat avec le temps. On aurait cru qu'il la reconnaissait. «Tiens, c'est toi, ma maman?» Et qu'en même temps il demandait à être accepté. «Est-ce que tu vas m'aimer quand même?» C'était fou de penser cela puisque apparemment les nouveau-nés ne voient pas vraiment, ou, du moins, pas comme on pense qu'ils voient. Comment savoir? Personne ne se souvient de sa propre expérience de nouveau-né. Comment ce petit être percevait-il ce monde dans lequel il venait de faire son entrée avec un retentissant vagissement?

Sa main gauche abandonna la chevelure de son mari et vint prendre la menotte fermée. Un à un, elle délia les petits doigts, fut saisie d'une émotion indescriptible devant la perfection de chaque petit ongle et glissa son index au creux de cette menotte qui s'y agrippa fermement. Un élan d'amour lui gonfla le cœur et déborda sur cette tête au duvet noir encore humide. «Hello there», dit-elle en lui souriant. «Parles-y en français», grommela Ulysse en s'éloignant. Elle eut la certitude de voir sourire les yeux de son bébé et entendit dans sa tête la chanson préférée de son père, *When Irish Eyes are Smiling*. «Bonjour, Émile», rectifia-t-elle pour faire plaisir à son mari, mais dans sa tête elle en était rendue à «*When Irish eyes are smiling, they take your troubles away*». Oui, il fallait faire plaisir à son mari et tout mettre en œuvre afin qu'il accepte cet enfant qu'ils avaient conçu hors mariage alors qu'elle avait pu échapper à la vigilance de ses frères. Elle avait vingt ans et était éperdument amoureuse de ce «French Canadian» qui gagnait tous les paris de corps à corps tenus dans les entrepôts, les quais et les ruelles, et qui avait même réussi à terrasser James l'invincible. Ce qu'il était beau! Et grand! Et fort! Comme il savait la séduire avec son air d'aventurier et son sourire enjôleur! Elle aurait fait n'importe quoi pour lui et avec lui, tellement il lui chavirait les sens. Et, l'ayant fait, l'inévitable conséquence ayant éclos dans son ventre, ses frères ont veillé à ce qu'Ulysse Simard la prenne pour femme et légitime épouse, quitte à l'emmener s'établir avec lui sur cette terre qu'il avait prétendument achetée dans la lointaine Abitibi.

Partir de Montréal à son bras, sous une pluie de confettis, la taille à peine épaissie malgré ses cinq mois de grossesse, s'était déroulé comme dans un rêve. Tels les deux rails de la voie ferrée, elle voyait la vie s'étendre à l'infini devant elle. Ils avaient tout à bâtir ensemble. Mais arriver le corps brisé, la tête vide, une meurtrissure épousant la forme de l'alliance tant de fois tournée autour de son annulaire, arriver avec les yeux rougis en traînant les bagages parce qu'Ulysse était trop ivre pour tenir debout, arriver ainsi à la mi-décembre, par un froid de loup, dans un pays rude où personne ne comprenait sa langue, avait été pour elle un horrible cauchemar.

La vie s'étendait toujours devant elle, vers cet horizon plat hachuré par les agressives silhouettes des épinettes, toujours comme deux rails qui ne se rejoindraient jamais, elle d'un côté, Ulysse de l'autre.

Et voilà que l'enfant venait de naître et que son regard tout neuf faisait revivre la chanson préférée de John Thompson et le geste coutumier qu'il avait de toucher le bout du nez de son unique fille chaque fois qu'il chantait les mots «*They take your troubles away*». Est-ce qu'Émile, à son tour, illuminerait sa vie de son regard comme elle avait illuminé celle de son père, décédé prématurément alors qu'elle n'avait que onze ans? Oui, comprit-elle dès que ce regard se porta sur elle.

C'était le 9 mars 1937.

Mary Thompson se souvient de tout ce qui avait changé par la suite et de tout ce qui était redevenu platement pareil. Elle se souvient des sillons que l'homme sobre ouvrait à la sueur de son corps dans la terre inculte, pestant contre les myriades de moustiques lui dévorant la nuque ainsi que des chevaux d'élevage achetés à grand prix; de superbes et puissantes bêtes de somme destinées aux compagnies forestières. Puis elle se souvient du verre de whisky expédié derrière la cravate après quatre années d'abstinence afin de célébrer la première vente. «T'en fais pas Mary, c'est juste pour les affaires. En dehors de ça, pas de boisson.» Elle avait cru à cette promesse ou plutôt elle avait voulu y croire, mais ce fut bien vite le contraire qui se réalisa et, en dehors de la boisson, il n'y eut pas d'affaires. Mauvaise vente, mort de deux poulains due à des complications lors de l'accouchement, qui aurait nécessité l'intervention d'Ulysse réfugié à l'hôtel, et, finalement, la perte de leur plus beau géniteur, qui s'était brisé les reins afin de remporter le pari de son maître, tout cela avait eu raison des bonnes intentions de son mari. La frustration devint alors le lot de cet homme qui sacrait contre le mauvais sort, la crise économique et la guerre. Contre les Boches et contre ce pays de fous. Contre sa mère, les prêtres et les Canadiens anglais. Cet homme qui jurait, poings fermés et levés pour se battre contre tout ça qu'il croyait personnifié en quiconque osait le contrarier.

Aussitôt envahis par les mauvaises herbes, les sillons avaient durci et séché au soleil comme de vilaines cicatrices, et, juché sur la clôture, Émile appelait les chevaux en vain. À cette époque, Ulysse n'avait jamais d'argent pour acheter de la nourriture mais il en trouvait toujours pour se payer une cuite. Mary Thompson retient de ces temps difficiles le regard bleu d'Émile attaché à elle, ce regard lumineux qui devint vite sa consolation et sa raison de vivre. Ce regard qui riait quand elle souriait d'émotion devant le bouquet d'épervières et qui pleurait quand elle tentait de cacher sa peine. Ce regard qui la comprenait, qui l'adorait.

Elle se souvient des soirées de solitude et d'inquiétude quand partait le mari en claquant la porte. Soirées où elle chantait inlassablement *When Irish Eyes Are Smiling* à Émile qui avait appris tout naturellement à parler anglais en sa compagnie. Elle lui touchait le bout du nez avec son doigt quand elle était rendue aux mots «they take your troubles away» et il riait toujours, faisant s'envoler les soucis par magie.

Elle se souvient de la seconde grossesse, issue d'un «viol légal», si l'on entend par «viol» une relation non consentie obtenue par la violence, et par «légal», le fait qu'ils étaient époux légitimes. Elle se souvient de la seconde naissance, du regard sans éclat des yeux bridés perdus dans le vide, et du rejet d'Ulysse. Cet enfant n'était pas de lui, prétendait-il. C'était un arriéré mental. Aux yeux d'Émile, c'était un merveilleux petit frère qu'il dorlotait et berçait. À qui il donnait le biberon et changeait les langes sans grimacer, impatient de jouer avec lui. Elle n'avait pas à lui demander de s'occuper de Francis car il était toujours près du berceau, guettant le moindre signe d'évolution. Cela prenait du temps mais, étant donné qu'il n'avait aucun point de comparaison, le lent progrès du bébé atteint de mongolisme le remplissait de contentement. «T'as vu maman? Il sourit. Oh! il suce son pouce! C'est drôle. T'as entendu? Il a fait cui-cui.» «J'vais y en faire, moi, un cui-cui à c'te malade mental-là. C'est rien qu'une bouche inutile à nourrir», répétait Ulysse, sa bouteille de gin à la main. «Tu f'rais mieux de poigner du lièvre que de rester planté à côté de ce baveux-là.» Et Émile de se geler les doigts sur les fils de laiton pour ramener de la nourriture à la maison. Quel instinct protecteur il avait déjà! Autant envers elle qu'envers Francis. Elle savait pouvoir compter sur lui. Sur ce grand cœur qu'il avait et sur sa propension à défendre les plus faibles que lui. Un jour, Ulysse avait violemment brassé le berceau de Francis et Émile s'était interposé. «Touche pas à mon p'tit frère!» Il avait huit ans et ses yeux étincelaient de ce courage fou qui n'a aucune chance de réussite. Un vrai William Tell. Il se tenait droit entre le berceau et son père qu'il défiait du regard. «Si tu l'aimes tant que ça, ton p'tit frère, reste donc avec... Moi, j'sacre le camp.» Ce qu'Ulysse fit.

Mary Thompson se souvient d'avoir attendu. Un jour, deux jours. Il finissait toujours par lui revenir ivre mort. On le lui avait même déjà ramené en le laissant choir d'une charrette tel un sac d'avoine. Ils demeuraient dans un rang isolé, à huit kilomètres d'un village naissant, et les gens là-bas n'adressaient pas la parole à l'étrangère qu'elle était. Il y avait un froid en sa présence et, dans leur expression, elle voyait bien qu'ils la considéraient comme «l'hostie de *bloke*» qui avait forcé Ulysse Simard à l'épouser et qui avait forniqué avec quelque imbécile pour avoir donné naissance à un arriéré mental. C'était là la plainte-ritournelle d'Ulysse en état d'ébriété.

Elle avait attendu une semaine, puis deux, puis trois. Il n'était plus question qu'il se soit enrôlé car la guerre venait de prendre fin. Elle envoyait Émile faire les commissions au magasin général. Il partait à pied avec un havresac, la liste des denrées et la recommandation de porter la note au crédit d'Ulysse Simard. C'était un long trajet pour un garçon de huit ans, mais il était grand et costaud pour son âge et on lui en donnait facilement dix. Elle misait sur la mansuétude du marchand et sur l'impression d'honnêteté et de franchise qui se dégageait d'Émile. Quel n'était pas son soulagement de voir apparaître au bout du chemin cette longue silhouette d'enfant qu'une charpente d'homme commençait à façonner au niveau des épaules carrées! Elle courait vers lui et, lorsqu'il la voyait venir, il adoptait une cadence plus énergique pour montrer qu'il n'était pas fatigué. «Donne ton sac. Je sais que tu peux très bien le porter jusqu'à la maison, mais j'aimerais ça sentir le poids de tout ce qu'il y a dedans. Oh! c'est pesant! Tu as sûrement tout ce qu'il y avait sur la liste! — Oui, tout!», s'exclamait-il, les yeux brillants de joie de la voir soupeser le havresac avant qu'elle ne glisse les bras dans les sangles. «Merci, Émile, t'es un vrai William Tell.» Il bombait le torse, tout fier d'être apparenté à ce héros dont elle lui racontait les exploits. Et l'enfant repartait au galop vers quelque château féodal emprisonnant une jolie princesse. Sitôt libéré du sac de provisions qui lui donnait l'allure d'un petit homme, il reconquérait son insouciance d'enfant, caracolant dans les fleurs sauvages et livrant des combats à quelque dragon imaginaire.

Mary Thompson se souvient. La première neige avait déjà enseveli ces fleurs-là et Ulysse n'était pas encore revenu. Elle savait qu'il ne reviendrait jamais et que, si jamais il revenait, elle ne voudrait plus de lui. C'était fini. Il n'y avait que des cendres dans son âme. Des cendres froides comme la froide maison qu'elle ne parvenait pas à réchauffer. Elle se résolut donc à écrire à son frère James pour le mettre au courant de la situation et lui demander son aide. Celui-ci répondit sans tarder et lui envoya les billets de train pour les rapatrier à Montréal.

Elle se souvient d'être partie à la sauvette, craignant que le marchand ne la relance jusque dans le wagon. Se souvient qu'Émile, en dépit de ses haillons, avait un port de jeune prince. Elle avait hâte de le présenter à James. Sûrement qu'il ferait bonne impression. Pour ce qui était de Francis, elle nourrissait des craintes puisqu'elle n'avait pas osé préciser qu'il souffrait de trisomie. James s'en était vite aperçu et la compassion était passée sur son visage.

En ce 9 mars 1976, Mary Thompson se souvient. Dehors, c'est blanc de froid et de lumière. L'hiver ne veut pas lâcher prise et, cette nuit, le mercure a frôlé les quarante-cinq degrés au-dessous de zéro. Quel âpre et intraitable pays! Lui a-t-il ravi les yeux d'un bleu intense et lumineux qui faisaient s'envoler ses soucis? «When Irish eyes are smiling...», fredonne-t-elle tout bas, face à la grande fenêtre du salon. Elle ne veut pas réveiller James. Ni Martin, pour qui il est encore trop tôt pour se lever afin d'aller à l'école. Martin qu'elle sait très bien être dépourvu de tout lien génétique avec Émile mais qu'elle rattache au clan irlandais par la ressemblance des cheveux roux dont James et elle auraient hérité de Patrick Thompson. Tout le monde ignore qu'elle sait cela, Émile ayant trahi ce secret un soir qu'il avait trop bu. Personne ne saura jamais. Martin peut dormir en paix et croire tant qu'il voudra que le sang de Patrick Thompson circule dans ses veines. Ce n'est pas elle qui va lui dire le contraire. Pauvre petit! Il aimerait tellement ressembler à son père, être grand et fort et surtout ne pas avoir à porter de verres correcteurs. Hier, James lui a dit qu'outre la couleur des cheveux il avait hérité du courage de son ancêtre et qu'il devait s'en montrer digne. Cela a semblé avoir eu l'effet souhaité. Martin était dans une telle colère d'apprendre que l'arrêt des recherches était prévu pour aujourd'hui. James l'a rassuré en lui promettant qu'il nolisera un appareil à ses frais pour les poursuivre si on ne retrouve pas Émile et Georges d'ici seize heures. C'est la première fois qu'elle ne l'a pas entendu sangloter durant la nuit.

«When Irish eyes are smiling, all the world is bright and gay...» Sa propre voix la surprend. C'est celle d'une vieille femme en prière et en lamentations. Une voix chevrotante et brisée. Voyons, Mary, du courage! Il faut être forte. Faut être digne, toi aussi, de ce fils et de tes ancêtres. Pourquoi le pleurer tout de suite? Pourquoi perdre espoir? Trois appareils vont continuer de chercher pendant toute la journée.

«When Irish eyes are smiling», poursuit-elle d'une intonation plus assurée, «They take your troubles away.» Oui, c'est cela. Il faut chanter comme elle chantait au fond de sa misère, avec son bébé trisomique sur le cœur. Comme elle chantait au chevet d'Émile dévoré de fièvre lorsque l'infection avait gagné les brûlures.

Et si elle était punie aujourd'hui de la pensée qu'elle avait eue à ce moment-là? Pourquoi lui? Pourquoi pas l'autre? Pourquoi cet atroce accident était-il arrivé à ce fils-là? Pourquoi pas à l'autre, qui n'avait rien à espérer de la vie et ne pourrait prétendre à l'amour d'une femme? Après tout, Francis n'était pas destiné à une vie normale. Ni même à une longue vie, d'après les médecins. Tandis qu'elle voyait l'avenir d'Émile éclatant de lumière depuis qu'il avait choisi de faire carrière dans l'aviation plutôt que dans la boxe, au grand désespoir de James. «Ce sera le champion des poids lourds», prédisait celui-ci en l'inscrivant à une école de boxe alors qu'il n'avait que douze ans. «Il a de la combativité. Beaucoup de combativité.» C'était là une manière détournée de dire qu'Émile tenait d'Ulysse, et James était bien placé pour le savoir puisque le «French Canadian» lui avait raflé son titre de champion des bagarreurs de rue. «Y'a de l'avenir là-dedans, Mary. Pas si on se bat n'importe comment comme on le faisait, nous autres, dans les ruelles, mais si on se bat avec des gants, dans un ring. On peut devenir riche. Très riche. Suffit d'avoir des gants, d'être dans un ring et de suivre les règles du jeu.» Il avait misé sur Émile le jour où il l'avait vu se porter à la défense de Francis contre trois garçons beaucoup plus vieux que lui. «Quelle combativité! T'as vu, Mary?» Oh oui! Elle avait bien vu son fils se battre comme un lion enragé, autant qu'elle avait entendu ses professeurs se plaindre de son comportement dans la cour de l'école. Cette combativité-là ne lui plaisait pas du tout. C'était celle d'Ulysse qui serrait les poings pour un oui ou pour un non. Et voilà que James prétendait pouvoir faire fortune en la canalisant. «J'aimerais mieux qu'il apprenne à lire, à écrire et à compter comme du monde plutôt que d'apprendre à taper sur les autres. Il va doubler son année, si ça continue. Il passe son temps à se battre pour rien. — Il ne se bat pas pour rien et tu le sais, Mary», lui rappelait James. Oui, elle le savait. Émile était né et avait grandi dans un rang isolé où le plus proche voisin se trouvait à cinq kilomètres. Les seuls enfants qu'il avait côtoyés avaient été ceux de l'éphémère école de rang, ouverte en septembre et fermée en décembre, à la suite de la démission de l'enseignante. Il ignorait donc tout des rouages des sociétés enfantines qui, comme celles des adultes, écartent automatiquement les êtres marginaux. Et lui, il était on ne peut plus marginal, en première année à l'âge de huit ans et en paraissant dix. Les quolibets le traitant d'arriéré mental pleuvaient sur sa tête autant que sur celle de Francis. De plus, elle avait tenu à ce qu'il fréquente une école francophone afin qu'il acquière la maîtrise du français, cette langue si difficile à apprendre. Émile était un imparfait bilingue et il lui arrivait souvent de parler les deux langues à la fois, comme s'il ne parvenait pas à rattacher les mots à l'une ou à l'autre. Alors, d'entendre «on va *play* au ballon» avait fait rire toute la classe et conditionné Émile à serrer les poings. Il avait été écorché, blessé, agressé par cette société à laquelle il ne parvenait pas à s'intégrer, et non seulement il se défendait ou croyait se défendre, mais il les défendait, elle et Francis. Il ne permettait à personne de se moquer d'eux. De rire de leurs vêtements usés, de sa mère qui avait rouillé à la pluie à cause de ses taches de rousseur, ou de son petit frère idiot. Il ne permettait pas qu'on les blesse eux aussi et il s'interposait comme il s'était interposé entre Ulysse et le berceau de Francis. Avec ce courage fou des combats sans la moindre chance de réussite.

Oui, elle savait pourquoi Émile se battait, mais la crainte de l'hérédité lui faisait nier ces raisons. «Inquiète-toi pas, j'vais lui parler, à ton fils.» Et James le prit à l'écart et lui parla en père. Dès lors, l'attitude d'Émile changea. Son rendement scolaire s'améliora et il apprit à se défouler sur un sac d'entraînement. Il avait douze ans et James le prit en main, caressant le rêve d'en faire un champion poids lourd.

Et puis, un jour, par hasard, Émile découvrit la piste du Montreal Flying Club, à Cartierville. Il y aida un vieux pilote à laver son avion et celui-ci lui offrit une balade en guise de récompense. C'est ainsi qu'il attrapa le virus. Chaque fois qu'il en avait l'occasion, il se tapait ce long trajet jusqu'au terrain d'aviation, où il parvint finalement à se faire engager comme *landboy*. Le jour de son anniversaire, à seize ans, il lui demanda de signer l'autorisation afin qu'il puisse suivre son cours. Elle signa et se réjouit de le voir étudier comme un forcené et de le voir lire tout ce qui touchait de près ou de loin à l'aviation. Peu à peu, elle le vit se désintéresser de la boxe. Bien sûr, il s'entraînait toujours, mais avec moins d'enthousiasme, semblait-il, et, quand James le présentait comme futur champion poids lourd, il baissait la tête comme quelqu'un qui a renoncé au titre. Elle savait alors ce qu'Émile ignorait lui-même, c'est-à-dire qu'il ferait carrière dans l'aviation, et elle se plaisait à l'imaginer vêtu d'un uniforme de pilote. Un uniforme bleu aux galons d'or qui mettrait la couleur de ses yeux en évidence. Un bel uniforme seyant à sa stature athlétique. Et elle se voyait à son bras, toute fière, toute droite, tout heureuse d'aller payer le compte du marchand général en Abitibi et montrer à tous la richesse de cette «pauvre hostie de *bloke*» qu'Ulysse Simard avait abandonnée, cette richesse étant son fils. Son fils à elle, avec ses yeux bleus souriants d'Irlandais. Le fils d'Ulysse Simard aurait été champion poids lourd; le sien était pilote. Oui, c'est ce qu'elle pensait, ce qu'elle rêvait sans en parler à qui que ce soit. Elle n'aimait pas voir Émile enfiler ses gants de boxe, elle n'aimait pas assister aux combats juniors, car c'est Ulysse qu'elle revoyait en lui. Ulysse qu'elle voyait lever un bras victorieux après avoir terrassé James l'invincible. Mais elle n'en souffla jamais un mot, ni à Émile ni à James, et, dès l'instant où elle vit pétiller d'excitation les yeux de son fils à la suite de son premier vol, elle sut que quelque chose de puissant ferait son chemin en lui. Et cela fit son chemin, avec une assurance incroyable. Et cela triompha le jour où, profitant du baptême de l'air de James, Émile lui annonça qu'il avait choisi de faire carrière dans l'aviation. Dur coup pour l'entraîneur, qui perdait le poulain en qui il avait mis toutes ses espérances. Moment déchirant pour le poulain bien musclé et dressé, qui prenait la clé des champs en laissant derrière lui l'entraîneur aux rêves brisés. «Aucun de nous n'est allé si haut», avait dit James malgré sa grande déception, comme si, avant d'abandonner son fouet, il l'avait fait claquer dans l'air pour que le poulain coure encore plus vite et plus loin. Cher James! Quel grand cœur en dépit des rudes apparences!

«When Irish eyes are smiling... », chante-t-elle en se berçant au salon, en souvenir de ce bébé qu'elle avait eu tant de difficulté à mettre au monde en raison de son poids et de sa taille supérieurs à la moyenne. «Ça va faire tout un homme!», s'était exclamé le médecin. Il avait raison. Émile était devenu un homme beau et fort. Elle ne se lassait pas de le contempler et de voir les filles tomber en pâmoison devant lui. «Qu'il est beau, mon fils! Qu'il est beau!» Elle rêvait pour lui d'une carrière et d'une femme. D'une belle vie sans soucis d'argent. Et pour elle, elle rêvait d'une ribambelle de petits-enfants à gâter. Puis il y eut l'accident et elle s'est révoltée. «Pourquoi lui? Pourquoi pas l'autre? Pourquoi pas Francis? Pourquoi as-tu fait cela à mon fils», reprochait-elle à Dieu. «Qu'est-ce que je t'ai fait, hein? Laisse-le-moi, au moins. Laisse-le-moi...» Dieu le lui laissa dans le lit d'hôpital. La fièvre était tombée et elle regardait la tête enflée sous les pansements, les yeux gonflés aux sourcils roussis et la main aux doigts amputés enfermée dans un bandage. Une main qui ne pourrait plus jamais enfiler de gant de boxe. Quelle ironie! Elle avait tellement craint que ce sport n'altère la beauté d'Émile et voilà que l'aviation l'avait défiguré comme jamais les coups de poing n'auraient pu le faire. «Pourquoi lui? Pourquoi pas l'autre?»

Malgré elle, elle détourna la tête quand le médecin enleva les pansements, dévoilant l'échec de la greffe au visage. Émile s'en aperçut et réclama un miroir qu'il lança contre le mur après s'être vu. «Non, j'veux pas!» On dut lui administrer un tranquillisant. «Pourquoi lui? Pourquoi pas Francis?» Elle avait beau refouler cette question, celle-ci revenait sans cesse à l'assaut dans les moments de fatigue et de tension. Elle revenait quand elle voyait les joues lisses de Francis qu'aucune femme n'avait envie de caresser. Quand elle voyait ses mains un peu courtes mais indemnes qui ne sauraient jamais travailler. Cette question revenait quand elle voyait les yeux d'un bleu intense exprimer le désespoir et ceux légèrement bridés briller de petites joies anodines. Pourquoi lui? Pourquoi pas l'autre? Cela lui semblait un sacrilège de penser ainsi mais elle n'y pouvait rien. Est-ce aujourd'hui qu'elle est punie? Excédé des reproches ainsi adressés, Dieu se serait-il fâché? Francis est décédé, pourquoi pas l'autre? Pourquoi pas les deux?

Sa voix flanche en ce jour d'anniversaire. Non, Mary, il ne faut pas. Courage, voyons! Si tu arrêtes de chanter, tu arrêtes de croire. Et si tu arrêtes de croire, il arrête de vivre... C'est fou? Qu'importe! Chante, Mary... Rappelle-toi l'Abitibi... et ton père qui te touchait le bout du nez. «They take your troubles away...» Et toi qui touchais le bout du nez d'Émile... qui riait... Qui parlait anglais et français en même temps... Qui revenait à pied en cachant sa fatigue... Chante, Mary, chante pour lui... Ne pleure pas, Mary... Ne pleure pas... «Don't cry, mom», suppliait Émile... Tu sais comme il n'aimait pas te voir pleurer.

Une main se pose sur l'épaule de la femme. Une main couverte de taches de rousseur mêlées à des taches de vieillesse. Une main large, forte, semblable à la main gauche d'Émile. C'est celle de James.

Elle le regarde, ébauche un sourire vacillant, s'essuie les joues en reniflant.

— *It's his birthday today.*

— *I know. I think he will have a big cake when he'll be back.*

Il lui presse l'épaule et regarde se lever le jour blanc de froid et de lumière.

* *
*

L'air froid et sec qu'elle respire fait coller ses narines ensemble. Non! Ce n'est pas vrai! Elle n'ose croire qu'il fait si froid. Pourtant, elle va vite pour se réchauffer. Il faisait ce temps lorsqu'une enfant s'était collé la langue à la clôture de la cour de l'école. «Sophie! Sophie!», criaient les élèves affolés. Elle avait incité la jeune victime au calme, puis elle avait fait couler de l'eau là où la langue adhérait au poteau. La fillette s'en était tirée avec plus de peur que de mal, la langue brûlée par le froid. Est-ce qu'Émile... cette nuit...?

Non! Pas cette nuit! Pas mort de froid! Pas lui! Ce serait trop injuste et cruel qu'il finisse de cette manière. Qu'il finisse, tout simplement.

Elle entend ses pas sur la neige durcie par le gel. Ses pas de souris en fuite. De souris affolée, traquée par la raison qui suppose qu'un homme ne peut survivre à une telle baisse de température. Elle ne veut pas que cette raison la rattrape pour étouffer l'espoir en elle. L'espoir qui a chuté chez les autres en même temps que le mercure. Non! Il ne faut pas! Émile ne peut pas être mort. Pourquoi la considère-t-on déjà comme veuve?

Elle marche vite pour fuir au plus vite ses parents qui l'observent par la fenêtre. Ils sont là, dans son dos, compatissants, prévoyants, inquiets, craignant que cet espoir ne la conduise à la folie. Et elle, cet espoir, elle ne veut pas y renoncer. Fragile et précieux, il vacille comme la flamme d'une chandelle. Pourquoi s'acharne-t-on à souffler dessus? Ne sait-on pas que c'est tout ce qui lui reste?

Elle va vite, l'air glacial s'engouffrant dans ses poumons. Elle ne veut pas connaître les raisons qui donnent raison à la raison. Elle sent toujours qu'Émile est vivant. Hier, Barbiche lui a annoncé que les recherches prendraient fin aujourd'hui, semblant lui dire qu'il faudrait bien qu'elle se rende à l'évidence. Mais cette évidence-là n'est pas la sienne; c'est celle des autres. Cette évidence-là ne peut cohabiter avec l'espoir en elle.

La voilà tout essoufflée, le sang lui battant les tempes. Elle entend ses bronches émettre de longs sifflements et elle se voit contrainte d'arrêter, en proie à une quinte de toux.

Elle se sent seule. Irrémédiablement acculée au pied du mur par la cruauté de ce froid intense à fendre les pierres et à fendre son cœur. Seule comme une souris traquée qu'on pousse vers ce mur de l'évidence : Émile ne reviendra pas de ce voyage-là. Il est parti vers cet inconnu d'où on ne revient plus jamais. Et elle, elle l'a laissé partir. C'est sa faute.

Elle cesse de tousser puis regarde la longue rue déserte, bordée d'un côté par le terrain de l'aéroport et de l'autre par la rangée de roulottes disparates, toutes installées selon la même orientation, chacune d'elles sur un petit bout de terrain identique. À cette heure matinale, elle peut voir les câbles électriques branchés à chaque bloc-moteur des véhicules couverts de frimas.

Elle se souvient d'avoir, quelque temps après son arrivée ici, trouvé un cachet exotique à cette rue et à cette ville où tout est conçu en fonction du froid, tel le pipeline hors terre et parfaitement isolé de l'aqueduc. Elle se sentait très loin de chez elle, de cette plage où elle avait promené sa solitude et de ses parents qui l'emprisonnaient dans les mailles de laine chaude de leur amour. Aujourd'hui, tout cela est d'un tel vide depuis qu'il n'est plus là. Combien de temps serait-elle restée si elle ne l'avait pas immédiatement reconnu quand il est venu manger au restaurant? «Ça s'est fait si vite», ne cesse de répéter sa mère. C'est vrai; elle s'est attachée si vite et si fort à cet homme. Sa mère ne peut pas savoir que, de tout temps, c'est lui qu'elle attendait. Lui qu'elle cherchait dans ses longues promenades sur la plage de Matane.

«Ça s'est fait si vite.» Oui, elle en a pris conscience hier lorsqu'elle s'ingéniait à lui trouver un cadeau d'anniversaire. Que lui aurait-elle offert lors de leur voyage de noces à Montréal? Une nouvelle pipe? Peut-être que la sienne avait une histoire. Un livre? Lequel? Un disque?

Des bas ? Des bas ! Quel manque d'imagination ! Quoi de plus banal que d'offrir des bas à un homme ! C'était un de ses cadeaux typiques à la fête des Pères. Le simple fait d'y avoir pensé prouve incontestablement qu'elle n'a aucune idée de ses besoins ou de ses goûts. Ça s'est fait si vite. Elle en était si solidement éprise. La vie n'existait vraiment que lorsqu'il était là. Ce qu'il l'avait impressionnée aux commandes du DC-3 lorsqu'il avait organisé une balade pour les jeunes hockeyeurs ! Elle, elle s'acquittait de sa fonction d'hôtesse de l'air d'occasion au mieux de ses connaissances et ses jambes fléchissaient chaque fois qu'elle entrevoyait le capitaine dans la cabine de pilotage et qu'elle regardait la main mutilée toucher les manettes et les boutons avec aisance et précision. Cette main-là qui maîtrisait le bimoteur la rendait molle comme une poupée de chiffon à la simple évocation qu'aucune partie de son corps ne lui était demeurée secrète. Cette main-là avait erré partout sur sa peau et dans ses cheveux, partout où même le soleil n'avait point accès, dans les recoins les plus intimes et les plus sensibles. Ça s'est fait si vite. Trop vite, pensent ses parents, comme si l'amour devait obligatoirement prendre du temps pour se révéler et suivre de conventionnelles étapes de fréquentation pour aboutir au mariage. Elle, elle s'est sentie unie à Émile pour la vie dès qu'il a pénétré sa chair. Mais allez donc leur faire comprendre cela !

Et allez donc leur faire comprendre que, même en dépit de ce froid brutal, elle le sent encore vivant ! Cela est aussitôt interprété comme un signe avant-coureur de dépression nerveuse, car elle n'a rien, strictement rien, pour expliquer ce pressentiment. Peut-être est-ce effectivement le début de la folie que le refus de la réalité entraîne ? Comment savoir ? Tant que les forces armées canadiennes poursuivaient leurs recherches, elle se sentait appuyée, mais maintenant qu'elles ont pris la décision de les arrêter aujourd'hui même à seize heures, elle se sent abandonnée, exposée au dangereux dérapage hors de la réalité. Mais cette réalité, il est vrai qu'elle la refuse. Alors, il est peut-être vrai qu'elle s'invente ce pressentiment...

Chop! Chop! Chop! Chop! entend-elle. Ce sont les pales de l'hélicoptère Labrador. Dieu soit loué! le froid meurtrier de cette nuit n'a pas devancé l'heure de la fin des recherches. D'ici seize heures, on a amplement le temps de les retrouver. Et les forces armées canadiennes sont encore là, avec elle. Encore là, à croire qu'il peut être vivant.

Chop! Chop! Chop! Chop! Elle court, les battements de son propre cœur épousant le rythme des pales de l'appareil qu'elle aperçoit sur le terrain de l'aéroport. Il a l'apparence d'une gigantesque sauterelle ocre décorée de bandes rouges où s'engouffrent navigateurs, observateurs et techniciens en sauvetage.

L'hélicoptère s'élève en soulevant un nuage de neige. Sophie arrête de courir, la vue brouillée par des larmes de froid et d'émotion. Chop! Chop! Chop! Chop! La grosse sauterelle s'incline légèrement vers l'avant puis gagne altitude et vitesse en direction du nord. «Ramenez-le-moi», supplie-t-elle, son regard s'attardant sur le drapeau du Canada figurant sur la queue de l'appareil. La confiance renaît. Elle n'est plus seule : les forces armées canadiennes sont là. Le pays entier est avec elle, à la rassurer que jusqu'à seize heures elle peut se permettre d'espérer sans risquer de sombrer dans la folie.

Sophie accompagne longtemps la silhouette du Labrador jusqu'à ce qu'il ne soit plus qu'un petit point et elle ferme alors les yeux pour mieux se concentrer sur le son que produisent les pales au loin. Puis le silence tombe autour d'elle. Dense comme le froid qui la fait claquer des dents et lui engourdit les orteils.

Un grincement de porte la fait sursauter. Elle ouvre les yeux et aperçoit Tête d'Oiseau sortant de chez lui. Sans s'en rendre compte, elle s'est arrêtée juste en face de sa roulotte.

Il se fige en la voyant. Qu'il a l'air misérable! Misérable et minable! Comme elle aimerait pouvoir le haïr autant qu'elle le haïssait lorsqu'elle lui a lancé la botte de Martin au visage! Cela l'avait soulagée de rejeter toute la responsabilité sur lui. «C'était mon voyage», se défendait-il. Cela ne revenait-il pas à dire que c'était sa faute? C'est seulement plus tard qu'elle a compris que Tête d'Oiseau voulait en finir avec la vie et que ce voyage qu'il revendiquait comme le sien avait été prévu pour être le dernier. *Son* dernier et non le dernier d'Émile. Dès lors, un lien ténu l'a rattachée à cet homme malgré elle. Quelle avait été sa souffrance pour qu'il pense mettre fin à ses jours? Tête d'Oiseau n'avait rien d'un malheureux mais tout du fanfaron brisant les cœurs des femmes et reniant l'amitié. Mais voilà, il souffrait au point de vouloir s'échapper par la mort comme elle avait déjà tenté de le faire. Et, cette souffrance, elle devinait qu'Émile y était pour quelque chose. Alors, inévitablement, elle ne peut plus le haïr avec autant d'intensité. Ni le tenir entièrement responsable de cet accident puisqu'elle-même n'a rien tenté pour empêcher Émile de partir. Mais cela, personne ne le sait. Au vu et au su de tous, c'est Tête d'Oiseau le vrai coupable.

Mais elle, elle sait qu'elle aurait pu s'accrocher aux épaules d'Émile pour le retenir. Elle sait qu'il était grandement bouleversé en franchissant le seuil de cette porte où se tient piteusement Tête d'Oiseau mais elle n'a rien fait. N'a rien tenté, de peur de ne pas être à la hauteur de ce qu'on attendait d'elle en tant que future femme de pilote. Alors, forcément, elle ne peut plus haïr Tête d'Oiseau aussi intensément, ni lui jeter la pierre de la culpabilité, qu'elle pense mériter autant que lui.

Elle ne peut que baisser la tête à son tour et rentrer chez elle en petite souris dont la folie ne fera qu'une croquée.

Voilà. Il vient de compter ses économies : elles sont plus que suffisantes pour payer la corde à danser que le grand-oncle James tient encore cachée dans ses bagages. C'est son habitude de le faire languir chaque fois qu'il ramène des choses de la ville, mais là, vu les circonstances, son presque grand-père a tout simplement oublié de la lui remettre.

C'est le cadeau d'anniversaire de son père, commandé depuis trois mois. Étant donné qu'ici, à Schefferville, il est impossible d'obtenir des cordes à danser de pugiliste, il a dû faire appel au grand-oncle habitant la métropole. Avec quelle impatience il attendait sa venue ! Il était tellement fier d'avoir trouvé *le* cadeau : celui auquel personne n'aurait pensé sauf lui, car il n'y avait que lui pour savoir que la corde à danser d'Émile était tout usée. Tout comme il n'y avait que lui pour être présent aux séances de culture physique de son père au sous-sol de la maison. Ce qu'ils étaient bien ensemble, dans cette pièce qui leur était réservée ! Grand-mère ne venait jamais y mettre le nez ni de l'ordre. D'un côté, il y avait la maquette d'aéroport dont il était maître d'œuvre, et, de l'autre, les instruments d'exercice et de gymnastique d'Émile. Il aimait particulièrement entendre le bruit régulier de la corde. «Plus vite», disait-il parfois, émerveillé de voir augmenter la cadence. «Encore plus vite», et il abandonnait momentanément son ouvrage, subjugué par le sifflement de la corde. Ce qu'il aurait aimé être grand et fort comme Émile ! Pourquoi a-t-il donc fallu qu'il naisse petit et faible ? «Toi, tu as tout dans la tête.» Il aurait préféré en avoir un peu moins dans la tête et un plus dans les bras. Son rôle de petit génie à lunettes n'a pas toujours été facile à tenir, surtout dans l'équipe de hockey, où il ne se distingue que par la rapidité et l'agilité de son coup de patin. On l'a même déjà traité de «tapette» parce qu'il a exprimé le désir d'apprendre le patinage artistique. Cela lui a fait mal et il s'est vu incapable de faire ravaler ces paroles à son offenseur. Émile semblait tellement bouleversé de cela. Ce fut assurément une période très troublée quand Luc était entraîneur. Maudit Luc! C'est sa faute si son père n'est plus là aujourd'hui, jour de son anniversaire. C'est sa faute s'il n'y a pas d'ELT et de boîte de secours dans l'avion. Jamais il ne le lui pardonnera. Jamais! C'est fini. Luc n'est plus son ami et ne le sera jamais plus. S'il n'avait pas existé, son père serait aujourd'hui marié avec Sophie, et lui, il aurait caché la nouvelle corde à danser dans ses bagages avant qu'il s'envole en voyage de noces. Ce n'est que rendu à Montréal, dans sa chambre d'hôtel, qu'il aurait découvert ce cadeau d'anniversaire signé «Ton p'tit prince».

Une douleur lui étreint la poitrine. Il a l'impression qu'elle va la lui écrabouiller, cette frêle poitrine si différente de celle de son père aux muscles bien découpés et puissants. Où est-il? Pourquoi ne signale-t-il pas sa présence? Qu'est-il arrivé à bord de ce *Grand Blanc* jugé dangereux en raison de sa couleur? Pourquoi ce major Langlois a-t-il décidé d'abandonner les recherches? Quel lâcheur! Et quelle déception! Il avait tellement confiance en cet homme qui le laissera tomber aujourd'hui, à seize heures précises. Ce militaire parle comme si Émile était déjà mort. Mais c'est impossible: Émile ne peut pas mourir. Pas à bord d'un Otter. Cet appareil atterrit à basse vitesse et Émile est le meilleur pilote de la compagnie. Il est le chef pilote et jamais il ne commettrait d'erreur fatale. Et puis il est si costaud, si solide, que cela lui apparaît inconcevable que ce corps puisse être irrémédiablement brisé. Non, Émile ne peut pas être mort. C'est aujourd'hui son anniversaire. Cela lui portera chance. C'est aujourd'hui qu'on le retrouvera. Ce soir, il ira lui donner sa corde à danser à l'hôpital et Émile le pressera contre lui en disant: «Ah! Merci, mon

p'tit prince, j'avais justement besoin d'une nouvelle corde.»
Ce qu'il peut aimer l'intonation avec laquelle son père l'appelle ainsi. C'est tendre, respectueux, et cela le fait se sentir très important aux yeux de cet homme. Émile lui a souvent raconté l'histoire de ce gamin venu d'un astéroïde, la comparant à son histoire à lui. N'était-il pas né en plein ciel, dans un avion qu'Émile pilotait? Cela semblait lui conférer une aura d'être surnaturel capable d'apporter la consolation. Son père ne lui parlait jamais de la mort de sa mère, survenue également en plein ciel. Sans doute en avait-il beaucoup souffert, pour éviter ainsi d'aborder le sujet. Lui, ça lui manquait d'entendre parler d'elle. Longtemps il a crié à l'injustice pour l'avoir perdue à sa naissance, mais aujourd'hui il s'estime quitte envers le destin. Il est né dans un avion et sa mère y est morte. Il est donc hors de question que son père y trépasse à son tour. On n'a pas le droit de le priver de sa présence. Pas plus qu'on n'a le droit de décider d'une date et d'une heure pour cesser les recherches. Bande de lâcheurs qu'ils sont! Ils verront bien, aujourd'hui, qu'il avait raison de le croire vivant, car un jour d'anniversaire, c'est bien connu, cela porte chance.

La douleur relâche progressivement son étreinte. Martin regarde les cristaux que les très grands froids font fleurir à sa fenêtre et il se mordille la lèvre. Et si... c'étaient les adultes qui avaient raison? Si le destin ne l'estimait pas quitte envers lui? Des larmes lui montent aux yeux. Vite, il enlève ses lunettes pour les essuyer et ne plus distinguer les morsures de l'hiver sur la vitre.

«C'est pas juste! C'est même pas de sa faute!», proteste-t-il en s'adressant au portefeuille contenant ses économies. Hier, le grand-oncle James a proposé de noliser un avion à leurs frais pour poursuivre les recherches si on ne les retrouve pas aujourd'hui. Il lui donnera cet argent si jamais... la logique des adultes avait raison contre le pouvoir magique d'un jour d'anniversaire.

Georges ne va pas dehors, aujourd'hui : il fait trop froid et il se sent trop faible. Quelle terrible nuit ils viennent de passer, tellement serrés l'un contre l'autre qu'ils se sont rendu compte à quel point ils empestaient! Cela les a fait rire un peu et beaucoup songer par la suite. Déjà six jours qu'ils sont ici. Six jours avec seulement un lièvre et du lichen pour toute nourriture. Six jours à attendre des secours et à s'affaiblir. L'hiver a-t il voulu leur porter le coup de grâce en abaissant ainsi la température? Voilà : fini la souffrance pour ces deux hommes. Mourir d'hypothermie ne semble guère douloureux. Le corps s'engourdit, puis le cœur et la pensée. C'est ainsi qu'est mort le frère de Georges et qu'a failli mourir Élisa. Non, cela ne semble vraiment pas douloureux. Cette nuit, il a été fortement tenté de s'abandonner au sommeil. À la léthargie plutôt. Juste un instant. Simplement ne plus être pendant une minute ou deux. Simplement se reposer. Mais Georges était là, sa peau collée à la sienne, et il ne cessait de lui parler. Il n'a jamais tant démenti son mutisme de Montagnais. Ils ont blagué sur l'odeur nauséabonde émanant du sac de couchage au moindre mouvement, puis se la sont attribuée l'un à l'autre. «C'est toi qui pues de même? — Non, c'est toi. — Disons que c'est nous deux.»

Cette odeur devint vite familière, puis recherchée et respectée. C'était l'odeur de leurs vies. Une odeur chaude, puissante, animale et poignante. Une odeur d'ammoniac et de sel qui ne les faisait plus rire ni ne les dégoûtait, mais qui était la leur et dont ils se servaient pour rester éveillés.

Ils avaient peur de s'endormir. Peur de mourir de froid durant leur sommeil. Ou de mourir brûlés. Ce sont là les dangers qu'ont toujours courus les hommes par grand froid. Ou la source de chaleur s'éteint à leur insu et on les retrouve pétrifiés sur leur couche, les cheveux pleins de frimas, ou cette source de chaleur devient incontrôlable et met le feu à l'habitation et on les retrouve alors complètement carbonisés. Évidemment, lui, c'est le feu qu'il craignait le plus. Ne suffirait-il pas d'une étincelle pour transformer leur lit de sapinage en bûcher? À ses côtés crépitait un vigoureux feu de branches sur la pierre plate tandis qu'aux côtés de Georges se consumait l'essence du réchaud maintenu en équilibre précaire sur la couche même.

Au début, il guettait ce feu comme on guette un être perfide et dangereux, convaincu que cet ami pouvait se métamorphoser en ennemi en un instant. «Tu ne m'auras pas», lui disait-il dans sa tête pour se tenir éveillé. «Je prendrai ta chaleur mais gare à toi si tu veux me faire du mal.» Et il regardait danser les flammes attachées aux bouts de bois, fasciné par les couleurs et les formes de chacune d'elles. Il y en avait des bleues aux formes rondes, des jaunes, pointues et effilées comme des lances, d'autres qui se tordaient entre les branches ou dévoraient de leurs petites dents rouges les restes calcinés. Le fond était incandescent et le tout étonnamment vivant et enjôleur. Il s'en dégageait une odeur saine et vivifiante et la fumée qui grimpait le long du rocher humide faisait fondre la neige aux abords de l'ouverture. Psh! Psh! chuchotaient de grosses gouttes d'eau en tombant dans le feu. «Tu ne m'auras pas... Tu ne m'auras pas...» Mais la chaleur le gagnait peu à peu. Son corps se détendait. Ses muscles se relâchaient. Inconsciemment, il se laissait hypnotiser par les flammes amicales et clignait des yeux. «Je compte jusqu'à trois et je les ouvre... Un, deux, trois... quatre. C'est si bon... Attention! Rappelle-toi cette tragédie survenue en Abitibi. Tu sais, cette famille entière qui avait péri durant la nuit du jour de l'An. Le poêle chauffé à blanc avait mis le feu à la maison. Le lendemain, on n'avait retrouvé que des cadavres incomplets dans les ruines fumantes. Rappelle-toi. Ta mère te la racontait presque chaque fois qu'elle mettait une bûche de plus dans le poêle.»

À son tour, il la racontait à Georges, s'efforçant de garder les yeux ouverts pour surveiller la bête fauve se mouvant sur la pierre plate. C'était difficile et il utilisait cette peur du feu pour maintenir sa vigilance jusqu'à ce que la bête montre des signes de somnolence et se fasse toute petite et inoffensive.

Le danger d'incendie écarté, ses paupières de plomb tombaient et il se laissait glisser dans un état léthargique où tout allait au ralenti, sans grande douleur ni inconvénient. Une série de frissons, de tremblements, la sensation d'avoir des poils de hérisson piqués sur un crâne glacé, puis un engourdissement favorisé par l'immobilité de sa jambe blessée. Un engourdissement bénéfique qui partait des orteils de cette jambe, envahissait le pied, montait au genou, puis dans la cuisse, et jusque dans le dos, pour s'étendre sur tout le côté gauche. «Je compte jusqu'à trois et je bouge le pied. Un, deux, trois...» Georges remuait et leur odeur lui rappelait qu'ils étaient on ne peut plus vivants. Cela le rassurait et l'autorisait à abandonner la lutte durant un instant. Un tout petit instant. Georges rappliquait aussitôt avec l'histoire de son frère mort gelé, l'incitant à bouger le pied gauche et à mettre quelques branches sur les tisons rougeoyants, ce qui réquisitionnait toute son énergie. «Écoute les loups... Il y a des loups au loin», disait Georges en le secouant. Lui, il n'entendait que le feu qui se remettait à crépiter, ce qui l'obligeait à l'avoir de nouveau à l'œil.

Quelle interminable nuit ils viennent de traverser! Une nuit qu'on qualifierait de blanche, là-bas dans la civilisation, mais qui, à lui, semble rouge comme le feu à surveiller et comme le blanc de leurs yeux. Comment tiennent-ils encore debout? Ils se font violence tous deux pour ne pas sombrer dans le sommeil car le froid persiste. Ils doivent entretenir les feux pour ne pas mourir gelés et les surveiller pour ne pas mourir brûlés.

Georges lui a longuement massé le pied tantôt. Ensemble, ils se sont réjouis de voir le mauve passer au brun verdâtre. «Bon signe», a déclaré Georges en lui faisant remarquer la réduction de l'œdème, heureusement accompagnée d'une diminution de la douleur. Elle est toujours là, à chacun de ses mouvements, mais moins vive, moins persistante. Il la sentait cette nuit, quand il tremblait de froid, mais elle avait perdu de sa violence. Sa jambe est en voie de guérison, il le sait. Il le sent car il a l'impression d'y avoir investi tout le reste de son corps, comme si tout ce qu'il avait d'énergie s'était concentré dans ces deux os fracturés.

Après avoir assujetti l'attelle avec les ceintures de sécurité, Georges est demeuré prostré à ses pieds, les yeux dans le vague. Que se passait-il? À quoi pensait-il?

Une éternité s'écoula avant que son ami montagnais ne pousse un soupir en prenant son paquet de cigarettes dans sa poche. Puis il fallut une autre éternité avant qu'il n'en sorte une cigarette. «Ma dernière», dit-il, la voix pleine de regret et d'hésitation.

Un combat se livrait derrière les yeux bridés. Était-ce bien le moment de griller cette dernière cigarette? Ne valait-il pas mieux attendre? Qui sait si une autre occasion ne s'y prêterait pas mieux?

— J'savais ben que tu finirais par arrêter de fumer un jour, répliqua-t-il pour minimiser les désagréments de ce sevrage imposé.

Il lui sembla voir glisser le fin sourire quand Georges s'alluma à un tison.

— Il me reste un peu de tabac... Tu fumeras ma pipe si tu veux... Et quand il ne restera plus de tabac, on pourra mettre n'importe quoi dedans. Avec mon p'tit frère, j'avais fumé des feuilles dans la pipe de mon oncle. C'était pas si mauvais, me semble. T'as pas fait ça, toi, avec la pipe de ton père ?

Signe de négation. Georges inhale respectueusement sa première bouffée qu'il semble aspirer de tout son être jusqu'au bout des orteils.

— *Tshish témao*[1], soupire-t-il. C'est bon.

— Ça fait longtemps que tu fumes ? T'as commencé à quel âge ?

— Cinq ans.

— Hein ? T'es pas sérieux ?

— Ma première rouleuse, j'avais cinq ans. Mon père me l'a donnée. J'étais fier...

— Tu l'as pas fumée en cachette ?

Georges fronce les sourcils. Il ne comprend pas le sens de cette question et aspire sa deuxième bouffée.

— Nous autres, les Blancs, on a presque tous fumé notre première cigarette en cachette. Pas vous autres ?

— Non. Mon père me l'a donnée. Je portais des paquets, donc je pouvais fumer. J'étais fier... Ma mère était fière, mon père, ma famille. Ils m'ont regardé faire. Je me sentais un homme. Je me sentais des leurs.

— Moi, j'me suis étouffé, la première fois.

— Moi aussi... mais j'ai fumé toute la cigarette. Après, j'ai été malade... Mais j'ai fumé toute la cigarette.

Troisième bouffée. Précieuse et délicieuse. L'acte de fumer constitue plus qu'un simple caprice chez Georges. C'est pour lui un geste d'homme, un geste initiatique l'intégrant dans sa famille, dans sa tribu. Un geste de communion

---

1. *Tshish témao* : tabac.

avec les siens. De partage. Son père lui a donné sa première cigarette et c'était là tout un événement. En fait, c'était une consécration. Il faisait dorénavant partie de ceux qui participaient activement aux incessantes pérégrinations de son peuple. De ceux qui, par l'humble contribution de leurs pas et de leurs muscles, permettaient de couvrir de grandes distances à la recherche du gibier. Longtemps avant, il avait été porté sur le dos de sa mère, puis il avait marché, accroché à sa jupe, puis il avait trottiné dans les traces de son père, et puis un jour, de lui-même, il s'était chargé d'un paquet et avait emboîté le pas aux membres de sa famille, qui transportaient tous quelque chose, à l'exception du bébé, toujours juché sur le dos de la mère ou sur le toboggan. Désormais, il était un homme, et cela le remplissait de fierté de ne plus être un bébé dépendant mais un membre à part entière. Un membre actif et utile. Il était définitivement passé de charge à porteur, et cela était digne de mention et de célébration aux yeux des siens. On l'avait regardé allumer sa première cigarette avec des yeux ravis et on avait ri joyeusement de le voir s'étouffer, en souhaitant qu'il ait le courage d'aller jusqu'au bout. Quel contraste entre cette première cigarette de Georges et la première pipée qu'il a fumée à la dérobée dans le hangar! Décidément, ils n'ont pas eu droit à la même éducation, puisque les yeux de l'oncle James étaient loin d'être ravis à la vue des feuilles mortes remplissant le fourneau de sa pipe. Si Francis n'avait pas tant ri, aussi, en le voyant s'étouffer, trahissant ainsi leur cachette! Mais, en dépit du fait que leur première expérience de tabagisme n'a pas été perçue de la même manière par le monde adulte, il se souvient nettement de s'être senti un homme lui aussi, jusqu'à ce que l'oncle James ouvre précipitamment la porte et crie: «What are you doing there?»

— C'est important pour toi?

— Trop... Trop important. Pas bon pour le souffle, concède Georges.

— C'est vrai que là-bas tu fumais beaucoup.

«Là-bas», c'est ce qu'ils ont quitté et qu'ils aimeraient bien retrouver. Pour Georges, c'est sa femme, ses enfants, sa maison, sa famille, la réserve, la tribu. Son tacot ravitaillé à l'essence d'avion, sa carabine 30-30, les excursions de chasse et de pêche. Pour lui, «là-bas», c'est Sophie, sa mère, Martin. C'est sa maison réchauffée au mazout, sa salle de bains, son réfrigérateur. Ce sont ses amis, ses hommes, les avions...

— Trop... Je fumais trop.

Dernière inhalation pleine de respect. De toutes les cigarettes que Georges a fumées, celle-ci est sûrement celle qu'il a le plus appréciée. C'est la meilleure, il en est convaincu. Il n'a pas à le demander. Ça se voit. Georges demeure tristement béat. C'est fini. N'auront de l'importance désormais que la première et la dernière cigarette. Toutes les autres sont parties en fumée. Ce sont celles de l'habitude, allumées instinctivement et écrasées rapidement parce que là-bas tout va vite et que tout a changé. Il n'y a plus de jeune Montagnais de cinq ans qui fume sa première cigarette parce qu'il est capable de transporter des paquets, car les familles ne voyagent plus. À cinq ans, les jeunes Montagnais de Schefferville suivent l'émission «*Rue Sésame*» sur le petit écran et c'est bien ainsi. Qu'est-ce que cela leur donnerait d'habiter encore dans des campements de fortune? D'avoir encore froid et encore faim? Le progrès, c'est comme le feu. D'ami, il peut devenir ennemi. Il s'agit de le surveiller pour qu'il ne nous détruise pas. Là-bas, le temps va vite, c'est sûr, mais on peut lui fausser compagnie à l'occasion. Être plus malin que lui. Maintenant, il sait comment. Georges aussi. Ils ont appris la valeur des choses qu'il y a là-bas. Des choses qui paraissent insignifiantes aux yeux des hommes que le temps presse. Ces hommes qui avalent leur déjeuner en vitesse pour prendre le métro, le mégot au coin de la bouche, et qui bouffent tout ça sans rien goûter, sans s'arrêter, parce que le temps, c'est de l'argent, et que de l'argent, ils en ont besoin pour vivre. Mais qu'est-ce que vivre, sinon la somme de toutes ces choses apparemment insignifiantes ? L'odeur de la rôtie dans le grille-pain, le craquement rassurant des calorifères déclenchés par le thermostat, l'arôme du café, le parfum suave de l'enfant sortant du bain, le vin bu entre amis, le confort d'un lit, le visionnement d'un bon film à la télévision, voilà autant de choses insignifiantes et sublimes. Des choses de la vie que l'on apprécie seulement lorsqu'on les perd. Lorsqu'on se retrouve dans un trou de neige, à geler comme une crotte pendant toute une nuit, et qu'au matin on vacille, on chancelle, l'estomac vide, la tête comme un bouchon de liège porté par les vagues.

Georges lance son paquet vide dans le feu. La flambée fait briller les prunelles sagaces dans le visage impassible.

— *Tshish témao*, c'est bon... Fumerai plus comme avant.

Émile n'en doute pas. Rien ne sera comme avant lorsqu'ils retourneront là-bas... si jamais ils y retournent. Non ! Non ! Cette pensée ne doit pas l'habiter. Elle ne doit même pas l'effleurer. Cette pensée est sacrilège. Il doit la garder pour lui. La garder secrète. Six jours... Six jours. Ils sont si épuisés ce matin. Autant l'un que l'autre.

— C'est vrai que t'as entendu des loups ?

— Vrai.

Possible. Georges possède une ouïe d'une grande finesse tandis que la sienne a été légèrement affectée par le vacarme des moteurs d'avion. Peut-être aussi que Georges invente cette histoire pour lui donner du courage, ou que son imagination lui joue des tours parce qu'il désire entendre hurler les loups.

— Comme ça, c'est bon signe.

— Ils étaient loin... Trop loin pour moi, avoue l'Amérindien en bâillant et en s'étirant, cette posture mettant en relief une perte sensible de poids.

— T'as maigri.

— Comme toi.

Il se palpe les côtes. C'est vrai ; il a maigri, lui aussi. Sa main remonte le thorax, épouse le creux profond au niveau de la clavicule, longe le cou et rencontre soudain le poil dru de sa barbe, côté gauche. Il frémit. Tout comme s'il venait de toucher un étranger qui se serait introduit dans son propre corps. Le contact de sa demi-barbe a toujours été pour lui alarmant dès que râpeux sur le plat de la main. Vite, fallait l'éliminer avant qu'elle n'attire l'attention sur la joue mal cicatrisée ! Oui, ce contact l'a toujours fait paniquer, mais maintenant il se caresse la barbe du bout des doigts comme on caresse un chat abandonné devenu farouche. Devrait-il la raser comme il avait prévu de le faire le jour de son anniversaire ? N'était-ce pas là le cadeau qu'il avait pensé s'accorder ? Le cadeau étant un brin de folie et la folie étant de perpétuer ce geste en pleine toundra, à l'instar de cet officier allemand qui, en pleine débandade de son armée, gardait son uniforme impeccable et son menton glabre alors que tous négligeaient leur tenue. Menteur ! Ce n'est pas pour cela ! Cet officier issu de la noblesse n'a rien à voir avec son intention de se raser. Il s'est souvenu de cette histoire pour se donner raison, mais, en réalité, c'est la sensation déplaisante au niveau de ses cicatrices qui le motive. Il sent cette joue comme un cuir trop court, tendu sur une ossature trop grande. Ça tire, ça fendille, ça craque. Il lui faudrait de l'onguent pour l'assouplir et, chaque fois qu'il éprouve ces sensations désagréables, il se souvient de quoi il a l'air. Se souvient que même sa mère a détourné les yeux lorsque les médecins ont enlevé les pansements.

— Passe-moi mon nécessaire à raser, Georges. Là, à tes pieds.

— Te raser aujourd'hui ?

— Oui. J'avais décidé ça pour le jour de ma fête.

— Hmm.

Ce n'est pas la première fois, depuis l'écrasement, qu'il a recours à cet étui en cuir contenant son nécessaire à raser, car il s'est souvent servi du miroir pour suivre la surprenante guérison de sa blessure au front, mais il se gardait bien alors de jeter un regard sur le reste de son visage, et là il connaît de nouveau la panique à la simple idée de rencontrer son image avec cette demi-barbe. Là, soudainement et brusquement, tout réapparaît à la surface comme les immondices d'un dépotoir quand fond la neige au printemps. Tout est là, dans ce miroir qu'il retenait. «Marie-moi pas par pitié, Sophie.» Tout. Le geste qu'il a eu de se dénuder complètement l'oreille mutilée. Les paroles de Luc, en plein cœur de son bonheur : «Y'a pas une maudite femme qui voulait de toi. Même pas la danseuse aux tables. Tu m'écœures.» Suzie et l'obligation d'éteindre la lumière pendant leur relation. Sa mère qui a détourné la tête. Francis qui a manifesté sa peur et son dégoût. Le coup de poing asséné dans le miroir de la pharmacie à Noël. Et jusqu'à cette voisine du double de son âge avec qui il avait perdu son pucelage. Il l'avait oubliée, celle-là, et voilà qu'elle ressurgit avec son rire vulgaire et son parfum bon marché. Jamais il n'aurait pu imaginer qu'il se retrouverait un jour dans le lit de cette veuve qui arrondissait ses fins de mois d'une manière pas tout à fait catholique. Il se contentait simplement d'empocher les quelques sous que lui valait l'entretien de ses escaliers et de sa galerie en hiver, faisant mine de ne comprendre aucune des invitations qu'elle lui lançait. «T'es beau comme un cœur.» Il le savait mais ce n'était pas pour elle ; c'était pour la fille qu'il conduirait un jour au pied de l'autel. Fille qu'il n'avait pas encore choisie dans le riche éventail se trouvant à sa disposition, ayant plutôt réservé ses ardeurs pour l'entraînement et l'acquisition de son brevet de pilote. Puis il y a eu l'explosion... «Pauvre p'tit chou! Y'a plus beaucoup de filles qui vont vouloir de toi à c't'heure.» Elle, elle voulait toujours et sa main experte allait en ces endroits où les mains des filles que l'on demande en mariage n'osent jamais aller. Et il était tombé bas, si bas, dans ses bras et dans son lit.

Cette femme est là, dans le miroir, qui rit à gorge déployée avec son lourd parfum qui lui soulevait le cœur. Elle ne rit pas de lui mais de «toutes les pauvres p'tites filles qui ne savent pas ce qu'elles manquent». Et lui, il pleure, échoué sur ses seins affaissés parce que l'amour ne lui laisse ni choix ni éventail. «Pleure pas, mon chou... J'serai toujours là pour toi.» Toujours là pour lui, les putains.

Un homme affublé d'une demi-barbe tachetée d'un roux foncé se substitue à cette femme dans le miroir. Cette couleur le surprend. Il a toujours cru avoir la barbe aussi noire que les cheveux mais elle est bel et bien tachetée d'un roux sombre. Quelle bizarrerie insoupçonnée, affichant incontestablement son ascendance irlandaise. Martin serait ravi de voir ça. «Tiens, tu vois bien que tu as hérité quelque chose de moi, fiston.» Pauvre garçon! Il veut tellement lui ressembler que cela est devenu inquiétant. C'est comme s'il flairait l'irrégularité de sa naissance et cherchait constamment à établir sa légitimité. Dans un sens, il le comprend maintenant car il se sent, lui, rassuré d'être vraiment rattaché au clan irlandais. C'est enfantin, insensé, irréaliste, il le sait trop bien, mais cette couleur rousse dans sa barbe agit sur lui dans le secret de son âme. Habilement, efficacement, elle le hisse d'une génération à l'autre jusqu'à ce Patrick Thompson qui ne reculait devant rien et cela le réconforte, et, surtout, cela lui donne du courage. Pourquoi se raser aujourd'hui? Cette découverte n'est-elle pas en soi un cadeau d'anniversaire? Après tout, ce n'est pas peu banal de s'apercevoir que l'on a du roux dans la barbe à l'âge de trente-neuf ans.

Son regard glisse alors sur la joue imberbe parce que brûlée au troisième degré et rapiécée par une mauvaise greffe. Quelle horreur cruellement mise en évidence par l'abondance de la barbe sur l'autre joue! Une horreur qui explique son empressement à éliminer les poils dès leur apparition afin de ne pas trop attirer l'attention. Il se hait, laisse tomber son bras et rencontre le regard interrogateur de Georges.

— T'es chanceux d'être un pur Amérindien, toi. T'as pas de barbe. T'es pas obligé de te la raser.

— Toi non plus. Personne ici.

Son ami a raison. Il n'y a personne ici. Personne pour le voir. Il n'y a que ce foutu miroir pour lui renvoyer son image et seulement lui pour la regarder, les préoccupations de Georges étant d'un tout autre ordre.

— Quand tu m'as vu pour la première fois, ça t'a frappé, ça, hein? demande-t-il en indiquant ses cicatrices.

— J'ai vu t'étais grand et fort... Je voulais me battre avec toi.

Il ne doute pas de la véracité de cette réponse car Georges lui a toujours donné l'impression d'être une des rares personnes à ne pas s'être apitoyé de prime abord sur son apparence physique. Cela lui fait du bien de l'entendre le dire et il regarde le miroir avec mépris, le considérant comme un des plus vils produits de la civilisation. Sur quelles règles s'échafaudaient les rapports entre les hommes avant son invention? Avant que Narcisse ne capte son reflet dans l'eau? Avant que la beauté n'existe?

Que de fois il s'est imaginé une société sans miroir aucun, sans même un pâle reflet de soi dans l'eau! Une société de deux individus pour commencer, où l'image de l'un serait l'image de l'autre. Ainsi, le monstre regardant l'Adonis croirait avoir l'apparence de l'Adonis et vice versa.

N'ayant aucun miroir pour leur renvoyer leur propre image, ni l'un ni l'autre ne s'attarderaient à la notion de beauté mais chercheraient plutôt à lire les expressions. À capter cet essentiel invisible pour les yeux. Est-il ami ou ennemi? Bon ou méchant? Et, lorsque ces deux hommes ignorant de quoi ils ont l'air rencontreraient d'autres hommes, ils verraient bien les différences des traits mais, chacun d'eux ne sachant toujours pas à quoi il ressemble, ils chercheraient des signes d'amitié sur les visages au lieu de les soumettre aux canons de la beauté. Mais qu'est-ce que la beauté? «Beauty is in the eye of the beholder», répétait sa mère après l'accident. La beauté est dans l'œil de celui qui regarde. Avant l'accident, elle disait simplement qu'il était trop beau pour devenir boxeur. Il n'était alors pas question de celui qui regarde mais bien de celui qui est regardé. Preuve qu'on ne retient que les sentences s'appliquant à notre condition. Hélas, de nos jours, la beauté est de plus en plus dans l'être qui est regardé. Surtout dans l'être qui est regardé sur le grand ou petit écran, sur la scène et dans les journaux. Il n'y a vraiment que le désert pour enseigner que l'essentiel est invisible pour les yeux ou que la beauté est dans l'œil de celui qui regarde. Et celui qui regarde présentement l'homme à la demi-barbe tachetée de roux cherche à voir la beauté que Sophie a vue. Mais il ne la voit pas et il se demande dans quel désert a vécu cette femme pour «ne voir bien qu'avec son cœur». Lui, il se hait et il rejette cette partie de lui-même qui est laideur.

Georges l'observe sans mot dire. Cela l'intimide car les pensées qu'il vient d'avoir lui paraissent indécentes dans ce gîte où ils luttent pour survivre. Peut-être que demain ils ne seront plus, ni l'un ni l'autre. Alors, à quoi cela lui sert-il de méditer sur ce qu'est ou n'est pas cette beauté complètement inutile ici?

— De quoi ç'a l'air? demande-t-il d'un ton embarrassé.

— Quoi?

— Ben, ma joue sans barbe?

— Ç'a l'air joue d'Indien, déclare Georges avec un brin de taquinerie dans ses prunelles noires.

Il ne s'attendait pas à cette réponse et, voyant tressauter les épaules de son compagnon, il l'imite et rit doucement en se frottant la barbe.

— Comme ça, on pourrait croire que j'suis moitié Blanc, moitié Indien.

Il se trouve drôle. Très drôle, et il rit maintenant à gorge déployée. C'est la fatigue sans doute, mais c'est bon d'avoir mal de rire dans ce ventre qui a mal de faim. Et puis il s'en fout de rire pour rien. Il n'y a personne pour les entendre. Personne pour les voir. Il n'y a que ce froid dur et intense, tout autour d'eux, qui veut les écraser, et cet autre homme avec lui, qui pue et lutte comme une bête pour conserver sa chaleur et sa vie. Cet autre homme qui a la même odeur que lui et qui aurait la même image si les miroirs n'existaient pas.

Cet autre homme qui, comme lui, ne survit que pour retourner là-bas.

Là-bas où tout va vite et en surface. Où tout est régi par les miroirs et les modes. Là-bas où ils pourraient, eux, apprendre aux autres à déballer lentement tous les petits cadeaux insignifiants de la vie. Là-bas où ils pourraient enseigner à lire en braille avec les doigts du cœur sur les traits d'un visage.

Là-bas où sa beauté à lui réside dans l'œil de cette femme qui attend derrière la triple fenêtre givrée. Là-bas où il pourrait soustraire son fils au lent et pernicieux asservissement de l'image de soi et lui faire comprendre qu'il peut être grand et fort dans un corps petit et chétif.

Ils rient. Chancelants de fatigue, de faim et de folie dans cette tanière qui peut devenir fosse en l'espace d'un instant.

Ils rient d'un rire triomphant d'avoir survécu à cette nuit d'impitoyable froidure.

— J'me raserai... hi! hi!... juste avant d'arriver à Schefferville, dans ce cas-là.

Il range le miroir dans l'étui, célébrant en ce jour d'anniversaire sa première et modeste victoire pour se libérer du joug de son image.

*   *
*

Fin du jour et de la lumière. Fin des recherches visuelles. Ce qui reste de clarté dans la mince raie jaunâtre, à l'ouest, au-dessus de la ville, ne permet plus d'évoluer sans le secours de lumière artificielle. Alors, presque en même temps, les projecteurs de l'aérodrome et les phares de tous les appareils en vol se sont allumés.

Autant cette lumière crue a blessé ses yeux dont les pupilles s'étaient agrandies au maximum pour fouiller les ombres de la toundra, autant elle lui a fait mal à l'âme avec l'éclairage violent et direct qu'elle projetait sur l'échec des recherches.

Personne n'a trouvé quoi que ce soit. Ni au nord, ni au sud-est. Depuis seize heures, le service technique des forces armées canadiennes s'emploie à lever le camp avec le même ordre et la même célérité qu'il a mis à l'installer. On a débranché les radios, roulé les cartes aéronautiques et ravitaillé les appareils en prévision du décollage, demain à l'aube. Tout à l'heure, lorsqu'il était en attente près des pompes à essence, il a remarqué la silhouette d'un militaire dont la démarche s'apparentait à l'accablement autant physique que moral que lui, Tête d'Oiseau, il ressent. C'est aujourd'hui qu'il aurait fallu le trouver. Il a fait si froid.

Ce matin, il a aperçu Sophie sur le trottoir en face de chez lui. Elle avait cet air égaré des gens qui souffrent et qui ne tiennent que par un fil au-dessus du gouffre du désespoir. Il s'est senti fautif et n'a pu que baisser la tête. Ce qu'il aurait aimé lui ramener Émile! Mais les choses ne se sont pas déroulées tel qu'il les avait planifiées, aujourd'hui. Il lui a fallu d'abord attendre son tour afin de pouvoir utiliser le chauffeur mobile Herman-Neilson, et attendre ensuite le temps nécessaire au réchauffement du Cessna 170B. Ce fut long car le métal avait tellement refroidi au cours de la nuit qu'il en était devenu cassant. Finalement, il a dû réparer la chaufferette de l'appareil. Ce n'est donc que vers onze heures qu'il a pu prendre son envol, et ce sans observateurs, Albert s'étant payé une cuite, et le cousin de Georges, une grippe. Et puis, en vol, tout allait mal. Le moteur s'est mis à cafouiller et il a dû atterrir sur un lac pour mélanger de l'alcool de bois à l'essence afin de l'empêcher de geler. Il fallait constamment nettoyer les glaces, qui se couvraient de frimas, et Papillon, autant que lui, était assailli par le doute. Aurait-il été préférable de joindre leurs efforts à ceux des forces armées canadiennes plutôt que d'obéir à leur intuition? Ils se sentaient bien seuls, au Sud-Est. Comme deux outardes qui auraient abandonné sans raison apparente leur voilier. Et pourtant, ils avaient tellement confiance d'apercevoir un feu aujourd'hui. C'est tout le Sud-Est qu'ils auraient aimé embrasser du regard, mais ils n'en ont couvert qu'une infime portion, dans le voisinage du dernier point connu. Ensemble, la veille, ils ont délimité des zones sur le modèle de celles des forces armées canadiennes, afin d'éviter de se lancer à l'aveuglette avec l'intuition pour seul guide. Il fallait user de méthode, mais il a trouvé cette consigne difficile à respecter, tellement il voulait être partout à la fois, car Émile pouvait être partout, dans cette immensité. Mais ils n'ont rien trouvé, eux non plus, et ils sont revenus l'âme triste, les yeux fatigués, le corps courbaturé et les pieds frigorifiés.

Il roule vers la place de stationnement du Cessna 170B, passe devant le Buffalo CC115 qui le fait se sentir très petit et très peu équipé. Quatre militaires surgissent dans la lumière de son phare. L'un d'entre eux le salue au passage d'un mouvement de la main. Il ne lui en faut pas plus pour avoir l'impression d'être uni à eux en dépit du fait qu'ils n'ont pas cherché dans le même secteur et qu'eux s'apprêtent à partir. Ce sont des gens de l'air comme lui. Des gens qui comprennent la passion du vol et l'atrocité de la chute au sol. Des gens qui doivent cependant fort mal s'expliquer pourquoi il a enlevé l'ELT et la boîte de secours. N'eût été ce geste désastreux, les recherches auraient pris une tout autre tournure et ce sont des vainqueurs qu'il verrait déambuler, non des hommes déçus se conditionnant à accepter et à analyser l'insuccès de leur mission.

Il éprouve un vif sentiment de culpabilité à leur égard. N'est-il pas celui qui a complètement saboté leurs opérations de sauvetage? Ils ne doivent vraiment pas comprendre pourquoi il a fait cela et ce n'est pas lui qui ira le leur expliquer. Qu'il en ait eu assez de cette vie et qu'il se soit arrogé le droit de choisir sa mort, cela ne regarde que lui. Seul Papillon a eu droit à ses confidences, et là encore il n'a pas été capable de tout lui dire. Il lui a parlé de cette intention qu'il avait eue de se suicider, tout en demeurant évasif sur les motifs. Il a allégué que la relation entre Émile et lui s'était grandement détériorée et que tout cela était sa faute à lui, Tête d'Oiseau, parce qu'il agissait en écervelé et prenait des risques inutiles aux commandes de son appareil. Il lui a raconté qu'il se sentait exploité par la compagnie, qui profitait du fait qu'il avait été ramassé à la porte d'un pénitencier, mais, de ce qui s'est passé avec Émile dans la chambre d'un motel de troisième ordre, il n'a pas soufflé mot. Ni non plus n'y a fait une seule allusion. C'est tabou, interdit. Le simple fait d'y penser le fait rougir de honte. Comment a-t-il pu en arriver là? Par quel cheminement tortueux s'est-il cru désigné pour délivrer Émile des griffes de la solitude? Et par quel dédale encore plus obscur a-t-il cru devoir y sacrifier sa virilité? Essayer de comprendre ce qui s'est passé ce soir-là, c'est comme essayer de sortir d'un labyrinthe. Il s'y perd toujours, se heurtant à des murs d'incompréhension et à des portes closes.

Il n'a pas à démonter devant Papillon le mécanisme compliqué et sophistiqué du sentiment qu'il éprouve pour Émile car il sait qu'il n'est pas en mesure de le remonter. Trop de choses lui échappent toujours. Des choses qui sont là, en lui, et qu'il n'arrive pas à saisir ou à cerner. Et puis Papillon est si limpide. Si simple. Si entier qu'il se coincerait à la première porte du labyrinthe. Sacré Papillon! Il n'a pas changé d'un poil ni maigri d'une seule once. La planète Papillon est demeurée la même et il sait très bien où poser le pied sur elle. Il sait où aller, où arrêter, où demander et où donner. C'est une constante, une base, une île sur laquelle il peut reprendre haleine. À sa sortie du pénitencier, Émile avait changé, le monde avait changé, et lui, l'ex-détenu, il n'était plus qu'une maladroite poignée de compote de fruits pourris. Mais Papillon, lui, est revenu identique à l'homme qui lui avait offert une part de son avion pour la somme symbolique d'un dollar. Identique et fidèle à celui qui avait refusé d'accourir à son chevet avec des paroles de pardon et de réconfort. «C'est pas à cause de l'avion, c'est à cause de l'amitié, de la confiance.»

Il regarde la place vide à ses côtés, pose la main sur le siège encore tiède et laisse la douce émotion l'envahir à la pensée que l'amitié et la confiance de Papillon lui sont revenues. Il n'en espérait pas tant, croyant simplement acquitter une dette en léguant cet avion en héritage. Mais

Papillon lui est revenu aussi bon et aussi immensément généreux qu'auparavant, insistant pour régler la facture de l'essence. «J'vais aller payer le gaz. J'vais t'attendre en dedans; j'ai les pieds gelés.» Même réparée, la chaufferette de la cabine n'a pas suffi à combattre le froid intense d'aujourd'hui.

La lumière de son phare fait maintenant étinceler les cristaux sur les barils remplis de ciment auxquels il attachera les ailes de l'avion. Il fait pivoter l'appareil autour de l'un d'eux afin de le stationner en plein centre, nez vers le nord. Une forme humaine noyée dans l'obscurité apparaît dans le rayon lumineux puis disparaît. Qui est-ce? Lulu, sans doute, qui revient de l'atelier... Cela l'embête et le gêne. Il ne sait pas ce que l'ingénieur peut bien penser de lui avec toute cette histoire, mais le fait d'avoir déjà été tenu en estime par cet homme le rend vulnérable. Il a peur d'apprendre que Lulu le tient maintenant pour un parfait imbécile et il prolonge le temps alloué au refroidissement du moteur, guettant le passage de ce petit homme bougonneux qu'il sait avoir apprivoisé. Mais voilà, l'homme ne passe pas. Bon. C'est la fatigue qui lui joue des tours. Quelle journée! Ils n'ont pas cessé de survoler la toundra, scrutant, disséquant, fouillant les ombres et les nuances de la neige à en avoir mal aux yeux. Et voilà qu'il croit avoir distingué une ombre humaine. Si ce n'est pas Lulu, peut-être est-ce le fantôme d'Émile? Il frissonne. Il met ça sur le compte du froid qui gagne rapidement la cabine, puis il rassemble dans son sac à dos les thermos de café, les boîtes à lunch, les cartes aéronautiques et le livre d'homologation avant de couper le contact. L'obscurité est alors totale et il attend un peu avant de descendre, comme si le fantôme d'Émile était là, dehors, qui le poursuivait. Là, dans le froid et le noir de la mort, à lui reprocher sa faute. «Pourquoi tu m'as laissé partir aux commandes de ton cercueil?» Vite! Il veut retrouver Papillon qui l'attend dans la salle de l'aérogare et il descend rapidement, pressé de quitter ce lieu lugubre. Le bruit grinçant de ses bottes sur la neige gelée le glace d'horreur. Ce froid persistera-t-il encore longtemps? Il s'empresse d'attacher les ailes de l'avion, s'empare du sac à dos et verrouille la portière. Il n'a plus rien à faire ici et il s'apprête à fuir à grandes enjambées vers l'aérogare quand une voix le paralyse sur place.

— Salut, poisson d'avril!

Il demeure pétrifié. Le fantôme est là, tout près. Il savait bien qu'il y avait un fantôme dans le noir, mais ce n'était pas celui d'Émile.

— Tu me reconnais pas?

— ...

Il se tourne vers l'endroit d'où provient cette voix et ses yeux identifient la chétive silhouette de Ronald.

— Paraît que tu veux pas me reconnaître... On était amis pourtant... Tu dis rien?

— Qu'est-ce que tu veux que j'te dise?

— Bonjour, pour commencer. «Bonjour, Ronald.» T'as pas oublié mon nom, j'espère. Rappelle-toi, la cellule juste en face de la tienne.

Le ton sarcastique et méchant n'a rien à voir avec le jeune détenu sans défense dont il se sentait responsable.

— Qu'est-ce que t'es venu faire icite?

— Un tour d'avion. Tu te rappelles pas? Tu me l'as promis.

— J't'en ferai faire un mais pas tout de suite. Faut que j'retrouve le Grand avant.

— Émile, tu veux dire... Paraît qu'il était pas aussi fin que tu l'pensais.

— Il a tenu sa promesse. Laisse-le tranquille.

— Il était pas comme tu l'pensais, non plus. Il était pas aux hommes. Remarque que ça aurait pu. Christian pis son *chum* l'aiment pas ben gros.

— Ça les regarde.

— Jusqu'à quand tu vas le chercher?

— Jusqu'à ce qu'on le trouve.

— Pis tu penses vraiment qu'il est encore vivant?

— ...

— Avec un froid de même, s'il est pas crevé, ça s'ra plus ben long. Tu parles d'un pays!

— T'es sûrement pas v'nu ici pour me parler du froid. Qu'est-ce que tu m'veux? Aboutis.

— J'veux t'aider.

— M'aider?

— Ouais... T'aider aux recherches. J'suis pas si mauvais que tu sembles le penser. J'sais comment t'étais attaché à ce gars-là, pis j'te trouve correct de vouloir le retrouver.

— J'vois pas où tu veux en venir.

— Ben... Il t'a congédié, non?

— Pis après?

— Le gros sera pas toujours là pour payer l'essence. À un moment donné, tu vas avoir besoin d'argent. Tu penseras à moi, à ce moment-là. J'ai quelque chose pour toi. Quelque chose de bien payant.

— Comme?

— Comme transporter des stupéfiants... mais pas des USA, cette fois. Non. Juste entre Montréal et Schefferville.

Rien de moins dangereux que ça. Suffit de mettre la marchandise dans les pneus.

— Tu peux ben aller au diable avec ton voyage! C'est fini. Plus jamais j'toucherai à ça! J'ai payé ma dette à la société.

— Pis la société, elle?

— Quoi, la société?

— Est-ce qu'elle t'a payé pour tout le tort qu'elle t'a fait dans ce maudit pen en marde, là? J'te dis qu'on vaut pas grand-chose quand on sort de là.

— Parle pour toé. Moé, j'm'en suis bien sorti.

— Ah oui? C'est pour ça que tu voulais te suicider?

Violent soufflet de la réalité. Cette phrase le blesse. L'humilie. Lui fait réaliser que la nouvelle de ses intentions suicidaires circule sur toutes les lèvres et que partout on en suppose les motifs. Peut-on avoir l'âme plus à nu que cela? Surtout en présence de cet ex-compagnon de détention.

— J'vais t'le dire, moi, pourquoi tu voulais te suicider... C'est parce que tu t'es aperçu que le monde d'en dehors valait pas mieux que celui d'en dedans. T'as découvert qu'il y avait autant de merde d'un côté d'la clôture que de l'autre. Peut-être même que ton chef pilote, c'en était, une merde.

— Non, c'est pas ça.

— Oh oui, c'est ça! Ils sont tous ben gentils jusqu'à temps que tu leur dises que t'as fait du temps. Là, tu leur vois changer la face. J'suis sûr qu'il y a pas grand monde qui sait que t'as fait de la prison.

— ...

— À part ton Grand pis la compagnie, il doit y avoir personne au courant. Même pas ta blonde. Ils valent pas mieux que toi... Ils sont autant d'la merde que toi... mais vu que t'as été en arrière des barreaux, tu te sens un trou d'cul... devant eux autres... Mais tu vaux autant que le type de la SEBJ qui ferme les yeux sur les paquets non réglementaires.

— J'me suis promis de plus jamais toucher à ça.

— Ça va bien t'avancer quand t'auras plus un sou pour faire tes recherches pis que personne va vouloir te faire crédit parce que t'es un ancien bagnard.

— T'oserais pas leur dire ça?

— Pourquoi j'm'en priverais? J'ai besoin d'un bon pilote pour transporter mon stock.

— T'es vraiment un pourri!

— Non, c'est juste que j'me suis rendu compte que les règles en dedans étaient les mêmes qu'en dehors. C'est une affaire de rien de faire savoir à toute la ville que t'as fait de la prison pour avoir transporté d'la drogue. Les gens t'aiment bien, ici. Christian m'a dit que t'es presque un héros parce que tu passes dans le mauvais temps. J'sais pas ce qu'il va dire, le gros, quand il va apprendre ça...

— Le gros? Pauvre cave! C'est avec son avion que je faisais ça. Tu lui apprendras rien. Pis il est pas question que j'utilise encore une fois son avion pour faire ça.

— C'est comme tu veux. Toute la ville va savoir qui tu es.

— J'm'en sacre.

— T'auras plus d'argent pour faire tes recherches.

— Sacre ton camp! Sacre ton camp ou j'te jure que j'te pète la gueule.

— C'est comme tu veux. Tu viendras pas dire que j't'ai pas averti.

Il entend crisser les pas de Ronald sur la neige et demeure un long moment les bras ballants, le sac à dos accroché à l'épaule. Puis il s'approche de l'avion de Papillon et pose la main sur le capot encore chaud. C'est comme s'il touchait un être vivant. Le cœur même de Papillon. C'est fini. Plus jamais il ne trahira. «Calme-toi, petit coucou... Y'a plus de danger», exprime le mouvement de sa main sur l'aéronef. Non, il ne trahira plus jamais cette confiance que Papillon lui accorde de nouveau, quitte à être mis à nu et en pièces sur la place publique.

Lentement, tendrement, son regard caresse le pare-brise et les haubans. Il a beau se dire que ce n'est là qu'un paquet de tôle inerte, il ne parvient pas à le considérer froidement comme tel. Sa main palpe le nez encore chaud de la bête du ciel. Encore chaud d'avoir fouiné-foré pendant des heures dans l'air dense et glacial qui a couvert de frimas le bord d'attaque de ses ailes. Sa vue s'embrouille. «Où t'es, Émile, chuchote-t-il. Où t'es?» Ses poings se crispent à l'image de tout ce qui se crispe de douleur en lui. Sa tête tombe, lourde de fatigue, sur ses avant-bras qu'il appuie à l'endroit le plus chaud du capot comme s'il pouvait ainsi partager la chaleur de la vie avec ce cœur mécanique qui devient le sien lorsqu'il survole l'immensité où s'est perdu le grand aigle. Non. C'est impossible. Le grand aigle ne saurait se perdre. Il sait trop de choses. C'est lui qui lui a enseigné. «C'est facile : je te montrerai si tu veux apprendre», disait-il dans le cockpit de l'avion d'entraînement. Non. C'est sûrement la mère poule qui s'est perdue. Celle qui attendait en faisant les cent pas sur le quai lors de sa première envolée en tant que commandant de bord. Celle qui, d'anxieuse devant le ciel vide, devenait furieuse à l'apparition du *Grand Blanc* défiant les tempêtes. «J'suis fier de toi. Je sais ce que tu vaux, mais ne recommence plus jamais ça.» Et lui de récidiver. Et de puiser dans cette colère du chef pilote quelque chose qui faisait tourner un rouage en lui. Quelque chose d'insaisissable mais de réel et de fort, qui maintenait en état de marche le mécanisme du sentiment l'unissant au grand aigle grand prêtre grand frère mère poule et chef pilote.

Mais maintenant il n'est plus là et le rouage fonctionne encore de lui-même. Maintenant, c'est froid et noir tout autour de lui, à l'exception de ce petit cercle de chaleur provenant du moteur sur lequel il s'est appuyé. Presque couché. Maintenant, c'est vide tout autour de lui. Émile n'est plus là pour l'attendre et le semoncer. Plus là pour guetter le ciel avec inquiétude et froncer les sourcils en le voyant revenir. Plus là pour se préoccuper de lui que personne ne connaît vraiment. Lui dont on admire les exploits mais dont on ignore les tourments. Lui, Tête d'Oiseau qui voulait mourir... Hier encore, les gens levaient la tête quand il sortait triomphant des traîtres nuages. Demain, ils la baisseront, c'est sûr, pour cracher sur son passage après que Ronald aura tout dévoilé de son passé. Mais cela n'a plus d'importance maintenant. Il n'a rien à foutre de ce que pensent ou ne pensent pas tous ces gens qui l'admiraient naïvement de tenir tête au chef pilote, car la seule chose qui ait jamais compté pour lui était cette silhouette de l'attente. Cette silhouette d'Émile, inquiet et furieux, qu'il a voulu condamner éternellement à l'attendre, lui, Tête d'Oiseau mystérieusement disparu. Lui, Tête d'Oiseau qui fut déjà son «p'tit frère» et qui occupait une place dans son cœur... Place aujourd'hui comblée par Sophie et Barbiche.

Quelle ironie! Plus personne ne l'attend sauf le fantôme de son passé, et c'est lui, Tête d'Oiseau, qui se voit condamné à chercher éternellement. «J'sais comment t'étais attaché à ce gars-là.» Oui, Ronald sait ça. Lui, il a voulu l'oublier à cause du mal que cela lui faisait d'avoir été renié comme «p'tit frère». C'est ça, le rouage insaisissable qui tourne encore sur son axe sans parvenir à s'ajuster à l'engrenage des pièces rendues défectueuses par l'incarcération. Et il tourne et tourne sur lui-même, encore vivant, encore chaud, tentant d'accrocher au passage les dents des autres rouages qui glissent et lui échappent toujours. Et toujours il tourne en lui, ce sentiment à l'état pur, dégagé de toute matière et de toute identité sexuelle. Ce sentiment que, sans s'en douter, Ronald vient de traduire. «J'sais comment t'étais attaché à ce gars-là.» «Attaché», c'est le mot juste. Il est attaché à Émile au même titre que le bébé est attaché à sa mère par le cordon ombilical et le chien attaché à son maître par la laisse. Il lui est attaché comme les ailes attachées au fuselage permettent de voler et les fils attachés aux bougies permettent l'explosion dans les cylindres. Oui, il lui est attaché, et il ne peut souffrir d'être coupé de lui. Il l'aime. Ce mot-là est-il juste? Convenable? Propre? Ce mot-là lui fait peur car il est cousu de malentendus et de fausses interprétations. «Aimer» est un bien grand mot qui étend son ombre sur bien des horizons et des générations. Prononcé une fois sur deux sur les pétales des marguerites, il va jusqu'au pied de la Croix. Mais c'est peut-être le mot qui convient au rouage qui tourne sans cesse, dans sa tête et dans son cœur, et fait couler des larmes chaudes sur ses joues. «Tiens bon, Émile.»

Les larmes roulent puis tombent sur le métal qui se refroidit lentement. Bientôt, elles ne seront que des gouttelettes glacées perlant sur le capot, et demain cet engin sera tellement gelé qu'il faudra le réchauffer encore très longtemps avant de le mettre en marche. Et, une fois décollé, rien ne lui garantit que le vol se fera sans anicroches. L'huile peut s'épaissir, l'essence peut geler, les bougies peuvent s'encrasser, le métal peut se casser sous l'action du froid.

Tant de choses, demain, peuvent entraver l'action de ce sentiment qui en lui tourne toujours sur son axe et le condamne à chercher à perpétuité comme il a voulu condamner Émile à l'attendre à perpétuité.

26

Et la vie continue...

Premier arrivé sur les lieux, le chef des opérations est le dernier à partir. Philippe Langlois s'arrête un moment avant de pénétrer dans l'appareil Buffalo et s'accorde enfin l'autorisation de couvrir d'un regard ému l'aérodrome de Schefferville, lieu de sa première mission.

Il n'entend plus la petite voix qui lui rappelait sans cesse de se baser sur les faits mais il se laisse troubler par le ronronnement puissant du chauffeur Herman-Neilson soufflant son haleine chaude sur le moteur du Cessna 185 que la famille du pilote disparu a nolisé. Eux continuent. Lui, pas. Hier, à seize heures, tout a pris fin. Il a fini de remplir la fiche d'incident SAR[1] et rédigé son rapport final, qu'on enverra aux autorités à Ottawa. L'affaire sera classée. Irrésolue mais classée. Le dossier SAR-SIMARD comprendra tous les micas des zones de recherche, tous les rapports journaliers ainsi que l'enregistrement de la dernière conversation du pilote avec le centre de radiocommunication de Schefferville, celle où justement il annonçait son intention

---

1. SAR : *Search and Rescue.*

de rebrousser chemin. Tout sera conservé et rangé en lieu sûr afin de pouvoir servir de preuve si jamais on intentait des poursuites judiciaires. Preuve que les forces armées canadiennes ont fait tout ce qu'elles devaient faire avant de retirer le jeton magnétique doté d'un point d'interrogation figurant entre Schefferville et Wabush sur la carte murale du Centre de Coordination de Recherches et de Sauvetage de Halifax. Auraient-elles pu faire plus? Il ne croit pas.

D'ici, il distingue le macaron épinglé au casque du Zèbe qui s'affaire aux préparatifs. «Y'a du français dans l'air», y est-il écrit en lettres bleues sur fond blanc. Cela lui remémore l'expression de Barbiche quand il s'est vu répondre en français par le *searchmaster* et il sourit. Il s'est passé tant de choses depuis son arrivée qu'il a l'impression que cela fait très longtemps qu'il est ici. Pourtant, les recherches n'ont duré que six jours. Cela semble peu, mais c'est beaucoup si l'on tient compte de la région, de la saison, et de l'absence d'ELT et de trousse de secours. Il se demande quelles probabilités de succès le Zèbe accorde dorénavant aux recherches. Ce jeune pilote croit-il vraiment que des hommes aient pu survivre dans de telles conditions? Encore ce matin, le mercure frôle les quarante degrés au-dessous de zéro. Personnellement, il n'y croit pas. Hier, déjà, c'étaient des cadavres pour les assurances qu'il recherchait et non de miraculeux survivants.

Il est pragmatique. Eux, pas. L'armée lui a appris à garder la tête froide. Cela n'a pas toujours été facile, surtout en ce qui a trait à cette mission. Malgré lui, ces gens ont fait vibrer la corde de ses sentiments et il a dû lutter pour empêcher l'émotivité de brouiller les cartes. Il croit y être parvenu jusqu'au moment où on a justement repris les cartes, hier à seize heures. Alors, il s'est permis de s'apitoyer et de s'attrister sans craindre de nuire à l'efficacité des opérations.

Il était seul avec la fiancée du pilote, qui sanglotait en répétant que tout cela était sa faute puisqu'elle n'avait rien tenté pour le retenir. Pauvre femme! Elle se tordait les doigts comme une coupable dans le box des accusés et elle n'était pas très jolie à voir. «J'aurais jamais dû le laisser partir! J'aurais jamais dû!» Elle frisait la crise d'hystérie et il craignait que cette culpabilité qu'elle greffait à son chagrin ne vienne ébranler son équilibre mental. Alors, il s'est imaginé qu'elle était sa femme et il lui a dit ce qu'il aurait souhaité qu'on dise si c'était lui qui était porté disparu.

«Y'a pas une femme qui est capable d'empêcher un pilote de partir, madame.» Elle l'a regardé avec des yeux étonnés. «Je parle en connaissance de cause : je suis pilote et je suis marié.» Elle a paru grandement soulagée et il s'est senti utile d'avoir au moins pu la libérer du cruel sentiment de culpabilité. Quand bien même il n'aurait réussi que cela dans cette mission où les probabilités de succès étaient bien faibles. Cela qu'il doit finalement à son implication émotive de dernière minute. Oui, il peut maintenant laisser libre cours à ses sentiments et il regarde d'un tout autre œil le bâtiment ayant servi de quartier général des opérations et qui redeviendra l'école d'aviation où la mascotte Snoopy se prend pour le Baron rouge. Il sait très bien que, longtemps après son départ, l'incident SAR-SIMARD y alimentera les conversations et servira d'exemple dans les cours théoriques.

Il regarde le bimoteur DC-3 dont Barbiche est commandant de bord et il sait très bien également que, même si l'avis initial de disparition d'aéronef a été suspendu, les pilotes continueront d'exercer une vigilance visuelle chaque fois qu'ils survoleront la région. Comme il sait que ce Tête d'Oiseau, pour le moins bizarre, poursuivra ses recherches tant et aussi longtemps qu'il n'aura pas trouvé.

Le regard du militaire se promène un instant en quête de la frêle silhouette du jeune Simard, qui l'a accusé d'être un lâcheur. Il aurait aimé... Qu'est-ce qu'il aurait aimé lui dire ou lui faire? Simplement le serrer très fort contre lui comme il se promet de faire à ses fils en arrivant à la maison. Aurait-il pu faire comprendre à cet enfant que les forces armées canadiennes ont déployé pour son père tous les effectifs qui étaient à leur disposition? Aurait-il pu lui faire comprendre que lui, Philippe Langlois, il ne s'est enrôlé dans les forces armées canadiennes que pour faire partie des équipes de sauvetage? Que le seul but de toute sa vie à lui, c'est d'en sauver d'autres? Et que lui, Philippe Langlois, il aurait tout donné pour lui ramener vivants son père et le père de son ami montagnais? Ce matin, il a appris que les recherches de ses confrères dans la région de la Mauricie ont été couronnées de succès puisque, grâce au signal ELT, ils ont retrouvé l'appareil et trois survivants. Quelle sensation extraordinaire ces hommes ont dû connaître en apercevant ces autres hommes en détresse, gesticulant près d'un appareil écrasé? Et que dire de l'émotion inoubliable que doit laisser l'étreinte d'une victime secourue? Que n'aurait-il donné, lui, Philippe Langlois, pour serrer la main du pilote Simard allongé sur une de leurs civières et lui dire qu'il ne s'est pas laissé trouver facilement? Que n'aurait-il donné pour voir couler des larmes de joie sur les joues des parents et amis? Mais il n'a vu que douleur, déception et révolte, et il n'emporte que la consolation d'avoir libéré la fiancée du sentiment de culpabilité.

— Vous venez, major?

Le devoir l'appelle. D'autres missions l'attendent. Il ne doit pas considérer celle-ci comme un échec mais l'analyser froidement, systématiquement, afin d'en tirer des conclusions qui pourront s'avérer utiles un jour.

Il pénètre dans la carlingue et se poste près du hublot d'observation pour faire ses adieux à cette ville du bout du monde où la chaleur humaine règne en dépit du froid. Des visages défilent dans sa tête : Barbiche, écorchant l'anglais ; le petit rouquin et son ami montagnais ; la fiancée distribuant des collations aux bénévoles ; le Zèbe et son macaron ; la mère, digne dans sa douleur ; Gilles De Rien, venu de loin ; le gros Choucroute ; la barmaid de l'hôtel, qui aurait aimé servir d'observatrice ainsi que tous ces gens qui se sont dépensés sans compter pour retrouver cet homme dont il n'existe aucune photographie. Le seul auquel il ne peut associer un visage.

Dans le secret de son âme, là où aucun de ses supérieurs ne pourra fureter, Philippe Langlois s'attache à ces gens qu'il quitte et laisse les ailes du Buffalo le ramener auprès des siens.

* *
*

— Gang de lâcheux ! Ça fait rien. On va les trouver sans vous autres, crie Martin, juché avec son ami Réginald sur les énormes congères accumulées au bout de la rue de l'aéroport.

Le poing brandi vers la silhouette du Buffalo qui s'amenuise, il a l'allure d'un guerrier prêt à se lancer dans l'action. S'étale sous ses yeux d'enfant l'ennuyeux monde des adultes raisonnables qui reprennent le joug du quotidien et considèrent le départ des forces armées canadiennes comme la fin d'une cérémonie funèbre.

Voilà. Vous pouvez désormais rentrer chez vous et reprendre vos habitudes. On ne peut plus rien pour ces deux hommes perdus dans la toundra. Il ne reste qu'à tirer le linceul de neige sur eux et à les inscrire en vous sous la formule «À la douce mémoire de...».

— Sont même pas morts ! hurle à son tour dans ses mains en porte-voix le jeune Montagnais à tous ces gens qui, dans les roulottes, s'apprêtent à se rendre au travail.

— Y verront bien, Réginald. Laisse-les faire.

Mais personne ne fait rien. Ni ne leur répond. Ni ne les entend. Ils sont seuls sur ce banc de neige avec leur révolte et leur chagrin.

— Ma grand-mère a nolisé le Cessna 185... J'lui ai donné toutes mes économies. Mon grand oncle aussi paie de sa poche, pis la compagnie nous fait un bon prix. Y verront bien. On va les retrouver, nous autres. On n'est pas des lâcheux.

— Moi, j'retourne pas à l'école.

— Moi non plus, j'retourne pas, pis c'est pas ma grand-mère qui va m'faire changer d'idée. Un Irlandais, ça recule devant rien... Et moi, j'en ai, de l'Irlandais... Paraît que j'suis le portrait craché de mon arrière-arrière-arrière-grand-père. Faut se ramasser des sous pour payer l'avion.

— Ouais... J'sais pas trop comment. J'pense que j'vais vendre mon équipement de hockey.

— Moi aussi, j'vais faire ça. Pis j'vais devenir camelot. Ça fait longtemps que Clermont veut m'laisser sa place.

— C'est d'valeur qu'on soit en hiver. J'faisais beaucoup d'argent avec les bouteilles de bière vides des chasseurs.

— Tu pourrais pas faire des choses pour votre atelier d'artisanat ?

— *Wo*, là ! J'suis pas une fille ! Mais j'pourrais vendre les choses que ma mère fait.

— En tout cas, on va s'débrouiller. Ton père pis mon père vont être contents de nous autres.

Tapis derrière les créneaux du château fort qu'ils ont construit après les heures de classe, ils épient la ville qui se dégourdit lentement après cette deuxième nuit de très grand froid. De-ci de-là, ils aperçoivent de denses nuages de fumée blanche aux tuyaux d'échappement des voitures et ils entendent les sons multiples de l'activité humaine, tels les claquements des portières, les interpellations et les toussotements des moteurs enrhumés. À leur grand désarroi, ils constatent que la vie continue pour les autres et qu'eux sont en aparté. Cela leur semble injuste d'être les seuls à souffrir et c'est avec rancœur qu'ils pensent à leurs camarades se dépêchant à avaler leurs céréales afin de n'être pas en retard à l'école.

— J'ai déjà les pieds gelés, Réginald. Toi?

— Non.

— P'pa dit que les Indiens sont beaucoup moins frileux que nous autres... Ça veut dire que ton père doit avoir moins froid que l'mien.

— J'suis sûr que mon père a fait un abri... si y'a pas été blessé dans l'avion.

— C'est l'avion qui te fait peur, hein, toi?

— Oui.

— Moi, c'est... c'est le froid.

Les gamins se regardent, se comprennent et se serrent l'un contre l'autre pour voir le monde effacer les traces du drame qu'eux continuent de vivre.

* *
*

— Café? offre Papillon en se tournant laborieusement, un thermos à la main.

— Non, merci, refuse gentiment Myriam qui constate combien l'espace de cette cabine est restreint pour cet homme.

Le pauvre a le visage tout cramoisi de l'effort que nécessitent ses mouvements entravés par son embonpoint. Elle lit aussitôt la déception sur le gros visage expressif et s'empare du thermos qu'elle présente à sa voisine Lise dont les poils du manteau de fourrure viennent parfois lui chatouiller le nez. Ce qu'elles peuvent être tassées l'une contre l'autre sur la banquette arrière! Et ce qu'elle peut être agaçante, cette femme, avec sa manie de remonter à tout bout de champ son col de lynx à la manière d'un mannequin en défilé de mode! C'est à se demander ce que Luc peut bien lui trouver.

L'infirmière se verse une tasse et l'arôme du breuvage chaud et stimulant soumet Myriam à la tentation. Elle résiste, car boire du café lui donne envie d'uriner et pour rien au monde elle ne voudrait obliger Luc à atterrir en pleine toundra à cause d'elle. C'est la première fois qu'elle a la chance d'être observatrice. Tant que les forces armées canadiennes dirigeaient l'ensemble des opérations, on le lui interdisait sous prétexte qu'elle se couchait trop tard, mais maintenant rien ne s'oppose à ce qu'elle remplace le cousin de Georges, alité. Dommage que cette Lise ait pu bénéficier d'une journée de congé! Cela lui déplaît souverainement d'être ainsi coincée près de sa rivale. Dieu que c'est étroit, dans cet avion! Surtout avec ces épais vêtements d'hiver. Comment diable Luc peut-il bien se sentir aux côtés de l'énorme Papillon?

Elle accorde un moment d'attention au pilote et ressent pour lui une attirance comme jamais encore elle n'en a ressenti. Ce qu'elle a appris de nouveau sur son compte le lui rend très attachant. Pourtant, cela ne devrait pas, ou, du moins, ce n'est pas l'effet que Ronald désirait produire en lui apprenant que Luc était un ex-détenu. C'était donc pour cette raison qu'il avait les cheveux rasés à son arrivée à Schefferville. Pour cette raison également qu'il avait fait l'amour avec hâte et maladresse et qu'il l'avait serrée si fort dans ses bras durant la nuit. Elle sentait chez lui un tel besoin d'affection. Ce qu'elle lui en aurait donné si elle avait su! Pourquoi ne lui a-t-il rien dit? Craignait-il de perdre son estime? Sa confiance? Qu'adviendra-t-il lorsque cette nouvelle circulera par toute la ville? Elle ne doute pas un instant que l'ancien compagnon de cellule répandra son fiel partout. Pourquoi? Elle n'en a aucune idée mais elle devine qu'il s'emploiera efficacement à salir la réputation de Luc. Peut-être même qu'il ira jusqu'à lui prêter des intentions criminelles en insinuant qu'il avait avantage à se débarrasser de la seule personne connaissant son passé, soit Émile. Quelle sera la réaction de cette Lise, qui ne voit en lui que le bel aventurier? Le beau pilote que les filles s'arrachent.

Son regard s'attarde sur la nuque de l'homme où tant de fois elle a posé les doigts comme Dalila cherchant à découvrir le secret de Samson. Mais jamais il ne l'a trahi, ce secret. Jamais il ne s'est livré à elle, ni à aucune autre femme. Elle le croyait un incorrigible don Juan quand en réalité il n'avait pas dépassé le stade d'un délinquant en mal de tendresse. Ce qu'il recherchait auprès de toutes ces femmes, aucune ne le lui avait donné et il était demeuré un homme terriblement seul derrière la façade de Tête d'Oiseau. Un homme incompris qui avait envisagé la solution du suicide. Un homme inconnu de tous, sauf d'Émile.

Vite, elle se tourne vers la glace et y gratte furtivement le givre. Bonté! Elle n'est pas ici pour penser à toutes ces choses mais pour observer. Qui lui dit que l'avion n'a pas passé tout droit près du site de l'écrasement à cause de cette minute d'inattention qu'elle vient d'avoir? Émile est en bas. C'est à elle que revient aujourd'hui la chance de le découvrir. Ah ! ce qu'elle aimerait ça ! Elle rendrait tant de gens tellement heureux, et puis cela la revaloriserait. Surtout auprès de cette Lise qui l'a traitée de sale putain et l'a fait se sentir une moins que rien. Émile aurait certainement pris sa défense s'il avait été là. Quel grand cœur il avait, cet homme ! Avait ? Non... A. Quel grand cœur il a ! Elle ne veut pas qu'il soit mort.

Soudain une forme incongrue apparaît dans son champ de vision. On dirait un nez d'avion avec une partie d'aile. Elle n'en est pas absolument certaine mais elle signale illico l'anomalie, comme on lui a recommandé de le faire ce matin.

— J'ai vu quelque chose.

— Où ?

— Là, en bas, à... à...

Papillon lui a enseigné à identifier une position d'après la position des chiffres sur un cadran d'horloge. Comment ça marchait, déjà ? En avant, c'était midi ; là, à droite, ça donnait... trois, non, presque quatre heures.

L'avion s'incline si fortement vers la droite qu'elle sent Lise s'écraser sur elle.

— Où, Myriam ?

— À quatre heures, Luc. À quatre heures.

— Je repasse... Regarde bien comme il faut.

Retour en vol rectiligne. Elle fouille intensément le paysage et repère de nouveau l'ombre bizarre.

— Là, à deux heures.

— J'la vois, s'exclame Papillon. On dirait... on dirait un bout d'aile.

Cette confirmation amène la consternation générale. L'absence de feu et de tout signe de vie ne laisse aucune place à l'interprétation et la mort qu'ils ont tous repoussée parce que jugée inacceptable leur impose sa cruelle éventualité.

— J'vais passer de mon côté. R'garde bien, Lise.

Moyenne inclinaison vers la gauche, permettant d'exécuter par la suite une boucle serrée vers la droite avec perte d'altitude. De nouveau Lise s'écrase sur elle, l'indisposant avec les poils de son collet de fourrure qu'elle ne prend plus la peine de remonter.

Tout le monde retient son souffle. Seul le bruit du moteur règne à bord de l'appareil qui repasse de manière à permettre aux occupants de gauche de vérifier.

Elle remarque que Luc s'est appuyé le front contre la vitre afin de mieux voir.

— Là... j'vois... On dirait un bout d'aile... pis un nez aussi... J'vais tourner au-dessus.

Nouvelle inclinaison accentuée. C'est au tour de Myriam de glisser vers Lise malgré qu'elle se cramponne à la poignée de la portière.

— Vois-tu quelqu chose, Lise? s'enquiert Luc.

— Non, pas encore, émet l'infirmière avec un filet de voix.

— Là, juste en dessous. On dirait ben un avion.

Myriam s'étire le cou pour voir par-dessus l'épaule de sa rivale.

— Là! s'exclame-t-elle en lui indiquant l'endroit.

— Ah oui! Je vois... Oui... On dirait un avion.

— Je vais descendre.

Virage brusque. Piqué. En un rien de temps, le Cessna 170B se retrouve à moins de six mètres du sol.

Myriam remarque quelques épinettes et rochers qui défilent rapidement sous les ailes. Elle a peur. Se raidit
instinctivement sur son siège. Là-haut, en plein ciel, on n'a
pas l'impression que l'appareil se déplace à cette vitesse,
mais, à cette hauteur, ça passe vite. Et ça la rapproche vite
de ce qu'elle ne veut pas voir. Elle imagine Émile mort aux
commandes du Otter. Il y a du sang partout, des éclats de
vitre, du métal tordu et déchiqueté. Elle imagine Georges à
ses côtés, le regard fixe et le visage marqué dans une dernière
expression d'horreur. Le Grand a la tête fracassée contre la
planche de bord, un glaçon de sang pendu au coin des
lèvres. Non! Elle ne veut pas le voir dans cet état. Ne veut
pas arriver si vite, mais trop tard, sur les lieux de cet accident.

La tension règne à bord du Cessna 170B qui se rue à
toute vitesse vers la chose inerte, droit devant. La chose
brisée où la mort se révélera dans tout ce qu'elle a de plus
tangible. Myriam expédie un regard à sa compagne dont le
visage d'une blancheur cadavérique contraste grandement
avec les poils soyeux de son col. La bouche ouverte, les
yeux exorbités, l'infirmière se voit propulsée vers cette chose
qui nécessitera son intervention. C'est à elle qu'il incombe
de constater les décès. N'a-t-elle pas toujours fait valoir les
mérites de sa profession afin de réserver sa place dans l'avion
de Luc en tant qu'observatrice? C'est elle qui pénétrera la
première là-dedans. Elle qui découvrira ce que la mort fait
des corps. C'est son métier, après tout.

Myriam ferme les yeux. De toute façon, elle ne voit
rien d'autre que le dos de Papillon. Elle se remémore le
corps chaud d'Émile contre le sien. Peut-être n'est-elle effectivement qu'une putain, mais, à l'instant présent, elle ne
regrette pas d'avoir ouvert sa porte à cet homme pour lui
permettre de goûter à l'amour. Non, elle ne regrette rien de
ce qu'elle a fait avec lui alors qu'ils n'étaient qu'homme et
femme, sans identité ni visage, à la recherche d'un certain
absolu qu'on approche à tâtons dans la nuit, l'effleurant des
lèvres sur la peau.

— C'est pas ça! s'exclament en chœur Luc et Papillon.

L'avion amorce une remontée en flèche qui la fait d'abord se sentir très légère puis très lourde.

— C'est quoi? C'est quoi? interroge-t-elle avec anxiété en notant le tremblement des mains du pilote sur les commandes dès qu'elle a ouvert les yeux.

Il sourit nerveusement à un Papillon volubile.

— C'était une grosse pierre... Une grosse pierre plate appuyée sur un button... On aurait vraiment dit un avion... Pas croyable comme du haut des airs... J'ai vraiment cru que... Mais c'est rien qu'une pierre... Ah! Ah! Rien qu'une pierre... On s'est énervés pour une grosse pierre plate. C'est-y plate rien qu'un peu!

Le gros homme émet un rire bien près des larmes. Un rire de soulagement qui indique combien grande était la tension. Ils ont tous imaginé la mort d'Émile et de Georges. Ont tous vécu cette conséquence inéluctable qui aurait mis le point final aux recherches. Mais ils ont été induits en erreur par une grosse pierre plate et ils rient maintenant comme des enfants qui ont eu très peur pour rien.

Les mains de Luc tremblent toujours sur les commandes et Myriam ressent de nouveau cette forte attirance pour lui. Que ne donnerait-elle pour caresser ce crâne rasé de détenu privé d'affection? Elle sent chez lui un vide qu'elle peut combler. Un vide engendré par les années d'incarcération et sournoisement creusé derrière la façade de Tête d'Oiseau.

Tout à coup, ses narines captent une odeur âcre. Elle se tourne alors vers sa compagne qui vient de régurgiter ce qui semble avoir été du café.

— Lise est malade.

— Comment ça, malade?

Luc se tourne vers l'infirmière avec mécontentement.

— Sers-toé des sacs, pour l'amour!

— Trouve... pas, bredouille celle-ci en proie à de violentes nausées.

— Myriam, regarde dans la pochette... Sont là.

Une deuxième vague de vomissure déferle sur le col de fourrure avant même qu'elle n'ait le temps d'offrir le sac à la malheureuse.

— Christ que ça pue! Myriam, essaie d'la nettoyer un peu. On peut pas continuer comme ça.

Que de satisfaction elle éprouve à voir sa rivale dans cet état lamentable! N'ayant rien à sa disposition pour essuyer les dégâts, elle se fait un plaisir d'utiliser le beau foulard de cette femme qui lui a déjà craché dessus.

— Qu'est-ce que j'fais avec ça?

— Jette-moé ça dehors! ordonne Luc.

— Non... C'est du pur cachemire, proteste la malade aux lèvres molles.

— C'est d'la pure merde en ce qui m'concerne, réplique sèchement le pilote. J'ai pas envie que tout l'monde soit malade ici d'dans.

— Pas d'ma faute...

— J'sais ben.... C'est pas d'ta faute. Penses-tu pouvoir continuer?

— Non... Ça... s'en vient...

— Les sacs, Myriam!

Luc s'empare du micro et contacte le Zèbe avec qui il avait consenti à combiner ses efforts pour ratisser sous un angle oblique le côté sud-est de la zone trois. Son ton tranchant démontre sans équivoque une grande contrariété à devoir interrompre les recherches pour ramener sa passagère malade à Schefferville.

Lise vomit une troisième fois et Myriam savoure cette suprématie que lui accorde le hasard. Peut-être est-ce méchant de sa part, mais c'est ainsi et elle n'y peut rien. Elle observe le visage cireux de sa rivale émergeant du col de fourrure souillé et jouit du spectacle.

— Toé, ça va, Myriam ? demande Luc.

Pas tout à fait. Cette odeur a de quoi soulever le cœur et elle a les pieds gelés.

— Oui, ça va. Pas de problème. C'est d'valeur qu'on soit obligé de s'en retourner.

Méchante Myriam ? Oui, sans doute. Ce dernier coup de griffes s'avère tout à fait inutile. Tant pis. C'était à Lise de ne pas venir jouer dans ses plates-bandes. Ne voit-elle pas que Luc est incompatible avec elle ? C'est Tête d'Oiseau que l'infirmière aime. Celui que sa vanité voulait s'offrir. Elle, Myriam, c'est Luc qu'elle aime. Celui à qui elle peut tout offrir.

* *
*

De Rien est seul à sa table. Le Cessna 185 ayant été nolisé par la famille d'Émile, le Zèbe lui a faussé compagnie de bonne heure pour aller se coucher car demain encore il pilotera toute la journée à la recherche d'un rien de différence entre le blanc d'un avion et le blanc de la neige. Lui, demain, il s'en retournera chez lui par le train. Par avion, c'est au-dessus de ses moyens financiers. Après tout, il n'est qu'un pilote de brousse saisonnier, ne travaillant que cinq mois sur douze. Le reste de l'année, il perçoit des prestations d'assurance-chomâge et comble les trous du budget par le travail au noir. Oui, demain, il se tapera les douze ou quatorze heures de train jusqu'à Sept-Îles, et il fera ensuite de l'auto-stop. Plus rien ne presse, maintenant. Pour accourir ici offrir son aide, les minutes comptaient et il a emprunté l'argent du billet d'avion, mais maintenant... Maintenant, c'est fini... ou, du moins, lui, il a fini. C'est ça : il a fini de croire à l'impossible, fini de s'illusionner, fini d'espérer. Le Grand est mort et, ce soir, il pleure ce frère du ciel. «À toi, mon Grand», dit-il en levant un toast à la chaise vide devant lui. «T'étais correct.»

La dernière image qu'il conserve de son chef pilote, c'est celle de l'homme venu le saluer lors de son départ. C'était cet automne. Comme à chaque année, la compagnie rapatriait la majorité de ses avions à son siège social, permettant ainsi aux pilotes saisonniers d'effectuer par la même occasion leur voyage de retour. «J'te revois au printemps, De Rien? — J'serai là, t'inquiète pas.» Le Grand avait poussé l'hydravion au large et il était resté sur le quai jusqu'au décollage. C'est lui, le Grand, qui n'y sera pas ce printemps, et c'est seulement alors que son absence prendra tout son sens. Présentement, cette absence, il ne la réalise pas vraiment car il n'a jamais passé l'hiver à Schefferville. Mais, ce printemps, lorsqu'il reviendra pour la saison des flottes[2], le quai sera désert. Il n'y aura personne pour l'accueillir. C'était là une habitude du Grand de venir accueillir et reconduire ses hommes, quelle que soit leur expérience. Le ti-pit et le capitaine de bimoteur avaient droit à la même sollicitude, et, chaque fois qu'on le voyait avec son grand sourire et ce regard tout bleu qui vous accrochait, on se sentait apprécié et respecté. «À toi, mon Grand.»

Il sait très bien que cet homme ne sera plus là au printemps. Cela fait déjà une semaine qu'il est porté disparu;

---

2. Saison des flottes : saison qui permet l'utilisation des hydravions (généralement de la mi juin à la fin septembre).

personne ne peut survivre si longtemps dans la région sans vivres ni matériel de secours. Croire à autre chose est dangereux. Très dangereux, et cela l'inquiète car les proches d'Émile semblent tous se conditionner les uns les autres à maintenir l'espoir qu'il est encore vivant. C'est compréhensible de leur part car ils ne sont pas pilotes. Ils ne peuvent comprendre la réelle signification de l'abandon des recherches par les forces armées canadiennes. C'est un flambeau éteint qu'ils ont repris en poursuivant les recherches à leurs frais. Le pourcentage de la probabilité de survie est si infime qu'il s'avère dangereux d'y sacrifier ce qu'il leur reste de force morale pour accepter l'inéluctable. Sophie, la mère d'Émile, Martin, le grand oncle et même Myriam ne cessent de se leurrer. Tant qu'il n'y aura pas de cadavre, ils refuseront la réalité de la mort et s'accrocheront farouchement à l'espoir, prenant leurs pressentiments au sérieux. «Je sens qu'il est vivant. J'ai rêvé qu'il était vivant», diront-ils. En réalité, ils veulent tellement qu'il soit vivant qu'ils prennent ce désir pour une intuition positive. Sans doute agirait-il de la même manière si c'était sa fiancée, sa mère ou son fils qui étaient portés disparus, mais là c'est son chef pilote, et cela lui permet d'avoir un certain recul et d'être par conséquent plus réaliste. Il ne comprend cependant pas l'attitude de Tête d'Oiseau, qui est celle des proches trop affectés pour y voir clair. Où est son bon sens de pilote, pour donner un tel exemple d'espoir insensé? Ne réalise-t-il pas que cela risque de nuire à Sophie, à la mère d'Émile, à Martin, à l'oncle et à Myriam? Si lui, un pilote, se laisse enjôler par cet espoir au point d'y investir temps et argent, qu'en sera-t-il d'eux? Jusqu'où le suivront-ils? Jusqu'où ira-t-il? Et, quand il n'ira plus, que feront-ils? La réalité se dressera devant eux, aussi dure et implacable qu'elle l'est aujourd'hui, mais eux n'auront plus la force de l'accepter. Ils se seront gavés d'illusions, toujours à cheval entre la raison et la folie, et ils risqueront de tomber d'un côté comme de l'autre.

«À toi, le Grand», pense De Rien en avalant sa bière, seul à sa table. Pourtant, il ne se sent pas véritablement seul. Il y a tous les autres qui pleurent avec lui ce frère du ciel. Tous les autres qui demain s'envoleront et garderont l'œil aux aguets au cas où... «À toi, le Grand.» Tous ces autres qui trouveront un quai désert lorsqu'ils reviendront, au printemps.

27

Promesse

Gare de Schefferville. Encore et toujours des Amérindiens désoeuvrés qui flânent partout, regardant bagages et passagers. Et, chez les Blancs qui sont ainsi observés, encore et toujours l'impression d'être un sujet de risée quand les aborigènes conversent dans leur langue et s'esclaffent.

Visiblement embarrassée, la mère de Sophie ne sait plus où donner du regard. Il y a là un vieux Naskapi tout plissé qui ne cesse de l'observer en fumant la pipe.

— Sont-ils toujours de même? Bonté divine! Il me lâche pas des yeux.

— Il fait juste te regarder, maman.

— C'est gênant en pas pour rire. Pourquoi qu'il vous regarde pas, vous autres? Pourquoi moi?

— Tu dois être à son goût, répond son mari avec l'intention de détentre l'atmosphère mais sans y parvenir.

Un moment de silence s'éternise. On se croirait recueilli près d'un cercueil au salon funéraire.

— T'es sûre que tu changes pas d'idée? Me semble que tu serais bien mieux à la maison. Surtout dans ton état...

— J'suis sûre, maman... Ma place est ici.

Il y a presque sept mois, sa place n'était nulle part. Elle avait quitté Matane avec ses grosses valises bourrées de lainage tricotés par sa mère, qui ne l'avait pas accompagnée, croyant ainsi la faire changer d'idée. Son père, lui, avait cet air grave et gêné qu'il a aujourd'hui.

Aussitôt arrivée dans cette ville, elle s'est mise à regretter son geste. Elle n'existait pas plus ici qu'elle n'avait existé là-bas. Elle n'était qu'un chaudron sans couvercle. Et puis il est apparu, il s'est penché vers elle pour la cueillir et tendrement la polir de ses caresses. Depuis, sa place est ici et cette ville est sa ville car tout cela lui parle d'Émile.

— Tu nous tiendras au courant... On peut pas rester plus longtemps, tu comprends?

— Bien sûr. Soyez sans crainte, je vous tiendrai au courant.

Au courant de quoi? Dans la tête de ses parents, il ne fait aucun doute que ce soit de l'annonce du décès de leur presque gendre. Mais elle, elle le croit encore vivant même s'il a fait extrêmement froid ces jours-ci. Tout le monde s'entend pour dire que son attitude est dangereuse mais elle s'en fout. Elle ne veut pas le croire autrement que vivant tant qu'il y aura un soupçon d'espoir. Qu'on lui ramène un cadavre si on veut qu'elle l'enterre!

— Vous allez trouver ça long, le train. Quand j'suis montée ici, ça nous a pris quatorze heures.

— Y'a plus rien qui va me faire embarquer dans un avion à c't'heure. J'avais déjà peur en partant, mais là...

Là, avec ce qui vient de se produire, sa mère ne voit plus les avions que comme des cercueils munis d'ailes.

— C'est justement dans le train que j'ai fait la connaissance de Barbiche, de Monique et d'Alexandra.

— C'est donc du bon monde, ça! Au moins, t'as de bons amis. Y'a Élisa aussi, avec ton docteur. Ça m'rassure un peu. J'sais qu'ils vont prendre soin de toi.

Ce que sa mère veut dire, c'est qu'ils seront là pour la soutenir, quand elle apprendra la terrible nouvelle. Quelle image ses parents se font-ils de lui? Quel souvenir garderont-ils de cet homme qui l'aura rendue veuve avant même de la marier?

— Tiens! C'est pas le pilote qui était avec le Zèbe, ça? s'enquiert son père en voyant pénétrer un homme élancé, à la mine plutôt triste et amochée.

— Oui... C'est De Rien.

— Y s'prend un ticket pour s'en retourner, lui aussi.

— On dirait.

Ses parents échangent un regard mais ne disent mot. Elle sait ce à quoi ils pensent. Ils pensent qu'elle devrait écouter la voix de la raison, qui commande d'abandonner le fragile esquif de l'espoir avant que le courant ne l'entraîne dans les remous de la folie. C'est une deuxième dépression nerveuse qu'ils craignent. Celle dont on ne se relève jamais.

— Il doit y avoir quelqu'un d'autre avec le Zèbe, parce que la mère et l'oncle d'Émile ont loué le 185 encore aujourd'hui.

Elle veut leur faire savoir une dernière fois qu'elle n'est pas la seule à prendre le risque de demeurer dans cet esquif.

Ils hochent la tête, conscients qu'ils ne peuvent rien faire pour la convaincre de quitter cette ville.

— Ça va aller. Je continuerai à prendre mes biscuits soda tous les matins, je vous le promets. Ne vous inquiétez pas.

— Ça va te fatiguer de retourner travailler au restaurant. C'est des longues heures debout, ça.

— Ça va m'faire du bien, maman. Dans l'fond, vous l'savez que le travail ne peut pas me faire du tort.

— Oui, bien sûr...

La petite Alexandra fait irruption dans la salle, précédant sa mère de quelques bonds de grenouille. «Le train arrive!», annonce-t-elle, toute joyeuse.

À son âge, on ne sait pas encore que les adieux sont déchirants et qu'il y a toujours sous les souhaits de bon voyage la crainte de ne plus se revoir. Elle se souvient des doigts glacés d'Émile... Elle n'aurait rien pu faire pour le retenir, tout comme sa mère n'a rien pu faire pour la retenir à Matane. Aujourd'hui, ce sont ses parents qui partent et c'est elle qui reste.

Faisant fi de l'oeil imperturbable du vieux Naskapi rivé sur elle, sa mère l'étreint soudain avec vigueur.

— Ma p'tite fille! Ma pauvre p'tite fille! Promets-moi...

Elle ne va pas plus loin et éclate en sanglots sur son épaule.

— Je promets, maman... Je prendrai soin de moi... quoi qu'il arrive. De son bébé aussi.

La salle se vide. Dehors, la locomotive soupire d'impatience.

— Viens... On va manquer notre train.

— Oui... J'suis tellement fatiguée... Excusez-moi.

Sa mère s'essuie promptement les yeux avec le mouchoir vite sorti de la poche de son mari, en pressant le pas vers la sortie. Il semble lui tarder maintenant de monter à bord. C'est alors que le vieux Naskapi s'approche d'elle et la retient par le bras pour lui remettre le panier du casse-croûte qu'elle a préparé tôt ce matin en prévision du voyage et qu'elle allait oublier.

— Ah! Mon Dieu! Merci, monsieur!

Il lui offre un sourire édenté et compatissant avant de tourner les talons.

— Moi qui pensais qu'il riait de nous autres! lui crie sa mère avant de s'engouffrer dans le wagon.

Le train s'ébranle. Son départ n'a rien de fulgurant. Il fait penser à une grosse chenille noire engourdie par le froid et qui mettra un temps interminable à se rendre à Sept-Îles.

Quand elle est arrivée ici, il pleuvait. Émile avait attendu Barbiche une heure ou deux. Cela sentait le cuir mouillé et la lotion après-rasage dans sa camionnette. Elle aimait le timbre de sa voix et cherchait à voir ce dont il avait l'air mais il avait détourné la tête quand la lumière s'était faite dans la cabine. Déjà il s'était inscrit en elle...

Maintenant, elle arpente le quai dc la gare, accompagnant du regard la grosse chenille emportant ses parents. Une partie d'elle-même aurait aimé les suivre. C'est celle qui souffre et cherche la consolation. L'autre partie la somme de rester. C'est celle qui donne crédit au pressentiment de la survie d'Émile. Glissera-t-elle tout doucement vers l'aliénation mentale en prêtant foi à ses intuitions? Possible. La souffrance étant trop grande à supporter dans la réalité, elle s'en évaderait de cette manière.

Quoi qu'il en soit, il avait promis de revenir, et elle, de l'attendre. Pour l'instant, elle s'en tient à cela.

28

Accueil

Barbiche est nerveux. Frustré aussi. Dans quelques minutes, il devra accueillir le commandant de bord du Twin Otter dont on a fait l'acquisition avant les fêtes. Il devrait se réjouir de la livraison tant attendue de ce bimoteur, mais l'événement est trop associé à Émile. Il n'éprouve que tristesse et frustration devant la promptitude avec laquelle le Grand a été remplacé par un pilote chaudement recommandé par le constructeur De Havilland. Un pilote très compétent, il n'en doute pas, mais un pilote que, lui, il n'aurait pas choisi. Il veut bien convenir avec le gérant de la nécessité de faire abstraction des circonstances dramatiques entourant le départ d'Émile, l'ami que, dans son propre subconscient, il ne veut remplacer par personne, mais de là à retenir un anglophone pour lui succéder, il y a une limite. Ce n'est pas qu'il soit raciste, mais le Zèbe a acquis la formation de copilote sur cet appareil et il est strictement francophone, ne baragouinant l'anglais qu'en désespoir de cause et dans le jargon du métier. Quelle relation ces deux pilotes pourront-ils développer dans le cockpit? N'est-il pas primordial que l'harmonie règne entre eux pour justement favoriser un vol harmonieux et sécuritaire?

Le Zèbe est un jeune et fougueux indépendantiste qui revendique le droit de s'exprimer dans sa langue maternelle lors des échanges avec la tour de contrôle pour les vols aux instruments. En France, les pilotes ne s'expriment-ils pas en français? Pourquoi lui, pourquoi eux devraient-ils utiliser une langue qu'ils ne maîtrisent pas? Que souvent ils ne comprennent pas, risquant ainsi de provoquer des accidents quand, dans un épais brouillard ou une sournoise tempête, ils se laissent guider par la voix du contrôleur aérien. Pourquoi eux, Québécois francophones, devraient-ils se limiter au vol à vue en raison de leur langue? Son macaron affiche d'ailleurs clairement son adhésion au mouvement des pilotes de ligne des vols continentaux. « Y'a du français dans l'air.» Comment réagira le Zèbe quand son capitaine lui donnera un ordre en anglais? Et, s'il se rebiffe et rouspète, que lui arrivera-t-il quand les plaintes s'accumuleront sur le bureau du gérant? Lequel des deux la compagnie remerciera-t-elle de ses services? Le pilote anglophone avec ses lettres de références du constructeur ou le «ti-pit» francophone avec son macaron toujours fièrement épinglé à son couvre-chef? Le Zèbe est ici depuis bientôt deux ans. Il a gravi dans l'ordre les échelons, subi son purgatoire dans l'atelier de Lulu, connu l'ennui d'être éloigné de sa famille et de son coin de pays. Il a travaillé d'arrache-pied pour atteindre ce siège de copilote sur Twin Otter et il ambitionne d'atteindre un jour celui des avions-citernes qui combattent les incendies de forêt. Et voilà que l'ascension de ce jeune pilote risque d'être compromise et que lui, Barbiche, il se sent... oui, merde!... il se sent un trou-de-cul de s'être laissé imposer ce nouveau pilote. Mais que pouvait-il pour renverser la décision qu'on prétend avoir prise avant sa nomination au poste de chef pilote? Il a eu beau chercher, il n'a pas trouvé et il regrette déjà d'avoir accepté cette responsabilité.

Il fume. Trop et de façon compulsive. Il le sait bien. Trop bien, même, mais ce n'est pas le moment de penser à arrêter. Il aperçoit le Zèbe et Tête d'Oiseau occupés au ravitaillement de leur appareil respectif près des pompes à essence. Ensemble, ils passent au peigne fin les importantes élévations situées au sud-est du dernier point connu. La parenté du Grand a nolisé le Cessna 185 à cet effet, tandis que Tête d'Oiseau poursuit les recherches à ses frais et de son plein gré. L'opinion qu'il se faisait de cet homme a changé depuis que semble fondée la rumeur voulant qu'il soit un ex-bagnard. Cela expliquerait bien des choses au niveau de son comportement et de sa relation à couteaux tirés avec le Grand qui, lui, savait. Ce serait donc ça, le secret qui les dressait l'un contre l'autre. Il imagine que ce ne doit pas être très agréable d'avoir à rencontrer le regard d'un supérieur qui connaît les désordres de notre passé. Qui sait si Émile ne lui faisait pas des reproches ou s'il n'exerçait pas une certaine forme de chantage? Il faut prendre garde de ne pas tomber dans le piège du cher disparu exempt de défauts. Le Grand a sûrement eu des torts, lui aussi, pour que leur relation s'envenime à ce point. Personne n'est complètement blanc ni complètement noir. Ils sont tous un peu gris, finalement. Tous un mélange de bien et de mal, digne croisement entre saint Michel archange et Lucifer. Lui, Barbiche, il s'estime noir de soupçonner de noirs desseins chez le pilote qui remplacera le Grand, mais, par contre, il s'estime blanc d'avoir passé une nuit blanche parce qu'il veut l'accueillir chaleureusement. Personnellement, il n'a rien contre cet homme qui arrivera parmi eux, et il s'est conditionné à ne pas le considérer comme un imposteur et à ne pas laisser percer sa frustration d'avoir été écarté de la décision de son embauche. Il doit le voir comme un homme, tout simplement. Un simple homme mettant pied à terre dans cette ville de froidure où les gens doivent se tenir serrés les uns contre les autres pour conserver leur chaleur.

La vue de Papillon accomplissant des exercices vêtu de sa parka achetée à la boutique montagnaise le déride.

L'homme a l'air du Père Noël faisant de la gymnastique au sortir d'une cheminée trop étroite. Un Père Noël qui lui sourit dès qu'il les aborde, contrairement à Tête d'Oiseau qui s'est rembruni.

Il s'adresse alors au Zèbe.

— Rien vu?

— Non, rien. Pas facile de voir de quoi : c'est encore *white-out*, aujourd'hui.

— Où sont passés tes observateurs?

— Élisa pis Ashini? Ils sont dans la salle de l'aérogare à se dégourdir les jambes pis se réchauffer.

— J'pense qu'ils ont pas manqué une seule journée, ces deux-là.

— Affirmatif. Veux-tu ben me dire ce que tu fais ici?

— Ben, j'attends le Twin Otter.

— Ah oui! C'est vrai, c'est aujourd'hui qu'il arrive.

— Viens pas m'dire que t'avais oublié?

— J'avais autre chose en tête... De toute façon, c'est plus pareil, à c't'heure.

Le Zèbe n'a pas à fournir d'explications. Tout le monde comprend que son enthousiasme n'est plus le même depuis la disparition d'Émile, avec qui il s'était promis de passer du bon temps dans le cockpit de cet avion tout neuf. C'est là une des raisons pour lesquelles, en tant que chef pilote, il a omis de le mettre au courant de l'identité de son futur capitaine. Une tuile à la fois, se disait-il. Mais là, il est temps de le renseigner à ce sujet.

Un bruit de moteur leur fait tous tourner la tête vers la branche finale du circuit.

— Le v'là! R'gardez ben son atterrissage, les gars! s'exclame le Zèbe.

Ils regardent, tous médusés et émerveillés par les performances de l'appareil conçu spécialement pour les décollages et atterrissages courts.

— Vous avez vu ? Vous avez vu comme ça atterrit court ? C'est rien, ça. Avec le Grand, on a réussi à faire encore plus court.

L'expression «avec le Grand» fauche littéralement leur joie naissante. Barbiche constate alors à quel point le Twin Otter est associé à Émile. Il n'y a pas que lui pour avoir l'âme en peine. Personne n'a oublié l'exubérance de cet homme à son retour de Toronto où il avait suivi avec le Zèbe le cours et la période d'entraînement sur l'appareil. Ni n'a oublié avec quelle impatience cet ami disparu attendait l'instant qu'ils vivent présentement.

Aujourd'hui, ils ressentent un grand vide dans leurs rangs. Il n'est pas là avec eux pour voir rouler au sol cette merveilleuse et dernière création du constructeur De Havilland répondant aux exigences de l'aviation de brousse. Il n'est pas là pour leur débiter tous les avantages des turbopropulseurs ni pour leur faire remarquer l'envergure de dix-huit mètres des ailes ou le profil étudié du fuselage. Non. Il n'est pas là mais ils l'imaginent tous gesticulant de ses grands bras et riant aux éclats comme un gosse qui vient de recevoir son cadeau de Noël en retard.

Le Zèbe renifle, s'essuie hâtivement les yeux du revers de la manche. Tête d'Oiseau lui pose alors instinctivement la main sur l'épaule à la manière d'Émile. Ce geste a quelque chose d'émouvant et de significatif. C'est celui de la pierre qui était restée toute seule par terre et qui, aujourd'hui, manifeste son désir de réintégrer le mur de la solidarité devant ce vide trop grand laissé par Émile.

Le Twin Otter passe devant leur groupe silencieux et se dirige vers l'aire de stationnement. Le souffle puissant et chaud des turbines leur fait baisser la tête.

— Bon, ben, faut que j'y aille, les gars, déclare Barbiche à contrecœur.

— Faut que t'ailles où? s'informe le Zèbe.

— Ben... accueillir le nouveau, c't'affaire! C'est pas d'sa faute. J'imagine que ça doit pas être le *fun* pour lui d'arriver dans des conditions de même.

— J'y vais avec toi. Après tout, c'est mon futur capitaine.

Tête d'Oiseau et Papillon leur emboîtent le pas et Barbiche ne peut s'empêcher d'être touché par cette deuxième manifestation de solidarité de la part de Tête d'Oiseau. Il se sent appuyé et, surtout, accepté comme substitut d'Émile au poste de chef pilote.

— Faut que j'te dise, le Zèbe, à propos de ton nouveau capitaine... Euh... euh... ben, c'est un Anglais.

— Quoi?

— Il parle juste anglais.

— T'es pas sérieux? Ça va être joli, avec un indépendantiste comme moi! Pourquoi tu l'as choisi?

— Justement, c'est pas moi qui l'ai choisi...

— Ah...!

— Paraît qu'on l'a engagé avant que j'sois chef pilote. J'ai ben essayé, mais...

— Manquait plus que ça!

— Il a été recommandé par De Havilland. Il est censé être ben bon.

— En tout cas, son atterrissage m'a pas impressionné.

L'appareil s'immobilise; les moteurs s'arrêtent. Anxieux, ils surveillent la porte où apparaîtra le nouveau venu, badinant sur le fort accent québécois de Barbiche lorsqu'il s'exprime en anglais. Enfin, cette porte s'ouvre. Un homme apparaît, serviette à la main, tenue impeccable, verres fumés voilant le regard qu'il porte sur le comité d'accueil. Il ressemble beaucoup plus à un pilote de ligne qu'à un pilote de brousse et Barbiche réalise d'emblée qu'il sera très difficile de l'incorporer à leur ménagerie où cohabitent des espèces nommées Tête d'Oiseau, le Zèbe, Choucroute, Papillon et compagnie. Il s'avance, massacre son «Welcome and pleased to meet you», secoue trop vigoureusement une main sans chaleur et voit le regard de l'étranger lui passer nettement au-dessus de la tête à la recherche du gérant.

— *Where could I find him ?*

— Bon, si c'est le gérant que tu veux voir, tu vas le trouver là-bas.

Le geste indiquant une direction est aussi vague que large. C'est par là. À lui de trouver exactement où.

— Tabarnac! J'savais qu'y pouvait rien m'arriver de bon un treize. Encore chanceux que Martin l'ait pas vu... J'crois qu'il lui aurait sauté dessus.

Eux aussi, c'est ce qu'ils ont pensé faire, mais ils ne l'ont pas fait parce qu'ils sont des adultes.

— Ouais! Mais t'auras pas à piloter avec, toi. Moi, oui. Il nous a même pas regardés.

— Ben, moi, j'ai senti qu'il m'a regardé, intervient Papillon sur qui effectivement l'homme a porté son regard avec une moue méprisante.

— Est-ce qu'il y a des vols demain pour le Twin Otter? s'enquiert le Zèbe.

— Oui.

— Ça veut dire que c'est demain que j'commence avec lui?

— On peut rien te cacher.

— C'est qui qui va piloter le 185 à ma place? L'oncle du Grand l'a nolisé pour demain si on ne trouve pas cet après-midi. Faudrait trouver un pilote qui charge pas son temps, comme moi, pour que ça lui coûte pas trop cher. Vous autres, demain, est-ce que vous avez des vols?

— Oui, demain on en a.

Coordonner les vols et les heures de vol en fonction de la disponibilité des pilotes est une des responsabilités que Barbiche a perdues de vue, ayant concentré toute sa bonne volonté sur l'accueil du remplaçant d'Émile. Tête d'Oiseau ayant été congédié, il ne reste personne pour relayer le Zèbe aux commandes du Cessna 185 et, quoi qu'il en soit, ce vol *doit* avoir lieu demain. À lui de trouver la solution. C'est lui le chef pilote.

Il se tourne carrément vers Tête d'Oiseau, ce confrère qui lui a toujours montré de l'hostilité. La rancœur inévitable que lui, Barbiche, il éprouve contre le remplaçant d'Émile lui fait soudain prendre conscience que Tête d'Oiseau a peut-être éprouvé quelque chose de similaire à son endroit. Ne s'est-il pas toujours senti comme un imposteur vis-à-vis de lui quand Émile était là? Maintenant qu'il n'y est plus, il ne décèle aucune animosité, ni aucun reproche, ni aucune rancune dans les pupilles émues du pilote qu'il a traité de chauffeur de taxi.

— T'as pas oublié comment on pilote ça, un 185?

Tête d'Oiseau le considère d'un air dubitatif, ne semblant pas réaliser la portée de cette question.

— Non, ben sûr... J'ai pas oublié.

— C'est toi, demain, qui va le piloter. J'pense que ça fera l'affaire de Papillon d'être tout seul sur son 170B.

— Oui... mais... j'ai été congédié.

— Ben, moi, j'te réengage. C'est moi le chef pilote. J'te réengage pour tous les vols sur 185 liés aux recherches, aux mêmes conditions que le Zèbe. Est-ce que ça fait ton affaire ?

— Oui... Oui. J'veux pas être payé pour chercher. Oui, ça fait mon affaire.

D'un geste gauche et brusque, Tête d'Oiseau lui tend la main. Fallait-il qu'Émile disparaisse pour qu'on en arrive là ?

Barbiche est trop affecté pour trouver réponse à cela. Il sent rouler en lui une grosse boule de sentiments tous noués les uns aux autres. Une boule aussi grosse que le vide laissé par l'homme qui, comme il le fait à l'instant même, aurait saisi la main de Tête d'Oiseau pour l'accueillir parmi eux.

29

Pleurer la mort

Dimanche, le 14 mars 1976.

Cher papa,

J'ai longtemps remis à plus tard l'écriture de cette lettre parce que j'avais honte. Oui, j'avais honte de m'être trompée à propos de Christian et surtout honte de vous avoir fait de la peine en partant de la maison pour le suivre à Schefferville.

J'ai rompu avec lui avant les fêtes et, depuis quelque temps, je fréquente un médecin qui est guitariste classique à ses heures. J'ai de bons amis et je donne quelques cours de musique. En un mot, tout va bien pour moi. Sans doute avez-vous appris par les journaux la disparition d'un appareil de brousse survenue le 3 mars dernier. C'est un ami très cher à moi qui en était le commandant de bord et j'ai participé à toutes les recherches jusqu'à maintenant, mais voilà que sa famille se trouve dans l'impossibilité financière de les poursuivre.

Élisa s'arrête et relit son texte, grugeant inconsciemment l'efface de son crayon. Cela lui coûte de faire les premiers pas, non pas qu'elle soit particulièrement orgueilleuse ou entêtée, mais tout simplement parce que ces premiers pas sont indissociables de la confession de tous ses faux pas. Confession qu'elle juge prématurée. Il n'est pas encore temps de revenir vers ses parents. Elle a trop de choses à consolider auparavant. Mais le temps presse et l'argent manque. En fin d'après-midi, l'oncle d'Émile leur a appris d'une voix brisée qu'il avait nolisé le Cessna 185 pour la dernière fois. Le pauvre homme était grandement ébranlé d'avoir pris cette décision et son attitude trahissait le peu d'espoir qu'il a de retrouver son neveu vivant. En fait, depuis le départ des forces armées canadiennes, un nouveau prétexte s'est imposé pour la continuation de ces recherches, soit l'obligation de retrouver le corps pour être en mesure de toucher l'indemnité de l'assurance. On n'ose en parler ouvertement mais on y pense. Chez les Blancs, du moins. Pour ce qui est des Amérindiens, Ashini, l'observateur qui a été de toutes les missions avec elle, soutient que Georges reviendra de lui-même s'il est vivant. Elle préfère penser la même chose qu'eux et s'afflige toujours lorsqu'on sous-entend cette question d'assurance. Faut-il vraiment trouver une raison raisonnable pour continuer? Non, semble croire Tête d'Oiseau qui a remplacé le Zèbe aux commandes du Cessna 185 aujourd'hui. Quel homme étrange! Au début, elle ne pouvait faire abstraction du fait qu'il avait enlevé l'ELT et la boîte de secours dans le Otter et les reproches se multipliaient sans jamais aboutir à ses lèvres. Sans lui, rien de toute cette tragédie ne serait arrivé. Elle lui décochait des regards accusateurs auxquels il se soustrayait et elle restait là, penaude, à dévisager un homme fermé et solitaire qui avait troqué son apparence de bel aventurier à l'abondante chevelure contre celle d'un déserteur comparaissant devant le peloton d'exécution.

Il ne parlait pas, ne se mêlait pas à eux, devinant sans doute qu'il n'était pas le bienvenu. La seule personne avec qui il causait était ce gros bonhomme qui pilotait son avion. Quand James Thompson, l'oncle d'Émile, leur a annoncé qu'il n'avait plus d'argent pour noliser l'avion de la compagnie, Tête d'Oiseau a dit : «Moé, j'continue à les chercher.» Puis il est parti. Comme ça. Sans manifester le moindre désir de connaître leur opinion ou leur réaction. Son chemin était tracé droit devant et il allait le suivre, quoi qu'en pensent les gens. Quoi qu'on dise de lui. Depuis le départ des forces armées canadiennes, on ne parlait que de retrouver l'appareil, les hommes y étant fatalement décédés. Lui, il parlait encore de retrouver des hommes. Elle a couru à ses trousses pour lui demander quel délai il s'accordait. «Jusqu'à ce que j'les trouve. — Croyez-vous qu'ils aient des chances d'être encore vivants? — Je crois que j'les trouverai, même si je dois y laisser ma chemise.»

Quelle réponse ambiguë! Elle sait très bien qu'il aura tôt fait de la perdre, cette chemise, car il ne lui reste guère d'argent, ayant investi jusqu'au dernier sou dans la reconstruction du Cessna 170B. C'est probablement comme solution à un problème où la question monétaire n'avait plus d'importance qu'il avait envisagé le suicide, et voilà qu'il devra bientôt affronter l'aspect pécunier de son existence et de la poursuite des recherches. De là à deviner que le manque d'argent se mettra en travers de ce chemin tracé droit devant, il n'y a qu'un pas. Un pas qu'elle franchit aisément. Ça crève les yeux. Il n'ira pas tellement loin dans cette folle entreprise. L'espoir lâche de partout. Cède. S'écroule. En l'espace de onze jours, l'espoir a déboulé une pente vertigineuse en direction du cimetière, où le froid, le temps et le silence ont creusé deux fosses dans lesquelles il devient impératif d'allonger deux corps. Tôt ou tard, on exigera qu'il acquitte la note d'essence et d'huile. Que fera-t-il alors? Qui l'épaulera? Elle. Oui, elle. C'est pour cette raison qu'elle écrit à son père. Elle se doit de paraître enfin raisonnable, pour obtenir de l'argent. Le fait qu'elle n'en réclame pas pour elle lui donne de l'audace. C'est pour Émile qu'elle le fait. Elle doit tout mettre en œuvre pour démontrer que l'expérience qu'elle a vécue ici lui a appris à être rationnelle et que, bien qu'elle fût douloureuse pour ses parents, elle n'a pas été vaine. Oui, c'est cela : elle doit faire valoir son côté «Fédora capable d'épingler des papillons», et c'est avec une froideur qu'elle ne se connaît pas qu'elle poursuit la rédaction de sa lettre.

> *Or, comme vous le savez, il est primordial d'avoir une preuve de décès afin de toucher l'indemnité de l'assurance, dont les bénéficiaires sont le fils et la mère du pilote.*
>
> *Je fais appel à votre générosité, à votre sens de la charité que vous m'avez enseigné lorsque vous nous faisiez participer, Fédora et moi, à l'œuvre des paniers de Noël.*
>
> *Dans l'espoir que vous me pardonnerez pour le chagrin et le désagrément que je vous ai causés, j'ose signer :*
>
> *Votre fille bien-aimée,*
> *Élisa.*

Il ne reste plus qu'à mettre au propre. Elle hésite. L'essence même de cette lettre lui fait mal. Oui, il lui fait mal d'épingler ainsi Émile au tableau d'une compagnie d'assurances. Elle ne veut pas le croire mort. Pas encore. Pas tant qu'il n'y aura pas de preuve. Son être s'y objecte, à l'encontre de toute cette logique dont elle doit faire preuve. Que c'est difficile d'être ainsi partagée! Des fois, il lui arrive de penser qu'elle préférerait le savoir mort plutôt que de baigner dans l'incertitude. Dans ces moments-là, elle se

ravise en pensant à Sophie et elle s'autorise l'espoir, considérant Émile comme vivant jusqu'à preuve du contraire.

Des pas dans le vestibule lui font savoir que Gabriel
est de retour. Il est près de minuit et il lui apparaît toujours
aussi beau en dépit de la fatigue qui marque les traits de son
visage. À vrai dire, c'est justement cette fatigue qui le lui
rend beau. Il se donne tellement à ses patients. À sa profession.

— Qu'est-ce que tu fais ?

— J'écris à mes parents.

— Oh !

— Pour obtenir de l'argent. M. Thompson ne peut plus
continuer.

— Comme ça, c'est fini, les recherches ?

— Y'a juste Tête d'Oiseau qui va continuer tout seul.

— Hum.

Il s'approche, l'enlace doucement par-derrière et dépose un baiser dans son cou qui la fait aussitôt frissonner.

— Tu as fait ton possible, Élisa.

— Je peux faire plus. Tête d'Oiseau aura besoin d'argent.

— Tu sais les bruits qui courent sur lui ?

— Quels bruits ?

— C'est un ancien prisonnier.

— Ah ? Ça change quoi ? Il a purgé sa peine.

Elle se rend compte que, coupée de la vie mondaine et
sociale, elle ne s'en portait que mieux. Cela fait onze jours
qu'elle passe son temps penchée à un hublot. Onze jours
pendant lesquels rien d'autre n'importait que le détail insolite à découvrir dans le blanc désert. Elle n'en a rien à faire

de ces commérages. De toute façon, Tête d'Oiseau lui a toujours donné la chair de poule et le fait qu'il soit un ancien détenu ne changera rien au contenu de cette lettre.

— Personne était au courant à part Émile et la compagnie. Lise était furieuse d'apprendre ça.

— Lise ?

— Tu sais, sa dernière conquête à l'hôpital.

— Ah oui ! Elle a fait de l'observation avec lui.

— Elle dit que c'est un beau parleur, un enjôleur... J'voudrais pas qu'il t'exploite.

— Il ne parle pas beaucoup, pour un beau parleur. C'est tout juste s'il répond aux questions. C'est moi qui ai eu l'idée. Pas lui. Tiens, lis ma lettre.

Elle veut lui prouver à quel point elle peut être rationnelle quand il le faut, et, pendant qu'il lit, elle s'attarde aux mains qui savent soigner. Ces mains douces et savantes qui peuvent intervenir dans le processus de la mort. Ces mains qu'elle aurait tant aimé mettre en contact avec ces corps d'hommes livrés au mal, au froid et à la faim. Ces corps qui souffrent quelque part dans l'immensité de ce pays et attendent d'être secourus... ou qui peut-être ne souffrent plus...

La feuille tremble soudain légèrement dans ces mains-là.

— Est-ce que tu vas faire de l'observation avec lui ?

— J'ne sais pas encore. On n'en a pas parlé.

— As-tu idée de ce qu'on peut trouver quand on cherche pour... les assurances ?

— Oui, répond-elle dans un souffle en s'appuyant la tête contre lui.

Plus qu'une idée, elle en a même une image très claire que son imagination a créée à la suite des propos du major

Langlois : celle de charognards se disputant un cadavre, de ces membres épars, de ces lanières de chair entre des crocs avides.

Elle se presse davantage contre lui alors qu'il lui caresse tendrement les cheveux. Presque paternellement. Comme elle aimerait pouvoir se débarrasser de cette image-là qui hante ses cauchemars !

— Tu as dit qu'il était solide.

Évidemment qu'il a dit cela, mais c'était au début des recherches. En tant que médecin désigné pour les examens de routine des pilotes, il a pu constater qu'Émile était un homme très vigoureux et sain. Autant pour le moral de Sophie que pour celui d'Élisa, il se devait de leur dire que la constitution physique d'Émile leur permettait d'espérer. Mais là, après onze jours, leur est-il encore permis d'espérer ?

— Ça fait déjà onze jours de cela, Élisa... On a beau être solide...

Il n'en dit pas plus. Les bras d'Élisa lui enserrent fermement la taille. Il ne veut pas la voir aller seule avec ce pilote qui a pensé mettre fin à ses jours. Il a peur. Terriblement peur pour elle. Elle a une âme à fleur de peau. Une âme belle et naïve qu'il aime passionnément et qu'il veut protéger.

— Laisse Tête d'Oiseau aller seul maintenant... Je l'aiderai financièrement s'il le faut... mais promets-moi de rester ici.

Elle ne doit plus participer à ces recherches qui la minent. Que de fois il l'a entendue gémir dans son sommeil et s'éveiller en sursaut ! Que de fois il a senti un pouls accéléré à son poignet ! Que de fois il a touché son front moite !

— Je promets, bredouille-t-elle avant d'éclater en sanglots.

— Tu ne peux rien faire de plus, Élisa.

Rien d'autre que de le pleurer enfin, songe-t-il. De le pleurer et de laisser à d'autres la découverte des atrocités. De le pleurer avec l'image de l'homme solide qu'elle conserve de lui.

*　*
*

Du salon lui parvient la chanson-thème de l'émission *The Muppet Show*, qu'Alexandra affectionne. D'habitude, il aime bien s'asseoir avec elle pour regarder les marionnettes de Jim Henson, qui ont le don de lui faire oublier ses soucis, mais, ce soir, erre en lui un tel désarroi qu'il préfère rester dans la cuisine en compagnie de sa femme, à boire, elle un thé, lui un café. C'est du thé que le Grand buvait quand il venait leur rendre visite après le repas du soir. Martin l'accompagnait invariablement et il en profitait pour s'amuser avec la petite. Maintenant, le Grand ne traversera plus d'un logis à l'autre. Plus jamais. Et lui, Barbiche, il entend sonner le glas, ce soir. Un glas dont le rythme s'apparente au tintement de la cuillère dans la tasse de thé que brasse sa femme, à l'autre bout de la table, les yeux dans le vague.

— Comment ça s'est passé pour le Zèbe aujourd'hui? demande-t-elle finalement.

Qu'il apprécie cette question! Il lui avait promis de ne jamais amener à la maison les préoccupations découlant de sa fonction de chef pilote, mais là, c'est elle qui le demande. Il peut donc se confier librement sans manquer à sa parole.

— Disons que ça ne commence pas trop bien. Le nouveau refuse d'être logé à l'hôtel en attendant qu'on lui trouve un appartement. Le Zèbe, lui, voulait pas laisser le sien pour retourner à l'hôtel, ça s'comprend.

— Comment ça s'est arrangé ?

— C'est finalement Sophie qui a tout réglé. Ça faisait un bout de temps qu'elle cherchait à sous-louer sa roulotte pour pouvoir venir habiter à côté, chez le Grand... Le Zèbe a accepté d'y déménager. C'est moins grand pis moins beau que son appartement, mais il voulait pas que ce soit le nouveau qui hérite de la roulotte de Sophie. Côté vol, c'était presque un vol d'inauguration aujourd'hui : histoire de faire connaître au boss les capacités du Twin Otter. J'suis sûr que le Zèbe aurait préféré être sur le Cessna 185.

— C'est fini pour de bon, les recherches ?

— Y reste juste Tête d'Oiseau pour continuer sur le coucou de Papillon. Je l'avais engagé pour les recherches sur le 185, mais maintenant, y'est libre.

— Est-ce que la roulotte qu'il habite appartient à la compagnie ?

— Oui.

— Pourquoi tu l'as pas refilée au nouveau ?

— Parce qu'il était encore engagé, à ce moment-là. De toute façon, j'aime autant ça. C'est pas l'temps pour lui d'avoir des embêtements de ce genre-là. C'est ma façon de l'aider à continuer... Les gars sont d'accord avec moi. Faut lui faciliter l'ouvrage. J'pense même quc l'gérant aussi est d'accord, parce qu'il a jamais mentionné qu'on pouvait reprendre la roulotte de Tête d'Oiseau.

— Tu crois qu'il va finir par trouver quelque chose ?

— Oui... Il arrêtera pas avant d'avoir trouvé.

Un silence grave entre eux qui contraste avec le rire clair d'Alexandra au salon. Ils se regardent, sachant très bien ce qu'ils ressentent l'un et l'autre ainsi que le genre d'images qui défilent dans leur tête.

Trois coups discrets à la porte. Ainsi faisait le Grand quand il venait les visiter. Éberlués, ils échangent un regard d'utopique espoir. Et si tout cela n'était qu'un mauvais rêve ? Si on l'avait retrouvé sain et sauf cet après-midi et qu'il leur avait réservé cette surprise d'arriver comme si de rien n'était ? Et si...

Apparaît alors la haute silhouette de James Thompson.

— J'aimerais vous parler, Barbiche, dit-il dans un français très acceptable appris sur les docks.

— Oui, entrez, entrez. Assoyez-vous. Vous voulez un thé ?

— Oui, s'il vous plaît. Je ne voudrais pas déranger...

— Vous ne dérangez pas. J'allais justement donner le bain à la petite, s'empresse d'expliquer Monique en servant le thé avant de quitter la pièce.

James Thompson semble content d'être laissé en tête-à-tête avec lui. Il a l'expression d'un homme qui n'a encore trouvé personne à qui se confier. Un homme qui a des choses difficiles à dire et qui cherche quelqu'un à qui les dire.

— Je crois que vous étiez son ami, Barbiche.

— Oui.

— Il... il était un fils pour moi. Ma femme n'a pas pu avoir des enfants. Émile, c'était comme mon fils.

L'homme se tait, avale une gorgée et passe machinalement la main dans une tignasse grise aussi épaisse que celle du Grand. La ressemblance physique des deux hommes est notable quand on y porte attention. Même chevelure dense, mêmes mains, même regard pâle et approximativement la même stature.

— Est-ce que vous m'approuvez, Barbiche ? Est-ce que je fais bien d'arrêter les recherches ?

— Vous faites ce qui vous semble correct, monsieur Thompson.

— Non, je veux savoir ce que vous, vous pensez. Sincèrement, croyez-vous qu'il soit encore vivant ?

— ...

— Sincèrement...

— Non...

— Moi non plus. Mary m'inquiète, Sophie aussi, et le *kid*. Ils ne veulent pas y croire. Ils se font du mal... C'est dangereux... Martin n'obéit plus et ne va plus à l'école. Il cherche à gagner de l'argent par tous les moyens pour aider Tête d'Oiseau. Sophie, elle, elle s'est installée dans la chambre d'Émile et ne veut même pas qu'on change les draps... Et Mary... Mary, je la connais, c'est ma sœur... C'est une tête dure... Elle va rester ici tant qu'on ne lui aura pas apporté une preuve. Elle n'est pas jeune et... pas très fortunée. Émile avait mis un peu d'argent de côté pour elle et Martin... mais elle ne peut rien toucher... J'ai confiance que Tête d'Oiseau va trouver ce que les assurances réclament, mais moi, je ne peux plus investir là-dedans. Je dois prévoir les coups pour Mary... L'argent qu'il me reste, ce sera pour l'aider quand elle reviendra à Montréal avec Martin... Je suis veuf... et ce n'est pas son mari qui va pouvoir faire quelque chose pour elle.

— Il est vivant ?

— Si on veut. Émile ne vous a jamais parlé de son père ?

— Non.

— J'comprends. Il n'a pas à être fier de son père. Si j'vous en parle aujourd'hui, c'est pour vous faire comprendre dans quelle situation se trouve Mary. De toute façon, Émile ne doit pas avoir beaucoup de souvenirs de cet homme qui les a abandonnés en Abitibi quand il avait huit ans. S'il le revoyait aujourd'hui, il ne pourrait même pas le reconnaître.

— Vous, est-ce que vous l'avez revu ?

— Oui. Je n'en ai pas parlé à ma sœur... ni à personne. Vous êtes le premier à qui je le dis... et c'est pour vous faire comprendre... Vraiment pour faire comprendre. Pour vous, Émile était chef pilote. Vous ne pouvez imaginer d'où il est parti pour arriver là. Moi, je sais et je suis très fier de lui. Il est parti de très bas, vous savez... Il a beaucoup de mérite. Son père... son père ne sait même pas ce que son fils est devenu. Son père n'a plus qu'une éponge à la place du cerveau. C'est un robineux, un sans-abri qui fouille dans les poubelles et qui ne se souvient plus de rien. Je l'ai vu l'année dernière : il m'a quêté de l'argent pour s'acheter d'la boisson. Il ne m'a même pas reconnu. Un de ces quatre matins, on va le trouver mort d'une crise de délirium tremens. Ma sœur a connu la misère avec lui... La misère noire. Je veux pas qu'elle connaisse encore la pauvreté, vous comprenez ?

— Oui, je comprends... Vous avez pris la bonne décision. On ne pouvait faire plus, et, pour ce qui est des assurances, Tête d'Oiseau va continuer de toute façon.

— Il semble le croire encore vivant. Son attitude encourage Mary, Sophie et Martin. Je dois dire qu'elle a même mis le doute en moi.

— Tête d'Oiseau est spécial. Il doit se sentir diablement coupable là-dedans.

— J'aimerais mieux qu'il ne fasse pas luire de faux espoirs. Même le gros qui était avec lui s'en retourne demain sur le même vol que moi. Et puis y'a Sophie... Elle est enceinte. J'voudrais pas qu'il arrive quelque chose à ce bébé-là... C'est comme mon petit-fils ou ma petite-fille. C'est ce qui va nous rester d'Émile, vous comprenez ?

— Oui, j'comprends très bien. J'essaierai de leur faire accepter tranquillement l'idée qu'il... qu'il ne reviendra pas... et vous pouvez compter sur moi... quand... quand Tête d'Oiseau va trouver quelque chose.

— Oui... Je vous laisse mon adresse, mon numéro de téléphone. Avertissez-moi dès que vous découvrirez. Avertissez-moi avant elle si c'est possible. J'viendrai aussitôt.

James Thompson lui glisse un papier où figurent ses coordonnées, puis il se lève.

— Avertissez-moi aussi si les choses vont mal avec ma sœur ou Martin ou Sophie.

— J'ai promis à Émile de veiller sur eux. Ne vous inquiétez pas.

— *Good!* J'ai confiance en vous. *May God help us!*

Le vieil homme lui serre l'épaule avec compassion avant de prendre congé. On aurait dit la main d'Émile tendue de l'au-delà pour lui rappeler son serment.

Barbiche écoute babiller Alexandra dans son bain et il goûte cette douceur de la vie avec ferveur. Son chagrin n'en est pas moins grand mais seulement plus supportable.

* *
*

On dirait une jeune bête. Une jeune bête racée et vindicative, constate Sophie en examinant la photo que l'oncle James lui a donnée. C'est celle d'Émile à l'âge de dix-sept ans, prise juste avant un combat qu'il a remporté. Celle d'un jeune fauve déterminé et agressif dans sa tenue de boxeur. Les poings levés et gantés dans la pose de garde classique, il a tout de l'animal qui se rue pour gagner.

Elle examine la magnifique musculature et frémit. Oui, c'est à peu de chose près le même corps. Il n'y a que le visage pour la surprendre. Un visage où elle découvre Émile avant l'accident qui l'a défiguré. Elle a beau regarder, grossir les détails à la loupe, elle ne parvient pas à raccorder cet adolescent à l'homme d'âge mûr. L'expression n'est pas la même, ainsi que tout ce qui se dégage de ces deux individualités. L'une se croit invincible tandis que l'autre se sait vulnérable. Les yeux de l'une sont passés maîtres dans l'art de détecter la faille de l'adversaire, ceux de l'autre cherchent à voir l'essentiel invisible. Tout un monde sépare ces deux êtres, et pourtant elle souhaite ardemment que ce jeune mâle combatif subsiste encore en Émile et se rue, tête baissée, contre tout ce qui veut le terrasser. Il y a quelque chose d'une brute butée chez le jeune pugiliste. Quelque chose de strictement physique, certes, mais quelque chose qui veut se battre et va se battre jusqu'au bout. Puisse ce quelque chose n'avoir été qu'en veilleuse chez Émile et reconquérir son ascendant alors que le froid, la faim, l'isolement et peut-être les blessures l'agressent.

Assise au bureau d'Émile, Sophie embrasse la photo avant de la ranger dans le premier tiroir à droite. Elle aime tout ce qui est lui, tout ce qui parle de lui. La présence des deux petites boîtes contenant leurs alliances lui rappelle qu'il y avait également la photo prise du mauvais bord, dans ce tiroir. Photo qu'elle s'est empressée de cacher sous une pile de vêtements, de peur qu'elle ne tombe sous la main du journaliste. Il n'y a plus de danger maintenant.

À quoi Émile pouvait-il bien penser en rangeant les alliances avec cette photo ? Pendant combien de temps a-t-il regardé cette horreur ? Elle ne peut concevoir qu'il ait pu être encore si affecté par son apparence. La première fois qu'ils ont fait l'amour, il s'est laissé toucher la joue et l'oreille. Elle se souvient de l'avoir senti trembler sous sa main et elle croyait alors avoir mis fin à son tourment.

Hélas! il n'en était rien. Émile ne parvenait pas à se voir, lui, avec les yeux du cœur, et, par conséquent, il doutait parfois qu'elle en fût capable. Ne savait-il pas combien elle l'aimait? Combien elle l'aime? À la folie... Jusqu'à la folie. Il n'y a pas de frontière, pas de limite à ce qu'elle ressent. On dit, autour d'elle, que c'est dangereux d'aimer comme ça, qu'elle devrait se faire une raison. Qu'est-ce que cette histoire? Elle ne se fera pas une raison d'arrêter de l'attendre car elle l'attendra toute sa vie. Et s'il ne vient pas, c'est elle qui ira le rejoindre un jour ou l'autre. «Dieu réunit ceux qui s'aiment», chante Édith Piaf. Alors, Dieu les réunira là où on ne voit vraiment qu'avec les yeux du cœur et ils auront toute l'éternité pour s'aimer.

Elle ouvre la boîte contenant l'alliance qui lui était destinée. «Acceptez-vous de prendre pour époux?» Dieu qu'elle avait hâte de répondre oui! Elle s'empare de l'anneau inséré dans l'écrin de velours et le contemple longuement. «Acceptez-vous de prendre pour époux?» «Oui», murmure-t-elle en le glissant à son doigt. Voilà. Elle ne le retirera que lorsqu'il reviendra pour le lui remettre. Elle est sa femme. Elle l'a toujours été. La cérémonie n'était qu'une formalité pour satisfaire aux règles de la société. Elle est sa femme et il est son homme. Ccla est inscrit dans sa chair et dans son esprit.

Elle se lève, fait le tour de la chambre. Tout ici parle de lui. Les draps et la taie d'oreiller portent encore son parfum. Elle ouvre la penderie et son regard tombe aussitôt sur la veste d'aviateur en cuir noir patiné par l'usure. Elle s'en empare, la hume. Ça sent lui. Amalgame de cuir, d'essence, de lotion après-rasage. Ça sent l'homme venu accueillir Barbiche. L'homme embarrassé qui lui présentait des excuses pour le comportement de Tête d'Oiseau. Celui dont les épaules trop larges risquaient de ne pouvoir pénétrer dans la grotte de ses illusions. Elle ferme les yeux, se caresse doucement la joue avec le vêtement. Il est là, il est là, dans cet arôme. Dans ce bruissement. Elle l'étreint contre elle. Sent un objet dans la pochette. Qu'est-ce? Elle fouille, trouve le livre du *Petit Prince* aux pages cornées. Il est là, il est là dans ce livre tant de fois tenu dans ses mains, tant de fois parcouru par ses yeux et caché sur son cœur. Son cœur qu'elle entendait battre dans la laine de son chandail au réveillon de Noël. Il est là, tout entier dans ce blouson d'aviateur qu'elle emporte avec elle dans le lit.

Son cœur bat fort, à lui faire mal à la gorge. Le vide immense qu'elle sent en elle la vide de toute lucidité. Ce soir, elle va s'unir à lui en esprit. Où qu'il soit sur cette planète. Elle va tendre vers lui tout ce qui dépérit sans lui. Elle a verrouillé la porte de sa chambre. Personne ne viendra les déranger. Elle a verrouillé aussi la porte de sa raison. Personne ne viendra lui conseiller de s'en faire, une raison. Elle est seule avec lui qui est quelque part dans le noir de cette nuit.

Les yeux clos, elle se dévêt entièrement, s'allonge sur le drap qui porte son odeur et enserre autour de sa taille les manches du blouson. Il est là. Il la tient dans ses bras et elle frissonne au contact du cuir. Elle imagine la peau douce de ses durs biceps, le frôlement des poils de son thorax tout le long de son corps, la rigidité de son membre viril contre son pubis. Il est là, au-dessus d'elle. Elle entend changer le rythme de sa respiration près de son oreille ainsi que le mouvement de sa pomme d'Adam qui trahit l'émotion et qui la transmet. Des lèvres chaudes la couvrent de baisers. Il halète de désir et de passion tandis que sa main douce l'emmène sur le chemin du plaisir que lui ont interdit les tabous religieux. Frémissante, elle s'agrippe à ses épaules solides. Le monde chavire autour d'elle. Autour d'eux. Leurs corps s'épousent et elle obéit aux pulsions sexuelles qu'elle a toujours refoulées. Elle se laisse enfin prendre par l'amant qui incarne ses fantasmes inavoués. Se laisse aller dans les bras forts, se soumet aux désirs exprimés avec tant de séduction. Elle est sienne, il est sien. Ils communient corps et âme. S'abandonnent l'un à l'autre. Aveuglément, ardemment, généreusement.

«Émile», geint-elle en enfonçant ses ongles dans le cuir. «Émile, je t'aime, je t'aime», poursuit-elle en embrassant le vêtement. En le léchant, en le caressant de sa joue et finalement en l'arrosant de ses larmes. «Émile, reviens... Je vais mourir sans toi... sans toi. J'dormirai plus jamais avec ma jaquette. Promis... Vois, j'suis toute nue... J'vais dormir toute nue avec toi... Je sais que tu es quelque part... Que tu es vivant... Je le sens, oui, tu es vivant... Je le sens... Ton corps n'est plus là, mais je sens ton âme... Je la devine qui me parle... Je suis là, Émile. Je t'attends... Reviens... Je t'attendrai toujours, toujours. Je t'aimerai toujours... Oui, toujours. Reviens-moi...»

Elle sanglote éperdument. Sa raison a foutu le camp mais elle s'en fout. Elle a froid et se pelotonne dans la veste. Se blottit entre les bras de cuir en s'imaginant qu'Émile la tient serrée.

30

La loi de la toundra

Les cris rauques et inhumains qui s'échappent de sa poitrine le saisissent d'effroi. Tel un enragé, il hurle sa souffrance, sa fureur et son désespoir d'être de nouveau piégé dans le cercle vicieux de la douleur perpétuée par les tremblements. Il vient de trébucher dehors avec sa béquille. Il aurait dû être plus prudent. Refréner cette envie qu'il a de faire quelque chose, n'importe quoi, pour s'évader de cet endroit. «J'suis ici! hurle-t-il. V'nez m'chercher... Au secours!» Un silence à rendre fou lui répond et de longs sanglots secouent alors sa carcasse. «V'nez m'chercher...», gémit-il, affaibli par la dépense d'énergie qu'a nécessitée cette vaine explosion de rage. Il roule la tête, entend craquer la couche de sapinage qui commence sérieusement à sécher. C'est dangereux pour le feu. Faudrait la changer, mais Georges réserve le peu d'énergie qui lui reste pour la visite des collets, qui demeurent désespérément vides depuis la capture d'un lièvre il y a déjà huit jours. Ils en sont réduits à manger la peau que Georges avait commencé à tanner pour se confectionner des mitaines, et le Montagnais propose de manger la babiche des raquettes sous peu car il ne reste qu'une poignée de lichen et il n'a plus la force de creuser la neige pour en trouver d'autre.

Bien naïvement, il croyait qu'étant obèse Georges s'était ainsi stocké des réserves et pouvait davantage contrer les effets de la disette, mais il n'en est rien. Ils sont sur un pied d'égalité, l'un n'était guère plus fort que l'autre, l'énergie dépensée pour souder les os équivalant à celle utilisée pour la visite des collets. Maintenant, il leur arrive de plus en plus souvent de dormir de longues heures durant le jour, serrés l'un contre l'autre sous le duvet. Ils ne s'aperçoivent plus qu'ils sentent mauvais et d'ailleurs cela n'a plus aucune importance. Georges répète que c'est sa faute si les collets sont vides. «T'es malade! C'est d'la mienne si on se retrouve dans le pétrin. C'est moi le pilote», qu'il lui réplique toujours. Et Georges de nier, considérant leur épreuve comme l'expiation d'une mystérieuse faute antérieure dont un Blanc ne saurait saisir ni la portée ni la gravité. Peut-être déraisonne-t-il à son tour...

Tout n'est que pièges et sortilèges, ici. Des pièges que partout la folie a cachés. Leur esprit ne peut aller nulle part sans risquer de les déclencher.

La faim a creusé un trou grand comme une fosse dans leur ventre. Une fosse où tout ce qui est rationnel a vite été enterré. Elle provoque des délires. Des délires qui lui font maintenant percevoir la paroi rocailleuse comme une falaise prête à s'écrouler sur lui. Est-ce une illusion d'optique provoquée par la fumée ou l'a-t-il vue bouger? Il cligne des yeux... Oui, elle bouge toujours... Oui, elle va tomber sur lui. Il doit s'enlever de là. Non! Ça ne bouge pas; ça ne peut pas bouger. C'est un piège. Une illusion, se répète-t-il. Son esprit dérive. S'évade au-dessus de son corps amaigri et blessé. Par un effet de dédoublement, il se voit allongé sur la couche de branches d'épinette qui perdent leurs aiguilles. Il est sale, exténué par sa lutte contre la douleur, la jambe emprisonnée dans une attelle de fortune. Sa cage thoracique se soulève à peine lorsqu'il respire. Posée sur sa poitrine, la petite femme de pierre s'enfonce de tout son poids pour insuffler vie au cœur qui bat au ralenti. Son ventre est creux, ses côtes apparentes, son estomac douloureux.

Pendant combien de jours encore résistera-t-il? Qui partira le premier? Lui ou Georges? Qui mangera l'autre? Il faudra bien en arriver là, en l'absence de toute nourriture. L'un d'eux doit survivre et damer le pion à la mort. Sera-ce du cannibalisme? Ce terme évoque tellement le cliché de l'explorateur ligoté dans un gros chaudron qu'il le réfute. Non, non. Ce sera autre chose qui n'est concevable que dans un autre univers. Lui vient en mémoire la légende du vieil Inuit qui lui a appris à sculpter les pierres. Légende qu'il avait trouvée franchement horrible et morbide.

> *Il y avait une vieille femme avec son fils qui avaient quitté leur tribu décimée par la faim. Ils s'étaient enfoncés très loin à la recherche du gibier mais n'en avaient pas trouvé. Alors, la mère a dit : « Va dehors et marche loin de l'igloo... Restes-y le temps qu'il faut pour que je me donne la mort. Quand tu reviendras, tu me mangeras. Ainsi, tu survivras. Un jour, tu rencontreras une femme et tu auras des enfants. Alors, moi, je ne serai pas morte pour rien car j'aurai fait en sorte qu'il y ait toujours des humains en ce pays. »*

Le vieil Inuit semblait trouver cela logique tandis que lui, avec sa conception de Blanc, il trouvait inconcevable l'idée d'avoir à manger sa propre mère pour survivre. C'était dans un autre temps, un autre univers. Il n'avait alors jamais connu la vraie faim et le vrai froid. Le vieil Innuit, oui.

Une crampe lui noue l'estomac, lui donne envie de vomir. Pourquoi cette idée de cannibalisme lui a-t-elle traversé l'esprit? C'est horrible! Il ne pourrait jamais se résigner à manger une tranche de... Georges. Il n'en serait jamais capable, et pourtant... Ah, mon Dieu! Il va devenir fou si ça continue. Il lui faut sortir de ce trou. Quitter ce lieu où il n'a rien d'autre à faire que dépérir et divaguer... Quitter ce corps soumis à la torture de la faim, du froid et du mal.

« V'nez m'chercher », gémit-il encore une fois. Il se voit flotter au-dessus de lui-même. Se voit rouler la tête pour chasser les visions d'horreur. « À l'aide! Au secours! » Tout comme dans les cauchemars, personne ne l'entend. Son esprit s'évade, monte, traverse la toiture et plane maintenant au dessus de l'avion écrasé contre le rocher, qui lui rappelle que le pilote est le premier responsable. C'est vrai que, vus d'en haut, ailes et fuselage se confondent avec le paysage. Heureusement qu'il y a un tas de branches qui n'attendent qu'à être incendiées dès l'apparition d'un aéronef. Faudrait y ajouter celles de leur couche. Sèches comme elles sont, elles s'embraseront facilement. Ah! il oubliait... Georges n'a plus la force d'accomplir cette tâche.

Son esprit s'élève encore et lui permet justement de voir Georges peinant dans la neige avec les raquettes. Que c'est vaste autour de lui! Que c'est blanc et désert! Et qu'il est petit, tout petit, son ami Georges! On dirait une fourmi. De quoi se croit-il donc coupable? Quel est l'esprit qui veut le punir? Où est l'esprit qui veut lui faire expier une faute? Se trouve-t-il à cette altitude où l'homme n'est plus qu'un insecte?

Il monte encore. Franchit les corridors aériens des transporteurs intercontinentaux jusqu'à ce qu'il aperçoive la ville de Schefferville développée autour du cratère de la mine de fer. Reliée à la ville de Sept-Îles par le cordon du chemin de fer, elle n'est qu'une bourgade ancrée dans l'immensité. Tout autour, c'est blanc, blanc, grand, grand à perte de vue. Et, quelque part dans ce blanc blanc, ce grand grand, il y a un avion blanc au nez écrasé contre un rocher et un abri où luttent deux insectes pour survivre. Comme elle lui semble à la fois triomphante et fragile, cette base d'opérations vers laquelle ses itinéraires le ramenaient! Aperçue à l'horizon quand le soleil y déclinait, elle a toujours éveillé chez lui un sentiment d'admiration et de respect. Symbole de l'opiniâtreté de l'homme, Schefferville étendait sa piste sur le lichen que les caribous broutaient jadis et elle le faisait se sentir tout petit et très grand à la fois quand ses ailes glissaient au-dessus de tous ces toits où la vie, la mort et l'amour se jouaient.

Glissent de nouveau les ailes imaginaires au-dessus de ces toits, de ces rues où l'électricité file de poteau en poteau. Voilà la côte du radar où il avait emmené Luc pour lui présenter le pays. De là, on voit loin, jusqu'à l'Attikamagen. De là, on peut observer les vents et les nuages. Le malaise existait déjà entre eux. La première pelletée de silence avait été jetée sur le geste qui avait disloqué leur amitié. Une mer d'incompréhension allait par la suite les distancer l'un de l'autre comme deux morceaux de banquise à la dérive. Pourquoi pense-t-il toujours à cela? Ça vire à l'obsession. Vite, que glissent les ailes au-dessus de l'hôtel où il allait attendre Sophie! Elle allait d'une table à l'autre dans son costume de serveuse qui ne lui seyait guère, et lui, il l'imaginait nue dans ses bras. Lui, il savait combien elle était belle quand, le souffle coupé, il la déshabillait morceau par morceau. Il savait combien elle était douce et entière quand il glissait ses mains sur les hanches. Douce comme cette pierre dont elle a pris possession au détriment de l'ours de Georges et du gros orteil de Martin. «Désolé, fiston.»

Il survole maintenant la maquette d'aéroport de son fils qui se sentait Gulliver au pays des Lilliputiens après que Sophie eut raconté cette histoire à Alexandra. Le doux nacre de son regard de femme s'était déjà logé dans son cœur à ce moment-là. Avec elle, il avait écrasé le quatorzième œuf sur la tête de Barbiche qui avait peut-être raison de vouloir conjurer le mauvais sort. Treizième atterrissage forcé. Treizième jour, aujourd'hui. Survivra-t-il jusqu'à demain? Après avoir mangé le cuir de ses raquettes, Georges sera-t-il condamné à le manger, lui? Par quoi commencera-t-il? Au secours, Barbiche! Il lève la main en tenant celle de Sophie. Il a tant de fois essuyé la fuite d'un regard, et voilà qu'en toute confiance elle se laisse aller dans ses yeux. Sa main est toute petite, froide et sans aucune résistance. «Prends-en soin, Barbiche... Prends soin de mon enfant, de Martin, de ma mère. Barbiche, tu me l'a promis. Prends-en soin... Avec elle, j'ai écrasé l'œuf sur ta tête.»

Poc! La coquille éclate. Déluge d'albumine qui coule, coule partout. Partout dans la ville, engloutissant la côte du radar où flottent deux morceaux d'une banquise morcelée. Le visqueux raz-de-marée déferle sur la toundra, traverse le toit de l'abri et s'égoutte lentement sur son front.

*　　*
*

À grands coups de sabots, Tuk[1] pioche dans la neige. Il se trouve au fond du cratère d'un mètre et demi de profondeur qu'il vient de creuser. Quelques coups encore et le lichen apparaîtra. À moins que ce ne soit encore une épaisse couche de glace qui apparaisse, l'empêchant de rejoindre le sol. Là-bas, vers le soleil couchant, cette couche de glace est présente partout et il a vu mourir trois de ses congénères. Les deux autres ont disparu, victimes des loups peut-être... Il ne les a jamais revus. Lui, il est parti. Tout seul. Il a emprunté le réseau des lacs et des rivières gelés, croyant laisser toute cette misère derrière lui. Longtemps il a avancé au grand trot, poussé par l'odeur des loups à ses trousses. Il a traversé bien des tourbières et grimpé sur les buttes d'où

1. *Tuk* : caribou.

il pouvait repérer leur mouvement au loin. Fichu hiver! Fichue neige! En d'autres temps, il aurait facilement distancé ces prédateurs en se jetant dans la première eau venue pour la traverser à la nage. Ou encore, bien inséré dans le troupeau en migration, il n'aurait guère été inquiété par leur présence. Mais maintenant il est seul. Le petit groupe dont il faisait partie a été décimé par la famine. Il est seul et inquiet. Il n'a pas l'habitude. Cela fait bien des saisons, bien des migrations qu'il est. Bien des bois qu'il a perdus après la saison du rut et bien des bois qu'il a recouvrés avant cette saison. Cela fait longtemps qu'il est. Ses sabots ont maintes fois foulé la toundra à la rencontre des femelles ayant mis bas et ils ont guidé les hordes vers les aires assurant l'alimentation hivernale. Cela fait longtemps qu'il est. Qu'il voit. Qu'il renifle dans le vent. Qu'il mange. Qu'il court. Qu'il nage. Mais toujours il a été avec d'autres et c'est la première fois qu'il se retrouve isolé. Quand il arrête de courir, il n'y a que sa seule respiration pour troubler le silence. Le bruit des autres lui manque. C'était si sécurisant d'entendre le craquement régulier de leurs pieds, le heurt de leurs sabots contre le roc ou leur flic flac dans les marécages. Si rassurants, le tumulte des éclaboussures d'eau d'un troupeau à la nage et le halètement précipité de centaines de bêtes, avec lui, derrière lui, autour de lui. Maintenant, il est seul et le silence le cerne. Seul et dépaysé dans ce décor pourtant familier. Il ne s'habitue pas à ce silence étrange et étranger. Coupé des autres, il se sent démuni et il dort mal, la nuit, quand son ouïe étudie le mouvement des loups dans l'ombre, tout comme maintenant il se sent vulnérable d'entendre l'écho de ses sabots fouillant la neige. Il n'y a pas si longtemps, d'autres s'occupaient à la même tâche, les cratères des uns servant aux autres et l'aménagement des pistes se faisant automatiquement par les bêtes qui étaient à la tête du troupeau. Celles plus âgées, à l'instinct plus développé, dont il faisait partie.

Ses narines détectent la présence du lichen et il augmente la cadence. Oui, là... Il le sent. C'est là. Il n'y a pas de glace pour emprisonner l'odeur... Pas de glace pour le priver de nourriture. Il pellette et pioche à grands coups, la vapeur s'échappant par jets de ses naseaux couverts de frimas. Enfin, il sent le lichen glacé lui chatouiller le mufle. Voilà, il a trouvé. Son instinct l'a conduit au bon endroit. Cela fait longtemps qu'il est. Longtemps que son être enregistre les données du monde qui l'entoure. La nourriture est là et il la broute avidement. Tant qu'il aura à manger, les loups ne pourront rien contre lui. D'une seule ruade, il peut en tuer un. Son cou est tellement fort, tellement puissant, qu'il a déjà levé de terre un ours et qu'il a fait reculer tous les mâles qui ont osé reluquer son harem. Non, les loups ne pourront rien contre lui tant qu'il aura de la nourriture. Alors, il mange, ses babines sensibles déterrant et groupant les touffes de lichen.

Soudain, une odeur le rejoint. Il s'arrête. Lève la tête en direction du vent, les naseaux frémissants. Il se concentre et capte de nouveau l'odeur. Oui, c'est elle. Il la reconnaît. C'est celle qui a toujours été associée au bruit retentissant qui fait tomber ses congénères. Celle qui a l'odeur du feu et qui éclate dans le tumulte de leurs migrations, faisant gicler le sang. C'est elle. C'est l'odeur du Grand Prédateur qui n'est pas soumis aux mêmes lois que les autres et possède des pouvoirs hors de son entendement. C'est elle, la seule qu'il craint parce que relevant d'un autre monde que le sien.

C'est elle. C'est l'odeur du Grand Prédateur et Tuk sent alors un frisson de peur le parcourir.

*   *
*

Consterné, Georges reste à genoux devant le collet défait. Un loup est venu le visiter avant lui et s'est emparé du lièvre. Ne restent que du poil et du crottin sur la neige.

Son regard désemparé se pose sur les branches basses des épinettes, dont il découvre soudainement la beauté. Chaque rameau, chaque aiguille luisant au soleil lui apparaît d'une incontestable perfection. De branche en branche, son regard grimpe jusqu'au faîte se dressant sur le bleu du ciel lisse, et il reste là, immobile, à contempler l'Inaccessible.

Il n'adresse ni reproche ni prière. Il sait pourquoi cela lui arrive et il accepte que ce soit ainsi. Il lui arrive ce qui est arrivé à cette famille dont les enfants s'étaient amusés à plumer des aiglons. Son père a souvent raconté cette histoire dans le cabanage. C'était une histoire vraie, pas une légende, et son père avait connu les gens à qui cela était arrivé ainsi que l'endroit où cela était arrivé. Du moins l'affirmait-il. Il y avait une butte élevée et nue qui descendait en pente douce vers un petit lac. Un important sentier de caribous la traversait et les gens n'avaient qu'à se cacher sur la berge du lac pour attendre le troupeau, qu'on entendait venir de loin. Les bêtes arrivaient par dizaines, par centaines, et se jetaient toutes à l'eau sans la moindre hésitation, les veaux demeurant la joue collée à la croupe de leur mère. Les gens n'avaient qu'à se ruer avec leur canot sur les bêtes et qu'à couper la queue de celles qu'ils convoitaient. Ainsi chassait l'Innu quand il n'avait pas d'arme à feu, profitant de l'incapacité du caribou à se défendre en nageant et provoquant ainsi une hémorragie que les mouvements dans l'eau glacée favorisaient. À peine l'animal avait-il touché la grève qu'il s'effondrait, mort.

Ces gens avaient donc établi leur campement à proximité du petit lac, au pied de cette butte d'où leur provenait le gibier en abondance. Un jour, durant l'été, les enfants avaient découvert le nid de l'aigle habitant les mêmes lieux et, pour s'amuser, ils avaient arraché les plumes des petits oiseaux. Les parents des enfants avaient crié au sacrilège mais il était trop tard : le mal était fait. Les aiglons ne purent jamais prendre leur envol et, l'hiver venu, le feu rasa le campement. Aucun ne survécut, et jamais plus personne n'alla s'installer au pied de cette butte car l'esprit en colère des aiglons déplumés y planait et y plane encore. Le crime était trop grand pour que l'esprit de l'aigle se fût apaisé après l'incendie.

C'est à cette histoire qu'il ne cessait de penser quand Émile lui racontait celle de la famille qui avait péri dans la nuit du jour de l'An. Il avait peur qu'un esprit en colère ne lui fasse expier le crime qu'il a jadis commis lors d'une expédition de chasse où il servait de guide. Et il avait beau avoir accroché les pattes de Uàpush à l'entrée de l'abri et avoir respecté tous ses ossements, il ne parvenait pas à se départir de la honte, de la culpabilité et de la certitude qu'un jour ou l'autre il aurait à comparaître devant sa mère la terre. Qu'un jour ou l'autre il aurait à payer.

Ce jour vient d'arriver et il accepte. Mingan a raflé le lièvre dans son collet pendant qu'il dormait. Il n'en soufflera mot à son compagnon car l'homme blanc ne pourrait comprendre ce qui s'agite dans l'âme de l'Innu. Il dira tout simplement que ses collets étaient vides et qu'ils auront peut-être à mourir... Est-ce cela, la volonté de sa mère la terre ? Devra-t-il payer de sa vie celle qu'il a prise inutilement pour satisfaire la vanité des clients richissimes qu'il guidait ? C'était à l'époque où il buvait et ces Blancs lui faisaient l'honneur de leur cognac cinq-étoiles. Il s'en foutait bien du nombre des étoiles, qu'eux ne cessaient de lui rappeler, car tout ce qu'il recherchait, c'était l'engourdissement de son être entier. Comme si, ainsi, il parvenait à ne plus être ou à ne plus souffrir d'être ce qu'il était. Et ce qu'il était n'avait aucune clarté et se trouvait à cheval entre deux identités, deux cultures. Ce qu'il était basculait d'un côté et de l'autre, toujours dans un équilibre précaire et toujours troublé comme l'eau vaseuse des marais. De quel côté cela allait-il tomber, il ne le savait pas, mais cela allait tomber et lui faire mal, il en était sûr. Le chef du groupe avait sérieusement endommagé le panache de son caribou, une balle malencontreuse ayant sectionné une des cornes. Pas question de faire empailler cette tête. Il lui en fallait une autre. Et vite. «Tu vas aller me tuer un caribou, Georges. Ça presse, l'avion s'en vient. Un caribou avec un gros panache.» Sa réputation de guide et d'excellent tireur l'avait désigné pour cette tuerie. Il s'y opposa et on lui servit du cognac cinq-étoiles, la main sur l'épaule, des louanges et des promesses plein la bouche. «Tu le regretteras pas, Georges... Tu vas t'faire un bon pourboire. T'acheter ce que tu veux avec...» Lui, il voulait un téléviseur. Il avait toujours rêvé de rentrer chez lui avec cet appareil pour voir ses enfants sauter de joie. Alors, il a rampé dans la mousse et il a abattu une superbe bête. On l'a félicité, on lui a mis des billets plein les mains et les chasseurs n'ont conservé que la tête, abandonnant le corps aux corbeaux. L'avion est venu les quérir et ils sont partis. Par le hublot, il repéra le cadavre décapité et le remords l'envahit. Il avait fait quelque chose de mal, il le savait. Quelque chose d'épouvantable. Toutes ses fibres le condamnaient d'avoir commis ce sacrilège. Ce geste n'était pas digne d'un Innu. Il avait honte. Le sang de la bête inutilement sacrifiée retombait sur lui et le souillait. Personne n'en sut jamais rien et il fut bien longtemps à éviter le regard de son père et de sa mère. Et, quand ses enfants bondirent de joie à la vue du téléviseur, il ne put goûter à leur bonheur. L'image du cadavre décapité hanta longtemps le petit écran, se superposant aux autres images, signe que l'esprit du caribou n'était pas en paix. L'est-il maintenant?

Il ferme les yeux. D'avoir été si longtemps impuni lui a permis de croire que sa mère la terre avait oublié cette histoire. De croire même que sa mère la terre n'avait plus aucun pouvoir sur lui. Il vivait comme un Blanc, bien à l'abri dans une maison chauffée au mazout et éclairée à l'électricité; il possédait, outre un téléviseur, une voiture et tous les appareils ménagers modernes. Il mangeait plus qu'à sa faim et pouvait se permettre de louer un avion pour se rendre à la chasse. Ce que son père et sa mère racontaient n'était que de l'histoire ancienne. Que des radotages. Il ne devait plus y prêter foi. Ne priait-il pas le dieu des Blancs mort sur la croix? Ce dieu qui n'avait jamais parlé de l'esprit des animaux, ni de la chasse, ni de la neige.

Il y a huit jours, lors de la capture de Uàpush, il a cru son crime pardonné... À moins qu'il ne fût tout simplement oublié... ou que cette histoire d'esprit en colère ne fût qu'une chimère. Il ne savait plus et il suspendit les pattes à l'entrée du cabanage comme le faisait sa mère. Autant par instinct que par mesure de prudence, il avait renoué avec les coutumes de l'Innu, jetant, à l'exception des omoplates, les os au feu après en avoir extrait le suc et la saveur par ébullition. Les os des bêtes ne doivent jamais traîner par terre. Par respect, on doit soit les accrocher aux branches d'un arbre, soit les brûler.

Mais, jour après jour par la suite, il a vu ses collets déserts et le cadavre décapité est revenu le hanter à mesure que la faim le grugeait. Il voyait toute cette belle viande, tout ce gras dans les rotules, tout ce sang qu'il aurait pu faire surir dans la panse. «Rien ne se perd, dans le caribou, disait sa mère, sauf la merde», ajoutait-elle avec un sourire moqueur. Et lui, il avait gaspillé un superbe caribou au complet, et plus ses entrailles vides se tordaient, plus l'image le hantait. Que n'aurait-il donné pour le centième de cet animal?

Maintenant, il sait que sa mère la terre a souvenance de ce sang répandu inutilement sur la toundra. Chaque être, chaque chose a son ombre ici-bas, et le réseau des racines de l'arbre sous terre est l'image de celui de ses branches dans l'air. Pour tout acte commis dans une réalité existe sa contrepartie dans l'autre réalité. Une contrepartie identique et fidèle comme l'ombre. Pour tout geste commis par la chair existe son ombre dans l'esprit. Une ombre qu'on ne peut pas dissocier de lui, pas plus qu'on ne peut détacher l'ombre de l'objet. Mais encore faut-il de la lumière pour voir les ombres, et son âme d'Innu a longtemps été recouverte des voiles alléchants et trompeurs du progrès. Maintenant, il voit. Il voit l'ombre du geste qu'il a commis quand il buvait le cognac cinq-étoiles des Blancs. Il voit son collet vide et se résigne. C'est ainsi. Ce lièvre, c'était sa vie. L'esprit du caribou est-il en paix maintenant?

L'Innu enlève ses gants pour réinstaller le collet. Tout lui apparaît d'une beauté, d'une unité, d'une perfection vers lesquelles il aspire. Puis il les remet en se demandant s'il devra les manger et il se relève péniblement. Il est si faible. Il n'a même plus la force de creuser à la recherche de lichen. Chancelant sur ses raquettes, il couve d'un regard suppliant ce pays austère à qui il désire faire amende honorable.

Une butte lui apparaît tout à coup très belle au loin et l'appelle. Tous les jours, il la voit, mais jamais elle ne lui a parlé comme elle lui parle présentement. «Viens, viens me voir.» Elle est beaucoup trop loin pour lui mais il sait qu'il ira et il se met en marche. Lentement, s'essoufflant au moindre effort, sentant ses raquettes comme deux boulets à ses pieds. Maintes fois, il tombe à genoux et mange de grosses poignées de neige qu'il imagine être de la banique. Peut-être va-t-il mourir en chemin? Qu'importe! Il ne peut décliner l'invitation, et il progresse difficilement, poussé par la main du vent dans son dos. Enfin, la butte se dresse devant lui. Il s'arrête avant de la gravir. Son cœur bat si fort qu'il a l'impression qu'il va éclater dans sa poitrine. Il se retourne vers l'endroit d'où il vient. Qu'a-t-il fait? Le trajet de ses propres pistes lui fait mesurer la distance qui le sépare de l'abri. Sera-t-il seulement en mesure d'y retourner? Avec un vent de face, de surcroît? Mais, en dépit de toute logique, il obéit à ce qui l'appelle au-delà de cette butte et commence à la gravir, sujet à des étourdissements. Rendu au sommet, il effectue quelques pas avant de s'écrouler et il demeure un long moment étendu afin de récupérer. Qu'est-ce donc qui l'a appelé? Il ouvre les yeux et voit... C'est le cratère d'un caribou... L'esprit est donc en paix. Rassemblant son énergie, il se rue vers le trou, notant les pistes fraîches de l'animal. Il trébuche, dégringole au fond du cratère et se retrouve le nez dans le lichen. Automatiquement, ses dents croquent la plante enneigée et il broute ce que son frère le caribou lui a laissé. Voracement, goulûment, ses dents rasent la moindre végétation. Il mange, les yeux clos, bénissant sa mère la terre de lui avoir pardonné et de lui offrir cette nourriture. La bénissant de l'avoir appelé derrière cette butte où se cachait le caribou capable d'assurer définitivement sa survie et celle de son compagnon.

*　*
*

Goutte à goutte, sur son front, tombe l'œuf que Sophie et lui ont écrasé sur la tête de Barbiche. Tombe là, en plein sur la blessure qu'il s'est infligée lors de l'accident, y éveillant de nouveau la sourde douleur à laquelle il tente de se soustraire. «*Uiàsh[2] tuk!*», crie au loin Georges, la fourmi empêtrée dans la neige. Tombe toujours l'œuf au compte-gouttes. Il se touche le front et le trouve tout mouillé. «*Uiàsh tuk! Uiàsh tuk!*», s'exclame Georges en se jetant précipitamment sur la couche pour le secouer. «*Tuk,* Émile. *Tuk!*» Une main plonge dans l'albumine qui inonde ses cheveux

---

2. *Uiàsh* : viande.

tandis qu'une voix peste contre la toiture qui coule. Quoi ? La toiture coule ? « Émile ! Émile ! *Tuk ! Uiàsh tuk ! Tuk !* »

Rêve-t-il encore ? Son subconscient a-t-il inventé ce nouveau songe pour éviter qu'il ne s'enlise dans une dangereuse torpeur ? Toute la journée, il a été partagé entre le réel et l'irréel, sujet à des étourdissements et à des faiblesses qui lui faisaient perdre le contact avec le monde qui l'entourait. Quelquefois, il s'éveillait en sursaut, se demandant quelle heure du jour il était et où il était et ce qu'il faisait là dans un trou sombre. Puis, peu à peu, le fil de sa mémoire recousait les morceaux épars de la réalité. Il avait faim, Georges était parti réinstaller ses collets, et lui, à cause de sa jambe blessée, il attendait dans la tanière.

— *Tuk,* Émile ! *Tuk !*

On le secoue vivement, accentuant ainsi le mal dans son crâne. Bon Dieu ! On dirait qu'il a pris une cuite. Un courant d'air froid lui glace front et cheveux et le force à envisager la possibilité d'une fuite dans la toiture. Il ouvre les yeux et aperçoit son compagnon sortant de grosses poignées de lichen de la serviette de cuir transformée en besace.

— Vu grand trou... Des pistes... Ramassé lichen au fond... Pour toi, *uìtscheuàkan.*

— Je rêve pas ? Qu'est-ce que tu me dis ? T'as vu un caribou ?

— Pas lui... Son trou... Ses pistes... Il a senti mon odeur dans le vent.

Émile rejette le duvet et s'assoit. Un voile noir obscurcit aussitôt sa vision. Quelque chose roule sur son abdomen. C'est la statuette de pierre avec laquelle il lui arrive souvent de s'endormir.

— Le toit coule ? balbutie-t-il.

— Neige fondue... Va arrêter tout seul.

La belle affaire! Lui, il est tout mouillé. Des taches floues apparaissent, se définissent progressivement. Ne subsistent que des points noirs qui dansent devant ses yeux fatigués. Il dépose la statuette sur la pierre plate.

— Mange.

Georges lui offre une généreuse portion et s'affaire ensuite à casser des branches pour le feu qui remplacera le réchaud. Depuis le radoucissement de la température, ils n'utilisent qu'une source de chaleur à la fois.

Il regarde le lichen avec émotion, retardant l'instant de le porter à sa bouche. Il en a envie mais il sait que, lorsqu'il l'aura mangé, il n'en restera plus. Alors, il le dévore longuement des yeux, puis porte un regard plein de gratitude vers Georges qui l'observe.

— C'est pour toi. Mange, tu es faible. Moi, j'ai mangé là-bas.

— Merci.

L'odeur sucrée de la fumée dégagée par la rapide combustion des branches de résineux que Georges vient d'enflammer stimule davantage son appétit et il commence à manger, éprouvant de nouveau cette constriction au niveau des maxillaires et de l'estomac, comme si les muscles, les glandes et les fibres produisaient en chœur une immense succion pour ne rien perdre de l'aliment qui lui touche la langue. Que c'est bon! La première fois, il a trouvé un goût fade et légèrement amer à cette mousse, mais maintenant il lui semble que c'est tout à fait délicieux. Il lui semble même que ça goûte le caribou, mais n'est-ce pas plutôt le caribou qui goûte la mousse?

— Demain chasser, poursuit Georges en sortant fébrilement le couteau de la besace pour aiguiser un tronc d'épinette.

— Qu'est-ce que tu fais là?

— Lance... Demain chasser...

Il constate un regain d'énergie chez celui-là même qui s'étiolait en sa compagnie dans le sac de couchage. Que s'est-il passé? Le voilà en présence d'un homme alerte, décidé, lucide. À quel problème ou défi l'esprit de Georges a-t-il donc été confronté pour s'être aiguisé de la sorte? Il le jalouse. Confiné dans ce trou, condamné à l'inactivité, son esprit à lui est en proie aux hallucinations et déraille constamment. Il se sent dépérir autant physiquement que moralement. Comme il aimerait sortir d'ici et aller loin sur ses raquettes, quitte à mourir en cherchant des pistes! Mais il ne le peut pas. Il en a eu la preuve aujourd'hui quand il s'est écarté du sentier durci et que sa béquille s'est profondément enfoncée, lui faisant ainsi perdre l'équilibre. Il a eu très mal et il est demeuré un long moment sans bouger avant de pouvoir se dépêtrer. Georges ne sait pas ce que cela représente d'être enfermé dans ce trou. De voyager par l'unique force de l'esprit, craignant que la folie ne s'en empare.

— Une lance?

— Pour chasser... Tuer caribou.

Il regarde la lame du couteau glisser sous l'écorce et mordre dans le bois en y dégageant d'épais copeaux.

— C'est la pointe que tu fais?

— Hmm...

— Ça sera jamais assez dur.

— Hmm...

Tout absorbé dans sa tâche, Georges porte peu ou pas d'attention à ce qu'il dit, ce qui accentue davantage l'état de dépendance dans lequel il se trouve. Il se sent aussi inutile qu'un enfant babillant près de son père au travail. Il aimerait tant faire quelque chose, n'importe quoi. Collaborer. Contribuer.

— Laisse-moi faire, j'suis habile là-dedans, propose-t-il.

Georges s'arrête et darde sur lui un regard impossible à interpréter.

— Ben quoi? C'est vrai! J'suis habile de mes mains! Laisse-moi faire quelque chose! Tu sais pas ce que c'est, toi, de rester ici à rien faire!

— ...

Le mutisme de Georges le choque. Cette absence de réponse lui rebondit en plein visage comme une balle lancée contre un mur de silence. Ce n'est pas un affront mais une manière tortueuse et efficace de l'isoler dans son univers. Du moins, c'est ainsi qu'il l'entend. Il a soudain envie de crier, d'éclater, d'exploser. Il n'en peut plus de cette inactivité! De cette immobilité! Il veut participer et non être constamment mis à l'écart de l'action comme un mort en sursis.

— J'sais que c'est d'ma faute si on est ici... J'ai piloté comme un pied, mais c'est pas une raison pour me mettre de côté.

— Mets pas de côté.

— Pourquoi tu m'réponds pas, d'abord?

— Parce que réponds pas souvent...

— C'est vrai... Tu réponds pas souvent... Là-bas, ça m'dérangeait pas... mais ici, j'sais pas c'que tu penses, des fois... J'te sers à rien... J'mange ta nourriture... À force de rester tout seul dans ce maudit trou-là, j'pense que j'suis en train de devenir fou. Mais j'ai raison pour la lance : il te faut du métal... Une pointe de métal pour percer la fourrure et la peau.

Le doigt de Georges se promène sur la partie aiguisée et s'arrête à environ sept centimètres de l'extrémité.

— Ici, fendre pour mettre pointe de métal, explique-t-il.

— Tu y as pensé?

Le Montagnais fouille dans la besace et en sort trois bouts de fil métallique d'un air triomphant.

— Pour attacher, dit-il, démontrant qu'il a inventorié tout le matériel nécessaire à la fabrication de cette arme.

Un sourire teinté d'une douce ironie glisse sur le visage de Georges, ce qui a pour effet de le rendre confus. Il ne sait plus comment réagir et il demeure muet à son tour. Pantois et gêné de s'être livré.

— Tu as la pointe de métal aussi? s'aventure-t-il à demander après un moment.

Signe que non. Georges poursuit sa tâche comme si le reste ne dépendait plus de lui.

— J'vais aller en chercher une après l'avion.

Un hochement de tête seconde cette proposition. Il ne lui en faut pas plus pour enfiler sa parka, s'enfoncer jusqu'aux oreilles le casque de fourrure, nouer solidement les lacets de ses bottes de motoneige, s'emparer des gants et de la besace contenant les outils, et ramper finalement vers la sortie en traînant sa jambe emprisonnée par l'attelle. Rendu dehors, il se hisse au moyen de la béquille laissée près de la porte.

Le souffle sec et froid d'un vent d'ouest le ragaillardit et lui donne l'agréable sensation de se sentir vivant. Il lui fait face et contemple une large bande rose à l'Occident. La splendeur du monde le touche et son regard s'étend vers l'horizon sans limites, glanant les ombres mauves de la neige et les crêtes parsemées d'étoiles où, par-ci par-là, étincelle à l'occasion le bouclier d'or des surfaces verglacées.

La douceur du coucher de soleil le séduit et le console. C'est la première fois qu'il en contemple un depuis l'accident et cela lui fait penser au petit prince. «Un jour, j'ai vu le soleil se coucher quarante-quatre fois! Tu sais, quand on est tellement triste, on aime les couchers de soleil.» Il comprend maintenant cette phrase. Il la vit, tellement il est triste et inquiet. Il tourne la tête vers le nord-ouest. C'est là que se trouve sa planète à lui, peuplée de tous les êtres qui lui sont chers. Là que se trouve sa rose à lui, à l'abri d'un globe aux triples fenêtres givrées. Pourquoi a-t-il échoué ici, dans ce désert de glace? Le petit prince n'a pu rejoindre son astéroïde qu'en se faisant mordre la cheville par un serpent venimeux. Lui faudra-t-il, lui aussi, mourir pour rejoindre le sien? Il secoue énergiquement la tête malgré le mal que cela provoque. Oh non! Pas sans avoir combattu jusqu'à la dernière minute.

Prudemment, il tâte le sol de sa béquille avant d'y prendre appui. Bien qu'il doive se dépêcher pour profiter de la lumière du jour, il parvient à freiner son élan au simple souvenir de la douleur qu'il a éprouvée lors de sa chute. Arrivé près du *Grand Blanc*, il suit le sentier menant à la porte du côté droit. «En veux-tu, du métal? En v'là!», marmonne-t-il en évaluant la carlingue du regard. Suffit de choisir un endroit où la hache aura une portée efficace. «Juste ici», marmonne-t-il encore.

Il s'empare de l'outil, enfile les gants, pique solidement la béquille dans le sol afin qu'elle ne glisse pas et assène un formidable coup sur le flanc du Otter. Le tranchant s'enfonce si profondément qu'il demeure coincé. «Maudit!» Manquait plus que cela! Il tire. Rien à faire.

Il réagit d'une manière tout à fait imprévisible à la vue de cette hache délibérément enfoncée dans le fuselage. Elle apparaît comme un sacrilège à sa conscience de pilote. Cette conscience qui s'est éveillée à l'instant où sa main s'est posée sur le coucou qu'il avait aidé à laver à l'aéroport de Cartierville. Conscience de prendre soin de cette machine qui évolue dans l'univers des oiseaux. «C'est nos vies qu'il promène là-haut», répétait le vieux pilote à qui il avait offert ses services. Depuis, cette conscience n'a cessé de se développer. Mais quelle folie de penser à cela dans un moment pareil! Il lève le manche de la hache, le rabaisse, le penche d'un côté puis de l'autre afin d'agrandir la fente, honteux de ces stupides et inutiles scrupules qui viennent de l'effleurer. Non mais, il n'est vraiment pas sain d'esprit pour réagir ainsi! Ils sont en train de mourir de faim, ils ont besoin d'une pointe de lance en métal, la lumière décline et voilà que quelque chose en lui s'objecte au coup violent et sauvage qu'il a porté à l'appareil. Non mais, ça ne va pas! Maudite hache! Il la lui faut et tout de suite. Il tire de toutes ses forces et l'outil cède subitement, lui faisant ainsi perdre pied. Il se retrouve par terre, une douleur fulgurante irradiant de la région du genou. Il étouffe le cri qui lui monte à la gorge et scrre les dents. Non, il ne va pas appeler Georges à son secours. Oui, il va arracher ce foutu morceau de métal à l'avion. Il se relève avec beaucoup de difficulté, et, se tenant sur sa jambe valide, il porte de nouveaux coups au fuselage. Le *Grand Blanc* n'est qu'un paquet de tôle et ne sera plus jamais autre chose. Tout cela est sa faute. Il frappe, frappe avec rage, stimulé par les gémissements de la tôle s'échancrant sous les assauts de la hache. Un coup, un autre coup, puis un autre. La douleur lui envahit maintenant la hanche. Tout cela est sa faute. Le pilote est le seul responsable. Voilà la première chose que sa conscience a enregistrée. Voilà ce à quoi elle devrait s'attarder. Il est le seul responsable. C'est sa faute, uniquement sa faute, s'il se retrouve sur cette planète austère à se ruer à grands coups de hache sur la carlingue d'un avion afin d'en tirer une pointe de métal qui, demain, s'enfoncera peut-être dans le corps d'un caribou.

Il arrête, essoufflé. La pièce ne tient plus que par un fil. Il l'enlève facilement en la tordant. Voilà. C'est fait. Il ne lui reste qu'à plier et déplier le feuillet métallique pour le faire se casser aux dimensions requises.

Il éprouve soudain un vertige et s'accroche d'une main aux abords de la trouée pratiquée dans le fuselage. Ses cheveux se hérissent sous le casque de fourrure, une sueur froide lui couvre le front et se plaque entre ses omoplates. Cette dépense d'énergie l'a vidé mais, en même temps, elle l'a aussi libéré de toute la révolte et la fureur qu'il a accumulées dans son immobilité. Il a l'impression de s'être débarrassé d'un poison et presse avec fierté le morceau de métal contre sa poitrine haletante.

Lentement, ses forces lui reviennent, et il s'applique alors à réduire la pièce aux dimensions appropriées, espérant que Georges en sera satisfait.

*   *
*

Émile s'est assoupi. Lui, il affûte la pointe de lance et le feu s'amenuise. Quand il n'y aura plus que des tisons, il pourra lire ce que lui réservent les esprits sur les omoplates du lièvre.

Il porte un regard sur son compagnon endormi, à qui cela a été grandement salutaire de collaborer à la fabrication de cette arme. Rien n'est plus néfaste ni plus pernicieux à l'homme que l'impression d'être inutile. Il se doutait bien que le moral du pilote allait en déclinant depuis que celui-ci avait fini de sculpter sa pierre, mais il n'avait pas de petits travaux à lui proposer comme sa mère faisait avec sa grand-mère en lui laissant l'illusion qu'elle savait encore gratter convenablement les peaux. Et sa grand-mère chantait en travaillant, croyant parfaire l'ouvrage que ses yeux presque aveugles évaluaient mal. Cela n'avait aucune importance que sa mère eût à reprendre le travail par la suite, car ainsi la vieille marchait avec courage lors de leurs déplacements, persuadée qu'elle était encore utile au clan familial en dépit de son grand âge.

Quelle excitation il a vue briller dans les yeux d'Émile quand est venu le temps d'emmancher! Lui, l'Innu, ne savait trop comment procéder pour éviter que la pointe ne demeure fichée dans l'animal. «Y'a moyen de faire ça solide», disait Émile avec conviction. «T'as qu'à attacher un bout du fil à un des haubans de l'avion. L'autre bout, tu l'attaches ici, au manche. Comme ça. Tout ce qui te reste à faire, c'est de te suspendre au manche et de rouler en utilisant ton poids pour serrer les deux branches de la fente sur la pointe.»

Alliant le geste à la parole, Émile avait aussitôt perforé la pointe de chaque côté de la base au moyen du tournevis pour y enfiler et y nouer l'extrémité du fil métallique, qu'il étrangla ensuite contre le manche. «Tiens! Si jamais la pointe débarque, tu ne la perdras pas. Va dehors. Accroche ce bout-là au hauban, suspends-toi et roule bien serré. Il te restera juste à passer le fil dans le trou quand tu seras rendu au bout et à serrer avec les pinces. Facile!»

Effectivement, c'était facile, simple et efficace.

Ne reste plus qu'à affûter la pointe afin de faciliter la pénétration dans la chair. Ce qu'il fait, à petits coups de lime patients et précis. Cette même lime qui a servi à Émile pour sculpter la femme. Il s'arrête un instant et jette un regard sur la statuette près du feu. Où y avait-il un ours, déjà? Il ne le voit plus; la femme a entièrement pris possession de la pierre. Oh! Il la connaît, cette femme; c'est celle qui a entièrement pris possession du cœur de son ami, qui ne cesse de l'appeler dans ses rêves. Avec quelle patience et quelle dévotion Émile est allé la chercher dans la matière! Avec quelle tendresse et quelle adoration il en caresse toujours les formes de son pouce! C'est l'essence même de tout son être qu'il a projetée. Il n'y a jamais eu d'ours dans cette pierre pour les yeux d'Émile mais seulement pour ses yeux à lui. Ses yeux d'homme converti aux choses faciles et aux récompenses imméritées telles que les billets de loterie. Suffit de tomber sur le bon numéro et hop! te voilà millionnaire. Tomber sur l'ours endormi dans sa tanière sous prétexte qu'il a été figé dans la matière relevait d'une pure spéculation sur les caprices du hasard. Jamais sa mère la terre ne se serait abaissée à de telles frivolités, il le sait maintenant. Elle est juste, quelquefois dure comme la glace emprisonnant le lichen ou comme le rocher sur lequel s'est écrasé l'avion, mais elle est toujours présente pour ses enfants. Toujours là, à veiller sur eux et à corriger leurs écarts telle la mère ourse qui, d'un coup de patte, fait valoir son autorité à l'ourson désobéissant sans jamais le priver de ses mamelles gorgées de lait. Elle fut toujours là mais c'est lui qui s'en est détaché. Lui qui s'en est éloigné en reniant son enseignement. Le coup de patte l'a enfin rejoint et a porté ses fruits. Il revient vers elle, affamé et repentant, et il réintègre sa place au sein de cette famille où tous les membres sont reliés les uns aux autres, de l'humble lichen jusqu'à l'Innu. Cette place qui le faisait se tenir droit à couver d'un regard fier le pays de ses pères et qu'il a dû mériter en tombant à genoux pour brouter dans un cratère de caribou. Maintenant, il comprend la voix de cette mère dans la gorge des loups qui hurlent au loin. Elle lui dit de faire de son mieux pour mériter cette proie.

Alors, il se penche et travaille, émerveillé de voir naître le fil brillant du tranchant sous les reflets du feu. Il pense à la bête. À tout ce qu'elle a de muscles et d'os que son arme doit traverser. Un lien existe maintenant entre l'objet et l'animal, et ce lien, c'est lui, l'Innu. Demain, cette pointe entrera en contact avec la chair. Il la faut tranchante comme une lame de rasoir pour compenser la faiblesse du métal, qui risque de plier devant une résistance. Il la faut parfaitement meurtrière et c'est à lui qu'il incombe, ce soir, de la rendre ainsi, car c'est lui le chasseur et cette arme est désormais son prolongement. Cette arme fait désormais partie de lui comme les crocs font partie du loup. Et il l'affûte patiemment, hypnotisé par le bruit régulier de la lime mordant le métal et par les reflets menaçants qui se multiplient sur chacun des côtés de la pointe effilée. De temps à autre, il évalue la finesse du tranchant, qu'il considère comme étant au point lorsque la chair de ses doigts frémit à son contact. Car la chair sait reconnaître le danger et le pouvoir d'un objet conçu pour la perforer et la pénétrer. Demain, ce sera dans le corps du caribou que cet objet aura à s'enfoncer ou dans celui d'un de ces loups qu'on entend hurler de nouveau. Peut-être abattront-ils le caribou avant lui? Ce qui l'obligera à le leur disputer... ou à ronger les os qu'ils auront laissés.

L'Innu tend l'oreille à la voix des loups. Tout son être écoute. Quelque part dans la neige, Tuk est aux aguets. La mort rôde autour de lui, prête à se manifester par l'intermédiaire des crocs ou de la lance. Par qui et pour qui Tuk consentira-t-il à mourir?

L'Innu place une des omoplates séchées du lièvre au-dessus des tisons et attend l'apparition des brûlures et des fissures qui lui indiqueront l'issue de sa chasse. Il pense à Tuk et lui demande humblement de se laisser tuer par son arme, implorant son pardon pour l'avoir déjà profané. Il lui raconte pourquoi il doit vivre, lui disant qu'il doit revenir vers ses enfants afin de leur enseigner le respect de leur mère commune à tous.

Taches et fissures apparaissent sur la plaque d'os que l'Innu retire aussitôt. Voilà la réponse de Tuk. Elle est là, dans les pyrogrammes qu'il doit interpréter. Ainsi faisaient son père et son grand-père et le père de son grand-père avant toute chasse, se recueillant et se concentrant afin de lire ce qui était et non ce qu'ils auraient voulu qui fût.

Tuk est ici... au nord-ouest... dans son cratère... et lui, il est au sud. Le vent souffle du nord-ouest et Tuk ne le sent pas venir... Tuk est mort dans ce point calciné... Une fissure nette reproduit le trajet du cratère à l'abri. L'Innu survivra...

Les loups hurlent encore. Georges se recueille. Son âme communie avec celle de Tuk aux aguets. Elle se soude à celle de la bête pour en prendre possession et la protéger jusqu'à ce que la pointe de sa lance accomplisse la volonté du caribou de mourir sous sa main. Ainsi faisaient son père et son grand-père et le père de son grand-père. Ainsi faisait l'Innu.

Un ronflement le tire soudain de l'état de transe dans lequel il se trouve et il regarde l'homme endormi près de lui. Pourquoi s'inquiète-t-il tant à son sujet? Il ne peut s'expliquer cette angoisse qu'il ressent chaque fois qu'il voit Émile fermer les yeux, comme s'il craignait qu'il ne puisse plus jamais les rouvrir. Son regard erre sur le visage amaigri, glisse sur la coupure cicatrisée au front, sur la barbe parsemée d'un beau roux sombre, puis finalement s'arrête aux crevasses siégant dans la peau brûlée. Il faudrait un onguent pour l'assouplir. Du gras de caribou ferait sûrement l'affaire. Demain, il en aura pour son ami. Pourquoi donc est-il encore inquiet? Qu'y a-t-il chez cet homme qui justifie la peur qu'il ressent? Ce n'est pas cette blessure à la jambe, qui, somme toute, guérit normalement, ni ces faiblesses auxquelles il est sujet en raison du peu de nourriture qu'il s'accorde. Qu'est-ce donc?

L'Innu s'empare de la seconde omoplate et la place au-dessus des tisons. Ainsi faisaient les anciens pour connaître les chances de guérison.

Il pense à son ami, à ce combat qui les a faits se mesurer et se reconnaître ici-bas.

À son grand étonnement, l'omoplate se calcine entièrement avant qu'il n'ait eu le temps de la retirer. Consterné, il regarde la plaque d'os noircie puis le visage d'Émile endormi, et l'angoisse prend définitivement possession de lui.

31

Du sang sur la neige

Georges s'arrête dans le sentier, là où lui, avec sa béquille, il ne peut plus suivre. Posément, son compagnon s'affaire à chausser les raquettes, chose qu'il aurait très bien pu faire en sortant de l'abri. En fait, Georges lui donne tout simplement le temps de le rejoindre.

Arrivé à sa hauteur, il se fige devant l'indéfinissable expression du Montagnais. Que s'est-il produit en l'espace d'une nuit? Georges lui semble transfiguré. Ce n'est certes pas le même homme qu'hier, parti inspecter ses collets. Certes pas. L'homme d'hier expiait un quelconque crime dans cette ronde quotidienne tandis que celui d'aujourd'hui rayonne d'une incontestable paix intérieure. Celui d'aujour-d'hui est imprégné de ce calme qui suit habituellement les prises de décision opérant de profonds changements.

— Bon le vent, dit-il, bon. Rêvé festin dans l'abri avec famille, amis. Beaucoup de viande, beaucoup pour tout le monde; pas assez de place. Obligés manger dehors.

— C'est bon signe.

— Oui... Bon signe. Tuk m'attend.

— Oui... Il est là-bas au nord-ouest?

— Oui, vent vient de là. Tuk sentira pas mon odeur.

— J'suis pas sûr de ça. Moi, j'la sens plus parce que j'suis habitué, mais lui... il dort pas avec toi, réplique-t-il d'un ton qui se veut enjoué.

En réalité, il a la mort dans l'âme d'être arrivé là où leurs routes se séparent. L'une s'élançant à la poursuite du caribou, l'autre tournant en rond derrière. Anxieux, il attend de voir naître le fin sourire à l'évocation de cette même couche qu'ils partagent, mais cela tarde à venir. L'esprit de Georges est ailleurs. Où ailleurs? À quoi pense-t-il en cet instant pour le couvrir de ce regard d'une évidente compassion?

— Faire bien attention pas tomber.

— T'inquiète pas; j'ai eu assez mal.

— Faire attention quand toit coule. Avec bonne peau de caribou, coulera plus.

— J'me laisserai plus mouiller comme hier, promis.

— Pas besoin aller chercher gaz aujourd'hui.

Exceptionnellement, Georges lui parle en français. Lui accorde-t-il une dernière faveur? Ce départ d'expédition de chasse a des allures d'adieu. Était-ce ainsi dans les temps anciens quand l'homme partait avec sa lance à la poursuite du gibier? Femmes, enfants et vieillards, restés comme lui derrière, craignaient-ils aussi que celui qu'ils accompagnaient en esprit ne revienne pas? Coup de cornes, de griffes ou de sabot pouvait transformer le prédateur humain en proie. La loi du plus fort prévalait et, quand venait le temps de migrer vers des régions plus giboyeuses, les invalides se voyaient abandonnés. Ne devaient suivre cette route que ceux qui étaient en état de le faire. Et lui ne l'est pas.

— *Aiàme*[1].

Retour à la langue montagnaise dans ce seul mot empreint de solennité. «Adieu!» Georges lui tourne le dos et effectue quelques pas. Ce matin ne ressemble en rien aux autres et le bruit des raquettes glissant sur la neige revêt un incontestable caractère sacré.

Qu'il est beau à voir, l'Innu! Georges le Magnifique, pourrait-on dire. Coiffé du casque de fourrure, il va contre le vent, d'un pas lent. À son épaule pend la besace contenant la hache, le couteau, la corde et des allumettes. Dans sa main gantée de cuir, la lance artisanale dont la pointe jette des éclats meurtriers.

— *Aiàme uìtsheuàkan*, prononce-t-il, la gorge serrée, appuyé sur sa béquille.

Mesurant toujours sa dépense d'énergie, l'Innu progresse vers une colline. Le tracé méthodique des empreintes de raquettes débute à ce point précis où lui, le blessé, ne peut plus suivre. Où lui le regarde tout simplement aller, la tête et les mains nues. Avant de disparaître pour de bon derrière la colline, Georges le Magnifique se retourne pour le saluer de la main. Dieu qu'il est grand, cet homme tout petit à l'horizon! Cet homme qu'il salue avec un pincement au cœur, le corps soudain parcouru de frissons à la vue de la besace contenant la hache, le couteau ainsi que la moitié des allumettes, dont il est désormais dépourvu.

Le vent souffle régulièrement du nord-ouest, où se trouve leur astéroïde. Un vent sec et froid qui tend à l'extrême la peau sensible de sa joue brûlée. Tout autour de lui, c'est le vaste horizon désert. Il n'est qu'un point minuscule dans la blanche immensité. Qu'un insecte à trois pattes dans la main de la toundra qui n'aurait qu'à se fermer pour l'anéantir.

---

1. *Aiàme* : «Adieu!»

Seul. Il est seul avec toute cette solitude sur le site de l'écrasement. Seul à claudiquer lamentablement vers un tas de ferraille écrasé contre un rocher. Il s'arrête et regarde le *Grand Blanc* dans sa blanche sépulture. Que d'heures de vol il a enregistrées à son bord! Que de chasseurs de caribous il a transportés du temps où il avait encore des choses à prouver! Qu'il se sentait grand, lui, le Grand, aux commandes de cet appareil quand se posaient sur lui des regards pleins d'admiration que la vue des cicatrices dans ce monde d'hommes ne faisait qu'amplifier! Quel héros il était à leurs yeux d'avoir atteint la cime en dépit de cet accident en début de carrière! Quel héros il se croyait quand, tout comme Tête d'Oiseau, il défiait les tempêtes! Qu'il était peu de chose, en fait! Que tout cela était vanité! De tous ces groupes de chasseurs arpentant le quai d'embarquement la bière à la main, aucun d'eux n'a approché le sens sacré d'une expédition de chasse. Comment le pouvaient-ils, d'ailleurs? Pour eux, la chasse n'était qu'un divertissement, qu'un changement dans les habitudes de vie. Ils renouaient pour un temps avec leurs instincts ancestraux, n'ayant pour ambition que l'acquisition d'un trophée à faire empailler ou de venaison à faire goûter à des privilégiés. Et lui, maîtrisant ses ailes, il fondait du ciel vers les troupeaux, se prenant pour un oiseau de proie, permettant qu'à chacun des hublots les chasseurs puissent étudier le parcours des hardes. Qu'il était petit quand il se croyait grand aux commandes de ce tas de ferraille!

Il baisse les yeux vers la tanière où il devra attendre le retour de Georges le Magnifique. Quelle belle image il conserve de cet homme le saluant de loin! Sera-ce la dernière?

Il fiche sa béquille dans la neige puis rampe à l'intérieur où l'attend tout ce qu'il ressent de petitesse chez lui et de grandeur chez l'autre.

*   *

*

À chaque pas,
Son cœur bat.
Poum ! Poum !

Comme le tambour des siens
Autour du feu qui dansaient.
Poum ! Poum !

Autour du feu qui chantaient,
Au son du tambour rond.
Poum ! Poum !

Rond comme la lune, le soleil,
Et l'alternance des saisons.
Poum ! Poum !

Sur la peau du caribou
Tendue dans l'anneau sacré.
Poum ! Poum !

Dans sa poitrine et ses tempes,
Au rythme de ses pas.
Poum ! Poum !

Chante le souffle de l'Innu
Courbé sous le vent.
Poum ! Poum !

Monte, monte sa prière
Scandée de ses pas.
Poum ! Poum !

Maître des caribous,
Sois bon et généreux.
Guide mes pas.

Laisse souffler de l'ouest
Le vent ami de l'homme
Auquel le nord
Donne force et endurance.
Maître des caribous,
Garde le vent dans mon visage
Et la bête derrière la butte ronde.

Ronde comme la terre et le nid de l'oiseau
Et le cercle des Innus autour du feu
Et l'anneau sacré où bat le tambour
Et le cercle de ma vie où bat mon cœur.

Poum! Poum! Avec ténacité et régularité. Poum! Poum! Le sang fait un tour dans son corps et la lune, un tour par jour. L'outarde, elle, fait un tour par année. Ainsi que le saumon. Tout obéit au cercle sacré. La vie et la mort engendreront la vie. Rien ne finit jamais. Rien ne commence. Tout continue toujours, ici et ailleurs.

Georges s'arrête au pied de la butte qui l'invitait hier. Poum! poum! bat son cœur comme le tambour des temps anciens. Rien n'a jamais fini, ni n'a jamais commencé. Il fut simplement emporté par les tourbillons de la vie comme un morceau d'écorce sur les remous. Et ça tournait plus vite que son cœur ne battait. Et il n'entendait pas régner son souffle dans le bruit de la ville. Mais ici il l'entend dans le silence. Il entend son cœur. Tout est blancheur de neige autour de lui. Il tâte ses pistes de la veille et constate avec satisfaction qu'elles sont durcies par le gel. Il les empruntera pour gravir la pente, en prenant soin d'enlever les raquettes afin que leurs fûts ne raclent pas la surface glacée.

Tuk est derrière et ne doit pas l'entendre venir. Tuk l'attend sans le savoir.

Il soupèse sa lance, enlève ses gants pour toucher la pointe menaçante et l'élève finalement haut vers le ciel. «Maître des caribous, aide-moi!» Puis, en prenant mille précautions pour ne pas faire de bruit, il va chercher le couteau pliant dans la besace, l'ouvre et se met à graver un cercle sur le manche. Le cercle sacré qui attribuera un pouvoir à son arme et fera en sorte que la mort du caribou devienne sa vie et qu'ainsi tout se continue sans fin.

En prenant soin de garder le couteau ouvert, il le remet dans la besace, enlève les raquettes qu'il assujettit à son dos par les courroies, et commence à grimper. Lentement, très lentement, à quatre pattes, posant les mains et les genoux dans les pistes gelées qui supportent son poids. Cette lente progression nécessite toute son attention. Tuk a l'oreille fine. À cause du vent, il ne pourra déceler son odeur, mais il percevra le moindre craquement, glissement ou frottement. Auparavant, quand il chassait avec sa carabine 30-30, il n'était pas tenu de se déplacer furtivement comme un animal car il pouvait abattre son gibier d'assez loin, mais maintenant, avec sa lance, il se doit de l'approcher le plus possible. Il n'a jamais utilisé une telle arme. Ni n'a jamais entendu parler d'un des siens l'ayant utilisée. Il faut remonter loin dans le temps pour rencontrer l'Innu armé d'une lance. Ce matin, il s'est entraîné afin de se familiariser avec le poids, la distance et la trajectoire de l'arme. Pas facile. Il faudra que le premier coup porte.

Le voilà enfin rendu au faîte de la colline. Cela lui a pris un temps fou, mais qu'importe, puisque ici le temps ne compte pas. Épuisé, il s'écrase à plat ventre, se détourne du vent, et ferme les yeux. Poum! Poum! Les battements de son cœur emplissent le silence. Il n'entend qu'eux. Comme elle est froide, sa mère nourricière sur qui il se couche!

Froide contre son ventre douloureusement vide et ses membres transis. Avec difficulté, il ouvre et referme les mains pour y activer la circulation. L'incroyable lenteur avec laquelle il s'est déplacé n'a fait que favoriser le refroidissement et l'engourdissement de son corps. Il grelotte maintenant et pense combien ce serait absurde de mourir crucifié par le froid au sommet de la colline. Poum! Poum! Absurde que son cœur se paralyse au contact de sa mère la terre. Émile ne lui survivrait pas longtemps et, là-bas, jamais ses enfants ne sauraient ce qu'il a appris ici. Ce qu'il a compris. Non, cela est impossible. L'omoplate du lièvre lui réservait la vie du caribou.

Des sons réguliers se mêlent soudain au souffle continu du vent. Il se soulève alors sur les coudes et tend l'oreille. Oui. Des sons lui proviennent du cratère de caribou. C'est lui. C'est Tuk qui arrache sa pitance au sol d'hiver. D'ici, il ne peut le voir, mais il sait que c'est lui. Il sait que ce sont là des sabots qui piochent avec entêtement à la recherche de nourriture. Une sensation forte, quasi douloureuse, le gagne tandis que les battements de son cœur s'accélèrent et s'amplifient.

Sournoisement, prudemment, il rampe vers l'origine du bruit que les battements de son cœur réussissent parfois à enterrer. Son ventre affamé glisse sur le corps glacial de la terre et ses gants s'emplissent de neige. Il tremble et claque des mâchoires, les yeux larmoyants à cause du froid.

Tuk lui apparaît. Là, en bas. Souffle coupé, cœur affolé, il le contemple dans sa pâle robe d'hiver. C'est un vieux mâle, encore puissant et sûrement très rusé. Au temps du rut, il a dû faire reculer plus d'un rival. Faisant face au vent qui lui apporte les odeurs, Tuk se présente de dos. Amaigri, il pioche avec acharnement au fond du cratère qu'il agrandit pour mettre à nu le lichen. Georges frémit comme si Tuk lui fouillait les entrailles de ses sabots et il lève un regard suppliant vers le ciel. «Tshishe Manitù[2], prie-t-il, sa vie pour la mienne.»

* *
*

Il n'est plus seul dans l'abri : il y a maintenant cet homme qu'il est allé chercher dans le miroir. Oh! Il n'est guère attrayant avec sa demi-barbe, sa joue crevassée, ses yeux cernés et ses traits tirés, mais ce pauvre hère lui tient compagnie.

Assis sur la couche de sapinage, sa jambe blessée appuyée sur la pierre plate, il examine ce malheureux personnage qui inspire tant la pitié.

— Tu devrais te raser, lui dit-il. Ça paraîtrait moins.

L'homme effleure les cicatrices de sa joue puis se frotte la barbe à maintes reprises. Il manque les phalangettes au majeur et à l'annulaire, et la peau de sa main est elle aussi toute sèche et fendillée.

— À quoi bon? Paraît que ça repousse même quand on est mort, lui répond l'homme.

— Tu crois que tu vas mourir?

— Et toi, tu ne le crois pas?

Lui, il ne veut pas y croire. Il y pense souvent, c'est sûr. Il le craint, mais il ne veut pas y croire.

— Si Georges réussit à tuer le caribou, nous serons sauvés.

— S'il revient, bien sûr.

— Pourquoi ne reviendrait-il pas?

2. *Tshishe Manitù* : Grand Esprit.

— Pourquoi reviendrait-il ? Regarde-moi comme il faut. Tu reviendrais, toi, pour un gars comme moi ? Laisse faire mon visage. Regarde ma jambe : je ne peux pas suivre. Je suis invalide. Tu sais ce qui arrive aux invalides ?

— ...

— Oh oui ! Tu sais très bien ce qui arrive aux invalides : on les laisse derrière. On les abandonne. C'est pour cela que ton père est parti.

Parti en claquant la porte pour ne jamais revenir. Tant de jours à guetter le chemin où il aurait pu réapparaître, tant de nuits à entendre pleurer sa mère. Il n'a jamais pu oublier cela. N'a jamais pu le pardonner. En lui bouillonne encore l'esprit de la vengeance. Que de coups il a assénés à son père sur le sac d'entraînement ! Que d'adversaires il a envoyés au plancher en s'imaginant fustiger le responsable de leur misère !

— Tu sais pourquoi il est parti, ton père ?

— ...

— Oui, tu le sais très bien, mais t'oses pas le dire. C'est à cause de ton frère mongolien qu'il est parti. Il ne pouvait même pas supporter l'idée d'avoir un enfant infirme. Encore moins celle de vivre avec lui.

— Il disait que c'était... que c'était une bouche inutile à nourrir.

Cette expression l'avait grandement frappé. Son père ne voyait Francis que comme une bouche à nourrir et un cul à torcher. Enfant, il ne mesurait pas la portée exacte de ces paroles mais comprenait seulement le rejet de ce merveilleux petit frère réduit à un système digestif d'un entretien onéreux et tout à fait inutile.

— Oui, c'est à cause de Francis qu'il est parti. Ta mère et toi n'avez pas pesé bien gros dans la balance.

— C'est peut-être de ma faute...

Il se souvient du dernier soir. Revenu de l'hôtel dans un état d'ébriété très avancé, son père gueulait pour avoir des crêpes. Sa mère s'empressa d'accéder à ses désirs mais il ne restait pas suffisamment de farine. Alors, son père se mit à crier tellement fort qu'il réveilla Francis. «M'a y fermer la gueule, à c'te bâtard-là!» L'ivrogne se rua sur le berceau, qu'il brassait violemment. «Ta gueule, p'tit morveux! Ta gueule!» Quand l'homme vint pour porter la main sur le bébé, il s'interposa. «Touche pas à mon p'tit frère!» Le bras en suspens, la mine hébétée, son père émit un ricanement hargneux. «C'est un idiot, ton p'tit frère. Rien qu'un idiot. — Touches-y pas quand même. — Je t'le laisse, ton p'tit frère... Je vous l'laisse à tous les deux... Gardez-le. Moi, j'm'en sacre.»

Vlan! La porte claqua si fort que le buis béni des Rameaux accroché à son cadre dégringola. Francis braillait de plus belle et sa mère ramassa le buis qui s'émietta aussitôt entre ses doigts, tellement il était sec. Elle alla ensuite prendre le petit et se mit à le bercer pour le calmer. Oh! comme il se souvient clairement de toutes les larmes qui s'égrenaient sur le front du bébé! De toutes les miettes de buis sur le plancher, comme un mauvais présage. «Don't cry, mom! Please, don't cry.» Leur existence venait subitement de prendre un tournant et son âme d'enfant se vit dès lors marquée par la hantise d'être abandonné. Ses parents étaient les seules références qu'il avait du monde adulte et l'une de ces références venait de démontrer le peu d'intérêt que son frère et lui représentaient. La nuit, il s'éveillait en sursaut, tendant l'oreille au moindre indice qui révélerait la présence de sa mère. Peut-être était-elle partie pendant qu'il dormait, le laissant seul avec Francis dans le noir et le froid? Car c'était toujours noir et froid lorsqu'il s'éveillait, l'esprit encore habité par ses cauchemars. Enfin, il l'entendait respirer ou sangloter ou se retourner dans le lit. Alors, il se levait et allait chercher Francis. Ce bébé empestait l'urine mais cela ne l'incommodait pas. Il serrait contre lui son petit corps mou et chaud, lui promettant d'être toujours là, et il se rendormait ainsi.

Son père serait-il resté s'il n'était pas intervenu ce soir-là? s'interroge-t-il soudain.

— Non; il serait parti quand même et tu le sais très bien, confirme l'homme du miroir. Tu as peur, hein? Tu as peur que Georges ne revienne pas.

— ...

— Pourquoi reviendrait-il? Si ton propre père a été capable de t'abandonner et d'abandonner ta mère à cause de Francis, pourquoi Georges ne t'abandonnerait-il pas? Après tout, il n'a aucun lien de parenté avec toi et tu es une bouche inutile à nourrir. Peut-être même qu'il n'est pas parti à la chasse. Tu les as entendus, toi, les loups?

— Non... Je dormais... Je dors beaucoup.

— C'est ça : tu dors beaucoup. Tu es faible et, avec ta jambe, tu ne peux aller bien loin. Georges l'a vérifiée et a dit que rien n'était déplacé. Qu'est-ce qu'il en sait? Toi, tu sens bien qu'il y a quelque chose de pas correct. Georges a peut-être décidé de retourner à Schefferville par ses propres moyens. Pourquoi resterait-il avec toi? Tu es un boulet. Tout comme ton frère Francis l'a été pour toi à un moment donné.

— Je ne l'ai jamais abandonné, moi! Je ne suis pas comme mon père! réplique-t-il en haussant le ton.

Il refuse d'être comparé à cet homme. «Père et mère tu honoreras», lui a-t-on enseigné. Lui, son père, il le détestait et le maudissait. N'était-ce pas là un sacrilège? Jamais il n'a exprimé cette haine, s'employant à la refouler, à l'ignorer, à l'endormir. Et voilà qu'elle explose aujourd'hui.

— Tu as abandonné Francis quand tu es parti pour le Grand Nord.

— Je ne l'ai pas abandonné. Il n'y a pas d'autre moyen d'être pilote de brousse. Je n'ai jamais abandonné personne.

— Et Martin? Admets que tu lui en as voulu de n'être pas ton vrai fils. Tu l'as tout simplement emmené chez ta mère à Montréal et tu es reparti pour le Grand Nord.

— C'est mon métier qui voulait ça. Martin avait une santé délicate et moi j'allais d'une place à l'autre. J'ai même vécu une saison sous la tente.

— Ça te convenait. C'est toujours Suzie que tu voyais quand tu regardais Martin.

Oui, c'est vrai, au tout début, il ne pouvait regarder Martin sans penser à Suzie. Ce n'est pas au petit qu'il en voulait mais à lui-même. Oui, il s'en voulait de s'être laissé manipuler. Il aurait fait n'importe quoi pour avoir une femme, à cette époque. Il aurait épousé n'importe qui. Suzie le savait et l'exploitait habilement. La première fois qu'il avait voulu retenir ses services, elle avait carrément refusé. Autant cette franchise l'avait blessé, autant elle lui permettait d'avoir confiance en cette femme qui, moyennant dix dollars, avait cependant accepté qu'il la prenne sur ses genoux pour la bercer. Pas de faux-fuyants avec elle. Il savait à quoi s'en tenir et la berçait à l'occasion en racontant l'histoire du petit prince pendant qu'elle bâillait d'ennui. Puis, un jour, lui fut accordée la faveur d'avoir une relation sexuelle, à condition que ce fût à la noirceur. Deux semaines plus tard, Suzie lui apprenait qu'elle était enceinte. «Ça m'a fait un tel choc de faire ça avec toi que j'ai oublié de prendre mes précautions.» Quelle poire il était de croire qu'il était le père de cet enfant! Et double poire de se voir passer du statut de père à celui de mari. Il offrait déjà la presque totalité de ses payes à Suzie et l'exhortait à abandonner la prostitution. «Écoute, le "toasté", tant que j'serai pas grosse, je continuerai comme avant. C'est pas avec ton salaire de crève-la-faim que tu pourras t'occuper de moi et du bébé.» Cruelle. Elle était cruelle avec lui comme une chatte avec une souris. Elle te le griffait, te le mordait, te le chassait, puis, tout à coup, le laissait trotter un bout de temps vers ce qu'il croyait être le bonheur. Ça ne durait jamais longtemps. Toutes griffes sorties, elle lui barrait bientôt la route. Faut dire qu'elle buvait beaucoup et trop. Issue d'un milieu aussi sordide que le sien, elle s'était endurcie. Rien ne semblait l'émouvoir vraiment et elle le ridiculisait quand elle le voyait s'attendrir devant les pyjamas de bébé. Ce qu'il avait hâte d'y emmitoufler un petit être aux yeux tout neufs sur qui il pourrait pencher son visage sans crainte d'y voir naître une moue de répulsion !

Pourquoi a-t-il donc accepté que la méchante chatte lui mette la patte dessus ? Pourquoi s'est-il laissé torturer de la sorte ? Que puisait-il dans sa souffrance ? D'être victime l'innocentait-il de ses faiblesses ? Il buvait beaucoup, lui aussi. Beaucoup trop. C'était la période trouble de l'ivrogne buvant pour oublier. Croyait-il que pleurer sur le coin d'un comptoir à cause d'elle le différenciait tellement de ce père auquel il ne voulait pour rien au monde s'identifier ?

— Chaque fois que tu revenais du Nord et que tu voyais cet enfant, tu te sentais coupable de l'avoir abandonné, lui rappelle l'homme du miroir.

— J'me sentais coupable, mais pas de l'avoir abandonné... D'ailleurs, j'me sens encore coupable.

«Il est petit mais pas prématuré, certifiait le médecin qui avait accompagné la parturiente dans l'avion. Vous êtes le père ?» Il venait brutalement d'apprendre qu'il ne l'était pas. Suzie était morte quelques minutes avant l'atterrissage à l'aéroport de Québec, et lui, le commandant de bord, il lui semblait entendre encore ses cris couvrant le bruit des moteurs poussés à fond. Il se sentait coupable car il aurait pu faire cette évacuation d'urgence bien avant qu'on l'eût trouvé au poste de police. La veille, il s'était saoulé et avait abouti dans une sorte de cellule pour cuver son vin. Et voilà qu'elle était morte et que le petit était orphelin. «Oui, je suis le père.» C'est ainsi qu'il adopta Martin.

— J'ai jamais abandonné Martin. J'pouvais pas le garder. Pas avec mon métier.

— Mais Suzie, elle, tu l'as abandonnée quand t'es parti prendre un coup. Tu savais être le seul pilote ayant une licence IFR.

— J'savais même pas qu'elle était rendue à neuf mois. Elle était enceinte de deux mois quand elle m'avait fait accroire que j'étais le père. Ce soir-là, j'ai éteint la lumière pour lui faire l'amour et elle... elle a rallumé tout de suite. J'ai éteint encore et... elle m'a repoussé. «Touche-moi pas! Tu m'écœures! Tu m'écœures!», qu'elle a crié. J'ai eu envie de la tuer.

— Indirectement, tu l'as tuée.

— Le docteur a dit qu'elle serait probablement morte. Elle buvait beaucoup et elle n'avait jamais pris soin d'elle dans son état.

— Mais si t'avais atterri deux ou trois heures plus tôt à Québec, ils l'auraient peut-être sauvée.

— Peut-être... Je ne saurai jamais.

— Si jamais Georges ne revient pas, tu ne sauras pas pourquoi non plus. Il est plus en forme que toi, mais de là à être capable de chasser avec une lance... Faudra qu'il s'approche beaucoup du caribou et j'connais pas un animal qui ne défend pas chèrement sa peau... Et puis il y a les loups, paraît-il... Tu ne sais même pas si c'est vrai, cette histoire de chasse. À l'heure qu'il est, Georges est peut-être en route pour Schefferville avec ton casque de fourrure, tes gants, la moitié des allumettes, la hache, le couteau et de la corde.

— C'est mon ami : il ne m'abandonnera pas.

— Vraiment? «Aiàme», qu'il t'a dit. Qu'est-ce que cela voulait dire, tu penses? Pourquoi reviendrait-il vers un type comme toi qui cuvait son vin dans une cellule quand c'était le temps d'aller mener une femme à l'hôpital de Québec?

— J'paie encore pour ça... Jamais je ne saurai si elle pouvait survivre.

— Comme jamais peut-être tu ne sauras ce qui sera arrivé à Georges s'il ne revient pas... C'est juste, il me semble.

— Ta gueule! Georges va revenir. Il est mon ami, mon *uìtsheuàkan*. Tu n'es qu'un imbécile, qu'un pauvre imbécile, pour penser de même.

Rageusement, il s'empresse de remettre le miroir dans son nécessaire à raser. Ce pauvre taré, avec sa demi-barbe et son horrible joue, se prend vraiment pour un juge équilibrant les plateaux de son existence. Pourquoi déroule-t-il sa vie devant lui? Pourquoi lui impose-t-il cet examen de conscience? Est-il à la veille de franchir l'ultime frontière, pour être tenu de mettre son passeport en règle?

— Il va revenir... Il faut qu'il revienne. Il ne m'abandonnera pas, parce que je n'ai jamais abandonné personne... Pas vraiment.

Émile ferme les yeux et voit Georges le Magnifique le saluant à l'horizon. Une douleur qui n'est pas la faim lui creuse la poitrine. «Mon Dieu! Aidez-moi! Aidez-moi!», implore-t-il d'une façon tout à fait spontanée, sans même se rendre compte que cela constitue une prière.

Chaque fois que Tuk pioche, il en profite pour s'avancer en rampant, le bruit des sabots couvrant ceux de son déplacement. Quand Tuk arrête, il s'arrête, se tapit, s'enfouit dans la blanche couverture, retenant son souffle comme pour retenir la bête. Immobile, impuissant contre le froid qui lui mord doigts et orteils, il épie l'animal.

Tuk se présente de dos. Son museau fouine dans le lichen enneigé et des jets de vapeur s'échappent de ses narines. Quand Tuk s'alimente, l'Innu n'est plus qu'une paire d'yeux dans un corps de pierre. N'est plus qu'un esprit qui se soude à la bête pour brouter avec elle au fond du cratère. Quand Tuk mange, l'Innu devient Tuk comme aux temps anciens quand le chasseur s'habillait de la peau de l'animal pour l'approcher. Quand Tuk mange, l'Innu mange par projection de sa pensée. Il mâchonne le lichen, l'avale et entend le bruit de sa déglutition. Rien d'autre ne doit troubler le silence et l'Innu ne bouge pas, couché-caché dans la neige.

Quand Tuk pioche et pellette, l'Innu devient le prédateur progressant sournoisement vers sa proie. Avec patience et persévérance, il se traîne avec sa lance, les membres gourds, les poignets glacés, le visage râpé par le vent, labourant un profond sillon avec son corps. Tuk arrête ; il s'arrête. Il se fige sur place. Aucun signe de vie ne doit émaner de lui. Aucun mouvement, aucun son. Il n'est qu'une pierre oblongue dotée d'yeux, enfoncée dans la neige. Quand Tuk bouge, il bouge avec lui, ouvrant et refermant sa main sur l'arme pour y favoriser la circulation au fur et à mesure qu'il s'approche.

Le voilà rendu à portée de lance. Tuk est si près maintenant que l'Innu croit en déceler l'odeur, ce qui accélère les battements de son cœur. Il résonne soudain si fort, le tambour de la vie en lui, qu'il craint d'être entendu de la bête. Un tremblement incontrôlable le parcourt des pieds à la tête. Non! Il ne veut pas. Sa main ne doit pas trembler si près du but. Ce qu'il donnerait en ce moment pour avoir une arme à feu! Bang! Il suffirait simplement d'appuyer sur une gâchette, mais là, il faut projeter cette arme de toutes ses forces et atteindre une partie vitale. Il n'est pas sûr du tout de réussir. Avec sa 30-30, c'est toujours le cou qu'il mirait, mais là, il devra viser le coffre. C'est plus prudent.

Tuk lève la tête et se déplace légèrement vers lui, se présentant de trois quarts. Quelle belle cible! L'Innu s'efforce de respirer lentement afin de se calmer. C'est maintenant ou jamais qu'il doit réussir. Cette chance ne se représentera pas, il le sait. S'il la manque, il aura à mourir car il a investi tout ce qui lui restait d'énergie pour se rendre jusqu'ici. S'il échoue, il n'aura pas la force de pourchasser la bête, qui commence à montrer des signes de nervosité. L'Innu lui voit frémir les naseaux et bouger les oreilles. Tuk a pressenti un danger. Il ne sait pas où, ne sait pas quoi, mais un courant d'inquiétude se devine dans tout son être. Tuk s'apprête à partir. Non! S'il part, c'est sa vie qui part avec lui. Vite, l'Innu se débarrasse des gants pour avoir une meilleure poigne, se dresse aussitôt et brandit l'arme, les yeux fixés sur le thorax où bat le cœur qui devra nourrir le sien. Il lance avec tout ce qui lui reste de force et de volonté et réagit au son mat de la pointe pénétrant la chair comme si c'était en lui qu'elle s'était enfoncée. Tuk plie les genoux mais se relève aussitôt et s'éloigne.

La lance pend à son flanc et du sang dégoutte. L'Innu le poursuit, s'enfonçant jusqu'aux genoux sans les raquettes, dont il s'est débarrassé pour ramper. Affaibli, apeuré, le caribou aussi s'enfonce hors de ses pistes. S'enfonce parfois jusqu'au poitrail, le cou tendu, les yeux exorbités, ses membres postérieurs tentant de se dégager. La lance toujours solidement fichée derrière l'épaule, il respire par longs jets saccadés, fuyant le Grand Prédateur.

L'un à quatre pattes, l'autre à deux, ils se débattent chacun pour leur vie dans toute cette neige qui les emprisonne. L'Innu aussi souffle fort, par jets saccadés, guettant le moment propice de saisir la queue du caribou, qui soudain s'enfonce profondément dans une dénivellation. L'Innu s'élance, la saisit et s'y agrippe de toutes ses forces. C'est sa vie qu'il tient. C'est la mort de l'autre. Jamais il n'abandonnera. Incapable de ruer, l'animal bondit hors de son trou et le traîne. D'une main, l'Innu va chercher le couteau dans sa besace. Tuk se débat, s'affole, le traînant toujours à chacun de ses bonds désespérés. L'Innu s'emploie à lui couper la queue. Maladroitement, la lame glisse dans le poil épais et lui entaille sérieusement un doigt. Non, il ne lâchera pas, dût-il s'amputer de ce doigt. Il tâtonne avec cette lame devenue son prolongement. Là, juste derrière l'anus. Les soubresauts de la bête lui font presque lâcher prise. L'Innu se cramponne, alarmé par la chaleur de son propre sang sur ses jointures. Là et tout de suite. Il appuie fermement la lame, tranche et se retrouve allongé dans la neige, la main crispée sur la queue de l'animal qui émet un long râle.

Épuisé, l'Innu demeure dans cette position, tentant de reprendre force et haleine. Il entend son frère caribou se débattre contre la mort et il lève la tête pour assister à son agonie. Les membres postérieurs ensanglantés de Tuk tentent de pousser le devant du corps dont le front bêche déjà le sol. Finalement, la bête tombe de côté, agitée de convulsions.

Un profond sentiment de respect saisit l'Innu, qui se traîne vers l'animal dont le poil se hérisse à son approche. Il voit le blanc des prunelles paniquées qui suivent ses moindres mouvements et croit y lire un message d'obéissance à la volonté de sa mère la terre. D'un geste rapide, incisif et précis, il sectionne la jugulaire, se couche sur la bête chaude et tète le sang à son cou, s'enfonçant les mains dans le poil dense pour les réchauffer.

* *
*

Parce qu'il ne veut plus rien savoir de l'homme du miroir, il a pris sa femme de pierre et s'est couché avec elle sous le duvet. Comme toujours, il a froid. De ce froid qui semble installé en permancncc dans ses os.

Il aimerait se recroqueviller sur le côté, le corps entier lové autour d'elle, mais s'en voit incapable à cause de sa jambe blessée. Alors, il demeure étendu sur le dos, la main gauche couvant la statuette sur son cœur. Il ne s'habitue pas à l'état de faiblesse permanent dans lequel il se trouve et il se sent étranger à l'intérieur de son propre corps. Il était si vigoureux, là-bas, sur son astéroïde, à faire siffler sa corde à danser pour épater Martin. Il était si virilement infatigable sous les draps de Sophie. Qu'est-il donc arrivé pour qu'il soit réduit à cet état de larve croupissant sur un tas de branches sèches qui lui piquent la nuque?

Est-ce vraiment par hasard qu'il s'est retrouvé aux commandes d'un avion-cercueil? Et si Luc avait tout manigancé pour se débarrasser de lui? Il s'est tellement mépris sur son compte. Il aurait dû obéir à sa première impulsion qui était de mettre fin à leur amitié quand la Gendarmerie royale du Canada l'a informé des activités clandestines de son protégé au lieu de la cimenter par une promesse.

Sur quelle gamme de sentiments s'est donc jouée cette promesse qui lui a apporté tant de problèmes par la suite? La visite effectuée la veille chez les parents de Luc pour les mettre au courant de l'écrasement de l'avion piloté par leur fils répondait-elle, à son insu, aux larmes de sa mère qui s'égrenaient sur la tête du petit frère qu'il serrait contre lui en chuchotant : «J't'abandonnerai jamais, p'tit frère. Jamais! J'abandonnerai jamais maman. Je ne ferai jamais pleurer une femme»? Et chez Luc, il y avait une mère qui pleurait, des frères et sœurs atterrés, et, dans une berçante près de la fenêtre, il y avait un père qui allait tenter l'impossible pour payer les frais d'un avocat. Il y avait surtout ce père qui n'abandonnait pas son fils malgré qu'il eût commis un délit. Ce père qu'il aurait aimé avoir et qui devint sien, ce soir-là. Jamais, lui non plus, il n'abandonnerait Luc. Oui, c'est ce soir-là, dans la pauvre cuisine des Maltais, que s'est joué son sort. Tout ce qui en a découlé par la suite l'a inexorablement mené ici, avec la sûreté et la patience de l'eau se creusant un lit.

Quel naïf irréductible il a tout de même été d'ignorer les propres paroles de Luc sur le lit de l'hôpital où on l'avait conduit à la suite de l'écrasement avec la cargaison de stupéfiants en provenance des États-Unis! «T'aimes toujours le monde qu'il faut pas. Ceux qui profitent de toi.» Luc faisait allusion à Suzie mais aussi à lui-même. Quelle naïveté de n'avoir pas voulu en tenir compte! Sa décision était prise : il allait attendre «son p'tit frère» jusqu'à sa libération et il allait ensuite l'aider à faire carrière dans l'aviation.

Par la même occasion, il s'acquittait d'une dette d'honneur envers le monde de l'aviation et perpétuait, par son geste, la solidarité et la fraternité des gens de l'air accourus à son propre chevet à la suite de l'explosion dont il avait été victime. N'étant guère fortuné, ce n'est que grâce à eux qu'il avait pu obtenir son brevet professionnel avec l'annotation d'instructeur. Il se devait de rendre la pareille à quelqu'un d'autre. Quelqu'un qui, comme lui, comme eux, chérissait le rêve fou d'évoluer dans l'univers des oiseaux. Et ce quelqu'un, il ne faisait aucun doute que c'était ce «p'tit frère» que le destin avait placé près de lui sur le siège de gauche d'un avion d'entraînement.

Comme c'était agréable de lui enseigner! Jamais il n'a eu d'élève aussi doué. Autant déterminé. Il suffisait de lui expliquer quelque chose une fois et c'était acquis. Un lien s'était tissé entre eux, ou, du moins, lui, en tant qu'instructeur, il éprouvait une affection toute particulière pour ce garçon. Il était fier de lui et tellement heureux de pouvoir lui transmettre ses connaissances. Il le considérait vraiment comme un jeune frère qu'il pouvait aider et avec qui il pouvait communiquer, et cela donnait un sens à son retour à l'instruction. Dans un désir de se rapprocher de son fils et aussi de son frère dont la santé déclinait, il avait délaissé les puissants hydravions de brousse pour se confiner dans le cockpit réduit d'un Cessna 150. Au début, il trouva les cours fastidieux; l'ambiance du Grand Nord lui manquait. Il se sentait bien seul auprès d'un notable ou de la femme d'un riche commerçant pour qui apprendre à piloter était souvent un loisir. Chaque fois que l'avion s'envolait, il cherchait à repérer la silhouette d'un jeune homme qui semblait bien seul lui aussi, assis dans l'herbe, face à la piste. Et puis, un jour gris de bruine, il a vu briller le rêve dans les yeux de ce jeune homme. À la façon dont Luc a posé les mains sur les commandes la première fois, il a su qu'il deviendrait plus qu'un simple élève. Jamais matière plus vierge et plus riche ne lui serait donnée à former, modeler, parfaire et ciseler. Luc deviendrait son œuvre : le pilote de brousse par excellence.

Officiellement enregistré comme élève pilote, il devint son disciple. Celui pour qui l'enseignement allait au-delà des simples connaissances à divulguer. Chaque fois qu'arrivait l'heure de voler en double commande avec Luc, il ressentait une joie fébrile combinée à une indicible émotion. Il était heureux de le retrouver sous sa tutelle et, en même temps, conscient de la mission qu'il avait d'exploiter avec justesse l'incroyable potentiel de l'apprenti. Le sachant de condition plus que modeste, il s'employait à rentabiliser chacune des minutes de location de l'appareil et il fut pris dans un incroyable dilemme lors du premier vol solo. En effet, Luc n'avait d'homologuées que sept heures et demie de vol quand il le jugea apte à s'envoler seul. La voix du bon sens commandait cependant d'attendre qu'il ait fait deux ou trois heures de plus afin d'approcher la moyenne habituelle de douze heures de vol en double commande, mais celle de l'intuition le pressait de tirer profit de cette avance que Luc avait sur les autres élèves, dont l'instruction nettement plus poussée lui donnait de sérieux complexes.

Toute la nuit, il pesa le pour et le contre. D'un côté, Luc y gagnerait beaucoup en confiance en lui-même, mais, de l'autre, il risquait également d'outrepasser les limites de cette confiance. Et puis Luc n'avait jamais encore commis d'erreur et cela était inquiétant pour un instructeur, car il lui était impossible de prévoir la réaction de son élève en cas de pépin. Un matin de chaleur écrasante le trouva fatigué et impatient. Il ne savait pas encore si oui ou non il permettrait à Luc d'effectuer son premier vol solo. Habitué aux températures fraîches du Grand Nord, il s'accommodait fort mal de la canicule et pestait contre tout, suant à grosses gouttes dans la cabine suffocante. Sciemment, il avait omis d'expliquer à Luc les effets de la température élevée sur le roulement au sol lors du décollage et de l'atterrissage.

— Pourquoi ç'a pris plus de temps pour décoller?

— Parce qu'il fait chaud.

— Donc, on va rouler plus loin à l'atterrissage aussi.

Il avait tout compris et compensé pour la plus grande distance de roulement au sol. Que demander de plus? Il descendit de l'appareil. «Vas-y tout seul, p'tit frère. T'es capable.»

Il marcha dans l'herbe sans même oser le regarder décoller. Le premier envol était prématuré mais l'oisillon, capable de le faire. Il s'arrêta à l'endroit où Luc venait toujours s'asseoir, leva alors les yeux et aperçut la silhouette du Cessna 150 que Luc pilotait tout seul. Une vague de joie et de fierté le submergea. Jamais il n'avait connu de si profonde émotion à voir évoluer un de ses élèves dans le ciel et il attribua cela à la fatigue. Plus tard, il sut très bien que la fatigue n'y était pour rien. À ses yeux, Luc était spécial : c'était son frère et son œuvre. Il l'avait vraiment pris sous son aile et communiait de toute son âme avec le moment unique et triomphal de son premier vol solo. N'effleurait-il pas avec son protégé un coin d'absolu ? Ce fut là le premier vol solo le plus exaltant mais aussi le plus éprouvant de toute sa carrière d'instructeur, car il n'était pas convaincu d'avoir agi pour le mieux. Encore aujourd'hui, il s'interroge sur les conséquences de cette précocité du premier vol solo de Luc. Son avion ne s'est-il pas écrasé à l'atterrissage lors d'une journée très chaude ? Peut-être Luc avait-il atteint le stade d'une trop grande confiance en lui-même ? Quoi qu'il en soit, c'est cet écrasement qui a permis à la GRC de le capturer et de démanteler le réseau dont il n'était qu'une infime partie, lui apprenant par la même occasion que l'élève pour qui il s'était tant dévoué l'avait en quelque sorte berné. Quel dupe il a été, non pas de ne pas s'être aperçu des manigances du jeune homme, puisque Papillon et même la belle Sylvie avaient été également bernés par son apparente honnêteté, mais d'accourir à l'hôpital pour lui faire cette promesse. Et comme elle a nui à son intégrité, cette promesse, lorsque, devenu chef pilote, il dut sélectionner les C.V. des candidats. Luc n'a pas eu à suivre le même cheminement qu'eux pour se retrouver sur le quai de la compagnie, puisqu'il a été tout bonnement cueilli à la porte du pénitencier. Et c'est lui qui est allé l'y cueillir, qui a loué un avion à l'école d'aviation de Sainte-Thérèse pour le familiariser de nouveau avec une cabine de pilotage, qui lui a acheté des vêtements et prêté de l'argent. Ce que Luc a dû se marrer de le voir si poire !

Disposé à faire n'importe quoi pour atteindre le siège de gauche d'un Otter, l'ex-détenu a jugé opportun de jouer la carte de la séduction. Luc avait beau prétendre que l'incarcération avait changé son orientation sexuelle, lui, il n'y croyait qu'à moitié. En fait, il voulait y croire mais n'y parvenait pas. Il savait que Luc avait eu pitié de lui et cela le blessait profondément. Jamais il n'aurait pu s'imaginer avoir l'air de quelqu'un qui, les yeux fermés, se contente-rait de n'importe quelle main prodiguant des caresses. Pour-quoi Luc lui a-t-il rappelé que même la danseuse aux tables n'avait pas voulu de lui ? « Maudit Christ, Luc ! Pourquoi tu m'as fait ça ? Pourquoi c'est moi à ta place, dans ton avion ? T'as jamais manqué un voyage ; pourquoi celui-là ? Dire que la veille j'ai pensé voir passer mon renard... Qu'est-ce que tu fais à Schefferville pendant que moi j'dépéris ici ? T'es au chaud, toi, tu manges trois fois par jour, tu sors avec les femmes... Moi, j'suis plus rien, j'sais même plus si j'existe encore pour Sophie. » Tout cela est si loin de lui maintenant. Devenu inaccessible et d'un autre univers, pa-rallèle au sien.

« Tu m'auras pas, Luc. J'vais revenir à Schefferville. J'me laisserai pas crever. Georges est parti chasser le caribou... Il va revenir... Il le faut. J'peux pas m'être trompé sur toute la ligne pis sur tout le monde... Les gens sont pas tous des profiteurs comme toi... Ça doit faire ton affaire de m'éliminer, monsieur le don Juan. Comme ça, personne va savoir que t'étais prêt à te compromettre avec moi... Ben, tu te trompes. J'vais le dire à tout l'monde. J'mourrai pas, juste pour ça. Juste pour t'écœurer. »

Il sent un regain d'énergie. Son pouls et sa respiration s'accélèrent. Volontairement, il alimente un sentiment de mépris envers Luc et ne pense plus qu'à survivre pour se venger du responsable de son infortune. Non, ce n'est pas le pilote, le premier responsable. C'est lui, là-bas, lui, le coureur de jupons qui a eu des relations homosexuelles en prison. C'est lui qui a enlevé l'ELT et la boîte de secours. C'est lui, le coupable. Tout le monde le saura. La poire s'est tue assez longtemps. Il va leur faire savoir qu'il n'est plus dupe et qu'il voit très bien leur pitié. Oui, il va le leur faire savoir, quitte à passer pour un fou.

«J'mourrai pas, juste pour t'écœurer, Luc. Juste pour t'écœurer.»

La haine l'habite. Il s'accroche à elle comme, enfant, il s'est déjà accroché à celle qu'il éprouvait pour son père afin de se hisser hors du gouffre de la misère. «Un jour, je serai plus fort que lui et je le battrai... Un jour, j'vais tout leur dire, Luc.»

*   *
*

Le soleil vient de disparaître derrière le dos rond de la butte. Aussitôt, l'Innu se tourne vers l'est où une fine dentelle de lumière effleure encore une crête. Inspiré par une crainte animale à l'approche de la nuit, il s'y accroche farouchement.

Déjà, autour de lui, les choses ne sont plus ce qu'elles ont été tout au long de la journée. Le sang n'est plus rouge sur la neige mais seulement sombre, et ce qui fut traces de lutte et d'activité n'est plus que balafres d'ombre sans profondeur.

La dentelle de lumière s'amenuise jusqu'à n'être plus qu'une ligne dorée, puis un point, puis... À l'instant où elle n'est plus, il ressent un froid lourd de fatigue lui tomber dessus et glacer ses vêtements imbibés de sueur. La nuit commence. Obscure et peuplée d'incertitudes. Ne lui reste que l'ouïe pour détecter le déplacement des loups qui convoitent son gibier.

Georges dépose quelques branches d'épinette sur le feu. Les aiguilles s'embrasent, crépitent, font grandir une flamme qui lui réchauffe le visage et le devant du corps. Il tend les mains vers la chaleur et les frotte l'une contre l'autre, en faisant attention à la sévère entaille de l'index gauche où le sang s'est enfin coagulé.

En demi-cercle autour du feu niché au fond du cratère d'alimentation du caribou cuisent des lambeaux de chair piqués sur des bâtonnets. Taillés le long des côtes, là où le gras se forme, ils dégagent un arôme qui le fait saliver.

Il s'empare de l'un d'eux, le hume avec délices, lèche une coulisse de graisse et croque. C'est chaud et bon dans sa bouche. Il ferme les yeux, déguste et rend grâce.

Un sentiment de sécurité et de bien-être fait place à l'angoisse qu'il ressentait tout à l'heure. Tant qu'il aura le feu, l'Innu n'aura pas peur de la nuit. Chaleur et lumière lui appartiennent. Il en a la science et le contrôle. Il peut faire sécher ses vêtements, réchauffer son corps, cuire ses aliments, s'éclairer. Il n'a pas à craindre ses frères les loups que l'odorat guide dans les ténèbres. Ils n'oseront approcher celui qui possède le feu.

Georges évalue le tas de branches placé à portée de la main et juge qu'il en a suffisamment jusqu'à ce que l'astre du jour se hisse de nouveau derrière cette crête tantôt brodée de lumière. Qu'il a hâte de revenir à l'abri avec son caribou! Hâte d'apprendre à Émile qu'ils sont sauvés! «Tiens bon, *uìtsheuàkan*, tiens bon», marmonne-t-il en mastiquant une grosse bouchée arrachée au bâtonnet. Comme il aimerait lui faire manger cette viande! Lui vanter les mérites de leur arme! Lui raconter comment la pointe est demeurée solidement fichée! Hélas, il n'a aucun moyen d'entrer en communication avec lui. Là-bas, dans la ville, il y a le téléphone. Suffit de composer un numéro. C'est magique. Paraît qu'on peut rejoindre n'importe qui, n'importe où sur la planète. Mais tout cela est loin de lui, maintenant. Tout cela n'est que souvenir inutile. Il n'appartient plus à cette réalité. Il est d'un autre monde et d'un autre temps et il n'a aucun moyen de mettre fin à l'inquiétude qui le ronge. Si la lecture de l'omoplate du lièvre s'est avérée juste en ce qui concerne les résultats de la chasse, en sera-t-il de même de la lecture de l'omoplate qui s'est complètement calcinée en touchant les tisons? Que cela signifie-t-il? Qu'Émile mourra?

Lui vient la tentation de ne croire qu'aux prédictions qui font son affaire. Pourquoi ne soustrairait-il pas Émile à ces croyances amérindiennes? Après tout, il est blanc. Mensonge. Il se leurre. Ici, personne n'est blanc ni amérindien. Ni homme ni animal. Il n'y a que des êtres de sang soumis au cercle sacré. Que les êtres du Grand Ensemble traversés par le fluide de la vie. Il mord voracement un autre morceau. «Demain, mon ami, demain, j'arriverai avec le caribou. Aujourd'hui, c'était impossible. Je n'aurais jamais eu la force.»

Sa première pensée après avoir bu le sang à même la jugulaire a été pour Émile. Il se voyait accourir fièrement vers l'abri pour lui offrir la queue du caribou en trophée, et, tout en imaginant cette scène, il arrachait la lance du flanc, tournait la bête sur le dos, l'éventrait d'un coup de couteau précis et plongeait les mains dans les entrailles fumantes à la recherche du foie, du cœur et des rognons. C'étaient là les gestes coutumiers d'un guide de chasse et il les posait machinalement avec cette dextérité et cette rapidité qui ont bâti sa réputation d'excellence. Au fur et à mesure qu'il disposait les viscères sur la neige, il prenait conscience de tout ce que cela représentait pour Émile et lui, et chacun de ses gestes acquit alors une signification.

S'emparer de la panse, y vider le sang contenu dans la cage thoracique et y plonger la main jusqu'au coude pour brasser le tout lui procurèrent une sensation forte et exaltante. Ainsi, il renouait avec les Tshiàsh Innuat[3]. Il voyait faire son père qui, lui, avait vu faire son grand-père, et il les rejoignait dans la panse de la bête sacrée, tournant, mélangeant le sang au lichen digéré. Il regardait briller les cristaux de neige et se sentait propre. Grand et propre. De cette grandeur d'homme qui respecte et honore l'animal tombé sous ses coups. Il regardait le ciel libéré d'un sacrilège. Il regardait la toundra dont il se sentait de nouveau digne et reconnaissait en elle sa mère du pays du silence. Celle qui fut à l'origine de son sang, de son souffle et de ses pensées. Celle qui a nourri ses os et son âme. Celle qu'il retrouvait enfin.

Retourner à l'abri en traînant son gibier lui apparut une tâche insurmontable. La mise à mort du caribou avait trop exigé de lui, puisant dans des réserves d'énergie qu'il ignorait lui-même. Il se sentait complètement vidé et la simple pensée de gravir la pente le terrassait. Bien qu'il eût bu du sang frais, il n'en ressentait pas encore les bienfaits, son estomac boudant l'arrivée massive et subite de cet aliment riche. Il tremblait d'épuisement, la sueur se glaçant sur son corps. La tentation de retourner à l'abri en n'emportant que les viscères lui traversa l'esprit, mais le risque de se faire dévorer son gibier par les loups en son absence était trop grand. Il se revoyait, enfant, découvrir avec son père les ossements éparpillés des caribous tués la veille. Cette fois-là, toute la famille avait failli périr. Il dut donc se résoudre à s'installer pour la nuit.

Il remit panse et viscères dans la cavité abdominale et enfouit le caribou pour l'empêcher de geler, la neige étant

---

3. *Tshiàsh Innuat* : les anciens.

un isolant. C'est à peine s'il eut assez de force pour ramasser du bois et préparer son repas.

Un loup hurle, quelque part derrière la butte. Ils sont là qui rôdent, alléchés par l'odeur du sang. Ils ont faim mais ils n'approcheront pas celui qui possède le feu. Jamais, de mémoire d'homme, le loup ne s'est attaqué à l'Innu.

Georges met une autre branche sur le feu. La flamme grandit, le rassure et le réchauffe. «Demain, mon ami, pense-t-il. Demain.»

*   *
*

Ces hurlements au loin le saisissent. C'est donc vrai : il y a des loups. Georges n'inventait pas. Et s'il y a des loups, disait-il, il y a aussi des caribous. Par conséquent, Georges est vraiment parti chasser.

Un frisson d'horreur lui hérisse le poil des avant-bras. Ce n'est pas la présence des carnassiers qui en est la cause, mais bien la morbidité de son imagination, qui a atteint la démesure de ce pays. Quel macabre scénario elle a sournoisement élaboré en dépit des nombreuses objections que soulevait sa raison. Georges faisait mine de partir à la recherche de gibier, emportant la moitié des allumettes, la hache, le couteau et la lance. Le sachant incapable de suivre avec sa béquille, il s'installait dans un vallon à proximité et attendait qu'il crève pour venir le manger. Comment a-t-il pu en arriver là ? Est-ce le délire de la faim qui a fait naître ces pensées ? Est-ce l'immobilité, l'inactivité ? La solitude ? Tout cela réuni ? Georges ne ferait jamais pareille chose, voyons ! Il est son ami !

Pourtant, Luc aussi prétendait l'être. N'a-t-il pas tenté de reprendre le rôle du gentil petit renard, la dernière fois qu'ils se sont vus? Et lui, l'incorrigible naïf, n'a-t-il pas pensé tendre de nouveau la main? À ce moment-là, l'ELT et la boîte de secours n'étaient déjà plus dans l'avion. Tête d'Oiseau les avait enlevés. Pourquoi? Pour se suicider, apparemment. Il en doute fort. À son avis, c'était plutôt pour brouiller les pistes. Ce soir-là, Tête d'Oiseau buvait plus que de coutume et, en compagnie de Christian, il avait inhalé du hasch, chose qu'il ne lui avait jamais vu faire auparavant. On aurait dit qu'il tenait absolument à se défoncer afin d'être inapte au vol le lendemain. Et, dans ce cas, c'est au chef pilote qu'incombait la tâche de le remplacer. Plus il y pense, plus il lui apparaît plausible que Luc ait voulu se débarrasser de lui de cette façon. C'est dégueulasse mais, franchement, bien calculé. Il n'y avait même pas assez d'essence pour se rendre à Sept-Îles, alors que, la veille, Luc lui avait certifié qu'il avait fait le plein. Douteux, non? Suffisait de bouleverser à la dernière minute la poire qui s'envolait, le cerveau et le cœur vrillés par un «tu m'écœures» dévastateur.

«Tu m'auras pas, Luc... Tu m'auras pas, marmonne-t-il. J'vais revenir.»

Ah oui? Et comment? Georges n'est pas revenu de la chasse. Il fait noir et nuit maintenant. Peut-être a-t-il décidé de retourner à Schefferville seul, par ses propres moyens. Il en est bien capable. Pourquoi s'encombrerait-il d'un invalide?

«Non... Non... Georges est mon ami : il m'a apporté du lichen hier... Ensemble, nous avons fabriqué une lance...»

Qui dit que ce n'était pas là un repas d'adieu? Ce matin, Georges était visiblement pénétré de cette paix qui suit les grandes décisions. Était-ce celle d'obéir à l'impulsion propre aux survivants de s'éloigner des lieux de l'accident? Après tout, le Montagnais n'a plus rien à espérer de ce débris d'avion aux radios défuntes. Plus rien à espérer de secours venant du ciel.

«Non... Ensemble, nous avons fabriqué une lance pour la chasse... À moins... à moins que ce ne soit pour se défendre des loups.»

Il revoit Georges le Magnifique le saluant à l'horizon et ressent un choc brutal comme s'il prenait conscience tout à coup d'avoir été abandonné au fin fond de cette immensité. Aiguille au fond d'une botte de foin, il n'a guère de chances d'être repéré. Qu'il est peu de chose, mais peu de chose! Il n'est pas plus qu'un insecte. Le recherche-t-on encore d'une façon intensive comme Saint-Exupéry recherchait son ami Guillaumet ou se contente-t-on de jeter un coup d'œil en bas par acquit de conscience?

Les loups hurlent de nouveau. Ils se sont sensiblement rapprochés, faisant naître l'image du sang giclant sur la neige. Celui de Georges le Magnifique que les prédateurs affamés se disputent. Non! Non! J'veux pas! Non, pas ça... Pas un accident...

Il s'assoit brusquement. Épie le silence. Rien. Où sont-ils? Où sont ces fichus loups? Ont-ils attaqué Georges? L'ont-ils tué, dévoré? Est-ce maintenant son tour? Il n'a presque rien pour se défendre : des outils, sa béquille, le feu.

Il regarde le réchaud où danse la flamme bleue et il craint de ne pas avoir assez d'essence pour la nuit. C'est bête. Il aurait dû en prendre avant que l'obscurité ne rende hasardeux ses déplacements. Maintenant, il n'ose sortir, de peur de trébucher ou de tomber face à face avec les loups. Où sont-ils donc passés? Pourquoi ne hurlent-ils plus? Il se concentre. Tend l'oreille et ne perçoit que les battements affolés de son cœur. Il presse la petite femme de pierre dans sa main. «Aide-moi, Sophie. Au secours, quelqu'un!», balbutie-t-il.

Qu'est-il arrivé à Georges? Pourquoi n'est-il pas revenu? Demain, il ira voir. Si demain il vit encore... Il suivra les traces, quitte à ramper pour ménager sa jambe blessée. Ah, mon Dieu! Il va se geler les mains puisqu'il a prêté ses gants. Son casque de fourrure également, la casquette de Georges n'étant pas de saison.

Il se sent si seul, si démuni, si petit. À part Georges, personne ne sait où il est. Personne ne sait même qu'il existe encore. Qu'il soit en route pour Schefferville ou mort sous les crocs des bêtes, il se sent abandonné par Georges. Fin seul et minuscule au fond de ce pays de neige.

Soudain, la flamme du réchaud vacille et s'éteint, le plongeant dans le noir total. La peur le fige. Il lui semble entendre le halètement des bêtes autour de l'abri. Elles sont là qui reniflent l'odeur de son sang. Oui, il les entend gratter contre la portière de l'avion installée à l'entrée.

Terrifié, il écoute, se rappelant l'histoire du Petit Chaperon rouge. «C'est pour mieux te manger, mon enfant.» Comment le retrouvera-t-on s'il aboutit dans des estomacs de loups? Comment Sophie saura-t-elle jamais qu'il l'a aimée jusqu'à son dernier souffle? Son cadavre disparu, la statuette redeviendra pierre perdue dans la mousse et il n'aura rien laissé derrière lui. Rien du tout. De minuscule qu'il est, il basculera dans le néant quand les bêtes le déchiquetteront et il ne se résumera alors qu'à de petits tas de merde sur le sol stérile.

Il porte la statuette à ses lèvres et l'embrasse avec ferveur comme on embrasse les reliques d'un thaumaturge. «Aide-moi, Sophie... Je t'aime... Abandonne-moi pas...»

Il a peur. Terriblement et déraisonnablement. De cette peur incontrôlable qui le faisait s'éveiller en sursaut la nuit, à la suite du départ de son père. La peur de se retrouver seul dans une maison froide aux placards vides. Seul à courir pieds nus sur les planchers glacés à la recherche de sa mère. Seul à découvrir dans le berceau le bébé transi par sa couche trempée d'urine. Il a peur de cette peur-là enracinée en lui. Peur que Georges ne revienne plus jamais, le laissant à la merci de ce pays. Tantôt il craint un accident, tantôt un départ volontaire pour Schefferville. Il ne sait pas. Il n'a aucune donnée pour structurer sa pensée. Rien que des sentiments. Il est perdu. Complètement perdu dans le noir de cette nuit et dans le doute. Il ne sait plus rien avec certitude. N'a plus aucun jalon pour demeurer dans le droit chemin de la rationalité. Il s'égare, tâtonne, trébuche, tourne en rond. Il s'accroche à l'amour, s'accroche à la haine. S'accroche à tous les petits bonheurs de son astéroïde. À tous ceux et celles qu'il a apprivoisés et aimés. Il s'accroche avec son cœur, avec sa tête, les mains nues et vides, le ventre creux, les os douloureux et glacés.

Perdu... Il est perdu, minable insecte se tortillant dans un trou de neige autour duquel rôdent les loups. Il est perdu comme lorsqu'il s'enivrait et coulait à pic vers les abysses. Perdu dans le labyrinthe de ses pensées sans aucun fil d'Ariane pour retrouver son chemin.

Des hurlements au loin lui glacent l'échine. Quoi? Ils ne sont pas autour de l'abri? Qu'est-ce donc? Il est persuadé de les avoir entendus. Oui, ils étaient là, à gratter la porte et à renifler partout. Il les entendait haleter... Autres hurlements, toujours au loin... À moins que ce ne soit son propre souffle précipité qu'il ait entendu... Est-il en train de perdre la raison?

«Laisse-moi pas tout seul, Georges... Laisse-moi pas tout seul, *uìtsheuàkan*», supplie-t-il en grelottant, les mains serrées sur la petite femme de pierre.

Perdu dans le noir, perdu dans le doute. Fin seul comme l'enfant désemparé qui ne sait que faire dans la maison silencieuse où son propre souffle l'effraie.

Perdu. Il se sent perdu. N'est plus que négligeable poussière aux abords du néant.

Le ventre tordu par la faim, il s'agrippe de ses doigts gercés aux moindres aspérités de la falaise surplombant le gouffre du désespoir. Il ne sait plus, ne voit plus et tient bon, ses ongles se brisant sur la pierre, ses lèvres l'effleurant.

32

«*Je suis là*»

Le bruit régulier du fût des raquettes raclant les pistes gelées l'enhardit à traîner derrière lui le caribou attaché par les narines.

Les loups suivent furtivement, à distance. Il ne les voit pas mais il sait qu'ils sont là, à l'affût d'une chance de s'emparer de son gibier. Sans doute ont-ils déjà léché le sang sur la neige et fouiné du museau dans les entrailles, y trouvant bien peu de choses. «Dans le caribou, il n'y a que la merde qu'on ne peut pas manger», disait sa mère d'un air enjoué. Elle avait raison. Tant pis pour les loups. Tant mieux pour l'Innu. L'eau lui vient à la bouche à la seule pensée de la panse remplie de sang qu'il a placée à l'intérieur de la cage thoracique pour le transport. Quel délice ce sera! La dernière fois qu'il a mangé du *tuk ushkasseken*[1] remonte à très loin. Au temps où il chassait et piégeait avec son père sur leur territoire et où la civilisation blanche ne lui avait pas encore fait sentir la répugnance qu'inspirait ce

---

1. *Tuk ushkasseken* : panse de caribou qu'on remplit de sang et qu'on laisse surir cinq ou six jours près d'une source de chaleur.

régal des siens. «Miam! Bonne confiture montagnaise!», dira-t-il à Émile. Il le voit pâlir et grimacer d'ici. À sa connaissance, aucun Blanc ne s'est aventuré à vraiment manger du *tuk ushkasseken*. À peine quelques-uns d'entre eux y ont-ils trempé la langue pour la forme.

Il presse le pas, soudain aiguillonné par l'inquiétude. Cette satanée omoplate calcinée en est la cause et il ne cesse d'envisager de funestes éventualités. Après tout, il suffit d'une étincelle sur la couche de branches séchées pour incendier et l'abri et l'homme qui aurait eu le malheur de s'y endormir. Ou encore, le réchaud s'étant éteint faute de combustible, son compagnon affaibli aurait très bien pu passer de vie à trépas sans même s'en rendre compte. Tout doucement, comme on glisse de l'état de veille au sommeil. Tant de choses peuvent être arrivées en son absence.

Il sait ce que cela signifie d'attendre le retour du chasseur. Il a déjà vu sa mère livrée à cette angoisse. Elle marmonnait à voix basse en brassant le feu tandis qu'il l'observait, faisant mine de dormir. Dehors, la tempête rugissait. Violente et aveugle. Son père y était quelque part. Où et dans quel état? Comment savoir? Le vent avait dévoré toutes les pistes, et la neige, enseveli toutes choses. Si jamais il avait péri, on ne pourrait le retrouver qu'au printemps. Elle avait surpris son regard, et lui, communié avec sa peur. «Dors, je suis là», avait-elle dit d'un ton rassurant.

Cette nuit, personne n'était là pour rassurer Émile et communier avec sa peur. Il était seul avec le délire de la faim et la torture de l'incertitude, et cela est terrible dans ce pays. Éminemment dangereux pour l'équilibre mental. D'autant plus qu'Émile est condamné à l'inactivité en raison de sa blessure.

Le soleil, tantôt à sa gauche, brille droit devant. Juste au-dessus du plateau derrière lequel se trouve l'abri. Ce jour a quelque chose de triomphant. Quelque chose de rassurant.

Il lui semble que rien de mal ne peut arriver aujourd'hui. L'éclatante lumière ne saurait éclairer la scène d'un drame sans détonner. Il imagine mal ces rayons déjà vigoureux visitant des cendres fumantes ou faisant briller le cristal d'une larme dans un œil figé pour l'éternité. Non. On ne saurait mourir par une pareille journée. Et pourtant, en lui, cette hâte de retrouver cet autre Innu derrière le plateau. Cet autre Innu dont la survie est désormais garantie. Avec quelle joie il fendra les os à coups de hache pour aller lui chercher de la riche et savoureuse moelle ! C'est la vie qu'il apporte. La vie. Ce serait bête d'arriver trop tard, après que la mort eut passé, rendant glauque le fascinant regard bleu. Bête de ne plus pouvoir partager avec cet autre Innu et de ne plus vibrer avec lui à l'harmonie du monde. Bête de revenir seul à Schefferville.

Il se surprend de l'énergie qui coule dans ses veines. De cette vigueur enfin retrouvée qui lui procure une sensation euphorique. Il va de ce pas toujours régulier. Un sur deux motivé par la hâte de retrouver son ami, l'autre par la peur d'arriver trop tard.

*   *
*

C'est ici qu'hier matin ils se sont séparés. D'ici qu'il a vu disparaître Georges le Magnifique à l'horizon.

Aujourd'hui, tout est d'une absolue immobilité. D'une incontournable clarté. Le soleil illumine le vide qui l'entoure sans parvenir à lui réchauffer le corps. Partout la froide lumière se déverse sur la toundra et se fragmente en milliers de cristaux étincelants tandis que lui reste là, piqué comme le style d'un cadran solaire, à voir tourner son ombre d'animal à trois pattes autour de lui. Il reste là, à marquer le temps et à repousser la limite de l'attente. « J'attendrai jusqu'à ce que l'ombre de mon capuchon touche à la première piste de raquettes... Non, plutôt jusqu'à ce qu'elle atteigne cette motte de neige.» Et après, que fera-t-il? Il n'en sait trop rien. Il a pensé à partir, il a pensé à rester.

Partir à la poursuite de Georges est tout à fait inutile. Jamais il ne rattrapera un homme sain en route pour Schefferville. Tout ce qui risque de lui arriver, c'est de mourir en chemin. Tant qu'à mourir, aussi bien le faire dans son trou en conservant l'espoir jusqu'au dernier instant qu'un avion survolera les lieux.

L'ombre de son capuchon atteint la motte de neige. Fin prévue de l'attente. Que fait-il maintenant? Il pense à partir, il pense à rester. Il n'en sait vraiment trop rien. Exaspéré, il effectue quelques pas. Cet horizon vide l'étourdit. Sa béquille tombe automatiquement dans les petits trous durcis des précédents déplacements, qui le mènent à l'avion, face au côté droit où manque la porte de la cabine de pilotage. Il regarde la miniature de bois suspendue au pare-brise. Que représente-t-elle pour lui maintenant? Que représentait-elle pour Luc? «J'me suis laissé enculer à cause de ta maudite bébelle de bois», avait-il confessé en état d'ébriété. Avec quelle dévotion Tête d'Oiseau était attaché à cet objet! Ça frisait l'indécence. Il imagine mal, aujourd'hui, qu'il s'en soit volontairement départi. Il a dû l'oublier... Non, on n'oublie pas un fétiche de cette importance. Ou il l'a laissé pour ne pas éveiller les soupçons, ou il avait vraiment l'intention de se suicider. Cette nuit, il aurait opté pour la première hypothèse sans hésiter, mais maintenant cette miniature lui tient un autre langage. Elle lui parle de l'aliénation que provoque l'isolement. De la folie que côtoie l'homme condamné à l'exclusion. De cette folie qu'il a frôlée cette nuit. N'a-t-il pas entendu les loups gratter à la porte de l'abri? N'a-t-il pas paniqué, se voyant déjà sous leurs crocs puis dans leur estomac et finalement dans la toundra, réduit en tas de merde? Eh bien, il s'est trompé! Il n'y a pas une seule piste de loup ici. Pas une seule. Il a vérifié par deux fois. Par deux fois il s'est senti complètement atterré. Quoi? Il aurait pu jurer qu'ils étaient là, à fureter partout. Sa peur était bien réelle, mais non le motif. Qu'est-ce à dire? En est-il ainsi de toutes les insanités qui lui sont passées par la tête? Si oui, que de semblables absurdités ont dû passer par la tête de Luc en incarcération! Pas étonnant qu'il n'ait pas retrouvé le même homme aux portes du pénitencier. Lui-même, ce matin, il ne se sent plus tout à fait lucide. Qu'il le veuille ou non, les visions cauchemardesques de cette nuit lui ont laissé l'âme pleine de toxines. «Voulais-tu vraiment mourir?», demande-t-il à la réplique couverte de frimas. Voilà qu'il en est rendu à parler tout seul et tout haut. Le son de sa voix dans ce silence lui donne la chair de poule. Qu'il est seul! Seul et prisonnier. Seul et enfermé dans cette immensité et par cette immensité, son invalidité l'enchaînant au cercle restreint des pistes dont il ne peut s'écarter. Seul comme Luc dans son cachot, à ruminer des pensées malsaines. «Moi, j'ai pas envie de mourir», dit-il encore en serrant sa parka contre son corps frissonnant. «Non, j'ai pas envie de mourir.»

Il se retourne brusquement et ressent un malaise qui l'oblige à prendre appui sur l'essieu de la roue. Dieu qu'il a froid! Il ne pense plus à partir mais seulement à réintégrer l'abri, où il a remis le réchaud en marche.

Il n'aurait pas dû rester si longtemps dehors. Il a beau s'être enfoncé les mains dans les poches, elles sont tout engourdies, celle de droite sensiblement douloureuse au mouvement, qui crevasse la peau brûlée. Il en est de même des cicatrices de la joue et du cou, qui se tendent et se fendent comme un masque trop serré. Quelle imprudence! S'il fallait qu'il perde connaissance ici, il ne donnerait pas cher de sa peau. L'air est sec et froid en dépit de ce soleil radieux. Sa vision s'embrouille. Attention! Il doit se reposer un peu. Pas question de revenir à l'abri pour l'instant. Doucement, il se laisse glisser en prenant des précautions pour sa jambe blessée et il parvient à s'asseoir sur le ski. Les fesses transies par le métal, il s'appuie ensuite contre l'essieu, attache fermement son capuchon, s'enfonce la tête dans les épaules et s'emmitoufle dans le vêtement en prenant soin de cacher ses mains nues sous ses aisselles. Les yeux clos, il s'emploie à respirer par petits coups à l'intérieur de sa parka pour la réchauffer.

Le temps lui échappe, ou peut-être est-ce lui qui échappe au temps. Il se retrouve à Pointe-Saint-Charles, faisant des ronds de chaleur dans le dos de Francis sous les couvertures. Il adore faire rire son petit frère. Cela les amuse tellement qu'ils ne sentent plus le froid dans la maison, rien d'autre n'existant que le chatouillement de l'haleine tiède contre la peau.

— *Coué! Coué!*

Quelle est cette voix? D'où vient-elle? Fait-elle partie de la réalité ou vient-elle de son imagination? Il est seul, ici. Seul et prisonnier.

— Émile!

Il hausse la tête, risque un regard par l'ouverture resserrée du capuchon et le voit, exactement là où ils se sont quittés hier.

Le visage couleur brique, les yeux brillants et victorieux, Georges le Magnifique brandit fièrement un morceau de fourrure. Derrière lui gît un caribou.

Est-ce un mirage? Une hallucination forgée par sa détresse? S'invente-t-il cet homme se ruant vers lui à grandes enjambées, ses raquettes lui faisant des pieds de géant?

— *Uiàsh tuk!* dit celui-ci en l'empoignant fermement par la parka pour le soulever et le secouer.

— J'rêve pas...? T'es revenu? balbutie-t-il.

Georges est tout près, penché sur lui, le fouillant de son regard noir. Il a du sang séché plein la figure. On croirait de la peinture de guerre.

Encore plus blanc que d'habitude, l'homme blanc le considère avec stupéfaction. L'Amérindien voit dans ses yeux combien il a eu peur, combien il a eu faim et froid. Il voit qu'il a douté et frisé la démence. En lui, il voit sa mère rongée par l'angoisse de l'attente et son père à la merci d'une tempête. En lui, il voit sa sœur pleurant la banique et son fils se croyant perdu à sa première chasse. En lui, il voit l'Innu. L'être humain.

Un sourire d'une grande douceur transfigure le rude visage du Montagnais, qui lui dit simplement :

— Je suis là.

Affection, soulagement, admiration, honte d'avoir douté éclosent instantanément et simultanément comme des champignons ayant proliféré à l'obscurité. Il retrouve la mère qu'il croyait partie et le frère qui s'amusait avec lui à poser des pièges à rats sous le lavabo de la cuisine. Il ne sait comment montrer sa reconnaissance, comment exprimer l'attachement qu'il ressent. Des larmes lui montent aux yeux en même temps qu'un rire nerveux l'agite. Comme il aime cet homme venu briser le joug de sa solitude ! Comme il vénère ce dieu-chasseur venu lui sauver la vie ! Ce bon géant qui va chercher sa main mutilée enfouie sous l'aisselle, qui l'ouvre délicatement et y place la queue du caribou.

— Pour toi, *uìtsheuàkan*.

Comme il aime son ami !

33

Le culte du caribou

Suspendue au-dessus d'un grand feu, la tête du caribou tourne lentement sur une corde. Tantôt, lorsque le poil s'est enflammé en dégageant une odeur âcre, il a porté instinctivement sa main à sa joue. L'espace d'un instant, il s'est vu, torche vivante, roulant par terre. Cet accident est arrivé il y a déjà vingt ans mais sa peau est devenue tellement sensible qu'il a l'impression qu'on vient juste de lui enlever les pansements. La moindre chaleur, le moindre froid y ressuscite la douleur, ce qui lui est très pénible quand il doit s'approcher du feu pour tourner les minces tranches de viande disposées tout autour pour le séchage.

Quelle tâche que de préparer toute cette venaison pour n'en rien perdre! Georges n'en finit plus de dépecer, de désosser et de tailler. Présentement, il s'emploie à bouillir les «os sacrés» pour en extraire la graisse. Ce sont ceux des articulations médianes des pattes. Lorsque la graisse se figera sur le bouillon en refroidissant, Georges la recueillera avec soin, lui en réservant un peu en guise de pommade. Le reste sera mangé comme aliment de premier choix. Rien n'est plus prisé que la graisse de caribou chez les Montagnais, rien sauf peut-être cette espèce de confiture surissant dans la panse. «Miam! Bonne confiture. Bon pour toi», lui répète Georges chaque fois qu'il le voit regarder la panse accrochée dans l'abri le long de la paroi rocailleuse. A-t-il réussi à masquer son dégoût? Pour rien au monde il ne voudrait froisser son ami qui lui offre de si bon cœur ce délice ancestral, mais il a beau se répéter que la composition ne diffère pas tellement de celle du boudin, il ne parvient pas à faire abstraction de la nature du contenant et du contenu. Tout ce qu'il y voit, c'est un estomac rempli de lichen prédigéré et de sang. L'odeur qui s'en est échappée quand Georges l'a perforé afin de libérer les gaz de fermentation n'a rien fait pour le mettre en appétit. Ouf! Il a failli vomir. «J'crois que j'ai mangé trop vite», a-t-il donné comme explication à son évidente et soudaine nausée. Comme il appréhende le moment d'y goûter! Il paraît que ce sera à point d'ici une semaine. Il doit absolument se conditionner à avaler cette nourriture. Rien ne ferait plus plaisir à Georges, il en est certain. Rien ne scellerait davantage leur amitié. Que ne ferait-il pas pour exprimer ce puissant sentiment qui ne cesse de croître en lui depuis que Georges le Magnifique lui a donné la queue du caribou? Ne lui doit-il pas la vie? Ce qu'il le trouve grand, son ami! Grand et beau. Chez lui, pas de mesquinerie et de petitesse. Pas d'appât du gain ou de soif du pouvoir. Considéré comme étant au bas de l'échelle sociale dans l'univers des Blancs, il est ici un roi. Un roi sage et paisible qui reconnaît n'être qu'une partie d'un tout, indissolublement liée aux autres parties. Il est grand de ne vouloir rien dépasser et beau d'obéir à la loi du partage sans rien négocier. Que ne ferait-il pas pour lui témoigner toute sa gratitude et son admiration? Le dire est hors de question. Les mots, ici, n'ont plus la même portée. Ils sont devenus tout à fait inadéquats pour véhiculer ce qui lui gonfle ainsi l'âme. Seuls les gestes comptent. Des gestes tout simples qui les amènent à communier ensemble dans la même œuvre. Depuis ce matin, ils s'affairent en silence à préparer le gibier, chacun accomplissant sa tâche avec la plus grande attention et le plus grand respect. C'est comme s'ils ne formaient qu'un seul être doté de deux corps. Qu'un seul cerveau commandant à quatre bras et quatre jambes d'honorer la mort du caribou. Rien ne doit être perdu de cet animal. Rien. Surtout pas le *tuk ushkasseken* dont Georges ne cesse de vanter les mérites. Cet aliment renferme, selon lui, tous les éléments nutritifs nécessaires à son rétablissement. Il n'en doute pas un seul instant. Georges sait de quoi il parle en matière de survie et, grâce à ses soins et à ses conseils, il a pu récupérer ses forces sans problème. N'eût été l'attention de son sauveur, cependant, il se serait dangereusement empiffré plutôt que d'habituer progressivement son estomac à l'absorption de nourriture. Ah! ce qu'il est redevable à cet homme! Comment a-t-il pu douter de sa loyauté? Comment a-t-il pu imaginer toutes ces horreurs de cannibalisme? Ce qu'il a honte, mais honte! Il se déçoit tellement. Mérite-t-il une telle amitié? Georges est si limpide qu'il ne peut que se sentir davantage troublé et sale auprès de lui. Hier, quand Georges le nourrissait petit à petit, il est venu tout près des aveux, mais là encore il craignait de le choquer, de le scandaliser. Il avait peur que Georges regrette d'être revenu vers un homme tel que lui. Peur de le décevoir et de le blesser. Alors, il n'a rien dit et s'est laissé soigner comme un enfant malade, obéissant à toutes les recommandations en dépit de l'irrésistible tentation d'avaler gloutonnement la viande du caribou. Ah oui! il se sent fautif d'avoir douté, et il désire s'amender en son âme et conscience. Il désire dépasser ses préjugés de Blanc pour s'unir au Montagnais en faisant honneur au mets traditionnel si généreusement offert. Nonosbtant l'amitié, l'a b c du savoir-vivre l'impose.

Georges s'approche et vérifie l'état des tranches de viande séchant autour du feu. Il en retire quelques-unes qu'il dépose à plat sur des branches d'épinette afin qu'elles refroidissent et il les remplace par d'autres tranches d'environ trois millimètres d'épaisseur, puis il imprime un mouvement de rotation à la tête.

L'aspect de cette dernière n'est guère ragoûtant mais l'arôme qui s'en dégage maintenant que le poil est brûlé rappelle celui des grillades sur charbon de bois. Protégée par la peau qui l'empêche de sécher, la pièce cuit lentement dans son jus.

— Demain, bonne graisse pour toi, dit Georges avant de retourner à l'ébullition des «os sacrés».

Et lui, l'âme gonflée de reconnaissance, appréhende le moment de la démontrer à ce dieu-chasseur en puisant comme lui et avec lui l'essence de sa propre vie dans la panse de l'animal.

*   *
*

Georges tire calmement de maigres bouffées de la pipe qu'il a bourrée de cette mousse noire qu'on trouve accrochée aux épinettes. Indifférent aux hurlements des loups qui se glissent dans la nuit, il contemple une matière d'un blanc immaculé, déposée sur un morceau de tôle placé symboliquement entre eux sur la couche.

— Prends, dit-il d'un ton autoritaire et solennel.

Ce qu'il fait avec parcimonie. Cette graisse est précieuse, voire sacrée. Afin de n'en point perdre, il se sert du miroir pour l'appliquer, n'osant prêter attention à ce visage à demi stigmatisé de cicatrices fendillées et crevassées. Tel un baume, la graisse pénètre la peau asséchée et il frotte doucement les gerçures qui ont saigné.

Georges le regarde faire et cela l'intimide.

— Ouais! J'fais pas mal dur, dit-il dans son embarras.

Et après? À quoi cela peut-il bien rimer ici? Quel idiot il est!

Maintenant, il en étend sur sa main droite en faisant bien pénétrer.

— Bon pour toi, bon à manger aussi. Goûte, *uìtsheuà-kan*, invite Georges en pigeant une quantité de la grosseur d'une bille qu'il lèche voluptueusement sur le bout de son index.

— Non. Toi, tu la manges; moi, je l'étends sur ma peau. Comme ça, c'est juste.

Le Montagnais hoche dubitativement la tête alors que se plissent ses yeux à la naissance d'un sourire moqueur.

— Aimes mieux manger *tuk ushkasseken*?

— J'sais pas... J'y ai pas goûté encore. J'suis sûr que c'est bon. Ça doit ressembler au boudin, répond-il sans conviction, les narines agressées par les effluves que dégage la panse en état de fermentation.

Comment pourra-t-il faire abstraction de cette odcur? Il veut bien croire qu'un Irlandais ne recule devant rien, mais en est-il de même pour l'estomac d'un Irlandais? D'un demi-Irlandais, plus précisément? Et qui dit que son estomac à lui n'est pas entièrement québécois? Il veut bien boire du sang, manger de la viande crue, de la moelle et de la tête rôtie, mais de là à ingurgiter une substance qui empeste de la sorte, il s'interroge sérieusement.

Des picotements se manifestent dans la région de la luette. «C'est pas pire que du boudin», se répète-t-il en se raclant la gorge par deux fois sous l'œil inquisiteur de l'ami qui lui passe la pipe.

34

Gage d'amitié

Voilà, ça y est. Impossible de contourner ce moment tant redouté. L'heure est venue de déguster «la bonne confiture montagnaise qui doit goûter le boudin, à peu de chose près».

Georges en a déjà l'eau à la bouche. Lui, le cœur tout près des lèvres.

Il pense sourire mais n'en est pas certain. Peut-être grimace-t-il involontairement. Il voudrait tellement donner à ce geste toute la solennité qu'il mérite. Ne communie-t-il pas par lui avec l'âme de Georges et avec celle du peuple montagnais jusqu'en ses racines les plus lointaines? Initiatique et significatif, ce geste consacrera leur amitié. Il se doit de dépasser ses préjugés d'homme blanc et de renier l'identité québécoise que revendique tout à coup son estomac. Siècles, races et frontières sont abolis. Il n'est qu'un Innu. Qu'un être humain partageant avec un autre.

Il tremble d'émotion bien malgré lui et sent sa gorge se resserrer lorsque la main de Georges plonge dans la panse pour en sortir une poignée de matière d'un rouge foncé et d'une consistance légèrement pâteuse, agrémentée de fibres végétales. Quel aspect rebutant dont son inventaire gastronomique n'a aucun exemple! Jusqu'à maintenant, il a cru que le boudin s'y apparentait, mais il constate qu'il n'en est rien. De plus, l'odeur qui s'en dégage a de quoi décourager même sa meilleure intention.

Se servant de sa main comme d'une écuelle, Georges mange avec gourmandise et recueillement. Lui, la gorge serrée, la poitrine soudain oppressée, il se prépare mentalement à réussir le saut au-dessus du fossé des civilisations. Il le doit à son ami. Ce qu'il est, lui, avec sa mentalité et ses préjugés de Blanc, doit s'effacer devant les propriétés quasi miraculeuses de cette nourriture. C'est, paraît-il, le summum des aliments à haute teneur énergétique. Déjà qu'il se sent dans une forme splendide depuis qu'il mange du caribou, qu'en sera-t-il s'il parvient à se nourrir de cet épais nectar du dieu-chasseur?

Georges se lèche les doigts un à un comme un gamin ayant fouillé dans un bocal de confiture.

— Hmm! Bon! Prends.

Il est trop tard pour reculer. Ne reste qu'à sauter. Qu'à plonger la main à son tour dans la matière tiède et grumeleuse pour n'en retenir que très peu en créant l'illusion d'une plus grande quantité par la position de ses doigts. S'abstenant de respirer par le nez, il avale cul sec cette substance à laquelle ses papilles gustatives ne veulent pas s'attarder. Voilà, c'est fait! Il n'a plus qu'à se lécher les doigts pour crier victoire. Il ne peut pas dire si c'est bon ou pas mais il sent son estomac se contracter à l'instant où il porte la main à sa bouche pour la lécher. L'odeur l'assaille de plein fouet et lui couvre le front de sueur froide.

Il se précipite aussitôt à l'extérieur sous le regard de Georges qui se porte à son aide.

Qu'il a honte! Il vient de rejeter cette nourriture sacrée. C'est grotesque. Comment Georges interprétera-t-il cette réaction?

— Excuse-moi. J'crois... j'crois que j'suis pas digne, bredouille-t-il d'un air contrit comme s'il avait vomi le peuple montagnais au complet.

— Pas Indien, *uìtsheuàkan*. Estomac d'Indien, solide.

— T'as raison: j'suis une p'tite nature.

L'attitude de Georges le déconcerte. Il croyait l'avoir blessé, vexé tout au moins, mais l'indulgent sourire qui se dessine dans ce visage aux traits rudes lui fait comprendre qu'il n'en est rien.

— T'as l'air de trouver ça drôle.

— Toujours drôle voir l'homme blanc manger bonne confiture montagnaise.

Insolents, moqueurs, les yeux se plissent davantage.

— Tu savais que j'serais pas capable, hein?

Soubresauts des épaules indiquant le haut degré d'hilarité de Georges.

— Pourquoi tu m'as laissé faire?

— Toi savais pas.

— Ouais, mais j'en ai gaspillé.

— Pas beaucoup.

En effet, en ayant pris très peu, il en a rendu très peu. Le voilà démasqué. Quel guignol il fait! Georges avait tout deviné et maintenant il s'amuse à ses dépens de sa flagrante déconfiture. Savait-il au moins pourquoi il voulait poser ce geste? C'était grand, ce qu'il voulait faire. C'était beau et même sublime. Il se sent incompris. Meurtri par le rire qui n'a rien vu de l'essentiel invisible pour les yeux et qui s'est arrêté au côté loufoque de la situation.

— Tu sais même pas pourquoi j'ai essayé, se défend-il faiblement pour se donner raison de ne pas emboîter le pas à la jovialité de son compagnon.

— Oui, j'sais.

Georges lui entoure les épaules de son bras et le serre contre lui.

— Parce que tu m'aimes, mon ami, dit-il en montagnais.

— Oui, c'est pour ça.

Et, regardant la tache de vomissure qui n'altère en rien leur amitié, il s'esclaffe à son tour.

35

Les réalisations des hommes

Déjà vingt-trois jours qu'ils sont ici. Sûrement qu'on ne les recherche plus. L'implacabilité de ce pays ne permet pas de croire à leur survie. Pourtant, ils sont bel et bien vivants. Et bel et bien décidés à retourner chez eux.

En tant que pilote, il conserve quelques réticences à quitter les lieux de l'accident. Georges, aucune. Quoi qu'il en soit, il leur faut patienter jusqu'à la guérison de sa jambe. Une longue et difficile marche les attend et il ne peut encore faire porter son poids sur elle sans en éprouver une douleur qui n'est pas à négliger. Qui sait? D'ici le jour de leur départ, on peut très bien les découvrir.

Un avion à réaction passe à l'altitude du jet-stream, laissant une trace de craie blanche derrière lui.

— En v'là un autre qui s'en va dans les vieux pays. On est en plein sur leur route.

— Hmm.

Occupé à fabriquer un toboggan à partir d'un morceau de tôle arraché au Otter, Georges ne lève même pas la tête.

Lui, il ne peut faire autrement chaque fois qu'un aéronef les survole. C'est sa seconde nature. À ses yeux, l'univers des animaux ailés ne lui est point interdit. L'air, autant que le sol et autant que l'eau, lui est accessible. Officiellement, il y a vécu au-delà de onze mille cinq cents heures.

— C'est sacrant de pas pouvoir entrer en contact avec eux autres. À cette hauteur-là, on n'est même pas des petits points sur la neige.

— Hmm... Tire...

Il tire le câble attaché au bout de tôle auquel Georges travaille à donner une forme arrondie.

— C'est quand même spécial, tu trouves pas?

— ...

— Pendant que toi pis moi on est ici à se faire un toboggan pour rentrer chez nous, eux autres nous passent au-dessus d'la tête sans nous voir, sans même savoir qu'on existe... Ils sont là, assis dans des sièges confortables à siroter une boisson ou à regarder un film, pendant que nous autres on est ici... Ils sont des centaines dans un avion qui pèse des tonnes, tu te rends compte?

Georges regarde enfin le trait blanc qui s'élargit sur le bleu du ciel.

— Ils nous voient pas, commente-t-il en retournant à son ouvrage.

Cela lui ramène efficacement les pieds sur terre. La science de l'homme qui a conquis l'espace ne leur est d'aucun secours présentement. Ce produit de la haute technologie aéronautique semble tout à coup le narguer en passant bien au-dessus de leurs têtes sans rien percevoir de leur existence.

Il regarde l'abri recouvert de la peau du caribou, poil à l'intérieur pour éviter que le sang ne leur dégouline sur le visage, et réalise à quel point ils sont retournés à l'âge des cavernes. Ils mangent de la viande crue, boivent du sang et s'appliquent de la graisse sur la peau en guise d'onguent. Ils empestent l'animal humain et la fumée, dorment côte à côte sur des branches d'épinette et retournent à d'anciennes croyances où la terre est mère et la pierre est message.

Tout cela est parfaitement inconcevable et pourtant parfaitement réel et incontournable.

— Attache.

Avec des pinces, il fixe solidement la partie recourbée en se servant du câble de l'antenne HF qu'ils avaient utilisée pour les collets à lièvre.

— T'as ben raison : ils nous voient pas. C'est à nous autres de nous sortir du pétrin.

Georges approuve et sourit de satisfaction en vérifiant du plat de la main la forme incurvée de la traîne. C'est de cette science-là qu'ils ont besoin. De celle qui s'est ajustée aux exigences et aux particularités du pays au lieu de les combattre. Cette ingénieuse invention qu'est le toboggan leur permettra de transporter aisément sur de longues distances une charge de beaucoup supérieure à ce qu'ils pourraient transporter sur leur dos, sans compter qu'elle pourra leur épargner des pas dans les descentes. C'est en soi une pure merveille et le respect grandit chez lui. Que ce soit l'aéronef plus lourd que l'air ou la traîne glissant sur la neige, il croit que les réalisations des hommes sont inspirées par quelque chose de surnaturel. De divin peut-être. Quelque chose qui, depuis la préhistoire, a poussé l'homme bien au-delà des limites du monde animal.

Il éprouve un chatouillement dans la gorge qui l'oblige à se la racler. Couverait-il une grippe ? Pourtant, il n'en a pas les autres symptômes. Ce doit être l'émotion.

36

Premier avril

Il compte sur ses jointures : trente et un, trente, trente et un. C'est bien ça. Mars comportant trente et un jours, c'est aujourd'hui le premier avril. «Comme ça, t'es un poisson d'avril», avait-il dit à Luc en remplissant sa fiche d'inscription à l'école satellite de Mont-Laurier. Pourquoi diable ce souvenir lui revient-il avec tant d'acuité? Il revoit encore le sourire timide et les gestes gauches de ce jeune homme qui a dû se sentir très impressionné, exactement comme lui s'est senti impressionné en présence du vieux pilote qui lui avait donné son baptême de l'air. Pourtant, le «père» Marcotte, Anatole de son prénom, n'avait pas la noble prestance de célèbres aviateurs comme Lindbergh, Mermoz et compagnie. Court, bedonnant, chauve, il avait plutôt l'air d'un marchand de bric-à-brac que d'un pilote. Propriétaire d'un Stinson 108-1, il ne parvenait à en payer les coûts d'entretien et d'utilisation qu'en commettant de légères infractions aux lois et règlements de l'air. Il opérait surtout dans des champs, aux abords de petites municipalités où il offrait des tours d'avion pour une modique somme, sans qu'il eût pour cela l'autorisation et le brevet requis. Mais, en dépit de toutes les entorses qu'il faisait aux lois et règlements, le «père» Marcotte n'en demeurait pas moins un passionné de vol et un as dans son genre. Et, à ses côtés, le profane qu'il était ressentait autant d'admiration que s'il eût été aux côtés d'un Mermoz ou d'un Lindbergh.

Mais à quoi bon s'attarder à ces souvenirs? Mieux vaut compter le nombre de jours qu'ils ont passés ici. Aussi incroyable que cela puisse paraître, c'est aujourd'hui le trentième. Habituellement, on en alloue une quarantaine pour la guérison d'une fracture, mais, ici, ce temps sera écourté. Dès qu'il se sentira prêt, ils partiront. Georges ne tient plus en place et, chaque jour, il part en reconnaissance, y demeurant chaque fois un peu plus longtemps, à l'exemple du soleil à l'horizon. Et lui, il reste toujours derrière, à envier la liberté des mouvements et la vitalité de cette silhouette rajeunie par la perte de poids. Oui, lui, il reste toujours derrière, emprisonné par son invalidité et par l'urgence de guérir. Leur gîte lui apparaît maintenant comme un lieu de réclusion et il y étouffe. Quelquefois, il a la sensation physique de manquer d'air. Est-il en train de développer un comportement claustrophobique depuis que cette tanière n'est plus uniquement synonyme de sécurité? Il serait porté à le croire. Tout à l'heure, après avoir appliqué la graisse sur ses cicatrices, il s'est mis à toussoter et à chercher son souffle. Il lui a fallu sortir au plus vite pour s'installer au soleil, à l'abri du vent. Dieu que c'est bon de sentir la chaleur le pénétrer! N'est-ce pas là une forme d'énergie pure? Il en a tellement besoin pour fortifier et tonifier son organisme. Le périple qui les attend requerra énormément de forces qu'il se doit de récupérer.

Le regard tourné vers le nord-ouest, il fait faire des mouvements de rotation à son pied gauche, dans un sens puis dans l'autre. Cet exercice a pour but de favoriser la circulation dans ses muscles ankylosés. Progressivement, la vie revient dans ce membre immobilisé depuis trente jours au moyen de l'attelle de fortune, dont il ne se départira que la veille de leur départ. Lui aussi, maintenant, il a hâte de partir. C'est signe qu'il va beaucoup mieux, selon Georges. Le soir, avant de s'endormir, ils se racontent ce qu'ils feront quand ils seront de retour à Schefferville et ils imaginent les réactions de leurs proches en les voyant arriver. Ils se parlent d'effusions, de pleurs, de rires. De lèvres et de bras qui se retrouvent et se nouent. Ils se parlent de bain, de confort, de luxe. Georges lui a confessé qu'il avait le désir d'un sac de croustilles; lui, celui d'une bonne pizza garnie. Les petits bonheurs côtoient les grands et se mêlent à eux pour ne former qu'une immense joie terrestre vers laquelle ils vont progresser jusqu'à la limite de leur endurance.

Tout cela est là, devant lui, au nord-ouest. Loin d'être à la portée de sa main, c'est à la portée de son cœur, où tout cela mijote à la chaleur de ses sentiments, lui donnant le courage de continuer les exercices malgré les tiraillements douloureux et la fatigue. Il accomplit une rotation pour Sophie, une autre pour sa mère, une autre pour Martin, une pour Barbiche. Quelle fête ses hommes lui feront! Il voit d'ici fuser les olives et s'écrabouiller les œufs. Cela mérite bien quelques rotations de plus. Dire qu'il est à moins d'une heure de vol de tout ce monde et qu'il faudra des jours pour les rejoindre à pied. Lui qui a maintes fois survolé cette vaste contrée trouve singulier le fait de devoir maintenant y tracer de laborieuses pistes d'insecte en marche. Il n'ose s'avouer combien l'aviation lui manque. N'est-ce pas sacrilège d'avoir la nostalgie de s'élever en virant sur une aile alors qu'assis à proximité d'un avion démantibulé il rééduque sa jambe? Sûrement, mais il n'y peut rien. C'est ainsi. Il s'ennuie de voler. C'est comme une drogue. Il s'ennuie du bruit des moteurs, de la ligne d'horizon, des aiguilles tremblant sur la face des cadrans et du crachotement des voix sur les ondes. Il s'ennuie des hommes qui partagent sa folle passion.

Des visages défilent, des noms, des situations. Cela fait au-delà de vingt ans qu'il évolue dans cette sphère. Forcément, il y a développé une manière d'être, de penser et d'agir. Manière dont il ignore si elle cadre encore avec la réalité. Peut-être est-il resté accroché à l'époque du Baron rouge que les pilotes ennemis ont honoré lors de ses obsèques, reconnaissant en lui un frère du ciel qui méritait leur admiration. Peut-être est-il un attardé de vouloir perpétuer la tradition de chevalerie des aviateurs. Que de fois il a eu l'impression d'avoir perdu son temps auprès de Luc! Ce garçon a-t-il compris quelque chose à tout ce qu'il voulait lui enseigner? C'est beaucoup plus que de simples manœuvres qu'il voulait lui montrer, car c'est surtout à l'esprit des gens de l'air qu'il voulait l'initier. Était-ce utopique? Un temps, il a cru l'avoir intégré à cet univers où la fraternité, la bravoure et la générosité sont à l'honneur. Il était alors son instructeur et il revivait toutes les émotions de son propre entraînement. Toute l'admiration qui tournait à la vénération à l'égard de son maître, le «père» Marcotte. S'étant improvisé instructeur, Anatole lui avait dispensé des leçons de vol à l'insu du Montreal Flying Club. «Comme ça, ton cours va te coûter moins cher», disait le bonhomme, qui l'avait vraiment pris en affection. Lui aussi, il avait pris ce vieux mordu en affection. Rien ne lui faisait plus plaisir que d'apprendre avec lui, que ce soit en vol ou au sol, où le «père» s'improvisait également ingénieur. Une belle complicité les unissait, autant devant la grincheuse épouse qui avait l'aviation en horreur que devant les inspecteurs du ministère des Transports qui flairaient des irrégularités. Anatole Marcotte était devenu son idole et il ne savait trop comment lui prouver sa reconnaissance. Est-ce qu'il en a été de même pour Luc? Ce geste malheureux à l'origine de leur brouille aurait-il pu être une façon bien maladroite de prouver sa reconnaissance?

De vives démangeaisons à sa main et à sa joue cicatrisées font dévier le cours de ses pensées. La peau a été trop longtemps sans soins. Le froid y a fait des ravages que la graisse de caribou ne parvient pas à réparer. Ça pique et ça brûle sans bon sens. Doucement, il frotte le pourtour rouge et enflé des cicatrices de sa main puis de celles de sa joue, qui doivent présenter le même aspect. Il se sent repoussant mais cela n'a plus aucune importance. Personne ne le voit. Comme personne ne le voyait quand il était seul aux commandes d'un appareil. Que d'intenses et merveilleux moments il a vécus là-haut, libéré de son image ! Libéré de son visage. Là-haut où il n'était ni beau ni laid, mais était, tout simplement.

Il regarde le *Grand Blanc* près de lui. Que d'heures sublimes il a enregistrées à son bord ! Aujourd'hui, ils sont tous deux condamnés au sol. Tous deux arrêtés par ce gros rocher sur lequel s'est tordue l'hélice et où se sont brisés ses os. La neige a graduellement enseveli l'appareil. D'en haut, il se confond avec le paysage. Nul œil, même bien exercé, ne pourra le repérer avant le printemps. Au sol, il a la sinistre allure d'un oiseau mort, le flanc déchiré et perforé, l'aile pétrifiée en un dernier adieu au ciel. Ce ciel d'un bleu profond où son regard se perd et qui lui donne malgré tout l'impression de manquer d'air. Ce ciel immensément vide et muet régnant sur la toundra.

* *
*

À la recherche, toujours à la recherche. Par cieux de tempête et cieux de lumière. Dès que le soleil se lève et jusqu'à ce qu'il se couche, toujours il cherche, l'infatigable oiseau.

Plongeant vers l'ombre insolite et frôlant le tapis-brosse des épinettes, toujours il fouille, le solitaire et tenace oiseau.

Il sent les ailes soudées à ses épaules et son estomac relié aux jauges d'essence. Sans rien voir des cadrans ou de sa montre-bracelet, il sait quand se poser sur un lac pour faire le plein et quand revenir vers la ville.

Ses yeux sont ceux d'un oiseau. Depuis fort longtemps, son cerveau n'enregistre que des paysages aériens. Des hommes et de la terre, il ne connaît que les lumières de la piste d'atterrissage et la silhouette d'une femme attendant son retour. D'une femme qui, chaque jour, s'approche un peu plus. Ce n'est pas lui qu'elle attend mais celui qu'il cherche. Elle est toujours là, tout son être tendu par l'espoir. Si, un jour, il ne revient pas, cette femme sera la première à le savoir. Si, un jour, elle n'y est pas, il sera le premier à s'inquiéter.

Son ombre court devant lui, épousant la forme des buttes et se confondant avec le vert des conifères. Avec acharnement, son œil décortique les plis et replis, à l'affût du moindre mouvement ou de la plus légère irrégularité. Il a vu des caribous et des loups, mais ce n'est pas ce qu'il cherche. Il a vu d'erratiques rochers abandonnés par les glaciers et des plateaux balayés par le vent, mais ce n'est pas ce qu'il cherche.

Ce qu'il cherche ne s'identifie à aucune image précise. Ce peut être une aile, un fuselage, une queue. Ce peut être un feu, des pistes, des lettres noires, des charognards. C'est à lui de découvrir la forme de ce qu'il cherche. Mission impossible, déclare-t-on chez les hommes. Il n'a que faire de ce que pensent les hommes, maintenant qu'il est oiseau. Ici, il triomphe. Là-bas, il est fou de continuer. Ici, il a raison car son défi n'appartient plus qu'à lui. Il cherche l'ami et cette mission est désormais sienne. Tant qu'il n'aura pas trouvé, ses ailes sillonneront le ciel et son regard scrutera la terre.

Il cherche le frère dont les ailes expérimentées et savantes dirigèrent l'apprentissage des siennes. Il cherche cet aigle qui l'aida à briser sa coquille dans un nid d'herbe. Cet aigle, quelque part en bas. Peut-être mort. Les hommes ne parlent plus que de cadavre permettant de toucher l'argent de l'assurance. Lui, il cherche l'ami, le frère. Il cherche le grand aigle tombé du ciel.

37

La clarté des choses

À moins d'une tempête, ils partiront demain matin vers quatre heures, profitant de la neige encore durcie par le gel.

La jambe désormais libérée de l'attelle, il a réussi à se hisser dans la cabine de pilotage pour y récupérer la boussole et y laisser un message. Le temps couvert des deux dernières journées n'a fait que renforcer sa décision de se munir de cet instrument de navigation. Georges prétend être en mesure de conserver le bon cap en se fiant au vent en l'absence des étoiles ou du soleil, mais lui préfère accorder sa confiance à l'aiguille aimantée indiquant toujours le nord. Il sait que par ce geste il vexe son ami, mais il lui apparaît tout à fait insensé de se priver de ce moyen d'orientation. Que de fois il s'est fié à cette aiguille pour se guider dans le noir ou dans le cœur des nuages !

Ayant défait les vis, il retire l'instrument de la planche de bord et fixe le message dans l'ouverture laissée à l'emplacement de la boussole. Voilà ! Ça saute aux yeux. Quiconque découvrira cet appareil verra automatiquement ce papier et y lira ce qui suit.

5 avril 1976.

Nous nous sommes écrasés le 3 mars. Moi, Émile Simard, pilote, j'ai eu la jambe fracturée. Mon passager Georges Kànatùut s'en est sorti indemne et m'a soigné. Je lui dois la vie.

Nous tentons de retourner à Schefferville que j'estime être au nord-ouest de notre position actuelle. Nous marcherons très tôt le matin jusqu'à ce que la neige se ramollisse. Nous avons suffisamment de provisions de viande de caribou, un réchaud et une réserve d'essence. Nous partirons demain.

S'il nous arrive quelque chose, j'aimerais qu'on fasse le message à ma fiancée Sophie Galant que je l'aime et que je n'ai jamais cessé de penser à elle. Si l'enfant qu'elle porte s'avère être un garçon, j'aimerais qu'elle le nomme Georges. Faites aussi le message à mon fils Martin et à ma mère que je les embrasse de tout mon cœur.

Georges est persuadé de retrouver les siens à la réserve de Matimekosh. Mais au cas où..., faites-leur savoir qu'ils ont toujours été dans son cœur.

Que Dieu nous vienne en aide!

Cette dernière phrase le laisse songeur. Il n'est pas du genre pieux et sa conception de la divinité est très différente de ce qu'on lui a enseigné à l'école. Et pourtant, cette prière on ne peut plus conventionnelle lui est venue tout naturellement à l'esprit. Bizarre. Avant, là-bas, il ne pensait guère à l'Être suprême.

La vie allait trop vite et il n'avait pas le temps de se recueillir. De s'arrêter pour penser à ce qu'est l'existence. Il ne le sait pas plus aujourd'hui, mais quelque chose s'est passé en lui. Quelque chose d'indéfinissable et de sublime qui le rend profondément reconnaissant pour tous les battements de cœur qui lui permettent de rester encore sur cette planète. Il ne sait pas pourquoi il y est, mais chacun de ses souffles en rend grâce à la Vie. Lorsqu'il a écrit «Que Dieu nous vienne en aide!», cet Être n'avait aucune identité. Ce n'était ni le Fils en croix ni le Père sévère à la longue barbe grise, mais une forme d'Énergie, une Force, un courant de Vie qui coulait de toute éternité. Peut-être était-ce le Tshishe Manitù de Georges?

Le jour déclinant le presse de revenir à l'abri. Il promène un dernier regard qui s'accroche à la miniature de bois suspendue au pare-brise. «J'me suis fait enculer à cause de ta maudite bébelle», lui confessait Luc en état d'ébriété. Il revoit rouler la tête blonde parmi les bouteilles et ressent l'élan qu'il refrénait d'y poser la main pour le consoler. «Oui, tu m'faisais pitié! J'aurais fait n'importe quoi pour aller sur un Otter.» N'importe quoi, était-ce vraiment ce geste dans la nuit?

Il décroche l'objet, l'examine sous tous les angles, se rappelle exactement les difficultés rencontrées au cours de son exécution.

Symbole de son amitié, que représentait-il donc pour Luc? S'en serait-il volontairement départi pour couvrir les soupçons d'une machiavélique machination visant à se débarrasser de lui? L'esclandre qu'il a fait au restaurant lorsqu'un client le lui avait subtilisé l'inciterait à croire que non. Si tel est le cas, Luc envisageait de disparaître en s'assurant que personne ne pourrait le retrouver. Il lui a semblé tellement étrange, le soir de son enterrement de vie de garçon. On aurait cru qu'il voulait faire la paix et, par moments, il retrouvait le petit renard apprivoisé. Il se souvient du regard que Luc a porté sur lui alors que Barbiche et Choucroute le promenaient sur leurs épaules, le corps couvert de plumes. C'était le regard de secrète vénération de l'élève vis-à-vis du maître. Celui que Luc lui destinait en toute candeur lors de son entraînement et que lui il avait porté sur Anatole Marcotte qui s'était improvisé instructeur. Quoique empreint des vapeurs de l'alcool et du haschisch, ce regard n'aurait pu mentir. Vraiment ?

Il hésite. Que va-t-il faire de ce fétiche ? Le laisser ou l'emporter ? Tout dépend des intentions réelles qu'avait Luc en le laissant suspendu au pare-brise. Il n'est sûr de rien. Un temps, la haine l'a stimulé. À moins que ce ne soit lui qui ait stimulé la haine pour survivre. Tous les moyens étaient bons pour ne pas périr. Quand on se noie, on n'accorde pas d'importance à l'identité de la bouée. On s'y accroche, un point c'est tout. Mais aujourd'hui c'est différent. L'amélioration de son état physique a changé sa vision des choses. Alors, que fera-t-il ? Laissera-t-il le fétiche de Tête d'Oiseau dans la carcasse du *Grand Blanc* ou le ramènera-t-il à celui qui fut jadis son «p'tit frère» ?

Il le remet en place. L'avion oscille doucement. Que représentait-il donc pour Luc ? Il n'a qu'une vague idée de ce qu'il a pu vivre en réclusion, mais il comprend mieux aujourd'hui que l'esprit puisse en venir à dérailler. Il le sait pour l'avoir expérimenté dans son trou de neige.

L'avion miniature a cessé son mouvement de pendule. Dans la pénombre, la silhouette de ses ailes blanches qui lui parle de liberté et d'espoir lui fait épouser l'âme du prisonnier. Il s'en empare alors et le glisse dans la poche de sa parka.

* *
*

En raison du plafond[1] trop bas, il n'a pu décoller ni aujourd'hui ni hier. Ce n'est pas tant l'obligation de louvoyer

---

1. Plafond : altitude de la base des nuages par ciel couvert.

à basse altitude sous les nuages qui le retient au sol que l'absence de visibilité annulant ses chances de repérer quoi que ce soit.

Il se sent en captivité dans cette roulotte où il ne vient que pour manger et dormir depuis près d'un mois. Comme il est habitué à évoluer dans l'espace illimité, les murs l'oppressent. À tout instant, il entrouvre les rideaux de la fenêtre qui donne sur la piste pour y étudier les conditions de vol. Maintenant, il fait noir et le halo vaporeux des lumières s'estompe graduellement, annonçant une diminution de l'humidité. Demain, il pourra sans doute poursuivre ses recherches.

Tête d'Oiseau délaisse la fenêtre avec un soupir et se tourne vers la carte aéronautique épinglée au mur. Sur quelle zone se concentrera-t-il maintenant? Le secteur du lac Smallwood ainsi que celui du lac Ashuanipi sont entièrement quadrillés par les circuits de ratissage qu'il y a effectués selon la technique des forces armées canadiennes. Demeurant la seule unité de recherche et n'étant pas limité par le temps, il s'est permis de réduire les voies d'espacement afin de s'assurer que rien ne pourra lui échapper. Il ne peut hélas certifier que rien ne lui a échappé, car une seule seconde d'inattention suffit pour manquer un indice.

Tel un sourcier avec sa baguette, il laisse errer son regard sur la carte, en quête d'inspiration. Où? Où peut-il bien être? Que s'est-il passé ce jour-là? Qui était vraiment le commandant de bord du *Grand Blanc*?

Sophie prétend qu'Émile était complètement bouleversé lorsqu'il est parti de chez lui. Quel fut le sujet de leur altercation? Il ne se souvient de rien sauf qu'il a été congédié. Qu'a-t-il donc dit pour qu'Émile en arrive à le mettre à la porte? Cela concernait sûrement son apparence physique. Rien ne pouvait lui faire plus mal. «Touche pas ça!», lui a-t-il déjà ordonné lorsque, par inadvertance, il avait

effleuré l'oreille mutilée dans un geste consolateur. Complètement ivre, Émile sanglotait contre la portière de la voiture,
s'accusant d'avoir tué une putain dont il était le pantin. Et
lui, l'élève pilote tombé des nues, il regardait son idole
brisée et éclaboussée par le passé. Ce passé dont les moments
intenses sont toujours présents, toujours à vif, quel que soit
le nombre des années écoulées. Papillon le lui a bien démontré en amenant à son insu l'hydre du passé dans ses
bagages. Ses amours avec Sylvie, l'amitié d'Émile, ses
échecs, ses remords, l'avion de Papillon sacrifié sur le faîte
des arbres, tout cela avait ressuscité en lui avec la même
émotion qu'autrefois. Huit années se résumaient en une seule
nuit et l'obligeaient à composer le présent avec une âme
vibrant aux événements d'hier. C'est ce qui a dû arriver à
Émile. Huit ans ont dû fondre en l'espace d'un instant.
L'homme que Sophie a vu sortir d'ici bouleversé était celui
qu'il a vu, lui, pleurer convulsivement contre la portière de
la voiture. Celui-là même qui lui défendait de toucher le
moignon d'oreille qu'il tournait entre ses doigts. L'homme
que Sophie a embrassé était celui qu'une femme avait repoussé en criant «Tu m'écœures!» alors qu'il voulait lui
faire l'amour. Ce n'était pas le Grand mais bien l'Émile
qu'il a connu. Ce n'était pas le chef pilote mais bien l'instructeur ayant une solide expérience en aviation de brousse.
C'est cet homme-là qui était aux commandes du *Grand
Blanc* et non celui que les autres ont recherché au nord,
suivant l'hypothèse d'un retour à Schefferville à l'aide des
instruments. Cet homme-là ne prétendait pas encore qu'un
bon pilote est celui qui n'a rien à raconter. Il n'avait pas
encore atteint cette maturité qui lui a permis d'obtenir un
poste de confiance, mais présentait plutôt un inquiétant penchant pour l'alcool. Celui qui était aux commandes ce jour-
là, ce n'était pas l'homme qu'il avait observé la veille, ce
n'était pas le chef pilote qui, de retour de Border Bacon,
s'employait à homologuer le temps de vol dans la cabine

illuminée du DC-3. Border Bacon ! Bon sang ! Pourquoi n'y a-t-il jamais pensé ? Border Bacon aurait très bien pu être la solution de remplacement. À défaut d'atterrir à Schefferville, Émile aurait choisi de se poser à Border Bacon. C'est logique.

Qu'aurait-il fait, lui, dans les circonstances ? Pour la énième fois, il relit toute la documentation météorologique du 3 mars, puis, les yeux fermés, il tente de se mettre dans la peau d'Émile. Il est là aux commandes et le mauvais temps le pousse toujours vers la droite. Il veut revenir à Schefferville où l'attend Sophie. Par moments, il rencontre des averses de neige mouillée, peut-être même de la pluie verglaçante. C'est bouché. Il ne voit aucune lumière lui permettant d'espérer rejoindre la ville et il vole à une altitude de plus en plus basse. Deux solutions s'offrent à lui : soit se poser en pleine brousse pour y attendre la fin de la tempête, soit se rendre à Border Bacon où il trouvera gîte et nourriture. Il opte pour Border Bacon, d'autant plus qu'il se sent responsable du confort de son passager et qu'il pourra y communiquer plus sûrement avec le centre de radiocommunication de Schefferville afin de livrer un message rassurant aux siens.

Pour une raison X, il ne mentionne pas sa nouvelle destination. Peut-être parce qu'il a de la difficulté à s'échapper des griffes du passé ou parce que sa radio est défectueuse ou que ses antennes sont givrées. Et c'est là que quelque chose est arrivé. Là, quelque part entre l'endroit où il a annoncé son intention de rebrousser chemin et Border Bacon. Là, pas forcément en ligne droite mais dans un trajet tassé petit à petit vers l'est par le front chaud se ruant vers le nord.

Il ouvre les yeux, pose l'index sur la punaise indiquant le dernier point connu et le déplace lentement vers Schefferville en s'imaginant qu'il se fait pousser par le front.

Mentalement, il calcule, en se basant sur la vitesse du *Grand Blanc* et l'heure du compte rendu météorologique, pour évaluer le trajet et établir l'endroit approximatif où a dû être prise la décision d'aller à Border Bacon. Le vent le déporte à l'est du grand lac Menihek et de la voie ferrée le longeant. Il se ramasse au-dessus d'un essaim de lacs. D'ici et à cette heure-là, il aurait pu être en mesure de constater que c'était inutile de vouloir revenir à Schefferville. Border Bacon est là, au nord-est. Il trace une ligne imaginaire s'y rendant. Voilà la route autour de laquelle il devra désormais orienter ses recherches. Son doigt la suit et il a soudain l'étrange sensation de percevoir le faible pouls de la vie en cet endroit.

Il retire vivement son doigt, renversé par la certitude qu'il a d'avoir enfin trouvé. Voyons ! Tout cela relève de la divination et pourtant... sa conviction est telle qu'il établit aussitôt une zone de vingt milles de chaque côté du trajet entre l'endroit où a dû être prise la décision d'aller à Border Bacon et cette dernière destination. Fébrilement, il prend note des coordonnées du point de départ de sa première branche de recherche. C'est donc à 54° 2' de latitude nord et 65° 37' de longitude ouest qu'il se rendra dès que possible.

Comme il aimerait faire part à quelqu'un de sa découverte ! L'image de Sophie s'impose mais il la rejette aussitôt. Il aurait trop peur de lui faire mal avec de faux espoirs. Si elle savait à quel point il se sent lié à sa frêle silhouette guettant derrière la baie vitrée de l'aérogare ! Si elle savait tout ce qui remue en lui quand il la voit chercher la présence d'un passager à ses côtés ! Dieu qu'il redoute le moment de lui annoncer qu'elle n'a plus à attendre ! Chaque fois qu'il revient bredouille, il éprouve un immense soulagement de ne pas ramener la certitude qu'Émile est décédé. «Ce n'est pas pour aujourd'hui», se dit-il. Quel paradoxe ! Chaque matin, il décolle avec l'espoir de lui ramener son grand amour, l'imaginant courant vers l'avion les bras tendus, et, chaque soir qu'il revient seul, prolongeant ainsi l'incertitude, il se console en se disant qu'il n'a pas la preuve de l'inéluctable, ce qui leur permet de conserver l'espoir qu'Émile est encore vivant. Cela les unit en dépit de tout ce qui les sépare. Émile est désormais entre eux, les liant par son absence.

Il a pensé tellement de mal de cette femme en qui il voyait cette institutrice qui le tenait pour de la mauvaise graine. Il la croyait bien en deçà de celle qu'il avait imaginée capable de délivrer Émile de la geôle de la solitude. Comme il s'est trompé! Il ne pourrait imaginer femme plus aimante, plus fidèle et plus courageuse. Aujourd'hui, il comprend ce qu'Émile éprouvait à son endroit et parfois même il lui arrive de le ressentir. Sans qu'il soit amoureux d'elle, une émotion fait battre son cœur quand il l'aperçoit fidèle à son poste. N'est-ce pas maintenant lui qui habite la geôle de la solitude? Oui, dans un sens, mais seulement lorsqu'il est parmi les hommes. Dans le ciel, la solitude n'est pas une geôle mais un temple. Il a toujours su faire la différence entre être seul et être isolé. En vol, il est seul. Au sol, il est isolé. Ne buvant plus, il a perdu ses compagnons de bouteille qui noyaient leur triste sort avec le sien dans l'alcool. Ce n'étaient qu'illusions, il s'en rend compte maintenant, mais ces bonshommes tapotant son épaule en affirmant qu'il était un Christ de bon gars et un vrai *chum* meublaient un tant soit peu le vide qu'il ressentait autour de lui. Lise, l'infirmière soi-disant amoureuse de lui, l'a laissé tomber en apprenant qu'il était un ancien bagnard. Ce n'est pas tant la rupture que le motif de la rupture qui lui a fait mal. Ne reste que Myriam. Elle lui a téléphoné pour lui souhaiter un joyeux anniversaire. Elle était la seule à s'être souvenue qu'il était un poisson d'avril. La seule à le lui en faire part, du moins. C'est fou mais il en était tellement touché qu'il bredouillait toutes sortes d'âneries comme un adolescent qui courtise pour la première fois une fille au téléphone. En fait, il ne voulait pas qu'elle raccroche. Il aimait l'entendre parler, l'entendre rire. C'était bon, c'était doux, et il se la redessinait, imaginait ces lèvres sensuelles qu'il avait maintes fois embrassées et ce corps superbe qu'il avait maintes fois possédé. Elle lui avait fait part de son désir de participer encore aux recherches avec lui. Il s'était rengorgé avec l'aplomb de Tête d'Oiseau et avait répondu une imbécillité du genre «Je vais y penser», croyant ainsi se donner de l'importance.

Il se passe la main dans les cheveux. Ils sont courts, inégaux, hérissés par endroits. Rasés n'importe comment, ils repoussent n'importe comment, lui donnant vraiment l'apparence d'un taulard. Faudrait qu'il prenne rendez-vous chez le coiffeur mais il n'a pas le temps. Faux. Il n'a pas envie d'expliquer pourquoi il s'est débarrassé de sa belle chevelure à cet homme qui le bombarde toujours de questions au rythme du cliquetis de ses ciseaux. Mais pourquoi s'en fait-il tant? Au téléphone, rien n'y paraît.

Il compose le numéro de l'hôtel. À cette heure-ci, c'est probablement Myriam qui répondra. Que va-t-il lui dire au juste? Il raccroche aussitôt d'un geste un peu brusque. Mais qu'est-ce qui lui prend d'être intimidé de la sorte? Après tout, ce n'est que Myriam. La Myriam à tout le monde. Celle avec qui il n'a jamais voulu créer de liens véritables. Avec aucune femme, d'ailleurs, parce que sa belle lionne était là, comme un rêve inavoué obstruant le présent.

Il n'a pas à être gêné par cette fille. Il lui dira qu'il pense être sur la bonne voie et lui demandera si elle tient toujours à l'accompagner.

Il recompose le numéro. Ça sonne. Il se retrouve dans le même état que la première fois qu'il avait téléphoné à Sylvie. C'est ridicule. Myriam sera sans doute très flattée de voir que Tête d'Oiseau daigne la rappeler.

Il reconnaît la fraîcheur de la voix, le timbre ingénu d'un « Allô ! » surmontant le murmure confus de voix d'hommes attablés devant leurs bouteilles.

— Allô, Myriam... C'est moi, Luc.

38

«*Shash utatan*»

«Shash utatan[1]», a dit Georges après avoir tâté la neige, puis il l'a sondé du regard. Un long regard silencieux qui s'enfonçait en lui à la recherche de son approbation. La neige leur permettait de partir, mais allaient-ils vraiment le faire?

Allaient-ils abandonner leur abri pour se lancer à l'aventure et à l'aveuglette dans la toundra impitoyable? Les fantasmes de retrouvailles qu'ils avaient élaborés côte à côte sous le même duvet allaient-ils l'emporter sur la gravité des conséquences de quitter le nid qui leur avait permis de survivre depuis plus d'un mois?

Réprimant un toussotement, il a acquiescé d'un simple mouvement de la tête et Georges est aussitôt sorti pour charger le toboggan des paquets de viande séchée enveloppée dans la toile de l'avion. Il était trois heures cinquante.

Maintenant, il fait trop sombre pour distinguer les aiguilles de sa montre-bracelet. Il ne voit qu'ombre et silhouette se détachant sur un ciel étoilé que les fragiles lueurs

---

1. *Shash utatan* : «La neige est prête, on peut partir.»

de l'aube vont bientôt pâlir. Georges est devant lui, déjà attelé au toboggan où vivres et bagages sont solidement arrimés sous la peau de caribou. Tout y est : la viande séchée, la poche de *tuk ushkasseken*, la graisse dans la vessie, les sacs de couchage, le réchaud, l'essence, leur récipient improvisé, les raquettes, la lance, la boussole et même sa béquille. Dans le sac porté en bandoulière par Georges le Magnifique se trouvent hache, outils, fil métallique, pipe et allumettes. Dans ses poches de parka, la carte aéronautique de la région, la statuette de pierre et l'avion miniature.

Georges s'incline vers l'avant, imprime un coup au toboggan qui glisse aisément. Ça y est ! Ils partent ! Advienne que pourra !

Il regarde une dernière fois leur gîte, qui n'est plus qu'un trou béant, noir et vide, et il éprouve une réticence soudaine. Comment se protégeront-ils des vents violents et des tempêtes ? Où trouveront-ils confort et chaleur quand le froid saisira leurs vêtements imbibés de sueur ? Ils ne devraient pas abandonner ainsi les lieux de l'accident. «Un avion est beaucoup plus facile à repérer que deux hommes en marche.» Vraiment ? Un immense oiseau blanc contre le rocher le démentit. Jamais de là-haut on ne pourra distinguer cette aile de neige du sol. Elle se confondra avec celui-ci jusqu'au printemps.

Il s'attarde au trou aussi béant, aussi noir et aussi vide de la cabine où il fut commandant de bord. Assis là, c'est lui qui prenait les décisions. Lui qui naviguait. Maintenant, c'est Georges.

Le bruit du toboggan glissant sur la neige l'incite à emboîter le pas à son compagnon malgré une légère douleur à la jambe. Il suit, les yeux attachés à la silhouette de l'homme qui le guide vers son astéroïde. Il suit, comme Georges a suivi, enfant, quand la famille devait se déplacer à cette période de l'année.

Un vent régulier souffle du nord, irritant ses voies respiratoires. Au risque de s'étouffer, il se retient de tousser, pour ne pas inquiéter Georges. Il y a cet astéroïde à rejoindre. Maintenant qu'il a accompli le premier pas vers lui, il ne voudrait pour rien au monde y renoncer.

39

Des jalons dans l'immensité

7 avril.

Georges semble marcher très vite devant, mais il sait que c'est plutôt lui qui traîne derrière. La neige qui commence à se ramollir exige des muscles des jambes un travail qui aggrave la douleur au niveau des os mystérieusement ressoudés. Quand ils se sont arrêtés, hier, pour installer un campement de fortune, il avait peine à tenir debout. Une fois étendu sous un précaire toit de branchages recouvert de la peau de caribou, il s'est ingénié à trouver un moyen lui permettant de fixer un bouchon à l'extrémité de sa béquille afin de pouvoir l'utiliser sur la surface gelée sans qu'elle s'y enfonce. Il s'est longtemps creusé la cervelle auprès de Georges qui dormait à poings fermés, faisant l'inventaire de leurs maigres possessions. Il s'est imaginé découpant un bout de peau, puis un bout de parka et même son capuchon, mais cela lui donna l'impression d'un gaspillage éhonté. Qui sait si l'utilisation de la béquille allait alléger substantiellement ses souffrances? Après tout, il ne pourrait s'en servir que lorsque la neige serait durcie par le gel.

La douleur le tenant éveillé, il estima approximativement la distance parcourue à six milles, convint que les quatre premiers s'étaient effectués dans des conditions de neige durcie et conclut que, un pas sur deux engendrant la douleur, il lui était profitable de diminuer le poids que devait porter sa jambe gauche. Par conséquent, il devait fixer un genre de bouchon à l'extrémité de sa béquille. Il s'endormit et s'éveilla quelques heures plus tard avec la solution de son problème. C'était génial : il allait utiliser ce que ce pays lui offrait, c'est-à-dire le froid et la neige. Il mouilla le bout de la béquille, le roula dans la neige et le fit geler. Puis il répéta l'opération jusqu'à ce que les couches successives eussent formé un petit disque de glace.

Avec quelle fierté il constata les bienfaits de cette trouvaille qui lui épargnait bien des souffrances ! Hélas, à l'heure qu'il est maintenant, son petit disque est à moitié fondu et sa béquille, inutilisable. Quand s'arrêteront-ils ? Chaque pas lui demande des efforts incroyables. On croirait que la neige s'entasse autour de ses pieds et les retient prisonniers. Et puis il s'essouffle si facilement derrière Georges qui, lui, va si vite malgré le toboggan à traîner. Dieu qu'il a hâte de le voir s'arrêter pour ériger le *tipinuakan* !

Il tousse un peu puis se frotte la joue droite, où siègent de fortes démangeaisons. Ce qu'il va s'en appliquer, de la graisse de caribou, pour les soulager ! L'aggravation de l'irritation de ses cicatrices est sans doute due à l'ardeur des rayons du soleil qui les effleurent présentement. Ah ! bon Dieu ! Quand donc s'arrêteront-ils pour se reposer ?

Il remarque une épinette curieusement tordue à environ cent cinquante mètres d'eux et s'encourage à marcher jusqu'à elle. Rendu là, il verra s'il doit continuer ou demander à Georges d'arrêter.

Ce qu'elle est loin, tout à coup, cette épinette ! À n'en pas douter, ils sont en montée. Il a beau marcher, il a l'impression de piétiner. C'est toujours le même aspect qu'elle présente. Il se rabat alors sur un bout de corde traînant derrière le toboggan, ce qui lui donne au moins conscience d'avancer. Au diable l'épinette! Il la regardera quand il aura compté au moins cinquante pas. Sûrement qu'elle aura changé d'aspect et lui paraîtra plus grosse.

Il se met à compter, croyant ainsi distraire son esprit du mal qui lui tenaille la jambe. Il pense à Sophie, enlève un gant et plonge machinalement la main dans sa poche à la recherche de la statuette de pierre. Le doux contact de la hanche polie le rappelle à ce corps vibrant de désir que sa main découvrait sous la chemise de nuit. L'attend-elle encore? Que fait-elle à cette heure-ci? Où est-elle? Comment se porte le petit être dans son ventre? À quel mois de grossesse est-elle rendue? Il calcule à partir de la première fois qu'ils ont fait l'amour, convaincu d'avoir engendré ce soir-là. Voilà presque trois mois que leur union a permis le miracle de la vie. De quoi est-ce qu'un fœtus peut bien avoir l'air à ce stade? Est-ce un garçon ou une fille? Si c'est un garçon, il le nommera Georges en l'honneur de cet homme qui va devant, d'un bon pas. Mais il aimerait bien avoir une petite fille et il pense à Alexandra que Martin adore, puis à sa mère, puis à Barbiche, oubliant ainsi de compter les fameux cinquante pas.

Il lève la tête. L'épinette lui semble toujours pareille. Vite, il retourne à son bout de corde et recommence à compter, son imagination courant vers Schefferville. Il entend sa mère lui chanter *When Irish Eyes Are Smiling* et la voit lui ouvrir ses bras en pleurant. Il va la serrer très fort contre lui et pleurer avec elle sans rien dire, parce qu'il n'y a rien à dire de plus beau que simplement «Maman!». Martin n'aura rien d'autre à dire que «Papa!» car, en dépit de l'absence de lien génétique, il est son fils. Où en était-il rendu dans le nombre des pas? Encore une fois, il a perdu le fil. Qu'importe. Il n'a qu'à ne pas regarder l'épinette tout de suite.

Un, deux, trois... dans la langue de son père, *one, two, three*... dans celle de sa mère, *peik, nish, néo*... dans celle de son ami. Il varie la formule pour retarder le moment de regarder ce jalon qu'il s'est fixé dans la toundra. Il n'y a que lui, maintenant, à atteindre. Que lui qui donne une mesure à l'immensité et fixe un point accessible dans l'infini. Cette épinette, il sait pouvoir la rejoindre, alors il marche, même si chaque pas le fait souffrir. Il marche pour tous ceux que son esprit visite là-bas, à Schefferville. Tous ceux qu'il aime et qui l'aiment. Tous ceux avec qui il a créé et tissé des liens qui font en sorte qu'aujourd'hui l'espoir de les renouer le pousse vers l'avant.

Il lève la tête. L'épinette est là, à environ cinq mètres. Tourmentée et entêtée, sa mousse noire tout effilochée par la violence des vents, elle se dresse au sommet d'un coteau. Le voilà presque rendu. Quelques pas encore et il pourra la toucher.

Il photographie mentalement cette épinette unique à ses yeux. Jamais il ne l'oubliera. Premier jalon atteint, elle lui fait savoir que leur entreprise est réalisable. Suffit d'y aller petit à petit, avec patience et courage, comme elle a grandi, elle, en cet endroit battu par les tempêtes. Suffit de découper, de morceler la distance et de la réduire à des proportions humaines.

Georges s'arrête à l'instant où il allait l'interpeller pour suggérer une pause. Plus rien ne bouge et ne bruit. Tombe en bloc le silence impénétrable de la toundra. Nul vent, nulle précipitation. Rien qu'un soleil déjà vigoureux pénétrant la croûte glacée du désert blanc.

Georges étudie le paysage. C'est à peine s'il bouge la tête, le reste du corps demeurant immobile, la corde lâche du toboggan pendant à ses épaules. Cherche-t-il un point de repère, un site où installer le campement, un jalon ? Il n'ose le déranger. Il y a entre ce pays et le Montagnais une longue histoire de luttes pour la survie. Une histoire où il n'est, lui, qu'un figurant de dernière heure. Il entend tomber la motte de neige fondue se détachant de l'extrémité de la béquille fixée avec la lance sur le dessus de la cargaison.

— Fait trop soleil, dit Georges en se tournant vers lui.

— On arrête ici?

— Non. En bas.

Ce qu'il est content d'entendre ces paroles! Il pousse un long soupir de soulagement qui se transforme en toux et la fatigue s'abat sur lui, d'un seul coup, semble-t-il. Il ne se demande plus s'il a la force ou non de continuer et il obéit à l'ordre de Georges de s'allonger sur les bagages pour profiter de la descente en pente douce qui libère son compagnon de la charge.

Épuisé, il ferme les yeux et sombre dans de lointains souvenirs d'enfance où il glissait avec son petit frère à Pointe-Saint-Charles. On aurait cru que pour Francis le jeu consistait à débarquer du bout de carton qui tenait lieu de traîneau et à culbuter ensemble dans la neige, bras et jambes emmêlés. Il riait et bavait d'excitation et c'était bon de pouvoir le plaquer contre lui pour l'étreindre sans retenue. Ah! comme il lui a manqué, son petit frère! Brutalement, une image se superpose à celle de ces jeux innocents. Tel un soufflet au visage, elle le ramène à une réalité à laquelle il s'est longtemps dérobé. Il revoit Luc attendant aux portes du pénitencier. Le crâne rasé, il arpente le trottoir avec sa démarche gauche de bûcheron. Il est seul. Personne n'est venu célébrer sa libération car personne ne s'est réellement soucié de ce jeune homme plus malchanceux que criminel. Personne sauf lui qui l'a adopté comme son «p'tit frère».

Il revoit ce regard d'intense reconnaissance clignant au soleil de la liberté et renoue avec la conviction d'avoir été un phare dans la nuit de l'incarcération. «Sans toi, je ne serais pas là», lui apprend ce regard. Immense responsabilité de l'apprivoisement. Hors de la cage, le renard s'apprête à le suivre docilement, sans laisse ni collier. Et lui, il a soudain peur de ce qu'il représente pour l'homme sorti de l'ombre. C'est trop. Beaucoup trop. Pourquoi n'y a-t-il eu personne d'autre à attendre au bout du long tunnel du Temps que Luc a sans doute jalonné afin de le traverser, tout comme lui vient de jalonner la distance afin de rejoindre tous ces gens qui l'attendent là-bas? Luc n'avait personne d'autre que lui vers qui marcher. Et, par la suite, Luc n'a pas vraiment tenté de créer de nouveaux liens, se contentant de relations superficielles. Il est devenu le fantasque Tête d'Oiseau que personne ne connaît vraiment et qui n'était peut-être qu'un petit renard voulant mourir tout seul dans la neige, roulé en boule sur le souvenir de l'unique main ayant pu l'apprivoiser, cette main étant la sienne.

40

La mort rôde

9 avril.

Georges se délecte de la dernière gorgée de confiture montagnaise. L'air rassasié, il semble en rendre grâce.

— Fini ta potion magique?

Le Montagnais ouvre sur lui des yeux étonnés.

— Magique?

— Ben oui, ça doit être magique, c'te confiture-là. Moi, j'en ai pas mangé... pis tu vois de quoi j'ai l'air. J'ai de la misère à te suivre.

Cette allusion au contraste existant entre sa condition physique et celle de Georges laisse celui-ci songeur. Sans un mot, l'Amérindien bourre la pipe de mousse et l'allume au bout rougeoyant d'une branche retirée du feu.

— J'sais que j'te retarde. Ça m'écœure.

Georges lui offre de tirer une bouffée.

— Non. J'ai assez de misère à respirer comme ça. J'sais pas c'que j'ai mais j'm'essouffle de rien.

Et cela s'aggrave. De jour en jour, et de pas en pas. Des fois, il lui arrive d'étouffer littéralement. Il a beau respirer, il ne sent pas l'air pénétrer dans ses poumons. Alors, il panique. La peur de mourir asphyxié au grand air s'empare de lui et déclenche automatiquement des quintes de toux qui l'affaiblissent et l'étourdissent.

Les occasions de prendre froid n'ayant pas manqué, il a longtemps cru s'être enrhumé, mais maintenant il soupçonne autre chose de beaucoup plus grave. Il ne sait quel nom donner à ce mal pernicieux qui sape son énergie ni à quoi l'attribuer, mais il sait que cela prend de l'ampleur. Nourriture et repos ne parviennent pas à lui faire récupérer ses forces et, chaque jour, il se retrouve un peu plus atteint que la veille.

— À combien de milles qu'on est rendus de l'avion?

— Vingt-cinq peut-être.

— En quatre jours de marche, tu serais rendu beaucoup plus loin tout seul.

Georges acquiesce sans que son attitude adresse de reproche. Bénéficiant d'une vitalité remarquable, il traîne le toboggan avec facilité, l'obligeant toujours à y prendre place durant les descentes pour se reposer.

— C'était beau de te voir chasser les perdrix blanches. C'est la première fois que j'vois quelqu'un en attraper au collet.

Georges sourit, ignorant à quel point son identité retrouvée le rend magnifique.

Ce matin, trois lagopèdes se sont envolés devant eux alors qu'ils longeaient un massif d'épinettes. En un tour de main, Georges a installé un collet à l'extrémité de la lance et s'est avancé furtivement vers le groupe de gallinacés occupés à se nourrir de jeunes pousses. C'était pure merveille de voir le prédateur humain à l'œuvre. Alliant la patience animale à l'ingéniosité, il travaillait à enfiler autour de la tête d'un de ces oiseaux le nœud coulant fixé à la lance. Ses gestes étaient lents, précis, étudiés.

Inconscient du danger, l'oiseau déambulait comme une poule blanche un peu guindée, avançant avec hauteur ses pattes ornées d'un superbe manchon de plumes. Et hop! Georges a tiré d'un coup sec. Pris au piège, le lagopède s'est débattu à grands coups d'ailes avant que la strangulation ne le laisse choir dans la main du chasseur.

Spectateur ravi, il contemplait l'Innu que la toundra avait façonné. D'elle, il avait hérité la patiente force de la glace capable de faire éclater les pierres. D'elle, il avait appris la ténacité du lichen accroché au roc.

Assis sur les bagages, il regardait l'enfant de la toundra revenir vers lui avec l'oiseau dans une main et la lance dans l'autre. Débarrassé de son excédent de poids, le corps de Georges avait retrouvé sa souplesse et sa robustesse, et il ne faisait aucun doute que cet homme parviendrait à atteindre Schefferville.

L'Innu lui a offert l'oiseau, tout comme il lui avait offert le lichen et la queue du caribou, et, lui indiquant un plateau au loin, il a dit : «Manger là-bas.» Ensemble, ils ont regardé longuement le but final de la journée, puis se sont remis en route.

— J'pensais jamais me rendre jusqu'ici, avoue-t-il. Faut dire que j'avais hâte de manger d'la perdrix blanche. C'était pas mal bon.

Un feu crépite entre eux. Il ne manque que le toit à l'abri temporaire, ce qui leur permet de profiter encore des bienfaits du soleil. Le trou est creusé, le tapis de branches est installé, les perches sont taillées. Quand viendra l'heure du dodo, Georges n'aura qu'à jeter la peau de caribou sur la toiture de branches étendues sur les perches et, tels des loirs, ils pourront se glisser sous le duvet pour dormir.

De vives démangeaisons se manifestent dans sa joue et l'obsèdent. Pourtant, il tourne le dos au soleil et au vent et la graisse qu'il applique quotidiennement devrait parvenir à les calmer, mais il n'en est rien. D'un geste brusque, il se frotte du dos de la main.

— J'dois avoir l'air du diable en personne.

Nerveusement, il fouille dans le sac de couchage à la recherche du miroir placé dans son nécessaire à raser. L'ayant trouvé, il regarde les cicatrices dont le pourtour rouge et boursouflé l'inquiète grandement.

— T'as vu ça? J'ai jamais eu ça avant. Qu'est-ce que j'ai, pour l'amour?

L'être qu'il découvre lui inspire horreur et pitié. Il ne veut pas que ce visage soit le sien.

Il porte la main à sa demi-barbe broussailleuse et la caresse du bout des doigts. Si ce n'étaient les affreuses cicatrices, il serait très fier de rentrer à Schefferville en barbu. Il y a quelque chose de victorieux dans cette barbe. Ne symbolise-t-elle pas la durée de sa lutte contre les éléments et les événements? Plus elle est longue, plus elle donne de la valeur au combat de la survie. Mais voilà, il y a ces monstruosités à droite, qui font que les regards s'attarderont à la chair atteinte. Ces monstruosités qui l'obligeront à se raser avant de retourner à la civilisation.

— Pourquoi tu me l'as pas dit? C'est encore pire qu'à matin.

« À quoi bon? », semble signifier le haussement d'épaules de Georges occupé à fumer la pipe.

— Tu penses que ça serait bon de mettre encore un peu de graisse?

Nouveau haussement d'épaules, signifiant cette fois-ci qu'il n'en sait rien.

— J'vais m'en mettre un peu... Juste un peu. Ça devrait aider.

Avec circonspection, il applique l'aliment sacré aux endroits les plus irrités, le faisant bien pénétrer dans les plaies sanguinolentes. Il sent sa joue épaisse, raide et brûlante. Pourquoi Georges ne lui a-t-il rien dit de l'aspect qu'elle présentait? Il ne se savait pas si laid.

Quelle sera la réaction de Sophie en l'apercevant? Sûrement qu'elle l'a embelli dans son souvenir. Quel choc ce sera pour elle de le voir dans cet état!

Il se caresse de nouveau la barbe, résolu à la raser dès qu'ils approcheront de la ville. L'homme du miroir vient de lui faire savoir que l'afficher triomphalement ne serait qu'un bon moyen d'attirer l'attention sur la destruction de sa chair. Soudain, il sent une large main l'étrangler et le priver de souffle. L'image de l'oiseau se débattant à grands coups d'ailes dans le piège de Georges s'impose à lui. Non, il ne veut pas mourir étouffé dans ce piège qui se resserre autour de sa gorge. Il fait de grands efforts pour inspirer mais ses poumons refusent de se gonfler. Ils sont paralysés et ne permettent aucun échange d'air. Effrayé, il se met à râler puis à tousser sans parvenir à cracher ce qui obstrue le passage de l'air.

Un voile obscurcit sa vision et le miroir glisse de sa main. Qu'importe maintenant son apparence, pourvu qu'il survive? Parviendra-t-il jamais à rejoindre son astéroïde sans se faire piquer par un serpent venimeux? La possibilité de sa mort le glace et lui fait réaliser la futilité de l'importance qu'il accorde à son image. «C'est trop loin», disait le petit prince. «Je ne peux pas emporter ce corps-là. C'est trop lourd.» Mais lui, il veut l'emporter, ce corps-là. Il ne veut pas mourir. Pas maintenant. Pas comme ça. Il suffoque. Il panique à l'idée de perdre ce corps qui s'engourdit. Non. Pas lui. Pas maintenant! Il tente d'inspirer mais ne fait qu'aggraver sa toux. La main du destin se resserre autour de son cou. Affolé, affaibli, il sent des bras vigoureux le soutenir alors que son esprit sombre.

*　*
*

Occupé à ombrager les zones qu'il a ratissées aujour-d'hui, il n'entend pas frapper à sa porte et il sursaute en apercevant Martin, là, devant lui, les lunettes tout embuées.

— J'ai frappé avant d'entrer, dit le gamin en enlevant ses verres pour les essuyer.

— J't'ai pas entendu... Euh... déshabille-toi, tu vas avoir chaud.

— J'suis juste venu te porter d'l'argent.

Joignant le geste à la parole, le garçon lui tend un rouleau de billets. Manifestement, il tient à lui faire savoir le but de cette visite qu'il a prévue très courte.

— Pourquoi de l'argent?

— Pour les recherches.

— J'peux pas prendre c't'argent-là, Martin.

— Pourquoi?

— Ben... t'es... t'es un enfant. J'peux pas accepter ça de toi, voyons! D'ailleurs, tu ferais mieux de retourner à l'école au lieu de travailler comme plongeur à l'hôtel.

— T'as pas d'ordres à me donner, toi!

Le garçon remet ses verres et le dévisage effrontément avant de déposer le rouleau sur la table. Ce qu'il a changé en l'espace d'un mois! Il a perdu le charme de l'insouciance de l'enfance. Trop tôt, il a appris qu'on pouvait partir sans revenir. Dans ses yeux luit la révolte de l'adolescent qui s'éveille à la dureté et à l'injustice de la vie.

— Y'a cent vingt dollars là-dedans. Ça devrait t'aider pour continuer, à moins... à moins que t'aies envie d'abandonner.

— J'ai pas besoin de ton argent pour continuer.

— Un avion, ça tète du gaz pour voler. Prends-le pour ça.

— Bon. Très bien. J'vois que j'peux pas te faire changer d'idée. J'me rappelais pas que t'étais si têtu.

Cette allusion à la relation tout amicale qu'ils avaient avant l'accident les met mal à l'aise. Que de douces joies ils ont connues ensemble, unis par une même admiration pour Émile!

Martin promène autour de lui un regard embarrassé qui a vite fait de se fixer sur la carte des recherches épinglée au mur.

— J'peux voir où t'en es rendu? demande-t-il sans attendre l'autorisation pour s'en approcher.

— Oui, ben sûr... Je vais te montrer. Tu vois, présentement, je me concentre au sud-est de Schefferville.

— Pourquoi?

— Euh... par intuition, disons. Je... j'ai essayé de me mettre dans sa peau et je crois... je crois qu'il aurait tenté de rejoindre Border Bacon.

Il bafouille devant cet enfant qui le tient responsable de la disparition de son père. Comparaître devant un tribunal lui serait moins pénible et moins troublant, il en est convaincu, et pourtant il désire que son jeune visiteur prolonge leur entretien. Myriam lui a raconté ses multiples fugues, qui se sont terminées par l'abandon définitif de l'école pour aller travailler comme plongeur à l'hôtel. D'enfant sage et brillant, il s'est mué en garnement turbulent. Paraît qu'il ne pleure jamais et qu'il fait des scènes à quiconque suppose qu'Émile pourrait ne pas revenir.

— Ça ressemble aux circuits de l'armée.

— Oui, c'est le même principe, sauf que je les fais très serrés et à très basse altitude.

— Et t'as encore rien vu?

La voix tremble un peu, trahissant l'expression qui se veut stoïque.

— Non, rien. C'est pas facile.

— Il l'avait dit que c'était pas trouvable, un avion blanc en hiver.

Martin se mordille les lèvres et, derrière les verres correcteurs, des larmes rendent déjà son regard brillant. Brusquement, il se détourne.

Ce qu'il aimerait pouvoir partager cette souffrance avec cet enfant! Le prendre dans ses bras et tenter de le consoler comme il aurait fait si... si ç'avait été un autre que lui qui avait enlevé l'ELT et la boîte de secours. Il se sent tellement coupable. Tellement indigne.

— C'est vrai que t'es un ancien prisonnier?

— J'vois que mon ami Ronald s'est fait aller la gueule avant de sacrer son camp d'ici. Oui, c'est vrai.

— Pis que c'est p'pa qui t'a sorti de prison?

— Non... J'suis sorti quand j'ai eu fini mon temps, mais il... il m'attendait quand j'suis sorti.

— Pourquoi tu l'aimais plus?

La question est directe et exige une réponse sans détour.

— J'ai toujours aimé ton père... C'est moi que j'aimais plus.

— Tu voulais vraiment décoller sans la boîte de secours pis l'ELT?

— J'sais pas si j'l'aurais fait vraiment, Martin, mais la veille... j'voulais... j'voulais...

— Mourir?

— Ouais, c'est ça... J'ai toujours aimé ton père, crois-moi.

Un adulte aurait sourcillé d'entendre cette phrase. Pas un enfant. Le mot «amour» ne porte pas à confusion car chez lui le sexe n'est pas encore devenu l'agent primordial de ses relations affectives. Il aime, tout simplement.

De le dire à quelqu'un le libère du carcan des préjugés qui l'étouffe depuis sa sortie de prison. Il a toujours aimé Émile. C'est là l'unique vérité, à laquelle se sont greffés des faits et des gestes aussi maladroits qu'imparfaits. Il a toujours éprouvé ce sentiment très beau et très fort mais n'a jamais su l'exprimer. Pire, il a tout gâché en croyant y parvenir par le biais du sexe.

Un moment de silence passe. Ne sachant que dire et que faire, il demeure muet derrière Martin, n'osant esquisser un geste, de peur de le voir déguerpir.

— Je veux chercher avec toi, dit alors le gamin d'un ton ferme en pivotant aussi brusquement vers lui qu'il s'en était détourné.

— Ça serait mieux que tu retournes à l'école.

— Y m'regardent tous comme si j'étais un orphelin, à l'école, mais... j'irai si tu m'promets que j'pourrai chercher avec toi dans mes jours de congé. L'autre fois, t'as bien emmené Myriam.

— Oui, je l'ai emmenée, mais elle a pas de problèmes de vision, elle.

— Ouais, mais elle a jamais participé aux recherches de l'armée, elle, parce qu'elle se couche trop tard. Moi, oui. Barbiche m'a laissé monter dans le DC-3. J'sais comment il faut regarder.

— C'est pas chaud, dans mon coucou... Tes lunettes vont toujours être embuées.

— Non! C'est pas pour ca! C'est parce que t'as peur qu'il soit mort. T'es pareil comme les autres! Vous pensez tous qu'il est mort! réplique furieusement le garcon.

— Toi, tu n'y a jamais pensé?

Martin demeure interdit un instant puis fond subitement en larmes. Tout ce qu'il a refoulé de chagrin et de détresse se déverse enfin.

Il s'approche de l'enfant impuissant à retenir de longs sanglots déchirants et le serre contre lui. Doucement, il enlève la tuque et caresse les cheveux humides de ce petit prince qu'Émile a adopté dans des conditions dramatiques.

Les jeunes bras se nouent avec désespoir autour de lui, signe qu'avec la confiance le pardon est accordé.

41

Il marche

C'est toujours la nuit quand ils partent. Les étoiles brillent et ils ne sont que deux ombres dans la toundra. Deux fantômes à la recherche du bonheur perdu.

Ce matin, il croyait aller un peu mieux, mais, après seulement dix minutes de marche, il entendait le sifflement aigu de ses bronches. Il faisait beaucoup trop sombre pour s'inventer des jalons. Il ne voyait que la silhouette de Georges sur un fond d'étoiles et cela lui a rappelé la nuit de Noël avec Sophie. «Tu auras, toi, des étoiles qui savent rire.» Cette femme pouvait lire son âme sans difficulté. Elle savait le regarder au-delà de cette image que renvoient les miroirs. Il l'imagina contemplant au même moment le ciel à sa fenêtre. «Aide-moi, ma p'tite femme. Attends-moi.» Elle devait être là, au bout de cette route si ardue. Là pour lui à aimer. Fébrilement, il caressait la statuette au fond de sa poche, ce qui l'encourageait à faire un pas, puis un autre. Il avait mal et progressait péniblement, mais cela n'avait aucune importance, pourvu qu'il avançât.

Une fois, il est tombé sans que Georges s'en apercoive. À bout de souffle, il s'est mis à râler, continuant à quatre pattes comme une bête. «Un Irlandais ne recule devant rien», se disait-il, croyant voir l'oncle James l'encourager dans le coin du ring de boxe. Sophie était sûrement quelque part dans l'assistance avec Martin et sa mère. Il leur laisserait plonger les doigts dans sa barbe touffue lorsqu'il rentrerait en vainqueur à Schefferville. Mais contre qui se battait-il donc? Qui était cet adversaire qui le couchait si aisément au tapis? Georges? Non. Georges le cherchait. Il entendait sa voix l'appeler. Puis sentait ses bras forts le ramasser. Qui donc? Il ne vit que le désert. Il n'y avait personne. Personne d'autre que lui-même à pousser au-delà des limites physiques par la force de l'esprit.

Il fouillait dans ses souvenirs à la recherche de tout ce qui pouvait lui insuffler du courage. Les visages défilaient dans sa tête, plus ou moins estompés, l'obligeant à se les redessiner sans cesse, et, par moments, la réalité lui échappait. Alors, il s'enfonçait les mains dans les poches, anxieux de rencontrer la hanche polie de la femme de pierre et la forme de la dérive verticale de l'avion miniature. Ces objets empêchaient son esprit de s'égarer. Concrets, présents, tangibles, ils le rattachaient à des êtres réels et à un passé tout aussi réel. Ils étaient comme des traits d'union entre le fantôme errant dans la toundra et l'homme qui les avait créés. Ils étaient issus de la matière, mais leur pouvoir en dépassait facilement les limites et nourrissait chacun de ses pas. Chacun de ses souffles et battements de cœur. Il y avait là-bas, au bout de l'horizon, là, parmi tous les êtres qu'il avait apprivoisés et dont il était responsable à vie, il y avait sa fleur, pour lui unique au monde, et qui risquait de prendre froid s'il n'était pas là pour la réchauffer. Il y avait son petit prince, qui lui avait permis de devenir un allumeur de réverbères plutôt qu'un ivrogne. Il y avait aussi ce petit renard plus malheureux que méchant, dont il n'avait pas su comprendre la détresse des caresses. Il se devait de rejoindre son astéroïde. Il y avait cultivé tant de choses dans le jardin de l'amitié, dont le sourire de Barbiche, et ces choses nécessitaient ses attentions. Il devait continuer. Ni la fatigue ni la souffrance ne pourraient l'arrêter. Seul un serpent venimeux y parviendrait, et ce serpent, il le savait caché quelque part dans le désert.

Des nuages ont effacé les étoiles et prolongé la nuit. Attaché par un poignet au toboggan de peur d'être de nouveau perdu en chemin, il marche.

42

Fraternité

Comme à chaque semaine depuis le départ des forces armées canadiennes, Barbiche lui glisse une enveloppe contenant la contribution des pilotes pour la poursuite des recherches. Sans un mot, elle s'en empare, l'insère dans la poche de son tablier afin de la remettre à Tête d'Oiseau et sert une bière à l'homme dont le naturel jovial a fait place à la morosité.

— Ça n'a pas l'air d'aller, mon Barbiche.

— Non, Myriam, ça va pas. J'suis à la veille de leur balancer ma démission de chef pilote en pleine face.

— Ben voyons! Fais pas ca. Tu sais ben que ça va être le nouveau qui va prendre ta place.

— Ben, qu'il la prenne! J'm'en sacre. C'est ça qu'il veut. Il pense qu'il va avoir plus facilement l'appartement d'Émile de même.

— Justement, si tu donnes ta démission, il va l'avoir, l'appartement d'Émile.

— Non, pas pour ce mois-ci. Espérons que Tête d'Oiseau va trouver quelque chose, parce que le boss m'a averti que, de toute facon, le nouveau prendrait possession de l'appartement le premier mai.

— Ah, mon Dieu! Où vont-ils aller?

Barbiche avale la moitié de son verre d'un trait puis s'allume une cigarettte, qu'il fume avec une voracité mal contenue. Rage et frustration bouillonnent en lui. Il s'en veut d'être impuissant à garder plus longtemps l'appartement pour la mère d'Émile et en veut à la compagnie d'appliquer à la lettre la devise «The show must go on». Des fois, ce soir particulièrement, lui vient la tentation de tout laisser tomber pour voler en homme libre à l'instar de Tête d'Oiseau. Voler contre toute logique pour trouver l'aiguille dans la botte de foin. Ce qu'il l'envie quand il le voit décoller pour sa folle mission, avec son coucou, son lunch et ses réserves d'essence! Exclu du «show», Tête d'Oiseau peut se permettre d'être ce fou que seul le cœur guide. Mais lui, Barbiche, il en fait encore partie, de ce «show». Heureusement qu'il y a cette volupté qu'il goûte aux commandes du DC-3, sans quoi il serait probablement aux côtés de cet ancien confrère que Choucroute, le Zèbe et lui-même épaulent par le truchement de l'argent prélevé sur leur salaire.

— Ça commence juste à aller un peu mieux. Martin est retourné à l'école. S'il fallait qu'ils doivent déménager en mai, j'sais pas trop comment il prendrait ça, constate Myriam en essuyant machinalement les verres.

— C'est pas un âge facile. Ça m'met un peu en tabarnac que ça soit Tête d'Oiseau qui ait réussi à le raisonner mais j'suis bien content quand même. Faut croire que j'avais pas le tour avec un garcon de cet âge-là.

— Voyons, Barbiche! Tu sais bien que c'est pas pour ça. Ça fait deux ans et demi que Tête d'Oiseau est ici pis Martin s'est toujours bien entendu avec lui.

— Ouais, t'as raison. Ça doit être parce que j'ai donné ma parole au Grand que ça m'agace. C'est à moi de prendre soin d'eux.

— Pis tu le fais bien, Barbiche. Sophie m'en parle assez.

— Ah oui ? Elle t'en parle ?

— Oui.

— Ça fait du bien d'le savoir. J'te dis que c'est quelqu'un, c'te femme-là. Le Grand pouvait bien l'aimer. Elle est très courageuse mais elle m'inquiète un peu.

— Moi aussi, j'trouve que c'est inquiétant d'la voir aller de même. J'ai pas hâte au jour où Luc va trouver quelque chose.

— Tiens, tiens, tu l'appelles plus Tête d'Oiseau ?

— De moins en moins. J'trouve qu'il a beaucoup changé.

— Ah oui ?

— Oui... pis pas seulement à cause de ses cheveux pis de sa barbe. D'abord, il boit plus, c'est déjà ça. Et puis il est moins fantasque, tu trouves pas ?

— Oui, c'est vrai, je remarque ça quand on se parle par radio.

— Si tu savais comme il s'en veut !

Barbiche boit le reste de sa bière et commande une autre bouteille. Parler de toute cette malheureuse histoire le bouleverse et il croit trouver une consolation dans l'alcool.

Myriam semble savoir tout cela. Point de condamnation ni de remontrances de sa part. Elle le sert sans rouspéter ni donner de conseils. C'est ce qu'elle a toujours fait avec tous les hommes qui sont venus s'asseoir au comptoir, prêtant de surcroît une oreille attentive à leurs confidences.

— Dans quel bout il fait des recherches, maintenant, Tête d'Oiseau?

— Sur la route qui mène à Border Bacon, qu'il m'a dit. C'est une intuition qu'il a eue.

— Border Bacon, hein? C'est plein de bon sens... Ouais, le Grand aurait pu choisir ça comme *alternate*[1].

— Il a bien confiance.

— Espérons qu'il a raison.

— Crois-tu qu'ils peuvent être encore vivants?

— C'est ce que je souhaite de tout mon cœur, la p'tite.

Le regard de Myriam se voile mais, ce soir, elle ne craint pas de faire couler son rimmel car il n'y en a plus sur ses cils depuis que Luc lui a fait la remarque qu'il la trouvait plus jolie ainsi. C'est à peine si elle a conservé un peu de rouge à ses lèvres. Elle aussi, elle a changé. Sophie le lui a dit, hier, en ajoutant que cela lui allait bien.

Elle a changé depuis le jour où Luc lui a téléphoné pour lui faire part de son intention de chercher du côté de Border Bacon et l'inviter à participer encore aux recherches. Fébrile et émue, elle ne put trouver le sommeil cette nuit-là et se réveilla trop tard pour accorder du temps à son maquillage. Vêtue d'un ensemble de motoneige emprunté, elle se présenta donc au naturel avec une mine encore chiffonnée de sommeil.

«T'es en retard, ma belle», lui dit simplement Luc en lui ouvrant galamment la portière.

Le souffle de l'hélice faillit emporter sa tuque et lui ébouriffa complètement les cheveux.

«J'suis affreuse, à matin. J'ai pas eu l'temps d'me maquiller.»

---

1. *Alternate airfield* : aérodrome de dégagement.

Il la regarda longuement et elle sentit son cœur s'emballer devant cet homme qui semblait la voir pour la première fois.

«J't'aime mieux de même. T'es beaucoup plus belle.»

Il lui effleura la joue des doigts, puis les lèvres, le nez et le front à la manière d'un aveugle qui découvre avec ses mains. Puis il se pencha vers elle et l'embrassa comme jamais encore il ne l'avait embrassée. Elle sut alors qu'il voulait établir une relation profonde entre eux et lui fit comprendre qu'elle ne demandait pas mieux.

Ce jour-là, alors qu'ils étaient serrés l'un contre l'autre dans le cockpit, survolant ensemble l'immensité à la recherche de l'homme qui les avait présentés l'un à l'autre, leurs âmes apprirent à se connaître et à s'unir. Le Grand disparu, Tête d'Oiseau se volatilisait à son tour, laissant tomber son masque insolent pour dévoiler la gueule de délinquant en mal de tendresse de Luc. On aurait cru qu'il fallait que l'un se perde pour que l'autre se retrouve.

— T'sais, Barbiche, j'trouve que Martin a pas tort quand il dit que la vie est pas juste, reconnaît-elle sans même essuyer la larme qui file sur sa joue.

L'homme acquiesce et lui pétrit affectueusement l'épaule comme le faisait si souvent le Grand avec ses hommes. Ce geste qui l'intègre à la fraternité des pilotes sans qu'on ait recours à ses charmes physiques lui fait réaliser l'évolution subie par leur petite communauté à la suite du départ sans retour de l'un des leurs.

— Oublie pas de dire à Tête d'Oiseau qu'on est tous avec lui.

43

Dans la même direction

Il neige une petite neige qui confond toutes choses. Buttes et creux de vallons se noient dans le même blanc laiteux. Il n'y a que l'effort de ses muscles pour lui indiquer qu'il est en montée.

La mauvaise visibilité ne permettant pas de choisir des points de repère éloignés, il ne comprend pas comment Georges parvient à s'orienter. C'est à croire qu'il a l'aiguille aimantée d'une boussole dans la tête. Jamais il ne s'écarte de son cap. Quand ce mauvais temps a commencé, il a cru bon de vérifier à l'occasion sur la boussole de l'avion, mais l'infaillibilité de son guide a eu vite fait de lui inspirer une confiance aveugle. Georges sait où il va, et lui il va derrière Georges, l'esprit de plus en plus confus.

C'est vrai qu'il est lourd à porter, ce corps. Chaque pas qu'il accomplit, chaque souffle qu'il arrache péniblement à sa poitrine le lui fait savoir. Il est lourd à porter et son esprit semble toujours vouloir s'en échapper. À tout instant, il doit serrer dans sa main la petite femme de pierre afin de se rappeler qu'elle attend au bout de cet horizon qu'il ne voit plus.

Par moments, il a des visions. Des hallucinations. Fantômes et mirages surgissent toujours devant ses yeux fatigués lorsqu'il est au bord de l'asphyxie et s'introduisent insidieusement dans sa tête pour brouiller la réalité. La rogner un peu plus chaque fois.

Tout est embrouillé, emmêlé. Son esprit a beau lutter pour surnager parmi les illusions et les chimères, il le sent toujours déraper de la réalité. C'est inquiétant. Il a peur d'être un jour harponné par la folie, mais n'est-ce pas déjà fait? N'est-ce pas pure folie que de vouloir ainsi revenir à la maison? Où est la logique dans cette odyssée? Tout ne serait-il que non-sens dans ce désert? Non. Il divague encore. Georges sait où il va et ce qu'il fait. Tant qu'il le suivra, il maintiendra le contact avec la réalité. Quel guide merveilleux qui avance avec assurance! Quel ami loyal qui partage en silence! «L'amitié, c'est de regarder ensemble dans la même direction», a écrit Saint-Exupéry. Le grand homme ne savait pas si bien dire en ce qui les concerne. Ils regardent tous deux vers le nord-ouest. Tous deux devant où attendent les bras à renouer aux leurs. Ils sont tous deux à l'écart de la civilisation où les mots et les miroirs déforment l'image du bonheur. Tout est si simple ici, avec Georges qui fait si peu usage des mots. Et pourquoi tant les utiliser, ces mots, puisque, somme toute, ils sont imparfaits? Ce qu'ils signifient pour l'un n'est pas nécessairement ce qu'ils signifient pour l'autre. L'important, c'est de regarder dans la même direction, chose qu'il a cessé de faire avec Luc à partir d'un geste qui lui faisait savoir que Luc ne regardait plus droit devant avec lui, mais le regardait, lui, avec ses horribles cicatrices. Alors, en guise de riposte, il s'est mis à regarder Luc qui avait eu l'indécence de se glisser nu dans son lit, et, au lieu de regarder ensemble dans une même direction, ils se sont regardés l'un l'autre. Se sont jugés, persécutés, exécutés avec l'arme du regard. Comme si cela ne suffisait pas, ils se sont finalement emparés des mots pour fourbir l'arme et la rendre plus meurtrière. Et les yeux de chacun se repaissant des faiblesses de l'autre, ils ont maintenu les plaies ouvertes et établi une telle distance entre eux qu'il leur fut impossible de se voir et de se parler.

«Oui, tu m'faisais pitié. Même la danseuse aux tables voulait pas de toi.»

Il voit Luc lui vomir cela au visage et sent un pieu lui transpercer la poitrine. Un pieu qui s'enfonce dans ses poumons et les paralyse. Il étouffe. De l'air! Au secours! De l'air! «Tu m'écœures!», lui crie Luc. Il voudrait lui répliquer mais il ne peut même plus respirer.

Il tombe à genoux puis à plat ventre quand le toboggan exerce une traction sur la corde attachée à son poignet. Georges accourt et le soulève par les aisselles.

— Plus capable..., murmure-t-il dans un souffle ardu.

Il se sent traîné puis étendu et ficelé sur le dessus des bagages. Une secousse subite lui fait savoir que Georges vient de donner un coup de collier pour démarrer. Le toboggan glisse lentement, au même rythme que son esprit lui échappe.

44

Son grand chasseur

Jeannette Kànatùut revient à pied de la boutique d'artisanat où elle a vendu six paires de mitaines et quatre paires de mocassins en cuir de caribou. Elle n'escomptait pas en vendre autant en cette saison où le tourisme est au point mort. Les gens de la ville se sont sans doute donné le mot pour l'encourager, sachant très bien que les profits de ces ventes s'achemineront vers le gousset de Tête d'Oiseau. Cette marque de solidarité et de sympathie la touche et lui fait voir d'un autre œil le monde de leurs voisins blancs. Un monde qui, somme toute, n'est guère différent du leur.

Elle presse le pas cependant afin de prendre le chemin menant à l'ancienne réserve, ne se sentant pas à l'aise dans les rues de Schefferville. Paraît que les Blancs non plus ne se sentent pas à l'aise dans leur réserve. Surtout dans l'ancienne, qui est située hors de la ville. C'est Émile qui lui a dit ça. Étrange, non? Ne sont-ils pas deux peuples qui vivent côte à côte depuis longtemps?

Elle longe maintenant l'extrémité nord de la piste de l'aéroport et ralentit l'allure. C'est d'ici que Georges et

Émile sont partis. Elle imagine combien son mari devait être heureux de s'envoler ainsi en compagnie de son ami. Georges aimait tellement se balader en avion avec Émile. Il profitait de toutes les occasions pour monter à bord et souvent les créait. Ce matin-là, il était venu ramasser un sac de couchage et elle l'avait exhorté à emporter ses mitaines. Il avait répliqué qu'il n'en avait pas besoin pour rendre visite à son père à Sept-Îles. Les mitaines sont encore sur le comptoir où il les a laissées. Elle attend qu'il revienne les prendre. Est-ce folie de sa part ? Probablement que oui, aux yeux de la majorité des Blancs. Mais aux siens ? Mais aux leurs ? Eux sont convaincus qu'il n'y a que la mort pour empêcher Georges de revenir. Cette mort rapide et brutale que le chef des opérations a évoquée lorsqu'il a émis l'hypothèse de l'avion percutant une élévation de plein fouet. Quel choc ! Elle n'avait jamais envisagé cette éventualité. Émile avait déjà subi tant d'atterrissages forcés dont il s'était tiré sans une seule égratignure qu'elle le croyait à l'abri des catastrophes. Et puis Georges avait une telle confiance en lui. Elle aussi, d'ailleurs. Oui, elle a toujours été rassurée de savoir Georges en compagnie d'Émile, car rien n'avait été plus bénéfique à son mari que l'amitié de cet homme. N'est-ce pas grâce à son exemple et à son encouragement que Georges avait cessé de boire ? Cela fait déjà huit ans ! Quelle bonne vie ils ont eue à partir du moment où l'alcool n'a plus perturbé leur foyer ! Elle avait retrouvé l'homme qui avait aboli d'un seul regard ses projets de jeune fille élaborés au pensionnat des religieuses. Des projets d'union avec un Blanc qui la soustrairait au mode de vie ardu de ses parents et lui offrirait le bien-être, le confort et même le luxe. Elle avait appris, outre le français, à s'acquitter des tâches ménagères, et il ne faisait aucun doute dans son esprit qu'elle était en mesure de s'acquitter aussi de celle d'être une bonne épouse. Mais voilà que, par un bel après-midi d'été, lui était apparu un grand et solide gaillard aidant son père à la construction d'une maison. Son torse nu aux muscles bien découpés et son regard de fauve avaient fait dégringoler les casseroles bien astiquées de ses aspirations terre-à-terre et elle se mit à rêver qu'elle suivait partout cet homme renommé pour être un grand chasseur.

Elle rêvait de ses bras, de sa bouche, de ses cheveux qu'il portait longs à l'époque avec un air de défi. Elle rêvait d'étendre pour lui des couches d'épinette dans la toundra où elle irait le rejoindre pour donner libre cours à la passion qui sourdait en elle. Ce même été, elle l'épousa, et, à l'automne, ils montèrent au territoire de chasse des Kànatùut. Quel bel hiver ils y ont passé! Jamais elle n'a eu froid à ses côtés. Jamais elle n'a eu faim! Ils se sentaient libres et heureux là-bas. Hélas, au printemps, le commerce des fourrures les appela à Sept-Îles où Georges contracta la néfaste habitude de boire de l'alcool. Il devint bientôt Tomahawk, le lutteur sur qui l'on pariait. Peu à peu, celui qu'elle avait aimé lui échappa. Son grand chasseur était devenu agressif, violent, amer. Tout l'écorchait et rien ne parvenait à le raisonner. Il dilapidait l'argent des fourrures, puis celui des paris, et il s'en prenait ensuite à elle pour la rareté de la nourriture. Et puis, un jour, il y eut Émile, contre qui il s'était d'abord battu. Basée sur le respect mutuel, leur amitié était née. Émile en était à ses débuts comme pilote de brousse et il se pliait à toutes les exigences des compagnies d'aviation. Il allait dans les coins les plus reculés, vivait quelquefois sous la tente avec des biologistes et des prospecteurs. Chaque fois que l'occasion se présentait, il venait les saluer sur le territoire de chasse où ils remontaient en hiver. Quelle joie c'était d'entendre gronder son avion au loin! Georges levait la tête, tendait l'oreille. «Shh... Uìtsheuàkan.» Un point apparaissait dans le ciel puis grossissait rapidement. Passait alors dans un vrombissement le gigantesque oiseau de métal qui balançait ses ailes pour leur dire bonjour, suscitant le ravissement sur son passage.

Qui était donc cet homme que son mari affectionnait et admirait? Elle ne l'avait jamais vu. C'était un être que Georges lui-même enveloppait de mystère. Un bohème qui avait sillonné les cieux du Grand Nord et qui semblait n'avoir aucune attache nulle part. «Il n'a pas de femme, ton ami? — Non, pas de femme.» Quand elle le vit enfin, elle comprit. Pourtant, il avait des yeux si extraordinaires...

Il y eut obligatoirement une femme à un moment donné puisque Émile était devenu père d'un garçon du même âge que Réginald, leur benjamin. Son métier l'avait appelé vers d'autres régions et près de cinq années s'étaient écoulées avant que Georges ne le retrouve ici, à Schefferville. Il était temps. Elle pensait sérieusement à quitter Tomahawk le lutteur qu'elle se reprochait d'avoir suivi par pure passion. Émile le convainquit d'arrêter de boire et, dès lors, la vie devint bonne pour eux. Non seulement elle avait retrouvé le bonheur qu'elle goûtait dans les bras de son Georges, mais elle avait de surcroît hérité de tout le bien-être et de tout le confort que procurait le travail de son homme. De plus, elle tirait avantageusement parti de ses talents de couturière et de l'adresse de Georges à la chasse, qui lui fournissait de belles peaux ainsi que de la viande à profusion. Oui, la vie était vraiment bonne. Les enfants étaient heureux et obtenaient de bons résultats scolaires. Maintenant, Réginald ne fréquente même plus l'école, où son frère et sa sœur ont perdu toute motivation. Il travaille comme camelot à la place de Martin qui, lui, est devenu plongeur à l'hôtel. Ensemble, ils s'ingénient à réunir des fonds pour la poursuite des recherches. Ils ont d'abord commencé par vendre leur équipement de hockey. Elle sait ce que cela représente pour Réginald, qui caresse le rêve secret de devenir joueur professionnel, et le sacrifice qu'il s'est imposé lui a donné l'exemple, l'incitant à coudre et à broder le cuir. Qu'il sera content, son fils, de voir ce qu'elle rapporte! C'est à lui qu'elle le donnera afin qu'il le fasse parvenir à Tête d'Oiseau.

Elle passe devant le dépotoir à ciel ouvert où se situe l'embranchement de la route menant au lac de la Squaw. Georges aimait travailler à la base marine de la compagnie, où il avait acquis la réputation d'être le meilleur «gars de quai» du Nord. Est-ce qu'un jour il pourra de nouveau saisir au bon moment les avions en approche?

La femme s'arrête et presse instinctivement son sac à main en imitation de crocodile contre son cœur qu'elle a gros, si gros qu'il lui fait mal. Quand donc reviendra Georges? L'angélus sonne à l'église bâtie en pierres du pays et elle se recueille au souvenir de Sophie qui y est venue dimanche dernier.

Elle savait que la fiancée d'Émile était venue pour la rencontrer et, tout au long de la messe, elle cherchait les mots qui traduiraient correctement sa pensée et son état d'âme. Sa connaissance du français s'était beaucoup estompée avec le temps et le manque de pratique. Comment dire à cette Blanche qu'elle comprenait tout ce qu'elle vivait? Oh! comme elle appréhendait le moment de se retrouver en face de la femme qui buvait au même calice que le sien! Quel ne fut pas son étonnement de voir s'envoler ses craintes quand elle aperçut aux mains de Sophic les mitaines qu'elle avait confectionnées à la demande d'Émile! Elle se souvint alors du regard brillant qu'il avait eu à ce moment-là : aucune parole n'aurait mieux fait comprendre qu'il était amoureux.

Elle saisit les mains que Sophie lui tendait et, désignant les fleurs brodées de petites perles colorées, elle dit simplement : «J'en ai pas encore fait de plus belles...» Elle sentit une pression sur ses doigts et ajouta : «Celles de Georges attendent toujours sur le comptoir.»

Elles se regardèrent en silence et surent toutes deux qu'une main invisible avait enfilé de la même aiguille les petites perles une à une fixées sur le cuir et les pas de la serveuse au restaurant. Que cette main de l'absence avait cousu ensemble leurs pleurs et leur peur, leurs soupirs et leur espoirs, point par point et minute par minute sur le canevas de leurs âmes.

L'angélus cesse de sonner et le silence se fait autour de Jeannette Kànatùut qui écrase de nouveau son sac à main contre son cœur. C'est Réginald qui sera content. Quel brave petit !

Elle poursuit sa route, pénètre enfin dans la réserve et s'arrête en face de sa maison pour la contempler. Quelle bonne vie ils ont depuis huit ans ! Elle possède tous les appareils ménagers imaginables et une batterie de cuisine dernier cri ainsi qu'un téléviseur. Des rideaux ornent les fenêtres et des tapis recouvrent les planchers. Le garde-manger déborde de provisions et, dehors, il y a un fumoir pour tanner les peaux. Que tout cela est peu de chose ! pense-t-elle soudain. Que son lit est grand et froid sans Georges ! Que ne donnerait-elle pour se retrouver encore dans ses bras sur une simple couche d'épinette ?

Elle regarde vers le sud. C'est de là qu'il reviendra, son grand chasseur. Une larme roule qu'elle essuie aussitôt. Les larmes de la femme appartiennent à la nuit, quand dorment les enfants. C'est de là qu'il reviendra prendre les mitaines laissées sur le comptoir.

45

Réconciliation

Elle reconnaît le ronronnement des cent cinquante chevaux-vapeur du Cessna 170B de Tête d'Oiseau. C'est lui. Il revient. Quelle ironie ! Avant, c'était le bruit de l'avion d'Émile qu'elle distinguait entre tous les autres. Aujourd'hui, c'est celui associé à l'homme qui lui a si souvent tenu tête.

Tous les jours, elle vient l'attendre. Dans les premiers temps, elle se voulait accusatrice par sa présence. Simplement en étant là, seule avec l'enfant à venir qui risque de ne jamais connaître son père. Elle assouvissait une certaine forme de vengeance en montrant sa malheureuse personne derrière les fenêtres panoramiques de l'aérogare et retirait quelque satisfaction à voir Tête d'Oiseau baisser la tête d'un air coupable. Elle croyait ainsi oublier que, quoi qu'en pensât le major Langlois, elle aurait peut-être pu retenir Émile auprès d'elle. Mais elle n'a rien oublié et, peu à peu, le motif de sa présence est devenu tout autre. En fait, maintenant, elle attend pour être la première à lire sur le visage de Tête d'Oiseau quand il aura trouvé. Car il finira bien par trouver quelque chose un jour ou l'autre et elle sera là. Il ne pourra lui mentir, ni atténuer l'horreur de la vérité qu'on redoute tant pour elle. Tout sera inscrit dans son expression et dans ses gestes et personne ne pourra interférer sur les ondes de cette communication silencieuse. Elle saura. Avec certitude et sans ménagement. Elle saura enfin. La femme de Georges aussi. Curieusement, depuis qu'elle a rencontré cette dernière à l'église de l'ancienne réserve, elle se sent déléguée par elle à ce poste. Elle n'y est plus seule car cette sœur d'âme attend avec elle.

L'avion roule sur la bretelle de raccordement et, selon son habitude, se gare devant les pompes à essence. La silhouette de Tête d'Oiseau faisant le ravitaillement à la tombée du jour lui est maintenant tout aussi familière que sa démarche un peu frustre. Le rituel du retour s'accomplit. Après les réservoirs de l'appareil, ce sont ceux qu'il stocke sur la banquette arrière que le pilote remplit. Puis il roule vers l'aire de stationnement et s'immobilise entre les barils remplis de sable servant d'ancre au vaisseau aérien. Il met pied à terre, entasse dans un sac à dos thermos, boîte à lunch et livres de bord, entreprend de recouvrir les ailes d'une toile pour les protéger des précipitations.

Aujourd'hui, un vent instable complique les choses et par deux fois la toile lui est arrachée des mains. Normalement, elle s'en serait retournée chez elle, mais aujourd'hui, sans savoir pourquoi, elle va vers lui.

Il demeure un court moment stupéfait avant de lui indiquer comment elle peut lui prêter main-forte. Ensuite, ils reviennent en silence vers l'aérogare, lui portant son sac à dos accroché à l'épaule, elle serrant son manteau sur son corps frissonnant.

Aussi embarrassés l'un que l'autre, ils se retrouvent ensemble dans la salle déserte. Elle détecte chez lui une odeur d'essence qui parfois émanait d'Émile. Une odeur qui la remue par ce souvenir enivrant.

— Merci, balbutie-t-il.

Elle ne sait que répondre et ose de furtifs regards vers l'homme qui baisse les yeux devant elle. Quelque chose dont elle ignore l'essence les unit. Ce qu'ils partagent va au-delà de ce qui les sépare.

— Martin m'a parlé d'une carte au mur...

— Venez, je vais vous montrer.

* *
*

Contrairement à ce qu'elle imaginait, l'ordre règne à l'intérieur de cette roulotte où tout semble consacré aux recherches. Nulle décoration, nul agencement de meubles pour atténuer l'effet de boîte à soulier géante. L'homme qui vit ici est obsédé par une seule idée et tout concourt à la mettre en œuvre. Sur le mur trône la grande carte dont les secteurs noircis indiquent les circuits de ratissage effectués. Sur la table de la cuisine, les rapports météorologiques de chacune des journées de recherche; sur celle du salon, les factures d'huile et d'essence.

Sitôt entré, Tête d'Oiseau s'affaire à rincer ses thermos, vider sa boîte à lunch, déposer le livre de bord sur le comptoir et reporter sur la carte murale les circuits exécutés.

Elle devine qu'il en est ainsi chaque soir et que ce n'est pas sa présence qui le fera déroger à cette routine. Tête d'Oiseau s'applique à ombrager les secteurs couverts au cour de la journée. Que fait-elle ici? Que fait-elle avec lui qui l'a privée de son grand amour? Ne se trahit-elle pas? Sans lui, elle serait déjà mariée à Émile depuis trente-neuf jours et, à l'heure qu'il est, elle lui aurait probablement mijoté de bons petits plats. Il rentrerait et la prendrait dans ses bras pour la couvrir de baisers. C'est elle qu'il dévorerait des yeux au cours du repas. Elle qu'il prendrait à la faveur de la nuit, son grand corps chaud et musclé couvrant le sien. Que fait-elle ici ? Qui est donc cet homme avec qui elle soupçonne d'avoir certaines affinités... malgré tout ? Pourquoi s'acharne-t-il à continuer les recherches que tous ont abandonnées ? Pourquoi s'est-il rasé les cheveux et la barbe ? Voulait-il montrer qu'effectivement il est un ancien bagnard en s'en donnant l'apparence ? À quoi obéit-il ? «C'est un cinglé», commence-t-on à penser parmi les Blancs. La juge-t-on cinglée, elle aussi, d'espérer qu'il le lui ramènera ? Pourtant, chez les Montagnais, cela ne semble pas déraisonnable. Ils croient Georges capable de revenir par ses propres moyens et sa femme espère qu'il viendra reprendre ses mitaines sur le comptoir. Est-ce si absurde d'attendre son retour ? Est-ce dangereux pour sa santé mentale ? On ne fait que craindre une deuxième dépression nerveuse.

— Voyez : ici, c'est la route menant à Border Bacon. J'ai eu un flash, l'autre fois. J'ai pensé qu'il... qu'il aurait pu décider de s'y rendre à cause du mauvais temps. C'est autour de cette route que je me concentre maintenant, lui apprend l'homme qui avait prévu ce dernier voyage comme étant le sien.

Le fait qu'il ait voulu mettre fin à ses jours n'est pas sans lui rappeler qu'elle a déjà tenté, elle aussi, de le faire. Pourquoi quelqu'un comme lui en avait-il assez de la vie ? Tout lui réussissait : les femmes se l'arrachaient et on admirait partout ses exploits. Rien ne laissait supposer sa détresse.

— Myriam m'a dit que vous aviez confiance.

— Oui... Oui, je... C'est juste une intuition mais... c'est... enfin... c'est très fort... Je ne peux vous expliquer.

— Je comprends. Moi aussi, j'ai des intuitions... C'est vrai que ça ne s'explique pas... C'est là, en nous, et pas chez les autres. Moi, j'ai l'intuition qu'il est vivant... Je le sens... Des fois, j'me dis que peut-être que j'veux tellement qu'il soit vivant que je m'invente des intuitions.

— Moé aussi, j'veux qu'il soit vivant. C'était mon voyage, pas le sien. C'est moé qui devrais être là, pas lui. Personne n'aurait pu me retrouver. Même pas lui.

— Oh oui! il vous aurait retrouvé...

— Pourquoi vous dites ça?

— Parce qu'il vous aurait cherché tant qu'il n'aurait pas trouvé, j'en suis sûre.

— Me chercher, moé? Voyons! Pensez-y! Je ne faisais que lui donner du trouble. Ç'aurait fait l'affaire de tout le monde que je disparaisse. Personne m'aurait pleuré.

— Et Myriam, là-dedans?

— Oui, elle, elle aurait pleuré, mais pas... pas Émile. Ni vous, d'ailleurs.

— Moi, c'est vrai, mais Émile, non. Je ne sais pas ce qu'il y avait entre vous mais il se faisait beaucoup de souci pour vous.

— Émile? Pour moé? répète-t-il avec incrédulité et émotion en la regardant directement dans les yeux cette fois-ci.

Ostensiblement, cette phrase a touché Tête d'Oiseau. Elle ne le savait pas si sensible au sentiment d'Émile à son endroit. Il passe rapidement du comportement fanfaron de l'adolescent à celui dépendant et affectueux de l'enfant.

— Que s'est-il passé ce matin-là? Que lui avez-vous dit?

Instantanément, il retourne à la défensive, la privant de son regard qu'il porte sur la carte murale.

— J'me souviens pas... J'étais encore sous les effets d'la boisson pis d'la drogue. J'me souviens pas mais... mais ça devait concerner son apparence... C'est la seule chose qui pouvait l'atteindre...

— Pourquoi? Pourquoi vouliez-vous l'atteindre? Que vous avait-il fait?

— Rien, justement. J'étais plus rien pour lui.

— Avant, vous étiez quoi pour lui?

— J'étais... son... comme son... j'étais son «p'tit frère»... Il vous a jamais parlé de ça? D'avant?

— Oui. Ce matin-là, justement, il m'a dit qu'il vous avait adopté comme son frère... Il était très affecté que vous lui ayez donné votre démission la veille.

— Ça doit être pour ça qu'il s'est dépêché de me mettre à la porte. Ah, merde! Pourquoi est-ce qu'on parle de ça? Qu'est-ce que ça donne, maintenant?

Il s'arrache à la carte et commence à marcher de long en large dans la pièce, les mains nouées dans le dos. L'usure du tapis à l'endroit où il pivote sur ses talons dénonce une habitude développée en cellule et lui rappelle une phrase d'Émile. «Si tu l'avais connu avant. C'était vraiment un bon p'tit gars.» Est-ce de cela que Tête d'Oiseau veut parler? De ce temps où il était encore un bon petit gars?

— Vous étiez son meilleur élève... et vous étiez très liés tous les deux, non?

— Oui... Très liés. Mais y'a eu le pen... C'est d'ma faute. J'ai tout gâché. Faut dire qu'il s'est pas trop donné la peine de comprendre...

— Comprendre quoi?

— Ce qui s'est passé en sortant du pen... Il... il vous en a jamais parlé?

— Non... Que s'est-il passé?

Pourquoi en parlerait-il et surtout à cette femme? Jamais personne ne l'a su. Même pas Myriam, à qui pourtant il a vraiment fait l'amour l'autre nuit. Il ne lui doit rien.

Foutaise! Il doit tellement qu'il n'aurait pas assez de toute sa vie pour réparer ses torts. Il sait très bien qu'il ne pourra jamais, au grand jamais, combler le vide créé par l'absence d'Émile. Cette femme, c'est lui qui l'a condamnée à la solitude. Elle a au moins le droit de savoir pourquoi et comment tout cela a pu se produire.

— Quand j'ai connu Émile, y'avait pas de femme dans sa vie mais juste des putes. Excusez-moi de vous parler comme ça mais *c'était* comme ça. Moé, il m'avait adopté comme son p'tit frère et je sentais qu'il m'aimait beaucoup. Des fois, ça me gênait. J'étais pas habitué au tripotage des pilotes. Pis y'a eu le pen... Vous pouvez vous imaginer comment c'est, dans un pen? C'est plein d'hommes qui ont pas de femme. Plein d'hommes enfermés pour des années. Plein d'hommes qui ont perdu leur blonde ou leur famille. Moé, y'avait juste Émile pour me visiter... C'que j'ai pu rêver d'une femme pour lui! Vous êtes arrivée trop tard! J'aurais tellement aimé qu'il soit marié quand j'suis sorti du pen... C'était pas à moé de l'faire... La danseuse aux tables voulait même pas de lui. Pourquoi vous êtes arrivée si tard?

Il s'arrête devant la fenêtre donnant sur la piste et entrouvre les rideaux. Elle ne sait pas ce qu'il voit mais il reste là, à regarder dehors.

— Il était venu me chercher à ma sortie de prison. C'est rare, quelqu'un qui signe pour se porter garant d'un prisonnier. Lui, il l'a fait. Je lui devais beaucoup et... et il m'a jamais rien demandé. Non, jamais. Les gars disaient, au pen, qu'il était pas du genre à faire des avances... Moé, j'étais mêlé. J'savais plus qui j'étais en sortant de là et j'étais sûr qu'Émile espérait... enfin... Comment dire? J'étais sûr qu'il... qu'il désirait... avoir de l'affection. Alors, ce soir-là, j'ai voulu lui en donner et il a cru que j'avais pitié de lui. Il a cru que j'voulais voir de quoi un infirme pouvait se contenter. J'voyais ben qu'il souffrait. J'pouvais pas le laisser de même. Alors, j'lui ai dit que j'étais devenu comme ça au pen... Mais c'est pas vrai. J'suis pas comme ça. J'suis pas homosexuel, affirme-t-il en se tournant vers elle. J'suis pas homosexuel... mais à ce moment-là, j'étais tellement mêlé que j'pensais devoir me sacrifier pour lui montrer que je l'aimais pis que j'étais reconnaissant. Et lui, lui, il a cru que j'avais pitié.

— La pitié... Oui, c'est de ça que vous avez parlé. Il a remis notre mariage en question. «Marie-moi pas par pitié, qu'il a dit. Vois à quoi tu t'engages.» Et là, il a soulevé les cheveux cachant son oreille.

— Il a fait ça?

— Oui. Ses doigts étaient froids, son visage tout blanc. Je ne l'ai jamais vu dans cet état... C'est d'ma faute... J'aurais pas dû le laisser partir.

— Vous auriez pas pu le retenir. Pas un pilote comme lui. Pas le chef pilote.

— C'est ce que le major Langlois disait aussi, mais si... si je m'étais pendue à son cou, si je l'avais supplié, menacé... Je ne sais pas, moi... J'aurais peut-être réussi, achève-t-elle dans un sanglot.

Il s'approche d'elle pour la consoler et se fige devant le petit visage tordu de douleur. Il n'a jamais porté attention à cette femme qu'il a prise en grippe cet automne lorsqu'elle l'a chassé du restaurant. Il n'a jamais vu d'amante en elle mais seulement la vieille fille qu'Émile avait réussi à enjôler. De se retrouver en présence de la femme habitée d'une passion aveugle qu'il a lui-même forgée pour Émile durant sa détention le désarçonne complètement. Pourquoi est-elle arrivée si tard? Pourquoi n'a-t-il pas vu qui elle était avant aujourd'hui? Avant cet instant où elle pleure devant lui qui se sent indigne de l'approcher.

— Pleurez pas, Sophie...

Elle se cache le visage.

— Il... il vous aurait convaincue de le laisser partir... Vous pouviez vraiment pas rien faire... Être la femme d'un pilote, c'est savoir quand il part... mais pas quand il revient. D'ailleurs, c'est comme ça pour tout le monde... Mon père est parti, par un beau dimanche matin, pour aller travailler la terre et un bulldozer a versé sur lui. C'est pas de votre faute... C'est de la mienne. J'ai dû lui dire qu'il m'avait fait pitié... cette fois-là.

— Pourquoi... Pourquoi vous lui avez fait si mal?

— Lui aussi, il m'a fait mal... On est quittes là-dessus. Vous savez pas c'que ça signifie d'être considéré comme... comme un désaxé. Quand j'étais avec Martin, y'arrêtait pas de me regarder comme si j'étais pour m'essayer avec un p'tit garcon. C'est stupide... Y'a jamais compris. Jamais. J'ai eu beau avoir des femmes à la tonne, jusqu'au dernier soir il m'a regardé de travers, parce que j'étais avec Christian... J'suis pas une tapette mais j'ai eu le malheur de l'aimer pis le malheur d'aboutir en taule, où tout ce que t'as appris en dehors te sert plus en dedans.

Elle s'essuie les yeux du revers de la main, renifle et réclame un kleenex. Il s'empresse d'aller lui chercher du papier hygiénique à la salle de bains.

Elle sait maintenant ce qu'ils ont en commun. C'est l'âme de la femme que Luc a créée pour Émile en prison. La femme douce et aimante qu'il a forgée à même ses fibres et qui aujourd'hui habite son corps d'homme. Cette femme qui l'humilie d'avoir tenté l'approche amoureuse et qu'il avait décidé d'ensevelir avec lui dans la blanche toundra pour toujours. D'ensevelir si bien et si loin qu'Émile eût dû consacrer le reste de ses jours à la découvrir.

Et cette âme est encore vivante chez l'homme qui lui tend du papier hygiénique. Encore vivante et vibrante d'un sentiment très pur et très fort qui le fait s'envoler chaque jour.

Les doigts tremblant de part et d'autre, le papier leur échappe. Alors qu'il se précipite à genoux pour le ramasser, elle lui pose les mains sur la tête. Commandé par elle ne sait quelle pulsion, ce geste la surprend elle-même autant que le contact des cheveux en brosse. Il demeure prostré à ses pieds.

— Vous l'aimez donc beaucoup, vous aussi.

Elle a l'impression bizarre de rejoindre la main d'Émile dans ces cheveux-là qu'il a dû jadis dépeigner d'un de ces gestes de camaraderie qui lui étaient propres.

— Je vais le retrouver.

C'est un peu Émile qui lui remet enfin les mains sur la tête. Il ne sait si cette femme peut comprendre tout ce que représente pour lui ce geste de pardon. Un tremblement intérieur s'empare de lui et, sans un mot, il pose la tête sur les genoux de la femme qui le réconcilie avec lui-même et avec la main mutilée tendue entre les barreaux de sa prison.

46

Délire

Bourrasques de neige. Suite sans fin de dunes blanches et de plateaux. Épinettes têtues et tordues s'agrippant farouchement à ce qu'elles peuvent. Souffle bruyant du vent qu'aucun obstacle n'arrête. Du vent qui s'engouffre dans les vallons, s'abat sur les coteaux, creuse en tourbillonnant les surfaces livrées à sa rage pour ensuite balayer toute poussière de glace sur son passage.

Dur pays de la survivance. Ne bat ici que le cœur des vainqueurs. Ne coule que la sève de plantes coriaces.

Un plateau flagellé par la neige en rafales. Un homme extrêmement courbé, traînant un toboggan. Il peine, s'ancrant les pieds à chaque pas pour tirer. Le front baissé, les épaules attelées à la charge, il progresse lentement dans une graduelle et déprimante montée. Il est seul à suer et à souffler sous l'effort. Seul contre le vent, contre l'inclinaison de la pente, contre la neige qu'il reçoit en plein visage et qui le fait ciller des yeux. Il cherche un endroit où s'arrêter. Où se reposer et récupérer. Ici, le vent est trop violent. Il doit continuer, dépasser ce plateau. Alors, il lutte vaillamment, les muscles de ses jambes et de ses reins contractés par l'effort, ceux de ses épaules brûlés par le frottement de la corde.

Étendu sur les bagages du toboggan gît un autre homme. Depuis longtemps, sa main qui traîne par terre a perdu son gant mais il n'en a plus conscience. Il délire, en proie à des visions avec lesquelles il s'entretient. La neige s'accumule dans les plis de la peau de caribou qui le recouvre ainsi que dans la fourrure de son casque.

Dur, dur pays de la survivance. Intransigeante et exigeante toundra. Que te faut-il pour atténuer ta rigueur? Quel tribut exiges-tu donc pour garantir la survie? Intraitable mère, aveugle et sourde aux enfants qui se débattent dans ton grand manteau blanc. Aveugle et sourde comme tes pierres abandonnées par les glaciers il y a des siècles. N'entends-tu pas le souffle de l'Innu qui tire comme une bête le toboggan où s'éteint le souffle de la vie dans la poitrine de l'homme? Ne vois-tu pas s'arrêter l'Innu épuisé pour se pencher sur le corps de son frère en péril? Quand donc offriras-tu tes épinettes dressées en bataillon contre le vent pour y creuser un abri?

Avec consternation, Georges s'empare de la main nue d'Émile traînant par terre. Elle est glacée mais pas encore blanche ni raidie. Il l'entoure des siennes et se met à l'ouvrir et à la refermer pour favoriser la circulation. C'est la droite, celle des doigts amputés et de la peau greffée. Celle qui l'a jadis frappé dans cet honnête combat où l'un et l'autre ripostaient à ce qu'ils croyaient être l'injustice de leur existence. Ce qu'elle pouvait l'ébranler, cette main-là, lorsqu'elle s'abattait sur sa figure! Maintenant, elle est inerte et sans aucune réaction à la gymnastique qu'il lui impose.

Émile ouvre sur lui des yeux hagards et lui sourit. «J'peux pas, Francis», dit-il. À qui parle-t-il donc? Qu'est-ce qu'il voit dans ce délire sans fièvre?

Il voit Francis, assis sous le lavabo de la cuisine. C'est là qu'ils capturent les plus gros rats. «Viens, Mile, viens faire le piège.» La sérénité de son frère trisomique le charme. Qu'il a l'air paisible avec sa face légèrement aplatie encadrée par le coude de la conduite d'eau! Rien ni personne ne peut l'atteindre à cet endroit. Il n'a plus à se défendre maintenant d'être différent. Et lui, il n'a plus à lever les poings dans les ruelles pour le faire accepter. C'est fini, tout ça. Personne ne les voit, sous le lavabo. Personne ne sait qu'ils sont là, à poser des pièges à rats dans leur taudis.

«Viens, Mile.» Oh! que c'est tentant d'accepter cette invitation! Il a l'air si bien, dans cet univers ouateux. Pourquoi ne l'y rejoindrait-il pas, laissant derrière lui la souffrance, le froid et l'épuisement? Il doit être mort et enterré, à l'heure qu'il est, dans l'esprit des gens. Pourquoi s'acharnerait-il à ressusciter pour eux? C'est tellement pénible.

«Viens, Mile.» Auprès de lui, il n'aurait plus à porter ce visage ni à traîner ce corps lourd et encombrant. Il comprend, maintenant... Il n'aurait plus à suivre l'exemple de Patrick Thompson, qui ne reculait devant rien. «J'suis pas irlandais», qu'il a dit à l'oncle James en descendant du train d'Abitibi avec son petit frère qui empestait l'urine. Il n'est qu'une moitié d'Irlandais, comme il n'a qu'une moitié de visage et une moitié de barbe. Ce serait fini, cet esclavage du miroir. Il n'aurait plus à rendre des comptes à l'homme qui subit les regards des autres.

«Viens, Mile.» De toute façon, on l'a déjà pleuré et probablement enterré avec tous ses défauts pour ne laisser à l'enfant à naître que le souvenir d'un type bien et pas si laid que ça. Mais cet enfant, lui, il veut le connaître. Il veut le prendre dans ses bras, lui donner un nom et le biberon. Pas question de l'abandonner pour aller jouer avec Francis... «J'peux pas, Francis... J'ai une femme, maintenant... Elle attend un bébé... Une autre fois. J'peux pas aller avec toi.»

Il a mal jusqu'au bout des doigts et geint faiblement. Une main tâte son front. Il entrevoit un visage légèrement aplati et des yeux bridés. «P'tit frère», appelle-t-il. L'image s'embrouille, se perd, se découd puis revient métamorphosée en jeune homme blond assis dans l'herbe. Que lui dit-il donc? Il n'entend que le vent à ses oreilles.

«Reste avec moi, *uìtsheuàkan*, reste avec moi», supplie Georges en enveloppant la main d'une de ses mitaines fabriquées avec la peau des pattes du caribou. Il ne comprend pas le mal qui terrasse son ami et le souvenir de l'omoplate calcinée le poursuit sans relâche. Il n'a jamais entendu parler de quelqu'un ayant présenté de tels symptômes. Ça le dépasse. C'est comme si cela avait été décidé le soir de la lecture des omoplates et que tout concourait pour que le présage se réalise. Il n'a jamais vu quelqu'un tant tousser et tant chercher son souffle sans faire de fièvre. Chaque respiration est maintenant accompagnée de sifflements aigus et prolongés, et, quelquefois, il voit bleuir les lèvres sous l'effet de l'asphyxie. C'est grave, d'autant plus qu'il ne sait comment y remédier. Il a eu beau encourager les applications de graisse de caribou, les cicatrices n'ont fait que rougir et se boursoufler au lieu de guérir. Il ne comprend pas.

«Reste avec moi, *uìtsheuàkan*.» Cet homme, il est prêt à le traîner dans son toboggan jusqu'à Schefferville. C'est son ami et il n'accepte pas d'échouer à le garder en vie. Ils ont des provisions de viande maintenant et un moyen de les transporter. Rien ne leur manque pour revenir chez eux. Qui veut le punir et de quoi encore? Il a respecté les os du lièvre et ceux, sacrés, du caribou en les accrochant afin qu'ils ne soient pas piétinés, il a respecté le dieu du Nord en orientant toujours la porte de ses abris au sud et il a remercié celui des caribous. Que doit-il faire de plus pour obtenir l'indulgence de sa mère la terre? Que doit-il faire pour que le souffle continue à habiter le corps de son ami? Est-ce parce qu'il est blanc que ce pays le rejette? Est-ce là le message de l'omoplate calcinée? Ne doivent survivre que les enfants de la toundra?

«C'est mon *uìtsheuàkan*!», crie-t-il avec âpreté dans le vent qui lui arrache les paroles de la bouche pour les emporter vers l'infini.

C'est son *uìtsheuàkan*. Maintenant plus que jamais. Ici plus que là-bas, dans la ville où ses fonctions de chef pilote le privaient trop souvent de sa présence. Il sait ce qu'il vaut et ce qu'il est pour s'être roulé avec lui aux pieds des parieurs. Il le sait loyal, droit et pur. Jamais il n'a manqué de respect envers son peuple, s'efforçant d'en étudier la langue et les coutumes. Jamais il ne l'a regardé de haut, même lorsqu'il était aux commandes de son bimoteur. Ce qu'il pouvait l'admirer de pouvoir évoluer dans le ciel comme un oiseau! Ce qu'il pouvait aimer monter à bord en sa compagnie! Émile lui prêtait toujours la carte et c'était pour lui amusant et facile d'interpréter ces dessins. Il n'avait qu'à se prendre pour l'outarde. Que c'était excitant de chercher du haut des airs les troupeaux de caribous! N'étaient-ils pas alors des dieux s'offrant l'immensité à embrasser du regard pour y déceler la trace des sentiers? Ici, sont-ils encore des hommes, à peiner comme des bêtes? «Reste avec moi, *uìtsheuàkan*. Hmm?»

L'Innu écoute les sifflements inquiétants d'une difficile et laborieuse respiration. Tout cela le dépasse. Il ne peut rien faire pour permettre à l'air de pénétrer dans cette cage thoracique.

Il s'assure que le bras ne tombera pas de nouveau hors du toboggan, se passe la corde aux épaules et donne un dernier coup de collier, en quête d'une place où ériger un abri pour son ami.

Oui, il est encore un homme, réalise-t-il alors, puisque seul l'homme songe à sauver avec autant de ténacité une autre peau que la sienne.

47

Un disciple de Schweitzer

C'est à cause d'Albert Schweitzer qu'il est ici, songe le jeune omnipraticien en raccompagnant d'un regard bienveillant ses derniers patients. La pratique de la médecine en ce coin reculé n'est que le résultat du cocktail musique-lecture de son adolescence. Brillant étudiant doublé d'un talentueux guitariste, il hésitait entre la médecine et la musique jusqu'à ce que l'exemple de ce médecin-organiste pratiquant au fin fond du Gabon l'inspire. Et le voilà ici, à Schefferville, depuis bientôt sept mois.

Oh! Ce n'est pas l'hôpital de Lambaréné, ici. Il ne sauve ni ne perd des vies tous les jours. Personne ne meurt de faim parmi les Amérindiens. Au contraire, ils sont plutôt victimes de l'embonpoint. L'habitude de consommer du gras en grande quantité, jumelée à la sédentarisation, a, chez eux, des effets désastreux. Et puis il y a tous ces aliments vides de protéines et riches en calories qui débordent de leur panier de provisions. Le mauvais usage qu'ils font de nos denrées et l'abus de l'alcool étant à l'origine de la majorité de leurs maux, il s'est donné pour mission de les renseigner tout en les soignant. La théorie est très, très louable et bien pensée. C'est quand vient le temps de la mettre en pratique que cela se complique car il faut gagner leur confiance. Il éprouve déjà des difficultés à gagner celle des Blancs, en raison de son allure de jeune interne frais émoulu de l'université, et gagner celle des Montagnais et des Naskapis tient du défi. Mais, ce soir, il y est parvenu avec la famille qui vient de quitter son cabinet et cela lui donne espoir qu'avec le temps ses bonnes intentions et sa compétence seront connues des autres.

Le cas qu'il vient de traiter exigeait énormément de tact et de diplomatie puisqu'il entrait en contradiction directe avec la médecine des anciens ardemment défendue par la grand-mère. C'était un cas d'allergie occasionnée par la graisse de caribou appliquée sur les brûlures d'une fillette de cinq ans. N'étant pas inerte, ce corps gras avait provoqué des réactions cutanées, accompagnées de troubles respiratoires qui auraient pu être fatals. Convaincre le père de l'enfant fut relativement aisé puisque, étant blanc, il avait une certaine confiance doublée de certaines notions de base, mais persuader cette grand-mère qui ne parlait pas sa langue que l'aliment sacré qu'elle appliquait sur les plaies de sa petite-fille ne faisait que les aggraver au lieu de les guérir tenait du prodige. Il a réussi. La vieille a compris ou semblé comprendre que ce qui était bon pour eux alors qu'ils vivaient de chasse et de pêche ne l'était peut-être plus maintenant qu'ils s'alimentaient comme des Blancs.

Ce n'est pas spectaculaire comme victoire mais, à ses yeux, c'est un grand pas. Un très grand pas. Cela fait plusieurs nuits qu'il ne dort pas à cause de cette fillette et de cette grand-mère, mais il sait que, ce soir, auprès d'Élisa, il trouvera le sommeil. Ce qu'il a hâte de la retrouver pour lui raconter tout cela ! Que de choses il partage avec elle, outre la musique ! Ils ne cessent de se découvrir et de s'apprécier l'un l'autre depuis qu'ils font vie commune.

Il éteint les lumières de son cabinet, ferme la porte derrière lui et traverse la salle d'urgence, s'arrêtant un bref instant, selon son habitude, devant la table où reposait Élisa en état d'hypothermie. Il peut bien l'admettre aujourd'hui, il a été jaloux d'Émile à ce moment-là. Il voyait bien qu'Élisa le tenait pour son sauveur. C'est dans ses bras à lui qu'elle s'était réfugiée. C'est lui qui l'avait réchauffée de son corps. Lui qui administra ensuite une correction à Christian alors que le médecin ne savait administrer que des médicaments. Ce qu'il pouvait se sentir éclipsé à son chevet! Ce grand diable prenait toute la place. Heureusement qu'il a vite compris ce qui motivait les sentiments d'Élisa. C'est son père qu'elle recherchait en Émile, son père avec qui elle a finalement renoué grâce à cette lettre qui demandait une contribution financière pour la poursuite des recherches. Il est venu personnellement lui porter de l'argent et ils se sont réconciliés. Même disparu, ce grand diable d'Émile prend encore beaucoup de place, mais il n'en est plus jaloux.

Chaque soir, il s'arrête devant cette table où la chair malade et blessée aboutit, nécessitant ses soins, et, chaque soir, il pense à lui et à Georges, espérant que le lendemain Tête d'Oiseau les lui ramènera vivants.

Officiellement, il s'est rangé du côté de ceux qui n'espèrent plus. Il ne peut en être autrement. Laisser voir le minime espoir qu'il conserve risquerait d'inciter davantage Sophie à croire à ses pressentiments. Mieux vaut la préparer au pire. Il n'ose imaginer le choc qu'elle pourrait subir en apprenant que Tête d'Oiseau a découvert deux cadavres dans une carcasse d'avion. Pour son bien à elle et pour le bien de tous ceux qui refusent d'envisager la douloureuse éventualité de la mort, il se doit de faire figure d'homme logique et pragmatique.

Il ne dira à quiconque, pas même à Élisa, cette habitude qu'il a de s'arrêter le soir à la salle d'urgence et d'élaborer le fantasme d'y voir bientôt ce grand diable d'Émile et son ami Georges. Tout est prêt pour leur venir en aide. Il connaît par cœur le groupe sanguin d'Émile ainsi que ses antécédents médicaux. Rien n'a été négligé dans l'étude de son dossier de pilote et il s'est préparé à toutes les complications qui pourraient découler de ce long séjour dans la toundra. Il ne doute pas que, si subsiste la moindre chance de les sauver, il les sauvera.

Songeur, le docteur Gabriel Langevin quitte la salle d'urgence. Une lourde responsabilité pèse sur ses épaules : celle de veiller sur l'équilibre mental de tous ceux et celles qui sont minés par l'incertitude que cause la disparition de ces hommes. Rien ne permet de croire qu'ils sont encore vivants mais rien non plus n'autorise à croire qu'ils sont morts. Tant qu'il n'y aura pas une preuve, les cœurs s'useront à espérer, et lui, il doit faire en sorte que l'espoir ne remonte pas sans cesse le mécanisme des nerfs jusqu'à le faire craquer.

Voilà. Quelle curieuse destinée que la sienne ! Et dire qu'il vit tout cela à cause d'Albert Schweitzer.

48

Quelque chose brille

Il n'a pas à vérifier ses jauges d'essence pour savoir qu'il est temps de rentrer au bercail. Sitôt cette dernière branche du circuit de ratissage terminée, il prendra le cap nord-ouest en direction de Scheffervillc.

Aujourd'hui, il ne s'alloue que cinquante pour cent de probabilités de repérage, en raison de la mauvaise visibilité. Neige, neige plus; soleil, pas soleil; tour à tour, le paysage a passé par différents éclairages.

Des fois, c'était d'une clarté, d'une netteté incroyable. Rien alors n'aurait pu échapper à son regard tant le relief était modelé avec précision par les ombres. D'autres fois, c'était estompé, voilé, et l'absence de lumière transformait la toundra en une étendue plate et grise. Il devait alors noter sur sa carte les branches effectuées dans ces mauvaises conditions, afin de pouvoir les reprendre. Ces branches ne seraient ombragées définitivement sur la carte murale que lorsqu'il les aurait survolées de nouveau par beau temps.

Terminé. Il vire sur une aile. Retour à la maison. Demain, il reviendra. Recommencera. Repassera. Travail de moine solitaire et patient. Demain, il continuera la lecture de ces pages étalées à l'infini. Ces pages dont le vent et la neige tentent d'effacer l'écriture. Attentif, concentré, penché sur son ouvrage, il lira, mot par mot, ligne par ligne. Sans se hâter ni se décourager. L'indice est là, quelque part sous ses ailes. Très faible indice qu'il se doit de découvrir.

Il se frotte les yeux, s'étire, se verse une tasse de café maintenant froid. Très exigeant pour le corps de rester assis ainsi pendant des heures. En fin de journée, il ressent toujours une lourdeur dans la région lombaire, combinée à une douleur au niveau de la nuque.

C'est calme. Aucune turbulence. Un ciel dégagé, d'un beau rose, à l'ouest. Quel spectacle grandiose! Il regarde tout autour de lui, exerce son regard à se porter le plus loin possible pour le reposer d'avoir fouillé à basse altitude. Soudain, quelque chose luit à trois heures. Quelque chose brille et lance des éclats. Ça peut être de la glace mais aussi un morceau de métal. Il oriente l'appareil dans sa direction. Ça brille toujours au loin. Trop loin hélas pour aller vérifier aujourd'hui, sa quantité d'essence étant limitée. À l'aide de la carte, il tente d'en établir les coordonnées. Ce serait au sud-est du lac Snelgrove. C'est par là qu'il commencera demain. Son intuition étant très forte, il pense à emmener Myriam avec lui, puis se ravise aussitôt. Il doit aller seul au bout de ce chemin-là. Ce qui luit au loin n'est peut-être que ferraille tordue ou pare-brise éclaté. S'il y a des corps brisés, pétrifiés, à découvrir, c'est à lui que cela incombe.

Il allume et éteint son phare à trois reprises, au cas où, puis retourne à la base.

*   *
*

— Georges! Viens voir l'avion! C't'un avion, j'te dis...
Il vient d'allumer et d'éteindre son phare... J'l'ai vu,
Georges! J'te jure, je l'ai vu!

Pauvre Émile! Il n'a cessé d'avoir des visions aujour-
d'hui. Tantôt, c'était sa mère, puis son grand-père, puis sa
femme, et maintenant c'est un avion. Il est devenu complètement incohérent depuis qu'ils se sont arrêtés. Il n'y comprend rien, parce qu'avant il allait mieux. La nuit dernière,
il est parvenu à dormir sans trop tousser et il s'est réveillé
relativement en forme, insistant pour reprendre la route.
«J'peux marcher. On va faire encore un bout.» Et il a fait
un bon bout, traînant, boîtant derrière avec sa béquille jusqu'à
ce que la neige qui tombait par intermittence se combine à
celle qui fondait en surface, rendant leur déplacement impossible. C'est de peine et de misère qu'il a réussi à traîner
le toboggan près d'un site convenable pour établir leur campement.

Émile a vérifié sur la carte et lui a montré où ils étaient
rendus, aux abords du lac Snelgrove, puis, excédé par les
démangeaisons, il a demandé à avoir de la graisse de caribou
pour s'en appliquer au plus vite, ayant négligé de le faire ce
matin et hier soir. Et là, presque instantanément, il s'est mis
à étouffer, à tousser, à cracher et à perdre conscience par
moments. Il s'est mis à avoir des hallucinations et des délires,
s'entretenant avec son miroir et les fantômes qui surgissaient
autour de lui. Maintenant, c'est un avion qu'il a vu dans le
ciel.

— Georges! J'rêve pas! J'ai vu un avion!

La figure d'Émile se pointe dans l'ouverture de l'abri
qu'il tapisse de branches d'épinette. Se traînant à quatre
pattes, il a le regard fou et le souffle rare de ceux dont la vie
se dérègle et défaille.

— J'ai fait des signaux avec mon miroir... Il m'a répondu, j'te jure... Demain... demain, faudra se rendre près

du lac... parce que c'est là qu'il va atterrir... Demain... C'est pour demain...

Terrassé par une quinte de toux, le malade s'accroche à ses vêtements, le regard suppliant.

— Faut me croire, parvient-il à dire en cherchant un souffle qui refuse de pénétrer dans les bronches sifflantes.

— Oui, j'te crois... Demain faire barbe, *uìtsheuàkan*. L'avion va venir.

— Demain...

Émile lui tombe dans les bras, à demi-conscient. Vivra-t-il seulement jusqu'à demain ?

— Reste avec moi, *uìtsheuàkan*, chuchote-t-il à l'oreille de l'homme se débattant à la recherche de son souffle. Demain faire barbe. L'avion venir te chercher, *uìtsheuàkan*...

Oui, on va venir chercher son ami demain, mais il craint que ce ne soit pas un avion mais plutôt la réalisation du présage de l'omoplate calcinée. Avec affection, il serre contre lui cet homme qui lui échappe et échappe à la vie. Cet homme qui a vu sa propre mort à l'horizon sous l'apparence d'un avion. Il ne sait que faire pour l'empêcher d'aller vers ce qui est venu le chercher et il le berce tout simplement. Longtemps. Jusqu'à ce qu'il semble endormi.

49

Venu du ciel

Il attend. C'est pour aujourd'hui. Un ordre qui émane d'il ne sait où lui interdit d'aller plus loin que la rive du lac Snelgrove.

Sans savoir pourquoi, il obéit à ce qui le dépasse et qui défie sa logique.

Il est seul, assis sur une pierre, les épaules recouvertes de son sac de couchage, son casque de fourrure enfoncé sur la tête.

Malgré qu'il ne croie pas à son histoire d'avion, Georges a réuni près de lui les articles nécessaires à l'élimination de sa demi-barbe, qui doit marquer son retour à la civilisation. Son ami joue le jeu et le traite comme un enfant malade ou comme quelqu'un qui déraille. Peut-être a-t-il raison. Peut-être que ce désert l'a rendu fou. Vit-il un bref instant de lucidité pour s'en apercevoir? Il a eu tant d'apparitions qu'il ne sait plus très bien ce qui est réel et ce qui ne l'est pas. Son esprit est fragmenté par les mirages. Depuis long-temps, c'est la nuit quand il marche, le jour quand il dort. Depuis longtemps dansent des étoiles devant ses yeux fatigués. Des étoiles qui promettent de rire toutes pour Sophie quand il les rejoindra. «Toi, tu auras des étoiles qui savent rire.»

Hier, il a vu une mouche au loin. Une toute petite mouche à qui il s'est amusé à faire des signaux avec son miroir. Par trois fois, elle lui a cligné l'œil de son phare. Est-ce vrai ou l'a-t-il imaginé? Georges ne croit pas à son histoire d'avion. Lui, il attend.

Le fait qu'il ne se soit pas encore rasé rend Georges encore plus sceptique. Ça se comprend. Il n'a cessé de lui rebattre les oreilles avec son intention de se raser quand ils retourneraient à la civilisation, et, maintenant qu'un avion s'amène, il n'en fait rien. Il hésite. Cela lui coûte de se départir de cette demi-barbe qui est un peu comme un butin de guerre. Enfin, il verra bien.

Il attend sa mouche. Elle devrait réapparaître là où elle a disparu, à l'Occident. Mais quelle mouche? C'était peut-être une étoile qui s'y est prise par trois fois pour naître au ciel. Une étoile que lui seul a vue, comme un signe adressé à lui seul. À défaut de le mordre à la cheville, le serpent se serait tout bonnement enroulé autour de son cou pour l'étouffer. N'est-ce pas ce que l'attitude de Georges trahit? En se rendant ainsi à tous ses désirs comme il le fait, n'accomplit-il pas ses dernières volontés?

Ce matin, il a demandé de se rendre jusqu'au lac où un pilote choisirait d'atterrir et le voilà en attente sur la grève. Il a demandé de s'arrêter pour la journée et Georges a entrepris d'ériger un abri à proximité après avoir étalé son nécessaire à raser à ses pieds. Qu'est-ce donc que cette mousse à raser qu'il voit là? Comment se fait-il qu'il n'ait même pas songé à en manger quand il mourait de faim? Elle est drôlement plus appétissante que la peau mal pelée du lièvre. Quelle indécence de l'avoir trimballée jusqu'ici! Absurdité! Futilité! De la mousse à raser dans un désert.

Émile Simard ne se sera-t-il donc jamais affranchi de l'esclavage du miroir? Se sera-t-il senti contraint d'assurer sa soumission à son image jusqu'aux abords de la folie ou de la mort? Que peut bien en penser l'homme à la demi-barbe? Hein? «De toute façon, même mort, ça va repousser encore un peu», rappelle celui-ci avec ironie. L'homme du miroir aura donc toujours le dernier mot, à moins... à moins de se libérer de son asservissement avant... Mais avant quoi? Va-t-il mourir aujourd'hui? Quoique extrêmement faible, il se sent un peu mieux qu'hier. Il est possible que Georges ait raison en ce qui concerne la responsabilité de la graisse de caribou dans ses troubles respiratoires. «Peut-être pas bon pour toi parce que tu es blanc», a-t-il émis comme hypothèse. Après tout, la bonne confiture montagnaise n'était pas de tout repos pour son estomac. Possible. Il n'en a pas appliqué ce matin.

L'homme du miroir le regarde toujours avec le mépris d'un tyran. Ses yeux sont si bleus. Si captivants. «When Irish eyes are smiling», chantait sa mère. Qu'il aimerait l'entendre encore chanter! C'était dans une pauvre cabane aux planchers toujours froids quelque part en Abitibi, mais c'était si chaud dans les bras de cette femme. Si chaud sous les couvertures avec son petit frère aux couches souillées. Cela lui rappelle qu'il ne doit pas sentir tellement bon lui-même. Ça fait diablement longtemps qu'il n'a pris un bain. Il a le visage noirci de fumée, les mains et les cheveux sales. Et que dire de l'apparence de cette barbe hirsute parsemée de touffes rousses? Faudrait peut-être qu'il la rase avant. Mais avant quoi, déjà? De mourir?

Georges dépose des branches près de lui pour faire un feu. Il le regarde s'exécuter, admirant l'efficacité des gestes. Ainsi faisait l'homme de la nuit des temps. Quelle vénération devait habiter les êtres vêtus de peaux surveillant la naissance du feu, qui leur accordait une indiscutable suprématie sur le monde animal!

— Georges le Magnifique, dit-il en voyant grandir les petites flammes entre les branches d'épinette.

Son ami l'interroge du regard.

— Georges le Magnifique, répète-t-il. Tu sais, quand t'es parti chasser le caribou, j'avais peur que tu ne reviennes plus.

— Sais.

— Je t'ai regardé aller longtemps avec ta lance jusqu'à ce que tu disparaisses. Je t'ai trouvé... magnifique. Quand t'es revenu pis que tu m'as donné ça, poursuit-il en sortant la queue qu'il porte depuis sous son chandail pour protéger ses poumons du froid, je t'ai trouvé encore plus magnifique.

Le sourire imperceptible de Georges le ravit. Avec joie, il le voit s'asseoir, un pied ramassé sous lui, et sortir la pipe.

— J'te l'avais ben dit que tu finirais par arrêter de fumer la cigarette, lance-t-il d'un ton moqueur. Pis par maigrir aussi. Ta femme te reconnaîtra plus.

Georges s'inquiète. De voir cet homme enjoué et taquin l'alerte. Est-ce que ce sont là les dernières étincelles d'un feu à l'agonie? Les derniers soubresauts du lièvre blessé? Il craint tant pour son *uìtsheuàkan* dont les yeux sont si brillants ce matin et le comportement si étrange. Il est d'un tel calme. C'est à peine s'il frissonne à l'occasion sous son sac de duvet. Rien ne le fera bouger de cet endroit où il attend. Mais qu'attend-il? Cet avion qu'il prétend avoir aperçu?

— J'sais que tu m'crois pas pour l'avion, mais c'est pas grave.

Georges reste sidéré de voir cet homme lire ses pensées. Son compagnon serait-il déjà de ce monde où l'esprit libéré de la chair devine l'esprit?

— Faudrait pas qu'il tarde trop, parce que la neige va se ramollir.

— ...

— Faut être fou pour croire à ça, hein? Faut être fou pour le faire, aussi. J'en connais rien qu'un d'assez fou pour ça.

C'est Tête d'Oiseau, évidemment. Qui d'autre que cet homme de la démesure et de la déraison par excellence? Lui seul serait assez fou pour persévérer dans une telle entreprise. Ce serait lui, cette mouche au loin qui a cligné l'œil de son phare?

Georges tire de chiches bouffées de la pipe, les yeux entrouverts. Le feu crépite et, à l'est, le soleil monte lentement.

Il dépose le miroir à côté du rasoir et de la mousse à raser et va chercher la petite femme de pierre, toute patinée par la caresse de ses mains.

— Si jamais... enfin... tu la lui donneras...

Georges acquiesce pendant qu'il passe et repasse le pouce sur le ventre gonflé par le fruit de l'amour. Son regard s'embrouille. Pourquoi quitterait-il cette planète alors qu'un petit être issu de lui se prépare à y venir et que sa fleur a tant besoin qu'il la protège des courants d'air? Il ne peut pas partir comme ça... mais ne peut aller au-delà de... Pourquoi donc? Est-ce folie ou bon sens, mensonge ou vérité, songe ou réalité de s'être arrêté ici? Il ne sait plus très bien. L'avion tarde à poindre à l'horizon et la neige risque de devenir trop molle pour permettre un atterrissage. Cette histoire de mouche, c'était peut-être une étoile pour lui seul. Comme un signe.

Il inspire avec difficulté. Le serpent se resserre sur sa gorge et le fait tousser. Soudain, Georges impose le silence d'un geste de la main, ce qui l'oblige à d'incroyables efforts pour faire taire ses bronches sifflantes.

— Avion.

À court de souffle, il scrute l'horizon. Rien. À son tour de douter. À tout hasard, il s'empare du miroir et fait des signaux en direction de l'endroit où a disparu sa mouche d'hier.

— Ça s'en vient. Avion.

— T'entends ça, toi? T'es sûr?

— Shh...

Ses oreilles tâtonnent dans cette obscurité de sons. L'assaut répétitif des nombreux décibels des moteurs en étoile a rendu son ouïe légèrement déficiente mais l'attitude de Georges l'incite à poursuivre ses signaux. Son ami ne lui jouerait pas la comédie des derniers instants. Pas lui. Il ne lui ferait pas accroire que c'est un avion qui vient le chercher quand, en réalité, ce serait la mort. S'il dit entendre, c'est qu'il entend vraiment quelque chose que lui n'entend pas.

Soudain, ô merveille, un point de la grosseur de sa mouche apparaît au loin. Il lance aussitôt l'appel codé du SOS, auquel le clignotement du phare répond.

— C'est un avion! C'est un avion!

Il bondit aussitôt sur ses jambes.

— Ici! On est ici! hurle-t-il en vain en gesticulant afin d'attirer l'attention.

Étourdi, il chancelle de s'être levé avec tant de précipitation et se sent rattrapé de justesse par une poigne solide.

— Y s'en vient nous chercher, Georges!

Il serre convulsivement le bras de son ami.

— Y s'en vient nous chercher! On rentre chez nous!

— Toi, rentrer.

Interloqué, il regarde le Montagnais puis cette mouche qui grossit au fur et à mesure qu'elle s'approche d'eux. Georges le Magnifique bombe le torse et promène un regard fier et tendre sur la toundra, jetant un défi aux ailes venues l'y arracher.

— Tu veux rentrer tout seul?

Pas l'ombre d'une expression sur le visage plat où tout est exprimé par les yeux.

— J'sais que t'es capable d'le faire... T'as plus rien à prouver.

— ...

— J'comprends que t'aies pas envie de retourner laver des planchers... mais... j'aimerais ça qu'on rentre ensemble à Schefferville.

Le regard noir pénètre le sien. C'est celui du seigneur de la toundra, qui, là-bas, n'est qu'un vassal.

— J'leur dirai. Sans toi, je ne serais plus vivant.

Le regard de Georges se braque sur l'avion tandis que, d'un geste possessif, il s'agrippe un instant aux vêtements de son *uìtsheuàkan*. Il entend maintenant le bruit du moteur. Jamais encore le mouvement des pistons dans les cylindres ne lui a semblé plus divine musique. De son miroir, il s'amuse à réfléchir les rayons du soleil. L'avion plonge vers le sol. C'est celui de Tête d'Oiseau, il en est persuadé. Il n'y a que lui d'assez fou pour cela. Oui, c'est bien le Cessna 170B qui fonce sur eux comme un chasseur à environ trois mètres du sol et qui passe, tout vrombissant, en agitant les ailes. Non, il ressemble plutôt... Oui, c'est ça, il ressemble au coucou de Papillon. Celui-là même qu'il a vu brisé au faîte des arbres. Ce sont les mêmes couleurs, les mêmes découpes. Exactement les mêmes. Serait-il ressuscité de ses cendres pour venir le cueillir au bord de la tombe ? De le voir grimper dans l'azur en virant sur l'aile lui arrache un cri de joie.

— Yahou ! hurle-t-il en lançant son casque de fourrure en l'air. Il va atterrir. Regarde bien, Georges. Il va tourner là-bas... C'est ça, p'tit frère... Une glissade sur l'aile... C'est beau... Pose-moi ça comme une fleur... Oui, relève le nez un peu...

Il articule avec peine, ébloui par la merveilleuse créature ailée qui obéit à ses instructions avec une telle exactitude qu'il a l'impression de la téléguider.

L'avion descend, flotte un peu, puis, tout doucement, adopte l'attitude cabrée, les skis légèrement relevés comme les pattes de l'outarde se posant sur l'eau. Les talons touchent en premier, éraflant en un léger sillon la neige qui se creuse au fur et à mesure que l'appareil s'abandonne de tout son poids.

Une émotion indicible s'empare alors de lui et provoque des tremblements incontrôlables dans son corps.

— Peut raser à c't'heure, rappelle Georges d'un ton flegmatique.

C'est vrai, il le peut. Le temps est venu.

Il regarde cette barbe de vainqueur qu'il aimerait ramener à Schefferville et réalise que le temps est venu de se libérer de ce miroir. Il n'a pas à ramener avec lui l'homme qui l'y maintient prisonnier depuis l'âge de dix-huit ans.

Avec force, il lance le miroir contre la pierre où il était assis. L'objet vole en éclats à l'instant où l'avion se rue vers la berge. Ne subsistent que des miettes brillantes se confondant avec les cristaux de neige.

L'hélice est à peine immobilisée que la portière s'ouvre et que le pilote s'élance.

— Émile! Émile! crie Tête d'Oiseau à cette longue silhouette vers laquelle il court.

Ses pieds s'enfoncent dans la neige ramollie. Il trébuche, tombe. Se relève aussitôt.

— Émile!

La silhouette se traîne vers lui. Elle claudique, longue et chancelante, ce qui le pousse à redoubler ses efforts pour la rejoindre.

C'est lui. Oui, c'est lui. À dix pas, huit, cinq. Il retrouve les yeux si bleus dans lesquels il était resté pris la première fois. Ce sont les mêmes. Exactement les mêmes qui le reprennent.

Émile échoue dans ses bras et éclate en sanglots en l'étreignant frénétiquement.

— J'suis venu t'chercher, Émile. Pleure pas. C'est fini.

L'homme presse son oreille rognée contre la sienne, incapable de se ressaisir. Fut un tcmps où il s'était arraché au geste consolateur effleurant cette oreille, en criant : «Touche pas ça!» Maintenant cet homme l'enlace dans ses bras amaigris et le serre avec force contre son corps tremblant.

Doucement, il glisse les doigts dans les cheveux sales et emmêlés de son grand aigle pour le caresser. C'est fini. Il ne s'envolera plus jamais loin de lui. Ne le privera plus jamais de la sagesse de ses grandes ailes déployées dans l'azur. Il l'a retrouvé. Désormais, ils pourront s'élever ensemble vers les cimes infinies.

— C'est fini, répète-t-il. J'suis venu t'chercher.

— J'savais... qu'y avait juste toi... d'assez fou...

— Tous les autres sont avec moi là-dedans, mais... y'ont pas été congédiés, eux autres.

Un rire nerveux succède aux sanglots et déclenche une toux sèche et irrépressible. Émile halète et râle, courbé en deux.

— Faut l'emmener au plus vite, dit-il à Georges dont les bras s'unissent aux siens pour former une chaise afin de l'embarquer.

— On décolle tout d'suite. Je r'viendrai demain chercher vos effets. Monte, Georges.

L'Innu hésite, tenté de continuer seul. Il sait être à la hauteur de ce pays et s'imagine pénétrant en vainqueur dans la réserve, portant la fierté de tout son peuple sur ses épaules.

— Tu seras toujours Georges le Magnifique, *uìtsheuà-kan*, lui dit Émile en reprenant ses sens.

À son tour de s'affranchir de ce qu'il ne veut plus être. Georges accorde un dernier regard à la majestueuse toundra où reposent les os de ses ancêtres mêlés à ceux des bêtes sur le corps de leur mère commune, puis il monte à bord.

Contact. Le moteur démarre. Luc établit dare-dare la communication avec Schefferville et exulte en annonçant la bonne nouvelle. «Faudrait envoyer l'ambulance à l'aéroport», répète-t-il à maintes reprises avant de mettre les gaz.

L'avion glisse sur la neige. Dans une trentaine de minutes, il atterrira à Schefferville. C'est incroyable. Tout se déroule si vite à ses yeux de rescapé. Il n'ose croire qu'il pourra bientôt tenir sur son cœur cette femme pour qui il a traversé le désert. Tout cela ne tient-il pas du miracle? Il n'aura pas à mourir pour retrouver son astéroïde. Cette paire d'ailes l'y ramènera, et il pourra entendre de nouveau le rire clair de son petit prince et la chanson de sa mère. Il pourra festoyer encore longtemps à la table de l'amitié et, quand l'œuvre de la Vie sera parachevée dans le ventre de Sophie, il pourra accueillir dans ses mains le nouvel être qui se prépare à venir sur cette planète.

Les larmes coulent de nouveau sur ses joues et se perdent dans sa barbe. Il regarde l'homme au crâne rasé qui entraîne l'avion dans ses propres pistes en vue du décollage. C'est celui qu'il a ramassé dans un nid d'herbe, un jour, pour lui apprendre à voler. Il sort de sa poche la miniature du *Grand Blanc* et la pose sur le tableau de bord.

Luc se tourne vers lui avec la naïve et confiante expression d'admiration de son petit renard, les yeux noyés de larmes.

— Ramène-moi à la maison, p'tit frère.

FIN

Table

Par l'auteur du best-seller **AU NOM DU PÈRE ET DU FILS**

Francine Ouellette

Les Ailes du Destin

ROMAN

L'Alouette en cage

Libre Expression

Dans son roman intitulé *Les Ailes du Destin*, Francine Ouellette raconte comment est née l'amitié entre Luc et Émile. On découvre le jeune Luc Maltais à qui, soudain, la passion de voler apporte tous les espoirs. Sur sa route, des personnages aussi beaux que mystérieux: Émile, le mentor; Sylvie, l'amante; Papillon, l'ami trop généreux qu'il est facile de trahir. Car *Les Ailes du Destin* c'est aussi le récit de la mésaventure de Luc. Son séjour en prison parmi les «loups» qui désignent leurs proies d'un simple regard. À ses côtés, Ronald, un voisin de cellule que Luc tente de protéger.